文學研究叢書·古典文學叢刊

陸游史傳散文探論
——以《南唐書》為例

簡彥姈　著

邱序

　　陸游（1125-1210）是全方位的文學家，今存詩歌九千三百多篇，向以愛國詩著稱，名列「南宋四大家」之首。有詞一百四十餘闋，收入《渭南文集》，無論繼承花間詞風，或師法東坡豪放之作，放翁詞兼而有之。他的散文更是包羅萬象，多姿多采，既有〈送范西叔序〉、〈與尉論捕盜書〉、〈煙艇記〉等見解獨到的單篇散文，也有《入蜀記》、《老學庵筆記》等膾炙人口的筆記散文。彥姈著有《陸游散文新論》（原名《陸游散文研究》，為民國一百年本人所指導臺師大博士論文）一書，專門探討放翁單篇散文與筆記散文；如今又完成陸游史傳散文探論，從各層面深入析論陸氏《南唐書》，讓世人得以正視放翁散文的價值，肯定南宋散文的地位。

　　彥姈對文學始終保有一份熱情，去年暑假，她的《詞苑新聲——名家詞導讀》一書出版在即，她到家裡來請我題字（封面），我心血來潮寫了一闋〈減字木蘭花〉送她，她興奮得直說回去要裱框掛在書房，後來竟將此詞收入新書中。九月開學時，她來東吳大學旁聽我的「李白詩學專題研究」，課後我們一起搭車，談到中國文學與跨科系研究，如漢樂府〈江南可採蓮〉、孟郊〈遊子吟〉等，便可用西方黃金比例（Golden Ration）美學來分析，以及物理學上第四度空間（4th Dimensional）的概念也可以用來詮釋經由想像力創作出的文學作品。我想把這些新觀念推廣到詩歌研究中，準備改寫《新譯唐詩三百首》（三民書局出版）；彥姈對此亦頗感興趣。於是幫忙聯絡我指導過的師大、文大博士畢業生，共十一人，在本人領導下，大家分工合作，

這部《唐詩三百首新賞》將由五南出版公司刊行。

　　彥姈向來孜孜不倦，無論在研究上或教學上都能全力以赴，很高興她在畢業之後、忙碌之餘，排除萬難，完成這本《陸游史傳散文探論——以《南唐書》為例》，總算不負當年幾位口試委員對她的一番期望，本人深感欣慰。現在準備將書交由萬卷樓圖書公司出版，請我寫序推薦，見她如此熱衷於學術，樂在其中，我當然也樂意應允。

　　本書共七章，三十三萬多字。第一章緒論，論述研究陸游《南唐書》的動機與目的、範圍與步驟、相關文獻、陸游與《南唐書》之關係，以及陸游《南唐書》版本考述。第二章從承沿正史家法、脫胎並時諸史及自成一家風貌，來探述陸《書》在寫作體例上的繼承與開創。第三章考訂南唐史事，從承襲吳祚、內政措施、朋黨傾軋、軍事戰役、外交關係、文化發展及亡於宋朝著手，藉以證明放翁撰史處處有所本，以內容嚴謹見稱。第四章闡述書中的主要思想，包括儒家、道家與佛教思想。第五章則以妙於鎔裁、謹於布局、長於徵引、精於描摹、善用對白等，剖析陸氏史傳散文的寫作特色。第六章探述陸氏《南唐書》對後世的影響，分為增注陸游史書、澤被史傳著述及探究南唐歷史三方面，展開論述。第七章結論，總結陸氏《南唐書》的價值與成就。另有附錄七篇：一、汲古閣本陸游《南唐書》校訂；二、陸游《南唐書》之體例一覽表；三、陸游《南唐書》書影；四、五代十國世系傳承表；五、南唐大事紀年表；六、南唐行政區沿革；七、南唐地理位置圖。足見全書體例嚴整，綱領昭暢，取精用宏，且能推陳出新，既承襲前人說法，也提出一己之見，無論版本的考訂、底本的校讎、史料的辯證、思想的闡明、藝術的賞析等，在在展現出作者的用心與細心，抽絲剝繭，條分縷述，試圖彰顯陸游史傳散文的卓越成就。

　　猶記得當年彥姈博士論文口試，最後，我以梵語的「揭諦，揭

諦，波羅揭諦，波羅僧揭諦，菩提娑婆訶」作結，意思是「渡吧，渡吧，渡過彼岸吧，大家一起渡過彼岸吧！完成生命的覺醒！」今天我再引用這段佛家語，恭禧彥姈完成陸游史傳散文探論，如此一來，涵蓋了放翁的單篇散文、筆記散文及史傳散文，她的「陸游散文研究」終於功德圓滿。但這只是一個休止符而已，「學海無涯，唯勤是岸」，在此仍要勉勵她繼續努力，莫忘研究的初衷，深耕學術的園地。

邱燮友

自序

　　民國一百年一月，我以《陸游散文研究》一文取得臺灣師範大學文學博士學位。我的博士論文，其實只包含放翁的單篇散文、筆記散文二大範疇；至於其史傳散文，則因《南唐書》卷帙浩繁，非一時精力、識力所能及，故暫且割愛。如今，醞釀多年之後，終於寫成《陸游史傳散文探論——以《南唐書》為例》一書，心中如釋重負，總算兌現當年對幾位　口試委員及　邱師的承諾，完成「陸游散文研究」的神聖使命。

　　自從畢業後，平時四處兼課，疲於奔命；到了寒、暑假，便閉門讀書，潛心寫作。時光荏苒，不知不覺，這些年竟在教學與研究中度過了。偶爾，想起放翁〈書巢記〉云：「吾室之內，或栖於櫝，或陳於前，或枕藉於床，俯仰四顧，無非書者。吾飲食起居，……未嘗不與書俱。……間有意欲起，而亂書圍之，如積槁枝，或至不得行，則輒自笑曰：『此非吾所謂巢者耶！』」鎮日與書為伍，埋首其中，廢寢忘食，何嘗不也是我的生活寫照？環顧書房之內，亂書橫陳，試卷、作業堆積如山，各種資料隨處擺放，以致出入困難，卻自詡為「坐擁書城」，頓覺「書味滿胸」，腦中不禁浮現越老所言：「此樂非但忘貧，兼可入道。」

　　一路走來，感謝師大、文大師友們的相互扶持，感謝　邱師的諄諄教誨，以及家人無盡的包容，讓我得以置身「書巢」中，不問世事之變，不知風雨之至，全心投入南唐歷史的天地，致力於放翁史傳散

文研究。本書付梓在即，承蒙　邱師賜序推薦，——謹以此獻給所有
關愛我的人。最後，尚祈　同道先進，不吝批評指正！

簡彥姈

目次

第一章
緒論

第一節　研究動機與目的

　　余自幼讀放翁詩詞，喜其〈夜讀兵書〉：「平生萬里心，執戈王前驅」的萬丈雄心[1]、〈觀大散關圖有感〉：「上馬擊狂胡，下馬草軍書」[2]的意氣風發、〈夜遊宮〉（記夢寄師伯渾）：「自許封侯在萬里；有誰知，鬢雖殘，心未死」[3]的壯志難酬，以及臨終〈示兒〉的躬忠體國，愛國詩人形象，栩栩映入眼簾。稍長，尤醉心於〈釵頭鳳〉的愛情悲歌，「此身行作稽山土，猶弔遺蹤一泫然」[4]、「也信美人終作土，不堪幽夢太匆匆」[5]，鐵漢柔情，令人動容。

　　之後，觀陸氏散文，看他平生樂與書本為伍：早年讀陶詩，為之廢寢忘食；[6]中年則好岑參詩，每令兒輩誦讀，至酒醒、睡熟方休[7]；

1　見〔南宋〕陸游撰：《劍南詩稿》，收入《陸放翁全集》（臺北市：臺灣中華書局，1970年據汲古閣本校刊倣宋版印），冊1，卷1，頁3右。

2　見〔南宋〕陸游撰：《劍南詩稿》，收入《陸放翁全集》，冊1，卷4，頁10右。

3　見〔南宋〕陸游撰：《渭南文集》，收入《陸放翁全集》，冊6，卷50，頁1左。

4　語出〈沈園〉詩。見〔南宋〕陸游撰：《劍南詩稿》，收入《陸放翁全集》，冊2，卷38，頁14左。

5　語出〈春遊〉詩。見〔南宋〕陸游撰：《劍南詩稿》，收入《陸放翁全集》，冊4，卷75，頁12左。

6　據〈跋淵明集〉云：「吾年十三、四時，侍先少傅居城南小隱，偶見藤床上有淵明詩，因取讀之，欣然會心。日且暮，家人呼食，讀詩方樂，至夜，卒不就食。」見〔南宋〕陸游撰：《渭南文集》，收入《陸放翁全集》，冊5，卷28，頁4右。

7　據〈跋岑嘉州詩集〉云：「予自少時絕好岑嘉州詩，往在山中，每醉歸，倚胡牀睡，輒令兒曹誦之，至酒醒或睡熟乃已。」見〔南宋〕陸游撰：《渭南文集》，收入《陸放翁全集》，冊5，卷26，頁6左。

到晚年，重拾《王右丞集》讀之，興味更濃。[8]嘗名其室曰「書巢」，亂書橫陳，致出入困難，獨自棲身其間，終日吟哦，忘懷得失，不知風雨變化、世事滄桑。[9]又從〈居室記〉窺見其恬淡心境：「朝晡食飲，豐約惟其力，少（稍）飽則止，不必盡器；休息取調節氣血，不必成寐；讀書取暢適性靈，不必終卷。衣加損，視氣候，或一日屢變；行不過數十步，意倦則止。……有疾亦不汲汲近藥石，久多自平。」[10]使人益加景仰其養生有術、自處有道，終其一生，不因老病而廢書，不以貧困而改節，一如所詠梅花「零落成泥碾作塵，只有香如故」。[11]

　　陸氏詩文始終深得我心，一套《陸放翁全集》長年置之案頭，既是隨手翻閱的精神食糧，也是埋首鑽研的研究底本。幾年前，完成我的博士論文《陸游散文研究》[12]；遺憾的是，當時僅探述陸氏「單篇散文」五百一十五篇，及《入蜀記》、《老學庵筆記》等「筆記散文」八種，未能呈現陸游散文的整體風貌。如今，欲在昔日基礎上、前人考釋中，展開陸氏「史傳散文」探論，以期接續當年「陸游散文研究」未竟之業。

8　據〈跋王右丞集〉云：「余年十七、八時，讀摩詰詩最熟，後遂置之者幾六十年。今年七十七，永晝無事，再取讀之，如見舊師友，恨間闊之久也。」見〔南宋〕陸游撰：《渭南文集》，收入《陸放翁全集》，冊5，卷29，頁2右。

9　據〈書巢記〉云：「吾室之內，或棲於櫝，或陳於前，或枕藉於床，俯仰四顧，無非書者。吾飲食起居，疾痛呻吟，悲憂憤歎，未嘗不與書俱。賓客不至，妻子不覿，而風雨雷雹之變，有不知也。」見〔南宋〕陸游撰：《渭南文集》，收入《陸放翁全集》，冊5，卷18，頁5左。

10　見〔南宋〕陸游撰：《渭南文集》，收入《陸放翁全集》，冊5，卷20，頁1左。

11　語出〈卜算子〉（詠梅）。見〔南宋〕陸游撰：《渭南文集》，收入《陸放翁全集》，冊6，卷49，頁7右。

12　案：拙作《陸游散文研究》，為二〇一一年臺灣師範大學國文學系博士論文。於二〇一四年稍加修訂後，更名為《陸游散文新論》，由致知學術出版社（臺北市）刊行。

　　綜觀陸氏「單篇散文」與「筆記散文」之總體成就，吾人與邱鳴皋《陸游評傳》所見略同，歸納出「思想鮮明正確」、「詞鋒犀利準確」、「筆調優美凝煉」及「見聞廣博豐富」四大特點。[13]如朱迎平《宋文論稿》所云：「典型的文人散文，……注重抒寫真情，注重人文情趣，注重獨特風格，構成了陸游散文的主要特色。」[14]徐志嘯〈論陸游的散文〉亦云：「陸游無疑是首屈一指的，……可稱南宋第一大家，人說他是『南宋獨步』恐不為過。」[15]邱師　燮友於《陸游散文新論》〈推薦序〉中，進一步指出：「一般公認陸氏散文即使與唐宋八家文並列，亦毫不遜色；我個人認為陸游堪稱唐宋第九大家。」[16]

　　而陸氏「史傳散文」，以《南唐書》最具代表性，歷來佳評如潮，如南宋・陳振孫《直齋書錄解題》云：「采獲諸書，頗有史瀾（法）。」[17]元人趙世延〈南唐書序〉云：「山陰陸游著成此書，最號有法。」[18]明代沈士龍〈南唐書題辭〉云：「芟薙稗稊，折衷諸家，殊得史氏家法。」[19]毛晉〈南唐書跋語〉亦云：「陸獨遒邁，得史遷家法。」[20]清人周在浚〈南唐書箋注凡例〉評云：「陸《書》發凡起例，簡略【案：此二字為衍文】詳略可觀，足繼遷、固；……可與歐陽公

---

13 見簡彥姈撰：《陸游散文研究》（臺北市：臺灣師範大學國文學系博士論文，2011年），頁355。

14 見朱迎平撰：《宋文論稿》（上海市：上海財經大學出版社，2003年），頁89。

15 見徐志嘯撰：〈論陸游的散文〉，《青大師院學報》第13卷第1期（1996年3月），頁14。

16 見簡彥姈撰：《陸游散文新論》（臺北市：致知學術出版社，2014年），頁12。

17 見〔南宋〕陳振孫撰：《直齋書錄解題》，收入景印攝藻堂《四庫全書薈要》（臺北市：世界書局，1986年），冊237，卷5，頁92下。

18 見〔南宋〕陸游撰：《南唐書》（明・崇禎庚午〔三年；1630〕海虞毛氏汲古閣刊《陸放翁全集》本），頁2左。

19 見〔明〕李清撰：《南唐書合訂》，收入《四庫禁燬書叢刊補編》（北京市：北京出版社，2005年據清・乾隆鈔《文淵閣四庫全書》撤出本影印），冊8，頁460上。

20 見〔南宋〕陸游撰：《南唐書》，頁9右。

《（新）五代史》相匹。」[21]大抵以為陸《書》搜羅宏富，剪裁得宜，風格遒勁，且繼軌《史記》、《漢書》，深具史法，堪與歐公《新五代史》相媲美。

　　果真如此嗎？則待吾人詳加探討，本書研究目的，在於以《南唐書》為例，抽絲剝繭，條分縷析，闡述陸氏史傳散文的成就與價值，期能突顯陸氏散文整體風貌；甚而證明陸游散文之廣博精深，誠如杜思恭〈刻陸游手蹟〉云：「放翁先生文章翰墨，凌跨前輩，為一世標準。」[22]良有以也！

第二節　研究範圍與步驟

　　陸游史傳散文見諸文獻載籍者，有《高宗聖政草》一卷、《孝宗實錄》五百卷（與傅伯壽等合撰）、《光宗實錄》一百卷（與傅伯壽等合撰），及《南唐書》十八卷等[23]；其中《南唐書》為私修史著，歷來備受好評。職是之故，本書探論陸氏史傳散文，以《南唐書》為例；至於其他史書之作，約略概述於後：

---

21 見〔清〕周在浚撰：《南唐書注》，收入《續修四庫全書》（上海市：上海古籍出版社，2002年據民國四年（1915）劉氏嘉業堂刊本影印），冊333，頁335。

22 見〔清〕吉慶、謝啟昆總裁：《廣西通志》，收入《中國邊疆叢書》（臺北市：文海出版社，1966年據清·嘉慶六年（1801）修同治四年（1865）補刊本影印），冊15，卷224，頁10828。

23 案：陸游一生著述頗豐，據《宋史》〈藝文志〉〈史部〉載：曾與傅伯壽等合撰《孝宗實錄》五百卷、《光宗實錄》一百卷，又著有《會稽志》二十卷、《老學庵筆記》一卷等；《四庫全書·史部》著錄其《入蜀記》六卷、《南唐書》十八卷。然《會稽志》今已亡佚，《老學庵筆記》（《四庫全書總目》入子部雜家類）、《入蜀記》，吾人歸為「筆記散文」之屬。

一 《高宗聖政草》一卷

　　據陸氏〈高宗聖政草〉一文，云：「某被命修《光堯皇帝聖政》，草剏（創）凡例，網羅放逸（佚），雖寢食間，未嘗置也，然不敢以稿留私篋。暇日偶追記得此，命兒輩錄之。」[24]又陳振孫《直齋書錄解題》載：「《高宗聖政草》一卷。陸游在隆興初，奉詔修高宗聖政，草創凡例，多出其手。未成而去，私篋不敢留藳（稿）；他日追記得此，錄之而書其後，凡二十條。」[25]是知陸氏嘗奉命修《高宗聖政草》，雖然當時草創凡例，多出其手，但書未成而去，故不敢自留底稿。日後追記，得一卷，凡二十條。此書至《宋史》〈藝文志〉仍有著錄，然代遠年湮，不知去向。

　　不過，《高宗聖政草》一卷，從今人錢仲聯、馬亞中所編《陸游全集校注》，可窺知一二。據文末編者所注云：「輯自《永樂大典》卷一二九二九『一送、宋高宗一七一』。」[26]雖是如此，僅剩斷簡殘編，已非原貌。

二 《孝宗實錄》五百卷

　　據《直齋書錄解題》〈起居注類〉載：「《孝宗實錄》五百卷，嘉泰二年修撰。傅伯壽等撰。」[27]是知宋寧宗嘉泰年間，陸氏與傅伯壽

---

24 見〔南宋〕陸游撰：《渭南文集》，收入《陸放翁全集》，冊5，卷26，頁1左。

25 見〔南宋〕陳振孫撰：《直齋書錄解題》，收入景印摛藻堂《四庫全書薈要》，冊237，卷5，頁111下。

26 見錢仲聯、馬亞中主編：《陸游全集校注》（杭州市：浙江教育出版社，2011年），冊13，頁135。

27 見〔南宋〕陳振孫撰：《直齋書錄解題》，收入景印摛藻堂《四庫全書薈要》，冊237，卷4，頁89上。

等同修《孝宗實錄》五百卷。另在《南宋館閣續錄》、《宋史》〈藝文志〉中亦見著錄；不過，如今已亡佚，不復可見。

三 《光宗實錄》一百卷

據《南宋館閣續錄》載：「《光宗皇帝實錄》一百卷。」[28]此部《光宗實錄》，乃宋寧宗嘉泰年間，陸氏與傅伯壽等同修。在《宋史》〈藝文志〉中亦有著錄，然今已散佚無蹤。

案：由於《孝宗實錄》、《光宗實錄》亡佚，而《高宗聖政草》雖有輯錄本，但內容終究不完整，故不納入本書研究範圍。

因此，本書題為《陸游史傳散文探論──以《南唐書》為例》，吾人研究擬從以下幾個步驟著手：

（一）述其版本：陸氏《南唐書》十八卷，宋刊本不可見，今存較早的僅有明刊錢叔寶鈔本、秘冊彙函本及毛晉汲古閣本。另有《南唐書合刻》本，如清代郎廷極振鷺堂本、蔡學蘇三餘書屋補刊本、劉晚榮藏修書屋本，及民國南海黃氏刊本。其中由於毛氏將該《書》收入《陸放翁全集》，隨陸氏詩文一齊刊行，故以汲古閣本流傳最廣。本書擬先考述各家版本源流，再校訂汲古閣本之訛舛，並以此為研究底本。（案：本書所徵引陸《書》原文，以校訂後汲古閣本為依據。）

（二）溯其源頭：陸《書》為一私家纂述，無論在縱向上，承沿自正史家法；或在橫向上，脫胎於並時諸史；在在可見其繼承之跡，淵源於中國史書寫作傳統。然陸氏非一味地墨守成規，在繼承史書傳

---

28 見〔南宋〕佚名撰：《南宋館閣續錄》，收入《宋代傳記資料叢刊》（北京市：北京圖書館出版社，2006年據清‧光緒中錢塘丁氏嘉惠堂刻《武林掌故叢編》本影印），冊43，卷4，頁222。

統之餘，亦能推陳出新，有所開創，故自成一家風貌，成此一部良史。因此，本書擬先追溯陸《書》體例之源頭，尋根究底，辨析源流，期能對其史傳散文之繼承與開創有所瞭解。

（三）考其史實：陸氏撰寫南唐史，聚焦於金陵有國三十九年、祖孫三代之經營。但烈祖崛起於楊吳之世，南唐承襲楊吳國祚，研究南唐史不可不知楊吳事；又金陵城破，後主君臣降宋，可見宋初歷史摻雜不少南唐遺事；因此，南唐受禪前局勢、降宋後事略，皆為本書探討的範圍。此外，針對南唐一朝史事，吾人擬就陸《書》所載內容，從內政措施、朋黨傾軋、軍事戰役、外交關係及文化發展等方面，引述他書，考訂史實，期能證明陸氏史傳散文考據嚴謹，秉筆直書，頗近於史實真相。

（四）探其思想：陸氏平生服膺儒家思想，然在仕途失意時，轉而參禪習道，以求獲得心靈上的超脫。形諸史傳散文，《南唐書》之思想內涵，亦以儒家思想為主，摻入道家、佛教思想。總之，儒、釋、道三家思想，相輔相成，兼容並蓄，成為陸《書》思想之特色。

（五）析其技巧：吾人擬從鎔裁、布局、徵引、描摹及對白各方面，逐一剖析陸《書》之寫作技巧，兼論其內容與形式間關係，深究鑑賞，詳加探述，意在闡明陸氏史傳散文的藝術價值，及其足供後人取法之所在。

（六）觀其影響：吾人研究並不僅止於陸《書》，還須往下追蹤，探述元、明、清各代，乃至民國以降深受影響之著述。後世無論增注陸氏史書、澤被史傳著述，或探討南唐歷史者，皆在陸《書》基礎上，繼以發揚光大。其啟迪之功，由是可見。

（七）得出結論：本書期能證明陸《書》之成就，在於：體例謹嚴，深得史書家法；內容精要，貼近歷史真相；思想賅備，融儒、釋、道三家為一爐；技巧超卓，別具藝術價值；承先啟後，繼承傳統

之餘,又能自成一格,啟發後人對陸氏史書、史傳散文及南唐歷史的高度關注,影響深遠。如此一來,始能彰顯陸氏史傳散文之特色與價值,突顯其散文整體風貌,從而肯定陸文在中國文學史上的地位。

第三節　相關文獻之探討

本節旨在探述與陸游《南唐書》相關的文獻資料,不包括後世對該書之校注、考釋,以及後人對南唐史事之纂述、增訂、補遺等,文中依其性質之異,區分為「專門著作」、「學位論文」及「期刊論文」三類,逐一探討。案:由於「專門著作」、「學位論文」內容較為繁複,故隨文附上一段簡介;而「期刊論文」,篇幅短小,內容可從題目中窺知,所以只大概分類而已,不再贅述。

一　專門著作（依出版時間,由近至遠排列）

高峰《亂世中的優雅:南唐文學研究》（北京市:人民出版社,2013年）

該書分為上、中、下三編:上編為「南唐文學的文化觀照」,包括南唐史述、南唐政治與文人心態、南唐經濟與文化風尚等三章。中編為「南唐詞研究」,含南唐詞的由來與特徵、論馮延巳詞、論李璟詞、論李煜詞,及南唐其他詞人創作簡論,共計五章。下編為「南唐詩文研究」,包含南唐詩文的特徵和地位、南唐詩文作家傳論二章。最後為結語,總結南唐文學之整體成就。從書中「上編」可認識到南唐的文人心態、文化藝術、宗教信仰等;而「中、下編」,對南唐詞、詞人及詩文、各時期作家都有詳細的分析,足供參考。

夏瞿禪《南唐二主年譜》一卷（臺北市：世界書局，2010年，《中國文化經典・文學叢書》本）

　　夏瞿禪（承燾）《南唐二主年譜》一卷，據〈後記（一）〉所云：「二主遺事，清・彭元端《五代史記注》、周在浚《南唐書注》及近人劉承幹《南唐書補注》，……予曩從雜書輯得百數十事，其為三家所遺，僅十一二耳。……間有辨證，不避累贅，蘄補三家所未遑也。」[29]是知該年譜主要參照《五代史記注》及《南唐書》周在浚注、劉承幹補注之中主（元宗）、後主事跡，編寫而成。另輯有與三家相異之說，則詳加考證，以補其不足。如辨小周后入宋事：「後主避從善妃，見馬《書》七、陸《書》十六〈從善傳〉。又從善妻亦姓周，見徐公《文集》二十九〈從善墓誌〉，亦以憂思卒。見馬、陸《書》〈從善傳〉或致誤之一因。然（宋）太宗殘暴，有此亦無足怪。不辨可也。……《四庫》〈默記提要〉，疑此事或見野史佚篇之內。非是。」[30]足見其就事論事，考辨精審，極具參考價值。

陳葆真《李後主和他的時代——南唐藝術與歷史》（北京市：北京大學出版社，2009年）

　　該書共六章，依序為：南唐烈祖的個性與文藝活動、南唐中主的政績與文化建設、藝術帝王李後主、南唐三主與佛教信仰、南唐繪畫的特色與相關問題的探討、從南唐到北宋期間江南和四川地區繪畫勢力的發展。書中「中主的文化建設」、「後主的學養」、「後主的藝術活動」等節，與吾人研究南唐之文化發展息息相關，可供參考。而「南

29　見夏瞿禪撰：《南唐二主年譜》，收入《中國文化經典・文學叢書》（臺北市：世界書局，2010年），頁94。

30　見夏瞿禪撰：《南唐二主年譜》，收入《中國文化經典・文學叢書》，頁88。

唐三主與佛教信仰」一章，有助於吾人深入瞭解金陵的佛教信仰，可作為闡發陸《書》佛教思想之借鏡。

鄒勁風《南唐文化》（南京市：南京出版社，2005年）

該書計有七個單元：一曰歷史上的南唐、二曰雕欄玉砌今安在、三曰李後主和南唐詞、四曰南唐的書畫和音樂舞蹈、五曰江南佛國、六曰承上啟下的教育、七曰多姿多彩的社會生活。其中第三、四、七單元與南唐文化發展相關，可供吾人研究之用。又第五、六單元及第七單元論南唐隱逸之社會風尚，恰與吾人探述陸《書》中佛教、儒家、道家思想有關，可為本書論述之參考。

另有唐圭璋選編《南唐中主年表》、《南唐後主年表》，收入《隋唐五代名人年譜》第四冊（北京市：北京圖書館出版社，2005年據民國二十五年（1936）鉛印本影印）。此二年表大抵裁剪史料而成，多引流俗之說，蓋出於研讀二主詞「知人論世」之需而編，並非專門考述南唐史事之作，故內容疏略，不符合吾人研究之用。

二　學位論文（依發表時間，由近至遠排列）

黎文雯《李煜與南唐佛教研究》（南昌市：江西師範大學中國哲學專業碩士論文，2014年6月）

誠如作者於〈摘要〉所說：「本文首先介紹南唐佛教的發展概況……。其次論述李煜對南唐佛教的影響……。再次分析佛教思想對李煜詩詞創作的影響，即主要探析李煜詩詞中的佛教意蘊。……論文最後一部分重新審視佛教與帝王政治和文學的雙重關係。」該論文全

面剖析後主與南唐佛教之相互影響，有助於吾人探論陸氏《南唐書》中的佛家思想。

吳勤麗《南唐公文生態研究》（南京市：南京師範大學中國語文學科碩士論文，2014年4月）

作者用「南唐公文概述」、「南唐公文的政治生態」、「南唐公文的文化生態」及「南唐公文生態研究意義評析」四章，來闡述南唐公文的生態。陸氏《南唐書》中，引用不少當時的公文資料以證史實，透過該論文，可進一步瞭解南唐公文的生態，對於吾人闡述陸《書》之內容史事、南唐之文化發展，及剖析其徵引技巧等，大有裨益。

高明蕙《陸游古文特質及其與歐蘇古文關係之探討》（臺北市：臺灣大學中國文學研究所碩士論文，2013年6月）

陸游身為南宋中興大家，不僅在詩詞上極有成就，其古文猶承北宋典型，自成一家風貌。該論文共計六章，旨在探討陸游古文特質及其與歐蘇古文的關係。除了緒論與結論，第二章「陸游古文特質形成的背景」：如〈摘要〉所云：「南渡時局、歐蘇文的風行、家學淵源與生平交遊俱為影響其古文特質形成的重要因素。」第三章「陸游古文特質析論」：作者歸納出陸氏古文之四項特質：一曰擅記人寫景，二曰多抒情感慨，三曰富文人趣味，四曰體現務實思想。其古文風格如同詩歌，時而豪壯，時而閒淡，隨著年歲增長漸趨於平淡，但偶爾仍出現慷慨激昂之調。第四章「陸游與歐陽修古文之關係」：作者提出「陸學歐文，主要在於文章寫法及風格內涵。」第五章「陸游與蘇軾古文之關係」：認為「陸對蘇文，則主要是寫作精神及人格涵養方面之學習。」總之，如〈摘要〉云：「陸文對於歐蘇文確有所承繼效法，一方面體現歐蘇古文典範對後世之深遠影響；另一方面，陸游對

歐蘇之學習，則經其融會轉化，而於文中自然呈現豐富的面貌、成其自身之風格特質。」

倪海權《陸游文研究》（哈爾濱市：哈爾濱師範大學中國古代文學專業碩士論文，2012年6月）

作者先從「陸游的生平和思想」談起，再分體闡述陸氏之序跋文、書啟文、雜記文、筆記文、史傳文，以及碑誌、頌贊、辭賦和其他文類，最後總結陸氏文的文學史定位。該論文計有七章（不含「前言」、「結語」），其中第六章「史傳」，恰與吾人研究完全重疊，故為非常重要的參考文獻。

畢琳琳《鄭文寶及所著南唐二史研究》（上海市：復旦大學中國古典文獻學專業碩士論文，2012年6月）

如〈摘要〉所云：「本論文以鄭文寶其人及《南唐近事》、《江表志》二書為中心，從作者生平與總體著述情況、《南唐近事》、《江表志》二書的版本著錄、本文輯佚訂誤、撰史體例、文獻價值與史實考訂等方面展開論述和研究。」由於陸游《南唐書》取材自金陵遺臣鄭文寶《南唐近事》、《江表志》二作，故該論文為吾人探討陸《書》之繼承與開創，提供部分參考資料。

李由《陸游文三論》（南京市：南京大學中國古代文學專業碩士論文，2012年5月）

《陸游文三論》，顧名思義，分三章來探論陸游文：第一章「『尚有北宋典型』：陸游對歐陽修散文的繼承與發展」、第二章「史學與陸游的文章創作」、第三章「陸游的四六文：以表、箋、啟為中心的討論」。其中論陸氏文對歐公的繼承與發展，堪為吾人撰寫「陸游《南

唐書》之繼承與開創」一章之參酌；而論史學與陸游的文章創作，恰與吾人研究範圍相同，故顯得格外重要。

劉萍《南唐文化政策探析》（南京市：南京師範大學歷史學科碩士論文，2011年5月）

通篇分為四章論述：第一章「南唐文化政策的形成背景」，如〈摘要〉所云：「南唐建立之後，延續了楊吳尚文的社會風氣。南唐三代國主本身都喜好文藝，具有極高的文化素養，而且禮遇文士，提倡文治，推行了一系列發展文化事業的政策。」第二章「南唐文化政策的主要內容」，〈摘要〉云：「在文教方面，興建學校，鼓勵私學，倡導學風和推行儒學教育；倡導文學和藝術；搜集、整理文獻圖籍和編撰典籍；實行科舉取士，大力招攬人才，重用文士；還提倡和信仰佛教、道教。」第三章「南唐文化政策的主要特點和影響」，〈摘要〉亦云：「南唐文化政策是統治者維護自身利益，鞏固統治的重要手段，好文尚士和儒、道、佛兼容也是南唐文化政策的特點。南唐文化政策有利於安定南唐的社會秩序，極大的推動了南唐文化的繁榮，對後世產生了深遠影響。」第四章「南唐與後周文化政策之比較」，最後，比較南唐文化與並存的後周文化之異同，並分析其相同與迥異的原因。該論文內容詳盡，引證確實，為吾人撰述南唐之文化發展、陸《書》之佛教思想，不可或缺的參考材料。

王聯台《南唐的外交關係》（臺中市：中興大學歷史學系碩士在職專班，2011年5月）

作者分別探討南唐初期、中期、晚期的外交關係，再從交聘制度論及南唐的外交。本論文共計六章，分期闡述南唐的外交關係，引證詳實，條分縷述，內容頗為精贍。此外，隨文附以圖表，諸多史事條

列而出，使人一目瞭然。吾人日後撰寫南唐之外交關係，可借重處想必不少。

張剛《宋人南唐史研究》（上海市：上海師範大學史學理論與史學史專業碩士論文，2010年4月）

如〈中文摘要〉云：「本文主要包括以下幾個方面的內容：第一章主要探討宋人南唐史產生的時代背景，並對宋代南唐史著及其作者概況作一概述。……第二章從史料來源、編修體製和內容編排特色三個方面對宋人南唐史著的編撰情況進行分析。……第三章主要對宋人南唐史著內容進行分析。……本章還具體……對宋代南唐史著中的史論做了深入探究。第四章主要探討宋人南唐史著的貢獻及影響。」該論文為吾人探索陸《書》對宋人史著之繼承，提供具體而可靠的線索。

彭飛《南唐文學研究》（濟南市：山東大學中國古代文學專業碩士論文，2009年5月）

該篇研究南唐文學，計有四章，依序從南唐詩、南唐詞、南唐文及南唐文學繁榮的原因，加以探述。其內容有助於瞭解南唐文士、文學，乃至社會文化，對吾人撰寫南唐文化發展及陸《書》之思想內涵等，頗有貢獻。

蕭剛《《江南野史》研究》（廣州市：廣州大學中國古代文學專業碩士論文，2009年）

作者用六章，探討龍袞《江南野史》一書：第一章「緒論」、第二章「《江南野史》版本流變及佚文」、第三章「作為研究背景的南唐史籍撰述情況」、第四章「《江南野史》史料價值」、第五章「《江南野史》的歷史文學性」及第六章「《江南野史》視角探究」。其中第三、

四章與研究南唐史事頗有相關，無論吾人考訂陸氏《南唐書》之史事內容，或探述陸《書》之繼承與開創，均可參看。

曾嚴奭《南唐先主李昪研究》（臺北市：中國文化大學史學研究所博士論文，2007年6月）

該論文已於二〇〇九年，由花木蘭出版社（臺北市）刊行，收入《古代歷史文化研究輯刊・初編》第十二冊。全書計有八章，除了首、尾二章為「前言」、「結論」外，其餘六章為：李昪身世之謎及相關問題探究、李昪的成長歷程及與徐家的關係、李昪得國歷程、李昪的內部統治及黨派、李昪的對外關係、李昪的家庭成員與繼承人之抉擇。書末另有「附表」十五篇、「附圖」三幅。作者對烈祖時期之南唐史，有一番鉅細靡遺的考述，值得吾人參酌、引用。

蔣政緯《南唐國主的書畫政策》（臺北市：中國文化大學史學研究所碩士論文，2007年6月）

該論文從「南唐歷史背景與社會概論」、「烈祖李昪與中主李璟對書畫的提倡」、「南唐後主對書畫的貢獻」、「南唐皇室對畫家人物的獎掖」四方面，詳加探究南唐國主的書畫政策。可供吾人撰寫南唐文化發展之參考。

彭艷芬《五代時期契丹遼朝與吳越、南唐的交聘研究》（保定市：河北大學中國古代史專業碩士論文，2006年5月）

通篇共四章：第一章「中原政權之外的三支力量」、第二章「契丹與吳越的交聘」、第三章「契丹與南唐的交聘」、第四章「契丹與吳越、南唐交聘之比較」。其中第三、四章與吾人闡述「南唐之外交關係」內容頗有相關，可供參閱。

何嬋娟《南唐文學及其文化思考》（長沙市：湖南師範大學中國古代文學專業碩士論文，2004年5月）

誠如〈摘要〉所云：「本文分三個部分。第一部分闡述五代整體時代背景，……描繪南唐文化繁榮的狀況。第二部分論述南唐文學的狀況，分詩歌、詞、文三部分來展開，並分析形成這種文學狀況的深層文化動因。第三部分就南唐文學整體進行文化思考，嘗試著為南唐文學定位。」足見藉由該論文，可一窺南唐文學、文化之獨特風貌，增進吾人對南唐文化發展的認識。

胡小麗《試析《十國春秋》南唐部分的史料價值》（北京市：首都師範大學中國古代史專業碩士論文，2003年5月）

該論文計有三章（不含「緒論」、「結語」），一、二章為「《十國春秋》南唐部分的史料來源（上）、（下）」，三章為「試析《十國春秋》對南唐史料的考訂情況」，以及三篇附錄：「參考文獻」、「五代十國形勢圖」和「南唐全圖」。吳任臣《十國春秋》對南唐史之考訂、對陸游《南唐書》之繼承，可見一斑。

王安春《宋齊丘評傳》（南昌市：江西師範大學專門史專業碩士論文，2002年5月）

通篇分為五節，依序為：宋齊丘身處的時代、宋齊丘的身世及經歷、宋齊丘在李昇時期的生平簡歷、李璟時期的宋齊丘，及宋齊丘的評價。其研究目的在於：「以史實為依據，通過對宋齊丘一生的發展演變過程分離剖析，力圖展現其全貌，揭示他先明後暗，先治後亂的社會歷史原因，並對他作一個較為公平的評價。」[31]該論文對宋齊丘生平

---

31 語出〈中文摘要〉。見王安春撰：《宋齊丘評傳》（南昌市：江西師範大學專門史專業碩士論文，2002年5月），頁1。

探討深入，足供吾人對《南唐書》〈宋齊丘傳〉之瞭解。

陳鏘澤《南唐基本國策研究》（臺北市：中國文化大學史學研究所碩士論文，1998年6月）

　　該論文共計六章：第一章為「前言——唐末南中國概況（以江南為主軸）」、第二章為「吳的政局和南唐的建立」、第三為「先主時期立國方略」、第四章為「中主時期的政局（壹）——對外往來」、第五章為「中主時期的政局（貳）——國勢漸衰之探討」、第六章為「結論」。由於金陵後來臣服於北朝，為大國附庸，已非主權獨立的國家，故本文探述基本國策，僅止於稱臣、奉正朔以前。此外，文末有「附表」十六篇、「附圖」八幅，分別從時間、空間上，勾勒出南唐史的基本輪廓。

楊秋珊《南唐後主李煜之研究》（九龍：香港私立能仁學院文史研究所碩士論文，1995年6月）

　　該論文「前言」、「結語」獨立而出，內容計有六章：李昪之生平傳略、李昪之思想淵源、李昪之帝王事業、李昪之文藝創作、李昪之後世影響及李昪之爭議探究，對於烈祖其人、其事有一番深入探討，足為吾人研究之參考。

三　期刊論文

（一）兩岸三地之作

1　論述陸游《南唐書》者（依發表時間，由近至遠排列）

趙永平：〈論陸游《南唐書》的文學成就〉，《湖北社會科學》2014年
　　　　第3期，頁134-139

陸敏明、孫旭紅：〈陸游《南唐書》的史學思想〉，《邊疆經濟與文
　　化》2014年第1期，頁80-81

朱志偉：〈淺論陸游《南唐書》的幾點缺憾〉，《黑龍江史志》2012年
　　第15期，頁11-12

朱志偉：〈陸游《南唐書》版本流傳〉，《華章》2012年第13期，頁104

楊恆平：〈三家《南唐書》傳本考〉，《古籍整理研究學刊》第6期
　　（2007年11月），頁57-61

莊桂英、張忠智：〈陸游《南唐書‧宋齊丘列傳》析論〉，《遠東學
　　報》第24卷第2期（2007年6月），頁195-208

郭立暄：〈汲古閣刻《南唐書》版本考〉，《圖書館雜誌》2003年第4
　　期，頁76-79

雷近芳、郭建淮：〈今存南唐史著論略〉，《佛山大學學報》第13卷第1
　　期（1995年2月），頁80-84

張歷憑、雷近芳：〈《四庫全書》所收南唐史著比較研究〉，《信陽師範
　　學院學報》第14卷第3期（1994年9月），頁46-48＆4

雷近芳：〈論陸游的史識與史才〉，《史學月刊》1992年第4期，頁39-
　　45＆38

盧紅：〈批校本《南唐書》述略〉，《江蘇圖書館學報》第4期（1991年
　　8月），頁50

蕭霜：〈陸游《南唐書》簡論〉，《長沙水電師院學報》第6卷第1期
　　（1991年2月），頁90-94

劉永翔：〈《新修南唐書》陸游著袪疑〉，《華東師範大學學報》1985年
　　第6期，頁65-71

孫淑彥：〈陸游和《南唐書》〉，《油頭日報》，1985年1月11日

陳光崇：〈論陸游《南唐書》——兼評《新修南唐書作者考辨》〉，《中
　　國史研究》1984年第2期，頁147-157

盧葦菁：〈《新修南唐書》作者考辨〉，《史學月刊》1982年第4期，
　　　　頁39-43

2 考訂南唐史料者（依發表時間，由近至遠排列）

元志立：〈南唐士人黨爭研究〉，《文史博覽（理論）》（2015年1月），
　　　　頁16-19

李雲根、曹鵬程：〈龍袞《江南野史》考論〉，《樂山師範學院學報》
　　　　第29卷第7期（2014年7月），頁75-78

陳曉瑩：〈《江南錄》：先天不足的「千古信書」〉，《史學集刊》第2期
　　　　（2014年3月），頁51-57

楊超、張固也：〈五代藝文補志述評〉，《圖書情報工作》第55卷第23
　　　　期（2011年12月），頁131-134＆144

胡小麗：〈《十國春秋‧南唐》徵引書目考——兼論《十國春秋》的史
　　　　料價值〉，《圖書情報工作》第55卷第19期（2011年10月），
　　　　頁137-141＆147

胡耀飛：〈宋人陳舜俞《廬山記》所見吳、南唐史料考論〉，《長江文
　　　　明》第7輯，2011年第1期，頁50-71

張剛、孫萬潔：〈馬令《南唐書》評述〉，《今日南國》第121期（2009
　　　　年4月），頁135-136

張荷群：〈論馬令《南唐書》〉，《宋代文化研究》第17輯，2009年第2
　　　　期，頁139-149

薛平拴：〈南唐史研究的新成果——評杜文玉新著《南唐史略》〉，《渭
　　　　南師範學院學報》第17卷第1期（2002年1月），頁93-94

張興武：〈南唐黨爭：唐宋黨爭史發展的仲介〉，《漳州師範學院學
　　　　報》2002年第1期，頁68-74

吳婉真：〈南唐對五代態度之探討〉，《輔仁大學歷史系學會——史
　　　　苑》第59期（1999年1月），頁81-103

鄒勁風：〈現存有關南唐的文字史籍研究〉,《江海學報》1998年第2
　　　期,頁136-140

梁勵：〈南唐建國史略〉,《歷史教學》1997年第9期,頁46-48

鄒勁風：〈1949年以後的國內南唐史研究狀況及考古發現〉,《中國史
　　　研究動態》1996年第5期,頁12-16

朱仲玉：〈論馬令《南唐書》〉,《中國歷史文獻研究》第一輯（1986年
　　　8月）,頁177-182

王吉林：〈契丹與南唐外交關係之探討〉,《幼獅學誌》第5卷第2期
　　　（1966年12月）,頁1-16

3 其他相關之議題

（1）制度

周蓉：〈南唐私學的興盛及其詩文傳授〉,《西北師大學報》第51卷第5
　　　期（2014年9月）,頁43-48

楊立昌：〈南京出土南唐「永通泉貨」篆書當十錢——淺談部分南唐
　　　錢幣〉,《江蘇錢幣》2007年第4期,頁37-40

趙榮蔚：〈南唐登科記考〉,《鹽城師範學院學報》第23卷第2期（2003
　　　年5月）,頁91-97

周臘生：〈南唐貢舉考〉,《孝感教院學報》1999年第7期,頁35-37

杜文玉：〈南唐六軍與侍衛諸軍考略〉,《學術界》1997年第4期,頁
　　　29-35

林振榮：〈慶陽出土的「唐國通寶」〉,《陝西金融》第228期（1995年
　　　12月）,頁66-67

（2）文化

侯妍妍、石翠仙：〈南唐後主李煜的書法成就述考〉，《蘭臺世界》
（2012年7月），頁52-53

秦琴：〈李煜書學思想研究〉，《科教文化》（2010年5月），頁147＆152

何劍明：〈論佛教法眼禪宗的興盛與南唐國的衰亡〉，《學海》（2004年
5月），頁102-107

何劍明：〈南唐崇儒之風與江南社會的文化變遷〉，《歷史教學》2003
年第10期，頁31-35

杜鵑：〈佛教與李煜詞〉，《商丘師範學院學報》第17卷第1期（2001年
2月），頁30-31

（3）人物

方孝玲：〈南唐安徽廬江詩人伍喬其人其詩〉，《古籍整理研究學刊》
第3期（2005年5月），頁83-87

張一雄：〈南唐狀元張確籍貫仕歷考〉，《孝感職業技術學院學報》第6
卷第1期（2003年3月），頁62-63

許春在：〈為李後主一辯〉，《南京曉莊學院學報》第18卷第1期（2002
年3月），頁58-63

王定璋：〈南唐三主的人品及政治〉，《天府新論》2001年第5期，
頁72-78

魏良弢：〈南唐士人〉，《江蘇社會科學》1995年第2期，頁85-89

（二）筆者歷年拙作（依發表時間，由近至遠排列）

簡彥姈：〈陸游《南唐書》之承沿正史家法〉，《文大中文學報》第30
期（即將刊登）

簡彥姈：〈論陸游《南唐書》互見之例〉，《國文天地》第30卷第6期
　　　（2014年11月），頁64-67

簡彥姈：〈陸游《南唐書》〉（下），《國語日報・書和人》第1268期第
　　　11版，2014年8月24日

簡彥姈：〈陸游《南唐書》〉（上），《國語日報・書和人》第1268期第6
　　　版，2014年8月10日

簡彥姈：〈汲古閣本陸游《南唐書》訛誤舉隅〉，《文大中文學報》第
　　　28期（2014年4月），頁57-70

何澍、簡彥姈：〈陸游《南唐書》之版本考述〉，《中國語文》第113卷
　　　第6期（2013年12月），頁15-29

簡彥姈：〈陸游《南唐書》之義例〉，《醒吾學報》第47期（2013年1
　　　月），頁455-468

簡彥姈：〈馬令、陸游二家《南唐書》之比較〉，《文大中文學報》第
　　　25期（2012年12月），頁67-83

簡彥姈、楊慧玲：〈陸游《南唐書》之體例〉，《桃園農工學報》第7期
　　　（2012年4月），頁273-282

簡彥姈：〈陸游入蜀途中對南唐史事之考察〉，《國文天地》第27卷第9
　　　期（2012年2月），頁61-65

簡彥姈：〈陸游《南唐書》「論曰」探述〉，《中國語文》第110卷第1期
　　　（2012年1月），頁30-39

簡彥姈：〈陸游《南唐書》褒貶義例舉隅〉，《中國語文》第109卷第6
　　　期（2011年12月），頁60-70

第四節　陸游與《南唐書》之關係

一　陸游確為《南唐書》之作者

　　該《南唐書》雖然《宋史》〈藝文志〉不題作者名諱，但確為陸游所撰，南宋時人已言之鑿鑿。如周南《山房集》載：「近時陸放翁作《南唐書》，……予嘗扣（叩）放翁：『曷不傳徐騎省（鉉）？』放翁笑而不對。」[32]生處同時代的周南，曾親自向陸氏請教《南唐書》相關問題，可見已間接得到陸氏本人的證實，絕對錯不了。又張端義《貴耳集》載：「讀陸放翁《南唐書》，李王小國耳，自有陶穀、徐鉉。」[33]陳振孫《直齋書錄解題》亦云：「寶謨閣待制山陰陸游務觀撰。」案：陳氏於南宋理宗嘉熙元年（1227）提舉浙東[34]，距陸游辭世不到二十年，或許曾親見其書，或許得之於耆老宿儒、地方文獻，就種種客觀因素而論，其說自然可信。元・趙世延〈南唐書序〉云：「陸游著成此書，最號有法。」[35]戚光《南唐書音釋》亦云：「惟陸游徧取折衷，成此書也。游亦不著名，以他書考而知，豈時以私著避也？」[36]明人沈士龍〈南唐書題辭〉則云：「按陸游新修《南唐書》……而光注謂『游亦不著名，汝他書考而知之。』不知〈劉仁

---

32 見〔南宋〕周南撰：《山房集》，收入景印《文淵閣四庫全書》（臺北市：臺灣商務印書館，1983年據國立故宮博物院藏本影印），冊1169，卷8，頁122下。

33 見〔南宋〕張端義撰：《貴耳集》，收入景印《文淵閣四庫全書》，冊865，卷上，頁418下。

34 據《會稽續志》云：「陳振孫……嘉熙元年五月改知嘉興府。」見〔南宋〕張淏撰：浙江省《會稽續志》，收入《中國方志叢書》（臺北市：成文出版社，1983年據1926年景印清・嘉慶十三年（1808）刊本影印），冊548，卷2，頁6563下。

35 見〔南宋〕陸游撰：《南唐書》，頁2左。

36 見〔南宋〕陸游撰：《南唐書》，頁2左。

贍傳論〉甚明,更無沒者,何必他書?」[37]的確,據〈劉仁贍傳〉「論曰」載:

> 政和中,先君會稽公為淮西常平使者,實請於朝,列仁贍於典祀,且名其廟曰忠顯。後又嘗寓家壽春,方世宗攻下壽州,廢為壽春縣,而徙壽州於下蔡。故壽春父老,喜言仁贍死時事……。乾道、淳熙之間,予遊蜀,在成都見梓潼令金君所藏周世宗除仁贍天平軍節度使告身……。[38]

北宋政和年間,陸游父親會稽公陸宰曾請列前朝劉仁贍於典祀,為立忠顯廟;陸游幼年曾隨父母避亂壽春(安徽壽縣),聽說當地即周師包圍南唐之壽州,因此地方父老對劉仁贍事始終津津樂道。又記他入蜀期間,對金陵史事格外留心、多方考察,作為後來撰述南唐史的重要材料。這樣一來,此《南唐書》為陸游所作,已是鐵證如山,毋庸置疑。

再驗諸陸氏《入蜀記》,載其行經皖口,至趙屯,北望皖山時,輯錄之軼聞:

> 南唐元宗南遷豫章,舟中望皖山,愛之,謂左右曰:「此青峭數峰何名?」答曰:「舒州皖山。」時方新失淮南,伶人李家明侍側,獻詩曰:「龍舟千里揚東風,漢武潯陽事正同。回首皖公山色好,日斜不到壽杯中。」元宗為悲憤欷歔。[39]

---

37 見〔明〕李清撰:《南唐書合訂》,收入《四庫禁燬書叢刊補編》,冊8,頁460上。

38 見〔南宋〕陸游撰:《南唐書》,卷13,頁5左。

39 見〔南宋〕陸游撰:《入蜀記》,收入《宋明清小品文集輯注》(上海市:上海遠東出版社,1996年),卷3,頁48。

此事亦見於《南唐書》〈李家明傳〉：「元宗失江北，遷豫章，龍舟至趙屯，舉酒望皖公山曰：『好青峭數峰，不知何名？』家明對曰：『此舒州皖公山也。』因獻詩曰：『皖公山縱好，不落御觴中。』元宗太（嘆）息，罷酒去。」[40]二文所述內容相仿，寫法略有不同，間接證明出自陸氏手筆。

另如胡震亨〈南唐書題辭〉云：「余始得馬令《南唐書》，以為正可作酒後談資耳，及得陸游新修《南唐書》讀之，乃知正史稗官，迥自懸別，未可以偽史忽之。」[41]顧士吉〈南唐書合訂序〉云：「南唐舊有馬元康、陸游諸紀，……爰是折衷諸家，以陸為正，而以馬《書》羣史附之，嚴其體例，校其譌舛。」[42]李清〈南唐書年世總釋前論〉云：「馬令、陸游二《書》，則咸云唐後，何私乎？彼皆宋人也。」[43]足見時至明代，公認陸游為《南唐書》之作者，已無異議。

清人如《四庫提要》云：「《南唐書》十八卷……宋・陸游撰。……撰《南唐書》者三家，胡恢《書》久佚，惟馬令《書》與游《書》盛傳，而游《書》尤簡核有法。」[44]其餘如周在浚《南唐書注》、周廣業《南唐書箋註》、湯運泰《南唐書註》等，皆認同陸游撰述《南唐書》的事實。民國以降，劉承幹《南唐書補注》、錢仲聯與馬亞中《南唐書校注》諸書，亦一致認為該書出於陸游之手。[45]

---

40 見〔南宋〕陸游撰：《南唐書》，卷17，頁3右。
41 見〔明〕李清撰：《南唐書合訂》，收入《四庫禁燬書叢刊補編》，冊8，頁461上。
42 見〔明〕李清撰：《南唐書合訂》，收入《四庫禁燬書叢刊補編》，冊8，頁463下。
43 見〔明〕李清撰：《南唐書合訂》，收入《四庫禁燬書叢刊補編》，冊8，頁467上。
44 見〔南宋〕陸游撰：《南唐書》，收入景印《文淵閣四庫全書》，冊464，頁384下。
45 案：盧葦菁〈《新修南唐書》作者考辨〉中，主張《新修南唐書》的作者是胡恢，而非陸游。而陳光崇〈論陸游《南唐書》——兼評《新修南唐書作者考辨》〉、劉永翔《《新修南唐書》陸游著袪疑》二文，予以一一反駁。誠如劉永翔所云：「《新書》（《新修南唐書》）之為陸游的著作是可以定讞的。」見劉氏撰：〈《新修南唐書》陸游著袪疑〉，《華東師範大學學報》1985年第6期，頁71。

二　陸游撰述《南唐書》之動機

　　陸氏撰述《南唐書》之動機，不外乎「承繼書香家風」、「寄寓歷史教訓」二者，茲析論如次：

（一）承繼書香家風

　　據陸游〈右朝散大夫陸公墓誌銘〉云：「比唐亡，惡五代之亂，乃去不仕。……宋興，歷三朝數十年，秀傑之士畢出，太傅始以進士起家，楚公繼之，陸氏衣冠之盛，浸復如晉唐時，往往各以所長見於世。」[46]唐末時局動盪，陸氏先人耕讀維生；至宋代，其高祖陸軫登進士第，陸氏一族始在官場嶄露頭角。陸軫乃真宗祥符五年（1012）進士，官至吏部郎中，直昭文館。陸游〈子遹讀書常至夜分，作此示之〉詩云：「業成自有能知賞，家世從來典石渠。」自注：「先太傅、先楚公皆久在三館，予亦入館二十年，晚忝大蓬之命。」[47]陸氏祖孫皆因學識淵博，被延攬入館：陸軫久在三館，他亦入館多年，故對高祖崇拜有加。

　　又〈奉直大夫陸公墓誌銘〉云：「太傅生國子博士，贈太尉，諱珪。」[48]〈右朝散大夫陸公墓誌銘〉云：「太傅兩子，伯曰萬載縣令，諱琪……；仲曰國子博士，贈太尉，諱珪，實生楚公……。」[49]是知其曾祖陸珪，為國子博士。其祖父陸佃（楚公），舉進士後，累官至尚書左丞；一生治學嚴謹，著作等身。陸游〈誦書示子聿〉詩云：

46　見〔南宋〕陸游撰：《渭南文集》，收入《陸放翁全集》，冊5，卷32，頁1左。

47　見〔南宋〕陸游撰：《劍南詩稿》，收入《陸放翁全集》，冊4，卷80，頁9右。

48　見〔南宋〕陸游撰：《渭南文集》，收入《陸放翁全集》，冊5，卷35，頁2左。

49　見〔南宋〕陸游撰：《渭南文集》，收入《陸放翁全集》，冊5，卷32，頁1左。

「乃翁誦書舍東偏，吾兒相和山之巔。……楚公著書數百編，少師手校世世傳。」[50]謂其祖父著書百編，其父嘗親手校對，他亦期許兒子能承此書香家風，代代相傳。

其父陸宰，官朝請大夫，置秘閣，贈少師。陸游〈跋張敬夫書後〉云：「先君會稽公，嘗識忠獻於掾南鄭時，……以故某辱忠獻顧遇甚厚。」[51]可見陸宰與抗金名將張浚（忠獻公）交情匪淺。晚年雖退隱不仕，卻仍關心國事，所與遊者，盡是忠臣義士，如〈跋李莊簡公家書〉云：「李丈參政罷政歸鄉里，……時時來訪先君，劇談終日。每言秦氏，必曰『咸陽』，憤切慨慷，形於色辭。」[52]〈跋周侍郎奏稿〉亦云：「一時賢公卿與先君遊者，每言及高廟盜環之寇，乾陵斧柏之憂，未嘗不相與流涕哀慟。雖設食，率不下咽，引去；先君歸，亦不復食也。」[53]陸宰憂國憂民之心，可以想見。

此外，陸氏藏書甚富，如《嘉泰會稽志》載：「紹興十三年始建祕書省……，詔求遺書於天下。首命紹興府錄朝請大夫直祕閣陸宰家所藏書來上，凡萬三千卷有奇。」其家載籍之豐，不言而喻。又云：「越藏書有三家：曰左丞陸氏、尚書石氏、進士諸葛氏。……陸氏書特全於放翁家……，三家圖籍，其二氏嘗更廢遷，而至今最盛者，惟陸氏。」[54]幾代累積下來，至陸游時，陸氏藏書已居江南之冠。他承此家風，遍覽群籍，學識廣博，自然有志於紹承先人，努力著述。

---

50 見〔南宋〕陸游撰：《劍南詩稿》，收入《陸放翁全集》，冊3，卷49，頁11右。

51 見〔南宋〕陸游撰：《渭南文集》，收入《陸放翁全集》，冊5，卷31，頁2左。

52 見〔南宋〕陸游撰：《渭南文集》，收入《陸放翁全集》，冊5，卷27，頁6左。

53 見〔南宋〕陸游撰：《渭南文集》，收入《陸放翁全集》，冊5，卷30，頁7右。

54 見〔南宋〕施宿撰：浙江省《嘉泰會稽志》，收入《中國方志叢書》，冊549，卷16，頁6463上。

（二）寄寓歷史教訓

陸游承此優良家風，學問淵博[55]，幾度奉詔修史，如孝宗隆興初，他嘗奉命修《高宗聖政草》，雖然「草創凡例，多出其手」，但書未成而去；日後追記，得一卷，凡二十條。寧宗嘉泰年間，他與傅伯壽等館臣同修《孝宗實錄》五百卷；又完成《光宗實錄》一百卷。身為一介史官，儘管奉命修史，或未能全程參與，或其書多已亡佚，然他既有家學淵源，又秉持豐富的修史經驗，加以曾悉心考察金陵遺址，自然也擬效法司馬遷完成一部偉大史著，故而私撰《南唐書》，以寄寓歷史教訓，闡發愛國思想。

由於南唐為五代十國中一偏據小國，全盛時期占地約三千里[56]，有國近四十年，歷烈祖、元宗、後主三世苦心經營，在軍政上雖不敵北方大朝之侵吞，終至國破家亡，走入歷史；然在文化上卻詩書齊備，禮樂昌隆，蔚為大觀，承襲唐代以來的詩禮傳統，繼以發揚光大。儘管在政權傳承上，宋代承自後周國祚，而後消滅南方諸小國，一統天下，成就帝業；然在文化方面，宋朝典章、文物為南唐之延續，一脈相承，源遠流長。陸氏身為大宋臣民，而宋太祖受後周之禪位，自不能視五代為僭偽；又宋代文化紹承南唐，亦無法貶低其歷史地位。故陸《書》既尊中原，亦不貶淮南，以南唐為合法政權，與五

---

55 據《宋史》〈陸游傳〉云：「游力學有聞，言論剴切，遂賜進士出身。」見〔元〕脫脫等修：《宋史》，收入《二十五史》（臺北市：藝文印書館，1982年據清・乾隆武英殿刊本影印），冊35，卷395，頁4872下。

56 據《南唐書》〈建國譜〉云：「自江以南，昇、潤、常、歙、宣、鄂、池、饒、信、江、洪、撫、袁、吉、虔一十五州，自江以北，揚、楚、泗、和、滁、光、黃、舒、蘄、廬、壽、海、濠一十三州，合二十八州，楊行密專據以建吳國。南唐因之，置泰州、筠州，又取汀、建、漳、泉四州，復置劍州，共三十五州之地，號為大國。」見〔北宋〕馬令撰：《南唐書》，收入《四部叢刊廣編》（臺北市：臺灣商務印書館，1981年據上海涵芬樓景印明刊本），冊12，卷30，頁112下。

代並列。書中視金陵為正統，為三君主立「本紀」，即使後主降號、亡國，仍置於〈本紀〉。其敘述亦以南唐為中心，與諸家史著以五代為正統、十國為僭偽，不可同日而語。

　　陸氏身處南宋，當時中原淪陷金人鐵蹄之下，朝廷亦偏安江左，就整體形勢而言，南宋所處境遇與南唐約略相當，向來感時憂世的他，纂述南唐歷史之餘，不忘寄寓歷史教訓於其間，意在借金陵史事以喻南宋前途，藉此呼籲時人：莫忘前車之鑒，勿步南唐後塵！誠如蕭霜〈陸游《南唐書》簡論〉所云：「陸游……以南唐史事來比附和影射南宋，……隱然指出：在當時，只有南宋才是中華民族的合法代表。這對於宋金對峙時期激揚民族意識，可以產生強烈的反響，對反對朝廷的一味屈膝求和也是有一定作用的。」[57]

三　陸游《南唐書》之寫作時間

　　陸氏《南唐書》作於何時？文獻闕如，不得而知。而劉永翔〈《新修南唐書》陸游著袪疑〉一文，指出：「《新書》（《新修南唐書》）修纂的確切年代尚不可考，但總在淳熙五年至嘉泰二年這二十餘年之間，這是可以斷定的。」[58]吾人進一步分析：其一，陸氏一生三入史館，分別在紹興三十二年（1162）九月[59]、淳熙十六年（1189）

57　見蕭霜撰：〈陸游《南唐書》簡論〉，《長沙水電師院學報》第6卷第1期（1991年2月），頁91。

58　見劉永翔撰：〈《新修南唐書》陸游著袪疑〉，《華東師範大學學報》1985年第6期，頁67。

59　案：紹興三十二年九月，陸游兼任編類聖政所檢討官，掌修國史，依類編列太上皇資料。

二月[60]及嘉泰二年（1202）五月[61]，亦即他三十八歲、六十五歲和七十八歲之時。由於其早年識見未廣、晚年老病纏身，所以私修史書應在中年時期。其二，根據拙作〈陸游入蜀途中對南唐史事之考察〉（《國文天地》第27卷第9期〔2012年2月〕，頁61-65）一文，知陸氏《南唐書》寫於別蜀東歸之後，即淳熙五年，五十四歲以後。其三，陸氏〈望永思陵〉詩自注：「淳熙末，上命羣臣齊集文華閣，修《高宗實錄》，游首被選。」[62]他為何是第一人選？答案已呼之欲出，因為在淳熙十六年以前，曾入館修史，又私纂《南唐書》，史學才能備受肯定。由此推斷，《南唐書》最晚當成書於淳熙十五年。從淳熙五年至十五年間，適值他學識、閱歷豐富，且曾入蜀考察史料，又值體力較好之際，自然是撰史的最佳時機。至於紹熙元年（1190）至嘉泰二年間，亦即六十六至七十八歲時期，雖然賦閒時間長，但已日趨衰老，故在家修訂初稿遠比埋首撰述機率大。

第五節　陸游《南唐書》版本考述

　　陸游《南唐書》十八卷，宋刊本已不復可見，今存較早的僅有明刊本，如明‧萬曆年間沈士龍、胡震亨校刊之秘冊彙函本，及海虞毛氏汲古閣刊《陸放翁全集》本。其實，現存明刊本主要分成三個系統，除了沈胡校刊秘冊彙函本、海虞毛氏汲古閣刊本，尚有更早的本子──明人錢叔寶手鈔本，不過該本不知去向，只能從影印本中一窺

60　案：淳熙十六年二月，光宗詔群臣於華文閣修《高宗實錄》，陸游為第一人選，除朝議大夫、禮部郎中兼實錄院檢討官。

61　案：嘉泰二年五月，以孝宗、光宗兩朝實錄及二朝國史未成，召他以原官提舉祐神觀兼實錄院同修撰兼同修國史。

62　見〔南宋〕陸游撰：《劍南詩稿》，收入《陸放翁全集》，冊3，卷65，頁11右。

端倪。據《四部叢刊續編》收入上海涵芬樓景錢叔寶鈔本，得知錢氏抄錄之底本為王穀祥鈔本，而王氏所據底本為陸子虡家藏宋刊本。沈胡校刊秘冊彙函本雖不知其依據之底本為何，但至少是明·萬曆以前的本子，相對來說亦算是古本。至於海虞毛氏汲古閣刊本，據說是購得秘冊彙函本殘版，而後校以家藏鈔本，此鈔本有可能是錢叔寶手鈔本。由是可知，明刊本看來雖為三個系統，但其間又非毫不相干，彼此仍具有一定的關聯性。

　　時至清代，陸氏《南唐書》，除了文淵閣四庫全書寫本之外，尚有一些與馬令《南唐書》合刻的本子問世，如廣寧郎氏振鷺堂合刻本、盱南三餘書屋補刊合刻本、古岡劉氏藏修書屋合刻本，均為參校陸氏《南唐書》時不可或缺的底本。民國以後，上海中華書局四部備要本，據毛氏汲古閣本校刊而成；民國五年（1916）南海黃氏出版《南唐書合刻》等，都是重要的本子。以下分為十項，詳加考述：一曰「涵芬樓景錢叔寶鈔本」，二曰「沈胡校刊秘冊彙函本」，三曰「海虞毛氏汲古閣刊本」，四曰「日本傳鈔汲古閣刊本」，五曰「文淵閣四庫全書寫本」，六曰「中華書局四部備要本」，七曰「清郎氏振鷺堂合刻本」，八曰「三餘書屋補刊合刻本」，九曰「影印藏修書屋合刻本」，十曰「民國南海黃氏合刻本」。（案：本文僅論臺灣可見之陸游《南唐書》版本，眼見為憑，詳加闡述，故與朱志偉〈陸游《南唐書》版本流傳〉所載陸《書》版本流傳概況，稍有出入，特此說明。）

一　涵芬樓景錢叔寶鈔本

　　陸游《南唐書》十八卷，民國二十三年（1934）涵芬樓景錢叔寶鈔本，題為《陸氏南唐書》，收入《四部叢刊續編·史部》。據該書最前扉頁注云：「上海涵芬樓景印明·錢叔寶手鈔本，原書葉心高十八

公分、寬十二公分。」由於原書已不可見，僅能從涵芬樓影本中，一
睹錢氏鈔本之風貌。該書前有元代趙世延〈南唐書序〉；後附明‧王
穀祥手跋、明‧錢叔寶手跋、元‧戚光〈南唐書音釋〉，以及張元濟
跋和〈陸氏南唐書校勘記〉一篇。該本為線裝，尺寸為19.8cm×
13.2cm，較原書略大。內文每葉十行，每行二十一字。左右雙欄，版
心白口，中縫中記「陸氏南唐書紀幾」或「陸氏南唐書傳幾」[63]及葉
數，對魚尾。文中書及宋朝君主、皇室、歷史等均挪擡示敬，是為抄
自宋本之遺留。誠如張元濟跋云：

> 世行者惟毛氏汲古閣本，是本亦毛氏舊藏明‧錢叔寶手錄王酉
> 室吏部鈔本。王氏自跋謂出自陸子虛（虞）家所藏宋刻，本紀
> 三卷、列傳十五卷，與錢曾所見小題在上，大題在下者異。與
> 王氏（士禎）所稱宋槧十五卷亦不同。書中涉及宋室如太祖、
> 真宗、趙點檢、天子、天威、宋興、宋受禪、國朝等字，均空
> 格，蓋猶沿宋本之舊。[64]

謂錢叔寶手錄王穀祥（酉室）鈔本，王氏跋中自稱：所抄底本為陸子
虛家藏宋刻本。然既是宋刻本，卻與錢曾所見「小題在上，大題在
下」者有別；亦與王士禎（漁洋）所說「宋槧十五卷」本不同。那
麼，到底何者為宋刻原貌？不得而知。不過，該本文中出現與宋朝相
關之詞彙，均空一格表示尊敬，可見保留了若干宋本的痕跡。張元濟
跋又云：

---

63 案：該本之卷次編排，三紀、十五列傳各為起訖。

64 見〔南宋〕陸游撰：《陸氏南唐書》，收入《四部叢刊續編‧史部》（上海市：商務印
　書館，民國二十三年（1934）據上海涵芬樓景印明‧錢叔寶手鈔本），陸書跋，頁1
　左。

　　毛氏刊本後跋云：「……購其焚餘板一百有奇，斷蝕不能讀，因簡家藏鈔本訂正。」然以是本校之，則彼此多不相侔，且足以訂正刊本之訛奪者，多至四百餘字，不知毛氏何以舍（捨）甲而取乙。……原書有硃筆校改之字，如紀一第四葉後第六行「瀟灘鎮」之「瀟」改作「淵」、音釋第二葉前第八行喬彥下「後世走之」之「走」改作「足」、第五葉前第十行豆盧下「姓出北地」之「北」改作「羌」……，度必為錢氏手筆，且與毛本不同，而意義亦較原本為長。因即依校筆上版，並以全部與毛本不同之字，別為校記，附錄於後，以諗讀者。

　　說明原書硃筆校改處，意義較汲古閣本佳，不知毛晉自謂取錢氏鈔本校訂，為何捨校字而取原字。因為硃筆很可能為錢氏所校，故此本刊行時以校字為主，至於經校改而與汲古閣本相異處，則另作〈陸氏南唐書校勘記〉一文，逐條記錄清楚。

　　涵芬樓景錢叔寶鈔本，在校對方面，較汲古閣本或其他刊本精確，如〈元宗本紀〉云：「又以洪州屯營都虞候邊鎬為湖南安撫使，便宜進討。」一改他本作「便宜進封」之失；又「保大十一年，……知制誥徐鉉因奏事白之。」刊訂他本作「知制詔」之誤。〈邊鎬傳〉云：「言……遣其將王進逵、周行逢來攻。」勘正他本作「王進遠」之訛；又「咸師朗來歸，以其所部為奉節軍。」〈劉彥貞傳〉云：「裨將武彥暉、張延翰、咸師朗，皆闒（鬥）將，無籌略。」訂正他本作「成師朗」之舛。〈周本傳〉云：「武王謀可將者，判官嚴可求薦本。」改正他本作「列官」之疏。〈何敬洙傳〉云：「民有訴事者，立引入，親自剖析曲直。」可訂他本作「剖折」之錯。〈游簡言傳〉云：「簡言父恭，嘗為鄂州杜洪掌書記。」刊正他本作「林洪」之舛。〈喬匡舜傳〉云：「而少年輕薄子嘲之，謂之『陳橘皮牓』。」校

正他本作「陳橘成牓」之非。〈孫忌傳〉云：「如洛陽，為進士者，例修邊幅，尚名檢。」改訂他本「始濟陽」之誤。〈李平傳〉云：「而守貞敗，兩人無所復命。」一改「叛」字之訛。又〈蕭儼傳〉云：「烈祖初，歷大理司直，刑部郎中。」校訂「大理司自」之乖。諸如此類，刊正不少訛舛（案：參見附錄一〈汲古閣本陸游《南唐書》校訂〉），足見該本以校訂精審著稱。

二　沈胡校刊秘冊彙函本

明・萬曆年間，海鹽胡震亨（孝轅）、秀水沈士龍（汝納）等編纂秘冊彙函，收入陸游《南唐書》十八卷、元・戚光〈音釋〉一卷。此沈胡校刊秘冊彙函本，今藏於國立故宮博物院，計四冊。書中鈐有「朱師轍觀」白方印、「飛青閣藏書」白方印、「永恩堂」白方印。前有明代沈士龍〈南唐書題辭〉，後附元人戚光〈南唐書音釋〉。該本線裝，尺寸為25.4cm×15.9cm。內文則每葉九行，每行十八字。左右雙欄，版心白口，中縫中記「南唐書卷次」及葉數，單魚尾。案：卷六葉五、卷十一葉三，係手抄配補。

該本卷次之編排，卷一至卷三為本紀，卷四至卷十八為列傳。據清人《四庫全書總目提要》云：「《南唐書》十八卷，《音釋》一卷。……王士禎《古夫于亭襍（雜）錄》，又稱其門人成文昭寄以宋槧本，凡十五卷，與今刻十八卷，編次小異，今其本均不可見。所行者惟毛晉汲古閣本，刻附《渭南集》後者，已改其體例，析其卷數矣。」[65]在卷數析合方面，吾人以為胡玉縉〈四庫提要補正〉所說甚

---

65 見〔清〕永瑢、紀昀等撰：武英殿本《四庫全書總目提要》（臺北市：臺灣商務印書館，1983年據國立故宮博物院藏本影印），冊2，卷66，頁435上。

是：「宋本目錄三紀，與列傳十五卷，各為起訖；汲古閣本則通計為十八卷。恐漁洋（王士禎）未檢全書，但見卷末題列傳十五卷，而遂誤認為十五卷耳，非與此本有異同也。」[66]果真如此，則陸氏《南唐書》原為十五卷，後世遂析以為十八卷之說，不攻自破矣。

該本目錄，錯誤百出，如列傳三：游簡言作「游　簡」；列傳四：高審思作「高　審」；列傳五：陸昭符作「睦　昭」；列傳六：高越附兄子遠作「高越遠」；列傳八：廖偃、彭師暠是合傳，應寫在一起，卻分成二處，彷彿各自有傳；列傳十二：蕭儼作「簫儼」；列傳十四：申漸高作「中漸高」、遺漏耿先生；列傳十五：浮屠作「浮圖」。正文中訛誤亦不少，如「己」、「已」、「巳」皆作「巳」[67]，「段」皆作「叚」[68]，「銜」皆作「御」[69]等；又〈烈祖本紀〉云：「行密亦謂溫曰：『知誥雋傑，諸將子皆不遠也。』」「遠」為「逮」之訛；〈劉彥貞傳〉云：「兵車旗幟，亙數百里，戰艦銜尾，蔽淮而上。」「銜尾」應作「衘尾」；〈張易傳〉云：「易一日朝退，歎曰：『吾忝廷尉，職誅邪孽，當手斃二豎，以謝曠官！』」「忝」應作「忝」；〈景遂傳〉云：「交泰元年三月，始改授天策上將軍……，以樞密副成李徵古為鎮南節度副使佐之。」「樞密副成」應作「樞密副使」；凡此種種，不勝枚舉。

儘管如是，秘冊彙函本仍不乏貢獻，如〈元宗本紀〉云：「交泰

---

66 見〔南宋〕陸游撰：《南唐書》，收入《百部叢書集成·史地類》（臺北市：藝文印書館，1967年據明·萬曆胡震亨等校刊本影印），附錄，頁4左。

67 如〈元宗本紀〉云：「保大元年，春，三月，巳卯，朔，烈祖殂巳旬日，帝猶未嗣位。」應作「己卯」、「巳旬日」，而該本一律作「巳」。

68 如〈李金全傳〉之「叚處恭」（卷10）、〈叚處常傳〉之「叚處常」（卷17）、〈吳媛傳〉之「叚甲」（卷17），均誤「段」為「叚」也。

69 如〈宋齊丘傳〉：「元宗意謀出齊丘，大御之。」（卷4）〈王建封傳〉：「元宗深御建封，顧方治覺等擅興，未及治也。」（卷8）〈江文蔚傳〉：「中書舍人張緯，後唐應順中及第，大御其言，執政又皆不由科第進，相與排沮，貢舉遂復罷矣。」（卷10），「御」均應作「銜」。

元年……帝遣閣門承旨劉承遇上表，稱唐國主盡獻江北郡縣之未陷者，鄂州漢陽、漢川二縣在江北亦獻焉。」「漢川」其他版本均作「汶川」，頗令人費解；直到親見該本，始豁然開朗。又同文：「保大四年，……以樞密使陳覺為福建宣諭使。」以刊訂「宣輸使」之誤。〈後主本紀〉云：「金陵殿闕皆設鴟吻，元宗雖臣于周，猶如故。」「猶如故」，他本作「猶知故」，語意不通。〈查文徽傳〉云：「閩主延羲與其兄延政相攻，……延義為其下所殺，推立大將朱文進。」閩主「延羲」，他本作「延義」，亦可據此校正。

三　海虞毛氏汲古閣刊本

國家圖書館藏陸游《南唐書十八卷》，明・崇禎庚午（三年，1630）海虞毛氏汲古閣刊《陸放翁全集》本，前有清代顧廣圻手書題跋、元代趙世延序，後附明人毛晉跋語、元・戚光〈南唐書音釋〉一卷、清・黃丕烈手書題跋二則。其版式行款為每葉八行，每行十八字。左右雙欄，版心花口，上方記書名，中縫中記「卷之幾」，下有「汲古閣」三字。據毛晉跋語云：「放翁書一十八卷，僅見于鹽官胡孝轅秘冊函中，又半燼於武林之火。庚午夏仲，購其焚餘板一百有奇，斷蝕不能讀，因簡家藏抄（鈔）本訂正，附梓於全集逸稿之末。」[70]是知海虞毛氏汲古閣刊本陸游《南唐書》，乃毛晉購得胡震亨秘冊彙函本殘版，校以家藏鈔本，此鈔本有可能是錢叔寶手鈔本，而後收入《陸放翁全集》中梓行。

顧廣圻手書題跋云：「如《讀書敏求記》所云：『卷例俱遵《史》《漢》體，首行書某紀某傳卷第幾，而注《南唐書》于下。』今流俗

---

70 見〔南宋〕陸游撰：《南唐書》，頁10左。

抄（鈔）本，竟稱《南唐書·本紀》卷第一、卷二、三，列傳亦如之。開卷便見其謬者，尚未改去。其他沿襲舊訛，可知其不少矣！」謂汲古閣本非但改變舊史「小題在上，大題在下」之式；更從流俗抄（鈔）本，卷首便標「南唐書卷第幾」，次行低兩字復書「某本紀第幾」或「某列傳第幾」，一改錢叔寶鈔本三紀與十五列傳各為起訖之做法。其他沿襲舊訛者，諸如：〈烈祖本紀〉云：「即皇帝位，改吳天祚二年為昇元元年。」應作「天祚三年」；「昇元元年，……追封長子景遷為高平郡王。」應為「次子」；「昇元四年，……晉安州節度副使李金全來降。」應作「安州節度使」。〈元宗本紀〉云：「保大十四年，……光州兵馬都監張延翰，以城降於周。」據考證降周的應是「張承翰」。〈後主本紀〉云：「乾德二年，……十月甲辰，仲寓卒。」應是「仲宣卒」；又「乾德四年，……九月，慎儀至番禺，被執。」龔慎儀出使南漢，應繫於「開寶三年」。〈周本傳〉云：「吳越將陳璋，據衢州歸款，越人圍之。武王遣本迎璋，越人解圍出璋，而列兵不動。本遂以璋還。裨將呂師造曰：『越有輕我心，必怠，請擊之。』本不可。越人躡我軍，至中道宿。夜半，本陽（佯）驚，棄輜重走，而設伏於旁。越人果急追，……盡殲其眾。」文中「越人」、「越」當作「吳越人」、「吳越」，文字脫漏。〈陳覺傳〉云：「泰州……刺史褚仁規……元宗薄其罪，止罷刺史。……元宗命覺馳往鞫之。……詔賜死。」賜死褚仁規者應是「烈祖」。〈江文蔚傳〉云：「逐其子孫，奪其居第，使興臺竊議，將率狐疑。」當作「將卒狐疑」，形近而誤。〈烈祖後宮种氏傳〉云：「种氏左手持食，右手進匕，從容如平時。」應作「進匙」。〈後主國后周氏傳〉云：「太平興國二年，後主殂。」後主殂於「太平興國三年」為是。〈諸王列傳〉云：「鍾皇后生弘冀、後主、從善、從謙。」從善母應為「凌氏」，與〈從善傳〉前後文矛盾。諸如此類訛誤，俯拾皆是。

四 日本傳鈔汲古閣刊本

　　國立故宮博物院藏有日本傳鈔海虞毛氏汲古閣刊本陸游《南唐書》，計三冊。前有元・戚光〈南唐書音釋〉、元・趙世延〈南唐書序〉，末附明代毛晉跋語，及陸氏《家世舊聞》和《齋居紀事》。書中鈐有「飛青閣藏書」白方印。該本線裝，尺寸為23.3cm×15.6cm。每葉八行，每行十八字。無欄框，無版心，魚尾也無，但內文有硃筆標點。卷次編排，則卷一至卷十八連貫而下，先編三紀，後次十五列傳。

　　該本由於據毛氏汲古閣本抄錄而成，故大抵承沿舊舛，極少數加以訂正，如：〈烈祖本紀〉云：「昇元元年，冬，十月，吳帝禪位于我。」以「于」刊「乎」之誤；又「論曰……范曄《漢書》又有『皇后紀』。」以「曄」訂「瞱」之舛。〈元宗本紀〉云：「宋揚州節度使李重進叛，來求援。」以「揚州」校「楊州」之錯。〈鍾謨傳〉云：「以為世宗聽其言，江左可藉以無恐。」以「藉」正「籍」之疏。〈廖偃彭師暠傳〉云：「有豐城令劉虛己，移書明偃大節云。」訂他本作「劉虛已」之訛。〈弘冀傳〉云：「泊知元宗猶銜弘冀專殺事，其說蓋出於揣摩。」一改「猶御弘冀」之不通。要之，僅更正少數形近而誤之字，在校讎上貢獻不大。

五 文淵閣四庫全書寫本

　　陸游《南唐書》十八卷、音釋一卷，國立故宮博物院藏文淵閣四庫全書寫本，題為《陸氏南唐書》，計四冊。每冊書前護葉有詳校、覆勘銜名貼黃，每冊首葉鈐有「文淵閣寶」大朱方印、末葉則鈐有「乾隆御覽之寶」朱方印。該本線裝，尺寸為31.8cm×20.2cm。內文

每葉八行，每行二十一字，朱絲欄，雙欄，版心花口，上記「欽定四庫全書」，中縫中記「南唐書卷次」及葉數，單魚尾。書前有目錄，目錄後附四庫館臣所撰〈提要〉一篇、元代趙世延序；書末則有元人戚光〈南唐書音釋〉一卷。民國七十一年（1983）臺灣商務印書館據故宮珍藏清・乾隆四十七年（1782）文淵閣本影印，收入景印《文淵閣四庫全書・史部》〈載記類〉。

　　〈提要〉中，指出：「南唐元宗于周顯德五年即去帝號，稱江南國主，胡恢從晉書之例題曰『載記』，不為無理。游乃於烈祖、元宗、後主皆稱『本紀』……，循名責實，再三乖謬，則司馬遷之失，前人已深排之。而游乃引以藉口，謬矣！得非以南渡偏安，事勢相近，有所左袒於其間乎？如〈后妃諸王傳〉，置之羣臣之後；〈雜藝方士傳〉，列於忠義之前；揆以體例，亦為未允。觀其書者，取其敍述之簡嚴可也。」[71]基於封建史家立場，反對陸游為南唐三主立本紀，又以為后妃諸王置於群臣之後、雜藝方士列於節義之前，體例未為允當。然不容否認的是「敍述之簡嚴」，一如前文云：「游書尤簡核有法。」對陸氏《南唐書》作出客觀評論。

　　然文淵閣四庫全書本大抵承襲舊刻，訂正書中訛誤處不多，如〈烈祖本紀〉云：「昇元元年，……景邈為桂陽郡公。」一改「桂楊」之錯。〈元宗本紀〉云：「保大八年，……吳越歸查文徽。」補他本「吳」字之脫漏；又「保大十年，……援袞州之師，敗績於沭陽。」〈李金全傳〉云：「師出沭陽，次沂州。」糾正「沐陽」之訛。〈高審思傳〉云：「及保大末，周人來侵，諸郡往往一鼓而下。」以正「保太」之誤。〈李金全傳〉云：「烈祖命鄂州屯營使李承裕、段處

71　見〔南宋〕陸游撰：《陸氏南唐書》，收入景印《文淵閣四庫全書》，冊464，目錄，頁4右。

恭，帥兵三千人，逆金全。」校訂「叚處常」之舛。〈朱元傳〉云：「朱元，穎州沈丘人。」刊正「穎州」之疏。

　　其他如〈元宗本紀〉云：「顯德六年，秋，七月……又鑄唐國通寶錢，一當開通錢之二。」可訂正汲古閣本「二當開通錢之二」的錯誤，據《資治通鑑》後周顯德六年七月載：「是月，始鑄當十大錢，文曰『永通泉貨』；又鑄當二大錢，文曰『唐國通寶』，與開元錢並行。」[72]由於唐國通寶錢幣值較大，故以一當開元通寶錢二，較為合理。又〈契丹傳〉，契丹主兀欲，該本中作「烏裕」；其弟述律，則作「舒嚕」。雖然寫法別樹一格，但也無妨，因為外族人名為音譯，本無固定文字可言。藉此之作「舒嚕」，倒也訂正了汲古閣本一作「述津」之謬誤。

六　中華書局四部備要本

　　陸游《南唐書》，上海中華書局民國二十五年（1936）據汲古閣本校刊，收入《四部備要‧集部》〈陸放翁全集〉，冊二五、二六，前者為卷一至卷八，後者為卷九至卷十八。書前扉頁有類似牌記之標示：「《四部備要‧集部》，上海中華書局據汲古閣本校刊，桐鄉陸費逵總勘、杭縣高時顯輯校、杭縣丁輔之監造。」註明刊行所據底本及校勘者姓名。該本前有元‧趙世延序、元‧戚光〈南唐書音釋〉，後附明人毛晉跋語。線裝。尺寸為19.3cm×13.3cm。內文每葉十三行，每行二十字。單欄，版心花口，上記書名，中縫中記卷次[73]及葉數，下註有「中華書局聚／珍倣宋版印」，對魚尾。

72　見〔北宋〕司馬光撰：《資治通鑑》（臺北市：藝文印書館，1955年據明‧萬曆吳勉學校刊、清‧季滄葦批校朱墨套印本影印），冊10，卷294，頁4657上。

73　案：三本紀與十五列傳之卷次相接續，從卷一編至卷十八。

由於《四部備要》本所據為汲古閣本，故沿襲舊訛者多，能確實刊正之處極有限。如〈烈祖本紀〉「論曰」云：「范曄《漢書》又有『皇后紀』。」改正「范曄」之誤。〈後主本紀〉云：「金陵殿闕皆設鴟吻，元宗雖臣于周，猶如故。」刊訂「猶知故」之乖。〈毛炳傳〉，炳瞋目呵之：「亟去，毋撓予睡！」更正「母」字之訛。〈廖偃彭師暠傳〉云：「有豐城令劉虛己，移書明偃大節云。」校正「劉虛已」之非。〈江文蔚傳〉云：「中書舍人張緯，……大衙其言。」一改「御」字之錯。〈後主國后周氏傳〉云：「國亡，從後主北遷，封鄭國夫人。」訂正「后主」之疏。又〈李金全傳〉之「段處恭」、〈節義傳〉之「段處常」、〈吳媛傳〉中「段甲」等，皆作「叚」，訂正「叚」字之舛。其餘如馮延巳作「馮延已」、汪台符作「汪召符」、沭陽作「沐陽」、漢川作「汉川」、銜作「御」等，錯誤往往與汲古閣本相同，故參校價值不高。

七　清郎氏振鷺堂合刻本

蔣國祥、蔣國祚校《南唐書合刻》，清代廣寧郎氏振鷺堂刊本，計有六冊，前二冊為陸游《南唐書》，後四冊為馬令《南唐書》。第一冊扉頁註明「振鷺堂藏板」，前有元・趙世延〈南唐書序〉、清・蔣國祥〈合刻南唐書序〉、清・郎廷極〈序〉，〈南唐書目錄〉下有「襄平^{蔣國祥}_{蔣國祚}校」字樣；第二冊至卷十八〈浮屠契丹高麗列傳〉結束，未附任何跋語等。中央研究院歷史語言研究所傅斯年圖書館藏有該本，尺寸為25.7cm×16.3cm，線裝。內文則每葉十行，每行十九字。單欄，版心粗黑口，中縫中記「南唐書卷次」及葉數，對魚尾。

書中第三卷〈後主本紀〉至第七葉右為止，以後缺葉。第十七卷〈節義傳〉中，僅有叚（段）處常、趙仁澤、張雄、陳褒及永興公主

傳，其餘諸傳從缺；且永興公主傳內文不完整，至第六葉右止，第七葉以後混入部分朱令贇、胡則傳之文字。

大致而言，振鷺堂合刻本仍承沿舊本，所校訂處不多，如〈元宗本紀〉云：「保大四年……五月，以樞密使陳覺為福建宣諭使。」已更正「宣輸使」之誤；〈查文徽傳〉云：「閩主延羲與其兄延政相攻，延政以建州建國稱殷，而延羲為其下所殺，推立大將朱文進。」已改正「延義」之錯；〈徐玠傳〉云：「保大元年五月，卒。年七十六。」〈高審思傳〉云：「及保大末，周人來侵，諸郡往往一鼓而下，惟壽州能堅守。」已刊訂「保太」之舛；〈後主國后周氏傳〉云：「國亡，從後主北遷，封鄭國夫人。」已訂正「后主」之誤。其餘則因循舊訛，繁不備載。

八　三餘書屋補刊合刻本

《南唐書合刻》，清·同治十三年（1887）三餘書屋補刊本，計八冊。書前扉頁註明「同治甲戌盱南三餘書屋補梓（刊）」。第一冊前有清·蔣國祥〈合刻南唐書序〉、清·郎廷極〈序〉、元·趙世延〈南唐書序〉、馬令〈南唐書序〉二篇，第八冊後附元人戚光〈南唐書音釋〉、清代蔡學蘇跋。合刻本置陸游《南唐書》於第六、七、八冊，第六冊〈南唐書目錄〉下有「襄平 蔣國祥 蔣國祚 校」字樣。該本線裝，尺寸為26.5cm×15.6cm。每葉十行，每行十九字。單欄，版心粗黑口，中縫中記「南唐書卷次」及葉數，對魚尾。

該本由於係補刊本，故內容與一般本子有些出入，如卷八〈列傳第五〉缺喬匡舜、陸昭符二傳，而混入二則徐知證、徐知諤之記載；卷十七〈節義列傳〉則不見張雄、余洪妻鄭氏及吳媛三人傳記。在校正方面，貢獻亦有限：如〈元宗本紀〉云：「保大四年……夏，五

月，以樞密使陳覺為福建宣諭使。」〈查文徽傳〉云：「閩主延羲與其兄延政相攻，延政以建州建國稱殷，而延羲為其下所殺，推立大將朱文進。」〈高審思傳〉云：「及保大末，周人來侵，諸郡往往一鼓而下，惟壽州能堅守。」已更正「宣輸使」、「延義」、「保太」之誤。又〈烈祖本紀〉云：「昇元四年……夏，五月，晉安州節度使李金全來降。」他本此處均作「安州節度副使」，而〈李金全傳〉云：「李金全……晉高祖時，為安州節度使。」此本倒解決了陸氏《南唐書》前後文不一致的矛盾。

九　影印藏修書屋合刻本

清人劉晚榮《藏修堂叢書》之《陸氏南唐書》，乃二〇一〇年成都巴蜀書社據清・光緒五年（1879）古岡劉氏藏修書屋刊本影印。該書置於《藏修堂叢書》第二集第五冊，前有元・趙世延〈南唐書序〉，後附明・毛晉跋語、元・戚光〈南唐書音釋〉。影印本尺寸為26cm×18.5cm。內文為每葉九行，每行二十字。左右雙欄，版心粗黑口，但由於是影印本的關係，有些版心不甚清楚，或許會令人誤以為是白口。中縫中記「南唐書卷之幾」及葉數，下有「藏修書屋」字樣，單魚尾。書中每遇「丘」字必缺筆，作「𠀐」。

影印藏修書屋合刻本，內文刊正處極少，如〈毛炳傳〉云：「炳瞑目，呵之曰：『醉者自醉，醒者自醒，亟去，毋撓予睡！』」一改「母」之誤；〈劉彥貞傳〉云：「兵車旗幟，亙數百里，戰艦銜尾，蔽淮而上。」〈馮延魯傳〉云：「樞密使陳覺欲自為功，乃請銜命宣慰，召李弘義入朝。」糾正「御」之錯；〈後主國后周氏傳〉云：「國亡，從後主北遷，封鄭國夫人。」校訂「后主」之訛。其餘猶沿襲舊刻錯誤，未見刊訂之跡。

十　民國南海黃氏合刻本

　　《南唐書合刻》，民國五年（1916）南海黃氏刊本，合刻馬令、陸游二家《南唐書》於一部，其中置陸書於後三冊，最前扉頁題曰：「陸氏南唐書」。案：黃氏合刻本前有元代趙世延〈南唐書序〉、清人〈南唐書提要〉，末附明人毛晉跋語、元・戚光〈南唐書音釋〉一卷。線裝，尺寸為20.4cm×12.8cm。內文則每葉九行，每行二十字，左右雙欄，版心黑口，中縫中記「南唐書卷次」[74]及葉數，單魚尾。

　　此本雖未標明刊刻之底本，然據推測應為毛氏汲古閣本，因為文中訛誤幾乎如出一轍，僅極少數能加以訂正，如〈毛炳傳〉云：「炳瞋目，呵之曰：『醉者自醉，醒者自醒，亟去，毋撓予睡！』」以「毋」改汲古閣本作「母」之誤；〈劉彥貞傳〉云：「兵車旗幟，亘數百里，戰艦銜尾，蔽淮而上。」以「銜」訂汲古閣本作「御」之訛；〈馮延魯傳〉云：「樞密使陳覺欲自為功，乃請銜命宣慰，召李弘義入朝。」以「銜」更汲古閣本作「御」之疏；〈後主國后周氏傳〉云：「國亡，從後主北遷，封鄭國夫人。」以「後主」正汲古閣本作「后主」之謬。其餘可謂沿襲舊訛，乏善可陳。

結語

　　今日通行陸游《南唐書》為十八卷本。注解陸《書》者，清代有周在浚、周廣業、湯運泰三家；至民國，則有劉承幹《補注》、錢仲聯與馬亞中《校注》等；諸書如今俱可見。

　　陸氏《南唐書》，《宋史》〈藝文志〉不題作者名諱，但《山房

---

74 案：卷次依序編排，從一至十八，本紀、列傳合而計之。

集〉、《貴耳集》、《直齋書錄解題》明載為陸游所撰；由於周南、張端義、陳振孫與陸游同為南宋人，年代相近，故其說想必較元人所纂《宋史》更足採信。又〈劉仁贍傳〉「論曰」指出：會稽公陸宰嘗請例前朝劉仁贍於典祀，作者幼年曾隨父母避亂壽春，又記入蜀期間對金陵史事之考察，在在證明此《南唐書》為陸游所作。次驗諸《入蜀記》，其中載行經皖口，北望皖山，所輯錄軼聞，與《南唐書》〈李家明傳〉，二段文字大同小異，如出一轍，亦間接證實出自陸游之手。至明、清之際，學者一致認為陸游確為該《南唐書》之作者，已毋庸置疑。

陸氏撰寫《南唐書》之動機，在於繼承書香家風，其學識淵博，幾度奉詔修史，又曾留心勘察金陵舊史，欲有所著述，故私撰《南唐書》十八卷。其次，他身處南宋，中原淪陷，偏安江左，當時朝廷與南唐所處形勢約略相當，故在纂述南唐史之餘，有意寄寓歷史教訓，試圖呼籲時人，以史為鑒，切莫重蹈覆轍！

然而，陸氏《南唐書》之寫作時間，當繫於南宋孝宗淳熙五年（1178）至十五年間，亦即他五十四歲至六十四歲時期。因為此時他學識、閱歷豐富，且距入蜀考察史料的時間不遠，又值中年體力較好之際，是撰史的最佳時機。

要言之，上述各家陸游《南唐書》版本，不出明刊本三個系統：錢叔寶鈔本、秘冊彙函本及毛晉汲古閣本。不過，以毛氏汲古閣本為大宗，如日本傳鈔汲古閣本、文淵閣四庫全書本及中華書局四部備要本，均祖述汲古閣本，主要與毛氏將《南唐書》收入《陸放翁全集》有關。如此一來，陸氏史著隨其詩文一起流傳，自然也成為各家刊行時所依據的重要底本。儘管毛氏汲古閣本流傳廣、影響力大，但錢叔寶鈔本保留若干宋刊舊貌，且校對精善，其重要性絕不亞於汲古閣本。又秘冊彙函本雖然疏於校讎，錯誤不少，但仍不乏貢獻，如〈元

宗本紀〉云：「交泰元年……盡獻江北郡縣之未陷者，鄂州漢陽、漢川二縣在江北亦獻焉。」漢川之「漢」字，一解「汶川」之謎，讓人恍然大悟。《南唐書合刻》之陸氏《南唐書》，有清代郎廷極振鷺堂本、蔡學蘇三餘書屋補刊本、劉晚榮藏修書屋本，及民國南海黃氏刊本。大抵沿襲舊刻，因循訛誤，刊訂處有限，且或有缺漏，然對南唐史料之保存、陸氏史書之流傳，亦功不可沒！

第二章
陸游《南唐書》之繼承與開創

第一節　承沿正史家法

　　陸游曾於〈除修史上殿劄子〉中，闡明其史學思想：「凡史官紬繹之所須者，上則中書密院，下則百司庶府，以至四方萬里郡國之遠，重編累牘，如水赴海，源源而集，然後以耳目所接，察隧碑行述之訧辭，以眾論所存，刊野史小說之謬妄，取天下之公，去一家之私，而史成矣。」[1]認為修史非靠少數史官得以完成，而須仰賴四方郡國協助蒐集史料，如此才能「取天下之公，去一家之私」，著成一部客觀、公正的史書。他一生除了奉詔修史，以私撰《南唐書》最受好評。如周南《山房集》評云：「陸放翁作《南唐書》，文采傑然，大得史法。」[2]陳振孫《直齋書錄解題》亦云：「采獲諸書，頗有史澧（法）。」[3]周在浚〈《南唐書》箋注凡例〉則云：「陸《書》發凡起例，詳略可觀，足繼遷、固。三主名〈紀〉，儼然以正統歸之，其識見較馬令超遠，可與歐陽公《（新）五代史》相匹，非諸偽史可比也。」[4]認為陸氏《南唐書》文采超卓，繼軌正史，深得史書家法。

1　見〔南宋〕陸游撰：《渭南文集》，收入《陸放翁全集》（臺北市：臺灣中華書局，1970年據汲古閣本校刊倣宋版印），冊4，卷4，頁7右。

2　見〔南宋〕周南撰：《山房集》，收入景印《文淵閣四庫全書》（臺北市：臺灣商務印書館，1983年據國立故宮博物院藏本影印），冊1169，卷8，頁122下。

3　見〔南宋〕陳振孫撰：《直齋書錄解題》，收入景印摛藻堂《四庫全書薈要》（臺北市：世界書局，1986年），冊237，卷5，頁92下。

4　見〔清〕周在浚撰：《南唐書注》，收入《續修四庫全書》（上海市：上海古籍出版社，2002年據民國四年（1915）劉氏嘉業堂刻本影印），冊333，頁335下。

　　由於家學淵源深厚，其高祖陸軫、祖父陸佃皆嘗任職於館閣，加上陸游久任館職，一生於三十八歲、六十五歲、七十八歲三度入館修史。他亦於乾道六年（1170）閏五月赴夔州（四川奉節）就任途中，留心金陵舊事，考察歷史遺跡，為日後私修《南唐書》奠下根基。可見陸氏撰史，遙繼司馬遷精神，一本其史學家風，又嘗遍遊名山大川，考證古史遺跡，搜求田野史料，終以私人之力完成偉大史著。如《史記》〈太史公自序〉云：

> 太史公……有子曰遷，……年十歲，則誦古文；二十而南游（遊）江淮，上會稽，探禹穴，闚九疑，浮於沅湘，北涉汶泗，講業齊魯之都，觀孔子之遺風，鄉射鄒嶧，戹困鄱薛彭城，過梁楚以歸。……太史公……且卒……執遷手而泣曰：「余先周室之太史也，自上世常顯功名於虞夏，典天官事，後世中衰，絕於予乎，汝復為太史，則續吾祖矣。……無忘吾所欲論著矣！……」遷俯首流涕曰：「小子不敏，請悉論先人所次舊聞，弗敢闕（缺）。」[5]

司馬遷撰寫《史記》，曾親身考訂史事，探訪古跡，致力蒐集第一手史料。史遷上會稽，探禹穴，闚九疑，浮於沅湘，北涉汶泗，至齊魯，過梁楚，以搜羅古史資料；而陸氏入蜀途中，經皖口，過瓜步山，望皖山，過采石鎮，四處訪求南唐舊史。[6]所謂「讀萬卷書，行萬里路」，想成就一部優良史書，絕非閉門造車所能辦到！

5　見〔西漢〕司馬遷撰：《史記》，收入《史記三家注》（臺北市：七略出版社，2003年據清・乾隆武英殿刊本景印），下冊，卷130，頁1350下。

6　見簡彥姈撰：〈陸游入蜀途中對南唐史事之考察〉，《國文天地》第27卷第9期（2012年2月），頁61-65。

　　就家學淵源言，不單史遷承其家學，發憤著史；班固《漢書》，亦踵繼先人志業而成。另姚思廉所撰《梁書》、《陳書》二史，乃據其父舊稿而作；李百藥《北齊書》，仍以其父《齊書》為基礎，改寫成書；李延壽修撰《南史》與《北史》，亦為「追終先志」之作。儘管同樣承沿家學，同樣身為史官，其中只有遷《史》與陸《書》為私撰歷史，餘皆為官修史著；既是奉詔修史，自然與私家纂述有別，多少受限於官方立場，難免影響史家之秉筆直書、客觀評論。

　　再者，歐陽修私纂《新五代史》，乃據前人薛居正《舊五代史》，刪繁就簡，刊訂訛誤而成。陸游承此先例，私修《南唐書》時，依前輩馬令《南唐書》，去蕪存菁，增補史料，推陳出新，而成此一部良史。由是可知，陸氏《南唐書》在寫作背景方面，繼軌《史記》，與《漢書》、《梁書》、《陳書》、《北齊書》、《南史》、《北史》及《新五代史》等一脈相承，史書家法，代代相傳，故以頗具史法深受後世肯定。

一　體例上之師法

　　據司馬貞《史記索隱》〈序〉云：「遷自以承五百之運，繼《春秋》而纂是史，其褒貶覈實頗亞於丘明之書。於是上始軒轅，下訖天漢，作十二〈本紀〉、十〈表〉、八〈書〉、三十〈系（世）家〉、七十〈列傳〉，凡一百三十篇。始變左氏之體，而年載悠邈，簡冊闕（缺）遺，勒成一家，其勤至矣。」[7]張守節《史記正義》〈序〉亦云：「《史記》……貫紬經傳，旁搜史子，上起軒轅，下暨天漢，作十二〈本紀〉，帝王興廢悉詳；三十〈世家〉，君國存亡畢著；八〈書〉，贊陰陽禮樂；十〈表〉，定代系年封；七十〈列傳〉，忠臣孝子之誠

7　見〔西漢〕司馬遷撰：《史記》，收入《史記三家注》，上冊，頁9上。

備矣。筆削冠於史籍，題目足以經邦。」[8]是知司馬遷《史記》，上起黃帝，下迄西漢武帝天漢年間，為我國第一部通史，開傳統史書紀傳體[9]之先河。自是以後，二十五史皆以紀傳體寫成。誠如《四庫提要》所云：「〈紀〉、〈傳〉、〈表〉、〈書〉之體，百世莫能易焉。」[10]

班固《漢書》繼作，沿用《史記》體例，而略有變更，改「本紀」為「紀」、「列傳」為「傳」、「書」為「志」，「表」則維持不變，無「世家」。全書一百篇，包括〈紀〉十二篇、〈傳〉七十篇、〈志〉十篇、〈表〉八篇，記載西漢高祖元年（前202）至新莽地皇四年（23），二百二十五年間歷史，為紀傳體斷代史的始祖。此後，歷朝史書皆仿照《史》、《漢》體例，採用紀傳體寫作。如范曄《後漢書》，有十〈紀〉、八十〈列傳〉，後補入司馬彪《續漢書》八〈志〉，始成為今日所見全書樣貌。又房玄齡等奉詔修纂《晉書》，除了作〈載記〉三十卷，以記十六國政權之歷史；另有〈敘例〉、〈目錄〉各一卷，今已失傳；現存〈帝紀〉十卷、〈列傳〉七十卷、〈志〉二十卷，仍不出傳統史書紀傳體之寫作方式。還有魏徵等人監修《隋書》，包含〈帝紀〉五卷、〈列傳〉五十卷及〈志〉三十卷；劉昫等修撰《舊唐書》，含有〈本紀〉二十卷、〈列傳〉一百五十卷及〈志〉三十卷；宋祁、歐陽修等合撰《新唐書》，有〈本紀〉十卷、〈列傳〉一百五十卷、〈志〉五十卷及〈表〉十五卷；在在可見大一統之世，斷代史的著述

8　見〔西漢〕司馬遷撰：《史記》，收入《史記三家注》，上冊，頁11上。

9　所謂「紀傳體」，即「本紀」與「列傳」之合稱。誠如劉知幾《史通》所云：「夫紀、傳之興，肇於《史》、《漢》。蓋紀者，編年也；傳者，列事也。編年者，歷帝王之歲月，猶《春秋》之經。列傳者，錄人臣之行狀，猶《春秋》之傳。《春秋》則以傳解經，《史》、《漢》則以傳釋紀。尋茲例草創，始自子長（司馬遷）。」見〔唐〕劉知幾撰：《史通》，收入《中國古籍大觀》（臺北市：台灣古籍出版公司，2002年），冊1，卷2，頁79。

10　見〔西漢〕司馬遷撰：《史記》，收入景印《文淵閣四庫全書》，冊243，頁35下。

體例，莫不祖述史遷、班漢，以紀傳體為主。陸游《南唐書》亦不例外，如雷近芳〈論陸游的史識與史才〉所云：「《南唐書》既用正史體，乃多仿效《漢書》義例。其人物傳記有類傳、因傳主同時同事或合或附，既簡筆省文，又不致漏載史實，可謂深得史法之妙；也有專傳，如宋齊丘長期執政、黨羽滿朝，陸游寫他一人就用一卷的篇幅，資料詳實，縱橫連貫，讀此傳幾可把握南唐政治大概。」[11]

陸《書》十八卷，所述為金陵小國之歷史，仍恪遵傳統史法，採紀傳體方式寫作，全書包含〈本紀〉三卷、〈列傳〉十五卷。其中無「世家」及「表」二體，大概可以瞭解：畢竟南唐為一偏安政權，不像大一統的朝代人事眾多、史料繁複，史書體例自然以單純為宜。書中亦不見「志」一體，或許基於上述理由，對南唐之典章制度並未獨立記載。又或許陸氏認為金陵典制為五代十國之一環，已見諸新、舊《五代史》；且南唐禮樂文化前承唐代遺緒，後為宋人所繼承，或可參考兩《唐書》與當時國史。因此，不勞別立名目，以免淪為蛇足之譏。

而陳壽私撰《三國志》六十六卷，除了《魏志》三十卷，為曹魏君主立本紀，臣民作列傳；《蜀志》十五卷、《吳志》二十卷中，無論君臣、百姓，一律以列傳記敘人物之生平事跡。外加〈敘錄〉一卷，已亡佚。《三國志》所述各國歷史，雖皆稱為「志」，但仍以紀傳體寫成，全書僅有本紀與列傳二體，更絕無「志」之實質，以記錄經濟、文化、典制等內容。是知魏、蜀、吳三國同時並存，記載九十餘年間史事，尚且不立「志」體，何況陸《書》撰述南唐歷史，在時空上均無法與《三國志》相提並論，如此蕞爾小國、區區三十九年間，書中不作「志」，自是無可厚非！另如李延壽奉命修《南史》八十卷，含

〈本紀〉十卷、〈列傳〉七十卷,以記南朝宋、齊、梁、陳四國一百七十年歷史;李氏又撰《北史》一百卷:〈本紀〉十二卷、〈列傳〉八十八卷,記敘北朝六代(即北魏、西魏、東魏、北周、北齊及隋)二百三十三年間史事。即使是坐擁半壁江山、朝代前後更迭的南北朝史著,仍只有紀傳之體,而不見表、志內容。故知陸氏《書》中不為南唐立「表」、「志」,其來有自也。[12]

然而,薛居正等監修《舊五代史》一百五十卷,含〈梁書〉二十四卷、〈唐書〉五十卷、〈晉書〉二十四卷、〈漢書〉十一卷、〈周書〉二十二卷,及〈世襲列傳〉二卷、〈僭偽列傳〉三卷、〈外國列傳〉二卷、〈志〉十二卷。就體例言,依舊屬於紀傳體,包括:〈本紀〉六十一卷、〈列傳〉七十七卷、〈志〉十二卷,其中部分史實恰與南唐歷史相重疊,可與陸氏《南唐書》相互參看。陸《書》為後出,自應有所取捨,不再贅述。又歐陽修私撰《新五代史》七十四卷,包括〈本紀〉十二卷、〈列傳〉四十五卷、〈考〉三卷、世家及年譜十一卷、〈四夷附錄〉三卷。其中「考」即傳統史書之「志」,歐公以為五代之典章制度一無可取,故僅保留〈司天考〉二卷及〈職方考〉一卷。此外,歐史為十國立「世家」,其中卷六十二〈南唐世家〉,即陸氏纂述南唐史之依據。

最後,如令狐德棻等修《周書》五十卷,含〈本紀〉八卷、〈列傳〉四十二卷;李百藥著《北齊書》五十卷,為〈紀〉八卷、〈列傳〉四十二卷;沈約等撰《宋書》一百篇,有〈本紀〉十篇、〈列

---

12 案:有學者以此為陸《書》之疏失,如〈淺論陸游《南唐書》的幾點缺憾〉云:「陸游《南唐書》用紀傳之體而不設表、志,這一結構上的缺陷,使後人對五代十國時期南唐一朝的政治制度沿革、經濟發展情況、軍事職官制度等知之甚少,更不用說這些方面的由來和沿革情形了。同時,也造成了《南唐書》對史事和人物的記載存在遺落,這不能不使後人感到遺憾。」見朱志偉撰:〈淺論陸游《南唐書》的幾點缺憾〉,《黑龍江史志》2012年第15期,頁12。

傳〉六十篇、〈志〉三十篇；蕭子顯修纂《南齊書》，原為六十卷，今存〈本紀〉八卷、〈列傳〉四十卷、〈志〉十一卷，而〈自序〉一卷已佚。姚思廉等著《梁書》五十六卷，含〈本紀〉六卷、〈列傳〉五十卷；又姚氏《陳書》三十六卷，寫成〈紀〉六卷、〈傳〉三十卷。再度印證紀傳體為傳統史書之慣用體例，即使如魏收所撰《魏書》，仍無法逃脫此一範疇。由於《魏書》以東魏、北齊為正統，不為西魏三帝立「紀」，並稱南朝為島夷，歷來被視為「穢史」，且原書已殘缺不全，故不予討論。上述為分裂時期獨立某國歷史，均為官修史著，全以「本紀」、「列傳」為主；立「志」與否，則視實際情況而定，不拘成格。同理，南唐為五代十國之際，江南之偏據小國，陸氏私撰《南唐書》時，不忘謹遵正史家法，以其時短事略，僅以紀傳體為之，不另立「志」。

二　寫法上之紹承

傳統史書在帝王本紀中，只要該君主駕崩之後有廟號者，一律以廟號稱之。至於某些特例，則以其生前名銜記之，基本上仍視之為帝王，表達尊崇之意。如司馬遷《史記》於〈項羽本紀〉中，於項氏未稱王前，或直呼其姓名曰項籍，或稱其字曰羽；及其自立為王後，則以項王呼之；而〈呂后本紀〉，自始至終，皆稱之為「呂后」、「太后」或「呂太后」。陳壽《三國志》承繼史遷家法，以曹魏為正統，為生前尚未稱帝的曹操，立〈武帝紀〉。魏武帝，乃曹丕篡漢後，追封其父之廟號。南宋・陸游亦承此史法，所撰《南唐書》謂烈祖、元宗皆曰「帝」，至交泰元年（958）金陵去號稱臣以後，始稱元宗、後主為「國主」，但仍採用天子之禮。如〈后妃傳〉，載宋后「為媵，得

幸。」[13] 种氏「入宮，……俄得幸。」而後主之黃保儀，「雖見賞識，終不得數御幸也。」天子有所至曰「幸」，以「幸」字謂之，可見尊南唐君主為天子。

《史記》〈項羽本紀〉中，太史公現身說法，闡明為西楚霸王項羽作紀之緣由：「夫秦失其政，陳涉首難，豪傑蠭起，相與並爭，不可勝數。然羽非有尺寸，乘勢起隴畝之中，三年，遂將五諸侯滅秦，分裂天下而封王侯，政由羽出，號為霸王，位雖不終，近古以來，未嘗有也。」[14] 同書〈呂后本紀〉亦云：「孝惠皇帝、高后之時，黎民得離戰國之苦，君臣俱欲休息乎無為，故惠帝垂拱，高后女主稱制，政不出房戶，天下晏然，刑罰罕用，罪人是希（稀），民務稼穡，衣食滋殖。」足見史遷肯定項王、呂后雖無帝王之位，卻掌握帝王職權，號令天下，安頓百姓，形同真正的帝王，故為兩人立本紀，以記錄其生平事跡，並將當時天下大事歸於其中。陳壽《三國志》繼之，同樣為以丞相稱制、號令萬民的曹操作紀。此後，為傳統史家奉為圭臬，無論大一統的朝代，或分裂某國史著，均依此慣例，將其君主生平與家國大事，列入本紀中。陸游熟諳史書家法，又加以變通，由於北宋承繼後周國祚，他身為宋人，自不能以五代諸朝為僭偽，故仍視為正統政權。如其《南唐書》對後唐、後晉、後周君主均稱廟號，周世宗曰「周帝」，後周軍隊曰「周師」；又因宋太祖受後周禪位之後，則稱汴京為「京師」，稱宋軍為「王師」。在在可見他基於尊中原、不貶淮南的立場，秉持傳統史法，體例謹嚴，客觀公正，方能成此一部史書佳構。

在史書列傳方面，後人根據《史記》七十「列傳」之寫法，歸納

---

13 見〔南宋〕陸游撰：《南唐書》（明・崇禎庚午〔三年；1630〕海虞毛氏汲古閣刊《陸放翁全集》本），卷16，頁1左。

14 見〔西漢〕司馬遷撰：《史記》，收入《史記三家注》，上冊，卷7，頁159上。

出五種寫作體例：一曰「單傳」，即一人一傳者，如〈伯夷列傳〉；二曰「合傳」，即合二人以上為一傳，如〈管晏列傳〉；三曰「類傳」，列事跡相類、品行相當諸人於一傳者，如〈刺客列傳〉；四曰「附傳」，附次要人物生平於主要人物傳中，如〈伯夷列傳〉所附叔齊傳略；五曰「四夷傳」，為國內、外少數民族之記載，如〈匈奴列傳〉。此列傳之法，後為《漢書》七十「傳」所繼承，班固以歷史人物之時代順序為主，先單傳，次類傳，次四夷傳，最後以亂臣賊子〈王莽傳〉居於傳末，統緒分明。自此，我國史書列傳之體大致已定型。其後各家史著依其實際情況，雖各有所側重，然大抵不出《史》、《漢》之例。如薛居正《舊五代史》的特色，在於四夷傳：書中將五代之外，南方十國的歷史，寫入〈僭偽列傳〉；而將其他少數民族如契丹、吐蕃、回鶻、党項等史事，寫進〈世襲列傳〉、〈外國列傳〉。又歐陽修《新五代史》多以類傳為之，無論敘列唐末助朱溫（全忠）篡位之〈唐六臣傳〉，或記載敗壞後唐朝政的〈伶官傳〉等，皆寓含諷刺，意蘊深遠。

　　而陸《書》列傳，自然不出上述諸史範疇，其中單傳僅〈宋齊丘列傳〉一篇，記述宋齊丘在楊吳時輔佐烈祖有功，開國後，備受禮遇；元宗之世，他更與朝中「五鬼」聲氣相通，把持權柄，擅作威福；終因朋黨傾軋，蒙大惡以死。陸《書》卷五至卷十五為合傳，如卷十一〈馮孫廖彭列傳〉，則合馮延巳、孫忌、廖偃、彭師暠傳為一篇；其中〈廖偃彭師暠傳〉最特別，由於廖、彭皆為楚臣，「忠于故君，兩人實同」，故二傳合併敘述，是為合傳中的合傳。陸氏另為后妃、諸王、雜藝、方士及節義者立類傳，如〈方士傳〉並列精通方術之士：譚紫霄、史守沖、耿先生三人為一傳。卷十八〈浮屠契丹高麗列傳〉為四夷傳，記佛徒僧侶、契丹、高麗等外來人士或外族邦國之史事。陸《書》附傳，分別見諸合傳、類傳及四夷傳，如卷七〈徐高

鍾常史沈三陳江毛列傳〉之〈鍾謨傳〉附同黨李德明傳、〈沈彬傳〉
附子沈廷瑞傳、〈毛炳傳〉附酒禿高氏傳;〈方士傳〉之〈史守沖傳〉
附丹士潘扆傳;〈浮屠傳〉附小長老、惟淨等僧人傳。儘管鍾、李與
廖、彭二傳寫法如出一轍,但前者篇名僅標示鍾傳,故李傳為鍾傳之
附;而廖、彭二傳均見諸篇目,始可視為合傳。又單傳中亦可作附
傳,如前述《史記》〈伯夷列傳〉附叔齊傳,然陸《書》單傳為孤
例,其中並無明顯附傳之例,特此說明。誠如毛晉跋《南唐書》所
云:「陸獨遒邁,得史遷家法。」[15]

　　再就史書論贊言,論贊之體起源於《左傳》,傳中遇事有可議
者,則隨文以「君子曰」發論;史遷承沿此體,始於各篇之末以「太
史公曰」評論史事;從此,《漢書》、《後漢書》繼作,篇末附論贊,
幾乎已成為紀傳體史書之定式。其中較特殊者,如歐陽修《新五代
史》之論贊,每以「嗚呼」二字開端,發為一段史評,以寄託史家之
感慨或議論。此種寫法見仁見智,歷來評價不一,或以為遙承孔子
《春秋》筆法,寄寓褒貶之意;或不敢苟同,甚至譏其不重史實,好
發議論,淪為空言,讀之令人生厭。時至南宋,陸氏《南唐書》紹承
正史家法,於紀傳之末附「論曰」,以闡發對該歷史人事之評論。據
劉知幾《史通》〈論贊〉云:

> 夫論者,所以辯疑惑,釋凝滯;若愚智共了,固無俟商
> 榷。……必理有非要,則強生其文,史論之煩,實萌於此。[16]

是知史書論贊當擇要而為,不必每卷皆有。的確,論贊宜靈活運用,
有論則暢所欲言,無評則惜字如金,絕不可淪為因循公式,陳腔濫

---

15 見〔南宋〕陸游撰:《南唐書》,頁9右。
16 見〔唐〕劉知幾撰:《史通》,收入《中國古籍大觀》,冊1,卷4,頁155。

調。以此檢視陸《書》，十八卷中共載百餘位傳主，而文末附有「論
曰」者，不過區區十一篇，足見其謹而有法，論不輕發。又不受限於
一傳一論，陸氏往往於論中綜評各傳諸公之事跡，如〈朱令贇傳〉
「論曰」，歷數金陵被圍，南唐用人乖剌之失，莫不可歸咎於皇甫繼
勳之貳心、朱令贇之非將才、林仁肇之間死、盧絳之未賦予重任，以
及胡則、申屠令堅等之不能力守。一論之內，明揭金陵城陷之主因，
並評斷六位傳主平生功過，可謂文簡意賅，一針見血。故拙作〈陸游
《南唐書》「論曰」探述〉一文，評云：「綜觀陸氏《南唐書》之『論
曰』，或議金陵城陷、南唐亡國之因……；或評人物功過，寄寓褒
貶……；或考史載異聞、搜羅遺佚……，取材既富，且剪裁得宜，頗
具良史之風。」[17]

三　史料上之沿襲

　　陸氏《南唐書》在史料上沿襲宋人史書，如薛居正《舊五代
史》、歐陽修《新五代史》等，逐一論述如次：

　　《舊五代史》卷一百三十四〈僭偽列傳一〉，首敘楊吳四君傳，
依序為：楊行密、楊渥、楊渭（隆演）及楊溥；次載南唐君主李昇、
李璟之傳略；三記閩主王審知、王延鈞、王昶、王延羲及王延政生平
事跡。由於南唐受禪自楊吳，故吳君四傳可視為南唐史之先聲。又因
薛居正等完成《舊五代史》之際，南唐仍存在，時值後主在位，故書
中僅以「煜襲偽位，其後事具皇家日曆」[18]簡單交代，畢竟尚未蓋棺

---

17 見簡彥姈撰：〈陸游《南唐書》「論曰」探述〉，《中國語文》第110卷第1期（2012年
　　1月），頁39。

18 見〔北宋〕薛居正等奉敕撰，〔清〕邵晉涵等輯：《舊五代史》，收入景印《文淵閣四
　　庫全書》，冊278，卷134，頁470下。

論定，一切仍在發展之中。閩最後為南唐所滅，王延政歸順於金陵，可見閩史與南唐史關係匪淺。因此，陸氏撰寫《南唐書》，《舊五代史》〈僭偽列傳一〉自是重要的史料來源，承襲之跡，斑斑可考。如記金陵政權之遞嬗，據《舊五代史》云：

> 偽吳天祚三年，楊溥遜位于昇，國號大齊，改元為昇元，建都于金陵，時晉氏天福二年也。昇乃冊楊溥為讓皇，其冊文曰「受禪老臣知誥謹上冊皇帝為高尚思玄弘古讓皇」云。[19]

而陸氏《南唐書·烈祖本紀》云：「昇元元年，冬，十月，吳帝禪位于我。甲申，即皇帝位，改吳天祚三年為昇元元年，國號齊。……尊吳帝為『高尚思玄弘古讓皇帝』，上冊稱『受禪老臣誥』。」[20]兩段文字同樣記載南唐開國史事，只是表述立場各自不同，陸《書》在史料上承沿薛《史》，由此可見。

歐陽修《新五代史》與金陵歷史相關，足為陸氏撰史之憑藉者，如：卷六十一〈吳世家〉、卷六十二〈南唐世家〉、卷七十一〈十國世家年譜〉、卷六十〈職方考〉、卷三十二〈死節傳〉〈劉仁贍傳〉、卷三十三〈死事傳〉〈孫晟（忌）傳〉。如〈吳世家〉云：

> 三年十一月，金陵尹徐知詢來朝，知誥誣其有反狀，留之不遣，以為左統軍，斬其客將周廷望。……溥加尊號「睿聖文明孝皇帝」，大赦境內，改元大和，以徐知誥為中書令。[21]

---

19 見〔北宋〕薛居正等奉敕撰、〔清〕邵晉涵等輯：《舊五代史》，收入景印《文淵閣四庫全書》，冊278，卷134，頁469上。

20 見〔南宋〕陸游撰：《南唐書》，卷1，頁3右。

21 見〔北宋〕歐陽修撰、徐無黨注：《新五代史》，收入景印《文淵閣四庫全書》，冊279，卷61，頁431下。

陸氏〈烈祖本紀〉云：「溫卒，知詢嗣為金陵節度使。諸道副都統數與帝爭權，帝乃使人誘之來朝，留為左統軍，悉奪其兵；而帝以太尉中書令，出鎮金陵，如溫故事。」[22]由於烈祖李昇崛起於楊吳末，故陸氏寫作南唐史，自然對楊吳史料多所涉獵。《新五代史》〈南唐世家〉中，專記南唐三君史事，為陸《書》最直接之參考資料；由於歐公之世，南唐亡國未久，許多官方檔案、文獻依舊可見，故其重要性更甚於《舊五代史》。如記後主遺憾未以韓熙載為相事，歐公〈南唐世家〉云：

> 煜嘗以熙載盡忠，能直言，欲用為相；而熙載後房妓妾數十人，多出外舍私侍賓客，煜以此難之，左授熙載右庶子，分司南都。熙載盡斥諸妓，單車上道，煜喜留之，復其位。已而，諸妓稍稍復還，煜曰：「吾無如之何矣！」是歲，熙載卒，煜歎曰：「吾終不得熙載為相也。」[23]

而陸氏〈韓熙載傳〉云：「蓄妓四十輩，縱其出，與客雜居，物議閧然。熙載密語所親曰：『吾為此以自污，避入相爾；老矣，不能為千古笑！』端坐託疾不朝，貶右庶子，分司南都。熙載盡斥諸妓。後主喜，留為祕書監；俄復故官，欲遂大用之。而去妓悉還，後主歎曰：『孤亦無如之何矣！』宿直宮中，賜對，多所弘益；後主手教褒之，進中書侍郎。卒，年六十九，後主謂侍臣曰：『吾竟不得相熙載！』」[24]兩段文字稍有不同，然所述完全相吻合，堪為陸《書》取材於歐

---

22 見〔南宋〕陸游撰：《南唐書》，卷1，頁3右。
23 見〔北宋〕歐陽修撰、徐無黨注：《新五代史》，收入景印《文淵閣四庫全書》，冊279，卷62，頁443下。
24 見〔南宋〕陸游撰：《南唐書》，卷12，頁5右。

《史》之例證也。另〈十國世家年譜〉，實為楚、閩、東漢三國之年譜，而其中「希萼、希崇之亂，南唐盡遷馬氏之族，歸于金陵。」[25]唯保大九年（951）楚亡於南唐，馬氏之族盡歸於金陵，與南唐歷史有直接關聯。

　　歐公作〈職方考〉，以記五代（十國）天下郡縣之沿革，其中與南唐相關者，如「筠州，南唐李景（元宗）置，割洪州之高安、上高、萬載、清江四縣為屬，而治高安。」[26]而陸氏〈元宗本紀〉云：「保大十年，春，正月，陞（升）洪州高安縣為筠州。以清江、萬載、上高三縣隸焉。」[27]又歐《史》云：「劍州，南唐李景置，割建州之延平、劍浦、富沙三縣為屬，而治延平。」而陸《書》云：「保大三年……八月……克建州。……是歲，升建州延平津為劍州，以建州之劍浦、汀州之沙縣隸焉。」由於〈職方考〉歷來評價頗高[28]，其中南唐州軍沿革情形，為陸氏撰史時之依據，自是不待言。此外，歐公將南唐名臣劉仁贍、孫晟（忌）分別寫入〈死節傳〉、〈死事傳〉，其中史料亦為陸《書》所沿用，如歐公〈死節傳〉〈劉仁贍傳〉云：

　　　仁贍病甚，已不知人，其副使孫羽詐為仁贍書，以城降。世宗命舁仁贍至帳前，嘆嗟久之，賜以玉帶、御馬，復使入城養

25　語出徐無黨注。見〔北宋〕歐陽修撰、徐無黨注：《新五代史》，收入景印《文淵閣四庫全書》，冊279，卷71，頁509下。

26　見〔北宋〕歐陽修撰、徐無黨注：《新五代史》，收入景印《文淵閣四庫全書》，冊279，卷60，頁421上。

27　見〔南宋〕陸游撰：《南唐書》，卷2，頁8左。

28　據《廿二史劄記》評云：「歐史博採羣言，旁參互證，則真偽見，而是非得其真，……卷帙雖不及薛史之半，而訂正之功倍之，文直事核，所以稱良史也。」見〔清〕趙翼撰：《廿二史劄記》，收入《四部備要》（臺北市：臺灣中華書局，1966年據原刻本校刊），冊2，卷21，頁11左。

疾。是日卒。制曰：「劉仁贍盡忠所事，抗節無虧，前代名
臣，幾人可比！予之南伐，得爾為多。」乃拜仁贍檢校太尉兼
中書令、天平軍節度使。[29]

而陸氏〈劉仁贍傳〉云：「仁贍已困篤，不知人。監軍周廷構、營田
副使孫羽等為仁贍表請降。……世宗次城北受之，舁仁贍至幄前，撫
勞嘉歎，拜天平軍節度使兼中書令，命還城養疾。」史料之前後相
承，有跡可循。陸氏更於傳末「論曰」中，不經意透露出自身對歐
《史》之嫻熟：「予遊蜀，在成都見……周世宗除仁贍天平軍節度使
告身，……其詞與王溥所修《周世宗實錄》皆合，若歐陽氏《（新）
五代史》所稱『盡忠所事，抗節無虧，前代名臣，幾人可比！予之南
伐，得汝為多。』蓋摘取制中語載之，本不相聯屬，又頗有潤色
也。」[30]顯而易見，此為陸《書》紹承歐《史》之第一手資料。[31]又
歐公〈死事傳〉〈孫晟（忌）傳〉云：

初，晟（忌）之奉使也，語崇質曰：「吾行必不免，然吾終不負
永陵一抔土也。」……會重進以景（元宗）蠟丸書來上，多斥
周過惡以為言，由是發怒曰：「晟（忌）來使我，言景（元宗）
畏吾神武，願得北面稱臣，保無二心，安得此指斥之言乎？」

---

29 見〔北宋〕歐陽修撰、徐無黨注：《新五代史》，收入景印《文淵閣四庫全書》，冊
　279，卷32，頁203下。
30 見〔南宋〕陸游撰：《南唐書》，卷13，頁4右。
31 案：陸《書》明言引用自歐公《新五代史》者，如〈廖偃彭師暠傳〉「論曰」云：
　「《（新）五代史》則以為馬希崇遣師暠、偃因希萼，而師暠奉希萼為衡山王；是偃
　亦同受因希萼之指（旨），而師暠獨能全之也。」見〔南宋〕陸游撰：《南唐書》，
　卷11，頁13右。又〈李金全傳〉、〈皇甫暉傳〉、〈盧文進傳〉均謂「事具《（新）五
　代史》」，可見他曾參考歐公史著。而〈契丹傳〉、〈高麗傳〉更明標取自《新五代
　史》〈四夷傳〉〈附錄〉。凡此種種，陸《書》參酌歐史，已不言而喻。

亟召侍衛軍虞候韓通收晟（忌）下獄，及其從者二百餘人皆殺
之。晟（忌）臨死，世宗猶遣近臣問之，晟（忌）終不對，
神色怡然，正其衣冠，南望而拜曰：「臣惟以死報國爾！」乃
就刑。[32]

而陸氏〈孫忌傳〉云：「以忌為司空，使周奉表，……中夜歎息，語
其副禮部尚書王崇質曰：『吾思之熟矣，終不忍負永陵一抔土！』……
唐人……遣蠟丸書招重進，重進表其書於世宗，皆斥潰反間之言。世
宗遂發怒，……忌正色請死，無撓辭。……賜自盡，忌怡然整衣索
笏，東南望再拜，曰：『臣受恩深，謹以死謝！』從者二百人，亦皆
誅死于東相國寺。」[33]是為陸《書》參考歐《史》之又一證也。

第二節　脫胎並時諸史

陸氏《南唐書》除了承沿傳統史法之外，亦脫胎於並時諸史。所
謂並時諸史，包括南唐遺民之著述、宋代時人之典籍。其參酌遺民著
述者，大抵有七：一曰劉崇遠《金華子》二卷，二曰徐鉉、湯悅《江
南錄》十卷，三曰吳淑《江淮異人錄》二卷，四曰鄭文寶《江表志》
三卷，五曰鄭文寶《南唐近事》二卷，六曰陳彭年《江南別錄》一
卷，七曰不著撰人《釣磯立談》一卷。由於劉崇遠、徐鉉、湯悅（殷
崇義）等曾仕南唐，此類追悼故國之作，蓋出於親身經歷，為第一手
史料，彌足珍貴。其取材宋人典籍者，在歷史著作方面，如司馬光
《資治通鑑》、李燾《續資治通鑑長編》、龍袞《江南野史》十卷、劉

---

32 見〔北宋〕歐陽修撰、徐無黨注：《新五代史》，收入景印《文淵閣四庫全書》，冊
　　279，卷33，頁210下。
33 見〔南宋〕陸游撰：《南唐書》，卷11，頁10左。

恕《十國紀年》四十二卷、路振《九國志》十二卷、不著撰人《江南餘載》二卷、不著撰人《五國故事》二卷、陶岳《五代史補》五卷、馬令《南唐書》三十卷，均為其借鏡；而文人筆記方面，如釋文瑩《玉壺清話》、洪邁《容齋隨筆》等，亦為其所參考。

一　參酌遺民著述

陸游撰寫《南唐書》，廣泛蒐集金陵史料，其中對江左遺民之著述尤為重視，畢竟他們既是歷史中人，亦是撰史之人，所錄多半出於平生見聞，為第一手資料，可信度極高。

（一）劉崇遠《金華子》二卷

據《金華子雜編》第一則載：「我唐烈祖高皇帝，睿哲神明，順天膺運。……由是勳代（伐）子孫，知弓裘之可重；閭閻童稚，識詩書之有望。不有所廢，其何以興？是知楊氏飭弊於前，乃自弊也；烈祖聿興於後，固天興乎！……暨昇元受命，王業赫然，稱明文武，莫我跂及，豈不以經營之大其（基）有素乎！」[34]從「我唐烈祖高皇帝」、「昇元受命」等語，可知作者與南唐關係密切。又文中視烈祖受禪建國為中興唐祚；自序末更署名「文林郎大理司直臣劉崇遠」，案：「文林郎大理司直」為南唐官名，因此，劉崇遠（約940前後在世）為南唐文士無疑。

其著述動機，如作者自序云：「少慕赤松子兄弟能釋羈鞅於放牧間，讀其書，想其人，恍若遊于金華之境，因自號焉。……或遇盛友

---

34 見〔南唐〕劉崇遠撰：《金華子雜編》，收入景印《文淵閣四庫全書》，冊1035，卷上，頁824上。

良會，聞人語話及興亡理亂……。因念為童時，侍立長者左右，……率皆話舊時經由，……始則承平事寔（實），爰及亂離，……。併成人遊宦之後，其間耳目諳詳，公私變易，知聞傳載，可繫鉛槧者，漸恐年代浸遠，知者已疎（疏）；更慮積新沉故，遺絕堪惜，宜編序者，即隨而釋之云爾。」[35]作者將幼時、聚會時、遊宦時之見聞記錄成編，由於仰慕赤松子兄弟，故自號「金華子」，並以此名其書。

　　該書《宋史》〈藝文志〉作三卷，已佚。今日所見《金華子》，非復原書面貌，乃後人從《永樂大典》輯佚而出，得六十餘條，分為上、下二卷，前冠以劉崇遠自序。觀其內容，不外乎唐末以來的稗官野史，不過並非乏善可陳，如《四庫全書總目提要》云：「其中於將相之賢否、藩鎮之強弱，以及文章吟咏（詠）、神奇鬼怪之事，靡所不載，多足與正史相參證。觀《資治通鑑》所載，……司馬光亦極取之。……惟……不免傳聞異詞，然要其大致，可信者多。」[36]該書曾為司馬光《資治通鑑》所引用，足見絕非空穴來風之言，堪與正史相互參證。如前述第一則載烈祖「初收金陵，首興遺教，懸金為購墳典，職吏而寫史籍」，可作為南唐有國之初，致力於文化建設的證據。陸氏撰寫《南唐書》時，此書應仍流傳於世，他想必曾參考此段資料。

（二）徐鉉、湯悅《江南錄》十卷

　　在南唐遺民著作中，每每提及：入宋後，徐鉉（916-991）、湯悅（殷崇義）奉詔纂述金陵李氏事，而作《江南錄》。如《釣磯立談》

35　見〔南唐〕劉崇遠撰：《金華子雜編》，收入景印《文淵閣四庫全書》，冊1035，卷上，頁823上。

36　見〔清〕永瑢、紀昀等撰：武英殿本《四庫全書總目提要》（臺北市：臺灣商務印書館，1983年據國立故宮博物院藏本影印），冊3，卷140，頁950上。

云：「叟比聞鉉及湯悅奉詔書江南事，居處猥僻，未及見其成書。」[37]可見該作者曾耳聞徐、湯奉詔撰述之事，可惜未能親睹其書。《江表志》〈序〉云：「太宗皇帝欲知前事，命湯悅、徐鉉撰成《江南錄》十卷。」[38]鄭文寶更明確指出《江南錄》為十卷。然而，時人對徐、湯之作評價不高，如《江表志》〈序〉云：「事多遺落，無年可編；筆削之際，不無高下，當時好事者往往少之。」因此鄭文寶撰《江表志》，意在補其不足。據說陳彭年《江南別錄》亦為補其所未備而作，如《四庫提要》云：「時湯悅、徐鉉等奉詔撰《江南錄》，彭年是編，蓋私相纂述，以補所未備，故以『別錄』為名。」[39]

　　無論如何，徐鉉、湯悅身為南唐歷史的見證者，奉詔追憶金陵往事，所述盡是親身經歷、耳目見聞，其《江南錄》十卷，想必是一部有血有肉的南國實錄。加上兩人均為飽學之士，又是江南重臣，以他們的學養、閱歷，此書想必大有可觀。雖然陳彭年、鄭文寶等遺民，對之頗有非議，但時已入宋，且徐、湯二人奉詔而作，書中語多隱諱，事多遺缺，在所難免。[40]從宋人對該書之高度關注（或說普遍不滿更貼切），可知陸游必曾拜讀此書，並從中汲取寫作《南唐書》之養分。

　　徐鉉、湯悅《江南錄》十卷，今已亡佚。明人陶宗儀編《說郛》

---

37 見〔北宋〕不著撰人：《釣磯立談》，收入景印《文淵閣四庫全書》，冊464，頁59上。

38 見〔北宋〕鄭文寶撰：《江表志》，收入景印《文淵閣四庫全書》，冊464，頁132下。

39 見〔北宋〕陳彭年撰：《江南別錄》，收入景印《文淵閣四庫全書》，冊464，頁119下。

40 據〈《江南錄》：先天不足的「千古信書」〉云：「《江南錄》的撰修特點與先天不足：（一）『不言其君之過，但以歷數存亡論之』的撰修原則，……（二）撰修者的個人偏見與政治私心。」見陳曉瑩撰：〈《江南錄》：先天不足的「千古信書」〉，《史學集刊》2014年第2期，頁52。

一百卷，收入《江南錄》一卷（實僅三條），不著撰人；此三條記載，是否出自徐、湯之手，則有待考證。

（三）吳淑《江淮異人錄》二卷

據陳振孫《直齋書錄解題》、《宋史》〈藝文志〉載：吳淑著有《江淮異人錄》二卷。然此書已不傳，後人從《永樂大典》輯出二十五則，除了前二則「唐寧王」、「花姑」為唐代異人外，其餘二十三則皆南唐奇人異事，仍舊析為上、下二卷。[41] 其內容，顧名思義，記錄江淮地區的異人怪事。誠如清人《四庫全書總目提要》云：「是編所記，多道流、俠客、術士之事，……徐鉉嘗積二十年之力，成《稽神錄》一書，淑為鉉壻（婿），殆耳濡目染，挹其流波，故亦喜語怪歟！」[42] 以為吳淑（947-1002）、徐鉉翁婿，皆喜怪力亂神之事，故撰是書。如「陳曙」云：

> 陳曙，蘄州善壇觀道士也。……步行日數百里，郡人有宴席，常虛一位以待之，遠近必至。……保大中，嘗至夜獨焚香於庭，仰天拜祝，退而慟哭。俄而，淮上兵革，人以為預知也。後過江，居永興景星廢觀，結廬獨居，常有虎豹隨之，亦罕有見者。及卒數日，方棺斂，而遍發汗焉。[43]

---

41 據「花姑」下注語：「案是書所載，皆南唐人事，獨此二條為唐明皇時，考之宋、元以後諸書所引用皆同，今仍其舊，列于卷首。」見〔北宋〕吳淑撰：《江淮異人錄》，收入景印《文淵閣四庫全書》，冊1042，卷上，頁903下。

42 見〔北宋〕吳淑撰：《江淮異人錄》，收入景印《文淵閣四庫全書》，冊1042，卷上，頁901下。

43 見〔北宋〕吳淑撰：《江淮異人錄》，收入景印《文淵閣四庫全書》，冊1042，卷上，頁906下。

陸氏《南唐書》採正史寫法，不尚詭譎之說，然〈陳曙傳〉或多或少
受此影響，如錄鄉人虛席以待之、獨居與蛇虎雜處二事；至於陳曙焚
香慟哭、能預知未來等異聞，陸氏一概捨之。「耿先生」一則，云：

> 耿先生者，父雲，軍大校，耿少為女道士，玉貌烏爪，常著碧
> 霞帔，自稱北大先生。……糞……取置鐺中，烹煉良久，皆成
> 白金。……令宮人握雪……投火中，徐舉出之，皆成白
> 金。……又能爤（炒）麥粒成圓珠，……以夾縑囊貯白龍
> 腦……，香味逾於所進，遂得幸於元宗。有娠，將產之夕，雷
> 雨震電，及霽，娠已失矣。久之，宮中忽失元敬宋太后所在，
> 耿亦隱去，……耿亦不復得入宮中，然猶往來江淮，後不知所
> 終。金陵好事家，至今猶有耿先生寫真云。[44]

此段文字全為陸氏〈耿先生傳〉所用，為陸《書》參酌該書之明證。
不僅如此，早在北宋末馬令撰《南唐書》時，便已援引此文入史，可
見具有一定影響力，不可以所錄怪誕而輕之。如《四庫全書總目提
要》所云：「淑書所記，則《周禮》所謂怪民，《史記》所謂方士，前
史往往載之，尚為事所有，其中如耿先生之類，馬令、陸游二《南唐
書》，皆採取之，則亦非盡鑿空也。」[45]的確，以吳淑的才學，所錄必
定有所根據，絕非道聽塗說之言。

---

44 見〔北宋〕吳淑撰：《江淮異人錄》，收入景印《文淵閣四庫全書》，冊1042，卷下，
　　頁909下。
45 見〔北宋〕吳淑撰：《江淮異人錄》，收入景印《文淵閣四庫全書》，冊1042，頁901
　　下。

（四）鄭文寶《江表志》三卷

　　鄭文寶（953-1013）為南唐舊臣，他所以撰述此書，蓋出於對徐鉉、湯悅奉詔之作的不滿。誠如《江表志》〈序〉所云：「太宗皇帝欲知前事，命湯悅、徐鉉撰成《江南錄》十卷。事多遺落，無年可編；筆削之際，不無高下，當時好事者往往少之。文寶耳目所及，編成三卷，方國志則不足，比通曆則有餘，聊足補亡，以候來者。」[46]《四庫提要》亦云：「始徐鉉、湯悅奉詔集李氏事，作《江南錄》，多所遺落，文寶因為此編。」而《江表志》一書，亦有為人詬病之處，據《四庫提要》評其體例，云：「上卷記烈祖事，中卷記元宗事，下卷記後主事，不編年月；於諸王大臣，並標其名，亦無事實，記載甚簡；又獨全錄韓熙載歸國狀，張佖（泌）諫疏各一首，去取亦頗不可解。」[47]是知內容簡略、體例疏漏為該書之缺失。

　　然鄭文寶乃金陵大將鄭彥華之子，據陸氏《南唐書》〈鄭文寶傳〉載：「初仕後主，以文學選為清源公仲寓掌書記，遷校書郎。歸朝，南唐故臣皆許錄用，文寶獨不自言。後主以環衛奉朝請，不納客謁，文寶乃被蓑荷笠，作漁者以見，寬譬久之，後主嘆其忠。」[48]從鄭文寶的家世背景、與南唐王室之關係來看，《江表志》所載多為江南實錄，如書中收入韓熙載歸國狀、張佖（泌）諫疏全文，雖不免流於蕪雜之弊，卻間接保存第一手歷史文獻，別具史料價值。又如《四庫提要》云：「其記李煜時貢獻賦斂一條，王銍隨手雜錄全取之，且注其下曰：『《江表志》鄭文寶撰。』則亦頗重其書。」吾人翻檢全書，雖不見後主時貢獻賦斂條，但鄭氏《江表志》為人所重，則不待

---

46 見〔北宋〕鄭文寶撰：《江表志》，收入景印《文淵閣四庫全書》，冊464，頁132下。
47 見〔北宋〕鄭文寶撰：《江表志》，收入景印《文淵閣四庫全書》，冊464，頁131下。
48 見〔南宋〕陸游撰：《南唐書》，卷15，頁3左。

言。而陸氏〈廖偃彭師暠傳〉「論曰」載：「廖偃、彭師暠之事，⋯⋯《江表志》則以為師暠且從希崇害希萼，偃百計誘諭而寢其謀，及衛希萼也，師暠之計乃無所施；是師暠實欲害希萼，獨賴偃以全耳。」[49]是為陸《書》引述《江表志》之確證。雖然陸氏未必全然贊同鄭氏的看法，但曾參酌該書是不爭的事實。

（五）鄭文寶《南唐近事》二卷

據《南唐近事》〈序〉云：「太平興國二年，歲次丁丑，夏，五月一日，江表鄭文寶序。」[50]是知此書成於作者仕宋以前，與上述《江表志》為姊妹篇。誠如《四庫提要》云：「其體頗近小說，疑南唐亡後，文寶有志於國史，蒐採舊聞，排纂敘次：以朝廷大政，入《江表志》，至大中祥符三年乃成；其餘叢談瑣事，別為緝綴，先成此編；一為史體，一為小說體也。」[51]故《四庫全書》錄《江表志》於「史部載記類」，錄《南唐近事》於「子部小說家類」，足見其取材之殊異。姑舉一例，文云：

> 嚴續相公歌姬，唐鎬給事通犀帶，皆一代之尤物也。唐有慕姬之色，嚴有欲帶之心，因雨夜相第有呼盧之會，唐適預焉，嚴命出妓、解帶，較勝於一擲。舉座屏氣，觀其得失，六骰數巡，唐彩大勝。唐乃酌酒，命美人歌一曲，以別相君；宴罷，拉而偕去。相君悵然遣之。[52]

---

49 見〔南宋〕陸游撰：《南唐書》，卷11，頁13右。

50 見〔北宋〕鄭文寶撰：《南唐近事》，收入景印《文淵閣四庫全書》，冊1035，頁928下。

51 見〔北宋〕鄭文寶撰：《南唐近事》，收入景印《文淵閣四庫全書》，冊1035，頁927下。

52 見〔北宋〕鄭文寶撰：《南唐近事》，收入景印《文淵閣四庫全書》，冊1035，卷1，頁930上。

記述唐鎬嬴得美人歸，而嚴續忍痛割愛，心情悵然。所述無非殘叢瑣事，小說家之言，然此即《南唐近事》之特色所在。雖說如是，但《四庫提要》云：「文寶世仕江南，得諸聞見，雖浮詞不免，而實錄終存，故馬令、陸游《南唐書》采用此書幾十之五六則，宋人固不廢其說矣！」明揭該書為陸氏史著所採用。

（六）陳彭年《江南別錄》一卷

　　據《四庫提要》云：「此書所記，為南唐義祖、烈祖、元宗、後主四代事實。時湯悅、徐鉉等奉詔撰《江南錄》，彭年是編，蓋私相纂述，以補所未備，故以『別錄』為名。《宋史》〈藝文志〉、晁公武《讀書志》，俱作四卷，當以一代為一卷，疑後人所合併也。」[53]《江南別錄》今為一卷，依序記義祖、烈祖、元宗、後主事：前後二段載義祖、後主事跡，自成首尾；中間敘及烈祖、元宗，則連貫而下，未加分段。且一段之中，大小諸事，紛雜並陳，如云：

> 李建勳來歸幀（幕）府，遂與大將周宗等進禪代之議。受禪之日，白雀見于庭，江西楊化為李。信州李生連理，詔還李姓，國號唐。……初，吳武王諱行密，謂杏為甜梅，及是復呼為杏，故老有泣下者。烈祖日於勤政殿視政，有言事者，雖徒隸必引見，善揣物情，人不能隱千里之外，如在目前。[54]

周宗等預禪代，烈祖受禪建國，茲事體大；而楊化為李、不再稱杏為甜梅，象徵南唐取代楊吳政權，皆屬穿鑿附會之言；烈祖勤於政務，

---

53 見〔北宋〕陳彭年撰：《江南別錄》，收入景印《文淵閣四庫全書》，冊464，頁119下。

54 見〔北宋〕陳彭年撰：《江南別錄》，收入景印《文淵閣四庫全書》，冊464，頁124上。

善體民情，又事關家國大計。所述但見蕪雜盡出，體例紊亂，故《四庫提要》評云：「體近稗官。」良有以也！

此外，書中謂烈祖受禪之初，「乃徙讓皇於丹徒，遷諸楊於泰州」；又烈祖妃种氏試圖干涉立儲，故而失寵，文云：「立嫁之。」另載元宗初名景，即位後改名璟；與諸家記載迥異，誠如《四庫提要》所評，有「端緒未分明」之疏失。然陳彭年（961-1017）為江左名士，嘗獲召入宮與後主子仲寓遊處，「故于李氏有國，時事見聞最詳」。司馬光《資治通鑑》取材自《江南別錄》者甚夥，因此，陸氏《南唐書》自當曾參考此書史料。

（七）不著撰人《釣磯立談》一卷

《釣磯立談》〈序〉云：「叟身非朝行，口不食祿，固無預於史事，隨意所商聊，復書之於紙，得百二十許條，總而題之曰《釣磯立談》。」[55]是知該書為私家著述，條錄史事而成，屬於雜史。至於出自何人手筆、成書之時間等，據《四庫提要》考證：「作書者當為虛白之子。書中有宋太祖廟號，則當成於太宗時。」[56]作者是否為史虛白之子，仍待進一步辯證。吾人觀其全文，不外乎輯錄南唐軼事；每條記載之後，必有一段「叟曰」加以評述；且各條之間不相關聯，毫無詮次，雜亂無章。

內容方面，如「後主天性喜學問」條，論云：「保大以來，國謀顛錯，民困財匱，百度隳紊，後主適當頹年，勢不能支久，蓋亦天時、人事互備於斯。」[57]猶語多迴護，不忍過於苛責。又「徐鉉與其弟鍇」條，論云：

---

55 見〔北宋〕不著撰人：《釣磯立談》，收入景印《文淵閣四庫全書》，冊464，頁45上。
56 見〔北宋〕不著撰人：《釣磯立談》，收入景印《文淵閣四庫全書》，冊464，頁44上。
57 見〔北宋〕不著撰人：《釣磯立談》，收入景印《文淵閣四庫全書》，冊464，頁59上。

叟比聞鉉及湯悅奉詔書江南事，居處猥僻，未及見其成書，然妄意深疑，徐尚有忮心，或將幸潘之沒（歿），而厚誣潘於泉下。夫佑實疏雋，為人少法度，譬如長松古栝，固自礧砢，多節目；若乃操守，必不肯忍為非義也。……有後主既已誅佑，而察其無他腸，意甚悔之，是以厚撫其家；語及佑事，則往往投饋，至為作感傷之文；此南州士大夫所共知也。[58]

該書嚴守史家立場，秉筆直書：「佑實疏雋，為人少法度，……必不肯忍為非義也。」極力為潘佑辯駁。如《四庫提要》所評：「其書雜錄南唐事迹，附以論斷，于李氏率無貶詞，猶有不忘故國之意。其中徐鉉一條，稱鉉方奉詔與湯悅書江南事，慮鉉與潘佑不協，或誣以他詞，則亦雜史中之不失是非者也。」可見《釣磯立談》體例雖不甚嚴謹，然某些軼聞、評述卻極具價值，故為陸氏撰史之重要參考資料。

二　取材宋人典籍

除了徵引遺民著述，陸氏《南唐書》亦取材於宋人典籍，其中以史書為主，兼採文人筆記。正因陸氏能「博觀而約取」，汲取眾家之長，而避其短，故該書以取材客觀、敘述簡嚴見稱，深獲好評。

（一）司馬光《資治通鑑》、李燾《續資治通鑑長編》

陸《書》中，如就南唐一代而言，纂述金陵三十九年間史事，歷烈祖、元宗及後主三世之經營。如就三君主之生卒年代而言，烈祖生於唐僖宗光啟四年（888），至昇元元年（937）五十歲，始建立南唐；

---

58 見〔北宋〕不著撰人：《釣磯立談》，收入景印《文淵閣四庫全書》，冊464，頁59下。

至乙亥歲（975），後主三十九歲，開城降宋，國破家亡；最後，在北宋太平興國三年（978）七夕，遇害身亡，為金陵歷史畫上了永恆的句號。其間橫跨九十年之久，此時期相關史料，陸氏可從司馬光《資治通鑑》卷二百五十七唐僖宗文德元年（888），至卷二百九十四後周世宗顯德六年（957）間，得到可靠的印證；而李燾《續資治通鑑長編》卷一宋太祖建隆元年（960），至卷十九宋太宗太平興國三年（978）所載，更接續司馬光史著，提供陸《書》相當完整之歷史材料。

尤有甚者，如欲瞭解南唐之前身楊吳一朝史事，仍可在《資治通鑑》中尋獲蛛絲馬跡，如卷二百五十五唐僖宗中和三年（883）楊行密為盧州刺史，始嶄露頭角；至吳天祚三年（937）十月，楊溥禪位於齊（南唐）。此五十五年間史事，亦可參見司馬光史書。

要言之，宋人所撰《資治通鑑》卷二百五十五至卷二百九十四，及《續資治通鑑長編》卷一至卷十九所載唐末至北宋初年間歷史，即陸氏撰寫金陵舊史之珍貴參考材料。

（二）龍袞《江南野史》十卷

龍袞《江南野史》，據《四庫提要》評云：「其書皆紀南唐事，用紀傳之體，而不立紀傳之名。第一卷為先主昪，第二卷為嗣主璟，第三卷為後主煜，而附以宜春王從謙及小周后。第四卷以下，載宋齊丘以下僅三十人，陳陶、孟賓于諸人有傳，而查文徽、韓熙載諸人，乃悉不載。攷（考）鄭樵《通志畧（略）》載此書原二十卷，此本僅十卷，殆佚其半歟？」[59]案：鄭樵《通志略》〈藝文略〉載：「《江南野史》二十卷（龍袞撰）。」[60]儘管其書亡佚泰半，已非全本，加以「敘次冗雜，頗乖史體」，然《四庫提要》指出：「其中如孫晟（忌）、林

---

59 見〔北宋〕龍袞撰：《江南野史》，收入景印《文淵閣四庫全書》，冊464，頁69下。
60 見〔南宋〕鄭樵撰：《通志略》（臺北市：里仁書局，1982年），頁595。

仁肇諸傳，頗有異同，可資考証（證），馬令作《南唐書》亦多採之。流傳既久，固亦未可廢也！」故李雲根、曹鵬程〈龍袞《江南野史》考論〉云：「龍袞的《江南野史》成書於一〇二二～一〇二九年間，其史料來源有二：一是龍袞家鄉吉州當地的口頭傳說；二是其他文獻記載。……龍袞將有關史實條分縷析，匯為一書，……形成一部系統的南唐史，……馬令、陸游《南唐書》對此多有憑藉。」[61]

陸游《南唐書》取材於《江南野史》者，如龍袞書中提到：

> 世宗……怒江南背約，遂問忌江南可取虛實，忌對曰：「臣本國雖小，然甲兵尚三十萬餘，未易可圖。」世宗讓忌曰：「江南不過十數郡，而師旅太多，何見欺歟？」忌曰：「精甲利兵，即雖十餘萬，然長江一條，飛湍千里，風濤激湧，險過湯池，所謂天塹也，斯可敵十萬之師。國老宋齊丘智運宏遠，機變如神，指授師徒坐制之勇，乃王猛、謝安之徒，斯亦可敵十萬。」世宗聞而惡之，……尋殺忌，後使鍾謨還命曰：「朕與江南大義雖定，然宋齊丘不死，殆難保和好。」尋宋齊丘之死，亦由是焉。[62]

陸氏《南唐書》〈宋齊丘傳〉「論曰」據此加以反駁：「世言江南精兵十萬，而長江天塹可當十萬，國老宋齊丘機變如神可當十萬，周世宗欲取江南，故齊丘以反間死。……周師之犯淮南，齊丘實預議論，雖元宗不盡用，然使展盡其籌策，亦非能決勝保境者。且世宗畏齊丘機

---

61 見李雲根、曹鵬程撰：〈龍袞《江南野史》考論〉，《樂山師範學院學報》第29卷第7期（2014年7月），頁75。

62 見〔北宋〕龍袞撰：《江南野史》，收入景印《文淵閣四庫全書》，冊464，卷2，頁80上。

變而間之者哉，蓋鍾謨自周歸，力排齊丘，殺之，故其黨附會為此說，非其實也。」[63]陸氏對龍袞所謂宋齊丘機變如神，可當十萬精兵之說，頗不以為然。儘管他持反對意見，但對《江南野史》紹承之跡，由此可見一斑。

（三）劉恕《十國紀年》四十二卷

劉恕（1032-1078），字道原，筠州（江西高安）人，皇祐元年（1049）進士；撰有《十國紀年》四十二卷，司馬光為之序。據〈劉道源（原）十國紀年序〉云：「皇祐初，光為貢院屬官，時有詔士能講解經義者，聽別奏名，應詔者十數人，……問以《春秋》、《禮記》大義，其中一人所對最精詳，……凡二十問，所對皆然。……擢為第一。及發糊名，乃進士劉恕，年十八矣。光以是慕重之，始與相識。」[64]治平三年（1066），奉詔編修歷代君臣事跡，司馬光首先推薦他為屬官，委以魏晉南北朝及後五代史事。其史學才能，向為學者所推崇，故《宋史》本傳云：「篤好史學，自太史公所記，下至周顯德末，紀傳之外，至私記雜說，無所不覽，上下數千載間，鉅微之事，如指諸掌。……於魏晉以後事，考證差謬，最為精詳。」[65]張耒〈冰玉堂記〉亦云：「其著書有《疑年譜》、《年畧（略）譜》、《通鑑外紀》、《十國紀年》。惟《十國紀年》先成，世傳之，世以比遷、固、歆、向，公亦自以不愧，而蔚宗（范曄）以降不論也。」[66]是知其史學著

63　見〔南宋〕陸游撰：《南唐書》，卷4，頁7右。

64　見〔北宋〕司馬光撰：《司馬文正公集略》（明·嘉靖四年（1525）平陽府河東書院刊本），卷25，頁11右。

65　見〔元〕脫脫等修：《宋史》，收入《二十五史》（臺北市：藝文印書館，1982年據清·乾隆武英殿刊本影印），冊36，卷444，頁5389下。

66　見〔北宋〕張耒撰：《柯山集》，收入景印《文淵閣四庫全書》，冊1115，卷41，頁355上。

述甚豐，尤以《十國紀年》最為人所稱道。晁公武《郡齋讀書志》載：
「溫公（司馬光）又題其後云：『世稱路氏《九國志》在五代史之中
最佳，此書又過之。以予考之，長於考異同，而拙於屬文。其書國朝
事皆曰『宋』，而無所隱諱，意者各以其國為主耳。」[67]《十國紀年》
四十二卷今已亡佚，吾人僅能從零星記載知有此一書，其餘不詳。

　　然而，該書在宋朝頗受重視，如張耒〈冰玉堂記〉指出：「當時
司馬君實（光）、歐陽文忠（修），號通史學，貫穿古今，亦自以不
及，而取正焉。」謂司馬光、歐陽修撰史，皆曾參考《十國紀年》；
至南宋，陸游也絕對熟悉該書。據〈廖偃彭師暠傳〉「論曰」載：「廖
偃、彭師暠之事，……惟《十國紀年》言兩人者俱有功，差可考信，
故多采之。」[68]明揭《十國紀年》對廖、彭二人的評價最客觀，故採
用其說。

（四）路振《九國志》十二卷

　　《九國志》共十二卷，其中卷一至卷三為〈吳世家〉及〈列傳〉，
卷四則為〈南唐世家〉及〈列傳〉。此四卷與南唐歷史息息相關，陸氏
撰寫金陵史事時，應該曾參看該書史料。如卷二〈鍾（太）章傳〉云：

> 天祐五年，張顥（灝）弒渥，將出徐溫守潤州，以圖自立。溫
> 與嚴可求謀，非（太）章不可除顥（灝）。（太）章知之，因選士
> 三十人，夜集軍舍，椎牛享（饗）之，刺血而飲，以為誓。溫
> 謂曰：「吾有老母，不若且止。」（太）章曰：「斯事一言既出，

---

67 見〔南宋〕晁公武撰：《郡齋讀書志》，收入《古書題跋叢刊》（北京市：學苑出版
　　社，2009年據清·光緒六年（1880）會稽章氏用藝芸書舍本重刊影印），冊1，卷7，
　　頁81上。
68 見〔南宋〕陸游撰：《南唐書》，卷11，頁13右。

寧可中輟耶？」明日，（太）章與姚克瞻殺顥（灝）於衙堂。[69]

陸氏《南唐書》〈元宗光穆皇后鍾氏傳〉亦載及此段史事：「父太章事吳，為義祖裨將。義祖謀誅張灝，令嚴可求喻太章，伏死士二十輩，斬灝於府。太章許諾。義祖疑其怯，夜半往止之，曰：『僕母老，懼事不成，欲徐圖之，如何？』太章勃然曰：『豈有可已之理？』明日，遂誅灝。」[70]從兩段記載中，可知陸《書》脫胎自《九國志》。另如〈朱瑾傳〉、〈徐溫傳〉等，與南唐開國相關之人物傳記，更是陸氏撰史時不可或缺的資料。可惜卷四〈南唐世家〉內容簡略，無足可取；〈列傳〉多所亡佚，僅剩〈周本傳〉一篇。因此，陸氏對《九國志》之承襲，只能從〈周本傳〉一窺端倪：

> 時吳宗室臨川王濛，廢處歷陽，聞將授終，乃殺監守者，與親信二騎趨詣本。本將見之，祚固執不可，本怒曰：「我家郎君也，何不使我一見？」祚閉中門拒之。濛被殺，吳室遂移。本隨眾至建康勸進，由是愧恨，數月而卒。[71]

而《南唐書》〈周本傳〉載：「吳宗室臨川王濛，廢居歷陽，聞將傳禪，乃殺監守者，與親信兩人走詣本。本即欲出見之，祚固執不可，本怒曰：『我家郎君也，奈何不使我一見？』祚閉拒中門，令外人執濛告之，濛遂誅死。本愧恨屬疾，數月卒。」[72]足見兩段文字如出一轍，有其前後相承之跡可循。

---

69 見〔北宋〕路振撰：《九國志》，收入《國學基本叢書》（臺北市：臺灣商務印書館，1968年），卷2，頁25。

70 見〔南宋〕陸游撰：《南唐書》，卷16，頁2右。

71 見〔北宋〕路振撰：《九國志》，收入《國學基本叢書》，卷4，頁42。

72 見〔南宋〕陸游撰：《南唐書》，卷6，頁3左。

（五）不著撰人《江南餘載》二卷

　　《江南餘載》二卷，據陳振孫《直齋書錄解題》所載：「不著姓名。序言：『徐鉉始奉詔為《江南錄》，其後王舉、路振、陳彭年、楊億，皆有書，大概六家，皆不足以史稱，而龍袞為尤甚。熙寧八年，得鄭君所述於楚州，其事迹有六家所遺，或小異者，刪落是正，取百九十五段，以類相從。』鄭君者，莫知何人，豈即文寶也耶？」[73]《四庫提要》則云：

> 檢此書所錄雜事，亦與文寶《江表志》所載，互相出入。然則所謂刪落是正者，實據《江表志》為稿本矣。今世所行《江表志》名為三卷，實止（只）二十四頁，蓋殘闕（缺）掇拾，已非完書。此書所謂一百九十五段者，今雖不可全見，而《永樂大典》內所引甚夥，多有《江表志》所不載者，則《江表志》雖存而實佚，此書雖佚，尚有大半之存也。[74]

大抵以為《江南餘載》原書從鄭文寶《江表志》中輯錄而出，作者不可考。今存《江表志》三卷，已非全書；而《江南餘載》二卷，一百九十五條亦不可全見，然從《永樂大典》所引，尚可窺知泰半。何況南宋之際，陸氏所見《江南餘載》，應近於完整，其參考價值可以想見。

---

73 見〔南宋〕陳振孫撰：《直齋書錄解題》，收入景印摛藻堂《四庫全書薈要》，冊237，卷5，頁92下。

74 見〔北宋〕不著撰人：《江南餘載》，收入景印《文淵閣四庫全書》，冊464，頁149下。

（六）不著撰人《五國故事》二卷

　　《五國故事》二卷，據《四庫提要》云：「不著撰人名氏，……年代綿邈，蓋不可考矣。其書紀吳楊氏、南唐李氏、蜀王氏、孟氏、南漢劉氏、閩王氏之事，稱曰五國，然以其地而論當為四國，以其人而論當為六國，……實則小說之體，記錄頗為繁碎。」[75]是知該書體例凌亂，如卷上先記「偽吳楊氏」、「偽唐李氏」概述楊吳與南唐君主傳承之大略，後又以「偽吳先主吳王行密」起首，記楊吳事；次以「溫好披白袍子」開頭，載入徐溫、烈祖之事；再以「景即位」、「煜，景之次子」發端，敘元宗、後主諸事。如「溫好披白袍子」段中，錄有周宗解夢事：

　　　　知誥在相府，嘗一日不悅，其夫人問之，知誥乃告曰：「夜夢不吉，以是為憂耳！」夫人曰：「夢無吉凶，在人議之耳。有善議之者，請召之，庶解憂慮。」知誥因出廳事，俄見周宗於庭下，乃謂曰：「我昨夢過順天門，俄而仆地，非吉兆也。」宗亟拜，賀曰：「此明公宜令人策立也。」知誥大悅，及宗入內室，與夫人同席而飲，後使宗知鹽鐵職務，其家遂大富。[76]

謂烈祖為夢兆煩心，夫人勸慰，周宗解夢以為是吉非凶，烈祖始轉憂為喜。文中雖為軼聞瑣事，形同小說家之言，然描摹生動，繪聲繪影，足以引人入勝！不過，載徐溫、烈祖事於同段，楊吳、南唐混而

---

75 見〔北宋〕不著撰人：《五國故事》，收入景印《文淵閣四庫全書》，冊464，頁203下。

76 見〔北宋〕不著撰人：《五國故事》，收入景印《文淵閣四庫全書》，冊464，卷上，頁209上。

無別，已屬不妥；又於其中雜敘宋齊丘、楊濛、周本、周宗、楊溥等事跡，其記述之繁碎、體例之疏漏，可想而知。

此外，《五國故事》所載與他史或有出入，然如《四庫提要》云：「考古在于博徵，亦未可以瑣雜廢也。」關於元宗繼位之緣由，該書收錄二說：其一為烈祖病危，密召景達入宮。醫官吳廷紹密報於元宗，「使人追回其書，時書已出秦淮門，而追及之」。俄而，烈祖殂，元宗乃即位。其二謂烈祖嘗晝寢，夢見黃龍繞殿柱，派人察看，原是元宗抱殿柱而立，從此立儲之意始定。書中復云：

> 以二說相異，未詳其孰是。又嘗以其事，質於江南一朝士，曰：「非也！徐溫既與張顥（灝）將謀弒渥，而先擇其嗣主，而溫夢入宮中，見白龍抱其殿柱。明日旦入，果見渥弟渭（隆演）衣白，抱殿柱而立，心乃定之。非李氏也。」[77]

此稱曾請教於南唐舊臣，故其說可信度極高。驗諸陸氏《南唐書》，果然不取夢龍之說，而〈元宗本紀〉云：「烈祖病疽，秘之，人皆莫知。……疾亟，太醫吳廷紹密遣人告帝。帝馳入宮，侍疾於東閣。是夕，烈祖崩，……丙子，始宣遺詔。」[78]與《五國故事》所見略同，故可推知陸氏嘗參據該書內容。

（七）陶岳《五代史補》五卷

陶岳《五代史補》，顧名思義，在於補五代史事之遺缺。其撰述動機，誠如《四庫提要》云：「宋初薛居正等《五代史》成，岳嫌其

---

77 見〔北宋〕不著撰人：《五國故事》，收入景印《文淵閣四庫全書》，冊464，卷上，頁210上。

78 見〔南宋〕陸游撰：《南唐書》，卷2，頁1右。

尚多闕（缺）略，因取諸國竊據，累朝創業事迹，編次成書，以補所未及。」[79]其內容，據《四庫提要》考證：「（晁）公武又云：『共一百七事。』今是書所載，梁二十一事、後唐二十事、晉二十事、漢二十事、周二十三事，共一百四事，較公武所云尚少三事。未知為此書闕（缺）佚，或公武誤記。」其中與金陵舊史相關，堪為陸氏《南唐書》借鏡者，僅卷二「宋齊丘投姚洞天」、卷三「李昪得江南」及卷五「世宗面論江南使」、「韓熙載帷箔不修」諸條。如「李昪得江南」中，云：

> 初，昪既畜異志，且欲諷動僚屬，雪天大會，酒酣，出一令須借雪取古人名，仍詞理通貫。時齊丘、徐融在座，昪舉杯為令曰：「雪下紛紛，便是白起。」齊丘曰：「著屐過街，必須雍齒。」融意欲挫昪等，遽曰：「來朝日出，爭奈蕭何？」昪大怒，是夜，收融投於江。自是與謀者，惟齊丘而已。[80]

將烈祖君臣宴飲、行酒令的情景，勾勒得活靈活現，如在目前。由於該書與書法嚴謹的傳統史書有別，故被《四庫全書》歸為「雜史類」。又《四庫提要》評云：「此書雖小說家言，然敘事首尾詳具，率得其實，故歐陽修《新史》、司馬光《通鑑》，多採用之。」是知《五代史補》雖與小說無異，然其敘述詳實，仍具史料價值；既曾為歐公、溫公所引用，然陸氏撰史之際，想必亦曾參考此書。

---

79 見〔北宋〕陶岳撰：《五代史補》，收入景印《文淵閣四庫全書》，冊407，頁641下。
80 見〔北宋〕陶岳撰：《五代史補》，收入景印《文淵閣四庫全書》，冊407，卷3，頁661下。

（八）馬令《南唐書》三十卷

馬令《南唐書》三十卷，其內容，如《四庫提要》云：「其書首為〈先主書〉一卷、〈嗣主書〉三卷、〈後主書〉一卷，蓋用《蜀志》稱主之例。次〈女憲傳〉一卷，列后妃、公主，而附錄烈女二人。次〈宗室傳〉一卷，列楚王景遷等十二人，而從度、從信二人，有錄無書。次〈義養傳〉一卷，列徐溫及其子六人，附錄二人。次〈列傳〉四卷；次〈儒者傳〉二卷；次〈隱者傳〉一卷；次〈義死傳〉二卷；次〈廉隅傳〉，次〈苛政傳〉，共一卷。次〈誅死傳〉一卷；次〈黨與傳〉二卷；次〈歸明傳〉二卷；次〈方術傳〉一傳；次〈詼諧傳〉一卷，皆優人也，而附以迂儒彭利用。次〈浮屠傳〉，次〈妖賊傳〉，共一卷。次〈叛臣傳〉一卷；次〈滅國傳〉二卷，閩王氏、楚馬氏也。次〈建國譜〉，次〈世系譜〉，共一卷。〈建國譜〉者，地理志；〈世系譜〉者，敘李氏所自出也。」[81]拙作〈馬令、陸游二家《南唐書》之比較〉中，則指出馬《書》之五大缺失：

> 一曰「封建觀點，視南唐為僭偽」：如尊天子於中原，貶抑金陵朝廷，稱三主為「先主」、「嗣主」、「後主」，為作「書」，不立「本紀」，有違史氏家法。二曰「率爾立傳，體例駁雜不一」：如潘佑直諫而死，卻入〈誅死傳〉；李元清不做貳臣，卻入〈歸明傳〉；余洪妻鄭氏、渤海吳媛和南唐后妃公主，同入〈女憲傳〉；又書中卷九以前、卷十二以後皆為「類傳」，但中間四卷卻作「單傳」；皆為人所詬病。三曰「詭譎怪誕，充斥迷信思想」：如載柴克宏之有陳果仁助陣，潘佑之為顏延之後身，盧絳之夢耿玉真，伍喬之見牎（窗）中人掌等，充滿了鬼

---

81 見〔北宋〕馬令撰：《南唐書》，收入景印《文淵閣四庫全書》，冊464，頁247下。

怪靈異色彩。四曰「枝節橫陳，缺乏中心意旨」：孫忌不負永陵一抔土，卻錄其使眾妓持器為肉臺盤事；李元清不事二朝，卻載其橫征（徵）科斂事；諸如此類，好壞並陳，未能突顯史家對該歷史人物的評價，足見取材之粗疏。五曰「論贊氾濫，必以『嗚呼』起首」：馬氏論贊引史為證，暢議古今，滔滔雄辯，造成繁瑣之弊；且效顰《新五代史》每以「嗚呼」發端，猶為蛇足！[82]

《四庫提要》亦云：「於詩話、小說不能割愛，遂不免蕪雜瑣碎，自穢其書。又如〈建國譜〉之敘地理，僅有軍、州而無縣，則省不當省；〈世系譜〉……複述唐代世系，遠溯皋陶，尤繁不當繁；亦乖史體，均不及陸游重修之本。」[83]儘管馬《書》有上述諸多弊端，但並非乏善可陳，如拙作以「搜羅宏富，保留珍貴史料」為其最大優點，文云：「書中徵引無數詔諭、上書、表疏、手札、諫言等，雖流於繁瑣，卻為南唐史保存了重要的第一手資料。」而《四庫提要》云：「然椎輪之始，令亦有功。」肯定馬氏搜集、保存史料之功。儘管馬《書》前修未密，陸氏在其基礎上，[84]推陳出新，才能後出轉精，成此一部史書佳作。

---

82 見簡彥姈撰：〈馬令、陸游二家《南唐書》之比較〉，《中國文化大學中文學報》第25期（2012年10月），頁81。

83 見〔北宋〕馬令撰：《南唐書》，收入景印《文淵閣四庫全書》，冊464，頁248上。

84 陸《書》明載曾參酌馬《書》史料者，如〈烈祖本紀〉「論曰」云：「自烈祖以下，元康謂之『書』。」見〔南宋〕陸游撰：《南唐書》，卷1，頁13左。〈張彥卿傳〉云：「彥卿，馬元康《書》以為『彥能』，亦莫知孰是也。」見〔南宋〕陸游撰：《南唐書》，卷14，頁4左。案：馬元康為馬令祖父，馬令在其祖父史料之上，完成《南唐書》三十卷，故陸氏習慣稱馬元康《南唐書》。由是可見，陸《書》對馬《書》之繼承。

　　除了上述諸史，陸氏《南唐書》亦曾參據文人筆記，如釋文瑩《玉壺清話》、洪邁《容齋隨筆》等，皆為珍貴的佐證資料。尤其《玉壺清話》卷九〈李先主傳〉、卷十〈江南遺事〉所載金陵軼事，更是陸氏撰寫南唐史不容忽略的參考素材。

第三節　自成一家風貌

　　陸氏《南唐書》所以備受好評，除了承沿史氏家法、脫胎並時諸史之外，他曾親自深入考察，輯錄南唐軼事；且秉持客觀立場，寄寓一字褒貶；更有意以史為鑒，闡發獨到史識；在繼承前人著述之餘，亦能有所創新，別開生面，故自成一家風貌。

一　輯錄南唐軼事

　　南宋孝宗乾道六年（1170）閏五月，陸游攜眷遠赴夔州（四川奉節）通判任，入蜀途中，他格外留心金陵舊事、遺址，為日後撰寫《南唐書》奠下基礎。一如史遷遊歷四方，尋訪古跡，搜求史料，終能完成其史書鉅著。因此，陸氏《入蜀記》中，不乏考察南唐史事的記錄。如途經皖口，載：「皖口即王師破江南大將朱令贇水軍處。」[85]其《南唐書》錄朱令贇潰敗事，見諸〈後主本紀〉、〈朱令贇傳〉二處。前者云：「至皖口，與王師遇，傾火油焚北船，適北風，反焰自焚，我軍大潰。」[86]後者云：「令贇以火油縱燒，王師不能支。會北風，反焰自焚，水陸諸軍十五萬，不戰皆潰。令贇惶駭，赴火

---

85 見〔南宋〕陸游撰：《入蜀記》，收入《宋明清小品文集輯注》（上海市：上海遠東出版社，1996年），卷3，頁48。

86 見〔南宋〕陸游撰：《南唐書》，卷3，頁9左。

死。……是時王師上露布稱生獲令贇，則非也。」[87]料想他行經此地時，必定明查暗訪，悉心考察，日後撰史方能揭穿「生獲（朱）令贇」之說，為「官方說法」，而非史實真相。

舟行大江，過采石鎮，由於采石磯乃曹彬率師入攻南唐處，故陸氏記下金陵叛將樊若水（冰）之軼事：

> 采石……磯即南唐樊若冰（水）獻策，作浮梁，渡王師處。初若冰（水）不得志於李氏，詐祝髮為僧，廬於采石山，鑿石為竅。及建石浮圖（屠），又月夜繫繩於浮圖（屠），棹小舟急渡，引繩至江北，以度（渡）江面。既習知不謬，即亡走京師上書。其後王師南渡，浮梁果不差尺寸。……國朝遂下南唐者，實天意也！若冰（水）何力之有？[88]

對宋朝而言，樊若水（冰）作浮梁渡王師，獻策有功。陸氏身為大宋臣民，雖然撰述金陵舊史，但始終未錄樊若水（冰）背叛南唐事，或許因為與宋室「官方說法」牴觸的緣故。因此，〈後主本紀〉只輕描淡寫交代：「王師次采石磯，作浮橋成，長驅渡江，遂至金陵。」[89]至於何人獻策作浮橋，未見載錄。在〈列傳〉中，亦無隻字提及樊若水（冰）事。何況區區一個樊若水（冰），豈足以亡南唐？誠如陸《書》所云：「每歲，大江春夏暴漲，謂之黃花水。及王師至，而水皆縮小，國人異之。」謂後主君臣苟安逸樂，終至國破家亡，一切莫非天意！

又過瓜步山，記當年周師侵淮南事，云：「周世宗伐南唐，齊王

---

87 見〔南宋〕陸游撰：《南唐書》，卷8，頁7右。
88 見〔南宋〕陸游撰：《入蜀記》，收入《宋明清小品文集輯注》，卷2，頁34。
89 見〔南宋〕陸游撰：《南唐書》，卷3，頁7右。

景達自瓜步渡江，距六合二十里設柵，亦此地也。」[90]成為他日後寫作周人南侵歷史的第一手資料，彌足珍貴。舟泊秦淮亭，他見「建康行宮，在天津橋北。橋琢青石為之，頗精致（緻），意其南唐之舊也。」[91]親身感受金陵文物的絕代風華。過陽山磯，望九華山時，不忘記上一筆：「南唐宋子嵩（齊丘）辭政柄，歸隱此山，號九華先生，封青陽公。由是九華之名益盛。」[92]此或為〈宋齊丘傳〉之先聲。遊清涼、廣慧寺，他發現法堂前有德慶堂，堂榜乃李後主撮襟書，石刻尚存；又見〈祭悟空禪師文〉，云：「保大九年，歲次辛亥九月，皇帝以香茶乳藥之奠，致祭於右街清涼寺悟空禪師。」[93]據此推翻《建康志》載後主祭悟空禪師之說。因為保大乃元宗年號，可見為文祭悟空者，是元宗，而非後主。遊頭陁寺，他參觀藏殿後南齊王簡棲碑，從韓熙載為之撰碑陰、徐鍇為之題額，得知南唐駢儷之風，始終方興未艾，故云：「熙載、鍇號江左辭宗，而拳拳於簡棲之碑如此。」[94]對於當時文風有一番體認。遊保寧寺，驚見法堂後之片石，瑩潤如黑玉，上有宋齊丘題詩，謂「陳獻司空」，司空即徐知誥，亦烈祖李昪也。因此感慨烈祖與宋齊丘之君臣相遇，故能粗成此功業；而後在〈宋齊丘傳〉中，云：「人以比劉穆之之佐宋高祖」[95]，其來有自。

　　《入蜀記》中，亦收錄不少軼事傳聞，如記京口人提前一天過七夕，云：「蓋南唐重七夕，而常以帝子鎮京口，六日輒先乞巧；翌日，馳入建康赴內燕（宴）。故至今為俗云。」[96]此說雖然未可盡信，

---

90 見〔南宋〕陸游撰：《入蜀記》，收入《宋明清小品文集輯注》，卷2，頁27。

91 見〔南宋〕陸游撰：《入蜀記》，收入《宋明清小品文集輯注》，卷2，頁28。

92 見〔南宋〕陸游撰：《入蜀記》，收入《宋明清小品文集輯注》，卷3，頁46。

93 見〔南宋〕陸游撰：《入蜀記》，收入《宋明清小品文集輯注》，卷2，頁29。

94 見〔南宋〕陸游撰：《入蜀記》，收入《宋明清小品文集輯注》，卷4，頁67。

95 見〔南宋〕陸游撰：《南唐書》，卷4，頁1右。

96 見〔南宋〕陸游撰：《入蜀記》，收入《宋明清小品文集輯注》，卷2，頁28。

但有此一說，留待後人考證。行經皖口，至趙屯，北望皖山，他輯錄一則軼聞：

> 南唐元宗南遷豫章，舟中望皖山，愛之，謂左右曰：「此青峭數峰何名？」答曰：「舒州皖山。」時方新失淮南，伶人李家明侍側，獻詩曰：「龍舟千里揚東風，漢武潯陽事正同。回首皖公山色好，日斜不到壽杯中。」元宗為悲憤欷歔。[97]

此事亦見於陸《書》〈李家明傳〉：「元宗失江北，遷豫章，龍舟至趙屯，舉酒望皖公山曰：『好青峭數峰，不知何名？』家明對曰：『此舒州皖公山也。』因獻詩曰：『皖公山縱好，不落御觴中。』元宗太（嘆）息，罷酒去。」[98]由是可知，二文大同小異，內容大致相近，唯風格稍有不同、敘述詳略有別而已。蓋因遊記乃性靈之作，信手拈來，意隨筆至，如同行雲流水，以清新流暢為主；而史書為典藏名山石室之著述，講究史法，寄寓褒貶，故行文務求典雅凝練。從輯錄見聞軼事，到斟酌字句、潤飾成篇，但見陸氏之用心，處處展現其高妙的文才與史筆。

　　遊戒壇寺，知此為古之瓦官寺。昔日寺內有瓦官閣，高十丈，南唐滅亡時，為吳越兵所焚。《入蜀記》中，又錄舊聞一則：

> 南唐後主時，朝廷遣武人魏丕來使。南唐意其不能文，即宴於是閣，因求賦詩。丕攬筆成篇，末句云：「莫教雷雨損基扃。」後主君臣皆失色。[99]

97 見〔南宋〕陸游撰：《入蜀記》，收入《宋明清小品文集輯注》，卷3，頁48。

98 見〔南宋〕陸游撰：《南唐書》，卷17，頁3右。

99 見〔南宋〕陸游撰：《入蜀記》，收入《宋明清小品文集輯注》，卷2，頁33。

後主君臣誤以為武人不諳文事，故意要求北朝使者賦詩。沒想到來者竟允文允武，一句「莫教雷雨損基局」，聽得眾人皆失色，豈不自取其辱？此時金陵潰敗踵至，去號稱臣，居然還有此雅興，足見「冰凍三尺，非一日之寒」！

他同時留意南唐郡縣之沿革，如：「池州，……南唐嘗為康化軍節度……。蓋南唐都金陵，故當塗、蕪湖、銅陵、繁昌、廣德、青陽，并（並）江寧、上元、溧陽、溧水、句容，凡十一縣，皆隸畿內。」[100]載明南唐定都金陵，境內劃分為十一縣。「繁昌縣，南唐所置。」[101]又考訂「太平州，本金陵之當塗縣。周世宗時，南唐元宗失淮南，僑置和州於此，謂之新和州，改為雄遠軍。」[102]誠如黃鎮偉〈「縷述風土，考訂古跡」的佳製——評陸游的《入蜀記》〉所云：「一部《入蜀記》，記古跡的盛衰興廢，詳建置的沿革變遷，辨文物的真贗，考記載的正誤，都精審翔實。」[103]是知陸氏詳加考訂金陵史蹟、縣治等，作為日後修史之依據。

他所到之處莫不留心金陵舊事，或探勘史蹟，或訪求軼聞，藉以印證史實，期能還原歷史真相。如書中〈劉仁瞻傳〉「論曰」云：

> 政和中，先君會稽公為淮西常平使者，實請於朝，列仁瞻於典祀，且名其廟曰忠顯。後又嘗寓家壽春，方世宗攻下壽州，廢為壽春縣，而徙壽州於下蔡。故壽春父老，喜言仁瞻死時事，言其夫人不食五日而卒，今傳記所不載。廟在邑中，歲時奉祀

---

100 見〔南宋〕陸游撰：《入蜀記》，收入《宋明清小品文集輯注》，卷3，頁46。

101 見〔南宋〕陸游撰：《入蜀記》，收入《宋明清小品文集輯注》，卷3，頁45。

102 見〔南宋〕陸游撰：《入蜀記》，收入《宋明清小品文集輯注》，卷2，頁35。

103 見黃鎮偉撰：〈「縷述風土，考訂古跡」的佳製——評陸游的《入蜀記》〉，《九江師專學報》1986年第1期，頁45。

甚盛。乾道淳熙之間，予遊蜀，在成都見梓潼令金君所藏周世
宗除仁瞻天平軍節度使告身，白紙書，墨色、印文皆如新。金
君言，仁瞻獨一裔孫，賣藥新安市，客死無後，故得之。其詞
與王溥所修《周世宗實錄》皆合。若歐陽氏《（新）五代史》
所稱「盡忠所事，抗節無虧，前代名臣，幾人可比。予之南
伐，得汝為多。」蓋摘取制中語載之，本不相聯屬，又頗有潤
色也。以仁瞻之忠，天報之宜如何，而其後於今遂絕，天理之
難知如此，可悲也夫！[104]

文中首先透露出他考察壽春劉仁瞻遺跡的幾點訊息：（一）北宋政和
中，其父陸宰曾請例前朝劉仁瞻於典祀，廟名曰忠顯。（二）陸氏嘗
寓家壽春，經考證知壽春即南唐壽州，亦當年周師包圍之地。（三）
據當地父老說，劉仁瞻死時，其夫人亦絕食身亡。（四）劉仁瞻廟就
在壽春邑中，至今歲時奉祀甚盛。次記入蜀期間所獲取劉仁瞻相關資
訊：（一）他在成都，親見周世宗除劉仁瞻天平軍節度使告身[105]。
（二）據說劉仁瞻僅一裔孫，客死異鄉，劉氏絕後，故告身流落而
出。（三）他見到告身的內容，與《周世宗實錄》所載相吻合。（四）
以此告身驗諸歐陽修《新五代史》，發現歐公摘錄制中語，且經潤色
而成。由是可見，陸氏於史傳中實錄軼事見聞，所謂「讀萬卷書，行
萬里路」，他透過親身考察、實地印證，讓劉仁瞻不再只是歷史人
物，而與作者生活息息相關。或許正因為如此，才能描摹逼真，形神
畢肖，讓古人在史傳中活靈活現起來。

---

104 見〔南宋〕陸游撰：《南唐書》，卷13，頁5左。
105 據《正字通》云：「唐制授官之符曰告身，即今謂告命。」見〔明〕張自烈編，
　　〔清〕廖文英補：《正字通》（北京市：國際文化出版公司，1996年），上冊，丑集
　　上，頁217上。

二　寄寓一字褒貶

　　陸游生處南宋之際，由於南唐與南宋均偏安江左，情勢約略相當，故他格外看重金陵政權，不但視之為正統，為三位君主立〈本紀〉；且以南唐為敘述中心，書中屢以「我」稱之，如「執我指揮使」、「下詔罪狀我」、「侵我淮南」等，又稱金陵兵馬曰「我師」、「我軍」。由於烈祖受楊吳禪讓，始有金陵江山，故書中亦承認楊吳之正統地位，如〈烈祖本紀〉云：「吳王建國，以帝為左僕射。」「十月，吳帝禪位于我。」[106]肯定南唐繼楊吳之後，是為一脈相承的合法政權。然北宋承襲後周國祚，陸氏身為大宋子民，自然不能以五代諸朝為僭偽，故仍視之為正統。如《南唐書》中，對後唐、後晉、後周君主均稱其廟號，周世宗亦稱「周帝」，後周軍隊曰「周師」；宋太祖受周禪後，稱汴京曰「京師」，稱宋朝軍隊曰「王師」。可見他尊中原、不貶淮南，堅守史家立場，秉筆直書，方能成此一部客觀、公正的史書佳作。以下擬從「戰之例」、「死之例」與「降之例」三方面，逐一論述。

（一）戰之例

　　依《公羊傳》〈莊公十年〉云：「觕者曰侵。」何休注曰：「觕，麤也。將兵至竟，以過侵責之，服則引兵而去，用意尚麤。」[107]是知大國仗著兵力強盛，出師指責弱國過失，如小國臣服，則引兵而去；由於用意尚粗，故謂之「侵」。《左傳》〈莊公二十九年〉亦云：「凡師

106　見〔南宋〕陸游撰：《南唐書》，卷1，頁3右。

107　見《春秋公羊傳》，收入《十三經注疏》（臺北市：藝文印書館，2001年據清・阮元校本影印），冊7，卷7，頁88上。

有鐘鼓曰伐，無曰侵，輕曰襲。」[108]陸氏《南唐書》承沿《春秋》史筆，寄寓褒貶之意，故記保大年間戰事，除少數採「淮南兵興」、「淮南交兵」、「南唐與周師相拒」等中立寫法之外，多半認為後周侵略金陵，如〈元宗本紀〉，保大十三年六月，「周下詔罪狀我，遣將李穀、王彥超、韓令坤等侵我淮南，攻白壽州。」[109]蓋大國「侵」小國，師出必有名，所以後周下詔罪狀南唐，「首以通契丹為興師之名」[110]，此即何休所說「以過侵責之」。陸氏秉持史家職責，直書無隱，謂周人侵略淮南。如此視後周出師為「侵」之例，在書中俯拾即是，諸如：〈趙仁澤傳〉作「周人來侵。」[111]〈何敬洙傳〉作「周人侵淮南。」[112]〈朱匡業傳〉作「周侵淮南。」[113]〈張彥卿傳〉作「周世宗南侵。」[114]〈劉仁贍傳〉更明載：「周人有南侵之謀。」[115]

另記吳越之來攻，如保大十四年，云：「吳越侵常州、宣州。」〈李平傳〉亦作「吳越侵常州。」[116]皆謂之「侵」，亦視為侵略。除了「侵」，書中還用「犯」之例。如同指吳越寇邊一事，〈張易傳〉卻作「吳越犯邊。」[117]可見「犯」與「侵」同意，皆以大犯小、強侵弱也。又甲戌歲（974），宋師南來之際，「吳越亦大舉兵犯常、潤。」[118]以上均以南唐為中心，指責後周、北宋、吳越為不義之師，寓有褒金陵、貶鄰國之意。

---

108 見《春秋左傳》，收入《十三經注疏》，冊6，卷10，頁178下。
109 見〔南宋〕陸游撰：《南唐書》，卷2，頁11左。
110 語出〈契丹傳〉。見〔南宋〕陸游撰：《南唐書》，卷18，頁10右。
111 見〔南宋〕陸游撰：《南唐書》，卷17，頁7左。
112 見〔南宋〕陸游撰：《南唐書》，卷6，頁7右。
113 見〔南宋〕陸游撰：《南唐書》，卷8，頁6左。
114 見〔南宋〕陸游撰：《南唐書》，卷14，頁3右。
115 見〔南宋〕陸游撰：《南唐書》，卷13，頁1右。
116 見〔南宋〕陸游撰：《南唐書》，卷13，頁10左。
117 見〔南宋〕陸游撰：《南唐書》，卷13，頁13右。
118 語出〈後主本紀〉。見〔南宋〕陸游撰：《南唐書》，卷3，頁7左。

（二）死之例

據《禮記》〈曲禮下〉載：「天子死曰崩。」[119]陸氏《南唐書》稱君主辭世，如烈祖或曰崩。《史記》〈范雎傳〉亦云：「宮車一日晏駕，是事之不可知者一也。」《集解》中，應劭曰：「天子當晨起早作，如方崩殂，故稱晏駕。」韋昭曰：「凡初崩為晏駕者，臣子之心，猶謂宮車當駕而晚出。」[120]陸氏稱烈祖、元宗，或曰晏駕，可見視之為天子無疑。又《尚書》〈舜典〉云：「帝乃殂落，百姓如喪考妣。」傳曰：「殂落，死也。」[121]蓋人臣不忍言君死，諱而稱殂，謂其一如草木之凋落。陸氏《南唐書》稱君主之亡，多半曰殂，如元宗或曰殂，後主曰殂；而吳讓皇及義祖徐溫[122]亦曰殂。可見南唐雖偏安一隅，國祚不長，但作者仍視其君主為正統帝王，這是對金陵政權極大的肯定，寓有襃揚之意。

又有依個人畢生品格、行事之優劣，寄予褒貶之意。如書中同樣曰「死」，〈張彥卿傳〉云：「彥卿……及兵馬都監鄭昭業等千餘人，皆死之，無一人生降者。」〈張雄傳〉云：「雄與其子力戰，俱死。」〈孟堅傳〉云：「堅力戰以死。」〈後主本紀〉云：「乙未城陷，將軍咼彥、馬承信及弟（馬）承俊，帥壯士數百，力戰而死。」這是壯士浴血沙場，為國捐軀之死。一個「死」字，卻含有斑斑血淚、滿腔忠憤，可見諸君死得其所，死得壯烈！字裡行間，流露出對此忠魂義魄最崇高的歌頌。文臣雖然無法效死疆場，但依舊可以堅守志節，甚至以身殉國，死得轟轟烈烈，如〈孫忌傳〉云：「忌正色請死，無撓

---

119 見《禮記》，收入《十三經注疏》，冊5，卷5，頁99上。

120 見〔西漢〕司馬遷撰：《史記》，收入《史記三家注》，下冊，卷79，頁973下。

121 見《尚書》，收入《十三經注疏》，冊1，卷3，頁42下。

122 案：徐溫過世時，烈祖未受禪，故無廟號，〈本紀〉曰卒。烈祖即位，追尊考溫為太祖武皇帝，復姓李氏，改廟號義祖，書中始稱其死曰殂。

辭。……整衣索笏，東南望，再拜曰：『臣受恩深，謹以死謝。』從者二百人，亦皆誅死于東相國寺。」[123]孫忌出使後周，堅守使臣節操，慷慨就死，「終不忍負永陵一抔土」。而〈廖居素傳〉云：

> 居素獨慷慨驟諫，冀後主一悟，終不見聽，乃閉門卻食，服朝衣冠立死井中。已而，得手書大字于篋笥曰：「吾之死，不忍見國破也！」[124]

廖居素不忍見國亡家滅，不惜絕食，以死諫君，朝服立死於井中。然後主終不悟，直到金陵城陷，仍有殉國者，如〈後主本紀〉載：「勤政殿學士鍾蒨，朝服坐於家，亂兵至，舉族就死不去。光政使右內史侍郎陳喬，請死不許，自縊死。」上述孫忌、廖居素、鍾蒨、陳喬等，或不辱使命，或以死明諫，或與國俱存亡，各以不同方式殉國，用他們的生命，為南唐史冊寫下了光輝的一頁。

　　陸氏《南唐書》中，記另一種「死」則是令人鄙視的，如〈元宗本紀〉載宋齊丘之幽死，據本傳云：「初，命穴牆給食，俄又絕之，以餒卒。」[125]謂宋齊丘終其一生，作威作福，享盡榮華富貴，最後竟慘遭餓死的命運，堪稱罪有應得！又〈皇甫繼勳傳〉謂皇甫繼勳之死，乃「軍士雲集臠之，斯須皆盡。」[126]誤國至是，瀆職至此，落得如此下場，豈不大快人心？其他如陳覺、李徵古、鍾謨、李德明輩之死，陸氏皆直書其罪狀，是為論罪伏誅之例，或作「覺、徵古皆誅死」，或作「誅鍾謨於饒州」，或作「斬德明於都市」等，貶責之意，顯而易見。

123　見〔南宋〕陸游撰：《南唐書》，卷11，頁11左。
124　見〔南宋〕陸游撰：《南唐書》，卷9，頁15左。
125　見〔南宋〕陸游撰：《南唐書》，卷4，頁7左。
126　見〔南宋〕陸游撰：《南唐書》，卷10，頁6左。

（三）降之例

《公羊傳》〈莊公三十年〉云：「齊人降鄣，……降之者何？取之也。」[127]蓋戰敗投降之例，如敗敵，則彼士卒來降；敗於敵，則我兵士降敵。「降」亦作「奔」，如《春秋》〈宣公元年〉云：「晉放其大夫胥甲父于衞。」疏中引《釋例》曰：「奔者迫窘而去，逃死四鄰，不以禮出也。」[128]陸氏《南唐書》以金陵為本位思想，故敵人降於南唐者，稱「來降」、「來奔」、「來歸」，含「識時務者為俊傑」之意，語帶褒揚；而金陵將卒降於他邦者，用「降」、「奔」等字眼，一律視為叛國徒，寓有貶損之意。

如〈孟堅傳〉云：「孟堅，始事建州王延政為將。保大初，查文徽討王氏之亂，堅來降，文徽即以兵付之，出奇鏖擊有功。」[129]謂建州之役，閩將孟堅降於南唐，並隨查文徽進討有功，是為「來降」之例。又〈烈祖本紀〉中，昇元四年，「五月，晉·安州節度使李金全來降。」亦作「來降」。而〈李金全傳〉詳載其事：李金全為後晉安州節度使，任用貪吏胡漢榮，晉高祖遣賈仁沼代之。李金全為部屬酖殺賈仁沼。事聞後，晉高祖欲以馬全節代李金全鎮守安州。胡漢榮獲悉詳情，密遣人馳報。文云：

> 金全懼，使其從事張緯奉表詣金陵請降。烈祖命鄂州屯營使李承裕、段處恭，帥兵三千人，逆金全，陳于城外，俟金全出，殿之而東。承裕等至之夕，金全帥數百人來奔。

---

127 見《春秋公羊傳》，收入《十三經注疏》，冊7，卷9，頁109下。

128 見《春秋左傳》，收入《十三經注疏》，冊6，卷21，頁360下。

129 見〔南宋〕陸游撰：《南唐書》，卷12，頁1左。

李金全畏罪，派人奉表「請降」於金陵。烈祖命李承裕等率眾來迎；是夕，果然帥數百人「來奔」。由此可知，曾為南唐立下汗馬功勞的李金全，乃從後晉來降的一名戰將。

又「來奔」之例，如〈常夢錫傳〉云：「後唐長興初，從儼入朝，以夢錫從；及鎮汴，為左右所譖，遂來奔。」[130]〈皇甫暉傳〉亦云：「契丹入中原，暉時為密州刺史，與棣州刺史王建俱來奔。」[131]無論文人常夢錫從後唐入金陵，或武士皇甫暉等來自後晉，皆景慕南唐為詩禮之國、文化重鎮而來歸附。故〈元宗本紀〉保大五年，載：「晉・密州刺史皇甫暉、棣州刺史王建，來歸。」可見「來降」、「來奔」、「來歸」等，異名同實，皆謂敵兵之歸於南唐者。如保大八年十二月，載：「馬希萼攻陷潭州，弒其君馬希廣，楚將李彥溫、劉彥瑫，各以千人來歸。」〈史虛白傳〉云：「史虛白，……中原喪亂，與北海韓熙載來歸。」[132]另有「請降」、「南奔」、「以歸」等例，不勝枚舉，均為敵之歸於南唐，故在陸《書》中為褒意。

此外，以金陵士降於敵者，曰「降」，曰「奔」，均語帶貶責；而不言「歸」，意謂叛臣賊子，又何歸之有？如〈朱元傳〉云：

> 監軍使陳覺，與元素有隙，且嫉其能，屢表元本學縱橫，不可信，不宜付以兵柄。元宗乃命楊守忠代之，……元憤怒……遂舉寨萬餘人降周。[133]

淮南兵興，陳覺因嫉妒朱元的軍事才能，故進讒言，說服元宗以楊守

130　見〔南宋〕陸游撰：《南唐書》，卷7，頁6右。

131　見〔南宋〕陸游撰：《南唐書》，卷10，頁4左。

132　見〔南宋〕陸游撰：《南唐書》，卷7，頁9左。

133　見〔南宋〕陸游撰：《南唐書》，卷12，頁7左。

忠代之；逼得朱元只好舉寨「降」周。諸如此類，「降」之例，於周師入侵、宋師南來之際，比比皆是，如保大十四年，「天長制置使耿謙，以城降於周。」「光州兵馬都監張承翰，以城降於周。」「蘄州將李福，殺知州王承雋，降於周。」最慘烈的莫過於乙亥歲（975），後主「帥司空知左右內史事殷崇義等，肉袒降于軍門。」[134]南唐君臣此一「降」，金陵近四十年基業毀於一旦，從此淪為亡國奴、階下囚。陸氏《南唐書》中，「降」或作「奔」，如保大十四年，「左神衛使徐象等十八人，自壽州奔周。」「靜海制置使姚彥洪，奔吳越。」「天成軍使蔡暉，自壽州奔周。」「壽州軍校陳延貞等十三人，奔周。」金陵潰敗相踵，將士接連降奔，國勢遂衰，二十年後，竟面臨亡國噩運，由是可見一斑。

三 闡發獨到史識

陸氏撰寫金陵歷史之餘，亦憑其身為史家獨有的「後見之明」，深入地剖析南唐所處情勢及覆亡原因。如〈元宗本紀〉「論曰」中，以為南唐儼然江南大邦，如能知人善任，勵精圖治，依舊大有可為。文云：

> 唐有江淮，比同時割據諸國，地大力強，人材眾多，且據長江之險，隱然大邦也。若用得其人，乘閩楚昏亂，一舉而平之，然後東取吳越，南下五嶺，成南北之勢，中原雖欲睥睨，豈易動哉！[135]

---

134 語出〈後主本紀〉。見〔南宋〕陸游撰：《南唐書》，卷3，頁9右。

135 見〔南宋〕陸游撰：《南唐書》，卷2，頁18右。

南唐詩禮之國，人文薈萃，且據長江天險，地理環境優越，「若用得其人」，平閩楚，取吳越，下五嶺，恢拓南方境土，與中原形成南北之勢，如此一來，北國雖欲覬覦江淮之地，亦不致兵敗如山倒，三十九年基業摧毀殆盡。

何況金陵城內，地靈人傑，賢才輩出，君主又能屈身下士，故可謂「得人」。如〈孫忌傳〉「論曰」：

> 區區江淮之地，有國僅四十年，覆亡不暇，而後世追考，猶為國有人焉。蓋自烈祖以來，傾心下士，士之避亂失職者，以唐為歸。烈祖於宋齊丘，字之而不敢名，齊丘一語不合，則挈衣笥，望秦淮門欲去，追謝之乃已。元宗接羣臣如布衣交，間御小殿，以燕（宴）服見學士，必先遣中使謝曰：「小疾不能着幘，欲冠帽，可乎？」於虖（嗚呼），是誠足以得士矣！苟含血氣、名人類者，烏不得以死報之耶？[136]

文中以敘述之筆，記烈祖不敢直呼宋齊丘名諱、元宗接羣臣如布衣交等，足見南唐君主之禮遇臣民。有道是：「士為知己者死。」群賢受此殊恩，一旦家國蒙難，非誓死效忠，無以為報。復發為議論，謂君視臣如手足者，臣自是視君如腹心，君臣相得，誠為能得士矣！

雖然自烈祖以來，傾心下士，來歸者如李金全、皇甫暉、朱元、李平等；至後主時，歷三世之經營，效死者猶有劉仁贍、孫忌、廖居素諸公。朝中濟濟多士，願思奮進者，不乏其人，又何至於步上肉袒出降、亡國滅家之途？陸氏綜論南唐衰亡的關鍵，在於用人失當，而導致「諸將失律，貪功輕舉，大事弗成，國勢遂弱」，誠如〈朱令贇傳〉「論曰」：

---

136 見〔南宋〕陸游撰：《南唐書》，卷11，頁11右。

> 金陵之被圍也，以守備任皇甫繼勳，以外援付朱令贇，繼勳既
> 懷貳心，而令贇孺子，復非大將才，其亡宜矣！使林仁肇不以
> 間死，盧絳得當攻守之任，胡則、申屠令堅輩，宣力圍城中，
> 雖天威臨之，豈易遽亡哉？然則江南雖弱，曹彬等所以成功
> 者，獨乘其任人乖刺而已。[137]

點明「任人乖刺」為金陵城陷之主因。檢視當時任懷貳心的皇甫繼勳
為守備，以不具大將之才的朱令贇為外援，如此內無忠臣、外無能
將，一旦強敵壓境，又怎能戮力同心，克敵制勝？然而，南唐沒有忠
臣能將嗎？非也！忠勇如林仁肇，卻因雄略遭猜忌，而間死；善戰如
盧絳，卻因不見容於劉澄，而投降；胡則、申屠令堅輩亦思奮死以報
國，但時不我與，竟至徒勞無功。又〈朱元傳〉「論曰」中，對所用
非其人，群小當權，賢能見黜，有進一步評析：

> 疆場之臣，非皆不才也，敗於敵未必誅，一有成功，讒先殺
> 之，故強者玩寇，弱者降敵，自古非一世也。南唐如陳覺、馮
> 延魯、查文徽、邊鎬輩，喪敗塗地，未嘗少（稍）正典刑；朱
> 元取兩州於周兵將遯（遁）之時，固未為雋功，而陳覺已不能
> 容，此元之所以降也。[138]

朱元破舒、和二州，一時士氣大振，然陳覺嫉其能，遊說元宗以楊守
忠代之，逼得朱元不得不舉寨降周。而陳覺、馮延魯、查文徽、邊鎬
諸人，屢次喪師，潰不成軍，卻依然把持權柄，作威作福，迫害忠
良。如此小人得志，賢人君子或以能見殺，或被迫降敵，或沉居下

---

137 見〔南宋〕陸游撰：《南唐書》，卷8，頁7右。
138 見〔南宋〕陸游撰：《南唐書》，卷12，頁8左。

僚，朝中善類一空，綱紀隳壞殆盡，國家又怎能長治久安？

陸氏對後世評述南唐史事之論，亦有精闢之見解，如〈宋齊丘傳〉「論曰」云：

> 世言江南精兵十萬；而長江天塹，可當十萬；國老宋齊丘，機變如神，可當十萬；周世宗欲取江南，故齊丘以反間死。……周師之犯淮南，齊丘實預議論，雖元宗不盡用，然使展盡其籌策，亦非能決勝保境者，且世宗豈畏齊丘機變而間之者哉！蓋鍾謨自周歸，力排齊丘，殺之，故其黨附會為此說，非其實也。予論序齊丘事，盡黜當時愛憎之論，而錄其實，覽者得詳焉。[139]

世謂宋齊丘機變如神，周師南侵，故以反間死。作者頗不以為然，進而提出反駁：（一）宋齊丘果真如是高明？周世宗畏之，故而間之？不可能，因為即使元宗盡用其謀，亦無法決勝保境，周世宗又何必使出離間計呢？（二）深究宋齊丘之死，實出自鍾謨，權臣傾軋而已；至於間死之說，為其黨與附會的結果，絕非史實。故陸氏盡黜愛憎之論，直書無隱，於書中維持歷史的客觀性。又對元宗用兵閩楚，國用耗盡，以致中原有隙可乘，而不能揮師北上，世人深以為恨；陸氏卻認為討伐閩楚未嘗不可，執行過程用人失當才是衰敗的關鍵，故云：

> 陳覺、馮延魯輩用師閩楚，猶喪敗若此，若北鄉（向）而爭天下，與秦晉趙魏之師戰於中原，角一旦勝負，其禍可勝言哉？[140]

---

139 見〔南宋〕陸游撰：《南唐書》，卷4，頁7右。
140 語出〈元宗本紀〉「論曰」。見〔南宋〕陸游撰：《南唐書》，卷2，頁19左。

陳覺、馮延魯等征戰閩楚，尚且潰敗連連，如與北國大軍相遇，又何能倖免於難？屆時情勢恐怕只會更加危急而已。

又於臧否人物中，展現其獨到史識，如〈李建勳傳〉「論曰」，批評李建勳請出金贖還俘虜，真乃婦人之仁；並以其保生全骸，無視於家國之難、君父之憂，頗有非議。〈潘佑傳〉「論曰」，對潘佑一時忠憤，縱言詆訐而見殺事，亦云：「使佑學聖人之道，知事君之義，豈至是哉？」[141]指出潘佑不明儒家君臣倫理，才會淪落至此。〈廖偃彭師暠傳〉「論曰」，更錄廖、彭事跡之異說，並闡述自身觀點：

> 史之失傳者多矣，廖偃、彭師暠之事，可謂盡忠所事者。而《(新)五代史》則以為馬希崇遣師暠、偃囚希萼，而師暠奉希萼為衡山王；是偃亦同受囚希萼之指（旨），而師暠獨能全之也。《江表志》則以為師暠且從希崇害希萼，偃百計誘諭而寢其謀，及衛希萼也，師暠之計乃無所施；是師暠實欲害希萼，獨賴偃以全耳。嗚呼，何其異也！惟《十國紀年》言兩人者俱有功，差可考信，故多采之。大抵忠于故君，兩人實同，而偃功為多，不可誣也。張巡、許遠之事，著若日星，兩家子弟，猶有異論，況偃、師暠耶！[142]

楚馬氏兄弟爭國，馬希崇遣廖偃、彭師暠囚其兄馬希萼於衡山，而《新五代史》稱彭師暠獨能保全其君；《江表志》謂馬希萼實賴廖偃以得全；《十國紀年》則說廖、彭二人俱護衛故君有功。陸氏考訂眾說後，認為兩人俱有功，而廖偃之功尤大；一如安史之亂，張巡、許遠死守睢陽，事功斑斑可考，兩家子弟猶有異論，幸賴韓愈〈張中丞

---

141 見〔南宋〕陸游撰：《南唐書》，卷13，頁9右。
142 見〔南宋〕陸游撰：《南唐書》，卷11，頁13右。

傳後敘〉一文以辨之。陸氏史傳中效法韓愈具論其實，以闡明廖、彭二人同有護主之功。

結語

　　由於陸游家學淵源深厚，本身修史經驗豐富，又曾於入蜀途中親自考察金陵遺址，故能在前輩史著的基礎上，繼承正史家法，推陳出新，以一己之力，完成《南唐書》十八卷，歷來廣受好評。

　　在體例上，陸氏《南唐書》師法正統史書，承沿《史記》、《漢書》紀傳之體，但由於南唐為一偏僻小國，國祚不長，故僅立「本紀」以錄帝王，作「列傳」以述臣民，不再別設「世家」、「表」、「書」等體例。

　　在寫法上，陸《書》仍秉持傳統史法，紹承司馬遷《史記》、陳壽《三國志》遺意，在尊淮南之時，亦不貶抑中原，故書中仍視五代諸朝為正統政權，對後唐、後晉、後周、北宋君主一律稱廟號。陸《書》「列傳」，寫法源於史遷，無論記臣民生平之單傳、合傳、類傳、附傳，或敘述外邦史事的四夷傳，皆以嚴謹著稱，深得史法。另於紀傳之末附「論曰」，以評論該歷史人事，謹而有法，論不輕發。

　　在史料上，如《舊五代史》〈僭偽列傳一〉，為陸氏撰寫《南唐書》之重要史料來源；又參考《新五代史》卷六十一〈吳世家〉、卷六十二〈南唐世家〉、卷七十一〈十國世家年譜〉、卷六十〈職方考〉、卷三十二〈死節傳〉〈劉仁贍傳〉、卷三十三〈死事傳〉〈孫晟（忌）傳〉。由於歐公之世，南唐亡國未久，許多官方檔案、文獻依舊可見，故《新五代史》中史料更具參考價值。

　　陸氏《南唐書》參酌南唐遺民之著述，如：劉崇遠《金華子》二卷，《四庫提要》以為「足與正史相參證」。徐鉉、湯悅《江南錄》十

卷，所錄皆親身見聞，故可信度高。吳淑《江淮異人錄》二卷，所錄奇人異事，想必有所根據。鄭文寶《江表志》三卷、《南唐近事》二卷，雖不免於浮詞，但終究實錄故國見聞，為第一手史料。陳彭年《江南別錄》一卷，多為司馬光《資治通鑑》採用，自然也曾為陸《書》所參考。又《釣磯立談》一卷，據說為史虛白之子所撰，其中某些軼聞、評述極具參考價值。凡此種種，皆為陸氏纂述南唐史之重要依據。

　　陸氏撰史取材於宋人典籍，史著方面，如《資治通鑑》卷二百五十五至卷二百九十四，及《續資治通鑑長編》卷一至卷十九所載唐末至北宋初史事，為其重要參考資料。陸《書》又批駁龍袞《江南野史》宋齊丘可當雄兵十萬之說；明言採劉恕《十國紀年》廖偃、彭師暠同有護主之功。陸氏還參考路振《九國志》卷一至卷三楊吳史，卷四〈南唐世家〉及〈列傳〉；由於他所見《江南餘載》應近於完整，史料價值更高。另《五國故事》二卷，仍為陸氏撰史之借鏡，並非毫無參考價值。陶岳《五代史補》，卷二「宋齊丘投姚洞天」、卷三「李昇得江南」及卷五「世宗面諭江南使」、「韓熙載帷箔不修」諸條，與金陵舊史相關，堪為陸《書》之參酌。陸氏在馬令《南唐書》基礎上，推陳出新，始能後出轉精。另如釋文瑩《玉壺清話》卷九〈李先主傳〉、卷十〈江南遺事〉以及洪邁《容齋隨筆》等文人筆記，其中所載金陵軼事，亦為陸氏撰寫南唐史之參考素材。

　　此外，陸氏《南唐書》之獨家風貌，在於：

　　一、輯錄南唐軼事：乾道六年（1170）他入蜀赴任，途經金陵故都，盡心考訂前朝舊事，為日後撰《南唐書》奠下基礎。陸氏於史傳中實錄軼事見聞，或為第一手資料，或係古跡遺址，或屬街談巷議之言，均極具史料價值，成為撰寫史書的重要依據。

　　二、寄寓一字褒貶：陸《書》承繼《春秋》史筆，明義例，寓褒

貶。如「戰之例」：用「侵」、「犯」等字眼；指責後周、吳越等非正義之師，寄託貶意。而「死之例」：採「晏駕」、「崩」、「殂」等例，尊南唐三君為天子，視金陵為正統政權。至於褒貶眾臣節操，如對戰死忠魂，寄予最崇高的敬意；對殉國者之慷慨就義，給予肯定；至於論罪伏誅者，則直書無隱，貶抑之意，盡在其中。又「降之例」：以「來降」、「來奔」、「來歸」等，褒揚敵之降於南唐者；以「降」、「奔」等，貶斥金陵將卒之降於敵者。

　　三、闡發獨到史識：陸《書》中，或議南唐亡國之因，不外乎任人乖剌，諸將失律，忠良見讒，以致平白斷送三十九年基業，所述均宏裁偉論，頗有見地。或評史傳人物功過得失，如斥責李建勳罔顧家國存亡、潘佑不學儒家之道，肯定廖、彭二人皆護主有功，一本儒者立場，藉以闡揚其兼善、淑世理想，展現出精湛的史識。

第三章

陸游《南唐書》之內容史事

　　陸游《南唐書》以秉筆直書的實錄精神,獲得後世一致好評,如清人李慈銘《越縵堂讀書記》云:「考南唐事者,莫備於此。」[1]張歷憑、雷近芳〈《四庫全書》所收南唐史著比較研究〉亦云:「陸游《南唐書》是《四庫全書》所收南唐史著中最具研究價值的一部史書。」[2]因此,本文從南唐之承襲吳祚、內政措施、朋黨傾軋、軍事戰役、外交關係、文化發展及亡於宋朝七大面向,詳加考究陸氏《南唐書》之內容史事,進而證明古今學者所言不假,陸《書》確是一部公正、客觀的優良史著。

第一節　南唐之承襲吳祚

　　南唐繼楊吳之後,據有江、淮富庶地區。綜觀淮南政權之興起,主要與三大政治強人息息相關,一曰吳武王楊行密,二曰南唐義祖徐溫,三曰南唐烈祖李昇。唐末,群雄四起,楊行密趁亂打下楊吳江山;經徐溫把持朝政,烈祖伺機坐大,進而繼承徐溫所有勢力;最後,接受吳帝禪位,建立南唐。本節為考訂南唐承襲吳祚,擬從「武王之發跡」、「義祖之專政」及「烈祖之崛起」三方面,詳加探述,期能一窺南唐受禪前的歷史概況。

1　見〔清〕李慈銘撰:《越縵堂讀書記》(上海市:上海書店出版社,2000年),頁500。
2　見張歷憑、雷近芳撰:〈《四庫全書》所收南唐史著比較研究〉,《信陽師範學院學報》第14卷第3期(1994年9月),頁4。

一　武王之發跡

陸游《南唐書》中，提到吳武王楊行密者僅一小段：「乾寧二年，淮南節度使楊行密見而奇之，養以為子。行密長子渥惡帝，⋯⋯乃以與大將徐溫。」[3]當時楊行密為淮南節度使，四處征戰，因緣際會下，收養了八歲的烈祖，後又將他託付給大將徐溫。日後楊行密一手開創楊吳政權，多年後，烈祖受禪建國，成為淮南地區繼起的統治者。

楊行密，唐末盧州合淝人，《舊五代史》〈僭偽傳〉〈楊行密傳〉云：「少孤貧，有膂力，日行三百里。」[4]《新五代史》〈吳世家〉〈楊行密傳〉亦云：「為人長大有力，能手舉百斤。唐乾符中，江淮群盜起，行密以為盜見獲，刺史鄭棨奇其狀貌，釋縛縱之。後應募為州兵，戍朔方，遷隊長。」是知他出身貧苦，二十歲，加入盜匪中。後被刺史鄭棨捕得，見他相貌不凡，勸他投軍。不久，楊行密與同袍田頵、劉威、陶雅等戍邊有功，獲得升遷。《新五代史》又云：

> 歲滿戍還，而軍吏惡之，復使出戍。行密將行，過軍吏舍，軍吏陽（佯）為好言，問行密：「行何所欲？」行密奮然曰：「惟少公頭爾！」即斬其首，攜之而出，因起兵為亂，自號八營都知兵馬使。刺史郎幼，復棄城走，行密遂據盧州。[5]

3　見〔南宋〕陸游撰：《南唐書》（明‧崇禎庚午〔三年；1630〕海虞毛氏汲古閣刊《陸放翁全集》本），卷1，頁1右。

4　見〔北宋〕薛居正等奉敕撰，〔清〕邵晉涵等輯：《舊五代史》，收入景印《文淵閣四庫全書》（臺北市：臺灣商務印書館，1983年據國立故宮博物院藏本影印），冊278，卷134，頁464下。

5　見〔北宋〕歐陽修撰、徐無黨注：《新五代史》，收入景印《文淵閣四庫全書》，冊279，卷61，424上。

當時軍吏對於能力過人的楊行密頗為忌憚，千方百計想除去他；幸好他及時察覺，先發制人，斬下軍吏頭顱，斷然起兵，自任八營都知兵馬使。他在引發這場軍亂後，因刺史出奔，順利占據當地，使唐朝不得不任命他為廬州刺史。楊行密從此躍上了淮南政治舞臺。

《舊五代史》載：「光啟三年，揚州節度使高駢失政，委任妖人呂用之輩。牙將畢師鐸懼為用之所譖，自高郵起兵以襲廣陵。」[6]揚州節度使高駢迷信鬼神，寵信妖人，終至天怒人怨；光啟三年（887），其部將畢師鐸以誅呂用之為名起兵。於是，高駢召楊行密率兵來援。據《新五代史》載：

> 淮南節度使高駢為畢師鐸所攻，駢表行密行軍司馬，行密率兵數千赴之。行至天長，師鐸已囚駢，召宣州秦彥入揚州；行密不得入，屯於蜀岡。師鐸率眾數萬出擊行密，行密陽（佯）敗，棄營走。師鐸兵饑，乘勝爭入營收軍實；行密反兵擊之。師鐸大敗，單騎走入城，遂殺高駢。行密聞駢死，縞軍向城哭三日，攻其西門，彥及師鐸奔於東塘，行密遂入揚州。

畢師鐸久攻不下，求救於宣州秦彥。秦彥率兵沿江而下，搶先進入揚州。楊行密人馬趕到時，高駢已被幽禁，無法進城，故就地築寨圍城，長達半年之久。八月，畢師鐸發兵出城襲擊，楊行密佯裝撤退，此時城中糧草短缺，士兵衝入楊營搶奪軍需；楊軍反撲，一舉擊退亂軍。九月，秦彥殺高駢，消息傳至城外，楊行密命全軍縞素，向城中大哭三日。至十一月，楊行密突襲成功，進入揚州，秦彥、畢師鐸棄城而逃，如《資治通鑑》云：「城中遺民纔（才）數百家，飢羸非復人狀。

6　見〔北宋〕薛居正等奉敕撰，〔清〕邵晉涵等輯：《舊五代史》，收入景印《文淵閣四庫全書》，冊278，卷134，頁464下。

行密輦西寨米以賑之。」[7]於是，楊行密自立為留後，有意駐守於此。

又《新五代史》云：「蔡州秦宗權遣其弟宗衡掠地淮南，彥及師鐸還自東塘，與宗衡合，行密閉城不敢出。已而，宗衡為偏將孫儒所殺，儒攻高郵破之，行密益懼。……已而，孫儒殺秦彥、畢師鐸，並（併）其兵以攻行密。行密欲走海陵，（袁）襲曰：『海陵難守，而盧州吾舊治也，城廩完實，可為後圖。』行密乃走盧州。」秦宗權遣弟秦宗衡為帥、孫儒為副，前來爭奪淮南之地，兵臨揚州城下。楊行密無力招架，只好聽從幕僚袁襲建議，撤兵返回盧州。

其後楊行密渡長江南下，奪取池州、宣州，唐朝詔封他為宣歙觀察使。接著，又攻取潤州、常州。而「孫儒自逐行密，入廣陵，久之，亦不能守，乃焚其城。殺民老疾以餉軍，驅其眾渡江，號五十萬，以攻行密。」孫、楊兩軍對峙於長江兩岸，展開一場淮南爭奪戰。後楊行密聯合錢鏐共同抵抗，景福元年（892）五月，楊軍在廣德大勝，斷敵軍糧道，加上孫儒軍中疾疫流行，情勢始大逆轉：「久之，儒兵饑，又大疫，行密悉兵擊之，儒敗，被擒，……行密收儒餘兵數千，以皁衣蒙甲，號『黑雲都』，常以為親軍。」[8]終於使孫儒兵敗身死。楊行密就此收編其餘兵，建置「黑雲都」，成為日後征戰的主力。《舊五代史》亦云：「行密既併孫儒，乃招合遺散，與民休息，政事寬簡，百姓便之，蒐兵練將，以圖霸道。所得孫儒之眾，皆淮南之驍果也，選五千人豢養於府第，厚其衣食，驅之即戰，靡不爭先。甲冑皆以黑繒飾之，命曰『黑雲都』。」[9]足見他養民有道，善撫士卒，

---

7 見〔北宋〕司馬光撰：《資治通鑑》（臺北市：藝文印書館，1955年據明‧萬曆吳勉學校刊、清‧季滄葦批校朱墨套印本影印），冊9，卷257，頁4061上。

8 見〔北宋〕歐陽修撰、徐無黨注：《新五代史》，收入景印《文淵閣四庫全書》，冊279，卷61，頁425下。

9 見〔北宋〕薛居正等奉敕撰，〔清〕邵晉涵等輯：《舊五代史》，收入景印《文淵閣四庫全書》，冊278，卷134，頁466上。

具有卓越的政治智慧與軍事才能。八月，唐朝任命他為淮南節度使。

　　從光啟三年至景福元年間，歷經五、六年奮戰，楊行密終於建立淮南最強大的兵力，且發展到長江以南地區。大順元年（890）三月，朝廷賜宣歙軍號寧國軍，以楊行密為節度使，並獲今皖南土地。明年，又占領潤州、常州、和州、滁州，長江下游沿岸重要城市幾乎為他所控制。殲滅孫儒後，他收復廬州、舒州，繼續向北發展。景福二年擊敗時溥，據有楚州，先後又攻占泗州、濠州、壽州、光州。至乾寧三年（896），他已占據淮河南岸所有重要城市，號稱「全有淮南之地」[10]。

　　乾寧二年，楊行密上表唐朝，請求會集易州、定州、鄆州、袞州、河東之兵，共同討伐朱溫（全忠）。明年，楊行密東取蘇州，西取蘄州，北取光州，並得到地理位置重要的昇州。同時，朱溫遣其子朱友恭率兵渡過淮河，伺機與楊行密爭奪淮南。乾寧四年十月，朱溫大將龐師古率重兵駐於淮南清口，欲進攻揚州。據《新唐書》〈楊行密傳〉云：

　　　　（葛）從周涉淮圍壽州，而龐師古、聶金以眾七萬壁清口。朱延壽擊從周軍，敗之。行密欲汴圍解，乃擊師古。李承嗣曰：「公能潛師趨清口，破其眾，則從周不擊而潰。」行密出車西門，繇（由）北門去，以銳士萬二千齕雪馳，迫清口，不進，壅淮上流灌師古軍。張訓自漣水來，行密使將羸兵千人為前鋒。師古易之，方圍棋軍中，不顧。朱瑾、侯瓚以百騎持汴旌幟，直入師古壘，舞槊而馳。訓亦登岸，超其柵。汴軍大囂，即斬師古，士死十八。全忠（朱溫）聞之，與從周皆遁走，追

10 據《資治通鑑》「（朱）延壽進拔光州，殺刺史劉存」下，胡三省注云：「楊行密自此，全有淮南之地。」見〔北宋〕司馬光撰：《資治通鑑》，冊9，卷260，頁4118下。

> 及壽陽，大破之。叩淠水，方涉，為瑾所乘，溺死萬餘。瑾徙
> 屯安豐，汴將牛全節苦鬪（門），後軍乃得度（渡）。會大雪，
> 士多凍死。潁州刺史王敬堯燎薪屬道，汴軍免者數千人。[11]

清口之役，淮南軍勢如破竹，在諸將南北夾擊下，龐師古戰敗身亡，
總算讓朱溫見識到「黑雲都」的威力，也適時消滅他對淮南的覬覦之
心。據說大獲全勝後，楊行密一度遣人傳信給朱溫：「龐師古、葛從
周非敵也，公宜自來淮上決戰。」[12]從此，確保楊行密據有江、淮之
間，朱溫再也未能涉足此地。

　　天復二年（902）唐朝封楊行密為吳王，官拜東面行營都統、中
書令，詔令他討伐朱溫。因此，由楊行密創立的政權稱「吳」，史稱
「楊吳」[13]，以別於三國時代的孫吳政權。天祐二年（905）十一月，
楊行密在實力達於巔峰之際，與世長辭。諡號「武忠」。楊吳立國
後，改諡「孝武」，追封為「太祖武皇帝」。據《新唐書》〈楊行密傳〉
「贊曰」云：「行密興賤微，及得志，仁恕善御眾，治身節儉，無大
過失，可謂賢矣！」[14]楊行密能體恤民情，提倡簡樸生活，使淮南百
姓在久經兵燹之後，得以休養生息；又以其優異的軍、政長才，為日
後楊吳乃至南唐整體發展，奠立穩固的基礎。

11　見〔北宋〕歐陽修、宋祁等奉敕撰：《新唐書》，收入景印《文淵閣四庫全書》，冊
　　275，卷188，頁551下。

12　見〔北宋〕司馬光撰：《資治通鑑》，冊9，卷261，頁4129上。

13　案：楊吳政權的起始，一說自唐天復二年（902）三月楊行密受封為吳王起，一說
　　從吳武義元年（919）四月楊隆演即吳國王位起，至南唐昇元元年（937）十月楊溥
　　禪位於烈祖李昇為止，楊吳有國，或作三十六年，或作十九年。

14　見〔北宋〕歐陽修、宋祁等奉敕撰：《新唐書》，收入景印《文淵閣四庫全書》，冊
　　275，卷188，頁555上。

二　義祖之專政

　　烈祖的養父——義祖徐溫，海州朐山人，據馬令《南唐書》〈義養傳〉〈徐溫傳〉云：「會唐末大亂，販鹽為盜，從吳武王楊行密起合淝勁兵數萬，……行密用其謀，殺朱延壽，以功遷右衙指揮使，始預謀議。」[15]知他以足智多謀，為楊行密賞識。又龍紀元年（889），初隨楊行密破趙鍠，入宣州，「諸將皆爭取金帛，溫獨據餘米，作粥食飢者。」因此，頗得民心。

　　楊行密辭世，長子楊渥承其業；不久，為徐溫、張灝（顥）所弒。馬氏《南唐書》云：「行密卒，渥嗣立，……惡溫與張顥（灝）典衙兵，召璠等為東院馬軍以自備。而溫、顥（灝）共惡璠等侵權，因擁衙兵入，拽璠等斬之。渥由是失政，而心憤未能發；溫、顥（灝）益不自安，共遣群盜入寢中，弒渥。」從此，楊吳的軍政大權，掌握在徐、張二人手中。

　　張灝一度有意取代楊氏，獨攬大權，然徐溫親信嚴可求進言：「劉威、陶雅、李遇、李簡皆先王之等夷，公今自立，此曹肯為公下乎？不若立幼主輔之，諸將孰敢不從？」[16]張灝自知難以服眾，只好與徐溫共推楊渥之弟楊隆演繼位。後來徐、張間漸有嫌隙，徐溫又對張灝痛下殺手。據《新五代史》〈吳世家〉〈楊隆演傳〉云：「可求詣溫，謀先殺顥（灝），陰遣鍾章（鍾太章）選壯士三十人，就衙堂斬顥（灝），因以弒渥之罪歸之。」[17]此事亦見於陸游《南唐書》〈元宗光穆皇后鍾氏傳〉：

15 見〔北宋〕馬令撰：《南唐書》，收入《四部叢刊廣編》（臺北市：臺灣商務印書館，1981年據上海涵芬樓景印明刊本），冊12，卷8，頁37上。

16 見〔北宋〕司馬光撰：《資治通鑑》，冊10，卷266，頁4218上。

17 見〔北宋〕歐陽修撰、徐無黨注：《新五代史》，收入景印《文淵閣四庫全書》，冊279，卷61，頁428下。

太章事吳，為義祖裨將。義祖謀誅張灝，令嚴可求喻太章，伏
死士二十輩，斬灝於府。……明日，遂誅灝。後，頗恃功頡
頏。烈祖疑其難制，義祖曰：「昔者吾赤族之禍，間不容髮，
使無太章，豈有今日富貴耶？」[18]

徐溫命鍾太章埋伏死士殺張灝，事成之後，徐溫兼任左右衙都指揮
使，開始獨立主持楊吳大政。值此之際，吳主楊隆演備位而已。

徐溫當政之初，朝中元老勳舊大多手握重兵，鎮守一方，且對他
未必臣服，如《資治通鑑》後梁乾化二年（912）三月載：

吳鎮南節度使劉威、歙州觀察使陶雅、宣州觀察使李遇、常州
刺史李簡，皆武忠王舊將，有大功，以徐溫自牙將秉政，內不
能平。李遇尤甚，常言：「徐溫何人？吾未嘗識面，一旦乃當
國邪！」館驛使徐玠使於吳越，道過宣州，溫使玠說遇入見新
王，遇初許之。玠曰：「公不爾，人謂公反。」遇怒曰：「君言
遇反，殺侍中者非反邪！」侍中，謂威王也（胡三省注：「楊
渥謚威王。李遇斥言徐溫殺之。」）。溫怒，以淮南節度副使王
檀為宣州制置使，數遇不入朝之罪，遣都指揮使柴再用帥昇、
潤、池、歙兵納檀於宣州，昇州副使徐知誥為之副。遇不受
代，再用攻宣州，踰月不克。……五月……李遇少子為淮南牙
將，遇最愛之，徐溫執之，至宣州城下示之；其子啼號求生，
遇由是不忍戰。溫使典客何蕘入城，以吳王命說之，曰：「公
本志果反，請斬蕘以徇；不然，隨蕘納款。」遇乃開門請降，
溫使柴再用斬之，夷其族。於是諸將始畏溫，莫敢違其命。[19]

---

18 見〔南宋〕陸游撰：《南唐書》，卷16，頁2右。
19 見〔北宋〕司馬光撰：《資治通鑑》，冊10，卷268，頁4246上。

李遇當時鎮守宣州，曾公然反對徐溫。徐溫大怒，派人召他入朝覲見新君楊隆演，且暗示不來便治以反叛之罪；被李遇駁回。徐溫於是調昇、潤、池、歙四州兵馬，以柴再用為帥、養子徐知誥（烈祖）為副，出兵討伐。李遇率親兵固守宣州城，柴再用等初戰未捷。徐溫捕獲李遇少子，用以脅迫。李遇愛子心切，不忍再戰，竟開城門納降。徐溫下令抄斬其族。劉威、陶雅等老將見狀，不得不心懷畏懼。徐溫藉此鞏固權力，爾後朝中無人敢對他有異議。此事亦見諸陸氏〈烈祖本紀〉云：「（天祐）九年，副柴再用平宣州，以功遷昇州刺史。」[20]僅記烈祖助柴再用平亂有功，未言及其他。

其後，嚴可求有鑒於國內勢力消長：朱瑾聲勢日衰，而烈祖李昪聲望漸起，故建議徐溫勸吳主建國，以拉抬自己的民望。[21]徐溫屢請吳主即皇帝位，不許；天祐十六年（919）四月，楊隆演乃以吳王稱制，建國，改元，用天子禮儀。《資治通鑑》後梁貞明五年（919）三月載：「吳徐溫帥將吏藩鎮請吳王稱帝，吳王不許。夏，四月，戊戌朔，即吳國王位。大赦，改元武義；建宗廟社稷，置百官，宮殿文物皆用天子禮。……改諡武忠王曰孝武王，廟號太祖；威王曰景王。尊母為太妃。」[22]即使吳主楊隆演已稱制，但大權仍旁落徐溫之手，一切徒具形式而已。

《新五代史》云：「隆演少年嗣位，權在徐氏，及建國稱制，非其意，常怏怏，酣飲，稀復進食，遂至疾卒，年二十四。」楊隆演卒

---

20 見〔南宋〕陸游撰：《南唐書》，卷1，頁2左。
21 據《資治通鑑》後梁貞明四年（918）十一月載：「嚴可求……至金陵，見溫，說之曰：『吾奉唐正朔，常以興復為辭。今朱、李方爭，朱氏日衰，李氏日熾。一旦李氏有天下，吾能北面為之臣乎？不若先建吳國，以繫民望。』溫大悅，復留可求參總庶政，使草具禮儀。」見〔北宋〕司馬光撰：《資治通鑑》，冊10，卷270，頁4285上。
22 見〔北宋〕司馬光撰：《資治通鑑》，冊10，卷270，頁4288上。

後，嚴可求等大臣遂投其所好，引用三國劉備臨終時對諸葛亮之言：
「嗣子不才，君宜自取。」暗示徐溫可取而代之。徐溫猶豫不決，養
子徐知誥亦力諫不可[23]，徐溫處事一向嚴謹，不敢輕舉妄動，於是對
臣下道：「吾果有意取之，當在誅張顥（灝）之初，豈至今日邪？使
楊氏無男，有女亦當立之。」[24]遂取消自立的念頭。然徐溫忌楊濛武
藝高強，故越次立楊溥為吳主。不久，楊濛遇害身亡，據《五國故
事》載：

> 行密四子，渥、渭（隆演）悉襲偽位，唯濛為溥之長，濛第十
> 六，溥第十七，而長於弓馬，徐氏忌之故不立，而終構其罪，
> 自臨川王廢為歷陽公，幽於歷陽。濛聞將有禪讓，遂殺監守
> 者，與其下貳馳赴盧江，詣周本。本時為盧江節帥，即濛之婦
> 翁也。本之子祚，閉門不納。本聞之曰：「我家郎君，何以不
> 見？」祚不答，因執濛，宮之於外，猶能手殺數人而卒。徐氏
> 使溺其屍於江中。[25]

楊濛罹禍之際，曾前往投靠老臣周本，反為周本子周祚所執，最後賠
上了性命。案：文謂「徐氏忌之故不立」，「徐氏」指徐溫；而「徐氏
使溺其屍於江中」，「徐氏」應為徐知誥，因「將有禪讓」，此時徐溫
已謝世。《資治通鑑》後晉天福二年（937）八月亦載：

---

23 據《資治通鑑》考異引《十國紀年》云：「王疾病，大丞相溫來朝，議立嗣君，門
　下侍郎嚴可求言王諸子皆不才，引蜀先主顧命諸葛亮事。溫以告知誥，知誥曰：
　『可求多知（智），言未必誠，不過順大人意爾！』」見〔北宋〕司馬光撰：《資治
　通鑑》，冊10，卷271，頁4294上。
24 見〔北宋〕司馬光撰：《資治通鑑》，冊10，卷271，頁4294上。
25 見不著撰人：《五國故事》，收入景印《文淵閣四庫全書》，冊464，卷上，頁208下。

吳歷陽公濛知吳將亡，甲子，殺守衛軍使王宏；宏子勒兵攻濛，濛射殺之。以德勝節度使周本，吳之勳舊，引二騎詣廬州，欲依之。本聞濛至，將見之，其子弘祚固諫，本怒曰：「我家郎君來，何為不使我見！」弘祚合扉不聽本出，使人執濛於外，送江都。徐誥（徐知誥）遣使稱詔殺濛於采石，追廢為悖逆庶人，絕屬籍（胡三省注：絕楊氏屬籍）。侍衛軍使郭悰殺濛妻子於知州，誥歸罪於悰，貶池州。[26]

此謂楊濛所殺監守者，即守衛軍使王宏；周本之子周祚，於此作周弘祚。而楊濛之死，是烈祖（徐知誥）遣使稱詔殺於采石，後又歸罪於郭悰；與《五國故事》中，周本之子殺之，烈祖溺其屍於江中，說法頗有出入。又《玉壺清話》〈李先主傳〉云：

初，主將受禪也，時吳之宗室臨川王濛久囚廢於歷陽，……濛聞將受禪，殺監守者，與親信走騎投西平王周本。本已昏耄，不知時變，皆其子祚左右其事，故拒之，不令入報。濛懇祈再三，亦不許，閉中門外，執濛以殺之。本知之，怒曰：「我家郎君，何不使吾一見？」濛既被害，吳室遂移，本力疾（急）扶老，隨眾至建康，但勸進而已。自是心頗內媿（愧），數月而卒，實素無推翊之誠。[27]

不錄所殺監守者姓名，周本之子亦名「祚」；而楊濛之亡，歸咎於周祚執殺之。陸氏〈周本傳〉則云：「吳宗室臨川王濛，廢居歷陽，聞

26 見〔北宋〕司馬光撰：《資治通鑑》，冊10，卷281，頁4454下。

27 見〔北宋〕釋文瑩撰：《玉壺清話》，收入《唐宋史料筆記叢刊》（北京市：中華書局，1984年），卷9，頁88。

將傳禪，乃殺監守者，與親信兩人走詣本。本即欲出見之。祚固執不可。本怒曰：『我家郎君也，奈何不使我一見！』祚拒閉中門，令外人執濛告之。濛遂誅死。本愧恨屬疾，數月卒。」[28]主張楊濛最後受到「誅死」，亦即送命於烈祖手中。案：無論楊濛死於周祚之手，或烈祖遣使殺之，皆出於烈祖授意；不然，吳室有恩於周家，周本甚至愧疚而卒，周祚何至於恩將仇報。故陸氏以為周祚僅止於告發，而處死楊濛的是烈祖，較合常理。

要之，徐溫從天祐五年（908）吳主楊隆演即位起，至順義七年（927）他本人去世為止，把持楊吳朝政近二十年，其影響力不容小覷。他為人「性沉毅，自奉簡儉，雖不知書，使人讀獄訟之辭而決之，皆中情理。」[29]不失為五代十國之際一位有作為的政治人物，可惜諸子缺乏才幹，大業終為養子徐知誥所奪，雖然權傾一時，到頭來不過是為人作嫁而已。

三　烈祖之崛起

關於烈祖李昇之身世，歷來眾說紛紜，大抵可分為二類：其一認為他是唐朝皇族後裔，如舊臣徐鉉《江南錄》說他是唐憲宗子建王恪之玄孫，宋代龍袞《江南野史》、釋文瑩《玉壺清話》、馬令《南唐書》、陸游《南唐書》，及元人趙世延〈南唐書序〉、明代陳霆《唐餘紀傳》等因襲此說。然同為舊臣，鄭文寶《江表志》載：「南唐高祖姓李，諱知誥，生於徐州，有唐疏屬鄭王之枝脈。」[30]卻說是唐高祖

---

28 見〔南宋〕陸游撰：《南唐書》，卷6，頁3左。

29 見〔北宋〕司馬光撰：《資治通鑑》，冊10，卷266，頁4219上。

30 見〔北宋〕鄭文寶撰：《江表志》，收入景印《文淵閣四庫全書》，冊464，卷1，頁132下。

子鄭王元懿之苗裔。《資治通鑑》考異引李昊《蜀後主實錄》云：「唐
嗣薛王知柔，為嶺南節度使，卒於官。其子知誥流落江淮，遂為徐溫
養子。」[31]案：《資治通鑑》唐昭宗光化三年（900）十二月載：「清海
節度使薛王知柔薨。」[32]烈祖生於光啟四年（888），時年已十三歲，
不知父祖之名，實為可疑。另如《舊五代史》〈僭偽傳〉〈李昇傳〉
云：「昇自云唐玄宗第六子永王璘之裔。」[33]又《資治通鑑》後晉天福
四年二月載：「唐主欲祖吳王恪……，以吳王孫禕有功，禕子峴為宰
相，遂祖吳王。」[34]從「自云」、「欲祖」等字已透露玄機，表示非真
正永王璘、吳王恪的後代，純屬穿鑿附會之言。原則上，私修史著、
雜史、野史等多主唐裔之說。

　　也有認為烈祖不過是一介平民者，如《新五代史》〈南唐世家〉
〈李昇傳〉云：「李昇，字正倫，徐州人也。世本微賤，父榮，遇唐
末之亂，不知其所終。」[35]與上述《舊五代史》、《資治通鑑》等看法
相同，一般正史多持此觀點。另如《吳越備史》云：

　　　　昇本潘氏，湖州安吉縣人。父為安吉砦（寨）將，嘗因淮將李
　　　　神福侵我吳興，擄潘氏而去，昇遂為神福家奴。徐溫嘗造神福
　　　　家，見而異之，求為養子。[36]

31　見〔北宋〕司馬光撰：《資治通鑑》，冊10，卷282，頁4462下。

32　見〔北宋〕司馬光撰：《資治通鑑》，冊9，卷262，頁4144下。

33　見〔北宋〕薛居正等奉敕撰，〔清〕邵晉涵等輯：《舊五代史》，收入景印《文淵閣四
　　庫全書》，冊278，卷134，頁469上。

34　見〔北宋〕司馬光撰：《資治通鑑》，冊10，卷282，頁4462下。

35　見〔北宋〕歐陽修撰、徐無黨注：《新五代史》，收入景印《文淵閣四庫全書》，冊
　　279，卷62，頁435上。

36　見〔北宋〕錢儼撰：《吳越備史》，收入景印《文淵閣四庫全書》，冊464，卷3，頁
　　548下。

謂烈祖本姓潘，曾為李神福家奴。此說迥異於諸家，但《資治通鑑》考異引劉恕《十國紀年》云：「昇復姓，附會李氏。而吳越與唐人仇敵，亦非實錄。昇少孤遭亂，莫知其祖系。昇曾祖超，祖志，乃與義祖之曾祖、祖同名，知其皆附會也。」[37]可見《吳越備史》所載應非實情，不可信。又劉承幹《南唐書補注》引《天中記》云：

> 金陵李氏，始以唐號國。錢文穆王問之曰：「金陵冒氏族於巨唐，不亦駭人乎？」沈韜文曰：「此可取譬也。且如鄉校間有姓孔氏者，人則謂之孔夫子，復何怪哉？」王大笑，賞巵酒。[38]

認為南唐李氏祖述唐朝，一如孔姓輩皆喜標榜為孔子後代無異；吾人以為此說較近於是。而陸游《南唐書》從善如流，採南唐「官方說法」，謂烈祖李昪乃「唐憲宗第八子建王恪之玄孫」。畢竟南唐存在是既定的事實，為唐裔與否，並不影響其雄據一方，有國三十九年之歷史。

至於烈祖如何成為徐溫養子，一說認為他被徐溫直接收養，如鄭文寶《江表志》云：「帝少孤，有姨（注：疑是姑字）出家為尼，出入徐溫宅，與溫妻李氏同姓，帝亦隨姨（姑）往來。溫妻以其同宗，憐其明慧，收為養子，居諸子之上，名曰『知誥』。」[39]又《冊府元龜》〈僭偽部〉〈姓系〉云：「唐末青州王師範為梁祖所攻，乞師於淮南，楊行密發兵赴之。溫時為小將，亦預行其師，次青之南鄙，師範

---

37 見〔北宋〕司馬光撰：《資治通鑑》，冊10，卷282，頁4463上。

38 見劉承幹撰：《南唐書補注》，收入《嘉業堂叢書》（民國四年（1915）吳興劉氏嘉業堂刊本），冊13，卷1，頁1右。

39 見〔北宋〕鄭文寶撰：《江表志》，收入景印《文淵閣四庫全書》，冊464，卷1，頁132下。

已敗淮兵，大掠而還，昇時幼稚（稚），為溫所虜（擄），溫愛其慧
黠，遂育為己子，名曰知誥。」[40]然更多史書主張烈祖年幼遇亂，而
輾轉託身於徐家。如《新五代史》〈南唐世家〉〈李昇傳〉云：「昇少
孤，流寓濠、泗間，楊行密攻濠州，得之，奇其狀貌，養以為子。而
楊氏諸子不能容，行密以乞徐溫，乃冒姓徐氏，名知誥。」[41]陸氏
〈烈祖本紀〉亦云：

> 六歲而孤，遇亂，伯父球攜帝及母劉氏避地淮泗，至濠州。乾
> 寧二年淮南節度使楊行密見而奇之，養以為子。行密長子渥惡
> 帝，不以為兄弟，行密乃以與大將徐溫，曰：「是兒狀貌非
> 常，吾度渥終不能容，故以乞汝。」遂冒姓徐氏，名知誥。[42]

一般認為烈祖因相貌奇特，先被楊行密收養，後不見容於楊氏子，而
入徐家門。另有《江南野史》〈先主〉載：「時先主方數歲，且異常
兒，濠上一桑門（出家人）與行密有故，乞收養以為徒弟。後行密部
下大將徐溫出師濠上，見先主方頰豐頤，隆上短下，乃攜歸，為己
子。」[43]謂烈祖幼時相貌出眾，連出家人都想收他為徒，至於後來為
何被徐溫收養，不得而知。

　　烈祖來到徐家，克盡子道，善事養父母；及長，侍親益孝[44]，兼

---

40 見〔北宋〕王欽若、楊億等奉敕撰：《冊府元龜》，收入景印《文淵閣四庫全書》，
　　冊906，卷219，頁12上。

41 見〔北宋〕歐陽修撰、徐無黨注：《新五代史》，收入景印《文淵閣四庫全書》，冊
　　279，卷62，頁435上。

42 見〔南宋〕陸游撰：《南唐書》，卷1，頁1右。

43 見〔北宋〕龍袞撰：《江南野史》，收入景印《文淵閣四庫全書》，冊464，卷1，頁70
　　下。

44 據《五國故事》載：「初更睡覺，得有侍於牀前者，問之；曰：『知誥。』溫因遣其
　　休息，知誥不退。及再寢，又見之，乃曰：『汝自有政事，不當如此，以廢公家

具治事才能[45]，深受徐溫喜愛。天祐六年（909），他二十二歲，被徐溫任為昇州防遏使兼樓船軍使，前往修繕金陵古城，並操練水軍。天祐九年，因助柴再用平亂有功，遷昇州刺史。上任後，「獨襃廉吏，課農桑，求遺書，招延四方士大夫，傾身下之。雖以節儉自勵，而輕財好施，無所愛吝。」[46]使當地氣象一新，因此大獲民心。天祐十一年，加檢校司徒，命他開始興築昇州城。城成後，徐溫親自驗收，如《釣磯立談》所云：「見其城隍浚整，樓堞完固，府署中外蕭蕭，咸有條理。」[47]甚為滿意，加為檢校太保，潤州團練使。

然徐溫長子徐知訓頗忌憚烈祖之才能及聲望，總想除之而後快，如陸氏〈刁彥能傳〉云：

> 知訓忌烈祖，數欲害之。嘗與烈祖飲酒，而伏劍士室中。彥能行酒，以爪語烈祖；烈祖悟，亟起去。又嘗從知訓宴烈祖於山光寺，復欲加害，弟知諫摘語烈祖；烈祖亦馳去。知訓取佩刀授彥能，使追殺之；及於途，舉刀示烈祖，乃還，以不及告。[48]

徐知訓三番兩次欲取烈祖性命，暗殺、行刺皆未得逞。其惡形惡狀，尚不僅止於此，據《新五代史》〈吳世家〉〈楊隆演傳〉載：「徐氏之

務。』知誥乃退。及溫中夕而興，又見一女子侍立，問之；曰：『知誥新婦。』亦勞而遣之。他日，溫謂諸子曰：『事在二哥矣！汝輩當善事之。』」見不著撰人：《五國故事》，收入景印《文淵閣四庫全書》，冊464，卷上，頁208上。

45 據《江南野史》云：「逮十餘歲，溫知其必能幹事，遂試之以家務，令主領之。自是溫家生計、食邑、采地，夏秋所入，及月俸料，或頒賜物段，出納府廩……及四時伏臘，薦祀特牲，醞饌珍饈，賓客從吏之費，概量皆中其度。逮嬪婢嬰姥，寒襖衣御，紈綺幣帛，高下之等，皆取其給。家人之屬，且亡（無）間言。」見〔北宋〕龍袞撰：《江南野史》，收入景印《文淵閣四庫全書》，冊464，卷1，頁70下。

46 語出〈烈祖本紀〉。見〔南宋〕陸游撰：《南唐書》，卷1，頁2左。

47 見〔北宋〕不著撰人：《釣磯立談》，收入景印《文淵閣四庫全書》，冊464，頁45下。

48 見〔南宋〕陸游撰：《南唐書》，卷6，頁12右。

專政也，隆演幼懦，不能自持，而知訓尤凌侮之。嘗飲酒樓上，命優人高貴卿侍酒，知訓為參軍，隆演鶉衣髽髻為蒼鶻。知訓嘗使酒罵坐，語侵隆演，隆演愧恥涕泣，而知訓愈辱之。左右扶隆演起去，知訓殺吏一人，乃止。吳人皆仄（側）目。」[49]連吳主他都敢加以欺凌；如此倒行逆施，終於招致殺身之禍。據馬氏〈義養傳〉云：「知訓……初學兵於朱瑾，瑾力教之。後因求馬於瑾，瑾不與，遂有隙；夜遣壯士殺瑾，瑾手刃數人，瘞舍後。知訓知曲在己，隱而不聞。俄出瑾為靜淮節度使，瑾詣知訓別，且願獻前馬。知訓喜，往謁瑾家。瑾妻出拜，知訓答拜，瑾以笏擊踣，遂斬知訓。」[50]而《新五代史》〈雜傳〉〈朱瑾傳〉亦載：

> 瑾乃謀殺知訓。嘗以月旦，遣愛妾候知訓家，知訓強通之，妾歸自訴。瑾益不平。屢勸隆演誅徐氏，以去國患，隆演不能為。既而知訓以泗州建靜淮軍，出瑾為節度使。將行，召之夜飲。明日，知訓過瑾謝，延之升堂，出其妻陶氏，知訓方拜，瑾以笏擊踣之，伏兵自戶突出，殺之。初，瑾以二惡馬繫庭中，知訓入而釋馬，使相踶鳴，故外人莫聞其變。瑾攜其首，馳示隆演曰：「今日為吳除患矣！」隆演曰：「此事非吾敢知！」遽起入內，瑾忿然以首擊柱，提劍而出，府門已闔，因踰垣，折其足。瑾顧路窮，大呼曰：「吾為萬人去害，而以一身死之。」遂自刎。[51]

陶岳《五代史補》云：「知訓尤恣橫，瑾居常嫉之。一旦，知訓欲得

---

49 見〔北宋〕歐陽修撰、徐無黨注：《新五代史》，收入景印《文淵閣四庫全書》，冊279，卷61，頁429下。

50 見〔北宋〕馬令撰：《南唐書》，收入《四部叢刊廣編》，冊12，卷8，頁39上。

51 見〔北宋〕歐陽修撰、徐無黨注：《新五代史》，收入景印《文淵閣四庫全書》，冊279，卷42，頁261上。

瑾所乘馬，瑾怒，遂擊殺知訓。提其首詣溥起兵誅溫。溥素怯懦，見
之，掩面而走。瑾曰：『老婢兒不足為計，亦自殺。』中外大駭且
懼。溫至，遽以瑾屍暴之市中。」[52] 徐知訓仗勢欺人，終為朱瑾所擊
殺；由於吳主生性怯懦，使朱瑾不得不自刎抵命。至於吳主，到底是
楊隆演或楊溥，據載朱瑾殺徐知訓事當繫於天祐十五年（918），此時
在位的是楊隆演（908-920），而非楊溥（920-937），足見《五代史
補》之誤。另《五國故事》云：

> 知訓才二十餘，頗以聲色為務，而潛與知客通，取其所佩綃
> 巾。知客懼，歸以告瑾，瑾頗銜之。一日，楊氏會鞠於廣場，
> 知訓與瑾立馬觀之，馬首始接，瑾因揖知訓曰：「昨日綃巾，
> 希以見還。」知訓知事洩，且慮瑾為變。翌日，遂諷楊氏出瑾
> 為歷陽。瑾知為知訓所排，將整行，計密，有圖知訓之意。及
> 知訓詣瑾告別，時盛暑，瑾以水徧灑（灑）廳事，皆汪洋不可
> 住（駐）足，乃直抵其內。瑾大設宴以待之，出愛姬姚氏薦
> 酒，仍獻名馬。瑾愛其馬，夏以羅節，冬以錦帳覆之。知訓納
> 拜於瑾。瑾以手板擊殺之，截其首，提入以見。楊氏聞變，乃
> 閉諸門，且曰：「伊自有阿爺處置○（原書缺字）事。」瑾以
> 楊氏不見納，遂踰城而出，因墮城下，折足，乃自剄。吳人暴
> 其尸（屍）於市，蟲蛆不犯。[53]

朱瑾之所以殺徐知訓，應是徐溫父子專政，令他不自安；後又因一些
細故，而讓他萌生殺機。至於這些細故是他故意安排，或徐知訓所引

---

52 見〔北宋〕陶岳撰：《五代史補》，收入景印《文淵閣四庫全書》，冊407，卷1，頁
646上。
53 見不著撰人：《五國故事》，收入景印《文淵閣四庫全書》，冊464，卷上，頁207下。

起，不復可知。又朱瑾為愛妾、為愛馬或一知客，而決定置之死地，亦眾說紛紜。連擊殺的方式，或謂以笏擊踣，擊殺之；或說以馬踶鳴，伏兵殺之；或云以水灑地，誘其入內殺之；各家版本亦有出入。總之，徐知訓為朱瑾所殺既成事實，如鄭滋斌《陸游《南唐書本紀》考釋及史事補遺》所云：「朱瑾殺徐知訓事，為知誥得以控掌軍政大權之嚆矢。」[54]所言甚是！

　　徐知訓身亡後，大臣徐玠曾有以嫡子輔政之諫，烈祖刺知，誠惶誠恐；須臾，徐溫病逝，徐知詢嗣為金陵節度使等職，數與烈祖爭權。如陸氏〈烈祖本紀〉云：「有徐玠者事溫，為金陵行軍司馬，工揣摩捭闔，密說溫曰：『居中輔政，豈宜假之它（他）姓？請更用嫡子知詢。』帝刺知，皇（惶）恐，表乞罷政事，出鎮江西。表未上，而溫疾亟，遂止。溫卒，知詢嗣為金陵節度使、諸道副都統，數與帝爭權。帝乃使人誘之來朝，留為左統軍，悉奪其兵。而帝以太衛中書令出鎮金陵，如溫故事。」[55]烈祖於是設法奪徐知詢兵權，完全繼承徐溫之軍政實力。烈祖與徐知詢爭權的經過，《資治通鑑》後唐天成四年十月，有詳細記載：

> 吳諸道副都統、鎮海寧國節度使兼侍中徐知詢，自以握兵據上流，意輕徐知誥，數與知誥爭權，內相猜忌，知誥患之。內樞密使王令謀曰：「公輔政日久，挾天子以令境內，誰敢不從！知詢年少，恩信未洽於人，無能為也。」知詢待諸弟薄，諸弟皆怨之。徐玠知知詢不可輔，反持其短以附知誥。吳越王鏐遺知詢金玉鞍勒、器皿，皆飾以龍鳳；知詢不以為嫌，乘用之。

---

54 見鄭滋斌撰：《陸游《南唐書本紀》考釋及史事補遺》（臺北市：文史哲出版社，1997年），頁20。

55 見〔南宋〕陸游撰：《南唐書》，卷1，頁3左。

知詢典客周廷望說知詢曰：「公誠能捐寶貨以結朝中勳舊，使皆歸心於公，則彼誰與處！」知詢從之，使廷望如江都諭意。廷望與知誥親吏周宗善，密輸款於知誥，亦以知誥陰謀告知詢。知詢召知誥詣金陵除父溫喪，知誥稱吳主之命不許，周宗謂廷望曰：「人言侍中有不臣七事，宜亟入謝！」廷望還，以告知詢。十一月，知詢入朝，知誥留知詢為統軍，領鎮海節度使，遣右雄武都指揮使柯厚徵金陵兵還江都，知誥自是始專吳政。知詢責知誥曰：「先王違世，兄為人子，初不臨喪，可乎？」知誥曰：「爾挺劍待我，我何敢往！爾為人臣，畜乘輿服御物，亦可乎？」知詢又以廷望所言詰知誥，知誥曰：「以爾所為告我者，亦廷望也。」遂斬廷望。[56]

此事以斬周廷望收場，如此一來，烈祖既掌握楊吳權柄，又顧及手足之情，何況周廷望遊走兩邊，立場搖擺，也是罪有應得。與徐知詢之爭獲勝後，使烈祖政治生涯邁向新的里程碑。

至吳天祚二年（936），烈祖稱帝的時機已成熟，勳舊周本、李德誠率眾臣上表請吳主楊溥冊命烈祖，同時赴金陵勸進。明年八月，吳主下詔禪位，李德誠率眾再度勸進。十月，烈祖正式受吳禪，在金陵即皇帝位，改元「昇元」，任命百官，並封楊溥為讓皇。據陸氏《南唐書》載：「（昇元二年）五月，讓皇屢請徙居，南平王李德誠等，亦引漢隋故事有請。戊午，改潤州州治為丹陽宮，以平章事李建勳充迎奉讓皇使。……甲寅，徙讓皇居丹陽宮。」[57]《資治通鑑》天福三年（938）四月亦云：「吳讓皇固辭舊宮，屢請徙居；李德誠等亦亟以為言。五月，戊午，唐主改潤州牙城為丹陽宮，以李建勳為迎奉讓皇

---

56 見〔北宋〕司馬光撰：《資治通鑑》，冊10，卷276，頁4382下。

57 見〔南宋〕陸游撰：《南唐書》，卷1，頁6左。

使。」昇元二年（938）讓皇徙居丹陽宮事，陸書、《通鑑》繫於五月；馬氏與歐公則謂在四月。馬《書》昇元二年四月：「遷讓皇於丹陽，以王輿為浙西節度使留後，馬思讓為丹陽宮使，以嚴兵守之。」《新五代史》〈南唐世家〉〈李昇傳〉云：「二年四月，遷楊溥於潤州丹陽宮。以王輿為浙西節度使、馬思讓為丹陽宮使，以嚴兵守之。」時間稍有出入，不過雖不中亦不遠矣，應無太大問題。而《江南野史》〈宋齊丘〉云：「吳主恭默勞謙，……忽謂左右曰：『孤克己雖勤，為下所奉，然為徐氏制馭，名存實喪，今欲求為一田舍翁，將安所歸乎！』遂泣數行下。齊丘聞之，乃還建康，議遷都金陵。吳主既半渡，遂引至潤州安置，號丹陽宮。未幾，使諷吳主禪位。」謂吳主徙居丹陽宮後，方禪位於烈祖，與諸書所記不同，疑《江南野史》有誤。

　　又《十國春秋》〈吳睿帝本紀〉引《十國紀年》云：「唐人遷讓皇之族於泰州，號永寧宮，守衛甚嚴，不敢與國人通婚姻，久而男女自為匹偶。」[58]陸氏《南唐書》無遷讓皇之族於泰州一段，不過據史料看來，可能真有其事，或許做法齷齪，陸氏有意為南唐隱惡，故略而不書。《五國故事》亦云：「李氏以海陵為泰州，置永寧宮於州之門右，遷其族，以處使親信褚仁規為刺史，以專防護。」[59]烈祖受禪後，居然如此對待讓皇一族，簡直形同拘禁，手段殘忍。故《江南餘載》云：「讓皇在泰州，賦詩曰：『江南江北舊家鄉，二十年前夢一場。吳苑宮闈今冷落，廣陵臺榭亦荒涼。烟凝遠岫愁千疊，雨滴孤舟淚萬行。兄弟四人三百口，不堪回首細思量。』」[60]而《江表志》作「三十年來夢一場」，其餘大致相同。案：此詩馬氏《南唐書》謂後

---

58 見〔清〕吳任臣撰：《十國春秋》，收入景印《文淵閣四庫全書》，冊465，卷3，頁79上。

59 見不著撰人：《五國故事》，收入景印《文淵閣四庫全書》，冊464，卷上，頁209上。

60 見不著撰人：《江南餘載》，收入景印《文淵閣四庫全書》，冊464，卷下，頁157下。

主入宋途中所賦，但《四庫提要》云：「文寶親事後主，所聞當得其
真，是以可以訂馬書之誤也。」[61]大抵此詩既貼近讓皇心境，亦與後
主遭遇相符，才會出現異說。至於孰是孰非，無從考起。不過，此詩
或說出自讓皇，或說後主手筆，倒值得玩味，所謂「螳螂捕蟬，黃雀
在後」，家國興亡，何嘗不亦如是？楊吳末世主面臨怎樣的窘境，南
唐亡國之君又何能倖免！

第二節　南唐之內政措施

南唐偏安江淮，有國三十九年，歷祖孫三代之經營，在史稱「十
國」中，堪稱地大物博、歷史悠久的國家。本節探討其內政措施，擬
分「烈祖時期」、「元宗時期」及「後主時期」三階段，詳述如次：

一　烈祖時期

烈祖受禪後，有鑒於自唐末以來政治上諸多弊端，為了避免重蹈
覆轍，於是提出幾項具體的改革措施，如：約束權臣勢力、限制武人
參政、嚴禁后妃干政、安撫境內民心、頒布昇元律法等。由於宋初所
面臨的政治情勢與南唐約略相似，故可從中看出宋代政策的端倪。

在約束權臣勢力方面，如陸氏〈李建勳傳〉中，詳載李建勳罷相
之經過：

> （建勳）預禪代之策，拜中書侍郎、同平章事、加左僕射、監
> 修國史、領滑州節度使，自開國至昇元五年，猶輔政，比他相
> 最久。烈祖鑒吳之亡，由權在大臣，意頗忌之；而建勳無引退

---

61 見〔北宋〕鄭文寶撰：《江表志》，收入景印《文淵閣四庫全書》，冊464，頁132上。

意。會建議政事當更張者，且言事大體重，不可自臣下出，請
以中旨行之。烈祖雖從之，未有命也。建勳遽命舍人草制，給
事中常夢錫劾奏建勳擅造制書，歸怨於上。烈祖得奏，適會本
意，乃降制放還私第。[62]

楊吳朝政屢為權臣所把持，頗讓烈祖引以為戒，故在常夢錫彈劾李建
勳越權時，烈祖便下令將之放還私第，此舉只為抑制相權擴張而已。
另如參預禪代的大臣，在南唐建國後，烈祖大多避免讓他們參與政
事，如徐玠「徒崇以名位，不復預政。」[63]周宗「待宗尤親厚，不甚
以職務嬰之。」[64]烈祖輔吳時，儘管與宋齊丘親厚，而有小亭議事、
擁爐畫灰之舉[65]，陸《書》雖未載明兩人密談的內容，但可想而知，
在烈祖爭權過程中，宋齊丘曾起過關鍵的作用。然而，南唐開國之
初，烈祖卻對他格外冷漠，如因阻撓禪代，「由是頗見疎（疏）忌」；
他又「表言備位丞相，不當不聞國政」，烈祖為此大怒；宋齊丘仗酒
言：「陛下中興，實老臣之力，乃忘老臣可乎？」烈祖怒曰：「太保始
以游客干朕，今為三公，足矣！」可見烈祖對權臣之約束，就怕他們
仗勢胡為，危害朝政。然而，限制權臣之餘，烈祖一面費心整頓吏
治，如對侍御史張義方上疏：「今文武材行之士，固不為乏，而貪墨
陵犯、傷風教、棄仁義者，猶未革心。臣欲奉陛下德音，先舉忠孝
潔廉，請頒爵賞，然後繩糾乖戾，以正典刑，小則上疏論列，大則
對仗彈奏。臣每痛國家之敗，非獨人君不明，蓋官卑者畏罪而不

---

62 見〔南宋〕陸游撰：《南唐書》，卷9，頁12右。
63 語出〈徐玠傳〉。見〔南宋〕陸游撰：《南唐書》，卷7，頁1右。
64 語出〈周宗傳〉。見〔南宋〕陸游撰：《南唐書》，卷5，頁2左。
65 據〈宋齊丘傳〉云：「為築小亭池中，以橋度（渡），至則徹（撤）之；獨與齊丘議
　　事，率至夜分。又為高堂，不設屏障，中置灰爐，而不設火；兩人終日擁爐，畫灰
　　為字，旋即平之。」見〔南宋〕陸游撰：《南唐書》，卷4，頁1右。

言，位尊者持祿而不諫，上下苟且，至於淪亡。」[66]張氏主張賞罰分明、獎勵直諫等，烈祖頗能感同身受，故賜名「義方」，以示嘉勉。

在限制武人參政方面，如陸氏〈烈祖本紀〉云：「昇元六年，……十月，詔曰：『前朝失御，四方崛起者眾，武人用事，德化壅而不宣，朕甚悼焉。三事大夫，其為朕舉用儒者，罷去苛政，與吾民更始。』」馬氏〈先主書〉亦云：

> （昇元六年）十月，詔曰：「前朝失御，強梗崛起，大者帝，小者王，不以兵戈，利勢弗成；不以殺戮，威武弗行；民受其弊，蓋有年也。或有意於息民者，尚以武人用事，不能宣流德化。其宿學巨儒，察民之故者，嵁巖之下，往往有之。彼無路光亨，而進以拊偈為嫌，退以清寧為樂，則上下之情，將何以通？簡易之政，將何所議乎？昔漢世祖數年之間，被堅執銳，提戈斬馘，一日晏然。而兵革之事，雖父子之親，不以一言及之，則兵為民患，其來尚矣。今唐祚中興，與漢頗同，而眇眇之身，坐制元元之上，思所以舉而錯之者，煢煢在疚，罔有所發。三事大夫，可不務乎？自今宜舉用儒者，以補不逮。」[67]

由於唐末節度使擁兵自重，形成藩鎮割據局面；南唐開國伊始，便確立廣用儒吏，限制武人參政的政策。如梁勵〈南唐建國史略〉云：「南唐興建之初，李昇就大力推行文人政治，將招攬賢俊作為改革政治、穩定民心、鞏固政權的重大措施。」[68]這與宋朝有國為抑制武人勢力，定下「重文輕武」的基本國策，頗有異曲同工之處。烈祖出身

---

66 語出〈張義方傳〉。見〔南宋〕陸游撰：《南唐書》，卷10，頁1左。
67 見〔北宋〕馬令撰：《南唐書》，收入《四部叢刊廣編》，冊12，卷1，頁10上。
68 見梁勵撰：〈南唐建國史略〉，《歷史教學》1997年第9期，頁47。

行伍間，對於戰爭帶來的禍害有深刻體會，所以「在位七年，兵不妄動」，既可抑止武人出頭的機會，又能貫徹安境養民的措施。

在嚴禁后妃干政方面，如陸氏〈烈祖後宮种氏傳〉載：「他日，烈祖幸齊王宮，遇王親理樂器，大怒，數日未解。种氏負寵，輒乘間言景遄才過齊王。烈祖正色曰：『子有過，父教之，常禮也。若何敢爾？』叱下殿，去簪珥，幽於別宮。數月，命度為尼。」[69] 寵妃种氏藉機慫恿烈祖，立親生兒景遄為太子，結果非但未能如願，反而被打入冷宮，甚至被迫削髮為尼。而馬氏〈先主种氏傳〉亦載：「先主作色曰：『子之過，父戒之，常理也。國家大計，女子何預？』」[70] 烈祖嚴申禁止女子干政之意。又陸氏〈李貽業傳〉云：「烈祖晏駕，大臣欲奉宋后臨朝，命中書侍郎孫忌草遺制。貽業獨奮曰：『此姦（奸）人所為也！大行常謂婦人預政，亂之本也，安肯自為此？……』會宋后亦不許，於是臨朝之議遂寢。」[71] 可知嚴禁后妃參預政事，是烈祖立下的規矩。同時，也不以外戚輔政，因此終南唐之世，無論鍾太章或周宗等外戚，始終未在朝中取得顯赫的權勢。

在安撫境內民心方面，據陸氏〈烈祖本紀〉載：「昇元三年，……詔曰：『迺者干戈相尋，地荒而不蓺（藝），桑殞而弗蠶，衣食日耗，朕甚閔（憫）之，民有嚮風來歸者，授之土田，仍給復三歲。』」[72] 馬氏〈先主書〉亦載：「三年，春，正月丙申，詔曰：『比者干戈相接，人無定主，地易而弗蓺（藝），桑隕而弗蠶，衣食日耗，朕甚憫之，其嚮風面內者，有司計口給食，願耕植者，授之土田，仍復三歲租役。於嘻！仁不異遠，化無泄邇，其務宣流，以稱朕意。』」[73]

---

69 見〔南宋〕陸游撰：《南唐書》，卷16，頁2左。

70 見〔北宋〕馬令撰：《南唐書》，收入《四部叢刊廣編》，冊12，卷6，頁27下。

71 見〔南宋〕陸游撰：《南唐書》，卷15，頁3右。

72 見〔南宋〕陸游撰：《南唐書》，卷1，頁7左。

73 見〔北宋〕馬令撰：《南唐書》，收入《四部叢刊廣編》，冊12，卷1，頁8上。

是知唐末兵禍相尋，百姓流離失所，以致土地荒蕪，農桑不課，故招徠流民墾殖已成為刻不容緩之事。誠如鄒勁風《南唐國史》所云：「從這一詔書可以看出，李昇治南唐之初著力於發展生產，其面臨的問題是勞動力不足，故採取優撫措施，盡可能多地吸引勞動力，一方面使社會得以安定，另一方面又獲得了大量的勞動力，使拋荒的土地重新得以開發種植。」[74]陸氏〈烈祖本紀〉云：「昇元四年，春，二月，詔罷營造力役，毋妨農時。」同文昇元三年載：「民三年藝桑及三千本者，賜帛五十疋（四）；每丁墾田及八十畝者，賜錢二萬；皆五年勿收租稅。」可見烈祖致力於鼓勵農耕，並實施減輕徭役、租稅等惠民政策，以安撫境內。又〈申漸高傳〉云：

> 昇元中，⋯⋯時關征（微）苛急，屬畿內旱。⋯⋯烈祖顧侍臣曰：「近郊頗得雨，獨都城未雨，何也？得非刑獄有冤乎？」漸高遽進曰：「大家何怪，此乃雨畏抽稅，故不敢入京爾！」⋯⋯明日，下詔弛稅額，信宿大雨霑洽。[75]

再度印證烈祖為政之用心，一遇乾旱不雨，立刻反躬自省：難道施政上有所疏失，故天降異象以示警？伶人申漸高藉機進言百姓為稅賦所苦，於是下詔減稅。足見輕徭薄賦，獎勵生產，穩定經濟，為烈祖時期一項重要的安內政策。

在頒布昇元律法方面，為了使統治步上正軌，南唐有國之初，便朝制度化、法治化努力。如陸氏〈常夢錫傳〉云：「（夢錫）數言朝廷，因楊氏霸國之舊，尚法律，任俗吏，人主親決細事，煩碎失大

---

74 見鄒勁風撰：《南唐國史》（南京市：南京大學出版社，2000年），頁81。
75 見〔南宋〕陸游撰：《南唐書》，卷17，頁2右。

體，宜修復舊典，以示後代。烈祖納其言，頗議簡易之法。」[76]常夢錫指出承襲楊吳舊法之弊，故建議因時制宜，修訂律令。烈祖採納其議，「詔獄訟未經本處論決者，毋得詣闕訴。」[77]又〈烈祖本紀〉云：「昇元三年，⋯⋯命有司作《昇元格》，與《吳令》竝（並）行。」《吳令》為楊吳舊有法令；而《昇元格》即南唐所頒布的法律，多沿用唐律。三年後，又頒行《昇元刪定條》，據《資治通鑑》後晉天福七年（942）載：「唐主自為吳相，興利除害，變更舊法甚多，及即位，命法官及尚書刪定為《昇元條》三十卷；庚寅，行之。」[78]如今，南唐律法雖然難以重現全貌，但從遺留資料中，仍可窺知一二，如馬氏〈蕭儼傳〉云：「昇元之法，禁以良人為賤。賣奴婢者，通官作券。」[79]禁止買賣良民，但原為奴婢者則不在此限；以今日嚴禁販賣人口的眼光來看，已稍具進步意義。而《南唐近事》載：

> 《昇元格》，盜物直（值）三緡者，處極法。盧陵村落間有豪民，⋯⋯失新潔衾服不少許，計其資直（值）不下數十千。所居僻遠，人罕經行，唯一貧人鄰垣而已。⋯⋯歸罪於貧人⋯⋯。赴法之日，冤聲動人，長吏察其詞色似非盜者，未即刑戮，遂具案聞於朝廷。烈祖命員外郎蕭儼覆之，⋯⋯至郡之日，索案詳約始末⋯⋯。翌日，天氣融和，忽有雷雨自西北起，至失物之家，震死一牛，盡剖其腹，腹中得所失衣物，乃是為牛所噉，猶未消潰。遂赦貧民，而儼驟獲大用。[80]

76　見〔南宋〕陸游撰：《南唐書》，卷7，頁7左。

77　語出〈烈祖本紀〉。見〔南宋〕陸游撰：《南唐書》，卷1，頁4右。

78　見〔北宋〕司馬光撰：《資治通鑑》，冊10，卷283，頁4482上。

79　見〔北宋〕馬令撰：《南唐書》，收入《四部叢刊廣編》，冊12，卷22，頁87上。

80　見〔北宋〕鄭文寶撰：《南唐近事》，收入景印《文淵閣四庫全書》，冊1035，卷2，頁933下。

是知《昇元格》審案從嚴，如此一來，可避免濫殺無辜，造成冤獄。《玉壺清話》〈李先主傳〉亦載：「張宣……以邊功自恃，強橫不法。鄂市寒雪，有民鬭（鬥）於炭肆者，捕而詰之，乃市炭一秤，權衡頗輕。使秤之，果然；宣斬鬻炭者，取其首與炭懸於市。主聞之，歎曰：『小人衡斛為欺，古今皆然，宣置刑太過。』盡奪官，以團副置於蘄春……。時天下糜亂，刑獄無典，因是凡決死刑，方用三覆五奏之法，民始知有邦憲，物情歸之。」[81]是知鄂州節度使張宣因執法嚴苛，遭到降職處分。總之，昇元律法無論在禁止以民為奴，或避免釀成冤獄、懲處橫行惡吏等，都有明文規定，以維護人民利益為出發，處處充滿民本思想，為南唐統治奠下了穩固的根基。[82]

二　元宗時期

元宗繼位之初，首先面對建儲的問題。據陸氏〈元宗本紀〉云：「保大元年……七月，徙燕王景遂為齊王，鄂王景達為燕王；仍以景遂為諸道兵馬元帥，居東宮，景達為副元帥。仍詔中外，以兄弟傳國之意。」[83]又云：

> 保大二年……辛巳，詔齊王景遂總庶政，惟樞密副使魏岑、查文徽得奏事，餘非召對不得見。初，烈祖尤愛景遂，帝奉先志，欲傳以位，故有是詔。宋齊丘、蕭儼皆上書切諫，未見

---

81 見〔北宋〕釋文瑩撰：《玉壺清話》，收入《唐宋史料筆記叢刊》，卷9，頁90。

82 誠如〈南唐建國史略〉云：「由於大力推行法制，南唐政權與其他政權相比，法律完備，吏治清明，豪強屏跡，社會安定，出現了『民始知有邦憲，物情歸之』的局面。」見梁勵撰：〈南唐建國史略〉，《歷史教學》1997年第9期，頁48。

83 見〔南宋〕陸游撰：《南唐書》，卷2，頁2右。

聽。侍衛都虞候賈崇叩閤（閣）請見，曰：「臣事先帝三十
年，孜孜詢察，下情猶患壅隔；陛下始即位，所委何人？而頓
與臣下疎（疏）絕如此！」因嗚咽流涕。帝感悟，命坐賜食，
遂收所下詔。[84]

保大二年（944），元宗下詔景遂總理庶政，大臣唯魏岑、查文徽得奏
事，其餘除非召見，否則一概不許面聖；此事鬧得沸沸揚揚，後在群
臣力諫下，終於收回成命。元宗此舉，無非為了宣示日後傳位於景遂
的決心。其中「烈祖尤愛景遂」一句，應為「官方說法」，顯然與事
實不符。因為據〈景達傳〉云：「是歲大旱，烈祖方輔政，極於焦
勞。七月既望，雩而得雨，景達以是日生；烈祖喜，故小名雨師。稍
長，神觀爽邁，異於他兒，烈祖深器之。受禪，……欲以為嗣，難於
越次，故不果。……元宗稱疾，固讓景遂，欲以次及景達，承先帝遺
意，既迫於輦下之議，不得行，乃立景遂為太弟，景達自燕王徙封齊
王，為諸道兵馬元帥、中書令。」[85]明揭元宗即位初期，詔以兄弟傳
國之用心：原為先傳景遂，次及景達，實則意在繼承烈祖遺願。〈元
宗本紀〉亦云：「保大五年，……立齊王景遂為皇太弟，徙燕王景達
為齊王，拜諸道兵馬元帥。徙南昌王弘冀為燕王，副元帥。」後來，
由於景遂在東宮十三年，屢乞歸藩，加以弘冀用柴克宏救常州有功，
遂於交泰元年（958）立弘冀為太子，參決政事。然弘冀生性剛斷，
與元宗的仁厚作風迥異。一日，「元宗復怒其不遵法度，……曰：『吾
行召景遂矣！』」[86]弘冀大懼，遂使袁從範持酖，景遂遇害身亡。此後
兄弟傳國之議遂寢，仍回歸「父死子繼」的封建傳統。

---

84 見〔南宋〕陸游撰：《南唐書》，卷2，頁3左。

85 見〔南宋〕陸游撰：《南唐書》，卷16，頁8右。

86 語出〈弘冀傳〉。見〔南宋〕陸游撰：《南唐書》，卷16，頁13左。

其次是設貢舉取士，如〈元宗本紀〉云：「保大十年……以翰林學士江文蔚知禮部貢舉，放進士王克貞等三人及第；旋復停貢舉。」此事亦見於〈江文蔚傳〉：

> 南唐建國以來，憲度草創，言事遇合，即隨材進用，不復設禮部貢舉。至是，始命文蔚以翰林學士知舉，略用唐故事，放進士廬陵王克貞等三人及第。元宗問文蔚：「卿知舉取士，孰與北朝？」文蔚曰：「北朝公薦、私謁相半，臣一以至公取才。」元宗嘉歎。中書舍人張緯，後唐應順中及第，大銜其言。執政又皆不由科第進，相與排沮，貢舉遂復罷矣。[87]

保大十年，南唐初設貢舉，江文蔚批評北朝取士公私參半，引起朝野反彈，隨即論罷。《資治通鑑》後周廣順三年（953）載此事於十二月：「唐祠部郎中、知制誥徐鉉言貢舉初設，不宜遽罷，乃復行之。」[88]《十國春秋》〈南唐元宗本紀〉亦云：「是歲（保大十一年），復行貢舉。」[89]可見隔年採徐鉉之議，復設貢舉。《文獻通考》〈舉士〉載：「南唐設科舉，既而罷之。」又云：「先公曰：按《五代通錄》，自梁開平至周顯德，未嘗無科舉，而偏方小國，兵亂之際，往往廢墜，如江南號為文雅最盛，然江文蔚、韓熙載皆後唐時中進士第，宋齊丘、馮延巳仕於南唐，皆白衣起家，為祕書郎。然則南唐前此未嘗設科舉，科舉昉於此時耳。顧以江文蔚一言罷之。如以文蔚之言，前朝進士公私相半為譏，則文蔚固亦前朝進士也，然明年以徐鉉

---

87 見〔南宋〕陸游撰：《南唐書》，卷10，頁11左。

88 見〔北宋〕司馬光撰：《資治通鑑》，冊10，卷291，頁4606上。

89 見〔清〕吳任臣撰：《十國春秋》，收入景印《文淵閣四庫全書》，冊465，卷16，頁161下。

建言復置科舉。」[90]指出罷貢舉之因，不外乎當時主政者皆非科考出身，故對此取士方式頗不以為然。終因徐鉉建言又恢復舉行，此後科舉取士成為南唐拔擢人才的重要管道。而陸氏〈元宗本紀〉云：「保大十二年……二月，命吏部侍郎朱鞏知禮部貢舉。」可知科舉逐漸步上正軌。

　　其三為社會福利政策，如陸氏〈元宗本紀〉云：「（保大元年）即皇帝位，大赦改元。不待逾年，遽改元，識者非之。百官進位二等，將士皆有賜，蠲民逋負租稅，賜鰥寡孤獨粟帛。」[91]元宗一即位，便免除長期拖欠的租稅，又賞賜弱勢者財物。每逢天災，或令百姓免繳田稅，如「保大四年……九月，淮南蟲食稼，除民田稅。」或命州縣優撫災民，如「自（保大）十一年六月，至於今年（十二年）三月，大饑疫，命州縣鬻粥食餓者。」《十國春秋》〈南唐元宗本紀〉亦載：「自十一年六月（注：一作八月）不雨，至於今年三月，大饑疫，命州縣鬻糜食餓者。」[92]又陸《書》云：「保大十一年，……六月，不雨，井泉竭涸，淮流可涉。旱蝗民饑，流入周境。」據《資治通鑑》後周廣順三年七月載：「唐大旱，井泉涸，淮水可涉，饑民渡淮而北者相繼，濠、壽發兵禦之，民與兵鬭（鬥）而北來。帝聞之曰：『彼我之民一也，聽糴米過淮。』唐人遂築倉，多糴以供軍。八月，己未，詔唐人以人畜負米者，聽之；以舟車運載者，勿予。」[93]自古民以食為天，如果只憑減稅、賑災等福利措施，似乎不足以徹底解決南唐國內的民生問題。

---

90 見〔元〕馬端臨撰：《文獻通考》，收入景印《文淵閣四庫全書》，冊610，卷30，頁649上。

91 見〔南宋〕陸游撰：《南唐書》，卷2，頁2左。

92 見〔清〕吳任臣撰：《十國春秋》，收入景印《文淵閣四庫全書》，冊465，卷16，頁161下。

93 見〔北宋〕司馬光撰：《資治通鑑》，冊10，卷291，頁4605上。

　　因此，興修農田水利成為當務之急的工作，如〈元宗本紀〉保大十一年載：

> 十月，築楚州白水塘，以溉屯田；遂詔州縣陂塘湮廢者，皆脩
> （修）復之。於是力役暴興，楚州、常州為甚。帝使親吏車延
> 規董其役，發洪、饒、吉、筠州民牛以往，吏緣為姦（奸），
> 強奪民田為屯田。江淮騷然，百姓以數丈竹去節，焚香於中，
> 仰天訴冤者，不可勝數。知制誥徐鉉因奏事白之，帝曰：「吾
> 國兵數十萬，安肯不食捍邊？事有大利，則舉國排之，奈
> 何？」鉉又力陳其弊，帝乃遣鉉行視利害。鉉至楚州，悉取所
> 奪田還民，詰責車延規，欲榜之。百姓感悅，而帝左右交譖，
> 以為擅作威福。帝大怒，趣（趨）歸，將沉之江中；既至，怒
> 少（稍）解，流舒州，而白水塘等役，亦賴以止。[94]

元宗用親吏車延規主持其事，非但民間徭役倍增，又暴發官吏相與為
奸、強奪民田為屯田諸弊端，百姓未蒙其利先受其害，終至民怨沸
騰，原先美意難以為繼。築白水塘事，亦見於《資治通鑑》後周廣順
三年十二月：「楚州刺史田敬洙請修白水塘溉田以實邊，馮延巳以為
便。李德明因請大闢曠土為屯田，修復所在渠塘堙廢者。吏因緣侵
擾，大興力役，奪民田甚眾，民愁怨無訴。徐鉉以白唐主，唐主命鉉
按視之，鉉籍民田悉歸其主。或譖鉉擅作威福，唐主怒，流鉉舒州，
然白水塘竟不成。」[95]徐鉉為民請命，詰責車延規，固然不錯，但白
水塘之役因此而止，似乎又矯枉過正，不符合國家人民的利益。誠如
顧炎武《天下郡國利病書》所云：「屯田入邊，國之大計，古人之所

---

94 見〔南宋〕陸游撰：《南唐書》，卷2，頁9右。
95 見〔北宋〕司馬光撰：《資治通鑑》，冊10，卷291，頁4606上。

已行。鉉以奪田還主，以曠土屯田可也，安得一概阻格之乎？又楚多荒田，主不能耕，有耕者輒有認主。既認亦不能耕，然與其荒於家，不若屯於國，……嗣是宋、元皆修白水塘，以為灌田之利。敬洙之策，何可非耶？」[96]可見元宗未能堅持興修水利的政策，進而有效改善境內民生經濟，誠屬不智！

　　此外，由於元宗時期南征北討，帑藏空竭，加上出師不利，日益沉重的歲貢負擔，一度使南唐財政陷入困境。為了尋求解決之道，便出現改革幣制的需求，如〈元宗本紀〉云：「顯德六年，……鑄大錢，文曰『永通泉貨』，一當十，與舊錢竝（並）行。又鑄唐國通寶錢，一當開通錢之二。」據《資治通鑑》後周顯德六年（959）七月亦載：「唐自淮上用兵，及割江北，臣事於周，歲時貢獻，府藏空竭，錢益少，物價騰貴。禮部侍郎鍾謨請鑄大錢，一當五十；中書舍人韓熙載請鑄鐵錢；唐主始皆不從，謨陳請不已，乃從之。是月，始鑄當十大錢，文曰『永通泉貨』；又鑄當二錢，文曰『唐國通寶』，與開元錢並行。」胡三省注：「開元錢，唐武德初所鑄。」[97]所謂「開通錢」即「開元通寶錢」。而汲古閣本陸游《南唐書》作「二當開通錢之二」，非也，應作「一當開通錢之二」，因為唐國通寶錢幣值較大，以一當開元通寶錢二；否則用開元通寶錢即可，何須重鑄？同理，永通泉貨幣值亦較大，以一當開元通寶錢十。又《十國春秋》〈南唐元宗本紀〉吳任臣案：「元宗又鑄大唐通寶錢，與唐國錢通用，數年漸弊，百姓盜鑄，極為輕小。」[98]建隆元年（960）二月，始鑄鐵錢；但《金陵通紀》繫此事於正月，不知何者為是。又《十國春秋》〈南唐

96 見〔清〕顧炎武撰：《天下郡國利病書》，收入《四部叢刊廣編》（臺北市：臺灣商務印書館，1981年據上海涵芬樓景印崑山圖書館藏稿本影印），冊1，頁427上。

97 見〔北宋〕司馬光撰：《資治通鑑》，冊10，卷294，頁4657上。

98 見〔清〕吳任臣撰：《十國春秋》，收入景印《文淵閣四庫全書》，冊465，卷16，頁168下。

元宗本紀〉注引《泉志》云：「唐國錢五種，制度大小各殊。」據楊立昌〈南京出土南唐「永通泉貨」篆書當十錢——淺談部分南唐錢幣〉考證：元宗時期，至少有「保大元寶」、「開元通寶」、「永通泉貨」、「唐國通寶」及「大唐通寶」等錢幣流通於市面。至於幣制改革，是否有效解決國庫虛耗的問題，仍有待觀察。

　　元宗在位的最後一項重大政策，便是遷都洪州豫章（江西南昌）。〈元宗本紀〉云：「建隆二年……二月，國主遷於南都，立吳王從嘉為太子，留金陵監國。……南都迫隘，羣下皆思歸。國主亦悔遷，北望金陵，鬱鬱不樂，澄心堂承旨秦承裕常引屏風障之；復議東遷，未及行，國主寢疾，……殂於長春殿。」為何從金陵遷至豫章？據說是出於國防上的考量，如《玉壺清話》〈江南遺事〉云：

> 世宗既罷兵，使鍾謨以誠來諭曰：「吾與江南大義已定，固無他慮，然人命不保，江南無備已久，後之人將不汝容。可及吾之世，善脩（修）城隍，分據要害，為子孫之計宜矣。」璟得命，乃修建康（金陵）諸郡城池，毀者堅之，甲卒寡者補之。又議遷都，璟曰：「建康與敵境隔江而已，又在下流，吾今移都豫章，據上流而制根本，上策也。」群臣多不欲，遂葺洪州為南都。洪州雖為大藩，及為都邑，則迫隘丘坎，無所施力，群情不安之。下議來還，會疾作，殂於洪州。[99]

由於金陵（建康）與北朝隔江相對，不利於軍事防禦，故遷往長江上游的豫章，原以為可藉以避禍，孰知竟是錯誤的決策？南都迫隘，群情不安，君臣悔不當初。據《續資治通鑑長編》云：「唐主至南都，

99　見〔北宋〕釋文瑩撰：《玉壺清話》，收入《唐宋史料筆記叢刊》，卷10，頁103。

城邑迫隘，宮府營廨，十不容一二，力役雖繁，無所巧施，群臣日夜思歸。唐主悔怒，欲誅始謀者，樞密副使、給事中唐鎬發病卒。」[100]元宗遂遷怒於當初提議遷都的唐鎬，須臾，唐鎬卒；不久，元宗亦在悔恨中駕崩。至於唐鎬為何而卒，陸氏《南唐書》未提及此事，《江南野史》〈嗣主〉云：「至南都洪州，……自公卿以下，軍士皂隸，旦夕思歸。嗣主恐生變，憂忿煩悸，此因唐鎬阿旨，欲置極法，鎬懼，縊死。」[101]謂其自縊身亡。《新五代史》〈南唐世家〉〈李景傳〉云：「洪州迫隘，宮府營廨，皆不能容，群臣日夕思歸，景悔怒不已，唐鎬慙（慚）懼，發疾卒。」[102]是說因病辭世。真相不可知。

三　後主時期

歷經淮南兵敗、元宗崩殂，南唐朝野彌漫著一片低迷氣氛。後主繼位之後，有意借重老臣威望，重振人心士氣；同時也藉由老臣輔政，以鞏固自己的統治。如對戰功赫赫的何敬洙禮遇有加，「授右衛上將軍、芮國公致仕，給全俸，第門列戟。」[103]及其卒，廢朝三日，以示哀悼。對淮南喪師時，「自髡，衣僧服而迯（逃），被執」的馮延魯優容不責，如陸氏〈馮延魯傳〉云：「嘗晏內殿，後主親酌酒賜之，飲固不盡，誦詩及索琴自鼓以侑之。」[104]試圖重用三朝元

---

100 見〔南宋〕李燾撰：《續資治通鑑長編》，收入景印《文淵閣四庫全書》，冊314，卷2，頁60上。

101 見〔北宋〕龍袞撰：《江南野史》，收入景印《文淵閣四庫全書》，冊464，卷2，頁80下。

102 見〔北宋〕歐陽修撰、徐無黨注：《新五代史》，收入景印《文淵閣四庫全書》，冊279，卷62，頁443上。

103 語出〈何敬洙傳〉。見〔南宋〕陸游撰：《南唐書》，卷6，頁8左。

104 見〔南宋〕陸游撰：《南唐書》，卷11，頁8左。

老韓熙載,「宿直宮中,賜對多所弘益。後主手教褒之,進中書侍郎。」[105]〈後主本紀〉亦云:「常獵於青山,還,如大理寺,親錄繫囚,多所原釋。中書侍郎韓熙載奏:『獄訟,有司之事;囹圄,非車駕所宜臨幸。請罰內庫錢三百萬,以資國用。』」[106]及其卒,後主歎息:「吾竟不得相熙載!」可見後主雖欲以韓熙載為相,但對其建言未完全採納。後主一方面拔擢政治新貴,如昔日東宮僚屬潘佑,據〈潘佑傳〉云:「及嗣位,遷虞部員外郎、史館修撰;……召草〈勸南漢書〉,文不加點,遷中書舍人。後主以『潘卿』稱之。」[107]對名滿江南的徐鉉、徐鍇兄弟亦賞識有加,「俱在近侍,號『二徐』。」又「鍇凡四知貢舉,號得人。後主衷所製文,命為之序,士以為榮。」[108]

　　然後主在用人方面,亦不無缺失,如寵信張洎,而殺諫臣潘佑,且牽怒於李平,二人被誣以淫祀之罪,皆喪命。同年,名將林仁肇遇酖身亡,陸氏〈林仁肇傳〉云:「時皇甫繼勳、朱令贇掌兵柄,忌仁肇雄略,謀有以中之。會朝貢使自京師回,擿使言仁肇密通中朝,見其畫像於禁中,且已為築大第,以待其至。後主方任繼勳等,惑其言,使人持酖往毒之。……俄卒。」[109]綜觀後主在位,文臣內鬨,武官惡鬥,一年之中,連殺三位大臣,難怪陳喬感歎道:「國勢如此,而殺忠臣,吾不知所稅駕也!」此忠臣,指林仁肇。如此驍勇善戰的悍將,在國家危急存亡之秋,不能征戰沙場為國效命,卻死於讒言,誠為後主之一大失策!而潘佑、李平之死,後主至亡國後,方知悔悟[110],然

---

105 語出〈韓熙載傳〉。見〔南宋〕陸游撰:《南唐書》,卷12,頁5右。
106 見〔南宋〕陸游撰:《南唐書》,卷3,頁10左。
107 見〔南宋〕陸游撰:《南唐書》,卷13,頁6右。
108 見〔南宋〕陸游撰:《南唐書》,卷5,頁5左。
109 見〔南宋〕陸游撰:《南唐書》,卷14,頁5右。
110 案:《默記》載有亡國後,徐鉉奉命探望後主,後主忽長吁歎曰:「當時悔殺了潘

為時已晚。故陸氏〈朱令贇傳〉「論曰」，一針見血點出「任人乖剌」
為南唐滅亡之主因，所論極肯綮。

後主時期，在科舉取士方面，不遺餘力。如〈後主本紀〉云：
「乾德二年……命吏部侍郎、脩（修）國史韓熙載知貢舉，放進士
王崇古等九人。國主命中書舍人徐鉉覆試舒雅等五人，雅等不就。
國主乃自命詩賦題，以中書官蒞其事，五人皆見黜。」[111]命德高望
重的韓熙載主持貢舉，而飽讀詩書的後主甚至親自命題，足見南唐對
拔擢人才之重視。又云：「開寶五年……內史舍人張佖知禮部貢舉，
放進士楊遂等三人。清輝殿學士張洎言佖多遺才，國主命洎考覆遺不
中第者，於是又放王倫等五人。」到了晚期，國家已搖搖欲墜，仍舊
照常舉行科考。張佖、張洎等權臣不知竭力為國選才，卻趁機勾心鬥
角，各自取附己者及第。故周臘生〈南唐貢舉考〉云：「南唐共開科
十七次，可考知姓名的狀元……僅樂史、伍喬較有影響，……說明南
唐政權雖重視科舉，卻未能通過科舉選出真正的人才。」[112]

自元宗准南喪師後，南唐肩負著每年對北朝鉅額的貢賦重擔，國
庫自然日漸空虛。換言之，南唐割地稱臣後，要以原先一半的土地，
承擔加倍的歲貢支出，財政窘迫，捉襟見肘，可想而知。又後主繼位
後，為了苟延國祚，更加小心翼翼事奉宋朝[113]，每年貢獻金銀珍寶，
所費不貲。據《宋史》〈南唐世家〉〈李煜傳〉云：「煜每聞朝廷出師

佑、李平。」見〔北宋〕王銍撰：《默記》，收入《唐宋史料筆記叢刊》（北京市：
中華書局，1989年），卷上，頁4。

111 見〔南宋〕陸游撰：《南唐書》，卷3，頁3左。

112 見周臘生撰：〈南唐貢舉考〉，《孝感教院學報》1999年第7期，頁37。

113 案：〈後主本紀〉云：「初，元宗雖臣于周，惟去帝號，他猶用王者禮。至是國主
始易紫袍見使者，使退，如初服。」見〔南宋〕陸游撰：《南唐書》，卷3，頁2
左。又云：「開寶五年，……下令貶損儀制……。初，金陵殿闕皆設鴟吻，元宗雖
臣于周，猶如故。乾德後，遇中朝使至則去之，使還復設；至是，遂去不復
用。」見〔南宋〕陸游撰：《南唐書》，卷3，頁5左。

克捷及嘉慶之事，必遣使犒師脩（修）貢。其大慶，即更以賈宴為名，別奉珍玩為獻。吉凶大禮，皆別修貢。」[114]到後期，國勢飄搖，事宋愈勤，所貢愈豐，竟出現國庫無力負擔的窘境。如陸氏〈陸昭符傳〉云：「時後主數貢奉，帑藏空竭；昭符市於富民石守信家，得絹十萬。後主大悅。」[115]謂陸昭符從金陵富民家購得大量絹帛，方能解決入貢的燃眉之急，可見國家財務艱困，事態嚴重。

早在元宗時期，為了打破財政僵局，已開始改革幣制，至「乾德二年，春，三月，行鐵錢。每十錢以鐵錢六權銅錢四而行。其後銅錢遂廢，民間止（只）用鐵錢；末年，銅錢一直（值）鐵錢十。比國亡，諸郡所積銅錢六十七萬緡。」[116]又《十國春秋》〈南唐後主本紀〉注引陶岳《貨志錄》云：「韓熙載請以鐵為錢，其錢之大小一如開元通寶，文亦如之。徐鉉篆其文，比於舊錢稍大，而輪郭深闊。既而鐵錢大行，公私便之。」[117]由是可知，元宗用韓熙載之議鑄鐵錢，其幣值大小如開元通寶錢，每十錢以鐵錢六權銅錢四而行，自此南唐鐵錢盛行。民間還紛紛藏匿銅錢，僅以鐵錢進行貿易，到了南唐末年，甚至出現以十鐵錢抵一銅錢的情況。然幣制改革不但未能解決財政困境，反而帶動民間私鑄錢幣的歪風，據《江南野史》〈後主〉載：「『唐國通寶』，約一千重三斤十二兩，至數年而弊作，百姓盜鑄幾至一勛（斛）餘，以一文置之水上，浮而不沉，雖嚴禁不止。至是有鐵錢之議。既行，至數年，物價漸增，諸郡之民復盜鑄者頗多而輕小，環外芒刺，不及官場圓淨。國家雖以法繩之，犯者配遠郡，民罹

---

114 見〔元〕脫脫等修：《宋史》，收入《二十五史》（臺北市：藝文印書館，1982年據清・乾隆武英殿刊本影印），冊36，卷478，頁5732下。

115 見〔南宋〕陸游撰：《南唐書》，卷8，頁13右。

116 語出〈後主本紀〉。見〔南宋〕陸游撰：《南唐書》，卷3，頁3左。

117 見〔清〕吳任臣撰：《十國春秋》，收入景印《文淵閣四庫全書》，冊465，卷17，頁172下。

之者益眾而不止。」[118]足見幣制改革徹底失敗，使南唐經濟陷入更大的危機。

　　由於幣制混亂，通貨膨脹問題愈來愈嚴重，如《續資治通鑑長編》乾德二年三月載：

> 初，唐廢永通大錢，更用韓熙載之議，鑄當二鐵錢。……是月，始用鐵錢，……民間多藏匿舊錢，舊錢益少，商賈出境，輒以鐵錢十易銅錢一，官不能禁，因從其便。官吏皆增俸，而以銅錢兼之，由是物價益貴至數倍，熙載頗亦自悔。[119]

通貨膨脹的惡果，反映在人民身上，除了物價飛漲外，更須承擔繁重的苛捐雜稅，如《文獻通考》〈歷代田賦之制〉云：「江東西釀酒則有麴引錢，食鹽則有輸鹽米，供軍須則有鞋錢，入倉庫則有蔲錢。」[120]同書〈雜征斂〉亦云：「先時淮南、江浙、荊湖、廣南、福建，當僭偽之時，應江湖及池潭陂塘聚魚之處，皆納官錢，或令人戶占賣輸課，或官遣吏主持。……又有橘園、水磑、社酒、蓮藕、鵝鴨、螺蚌、柴薪、地鋪、枯牛骨、溉田、水利等名，皆因偽國舊制而未除。」[121]稅目之繁多，負擔之沉重，可知當時財政困難重重。為了緩解財政困頓，後主曾採李平建議，「請復井田法，造民籍，復造牛

---

118 見〔北宋〕龍袞撰：《江南野史》，收入景印《文淵閣四庫全書》，冊464，卷3，頁82上。

119 見〔南宋〕李燾撰：《續資治通鑑長編》，收入景印《文淵閣四庫全書》，冊314，卷5，頁110上。

120 見〔元〕馬端臨撰：《文獻通考》，收入景印《文淵閣四庫全書》，冊610，卷4，頁116下。

121 見〔元〕馬端臨撰：《文獻通考》，收入景印《文淵閣四庫全書》，冊610，卷19，頁426下。

籍，課民種桑。」起初，後主認同李平的做法，任為司農寺卿，推行其法。因為藉由調整土地、戶口等可擴大稅賦來源。事實上，重新變更土地分配、政經結構等錯綜複雜的關係，本身已滯礙難行；加上朝中既得利益者不斷阻撓，李平又急功近利，缺乏完整的配套措施，終至功敗垂成。如陸氏〈李平傳〉云：「平急於成功，施設無漸，人不以為便。後主亦中悔，罷之。」[122]而南唐的財經僵局始終無法突破。

第三節　南唐之朋黨傾軋

　　文人相輕，古今皆然。士大夫呼朋引伴，結黨成派，與敵對陣營相互較勁，勾心鬥角，形成黨爭，為政治上的一大隱憂。南唐也不例外，朋黨傾軋始終影響政局的穩定發展。

　　金陵士人間對立的情況，據馬令《南唐書》〈黨與傳〉〈序〉云：

> 南唐之士，亦各有黨，智者觀之，君子、小人見矣。或曰：宋齊丘、陳覺、李徵古、馮延巳、（馮）延魯、魏岑、查文徽為一黨；孫晟（忌）、常夢錫、蕭儼、韓熙載、江文蔚、鍾謨、李德明為一黨。而或列為黨與，或各敍於傳者，何哉？蓋世衰道喪，小人阿附，以消君子；而君子、小人反類不合。故自小人觀之，因謂之黨與；而君子未嘗有黨也。予之所論，一入於黨與，則宜無君子；而各著於篇者，未必皆小人。[123]

而馬《書》列宋齊丘、陳覺、李徵古、馮延巳、馮延魯、魏岑、查文徽於〈黨與傳〉，可見視他們為「小人阿附，以消君子」的黨與；至

---

122 見〔南宋〕陸游撰：《南唐書》，卷13，頁10右。

123 見〔北宋〕馬令撰：《南唐書》，收入《四部叢刊廣編》，冊12，卷20，頁79下。

於另一黨，不過是小人眼中的黨與而已，因為某些正人君子根本不屑
成群結黨。然而，「各敘於傳者」未必皆小人，如孫忌使周奉表，終
不負永陵一抔土，慷慨就死，大義凜然；常夢錫文章典雅，剛褊少
恕，每以直言忤物，為一狷介之士；蕭儼直言極諫，嘗見後主與嬖倖
弈棋，投局於地，頗有幾分魏徵風骨；韓熙載博學多聞，才氣逸發，
為人放蕩不羈，堪稱當時清流領袖；江文蔚敢於犯顏直諫，將上疏，
先具小舟載老母，以待左降；以上諸君為南唐之中流砥柱，絕非結黨
營私輩所能相提並論。而鍾謨、李德明雖被歸為此黨，其人品操守卻
迥異於諸君，如陸氏〈鍾謨傳〉云：

> 鍾謨……李德明……天資皆浮躁，沾沾自衒，反覆嶮巇，朝士
> 側目，號為「鍾李」。……謨、德明雖與岑若不同，至為惡則
> 合若符券。[124]

是知鍾、李二人被歸入此黨，完全因為與魏岑等誓不兩立而已；論其
作惡多端，則與宋齊丘黨如出一轍。又所謂君子不黨，即鍾、李雖與
常夢錫被歸為黨與，然「道不同，不相為謀」，如陸氏〈常夢錫傳〉
云：「鍾謨、李德明……以夢錫人望言於元宗，求為長吏，拜戶部尚
書知省事。夢錫恥為小人所推薦，固辭，不得請，惟署牘尾，無所可
否。」[125]可見常夢錫不齒鍾、李二人，不屑與之同流合污。又〈蕭儼
傳〉云：

> 孫忌為觀察使，遣州兵給儼，實防衛之。儼謂忌曰：「僕以言

---

124 見〔南宋〕陸游撰：《南唐書》，卷7，頁2右。
125 見〔南宋〕陸游撰：《南唐書》，卷7，頁7右。

獲罪耳。顧命之日，君持異議，幾危社稷；君之罪，豈不重於
僕乎？反見防何也？」忌慚，即撤去。[126]

孫忌、蕭儼皆為君子，又被視為同黨，然非如宋齊丘與「五鬼」[127]
間關係緊密，相互依附，狼狽為奸。孫、蕭二人思想獨立，論事各有
主見，從不曲承阿附，更未結黨唱和，只是被敵對陣營歸為同黨而
已。不過，諸君間也並非完全沒有交集，〈蕭儼傳〉另一段記載，可
為明證：

> 江文蔚、韓熙載典太常禮儀，議烈祖稱宗。儼獨建言：「帝王
> 己失之，己得之，謂之反正。非己失之，自己復之，謂之中
> 興；中興之君，廟宜稱祖。先帝興已墜之業，不應屈而稱
> 宗。」文蔚亦以儼議為當，遂用之。

又〈江文蔚傳〉云：「元宗以喪亂之後，因恤舊典散亡，命文蔚以給
事中判太常卿事，與韓熙載、蕭儼共加討論，時稱其精練。……文蔚
對仗彈奏曰：『……陛下初臨大政，常夢錫居封駁之職，正言讜論，
首罹譴逐，棄忠拒諫，此其始也。』」[128] 由於「英雄所見略同」，更多
時候諸君子看法一致，不謀而合，因此雖不曾結盟締約，但看在政敵
眼中分明就是黨與無疑，此正是「以小人之心，度君子之腹」！殊不
知君子不黨，唯有志同道合、惺惺相惜而已。

---

126 見〔南宋〕陸游撰：《南唐書》，卷15，頁9左。
127 據〈宋齊丘傳〉載：「齊丘之客，最親厚者陳覺，……馮延巳、（馮）延魯、魏岑、
　　查文徽，與覺深相附結，內主齊丘，時人謂之『五鬼』。」見〔南宋〕陸游撰：
　　《南唐書》，卷4，頁5左。
128 見〔南宋〕陸游撰：《南唐書》，卷10，頁6右。

　　關於南唐朋黨傾軋，兩黨之間的分野，歷來看法不一[129]，吾人較贊同元志立〈南唐士人黨爭研究〉一文，云：「南唐兩黨分野既不是以地域為界限，也不以政黨利益為界限，……南唐黨爭其實質就是前朝老臣與新學後進之間政權奪利的鬥爭。」[130]這場朝中元老與新進士人之間的內鬥，早在南唐未建立前已蠢蠢欲動，烈祖有國，始浮上檯面；元宗在位，達於巔峰，且盛極而衰；至後主時，又死灰復燃；即使亡國入宋，遺民間的角力仍未曾稍歇，足見雙方傾軋史遠比南唐國祚更長久，影響不可謂不深遠。本節旨在闡明陸氏《南唐書》所載金陵朋黨傾軋之真相，擬分「烈祖時期朝臣之爭」、「元宗時期朋黨為禍」及「後主時期文士傾軋」三階段，詳加探論。

一　烈祖時期朝臣之爭

　　文士間的鬥爭，歷朝歷代有之；早在南唐未建立前，烈祖手下大臣已先展開一場爭功奪權的角力戰。當烈祖輔吳末期，曾與宋齊丘討論受禪代之事，結論是「吳主謙恭無失德，烈祖懼羣情未協」[131]，故而不了了之。其後，「一日，烈祖臨鏡理白鬚，太（嘆）息曰：『功業成，而吾老矣！奈何？』宗適侍側，悟微指（旨），乃請如廣陵，諷

129　如《南唐史》云：「以地理界限作為派系分野的標誌並且爭奪地區利益，也始終是
　　　（南唐）統治集團內部衝突的一個重要特徵。」見任爽撰：《南唐史》（長春市：東
　　　北師範大學出版社，1995年），頁153。〈南唐黨爭：唐宋黨爭史發展的仲介〉亦云：
　　　「由地域文化傳統的差異而導致文人集團的形成，進而演變為朋黨之爭……。」
　　　見張興武撰：〈南唐黨爭：唐宋黨爭史發展的仲介〉，《漳州師範學院學報》2002年
　　　第1期，頁73。又《南唐史略》云：「孫黨……和宋黨之間分歧，主要是政治主張
　　　的對立，並無有意識地域自覺地聯合為一個團體。」見杜文玉撰：《南唐史略》
　　　（西安市：陝西人民教育出版社，2001年），頁136。
130　見元志立撰：〈南唐士人黨爭研究〉，《文史博覽（理論）》（2015年1月），頁16。
131　語出〈宋齊丘傳〉。見〔南宋〕陸游撰：《南唐書》，卷4，頁2右。

讓皇以禪代事，亦請諭齊丘。」[132]據〈宋齊丘傳〉云：

> 齊丘默計，大議本自己出，今若遽行，則功歸周宗。欲因以釣
> 名，乃留與夜飲，亟遣使手書切諫，以為時事未可。後數日，
> 馳至金陵，請斬宗以謝國人。烈祖亦悔，將從之；徐玠固爭，
> 纔（才）黜宗為池州副使。玠乃與李建勳等，遂極言宜從天人
> 之望，復召宗還舊職。齊丘由是頗見疎（疏）忌。[133]

宋齊丘怕促成烈祖禪代之功為周宗所奪，千方百計從中阻撓，甚至試
圖遊說烈祖斬周宗，所幸徐玠據理力爭，才免於一死。後來在徐玠、
李建勳等推波助瀾下，烈祖終於受吳帝禪位，宋齊丘自是備受冷落。
從此，宋齊丘、周宗間的嫌隙日益加深，彼此誓不兩立。[134]

南唐黨爭在烈祖時已微露端倪，此期出現兩派意見不合：南來的
中原才俊如常夢錫、江文蔚、孫忌、韓熙載等，主張北伐，完成國家
統一；而以宋齊丘為首的楊吳舊臣，企圖透過南進建功，來提高個人
聲望。但由於烈祖出身行伍，深知兵禍為害之大，故堅持休養生息、
保境安民之策，對於雙方建言一概不予採納，因此未引起彼此間的爭
鬥。此外，烈祖是一位雄才大略的君主，雖然楊吳舊臣為開國元勳，
一路輔佐有功，但仍對之有所箝制，而非一味姑息其事。如〈宋齊丘
傳〉云：「齊丘親吏夏昌圖，盜庫金數百萬，特判傳輕典。烈祖命斬

---

132 語出〈周宗傳〉。見〔南宋〕陸游撰：《南唐書》，卷5，頁1右。

133 見〔南宋〕陸游撰：《南唐書》，卷4，頁2右。

134 據〈宋齊丘傳〉云：「馮延巳、（馮）延魯、魏岑、查文徽，與覺深相附結，內主
齊丘，……相與造飛語，傾周宗。宗泣訴於元宗。」見〔南宋〕陸游撰：《南唐
書》，卷4，頁5左。又〈周宗傳〉云：「宗病卒，……宋齊丘……撫其棺哭曰：『君
大點，來亦得時，去亦得時。』元宗聞之不平。」見〔南宋〕陸游撰：《南唐書》，
卷5，頁3左。

昌圖。齊丘慙（慚），稱疾，求罷省事。許之。」宋齊丘藉職務之便，網羅朝士，任用親信；一旦出事，又循私包庇。烈祖聞訊大怒，下令處斬盜金者，並准許宋齊丘請辭，改任鎮南節度使，讓他出鎮洪州。由是可見，烈祖之精明與魄力。

　　不過，到了晚年，烈祖因服食丹藥，逐漸疏於政務，朋黨之爭於焉成形。如〈陳覺傳〉載陳覺與褚仁規之間的恩怨：「覺有兄，居鄉里，時海陵已為泰州。覺兄犯法，刺史褚仁規笞之。覺挾私怨，密譖仁規貪殘，侍御史王仲璉亦劾之；烈祖（原文作元宗，有誤）薄其罪，止罷刺史。仁規忿，上章自訴。烈祖命覺馳往鞫之，仁規惶恐伏罪。覺還，條其罪狀甚眾；詔賜死。覺之竊弄威福，蓋始於此。」[135]案：據《玉壺清話》〈李先主傳〉云：「十月，誅泰州刺史褚仁規。」雖與陸氏〈烈祖本紀〉載二月，小有出入，但皆繫於昇元五年，應為烈祖時事。陳覺挾怨報復，假公濟私，致使褚仁規據理力爭，卻無辜遇害。不過，值得關注的是烈祖的處理方式，先將褚仁規從輕發落，表示也認為他可能是受害者。接著，褚仁規上書辯駁係屬人之常情，為何反派陳覺前往審問？事後，怎可任憑陳覺羅織罪名而賜死受害者？陳覺公報私仇，固然罪大惡極，但烈祖是非不分，恐怕更難服人。

　　又〈烈祖元敬皇后宋氏傳〉云：「昇元末，烈祖服金石藥，多暴怒……及殂，中書侍郎孫忌懼魏岑、馮延巳、（馮）延魯以東宮舊僚用事，欲稱遺詔奉后臨朝聽政。后不許。」[136]〈李貽業傳〉亦云：「烈祖晏駕，大臣欲奉宋后臨朝，命中書侍郎孫忌草遺制。貽業獨奮曰：『此姦（奸）人所為也！大行常謂婦人預政，亂之本也，安肯自為此？若果宣行，貽業當對百官裂之。』」[137]是知烈祖駕崩時，朝中

---

135 見〔南宋〕陸游撰：《南唐書》，卷9，頁7左。
136 見〔南宋〕陸游撰：《南唐書》，卷16，頁1右。
137 見〔南宋〕陸游撰：《南唐書》，卷15，頁3右。

大臣已分成兩派：一派為魏岑、馮延巳、馮延魯等太子幕僚，另一派為孫忌、李貽業等朝中舊臣。當時朝中舊臣，以孫忌為代表，擔心太子黨日益坐大，影響政局發展，故有欲稱遺詔奉宋太后臨朝之議；而以李貽業為首的舊臣，遵守烈祖遺訓，嚴禁婦女干政，堅決反對到底。有道是：「一朝天子一朝臣」，東宮新僚屬與朝中舊臣之間，隨即陷入一場權位攻防戰，自此為南唐黨爭揭開了序幕。

二　元宗時期朋黨為禍

　　元宗繼位後，先前孫忌等大臣擔憂的事終於發生，前東宮僚屬魏岑、查文徽、馮延巳、馮延魯等躍居高位，又與宋齊丘客陳覺互相勾結，他們聯合宋齊丘黨，形成一股強大的政治勢力，左右著南唐政局。如馬令於〈宋齊丘傳〉云：「文武百司皆布朋黨，每國家有善政，其黨則但言『宋公之為也』，事有不合群望者，則曰『不用宋公之言也』。每舉一事，必知物議不可，則群黨競以巧詞先為之地，及有論議者，皆以墮其計中。群臣敢言者，常夢錫、蕭儼、江文蔚、韓熙載等十數人，而常、蕭尤甚，夢錫性褊而簡言，儼無文而辭繁碎，故皆不能勝。」[138]其中以陳覺矯詔攻福州敗績、淮南喪師割地稱臣二事，對南唐國力影響較大，遺害甚深。不僅如此，在內政上，事無大小，爭議蠭起，朋黨之間，互別苗頭，纏鬥不休。元宗時期，黨爭轉為白熱化，以致政局動盪不安，是南唐國勢由盛而衰的關鍵。

（一）福州兵敗，朝議四起

　　宋齊丘從九華山復出後，為求表現，薦陳覺出使福州，論李弘義

---

138 見〔北宋〕馬令撰：《南唐書》，收入《四部叢刊廣編》，冊12，卷20，頁81下。

入朝。陳覺見李弘義態度傲慢，不敢言；後又想立功，擅自命馮延魯率兵攻福州。「元宗雖怒覺之專，兵業已行，因命延魯為南面監軍使。陳覺及王崇文、魏岑會攻福州。」[139]陳覺貿然發動福州之役，元宗迫於無奈只好就範。結果出師不利，諸軍大潰，帑藏為之空竭，引起朝野撻伐聲不斷。陸氏於〈馮延魯傳〉云：「朝廷議即軍中斬延魯及覺，既有命矣。會宋齊丘以嘗薦覺使福州自劾，乃詔械延魯、覺還金陵。」〈陳覺傳〉亦云：「朝論謂必死；元宗亦怒，欲寘（置）軍法。齊丘上表待罪，實營救覺等，馮延巳助之。」[140]在宋齊丘、馮延巳等同黨極力營救下，陳覺才貶蘄州，馮延魯不過流舒州。沒多久，便赦免二人，復起任事。至於魏岑，「為監軍應援使，……軍敗，元宗初欲按軍法，誅覺、延魯，而貸岑。御史中丞江文蔚對仗彈奏，請並岑誅之，於是貶太子洗馬。俄復還故官。」[141]此後，這些人聲氣相通，結為死黨，擅作威福，更加肆無忌憚。

　　福州兵敗，引起國內一陣譁然。〈江文蔚傳〉云：「馮延巳當國，與弟延魯、魏岑、陳覺竊弄威福，及伐閩敗績，詔斬覺及延魯以謝國人，而延巳、岑置不問。文蔚對仗彈奏曰：『……天生魏岑，道合延巳，……讒疾君子，交結小人，善事延巳，遂當樞要，面欺人主，孩視親王……視國用如私財，奪君恩為己惠。……福州之役，岑……自焚營壁，縱兵入城，使窮寇堅心，大軍失勢……。延巳不忠不孝，在法難原；魏岑同罪異誅，觀聽疑惑；請行典法，以謝四方。』」[142]當時江文蔚明知上疏可能觸怒元宗，故有具舟載母之舉；果如所料，貶江州司士參軍。雖然馮延巳暫罷，旋復柄用；魏岑遭貶，俄還故官；

---

139 語出〈馮延魯傳〉。見〔南宋〕陸游撰：《南唐書》，卷11，頁5左。

140 見〔南宋〕陸游撰：《南唐書》，卷9，頁8右。

141 語出〈魏岑傳〉。見〔南宋〕陸游撰：《南唐書》，卷15，頁14左。

142 見〔南宋〕陸游撰：《南唐書》，卷10，頁6右。

但江文蔚的道德勇氣，令人敬佩，故常夢錫曾言：「白麻雖佳，要不如江文蔚疏耳！」另韓熙載亦因上疏論此事而遭貶謫，據〈韓熙載傳〉載：

> 陳覺、馮延魯福州喪師，初議寘（置）軍法；齊丘為之請，止（只）削官遷外郡。熙載上疏請無赦，又數言齊丘黨與，必基禍亂。熙載不能飲酒，齊丘誣以酒狂，貶和州司士參軍。[143]

韓熙載就事論事，卻引來宋齊丘的人身攻擊；明明議論國事，卻誣以私事。何況他滴酒不沾，竟被冠上酒狂之名，同樣難逃貶官一途。足見宋齊丘等仗勢凌人，行徑之囂張。

（二）淮南喪師，朋黨惡鬥

周侵淮北，元宗復重用宋齊丘，宋齊丘「建議發諸州兵，屯淮泗，擇偏裨可任者將之，周人未能測虛實，勢不敢輕進。及春水生，轉饟道阻，彼師老食匱，自當北歸，然後遣使乞盟，度可無大喪敗。……又力陳割地無益，與朝論頗異。」[144]元宗並未完全採用其謀略，但誠如陸氏〈宋齊丘傳〉「論曰」云：「使展盡其籌策，亦非能決勝保境者。」所論極中肯。又〈宋齊丘傳〉載：

> 周棄所得淮南地北歸，議者謂扼險要，擊可以有功，且懲後。齊丘乃謂擊之怨益深，不如縱其北歸以為德。由是周兵皆聚於正陽，而壽州之圍遂不可解，終失淮南。方是時，陳覺、李徵古同為樞密副使，皆齊丘之黨，躁妄專肆，無人臣禮，自度事

定，必不為群臣所容；若齊丘專大柄，則可以無患。覺乃桑
（乘）間言：「宋公造國於艱危如此，陛下宜以國事一委宋
公。」[145]

宋齊丘謀畫不當，喪權失地，辱君誤國，未曾負荊請罪便罷，居然與
其黨徒朋比為奸，試圖竊據朝政大柄。如此作為，膽大包天，罔顧君
臣倫理；然而，元宗作何處置呢？〈陳喬傳〉云：

> 淮南兵興，元宗憂慽，不知所為。陳覺、李徵古請以宋齊丘攝
> 政。元宗怒，度羣臣必持不可，乃促召喬草詔，如覺、徵古
> 言。喬請對，未報。排宮門入，頓首曰：「陛下既署此，則百
> 官朝請，皆歸齊丘；尺地一民，非陛下有。陛下縱脫屣萬乘，
> 獨不念先帝中興大業之艱難乎？……他日，垂涕求為田舍翁，
> 不可得矣！」元宗笑而止。引喬入見后及諸子，曰：「此忠臣
> 也！」[146]

當然不可能真的交出權柄，把國家拱手讓給宋齊丘。朝中尚有正直之
士，如陳喬輩，自然不可能坐視不管，放任宋齊丘黨恣意妄為。

　　保大十四年（956），周師圍壽州，元宗嘗用鍾謨、李德明如城
下，藉貢御服及犒軍牛酒之名，實欲遣兩人以口舌遊說世宗罷兵。
鍾、李兩人見大陳兵衛戈戟，皆「股栗（慄），不敢出言，惟曰：『寡
君震畏天威，願獻壽、濠、泗、楚、光、海六州，及歲輸方物。』世
宗以淮南諸州繼陷，欲盡取江北地，不許。」[147]李德明度壽州旦暮且

---

145 見〔南宋〕陸游撰：《南唐書》，卷4，頁6右。
146 見〔南宋〕陸游撰：《南唐書》，卷14，頁9右。
147 語出〈鍾謨傳〉。見〔南宋〕陸游撰：《南唐書》，卷7，頁4左。

下，故請求歸國取表，盡獻江北郡縣。世宗遣他歸金陵，並「以書諭
江南君臣，語多誚讓陵肆，國人已不堪。而德明方盛稱世宗威德，請
必割地。」國難當前，南唐朝臣不思如何抵禦外侮，反而任由朋黨傾
軋愈演愈烈，故〈鍾謨傳〉云：

> 宋齊丘力詆割地為亡（無）益，陳覺言德明賣國以悅敵，不可
> 赦。德明佻薄，語多過實，知割地之說不行，攘袂大言，謂周
> 師必克。元宗益怒，遂斬德明於都市。不復議割地，謨因留不
> 得歸。

攸關家國存亡之大計，但在鍾、李與宋齊丘黨的論爭下，淪為意氣用
事，相互攻訐，誓不甘休。如此內憂外患，層出不窮，使南唐國勢更
加飄搖、政局益發動盪。

　　至交泰元年（958），南唐再度敗於周，割地稱臣，如鍾、李當初
所議。世宗乃遣鍾謨諭旨於金陵，鍾謨挾世宗之威以事元宗。元宗
「以為禮部侍郎，判尚書省。而三省之事，靡不預之，勢焰赫然。」
鍾謨使周還朝後，對宋齊丘黨展開一連串反擊，元宗藉此殲滅宋齊丘
黨。如〈宋齊丘傳〉云：「謨本善李德明，欲為報仇，屢陳齊丘桀
（乘）國危殆，竊懷非望，且黨與眾，謀不可測。元宗遂命殷崇義草
詔，曰：『惡莫甚於無君，罪莫深於賣國。』放歸九華山。……初命
穴墻給食，俄又絕之，以餒卒。諡醜繆。」另〈陳覺傳〉云：

> 鍾謨自周還，屢言齊丘、覺、徵古之罪不可容。覺嘗傳世宗之
> 語，告元宗曰：「聞江南拒命，謀出其相嚴續，當殺續以謝我！」
> 元宗知覺與續有宿怨，疑之。謨請至周，覆實其事。元宗遣謨
> 行，……世宗……曰：「嚴續能拒命乃忠臣，朕為天下主，其

肯教人殺忠臣乎？」……元宗大怒，齊丘既斥，覺亦責授國子
博士，饒州安置，遣殺之。徵古削奪官爵，賜自盡於洪州。

是知宋齊丘、陳覺、李徵古之死，皆出於鍾謨。或為還李德明公道[148]，
或為替嚴續洗刷冤屈，或為替自己剷除政敵……；理由千百種，然不
外乎朋黨為禍，互相傾軋而已。

鍾謨在朝中幾乎為所欲為，或「薦其客閣式為司議郎，百司關啟
必由之」；或「請使彎帥帳下兵巡都城」；或先與太子弘冀交好，弘冀
卒，復與從善親厚，甚至批評後主「器輕志放，無人君之度」。至周
世宗駕崩，「自揆無所恃，頗若有失；元宗遇之亦寖薄。」加上唐鎬
密告：「謨往來兩國，挾周人以脅制朝廷，今與典兵者交結，又請令
巡徼輦下，其包藏殆不可測！」後又刻意尊從善抑後主，試圖影響儲
君廢立，「不知元宗建儲之意已決，更以此忤旨，乃暴其交結張彎等
罪。」貶著作佐郎，安置饒州。建隆元年（960）正月，宋太祖受周
禪，元宗遂遣使如饒州，賜鍾謨死，張彎亦坐誅。朝中敗類盡除，南
唐黨禍暫告一段落。

（三）事無大小，爭論不休

除了在國家大事上針鋒相對外，即使芝麻小事同樣爭論不已，南
唐文士明爭暗鬥，從不肯善罷甘休。如馮延巳構陷盧文進，卻牽連高
越遭貶職一事。據〈盧文進傳〉云：「馮延巳惡文進，文進亦以素
貴，不少（稍）下。及卒，乃誣以陰事，盡收文進諸子，欲籍其家。
文進以女妻高越，越乃上書訟文進冤，指延巳過惡，詞氣甚厲。時延

---

148 據〈鍾謨傳〉云：「又白請雪德明之罪，贈光祿卿，諡曰忠。」見〔南宋〕陸游撰：
　　《南唐書》，卷7，頁5左。

巳方用事，人頗壯之。元宗怒，以越屬吏，貶蘄州司士參軍，而盧氏亦賴以得全。」[149] 幸有高越為岳父家申冤，盧氏一族始得保全。從中不難看出元宗立場偏頗，不辨曲直，有道是：「上樑不正下樑歪」，正因為君主凡事未能秉公處理，臣下才敢仗勢胡為。

此外，烈祖輔吳時曾嚴禁人口買賣，但後來馮延巳、馮延魯為了廣置妓妾，卻矯造遺制，託稱民貧許賣子女。蕭儼為此獨排眾議，據〈蕭儼傳〉載：

> 儼駁曰：「昔延魯為東都判官，已有此請。大行以訪臣，臣對曰：『陛下納麓之初，出庫金贖民，孰不歸心？今寶運中興，人仰德澤，奈何欲使鬻子資豪家役使乎？』大行以臣言為然，……乃斜封其奏，抹三筆，持入宮。願求之宮中。」……遂得延魯奏。然大臣亦方以豪侈相高，利於廣聲色，因共謂遺制已宣行，不當追改，遂已。[150]

馮氏兄弟為了廣聲色之娛，不惜矯稱遺制，儘管蕭儼力爭到底，證據充分又如何？最後群臣仍選擇符合自身利益者，可見當時的南唐朝廷只有利害關係，天理公義已蕩然無存。又買賣妓妾雖為小事，但從小可以見大，其他家國大事應該也不出這樣的決策模式。

再看馮延巳與孫忌間的衝突，如陸氏〈馮延巳傳〉云：「延巳負其材藝（藝），狎侮朝士，嘗誚孫忌曰：『君有何所解，而為丞郎？』忌憤然答曰：『僕山東書生，鴻筆藻麗，十生不及君；詼諧歌酒，百生不及君；謟媚險詐，累劫不及君。然上所以寘（置）君於王邸者，欲君以道義規益，非遣君為聲色狗馬之友也。僕固無所解，君之所解

---

149 見〔南宋〕陸游撰：《南唐書》，卷9，頁6左。
150 見〔南宋〕陸游撰：《南唐書》，卷15，頁7右。

者，適足以敗國家耳！』延巳慙（慚）不得對。」[151]此事發生在馮延巳為東宮僚屬時，自恃多才，質問孫忌憑什麼為丞郎，反而招來一陣奚落。而《釣磯立談》也有類似記載：「烈祖使馮延巳為齊王賓佐，孫晟（忌）面數延巳曰：『君嘗輕我，我知之矣。文章不如君也，技藝不如君也，談諧不如君也。然上置君於親賢門下，期以道義相輔，不可以誤國朝大計也。』延巳失色，不對而起。」[152]文人相輕，由來已久，何況孫、馮二人志趣迥異，出現如此唇槍舌劍的情況，亦無足為怪。

三　後主時期文士傾軋

元宗之世，黨爭最為激烈。至淮南喪師，割地稱臣後，隨著宋齊丘、陳覺、李徵古等獲罪至死，魏岑、張巒亦見殺，南唐朋黨之爭稍告停歇；但後主時期，朝中又有新的勢力形成。朋黨之禍，可謂「一波未平，一波又起」，繼續紛擾著南唐朝政。

高峰《亂世中的優雅：南唐文學研究》指出：「對於老臣的倚重，只是後主繼位之初的權宜之計，一旦新君皇位得到穩固以後，他便著手提拔自己舊日太子府內的幕僚，將潘佑、張洎等新貴推上南唐政治機構的最高層。」[153]陸氏〈後主本紀〉亦云：「元宗南巡，太子留金陵監國，以嚴續、殷崇義輔之，張洎主牋奏。」[154]是知嚴續、殷崇義、張洎、潘佑等後主在東宮時的幕僚，在後主嗣位後，自

---

151 見〔南宋〕陸游撰：《南唐書》，卷11，頁1右。
152 見〔北宋〕不著撰人：《釣磯立談》，收入景印《文淵閣四庫全書》，冊464，頁53下。
153 見高峰撰：《亂世中的優雅：南唐文學研究》（北京市：人民出版社，2013年），頁36。
154 見〔南宋〕陸游撰：《南唐書》，卷3，頁1左。

然深受倚重，成為朝中要臣。〈徐鍇傳〉亦云：

> 後主立，遷屯田郎中，知制誥，集賢殿學士；改官名，拜右內
> 史舍人，賜金紫，宿直光政殿，兼兵吏部選事。與兄鉉俱在近
> 侍，號「二徐」。[155]

後主曾歎賞道：「羣臣勤其官，皆如徐鍇在集賢，吾何憂哉？」是知
徐鉉、徐鍇兄弟隨侍後主身邊，深得君心。由此可知，後主時期朝中
新興勢力的崛起。然而，這群文士之間依舊存在著微妙的關係。如早
在元宗時，徐鍇、殷崇義二人已心存芥蒂，〈徐鍇傳〉云：「時殷崇義
為學士，草軍書，用事謬誤。鍇竊議之。崇義方得君，誣奏鍇泄禁省
語；貶烏江尉。」又在元宗朝，「一心事主，無徼後福」[156]的游簡
言，到了後主之世，竟屢屢阻撓徐鍇升遷，如〈徐鍇傳〉云：「初，
鍇久次，當遷中書舍人。游簡言當國，每抑之。鍇乃詣簡言，簡言從
容曰：『以君才地，何止一中書舍人？然伯仲竝（並）居清要，亦物
忌太盛，不若少（稍）遲之！』鍇頗怏怏。」游簡言的用意，一方面
避免二徐並居清要，落人口實；一方面也在抑制他兄弟倆的權勢，因
為馮延巳兄弟弄權便是活生生的先例。

而徐鉉與潘佑之爭，始於開寶二年（969）後主迎娶繼室小周后
時，命徐鉉、潘佑共同議定婚禮儀制，前者主張遵循古禮，鼓樂從
簡；後者則迎合後主之意，崇尚鋪張，彼此相持不下。後由朝中元老

---

155 見〔南宋〕陸游撰：《南唐書》，卷5，頁4右。
156 據〈游簡言傳〉云：「及遷都豫章，立吳王為太子，留西都監國，以簡言為輔。簡
　　言力辭，言久備近臣，不忍去帷幄。」見〔南宋〕陸游撰：《南唐書》，卷6，頁11
　　右。

徐遊裁定，從潘佑之議，徐鉉遂對此耿耿於懷。[157]後主時期，文士傾軋最血淋淋的例子，非潘佑、李平遇害一案莫屬。據〈潘佑傳〉云：

> 潘佑……文章議論，見推流輩。陳喬輩薦於元宗，……後主在東宮，開崇文館以招賢，佑預其間。……初，與張洎親厚；及俱在西省，所趨既異，情好頓衰。每歎曰：「堂堂乎張也，難與並為仁矣！」時南唐日衰削，用事者充位無所為，佑憤切上疏，極論時政，歷詆大臣將相，詞甚激訐。……佑復上疏曰：「……臣終不能與姦（奸）臣雜處，事亡國之主。陛下必以臣為罪，則請賜誅戮，以謝中外。」詞既過切，張洎從而擠之。後主遂發怒，以潘佑素與李平善，意佑之狂直，多平激之。而平又以建白造民籍為所排，乃先收平屬吏，併使收佑。佑聞命自剄。[158]

〈李平傳〉亦述及此事，云：「佑歷詆一時公卿，獨稱薦平，請以判司會府，羣議益不平。會佑以直諫得罪，因坐以與平淫祀鬼神事，繫平大理獄，縊死獄中。」[159]潘佑因陳喬推薦，入事元宗。後與張洎同在東宮，兩人一度親厚；不過，由於志趣不合，逐漸疏遠。後主繼位之後，國勢衰微，潘佑一再上疏議論國事，歷詆公卿，詞旨激切，觸怒後主，加上張洎從中作梗，終於惹禍上身。姑且不論他與張洎間宿怨，後主的處理手法頗不合常理：明明上事者是潘佑，為何先派人收押李平？明明此事因極言詆毀公卿而起，為何牽扯到先前造民籍之事？明明因切諫罹禍，為何誣以淫祀之罪？「生於深宮之中，長於婦

---

157 據〈後主國后周氏傳〉云：「逾月，遊病疽。鉉慰其不主己議，戲語人曰：『周孔亦能為屬（瘍）乎！』」見〔南宋〕陸游撰：《南唐書》，卷16，頁5左。

158 見〔南宋〕陸游撰：《南唐書》，卷13，頁6左。

159 見〔南宋〕陸游撰：《南唐書》，卷13，頁10右。

人之手」的後主竟做出如此決斷，令人費解。抑或這是張洎剷除異己的計謀？後主只是對他言聽計從而已？

及甲戌歲（974），宋軍南下之際，〈後主本紀〉云：「國主以軍旅委皇甫繼勳，機事委陳喬、張洎，又以徐元瑀、刁衎為內殿傳詔。」乙亥歲，危急存亡之秋，後主嘗兩遣徐鉉等北上厚貢方物，求緩兵；後陳喬請死，不許，自縊死；最終，後主帥宰相殷崇義等肉袒降於軍門。南唐滅亡了，文士傾軋並未因此結束，如張佖、張洎等隨後主北遷，終究因事交惡[160]；徐鉉奉命撰《江南錄》時，不為潘佑辯誣[161]；可知彼此間恩怨並未因亡國而消弭於無形。

第四節　南唐之軍事戰役

南唐繼承楊吳國祚，在十國中，歷史最為悠久；偏安江淮，物產富庶，地理條件相對優越；加以君主儒雅，詩禮昌隆，儼然成為當時的文化重鎮。而在軍事戰役上，基於種種因素，從保大年間以降，征伐不斷，敗績頻傳，終至乙亥歲（975）金陵城陷，後主開門降宋，三十九年的統治、祖孫三世之經營，瞬間化為烏有。今擬就南唐之軍事戰役，分為「主動率兵出擊」與「被動抵禦外侮」二項，詳加探述。

---

160 據《宋史》〈張洎傳〉云：「李煜既歸朝，貧甚，洎猶匂（丐）索之。煜以白金頹（頭）面器與洎，洎尚未滿意。……與張佖議事不協，遂為仇隙；始以從父禮事佖，既而不拜。尤善事內官，……性鄙吝，雖親戚無所沾倚，江表故舊，亦罕登其門。素與徐鉉厚善，後因議事相忤，遂絕交。」可見張洎藉機勒索後主，諂媚宋人，又與張佖、徐鉉等舊僚交惡。見〔元〕脫脫等修：《宋史》，收入《二十五史》，冊33，卷267，頁3493上。

161 據王安石〈讀江南錄〉云：「潘佑以直言見殺，……今觀徐氏錄言佑死，以妖妄，……鉉與佑……爭名於朝廷間。……又恥其善不及於佑，故匿其忠而汙以它辠（罪）。」見〔北宋〕王安石撰：《王安石全集》（臺北市：河洛圖書出版社，1974年），上冊，卷46，頁166。

一　主動率兵出擊

（一）張遇賢之亂

　　據陸氏〈元宗本紀〉載：「（保大元年）十月……嶺南妖賊張遇賢犯虔州。詔遣洪州營屯都虞候嚴恩（思）帥師討之，以通事舍人邊鎬監其軍，其後擒遇賢及其黨黃伯雄、曹景全，斬於金陵市。」[162]保大元年（943），嶺南張遇賢聚眾進犯虔州；元宗遣嚴恩（思）、邊鎬率兵征討。最後，擒張賊及其黨羽，斬於金陵市。〈邊鎬傳〉中，則詳載張遇賢之亂始末：

> 　　保大初，循州人張遇賢，本羅縣小吏。有神降於縣之刻杉鎮，語人曰：「張遇賢非常人，當事我。」遇賢往事之。會州境羣盜起，各擁眾數百，無所統，相與禱於神。神又大言曰：「張遇賢，汝主也！」遇賢遂稱王，改元，置百官，度嶺襲虔州。節度使賈浩閉門登陴，不敢出。遇賢據白雲洞，眾十餘萬。元宗遣洪州營屯都虞候嚴思（恩）率所部討之，鎬為監軍。虔有書生白昌裕，沉密有謀，鎬引與定計，刊木開道，襲白雲洞。會遇賢所事神棄去，不復降語，賊眾遂潰，其裨將李台執之以降。[163]

謂本羅縣小吏張遇賢，得神力相助，遂統群盜，稱王改元，建置百官，率眾度嶺襲虔州，據有白雲洞。元宗遣將討伐，更借助虔地書生白昌裕之謀，刊木開道，始能直搗黃龍，擊潰賊眾。而《資治通鑑》後晉天福七年（942）七月載：

---

162 見〔南宋〕陸游撰：《南唐書》，卷2，頁2左。
163 見〔南宋〕陸游撰：《南唐書》，卷5，頁9右。

有神降於博羅縣民家，與人言而不見其形，閭閻人往占吉凶，
多驗；縣吏張遇賢事之甚謹。時循州盜賊群起，莫相統一，賊
帥共禱於神；神大言曰：「張遇賢當為汝主！」於是共奉遇
賢，稱中天八國王，改元永樂，置百官，攻掠海隅。遇賢年
少，無它方略，諸將但告進退而已。漢主以越王弘昌為都統，
循王弘杲為副以討之，戰於錢帛館。漢兵不利，二王皆為賊所
圍；指揮使陳道庠等力戰救之，得免。東方州縣多為遇賢所
陷。[164]

張遇賢稱制改元之初，攻城掠地，勢如破竹；南漢曾發兵致討，出師
不利，東方州縣多為賊眾所據。又《資治通鑑》天福八年十月載：

唐主遣洪州營屯都虞候嚴恩（思）將兵討張遇賢，以通事舍人
金陵邊鎬為監軍。鎬用虔州人白昌裕為謀主，擊張遇賢，屢破
之。遇賢禱於神，神不復言，其徒大懼。昌裕勸鎬伐木開道，
出其營後襲之，遇賢棄眾奔。別將李台，台知神無驗，執遇賢
以降，斬於金陵市。

張遇賢以神力為號召，統御群盜，自立為王，四處攻掠；當兵敗如山
倒之際，卻宣稱神力消失所致。中國自古欲號召群眾者，常假託天
意，製造怪力亂神之說，以取信於人，一如陳涉起兵魚腹帛書之例；
至於成功與否，除了天命所歸，人為的經營更是關鍵。張遇賢年少、
無方略，憑此十餘萬烏合之眾，對上南唐大將邊鎬、軍師白昌裕，想
攻無不克，談何容易！

---

164 見〔北宋〕司馬光撰：《資治通鑑》，冊10，卷283，頁4481下。

　　《玉壺清話》〈江南遺事〉亦載：「虔州妖賊張遇賢，循州縣小吏也。縣村有神降於民，與人交語，不見其形，言禍福輒中，民競依之。遇賢因置香果於神，神謂眾曰：『張遇賢是第十八尊羅漢，可留事我。』遇賢親聞之，遂留其家，奉事甚謹。既而群盜大起，無所統一，乃禱於神，求當為主者，曰：『張遇賢當為汝主！』眾因推為中天八國王，改年為長樂，辟（闢）置百官。神曰：『汝輩可度嶺取虔。』群賊奉遇賢襲南康，虔州節度使賈浩始甚輕之，殊不設備，賊眾蟻聚，遂至十萬。遇賢自擇峕（巖）際，據白雲洞造宮室。群劫四出，攻掠無度。李主璟遣都虞候嚴思（恩）討之，邊鎬監軍，璟諭鎬曰：『蜂蟻空恃妖幻，中無英雄，至則可擒。』果至，連敗其眾。遇賢日窘，告神，神曰：『吾力謝福衰，庇汝不及，善自為處。』遂執之，斬於建康市。」[165]要言之，由於張遇賢統群盜，犯虔州，所率非精銳，所謀非縝密，故南唐出師大捷，打下漂亮的第一仗。

（二）伐閩之役

　　終南唐之世，三次伐閩：一、保大二年，閩亂，朝議以為事由王延政起，當先討伐；於是在查文徽鼓吹下，發動建州之役。二、保大四年，因陳覺諭李弘義（仁達）入朝，無功，擅自發兵攻福州，為第一次福州之役。三、保大八年，查文徽誤信諜者言，以為福州亂起，李弘義被殺，再出兵福州，為第二次福州之役。

1 建州之役

　　據陸氏〈元宗本紀〉載：保大二年，五月，閩將朱文進弒其君曦（王延羲），自稱閩王，遣使來告。朝議以為閩亂由王延政起，當先

---

165 見〔北宋〕釋文瑩撰：《玉壺清話》，收入《唐宋史料筆記叢刊》，卷10，頁105。

討伐。十二月，樞密院使查文徽請討王延政，詔為江西安撫使，往覘建州。查文徽固請，乃以邊鎬為行營招討，共攻王延政，敗績於蓋竹（福建建陽南）。保大三年二月，以何敬洙為福建道行營招討，祖全恩為應援使，姚鳳為諸軍都監，會查文徽進討。八月，克建州，執王延政，歸於金陵，拜羽林大將軍。

關於閩國內部矛盾，馬令《南唐書》〈滅國傳〉〈閩國〉云：

> 延義，審知少子也。既立，更名曦。……延政，審知子也。曦立，為淫虐，延政數貽書諫之，曦怒，遣杜建崇監其軍，延政逐之。曦乃舉兵攻延政，為延政所敗。延政乃以建州建國，稱殷……。明年，連重遇已弒曦，……乃掖朱文進陞（升）殿，率百官北面而臣之。……南唐聞亂，命查文徽等帥師伐之，遂下建陽。延政遣統軍吳承祐往紿福州曰：「唐兵助我討福州。」信之，故連重遇殺朱文進，禆將林仁翰殺連重遇，謀迎延政都福州。會南唐兵方急攻建州，延政乃遣其子繼昌守福州，而自拒唐兵。福州軍將李仁達（弘義）謂其徒曰：「唐攻建州，富沙王不能自保，其能有此土耶！」乃擒繼昌及吳承祐殺之，欲自立，懼眾不附，以雪峯僧卓儼明……被以衮冕，率諸將吏北面而臣之。已而又殺儼明，乃自立，送款於南唐。南唐以仁達（弘義）為威武軍節度使。文徽等下建州，俘延政於金陵，封延政鄱陽王、閩主；劉（留）從效自領泉州，李仁達（弘義）自領福州，羈縻而已。明年，福州附於吳越。[166]

閩主王審知辭世後，諸子陷入惡鬥，大將連重遇迎王延義（曦）立。王延義淫虐無道，其兄王延政屢諫不聽，其後，王延政以建州建國，

---

166 見〔北宋〕馬令撰：《南唐書》，收入《四部叢刊廣編》，冊12，卷28，頁108上。

稱「殷」。明年，王延羲為連重遇所弒，連重遇復擁朱文進為閩王。南唐聞亂，出師伐建州，執王延政歸金陵，閩遂告亡國。然其餘勢力，朱文進早在南唐未攻克建州前為連重遇所殺；福州軍將李弘義（仁達）先立僧人卓儼明，不久又殺卓儼明自立；泉州劉（留）從效表面臣服於南唐，實則與福州李弘義皆獨據一方，各自為政。

　　南唐首次伐閩，陸氏〈查文徽傳〉中，對建州之役始末，所載甚詳：

> 元宗欲討文進，文徽以為延政首亂，當先致討。有翰林待詔臧循者，……為陳進兵之策。文徽本好言兵，遂請行。元宗乃以為江西安撫使，令至境上，審觀可否。文徽銳於成功，至上饒，復命，盛言必克。詔發洪州屯兵，以邊鎬為將，從文徽攻建州。建人厭王氏之亂，伐木開道迎我師。行次蓋竹，遇建州兵至；又聞泉、漳、汀州皆歸延政，恐懼，退保建陽。時臧循亦為別將，屯邵武。延政襲破之，獲循，斬於建州，軍聲大剉（挫）。元宗遣何敬洙等來援，敬洙、鎬與建州兵相持。文徽得建之降將孟堅，使潛師出其後擊之，建州兵大敗，潰去，遂傳其城。雖下建州，諸軍無紀律，殺掠不禁，民始失望，有叛志矣。元宗知而置不問。[167]

元宗遣查文徽先行審觀情勢，查文徽銳於成功，盛言必克；於是，命邊鎬帥師，共攻建州。由於當地百姓長期為王氏之亂所苦，故伐木開道相迎。南唐師行次蓋竹，遇建州兵，又聞泉、漳、汀州皆歸王延政，惶恐，遂退保建陽（福建建陽）。別將臧循又為王延政擊破，斬首，一時軍心大挫。〈邊鎬傳〉云：「元宗聞之，遣何敬洙、祖全恩、

167　見〔南宋〕陸游撰：《南唐書》，卷5，頁6右。

姚鳳來援。敬洙與鎬進兵，奪其險要，自崇安進，次赤嶺，與建兵方
相持，為背水陣。文徽使騎繞出建兵之後，與敬洙、鎬夾擊，大破
之，遂取建州。」最後，在查文徽、何敬洙及邊鎬的夾擊下，南唐終
於克復建州。雖然攻下建州，但軍士肆恣殺掠，頗令當地居民失望，
紛紛背叛而去；元宗明知如此，卻未懲罰失律者。保大三年八月，克
建州，執王延政歸金陵，閩祚雖告覆亡，然福州勢力仍餘波蕩漾。隔
年，遂有遣陳覺出使福州，諭李弘義入朝之事。

2 第一次福州之役

　　據陸氏〈元宗本紀〉載：保大四年，五月，以樞密使陳覺為福建
宣諭使，使諭李弘義（仁達）入朝，不克。陳覺擅發汀、建、撫、信
州兵趨福州，元宗遂命王崇文、魏岑、馮延魯會攻福州。十月，庚
辰，圍福州。保大五年，三月，己亥，吳越救福州，兵自海道至。南
唐師與之戰，敗績，諸營皆潰。四月，壬申，詔即軍中斬陳覺、馮延
魯，餘將帥皆赦不問。已而，復詔械陳、馮二人還都。既至，貸死，
陳流蘄州，馮流舒州。〈陳覺傳〉云：

> 時唐兵初得建州，諸將請用其鋒，攻取福州。齊丘獨薦覺為宣
> 諭使，召節度使李弘義入朝，可不勞寸刃，盡得閩地。元宗意
> 方向覺，遂遣之。既至，弘義倨甚，覺氣折，不敢言。歸至劍
> 州，恥於無功，矯詔召弘義，自稱權福州事，擅興汀、建、
> 撫、信州兵及戍卒，命馮延魯將之，攻福州，敗績。眾潰而
> 歸，死者萬計，亡失金帛戈甲之類，不可勝數。朝論謂必死；
> 元宗亦怒，欲寘（置）軍法。齊丘上表待罪，實營救覺等，馮
> 延巳助之，於是才貶蘄州。[168]

---

168 見〔南宋〕陸游撰：《南唐書》，卷9，頁8左。

南唐君臣以為召李弘義入朝，可不勞而獲，盡得閩地，於是宋齊丘力薦陳覺擔此重任。孰知陳覺見到李弘義卻不敢言，後又恥於無功，擅自興兵攻福州；適逢吳越兵來救，南唐師喪敗塗地。又〈馮延魯傳〉載當時與吳越兵對峙之情況：

> 會吳越將余安援兵，自海道至白蝦浦，將捨舟，而潯淖不可行，方布竹簀登岸。我軍曹射之，簀不得施。延魯曰：「弘義不降，恃此援耳。若麾我軍稍退，使吳越兵至半地，盡勦之，城立降矣！」裨將孟堅爭曰：「援兵已陷死地，將盡力與我戰，勝負殆未可知。」延魯不聽。頃之，吳越兵至岸，鼓噪奮躍而前，與城中夾擊我。延魯敗走，俘馘五千人，孟堅戰死，諸軍遂大潰，死者萬計，委軍實戎器數十萬，國帑為之虛耗。[169]

孟堅戰死沙場，為國捐軀，然誠如〈孟堅傳〉所云：「延魯雖貶，而其黨方盛，故堅之死事不見錄，國人哀之。」[170]《資治通鑑》後漢天福十二年三月亦載此事：「吳越復發水軍，遣其將余安將之，自海道救福州。己亥，至白蝦浦，海岸泥淖，須布竹簀乃可行，唐之諸軍在城南者，聚而射之，簀不得施。馮延魯曰：『城所以不降者，恃此救也。今相持不戰，徒老我師，不若縱其登岸盡殺之，則城不攻自降矣。』裨將孟堅曰：『浙兵至此，不能進退，求一戰而死不可得。若縱其登岸，彼必死致於我，其鋒不可當，安能盡殺乎？』延魯不聽曰：『吾自擊之。』吳越兵既登岸，大呼奮擊，延魯不能禦，棄眾而走，孟堅戰死。吳越兵乘勝而進，城中兵亦出，夾擊唐兵，大破之。唐城南諸軍皆遁，吳越追之；王崇文以牙兵三百拒之，諸軍陳於崇文之後，追

---

169 見〔南宋〕陸游撰：《南唐書》，卷11，頁5右。
170 見〔南宋〕陸游撰：《南唐書》，卷12，頁1右。

者乃還。……留（劉）從效不欲福州之平，建封亦忿陳覺等專橫，乃曰：『吾軍敗矣，安能與人爭城！』是夕，燒營而遁，城北諸軍亦相顧而潰……唐兵死者二萬餘人，委棄軍資器械數十萬，府庫為之耗竭。」[171]王建封燒營而遁，南唐軍遂徹底潰敗。陸氏〈王建封傳〉則云：「（陳）覺奏請建封濟師，建封率五千人會之，破福州版寨，入東武門。而建封亦與諸將爭功，遽歛兵先退。弘義乘之，我軍復敗，遂潰而歸。」[172]保大五年三月，南唐軍諸營皆潰，損兵折將，府庫虛耗，第一次福州之役為日後兵敗相踵埋下禍根。如保大八年，查文徽誤信謠言，再戰福州失利，勞師動眾，元氣大傷，已嚴重動搖國本。

3 第二次福州之役

　　陸氏〈元宗本紀〉載：保大八年，二月，福州遣諜者詣建州留後查文徽，告吳越戌卒亂，殺李弘義（仁達），棄城去。查文徽誤信其言，襲福州，大敗，被執。別將建州刺史陳誨以戰棹敗福州兵，執其將馬先進，俘於金陵。七月，南唐歸馬先進於吳越，而求查文徽。十月，吳越歸查文徽。〈查文徽傳〉云：「時李弘義挾吳越兵據福州，偽遣諜來告福州亂，文徽喜，率劍州刺史陳誨赴之。誨將舟師至福州城下，擊敗其兵，執吳越將馬先進等三人。文徽以步騎繼至，弘義陽（佯）遣卒數百人出迎，而設伏西門以待。文徽傳令，徑（逕）入其城，陷伏中，大敗，墜馬被執，送錢塘。將士死者萬人。元宗遣使歸馬先進於吳越，而求文徽。」第二次福州之役的始末，〈陳誨傳〉亦云：

　　　　誨以戰艦入閩江，適春雨，江水暴漲，一夕七百里，抵城下，
　　　　擊敗福州兵，獲其將馬先進、葉仁安、鄭彥華，始知福州未嘗

---

171 見〔北宋〕司馬光撰：《資治通鑑》，冊10，卷286，頁4533上。
172 見〔南宋〕陸游撰：《南唐書》，卷8，頁3右。

有變。誨親故多在城中，方遣間使招之。文徽勒步騎亦至，福州來迎，文徽傳令入城。誨以所聞告，且曰：「僕閩人也，豈不能料閩人之情？宜先立寨整眾，俟所招親故來，得其實，徐圖之。」文徽曰：「狐疑且生變，桀（乘）機據城，上策也。」遂入。誨知其必敗，植旗鳴鼓，列兵江干（岸）以須之。文徽果敗，被執。誨全軍還劍州，獻馬先進於金陵，用鄭彥華為將。唐兵兩敗福州，皆大取塗地，誨在兵間皆有功，號名將。[173]

此役出自查文徽貪功輕舉，雖有深謀遠慮者如陳誨，然查文徽陷伏中，南唐師死傷慘重，終至軍心潰散，士氣一蹶不振。綜觀三次伐閩之役，建州雖克，諸軍失律，殺掠無度，元宗卻置不問；陳覺矯詔出師，馮延魯臨陣脫逃，朝論謂必死，元宗卻貸其死；查文徽誤信諜者言，下令取福州，兵敗被執，元宗卻不問其罪。在在可見元宗之仁慈大度，然此婦人之仁固可感動其僚屬，實不足以整軍經武、治國理民，這或許便是保大兵興以來，敗績連連，潰不成軍的關鍵所在。

（三）伐楚之役

陸氏〈元宗本紀〉云：「保大八年……九月，楚朗州節度使馬希萼表請師。詔加同平章事，賜以鄂州今年租稅。命楚州團練使何敬洙帥師援之。……十二月，馬希萼攻陷潭州，弒其君馬希廣。楚將李彥溫、劉彥瑫各以千人來歸。」據《新五代史》〈楚世家〉〈馬希廣傳〉所載：「希範之卒，希萼自朗州來奔喪。希廣將劉彥瑫謀曰：『武陵之來，其意不善，宜出兵迎之，以備非常。使其解甲釋兵而後入。』張少敵、周廷誨曰：『王能與之則已，不然，宜早除之。』希廣泣曰：『吾兄也，焉忍殺之？分國而治可也。』乃以兵迎希萼於硋石，止之於碧

湘宮，厚賂以遣之。希萼憤然而去，乃遣使詣京師求封爵，請置邸稱
藩。漢隱帝不許，降璽書慰勞講解之。希萼怒，送款於李景（元宗），
舉兵攻長沙。」[174]楚馬氏兄弟爭國，保大八年九月，馬希萼請師於南
唐，元宗遂命何敬洙援之。十二月，馬希萼弒其君馬希廣，自立為王。

1 平楚定湖湘

　　陸《書》又載：保大九年，二月，楚王馬希萼使掌書記劉光翰來
貢方物。三月，壬戌，以右僕射孫忌、客省使姚鳳為楚王策禮使。又
以洪州營屯都虞候邊鎬為湖南安撫使，便宜進討。六月，楚靜江軍指
揮使王達執朗州節度使馬光惠，歸於金陵，推辰州刺史劉言為朗州留
後，來請命。九月，楚將徐威等廢其君馬希萼。元宗命邊鎬出萍鄉，
以討楚亂。十月，壬寅，武安留後馬希崇請降。邊鎬入潭州。癸丑，
武昌節度使劉仁贍帥舟師取岳州。湖南遂平。明年，馬希崇囚其兄馬
希萼，欲自立。《五代史補》〈馬希萼囚於衡陽〉中，載有此事：「馬
希萼既立，不治國事，數與僚吏縱酒為樂。……其弟希崇因眾怒咄
咄，與其黨竊發，擒希萼，囚之於衡陽，又自立。未數日，江南遣袁
州刺史邊鎬乘其亂，領兵來伐；希崇度不能敵，遂降。」[175]陸氏〈廖
偃彭師暠傳〉，亦載及馬希崇囚馬希萼事：

> 　　廖偃、彭師暠，皆楚馬殷之臣。……殷子希萼與弟希崇爭國，
> 希萼敗，見執。師暠……與希萼有舊怨。希崇避殺兄名，於是
> 命師暠幽希萼於衡山……。至衡山，偃在焉，相與護視希萼甚

---

174 見〔北宋〕歐陽修撰、徐無黨注：《新五代史》，收入景印《文淵閣四庫全書》，冊
　　279，卷66，頁475下。
175 見〔北宋〕陶岳撰：《五代史補》，收入景印《文淵閣四庫全書》，冊407，卷4，頁
　　669下。

謹，未嘗失人臣禮。希崇意不快，復遣召希萼歸長沙，終欲加害。偓……與師勗奉希萼為衡山王，請命於金陵。元宗為出師定楚亂，希萼遂入朝，偓、師勗俱從行。[176]

馬希萼向南唐求援，元宗出師平定楚亂之經過，如〈邊鎬傳〉云：「（保大）七年，楚馬氏兄弟相攻，希萼雖勝，而尤無道。元宗知楚難方殷，以鎬為信州刺史，領屯營兵，兼湖南安撫使，駐袁州；萍鄉有警，許便宜從事。楚人果復廢立，鎬自萍鄉帥師入潭州，遷馬氏之族及文武將吏於金陵。」保大九年，楚亡，邊鎬入潭州；劉仁贍取岳州，湖湘終告平定。然事隔一年，又盡為劉言所據。

2 盡喪故楚地

陸《書》又載：保大十年，九月，召朗州劉言入朝。十月，劉言將王進逵、周行逢攻潭州。壬辰，拔益陽寨，戍將李建期死之。丙申，潭州節度使邊鎬棄城遁。辛丑，劉言將蒲公益攻岳州，刺史宋德權、監軍任鎬棄城遁。十一月，劉言盡據故楚地。詔流邊鎬於饒州，斬宋德權、任鎬於太社，斬裨將申洪泰、尹建於都門外。十二月，洪州大都督馬希萼來朝。留不遣。據《新五代史》〈楚世家〉〈劉言傳〉云：「言事希範為辰州刺史。進逵少為靜江軍卒，事希萼為指揮使。希萼攻希廣，以進逵為先鋒，陷長沙。長沙遭亂殘毀，希萼使進逵以靜江兵營緝之，兵皆愁怨，進逵因擁之，夜以長柯巨斧斫關，奔歸武陵。希萼方醉，不能省。明旦遣將唐翥追之，及於武陵。翥戰，大敗而還。進逵乃逐出留後馬光惠，迎言於辰州以為帥，進逵自為副。已而希萼將徐威等作亂，縛希萼而立希崇，湖南大亂。李景（元宗）遣

邊鎬入楚,遷馬氏於金陵,因並召言。言不從,遣進逵與行軍司馬何景真等攻鎬於長沙,鎬敗走。」[177]陸氏〈邊鎬傳〉亦載保大十年十一月,邊鎬兵敗遁走,劉言盡據故楚地事:

> 自馬氏廢立以來,帑藏空竭,土地既歸我,馮延巳為相,矜平楚之功,不欲取費於國,專掊歛楚人以給經費,人心已離。鎬柔而無斷,日飯沙門希福,紀綱頹弛,不之問。初,咸師朗來歸,以其所部為奉節軍,從鎬入楚,廩給薄於楚之降卒,偶語怨望。而糧料使王紹顏,每給奉節糧,輒刻削之。軍校孫朗欲殺紹顏,紹顏匿困下,得免。官屬請斬紹顏,以謝將士,鎬不聽。朗乃謀殺鎬,及紹顏據湖南,歸中原,夜率所部,取草燒府門。火輒不發。良久,傳漏者覺之,以告鎬,出衙兵與鬪(鬥),勝負未決,鎬命吹角。亂兵少,以為將旦,亟斬關奔朗州,盡以潭州虛實告劉言。言久懷叛志,得朗言,大喜,遣其將王進逵、周行逢來攻。鎬亦備言,已而聞人謂忠順,傾意信之。及言兵已拔益陽,遂夜棄城出奔,列城皆潰,盡喪楚地。[178]

伐楚之役,邊鎬入潭州,定楚亂,遷馬氏之族及其文武將吏於金陵;加上劉仁贍帥舟師取岳州,湖南遂平。隔年,朗州劉言遣將攻潭州,襲岳州,南唐兵士接連棄城遁逃,前據楚地又告失守。何以至此?不外乎將士貪功,剝削楚人,如馮延巳、王紹顏;優柔寡斷,治軍無方,如邊鎬;下屬不服,蠢蠢欲動,如孫朗等。然而,元宗見故楚地

---

177 見〔北宋〕歐陽修撰、徐無黨注:《新五代史》,收入景印《文淵閣四庫全書》,冊279,卷66,頁476下。

178 見〔南宋〕陸游撰:《南唐書》,卷5,頁11左。

得而復失，卻只對罪魁禍首降職懲戒而已，難怪諸將愈加有恃無恐，肆意而為。

（四）援衰之師

陸氏〈元宗本紀〉云：「保大九年，……周衰州節度使慕容彥超來乞援師，從之。」又云：「保大十年，……援衰州之師，敗績於沭陽，周人執我指揮使燕敬權。二月，周人歸敬權，使來言曰：『吾賊臣背叛，爾國助之，豈長計哉！』且使潁州郭瓊遺我壽州劉彥貞書，曰：『自古有國，皆惡叛臣，貴邦何為，常事招誘？吳中多士，無乃淺圖！』帝頗愧其言。」後周衰州節度使慕容彥超叛變，向南唐求援師，元宗出兵相助，敗於沭陽（江蘇沭陽）。《江南野史》載：「彥超乃漢高祖同母異父弟，性驕狠而無謀。漢祖既登極，遂授以衰州。周太祖自鄴入京師，彥超召帥部下，輔隱帝拒戰，尋敗，因收集餘騎歸衰，據城不順。周太祖將親征之，懼而求援。嗣主（元宗）遣兵數千至淮，大為周師所敗，俘其將校，遂誅彥超。……太祖既平彥超，乃釋所俘江南將校，而諭之曰：『卿歸語汝主，朕征有罪，乃為君之道，何煩遠援，以附不庭。朕方和結鄰好，休息邊境是所願也，卿可言之。』嗣主（元宗）聞而悔恨忘食。」[179]《舊五代史》〈周書〉〈太祖紀三〉亦云：

> 放歸……敬權等，感泣謝罪。帝召見，謂之曰：「夫惡凶邪，獎忠順，天下一也。我之賊臣，撓亂國法，嬰城作逆，殃及生靈，不意吳人助茲凶惡，非良算也。爾歸當言之於爾君。」[180]

---

179 見〔北宋〕龍袞撰：《江南野史》，收入景印《文淵閣四庫全書》，冊464，卷2，頁78上。

180 見〔北宋〕薛居正等奉敕撰，〔清〕邵晉涵等輯：《舊五代史》，收入景印《文淵閣四庫全書》，冊278，卷112，頁297下。

由於援兵出師不利，反招指責助人叛臣，元宗羞愧難當。有了這次教訓，建隆元年（960）十月，宋節度使李重進叛國，來乞援兵，元宗不許。一方面也是時值周侵淮南之後，南唐去帝號，貶損儀制，改奉正朔，但求息事寧人，無暇顧及其他。

二　被動抵禦外侮

（一）南漢來攻

　　陸氏〈元宗本紀〉云：「保大九年……十月……南漢來攻，陷郴州。」據《資治通鑑》後周廣順元年十二月載：「南漢主遣內侍省丞潘崇徹、將軍謝貫將兵攻郴州，唐邊鎬發兵救之；崇徹敗唐兵於義章，遂取郴州。邊鎬請除全、道二州刺史以備南漢。丙辰，唐主以廖偃為道州刺史，以黑雲指揮使張巒知全州。」[181]後周廣順元年（951），恰為南唐保大九年，南漢來攻，元宗以邊鎬、廖偃和張巒等備戰。〈元宗本紀〉亦載：保大十年，三月，元宗以南漢乘楚亂，據桂州、宜州，將取之；以知全州張巒兼桂州招討使。四月，又命統軍侯訓帥五千人，會張巒攻桂州，敗績於城下。侯訓陣亡；張巒收餘眾，退保全州。而《江南野史》云：「初，南漢王劉氏之子嗣立，聞馬氏兄弟敗亂，徙江南，遂遣將進取桂林，侵至桂陽界。嗣主（元宗）遣大將張巒至郴連間，復歸裨將楊勝、侯忠帥袁、吉二郡鄉師，合數千人，分道而進。至臨賀，與廣人戰於城下，廣人敗績。城守使壅上流以誘我。忠等見水淺，乘勝破木柵而入，因各爭功，縱兵亂掠，廣人伏兵拒之。忠等失利，退，遇水泛溢，士卒溺死者大半，餘眾宵

---

181 見〔北宋〕司馬光撰：《資治通鑑》，冊10，卷290，頁4593上。

遁。巒亦至桂林，聞忠等敗，於是巒班師。」[182]保大十年，南漢來攻，南唐軍失利。該事亦見於《資治通鑑》後周廣順二年四月：

> 唐主既克湖南，遣其將李建期屯益陽以圖朗州，以知全州張巒兼桂州招討使以圖桂州；久之，未有功。唐主謂馮延巳、孫晟（忌）曰：「楚人求息肩於我，我未有撫其瘡痍而虐用其力，非所以副來蘇之望，吾欲罷桂林之役，斂益陽之戍，以旌節授劉言，何如？」晟（忌）以為宜然。延巳曰：「吾出偏將舉湖南，遠近震驚；一旦三分喪二，人將輕我。請委邊將察其形勢。」唐主乃遣統軍使侯訓將兵五千，自吉州路趣（趨）全州，與張巒合兵攻桂州。南漢伏兵於山谷，巒等始至城下，罷乏，伏兵四起，城中出兵夾擊之，唐兵大敗，訓死，巒收散卒數百，奔歸全州。

或許保大九年十月，湖湘初平，一時士氣大振，馮延巳等認為是趁勝追擊、開疆拓土的好時機。有此壯志固然不錯，殊不知在隔年四月，對南漢之役吞下敗仗，損兵折將；同年十一月，接連又敗於朗州劉言，盡喪故楚地，潰敗相踵。

（二）周侵淮南

1 出兵援蜀

據陸氏〈元宗本紀〉云：「保大十三年……，六月，周攻秦、鳳，蜀使間使來告難。周下詔罪狀我，遣將李穀、王彥超、韓令坤等侵我淮南，攻自壽州。帝乃以神武統軍劉彥貞為北面行營都部署，帥

師三萬赴壽州。奉化節度使同平章事皇甫暉為北面行營應援使，常州
團練使姚鳳為應援都監，帥師三萬，屯定遠縣。召鎮南節度使宋齊丘
入朝謀難。」周師伐後蜀事，據《新五代史》〈後蜀世家〉〈孟昶傳〉
云：「（廣政）十八年，周世宗伐蜀，攻自秦州。昶以韓繼勳為雄武軍
節度使，聞周師來伐，歎曰：『繼勳豈足以當周兵耶！』客省使趙季
札請行，乃以季札為秦州監軍使。季札行至德陽，聞周兵至，遽馳還
奏事。昶召問之，季札惶懼不能道一言。昶怒殺之，乃遣高彥儔、李
廷珪出堂倉，以拒周師。彥儔大敗，走青泥，於是秦、成、階、鳳，
復入於周。昶懼，分遣使者聘於南唐、東漢（北漢），以張形勢。」[183]
由於南唐出師助後蜀，周人遂遣將率兵來犯。案：《舊五代史》〈周
書〉〈世宗紀〉顯德二年（955）載：「十一月，乙未，朔，以宰臣李
穀為淮南道前軍行營都部署，知廬、壽等州行府事；以許州節度使王
彥超為行營副部署，命侍衛馬軍都指揮使韓令坤等一十二將，各帶征
行之號以從焉。」[184]《冊府元龜》〈帝王部〉〈征討三〉載周顯德二年
十一月：「帝謂侍臣曰：『淮南獨據一方，多歷年所，外則結連北境，
與我為讎（仇），稔惡既深，朕不敢赦。今將命將討除，與卿等籌
之。』乃以宰臣李穀為淮南道前軍行營都部署，兼知廬、壽等州行府
事，以許州節度使王彥超副焉。又命侍衛馬軍都指揮使韓令坤已下一
十二將，各帶征行之號以從焉。」[185]馬氏〈嗣主書〉亦載保大十三
年：「十有一月，周師來伐，李穀為都部署，攻壽州。帝召洪州宋齊
丘還都。齊丘請徵諸郡兵，屯於淮泗，以裨將有才略者主之。聲言偏

---

183 見〔北宋〕歐陽修撰、徐無黨注：《新五代史》，收入景印《文淵閣四庫全書》，冊
　　279，卷64，頁461上。

184 見〔北宋〕薛居正等奉敕撰，〔清〕邵晉涵等輯：《舊五代史》，收入景印《文淵閣四
　　庫全書》，冊278，卷115，頁329下。

185 見〔北宋〕王欽若、楊億等奉敕撰：《冊府元龜》，收入景印《文淵閣四庫全書》，冊
　　904，卷123，頁250上。

師敵人不測其實，必難輕進，春水時至，糧道阻隔，懸軍日久，自當遁去；然後遣使請平，彼必樂從。議者不同，遂止。」[186]由是可知，周師來犯當在十一月，陸《書》繫於六月，有誤。

2 敗保滁州

陸氏〈元宗本紀〉又載：保大十四年，正月，壬寅，周帝親征。劉彥貞與周師戰於正陽，敗績，劉彥貞戰死。二月，周師兼道襲清流關。皇甫暉敗保滁州，周師破城，俘攜皇甫暉及姚鳳。元宗遣泗州牙將王承朗奉書至徐州，求成於周。太弟景遂亦移書周將帥，皆不報。己卯，遣翰林學士鍾謨、文理院學士李德明使周奉表，至下蔡行在犒軍，貢金器千兩、銀器五千兩、錦綺紋帛二千匹及御衣犀帶茶藥，又奉牛五百頭、酒二千石，請罷兵。乙酉，周師陷東都，執副留守馮延魯。丁亥，左神衞使徐象等十八人自壽州奔周。天長制置使耿謙以城降於周。周師陷泰州，刺史方訥棄城遁。元宗遣間使求援於契丹，至淮北，為周人所執。三月，遣司空孫忌及禮部尚書王崇質使周，削去帝號，奉表請為外臣。猶不許。光州兵馬都監張承翰以城降於周。刺史張紹遁還。丁酉，周師攻陷舒州，刺史周弘祚赴水死。蘄州將李福殺知州王承雋，降於周。戊戌，天成軍使蔡暉自壽州奔周。周師陷和州，詔斬李德明於都市，坐奉使請割地也。壬戌，壽州軍校陳延貞等十三人奔周。是月，命諸道兵馬元帥齊王景達拒周。四月，復泰州。五月，周帝北還。七月，復東都、舒、蘄、光、和、滁州，惟壽州之圍愈急。十月，後周殺害南唐使臣孫忌，從者二百人皆死，卻獨貸鍾謨，以為耀州司馬。

關於周侵淮南，南唐軍抵抗之經過，如陸氏〈劉彥貞傳〉載：

「（彥貞）帥三萬人援壽州，次來遠鎮，兵車旗幟，亘數百里，戰艦銜尾，蔽淮而上。周將李穀慮我師斷浮橋，腹背受敵，燒營退保正陽。彥貞雖名將家子，生長富貴，初不練兵事。裨將武彥暉、張承翰、咸師朗皆鬭（鬥）將，無籌略。見周師退以為快，惟恐不得速戰，士未及朝食，即督以進。遇周將李重進於正陽東，彥貞置陣，橫布拒馬，聯貫利刃，以鐵繩維之。刻木為猛獸攫拏狀，飾以丹碧，立陣前，號揵馬牌。又以革囊貯鐵蒺藜布於地。周兵望而笑其怯，銳氣已增。一戰，我師大敗，師朗等皆被擒，彥貞死於陣。南唐喪地千里，國幾亡，其敗自彥貞始，雖死王事，議者不與也。」[187]由於劉彥貞不練兵事，裨將又無籌略，一旦臨戰，輕舉妄動，終至身死沙場，一敗塗地。〈皇甫暉傳〉亦云：

> 彥貞舉動躁撓，人測其必敗。暉獨持重，部分甚整，士亦樂為用，周人頗憚之。及彥貞敗死，暉、鳳退保清流關。周世宗親帥眾，盡銳攻壽州，而分兵襲清流。暉陳山下，周兵出山後要擊，暉大敗，猶收兵且戰且行。入滁州，滁州刺史王紹顏已委城避（遁），暉無所歸，方斷橋自守。周兵涉水踰城而入，執暉、鳳，送壽州行在，……數日創甚，暉不肯治而死。[188]

隨著劉彥貞陣亡，皇甫暉後繼無援，亦力戰而死；南唐落得節節敗退，潰不成軍。最後，只剩遣使納貢，請求罷兵一途。據〈孫忌傳〉云：「保大十四年，周師侵淮南，圍壽州，分兵破滁州，擒皇甫暉。江左大震，以忌為司空，使周奉表，請為外臣。忌……語其副禮部尚書王崇質曰：『吾思之熟矣，終不忍負永陵一抔土。』……周將張永

---

187 見〔南宋〕陸游撰：《南唐書》，卷9，頁2右。
188 見〔南宋〕陸游撰：《南唐書》，卷10，頁4右。

德與李重進不相能，倡言重進且反；唐人聞之，以為有間可乘（乘），遣蠟丸書招重進。重進表其書於世宗，皆斥潰反間之言，世宗遂發怒，……忌正色請死，無撓辭。又問江左虛實，終不肯對。比出，命都承旨曹翰護至右軍巡院，猶飲之，酒數酌，翰起曰：『相公得罪，賜自盡。』忌怡然，整衣索笏，東南望再拜，曰：『臣受恩深，謹以死謝。』從者二百人，亦皆誅死於東相國寺。」[189]孫忌終不負永陵一抔土，使周奉表，慷慨就義。然周侵淮南之役，未因眾兵士、使臣的犧牲而畫上句號。

3　壽州城陷

隨後，殺戮攻伐之事，繼續如火如荼上演：如〈元宗本紀〉載：保大十五年，二月，乙亥，周帝親征。齊王景達自濠州遣邊鎬、許文稹（縝）、朱元帥兵數萬援壽州。景達用監軍使陳覺言，謀奪朱元兵，以楊守忠代之。朱元遂舉寨降周。裨將時厚卿獨不從，見殺。壬辰，周師盡破南唐諸寨，執邊鎬、許文稹（縝）、楊守忠，餘眾悉奔潰。景達亦遁歸金陵。是役所喪四萬人。三月，誅朱元妻子。丁未，劉仁贍病革，副使孫羽等代劉仁贍署表降於周，壽州遂告失守。

南唐前線吃緊，適值用人之際，陳覺卻因私人恩怨，而提出陣前易將之議，元宗、景達居然隨之起舞，逼得曾立下赫赫戰功的朱元不得不舉寨降周。〈朱元傳〉云：

> 保大末，周師入淮南，元請對言兵事，元宗大悅，命從齊王景達救壽州。元善撫士卒，與之同甘苦，每臨戰誓眾，詞指（旨）慷慨，流涕被面，聞者皆有效死赴敵之意。破舒、和二州，以

---

189 見〔南宋〕陸游撰：《南唐書》，卷11，頁10左。

功加淮南西北面行營應援都監，與邊鎬、許文縝（稹）柵紫金
山，軍聲頗振，益柵且及壽州。元恃功，時或違景達節制，監
軍使陳覺與元素有隙，且嫉其能，屢表元本學縱橫，不可信，
不宜付以兵柄。元宗乃命楊守忠代之。守忠至元帥府，景達檄
元計事，元……遂舉寨萬餘人降周。由是諸軍皆潰，邊鎬、許
文縝（稹）、楊守忠皆被擒，壽州不守，遂畫江請盟矣。[190]

又〈景達傳〉云：「保大末，淮南交兵，景達以元帥督師，陳覺為監軍
使，軍政皆決於覺，景達署牘尾而已。朱元叛，壽州陷，皆覺為之，
景達亦不能詰。初，出師五萬，而俘死亡叛者四萬，景達及覺引殘兵
歸金陵，上還印綬。元宗恐其無功自愧，乃拜天策上將軍，浙西節度
使。景達不敢當要鎮，力辭，改撫州大都督，臨川牧。」[191]景達用人
失策在先，棄城遁歸在後，理應按軍法懲處，元宗卻「恐其無功自
愧」，加官封爵，足見其是非不分、賞罰不明。而〈劉仁贍傳〉云：

十五年二月，世宗復親征，屢戰皆克，唐軍被俘馘者四萬人，
餘眾不能復整。朱元、朱仁裕、孫璘皆降周，仁贍聞之，扼吭
憤歎。世宗知壽州且下，心獨嘉仁贍之忠，恐城破殺之，乃下
詔諭使自擇禍福。三月，甲辰，又耀兵城北，而仁贍已困篤，
不知人，監軍周廷構、營田副使孫羽等，為仁贍表請降。戊
申，世宗次城北受之，昇仁贍至幄前，撫勞嘉歎，拜天平軍節
度使兼中書令，命還城養疾。辛亥，晝晦，雨黃沙如霧，世宗
在下蔡，疑有變，馳騎覘之，乃仁贍卒。[192]

---

190 見〔南宋〕陸游撰：《南唐書》，卷12，頁6右。
191 見〔南宋〕陸游撰：《南唐書》，卷16，頁10左。
192 見〔南宋〕陸游撰：《南唐書》，卷13，頁4左。

史書上記載：保大十五年三月辛亥日，晝晦，雨沙如霧。據陸氏〈劉仁贍傳〉知，該天正是劉仁贍辭世之日。《舊五代史》〈周書〉〈世宗紀〉亦載顯德四年三月辛亥：「劉仁贍卒。」[193]《唐餘紀傳》〈國紀〉則載：「（保大十五）辛亥，晝晦，雨沙。劉仁贍卒。」[194]壽州淪陷，名將劉仁贍隕歿，使南唐政權呈現風雨飄搖之勢。

4 諸州繼陷

　　陸氏〈元宗本紀〉又載：交泰元年，丙戌，周師陷海州。壬辰，周師陷靜海軍。丁未，陷楚州，防禦使張彥卿、兵馬都監鄭昭業死之。周師屠其城，焚廬舍殆盡。周師次雄州，刺史易文贇舉城降。三月，丁亥，周帝次揚州。辛卯，遂至迎鑾鎮。壬辰，耀兵江口。元宗懼周師南渡，遣樞密使陳覺奉表貢方物，請傳位太子弘冀，以國為附庸。元宗遣閤門承旨劉承遇上表，稱「唐國主」，盡獻江北郡縣之未陷者，鄂州漢陽、漢川二縣在江北亦獻焉，歲輸土貢數十萬，乞海陵鹽監南屬，不許。後歲給贍軍鹽三十萬石。庚子，周帝賜書。許帝奉正朔，罷兵，而不許傳位太子。甲辰，遣平章事馮延巳等，使周犒軍及買宴。五月，下令去帝號，稱國主；去交泰年號，稱顯德五年；置進奏邸於汴都；凡帝者儀制，皆從貶損；元宗改名景，以避周信祖諱，告於太廟。周師陷楚州，張彥卿、鄭昭業戰死，世宗憤而屠城。陸《書》對如此慘烈的一役，於〈張彥卿傳〉有詳盡的載述：

　　　　保大末，周世宗南侵，彥卿為楚州防禦使，周師銳甚，旬日

---

193 見〔北宋〕薛居正等奉敕撰，〔清〕邵晉涵等輯：《舊五代史》，收入景印《文淵閣四庫全書》，冊278，卷117，頁342上。

194 見〔明〕陳霆撰：《唐餘紀傳》（臺北市：臺灣學生書局，1969年據明‧嘉靖刊本景印），卷2，頁73。

間，海、泰州、靜海軍皆破。元宗亦命焚東都官寺民廬，徙其民渡江。世宗親御旗鼓攻楚州，自城以外皆已下，發州民瀋老鸛河，遣齊雲戰艦數百，自淮入江，勢如震霆烈焰。彥卿獨不為動，及梯衝臨城，鑿城為窟室，實薪而焚之，城皆摧圮，遂陷。彥卿猶列陣城內，誓死奮擊，謂之巷鬭（鬥）。日暮，轉至州廨，長短兵皆盡，彥卿取繩牀搏戰，及兵馬都監鄭昭業等千餘人皆死之，無一人生降者。周兵死傷亦甚眾，世宗怒，盡屠城中諸民，焚其室廬。……刺史、建武軍使易文贇亦固守，聞楚州陷，遂降。[195]

由於張彥卿之死尤為壯烈，故為諸史所樂載，如《資治通鑑》後周顯德五年正月，云：「周兵攻楚州，踰四旬，唐楚州防禦使張彥卿固守不下；乙巳，帝自督諸將攻之，宿於城下；丁未，克之。彥卿與都監鄭昭業猶帥眾拒戰，矢刃皆盡，彥卿舉繩牀以鬭（鬥）而死，所部千餘人，至死無一人降者。」[196]《舊五代史》〈周書〉〈世宗紀〉考異引趙鼎臣《竹隱畸士集》云：「當城中之危也，彥卿方與諸將立城上，因泣諫以周、唐強弱，勢不足以相支，又城危甚，而外無一人援，恐旦夕徒死無益，勸彥卿趣（趨）降。彥卿頷之，因顧諸將，指曰：『視彼！』諸將方回顧，彥卿則抽劍斷其子首，擲諸地，慷慨泣謂諸將曰：『此彥卿子，勸彥卿降周，彥卿受李家厚恩誼不降，此城吾死所也。諸軍欲降任降，第勿勸我，勸我者同此子矣！』於是諸將愕然亦泣，莫敢言降。」[197]足見張彥卿奮戰到底之決心，不惜斬子立威，與諸將誓死守城，其忠肝義膽可見一斑。

---

195 見〔南宋〕陸游撰：《南唐書》，卷14，頁3右。

196 見〔北宋〕司馬光撰：《資治通鑑》，冊10，卷294，頁4645下。

197 見〔北宋〕薛居正等奉敕撰，〔清〕邵晉涵等輯：《舊五代史》，收入景印《文淵閣四庫全書》，冊278，卷118，頁348下。

　　周人侵淮南，南唐兵敗如山倒，最後以貶損帝者儀制、改奉後周正朔收場，元宗不得不委屈求和，只為偏安江左，以全宗廟祭祀。《資治通鑑》後周顯德五年五月亦云：「唐主避周諱，更名景，下令去帝號，稱國主，凡天子儀制皆有降損，去年號，用周正朔。」[198]自此後，南唐稱臣於後周，為其藩國，不再是一個獨立自主的國家。

（三）吳越來犯

　　吳越兵曾兩度進犯南唐，一在保大十四年，一在甲戌歲（974）。

1 第一次來犯

　　據陸氏〈元宗本紀〉載：保大十四年，二月，吳越侵常州、宣州，靜海制置使姚彥洪奔吳越。三月，吳越陷常州之郛，執團練使趙仁澤。燕王弘冀遣龍武都虞候柴克宏救常州。壬子，大敗吳越兵於常州，斬獲萬計，俘其將數十。至潤州，弘冀悉斬之。關於趙仁澤被俘入吳越，〈趙仁澤傳〉云：「周人來侵，吳越乘間出兵攻常州，仁澤戰敗，被執，歸之錢塘。仁澤見吳越王不拜，責之曰：『我烈祖皇帝中興，首與先王結好，質諸天地，王今見利忘義，將何面目入先王廟乎！』吳越王怒，以刀抉其口至耳。丞相元德昭嘉仁澤之忠，以良藥傅（敷）瘡。獲愈（癒），後不知所終。」[199]而柴克宏救常州事，〈柴克宏傳〉云：「時淮南交兵，吳越伺間來寇，克宏乃請効（效）死行陣。元宗嘉之，授右衛將軍，遣與右衛將軍、袁州刺史陸孟俊，同救常州。精兵悉在江北，克宏所將，才羸卒數千，樞密副使李徵古給戈甲皆朽鈍。克宏言於徵古曰：『卒已非素練，得器械堅利猶可用，奈何所給乃此等！』徵古嫚（謾）罵之，見者皆忿，克宏知徵古狂生，

---

198 見〔北宋〕司馬光撰：《資治通鑑》，冊10，卷294，頁4647下。

199 見〔南宋〕陸游撰：《南唐書》，卷17，頁7左。

不足與較是非，怡然不少（稍）動。至潤州，徵古終不快，白召克宏歸，以神武衛統軍朱匡業代之。燕王弘冀獨以為克宏可任，卒遣行。克宏帥師至常州，徵古猶遣使趣（趨）其歸，克宏曰：『吾計日破寇，爾何為者？必錢氏所遣奸人也。』命斬之。使者曰：『受李樞密命來。』克宏曰：『李樞密來，吾亦斬之。』遂斬使者以狗（殉），然後勒兵進，大破吳越兵於常州，斬萬級，獲其將數十人。自保大來，邊事大起，克敵之功，莫先克宏者，拜奉化軍節度使。復上疏請援壽春，行至泰興，發瘍，數日卒。」[200]〈弘冀傳〉亦云：

> 周師陷廣陵，吳越亦攻我常州。元宗念弘冀尚少，不習軍旅事，遣使召還都。部將趙鐸曰：「王雖富於春秋，然元帥之重，眾心所恃，忽棄其師而歸，則部下必亂，歸欲何之？」弘冀善其言。聞於元宗，即日大為戰守之備，部分諸將，皆愜服士心。元宗使龍武都虞候柴克宏、右衛將軍陸孟俊救常州。至潤州，樞密副使李徵古，白以神衛統軍朱匡業代克宏歸，弘冀察克宏有才略，謂曰：「君第前戰，吾當拒守。」表言：「克宏決可破賊，常州危在旦暮，臨敵易將，兵家所忌，臣請以身保其功。」克宏亦感激思奮，馳至常州，果大破吳越兵，斬首萬級，獲其將佐數十人，俘於潤州。弘冀以時方艱危，悉驅出轅門斬之。人壯其決然，元宗以其專誅殺，不悅者久之。[201]

弘冀不用李徵古言，力保柴克宏必能克敵致勝，後來證明他果然有識人之明，柴克宏一舉收復常州，擄獲萬計，俘吳越將數十人。不禁令

---

200 見〔南宋〕陸游撰：《南唐書》，卷6，頁4右。
201 見〔南宋〕陸游撰：《南唐書》，卷16，頁12左。

人聯想到隔年二月景達援壽州，同樣是諸王監軍，景達率師拒周，卻
讓軍中大小事皆取決於監軍使陳覺，他但署牘尾而已；且任由陳覺以
楊守忠代朱元，最後朱元被迫降周，南唐軍大潰，諸將被俘，他只能
狼狽地引殘兵歸金陵。然而，元宗的態度更令人玩味：弘冀救常州，
敗吳越，戰功卓著，只因有感於時局艱危，至潤州，悉斬所俘；元宗
卻惱其專嗜誅殺，不悅者久之。而景達多所失職，決策錯誤其一，用
人不當其二，棄城遁歸其三；元宗卻恐其無功自愧，大加封賞。誠如
陸氏〈朱元傳〉「論曰」云：「亡國之君，必先壞其紀綱，而後其國從
焉。方是時，疆場之臣，非皆不才也；敗於敵未必誅，一有成功，讒
先殺之。……南唐如陳覺、馮延魯、查文徽、邊鎬輩，喪敗塗地，未
嘗少（稍）正典刑；朱元取兩州於周兵將遯（遁）之時，固未為雋
功，而陳覺已不能容，此元之所以降也。」[202]一針見血，指出元宗自
壞綱紀，「親小人，遠賢人」，讓佞臣得勢，忠賢見斥，國家終至步上
衰亡之途。

2 第二次來犯

又陸氏〈後主本紀〉云：甲戌歲，閏十月，辛未，宋師進拔蕪湖
及雄遠軍。吳越第二次大舉犯我常州、潤州。據《續資治通鑑長編》
開寶七年十二月載：「吳越王俶率兵圍常州，俘其軍二百五十人、馬
八十匹於常州城下。癸亥，拔利城寨，破其軍三千餘眾，生擒六百餘
人。」[203]案：甲戌歲，即開寶七年（974）。又《宋史》〈吳越世家〉
〈錢俶傳〉載：「開寶五年，……遣幕吏黃夷簡入貢，上謂之曰：『汝
歸語元帥，常訓練兵甲，江南彊（強）倔不朝，我將發師討之，元帥

---

202 見〔南宋〕陸游撰：《南唐書》，卷12，頁8左。
203 見〔南宋〕李燾撰：《續資治通鑑長編》，收入景印《文淵閣四庫全書》，冊314，卷
　　15，頁228上。

當助我無惑，人言云：『皮之不存，毛將安傅（附）？』」[204]可見吳越第二次來犯，乃應宋太祖之請，與宋軍合攻南唐。

（四）宋軍南下

1 甲戌來討

據陸氏〈後主本紀〉載：甲戌歲，九月，丁卯，復遣知制誥李穆為國信使，持詔來曰：「朕將以仲冬有事圜丘，思與卿同閱犧牲。」且諭以將出師，宜早入朝之意。後主辭以疾，且曰：「臣事大朝，冀全宗祀，不意如是，今有死而已。」時太祖已遣潁州團練使曹翰率師先出江陵，宣徽南院使曹彬、侍衛馬軍都虞候李漢瓊、賀州刺史田欽祚率舟師繼發。及是，又命山南東道節度使潘美、侍衛步軍都虞候劉遇東、上閤門使梁迥率師水陸並進，與國信使李穆同行。十月，後主遣江國公從鎰貢帛二十萬匹、白金二十萬斤，又遣起居舍人潘慎修，貢買宴帛萬匹、錢五百萬。築城聚糧，大為守備。閏十月，宋師拔池州。後主於是下令戒嚴，去開寶紀年，稱「甲戌歲」。辛未，宋師進拔蕪湖及雄遠軍。吳越亦大舉兵犯常州、潤州。宋師次采石磯，作浮橋成。長驅渡江，遂至金陵。後主此時以軍旅委皇甫繼勳，機事委陳喬、張洎，又以徐元瑀、刁衎為內殿傳詔，而邊書警奏，日夜狎至，徐元瑀等輒屏不以聞。宋師屯城南十里，閉門守陣，後主猶不知也。關於宋軍南下討伐南唐事，據《玉海》〈兵捷〉載：「開寶七年九月十九日丙寅，命山南東道節度使潘美、潁州團練使曹翰、宣徽南院使義成軍節度使曹彬、侍衛馬軍都虞候李漢瓊、賀州刺史田欽祚、步軍都虞候劉遇等，領軍同赴荊南。十月二十三日（注：丁酉），又以吳越國王錢俶為昇州東南面行營招撫制置使。三十日（注：甲辰），以曹

---

204 見〔元〕脫脫等修：《宋史》，收入《二十五史》，冊36，卷480，頁5751下。

彬為西南路行營馬軍戰棹都總管，潘美為都監，曹翰為先鋒都指揮使，以討之。」[205]然而，宋師攻克南唐的關鍵，在於樊若水（冰）作浮梁以渡之，據周在浚《南唐書注》云：

> 樊若水（冰），父保大中為漢陽令，父卒，家池州。屢舉進士不第，因謀歸宋，乃祝髮為僧，廬於采石山，鑿石為竅及建石浮屠。月明，繫繩於浮圖（屠），乘小舟載繩其中，維南岸，疾棹，抵北岸，凡十數往還，得其江之廣狹，因詣汴，上書言江南可取狀，請造浮梁以濟師。宋太祖然之，遣使往荊湖，造黃黑龍船數千艘，又以大艦載竹絙，自荊渚而下。或謂江闊水深，古未有浮梁而濟者，不聽。擢若水右贊善大夫，平南之策多所參預。或請誅其父母妻子，後主不敢，但羈置池州。若水（冰）又自陳母妻在江南，宋太祖命後主護送，後主雖憤，終不敢違，厚贈而遣之。及宋師南下，以若水（冰）為先導，既克池州，即用為知州已。若水（冰）請試舟，乃先試於石簰口，移至采石，三日成，不差尺寸。潘美因率步兵渡江，如履平地。初，後主聞宋作浮梁，語張洎，洎對曰：「載籍以來，長江無為梁之事。」後主曰：「吾亦以為兒戲耳。」至是乃驚。[206]

陸游《入蜀記》亦云：「（采石）磯即南唐樊若冰（水）獻策，作浮梁渡王師處。初，若冰（水）不得志於李氏，詐祝髮為僧，廬於采石山，鑿石為竅；及建石浮圖（屠），又月夜繫繩於浮圖（屠），棹小舟

---

205 見〔南宋〕王應麟撰：《玉海》，收入景印《文淵閣四庫全書》，冊948，卷193上，頁102下。

206 見〔清〕周在浚撰：《南唐書注》，收入《續修四庫全書》（上海市：上海古籍出版社，2002年據民國四年（1915）劉氏嘉業堂刊本影印），冊333，卷3，頁387下。

急渡，引繩至江北，以度（渡）江面，既習知不謬，即亡走京師上書。其後王師南渡，浮梁果不差尺寸。……方若冰（水）之北走也，江南皆知其獻南征之策，或請誅其母妻，李煜不敢，但羈置池州而已。其後若冰（水）自陳母妻在江南，朝廷命煜護送；煜雖憤切，終不敢違，厚遺而遣之。然若冰（水）所鑿石竅及石浮圖（屠），皆不毀，王師卒用以繫浮梁，則李氏君臣之暗且怠，亦可知矣。」[207]可見「冰封三尺，非一日之寒」，後主末年，君臣昏聵，朝野交相賊，國雖未亡，而亡形逐一顯現。

2 乙亥城陷

至於徐元瑀、皇甫繼勳等隱瞞軍情，蒙蔽後主事，陸氏〈皇甫繼勳傳〉云：「開寶中，大兵傅城，繼勳保惜富貴，無効（效）死之意，第欲後主亟降，聞諸軍敗績，則幸災見於詞色。偏裨有募死士，謀夜出奮擊者，輒鞭而囚之。自度罪惡日聞，稀復朝請；後主召議事，亦辭以軍務，不至。內結傳詔使，一切蔽塞。及後主登城，見王師旌旗疊柵，彌徧四郊，始大駭失色。繼勳從還至宮，乃以屬吏。始出宮門，軍士雲集臠之，斯須皆盡。」[208]

又〈後主本紀〉載：乙亥歲，二月，壬戌，宋師拔金陵關城。三月，誅神衛都指揮使皇甫繼勳。六月，宋師及吳越圍潤州，留後劉澄以城降。吳越遂會宋師圍金陵，洪州節度使朱令贇帥勝兵十五萬赴難，旌旗戰艦甚盛，編木為柵，長百餘丈，大艦容千人。朱令贇所乘艦尤大，擁甲士，建大將旗鼓，將斷采石浮橋，至皖口，與宋師遇，傾火油焚北船，適北風，反焰自焚，南唐軍大潰。外援既絕，金陵益

---

207 見〔南宋〕陸游撰：《入蜀記》，收入《宋明清小品文集輯注》（上海市：上海遠東出版社，1996年），卷2，頁34。

208 見〔南宋〕陸游撰：《南唐書》，卷10，頁5右。

加危蹙。宋師百道攻城，晝夜不休，城中米斗萬錢，人病足弱，死者相枕藉。後主兩遣徐鉉等厚貢方物，求緩兵，守祭祀，皆不報。十一月，乙未，城陷。後主帥司空知左右內史事殷崇義（湯悅）等肉袒降於軍門。明年，正月，辛未，至京師。據〈朱令贇傳〉云：「軍至湖口，（令贇）與諸將謀曰：『今為前進，則北軍據我後，上江阻隔，進未破敵，退絕餽饟，奈何？』乃檄南都留守柴克貞赴軍，欲俟其至，使代拒湖口。及發，而後主危急，飛書督兵者接踵，令贇不能守初議，乃與戰棹都虞候王暉乘流而前，自潯陽湖編木為大栿，長百餘丈，大艦至容千人，將突下斷采石浮梁。會江水涸，舟栿艱阻，王師得設備，比至虎蹲洲，合戰。令贇所乘艦尤大，建大將旗鼓，王師舟小，聚攻之。令贇以火油縱燒，王師不能支，會北風，反焰自焚，水陸諸軍十五萬，不戰皆潰。令贇惶駭，赴火死，糧米戈甲俱焚，無孑遺，烟焰不止者旬日，自是金陵外援遂絕，以至於亡。」[209]案：陸氏〈後主本紀〉謂：「令贇及戰權都虞候王暉皆被執。」〈朱令贇傳〉卻云：「令贇惶駭，赴火死。」說法前後矛盾。然列傳中已明載：「生獲令贇，則非也。」陸游生為大宋子民，在揭露史實真相之餘，自然也得採用「官方說法」，為求兼顧二者，故出現前後不一的情形。

第五節　南唐之外交關係

南唐偏安江左，為歷史上五代十國中的一個小國。本節擬研究南唐之世，與並列為「十國」的其他國家間之往來；以及與北方大朝，即史稱「五代」之後晉、後漢、後周和宋朝之間的互動。除了中原政權外，還要看其與少數民族邦國交通的情形。因此，南唐之外交關

---

209 見〔南宋〕陸游撰：《南唐書》，卷8，頁7左。

係，可分為「與鄰國之交往」、「與北朝之交往」及「與外邦之交往」三方面，逐一探述。

一　與鄰國之交往

此處所謂鄰國，指與南唐鄰近之其他國家，史上號稱「十國」。其中北漢雖為十國之一，卻是唯一位在北方的國家；由於地理位置特殊，加上建立時間較晚，故南方小國與之鮮少有來往。時至南唐之世，除去北漢，及已禪位的吳、亡國的前蜀，金陵與其他鄰國如後蜀、南漢、楚、吳越、閩及荊南（南平）都有往來。十國中，北漢至保大九年（951）二月劉旻即位始建立，其餘建國皆較南唐為早；後蜀、南漢、楚、閩、荊南均先於南唐傾覆，唯吳越與北漢後亡。

（一）後蜀

在陸游《南唐書》中，記載南唐與後蜀之交往者，僅二條：

> （昇元三年）蜀使來賀即位。[210]（〈烈祖本紀〉）

> 保大十三年……六月，周攻秦、鳳，蜀使間使來告難。周下詔罪狀我。遣將李穀、王彥超、韓令坤等侵我淮南，攻自壽州。[211]（〈元宗本紀〉）

昇元元年（937）十月烈祖登基，隨即遣使至南漢、閩、吳越、荊南告即位，卻未見使臣入蜀；遲至昇元三年蜀人始來朝賀。可見南唐與

---

210 見〔南宋〕陸游撰：《南唐書》，卷1，頁8左。
211 見〔南宋〕陸游撰：《南唐書》，卷2，頁11左。

後蜀關係較疏遠，或許因為地理上並未毗鄰的緣故，兩國之間未曾密切來往。不過，保大十三年（955）周師攻秦、鳳，蜀軍大敗，諸州相繼淪陷，蜀主孟昶驚懼之餘，倒不忘遣使聘於南唐，以壯其聲勢。據《新五代史》〈後蜀世家〉〈孟昶傳〉云：「（廣政）十八年，周世宗伐蜀，攻自秦州。……秦、成、階、鳳，復入於周。昶懼，分遣使者聘於南唐、東漢（北漢），以張形勢。」[212]由於南唐出兵相助，卻引來周人入侵，步步進逼，終至去帝號、奉正朔而後已。

（二）南漢

　　南唐與南漢由於地緣關係，始終過從甚密，如陸氏《南唐書》〈烈祖本紀〉載：烈祖即位之初，即遣使告即位；隔年五月，南漢主劉龑派集賢殿學士鄒禹謨來賀。昇元四年，三月，遣使來聘；十一月，又遣都官郎中鄭翱來賀仁壽節。昇元六年，閏月，遣區延保來聘，這是劉龑在位兩國最後一次交往的記錄。四月，劉龑卒，子劉玢即位。六月，遣使蕭規來告哀，南唐為之廢朝三日。八月，又遣法物使公孫惠來謝襲位。但《十國春秋》〈南漢〉〈殤帝本紀〉云：「光天元年……夏，四月，遣使蕭規如唐告哀已；又遣法物使公孫惠告即位於唐。」[213]劉玢遣蕭規、公孫惠來金陵的時間，陸《書》分別繫在六月與八月，而《十國春秋》卻稱為四月事；孰為確解，不得而知。十二月，南漢使滕紹英來賀仁壽節，《十國春秋》卻說是九月；案：仁壽節即烈祖生日，在十二月二日，九月來賀未免過早，繫於十二月似乎較合理。又陸氏〈元宗本紀〉云：

---

212 見〔北宋〕歐陽修撰、徐無黨注：《新五代史》，收入景印《文淵閣四庫全書》，冊279，卷64，頁461上。

213 見〔清〕吳任臣撰：《十國春秋》，收入景印《文淵閣四庫全書》，冊465，卷59，頁520上。

（保大九年，十月）南漢來攻，陷郴州。

（保大十年，三月）帝以南漢乘楚亂，據桂、宜等州，將取
之。……四月……敗績於城下。

案：保大九年，南漢在位君主是劉晟，率師來犯；元宗命邊鎬救之，
敗績，郴州遂陷。隔年，南漢又趁楚亂，占據桂州、宜州等地，元宗
遣將征討，復敗。至此兩國關係轉為緊張，短兵相接，戰端時起，不
復昇元初之相安無事。另〈後主本紀〉云：

乾德四年，秋，八月，國主遣龔慎儀持書使南漢，約與俱事中
朝。九月，慎儀至番禺，被執。[214]

〈龔慎儀傳〉亦云：「開寶三年，太祖欲封南漢，未決，詔後主諭劉
鋹，令奉正朔。後主乃遣慎儀持書使南漢，書曰：『僕與足下，叨累
世之盟，雖疆畿阻闊，休戚實同，敢奉尺書，敬布腹心。昨大朝伐
楚，足下疆吏弗靖，遂成釁隙。初為足下危之，今敝邑使臣入貢，皇
帝幸以此宣示曰：彼若能幡然改圖，單車之使造廷，則百萬之師不復
出矣；不然，將有不得已者。僕料大朝之心，非貪土地也，怒人不賓
而已。……』鋹得書怒，囚慎儀不遣；後主表聞，太祖遂決興師。南
漢平，乃得歸。」[215]據劉承幹《南唐書補注》謂曾親見後主〈遺劉鋹
書〉，全文與〈龔慎儀傳〉同；且《宋史》〈南唐世家〉載開寶三年南
唐遣使入貢。故知龔慎儀出使南漢，應在開寶三年（970）。宋太祖詔
後主諭南漢來朝，後主遂遣龔慎儀持書前往，誰知竟遭南漢主囚拘？

214 見〔南宋〕陸游撰：《南唐書》，卷3，頁4左。
215 見〔南宋〕陸游撰：《南唐書》，卷13，頁14右。

後主無法完成任務，上表於宋，太祖於是決定揮軍南下。隔年，宋師一舉殲滅南漢。

（三）楚

　　南唐與楚的交往，泰半建立在軍事征伐之上。如〈元宗本紀〉載：保大八年九月，楚朗州節度使馬希萼表請師，元宗詔加同平章事，賜以鄂州今年租稅，並命楚州團練使何敬洙率兵援之。《十國春秋》〈楚廢王世家〉亦云：「乾祐三年……九月，辛巳，希萼請漢別置進奏務於京師，漢主優詔不許……。是月，希萼以朝廷偏佑於王，大怒，遣使稱藩於唐，乞師來攻。唐加希萼同平章事，以鄂州今年之租稅賜焉，又命楚州刺史何敬洙濟師助希萼。」[216]案：後漢乾祐三年（950），即南唐保大八年，時楚國在位君主為廢王馬希廣。十二月，馬希萼攻陷潭州，弒君自立；楚將李彥溫、劉彥瑫率眾來歸。明年，二月，楚王馬希萼遣掌書記劉光翰（輔）來貢方物；三月，南唐以右僕射孫忌、客省使姚鳳為楚王策禮使；兩國間昇平無事，禮尚往來。又《十國春秋》〈楚恭孝王世家〉云：

> 保大九年……二月，甲辰，王遣掌書記劉光輔（翰）入貢於唐。三月，唐以王為天策上將軍，武安、武平、靜江、寧遠等軍節度使，兼中書令，封楚王，以右僕射孫晟（忌）、客省使姚鳳為冊禮使。是月，光輔（翰）至金陵，唐主待之厚，光輔（翰）密言：湖南民疲主驕可取也。唐主乃以營屯都虞候邊鎬為信州刺史，將兵屯袁州。[217]

---

216 見〔清〕吳任臣撰：《十國春秋》，收入景印《文淵閣四庫全書》，冊465，卷69，頁578下。

217 見〔清〕吳任臣撰：《十國春秋》，收入景印《文淵閣四庫全書》，冊465，卷69，頁581下。

案：楚恭孝王即馬希萼，楚使掌書記向南唐入貢，陸《書》作「劉光翰」，《十國春秋》作「劉光輔」，一字之差，不知何者為是。同年六月，楚靜江軍指揮使王達執朗州節度使馬光惠，歸於金陵，推辰州刺史劉言為朗州留後，來請命。九月，楚將徐威等廢其君馬希萼；南唐命邊鎬出兵討伐楚亂。十月，武安留後馬希崇請降，楚遂告亡國。如《新五代史》〈楚世家〉所云：「希萼悉以軍政任其弟希崇，希崇與楚舊將徐威、陸孟俊、魯絹等謀作亂……威等……縛希萼，迎希崇以立。希崇遣彭師暠、廖偃因希萼於衡山。師暠奉希萼為衡山王，臣於李景；希崇懼，亦請命於景。景遣邊鎬入楚，盡遷馬氏之族於金陵，時周廣順元年也。」[218]案：後周廣順元年（951），即南唐保大九年。隨後，唐將劉仁贍攻取岳州，平定湖南。保大十年，九月，元宗召朗州劉言入朝。十月，劉言將王進逵、周行逢攻潭州；南唐潰敗連連，潭州節度使邊鎬棄城遁逃；岳州接連失守。十一月，劉言盡據故楚地。南唐出師不利，喪敗塗地，軍士均受貶官調職等處分。至十二月，馬希萼來朝，留不遣。

（四）吳越

昇元初，吳越在位的君主是錢元瓘。據陸氏〈烈祖本紀〉所載：烈祖初受禪，隨即遣使相告；吳越王亦立刻派人來賀。固然因為彼此邊界緊臨，往返交通便捷之故，同時也象徵兩國之間亦敵亦友、休戚與共的關係。昇元三年，四月，烈祖朝饗於太廟，有事於南郊，禮成；吳越使左武衛上將軍沈韜文來賀。隔年，十一月，復遣刑部尚書楊嚴來賀仁壽節。而昇元五年，吳越飽受水患之苦，災民流入南唐邊

---

218 見〔北宋〕歐陽修撰、徐無黨注：《新五代史》，收入景印《文淵閣四庫全書》，冊279，卷66，頁476上。

境，烈祖遣使賑災、撫卹，安頓流離失所的難民。此外，〈烈祖本紀〉云：「吳越國大火，焚其宮室，帑藏甲兵幾盡。將帥皆言，乘（乘）其弊，可以得志。帝一切不聽，遣使厚持金幣唁之。」據《新五代史》〈南唐世家〉〈李昇傳〉載：「（昇元）六年，吳越國火，焚其宮室、府庫，甲兵皆盡，羣臣請乘其弊攻之，昇不許，遣使弔問，厚賙其乏。錢氏自吳時素為敵國，昇見天下亂久，常厭用兵。及將篡國，先與錢氏約和，歸其所執將士，錢氏亦歸吳敗將，遂通好不絕。」[219]烈祖於吳越災變之際，適時予以援助，維持兩國友好邦誼。

據陸氏〈元宗本紀〉云：

> 保大五年……三月，己亥，吳越救福州，兵自海道至。我師與之戰，敗績，諸營皆潰。……保大八年……二月，福州遣諜者詣建州留後查文徽，告吳越戍卒亂，殺李弘義，棄城去。文徽信其言，襲福州，大敗，被執。……十月，吳越歸查文徽。……保大十四年……二月……吳越侵常州、宣州，靜海制置使姚彥洪奔吳越。三月……吳越陷常州之郭，執團練使趙仁澤。燕王弘冀遣龍武都虞候柴克宏救常州。壬子，大敗吳越兵於常州，斬獲萬計，俘其將數十。

案：昇元五年（941）九月，吳越王錢弘佐即位，至保大五年（947）卒，其弟錢弘倧繼位；是年十二月發生政變，錢弘倧遭軟禁，改立錢弘俶為王。自保大年間起，南唐與吳越不復昔日的邦交關係，轉而在沙場上互別苗頭：先是南唐出師伐閩，吳越兵來救，南唐潰敗；保大

---

219 見〔北宋〕歐陽修撰、徐無黨注：《新五代史》，收入景印《文淵閣四庫全書》，冊279，卷62，頁437上。

八年，查文徽誤信諜者言，襲福州，兵敗，被執歸吳越；而保大十四年，吳越陷南唐常州外城，燕王弘冀遣柴克宏救之，總算大敗吳越兵，俘其將士無數。又〈後主本紀〉云：

> 甲戌歲，……閏十月……辛未，王師進拔蕪湖及雄遠軍。吳越
> 亦大舉兵，犯常、潤。國主遺吳越王書曰：「今日無我，明日
> 豈有君？一旦天子易地賞功，王亦大梁一布衣耳！」吳越王表
> 其書於朝。……乙亥歲……三月，丁巳，吳越攻我常州，權知
> 州事禹萬誠（成）以城降。

甲戌歲（974），宋軍攻南唐；吳越與之協議，亦犯南唐常州、潤州。南唐腹背受敵，後主遂致書吳越王錢弘俶，申明彼此間依附關係，曉以脣亡齒寒之理；然吳越王不為所動。[220]據張端義《貴耳集》載：「吳越錢王入朝，太祖曰謀下江南，許以舉兵援助，歸語其臣沈倫，倫再三嗟嘆。錢王扣之，倫曰：『江南是兩浙之藩籬，堂奧豈得而安耶？大王指日納土矣。』」[221]《景定建康志》〈建隆以來詔令〉載太祖答錢俶進李煜書詔，云：「勅。錢俶省所奏不拆，重封進呈江南李煜送到書事具悉。卿位冠師壇，心傾王室，銘鐘鏤鼎，迥高表率之勤，翼子貽孫，不墜貞忠之節。負上將縱橫之畧（略），秉大朝征伐之權，得外境之來緘，具封函而上進，可明傾竭，深副倚毗，足觀久大之謀，永保山河之寄，其為嘉賞，不捨寐興，故茲獎諭。想宜知

---

220 案：吳越王亦深知其中利害關係，只是迫於情勢，為求苟延國祚，不得不奉宋朝旨意而行。最終吳越還是難逃亡國下場，於太平興國三年（978）三月，獻所據兩浙十三州之地歸宋。

221 見〔南宋〕張端義撰：《貴耳集》，收入景印《文淵閣四庫全書》，冊865，卷下，頁455上。

悉。」[222]明知這是宋朝先行安撫，而後個個擊破的策略，但為求苟延時日，吳越王仍不得不放手一搏。至於南唐常州將禹萬誠（成）獻降之事，《吳越備史》〈補遺〉云：

> （開寶）八年，春，二月，詔遣內直使陳理來宣諭，仍以戎服
> 五萬副賜王軍卒。又賜王將帥服帶器帛有差。是月，王親率大
> 軍攻其疊，不克。夏，四月，我師復大攻城疊，時偽知常州軍
> 州事禹萬誠（成）遣觀察推官鄭簡，降款於軍門，且請命焉。
> 王從其請。禹萬誠（成）等詣行府，待罪。王賜以衣冠器幣
> 等，悉送於京師以請命。又命羊酒置其家以安慰之。江陰、寧
> 遠等軍，沿江石橋等寨軍兵來降，王悉宥之。是月，勒遣使來
> 宣諭，授王守太師，加食邑六千戶，實封九百戶，仍賜湯藥，
> 及沿身法物等。五月，詔客省使丁德裕權知常州，仍又遣勒上
> 侍禁李輝賜王襲衣玉帶、玉鞍勒馬各一事，金器二千兩、銀器
> 一萬兩、錦綵一萬段。詔王歸國。是月，王遣兩浙諸軍都鈐轄
> 使沈承禮等率兵會王師於金陵。[223]

《皇宋通鑑長編紀事本末》亦載開寶八年三月：「壬寅，遣中使王繼恩領兵數千人赴江南。四月……吳越兵圍常州，刺史禹萬成（誠）拒守，大將金成禮劫萬成（誠），以其城降。」[224]是知吳越與宋結盟，派兵來犯，禹萬誠（成）不堪其擾，舉城納降；一說禹萬誠（成）為

---

222 見〔南宋〕周應合撰：《景定建康志》，收入景印《文淵閣四庫全書》，冊488，卷2，頁20上。

223 見〔北宋〕錢儼撰：《吳越備史》，收入景印《文淵閣四庫全書》，冊464，頁578上。

224 見〔南宋〕楊仲良撰：《皇宋通鑑長編紀事本末》，收入《宛委別藏》（臺北市：臺灣商務印書館，1981年），冊30，卷3，頁78。

大將金成禮所劫，始有降宋之舉。不論如何，禹萬誠（成）之降，是為南唐軍事、外交上的一大挫敗。

從南唐與吳越之交往，初始友好，終至為敵。可見國與國之間的邦交，沒有永遠的朋友，也沒有永遠的敵人，唯有國家利益至上，只要有利於國家，隨時可建立邦誼；一旦利益相牴觸，瞬間反目成仇亦不足為奇！

（五）閩

昇元初，閩主王繼鵬在位。據〈烈祖本紀〉載：烈祖即位，立刻遣使以告；翌年，二月，閩遣內客省使朱文進來賀。昇元三年閏七月，閩主王曦（延羲）即位。隔年，三月，閩遣人來聘；十一月，又遣客省使葛裕來賀仁壽節。昇元六年，遣尚食使林弘嗣復來聘；十二月，遣使臣徐弘績來賀聖壽。從這些交往的記錄看，兩國邦誼匪淺，往來密切。而〈元宗本紀〉云：

> 保大元年，……三月……烈祖殂，……閩使來吊（弔）祭。……保大二年……五月，閩將朱文進弒其君曦（延羲），自稱閩王，遣使來告。……十二月，樞密院使查文徽請討王延政，……敗績於蓋竹。……保大三年……八月……克建州，執王延政歸於金陵，拜羽林大將軍。

《十國春秋》〈閩景宗本紀〉亦云：「永隆五年……正月，富沙王延政稱帝，改元，國號殷。三月……己卯，唐主殂，遣使如金陵弔祭。」[225]

---

225 見〔清〕吳任臣撰：《十國春秋》，收入景印《文淵閣四庫全書》，冊466，卷92，頁198上。

案：閩景宗即王曦（初名延羲）也。永隆五年（943），即南唐昇元七年，烈祖駕崩。三月，元宗繼位，改元保大；是月，閩使來弔祭。隔年，閩將朱文進弑君自立，遣使來告。金陵朝議以為：閩亂由王延政起，應先發兵討伐。結果唐師敗績於蓋竹，軍心大挫。保大三年，元宗遣何敬洙、邊鎬來援，遂克建州，執王延政歸金陵，閩祚終告覆亡。

（六）荊南

　　荊南，又名南平，關於南唐與之交往的記載，陸《書》僅限於昇元三年以前，如〈烈祖本紀〉所載：元年十一月，荊南高從誨表請置邸於金陵，從之；二年正月，遣龐守規來賀即位；三年四月，遣王崇嗣來賀南郊。《十國春秋》〈荊南文獻王世家〉亦云：

> 天福二年……十月，吳徐誥（徐知誥）稱帝，國號曰齊。庚子，遣使來告即位。十一月，王表請於齊，置邸金陵，許之。……天福三年……正月，甲子，王遣龐守規如齊賀即位。……天福四年，二月，齊主復姓李氏，改國號唐，更名昇。是月，王使王崇嗣如唐賀南郊。[226]

案：荊南文獻王指高從誨。天福二年（937），即南唐昇元元年。可見南唐開國之初，與荊南（南平）時有往來，關係頗佳。在此之後，陸《書》中不見兩國交往記錄，不過，據《十國春秋》〈荊南貞懿王世家〉載：

---

226 見〔清〕吳任臣撰：《十國春秋》，收入景印《文淵閣四庫全書》，冊466，卷101，頁252下。

> 顯德三年……正月，周主下詔征淮南，王遣指揮使魏璘率兵三
> 千，出夏口以為應；又遣客將劉扶奉牋於唐，勸其內附。……
> 顯德五年……五月，唐主李景（元宗）稱臣於周，周主得王所
> 與唐國牋，大喜，賜絹萬足（匹）。[227]

案：荊南貞懿王指高保融。顯德三年（956），即南唐保大十四年。該
年，周侵淮南，荊南不但派兵助攻，且遣使奉牋勸南唐臣服於周人。
從此以後，再無往來。大概是蕞爾小國，夾在大國中間生存不易，只
能依附強權力圖自保，無暇論及外交。

二　與北朝之交往

南唐建國伊始，北方五代時值後晉天福二年（937），在位君主為
高祖石敬瑭，是知南唐與北朝之交往，歷後晉、後漢、後周與宋四朝。
由於北朝政權前後更迭，不似南方諸國同時並立，故吾人依序言之。

（一）後晉

南唐與後晉之往來，見陸氏〈烈祖本紀〉云：「昇元四年……五
月，晉安州節度使李金全來降。」〈李金全傳〉亦云：

> 晉高祖時，（金全）為安州節度使，任中門使胡漢榮。漢榮貪
> 戾專政，失軍民心，高祖遣賈仁沼代，歸京師。金全奏漢榮
> 病，不任行。仁沼至，酖殺之。事聞，高祖乃以馬全節代金全

---

227 見〔清〕吳任臣撰：《十國春秋》，收入景印《文淵閣四庫全書》，冊466，卷101，頁
255下。

鎮安州。漢榮懼，紿告曰，邸吏劉珂密遣人馳報：朝廷召公有
異處分。金全懼，使其從事張緯奉表詣金陵，請降。烈祖命鄂
州屯營使李承裕、段處恭，帥兵三千人，逆金全，陳於城下，
俟金全出，殿之而東。承裕等至之夕，金全帥數百人來奔；而
承裕違命，輒大掠城中，得金帛不可計數，乃還。晉將安審輝
（暉）追，敗之於馬黃谷，處恭死於陣，承裕帥餘兵扼雲夢
橋，復為審輝（暉）所敗，執而殺之。[228]

詳載李金全事後晉，因屬下胡漢榮而酖殺賈仁沼，最後來奔南唐事。
《資治通鑑》後晉天福五年（940）五月亦載：「丙戌，帝聞金全叛，
命馬全節以汴、洛、汝、鄭、單、宋、陳、蔡、曹、濮、申、唐之兵
討之，以保大節度使安審暉（輝）為之副。……李金全遣推官張緯奉
表請降於唐，唐主遣鄂州屯營使李承裕、段處恭將兵三千逆之。」同
書六月載：「癸卯，唐李承裕等至安州。是夕，李金全將麾下數百
人，詣唐軍，妓妾資財，皆為承裕所奪。承裕入據安州。甲辰，馬全
節自應山，進軍大化鎮，與承裕戰於城南，大破之。承裕掠安州南
走，全節入安州。丙午，安審暉（輝）追敗唐兵於黃花谷，段處恭戰
死。丁未，審暉（輝）又敗唐兵於雲夢澤中，虜（擄）承裕及其眾。
唐將張建崇據雲夢橋拒戰，審暉（輝）乃還。馬全節斬承裕及其眾千
五百人於城下，……承裕貪剽掠，與晉兵戰而敗，失亡四千人。唐主
悵恨累日，自以戒敕之不熟也。」[229]由於李金全來歸與李承裕、段處
恭帥兵掠安州事，純屬個人行為，是為金陵與後晉間非官方之往來。

228　見〔南宋〕陸游撰：《南唐書》，卷10，頁2右。

229　見〔北宋〕司馬光撰：《資治通鑑》，冊10，卷282，頁4470上。

（二）後漢

南唐與後漢之往來，據〈元宗本紀〉云：「保大五年……五月，帝聞契丹棄中原遁歸，詔曰：『乃眷中原，我之故地。』以李金全為北面行營招討使。六月，聞漢入汴，兵遂不出；而金全猶不罷。……保大六年……九月，漢護國軍節度使李守貞間道表求援師，以鎮海軍節度使李金全為北面行營招討使，救河中，師次沂州。……十一月，退保海州。」〈李金全傳〉亦云：

> 漢隱帝時，李守貞以河中叛，來乞師。魏岑、查文徽議宜為出師。劉彥貞以攻取自任。元宗欲藉金全宿將威望，以為北面行營招討使救河中，彥貞副之，……師出泗陽，次沂州。金全曰：「諸君以河中在何處，而欲自此轉戰以前耶？勢必不相及，徒為國生事爾！」……逾月，退保海州，遂引歸。金全曰：「吾全軍而還，不得為無功矣！」[230]

關於李守貞乞師於南唐事，〈李平傳〉云：「李平本姓名曰楊訥，……與……舒元共學，數年業成，同游蒲中，客於節度使李守貞。守貞叛漢，使兩人懷表間行，乞師於金陵。元宗為出師數萬，為之聲援；甫出境，而守貞敗，兩人無所復命，且唐遇之厚，因留事唐。而訥始自稱李平，元亦易姓朱。」[231]《宋史》〈南唐世家〉〈李景傳〉亦云：「漢乾祐初，李守貞以河中叛，潛遣舒元、楊訥間道求援於景。景命其將李金全、郭全義出師應之。金全以聲勢不接，初不願行，景固遣

---

230 見〔南宋〕陸游撰：《南唐書》，卷10，頁3左。
231 見〔南宋〕陸游撰：《南唐書》，卷13，頁9右。

之。至沭陽，聞守貞敗，乃還。」[232]至於李守貞叛後漢，如《舊五代史》〈漢書〉〈李守貞傳〉云：

> 高祖晏駕，杜重威被誅，守貞愈不自安，乃潛畜異計。乾祐元年三月，先致書於權臣，布求保證，而完城郭，繕甲兵，晝夜不息。守貞以漢室新造，嗣君纔（才）立，自謂舉無遺策。又有僧總倫者，以占術干守貞，謂守貞有人君之位。未幾，趙思綰以京兆叛，遣使奉表送御衣於守貞，守貞自謂天時人事合符於己，乃潛結草賊，令所在竊發，遣兵據潼關。朝廷命白文珂、常思等領兵問罪，復遣樞密使郭威西征。官軍初至，守貞以諸軍多曾隸於麾下，自謂素得軍情，坐俟扣城迎己，及軍士詬譟，大失所望。俄而王景崇據岐下，與趙思綰遣使推奉，守貞乃自號秦王，思綰、景崇皆受守貞署置。又遣人齎蠟彈於吳、蜀、契丹，以求應援。……洎攻城，守貞欲發石以拒外軍，礮竿子不可得，無何，上游汎一筏至，其木悉可為礮竿，守貞以為神助。……及周光遜以西砦（寨）降，其勢益窘，人情離散。官軍攻城愈急，守貞乃潛於衙署，多積薪芻，為自焚之計。二年七月，城陷，舉家蹈火而死。王師入城，於煙中獲其屍，斷其首函之，並獲數子二女，與其黨俱獻於闕下。隱帝御明德樓受俘馘，宣露布，百寮（僚）稱賀。[233]

李守貞私下整軍經武，又聽信術士之言，以為占盡天時、地利、人和之便，於是勾結盜賊，起兵叛變。最後，終於不敵後漢大軍之圍剿，

---

232 見〔元〕脫脫等修：《宋史》，收入《二十五史》，冊36，卷478，頁5730下。

233 見〔北宋〕薛居正等奉敕撰，〔清〕邵晉涵等輯：《舊五代史》，收入景印《文淵閣四庫全書》，冊278，卷109，頁273下。

兵敗，自焚身亡。然而，南唐援軍動向，如馬令《南唐書》〈嗣主書〉所云：「聞河中平，遽班師。」[234]《新五代史》〈南唐世家〉〈李景傳〉亦云：「兵攻沭陽，聞守貞已敗，乃還。是時，漢隱帝少，中國衰弱，淮北羣盜多送款於景，景遣皇甫暉出海、泗諸州招納之。」[235]是知李金全等率兵伸援李守貞叛變，甫出境，李守貞已敗，遂班師回朝。此事亦為南唐與後漢間非官方之來往。

（三）後周

南唐與後周之交往，始於保大九年，周袞州節度使慕容彥超叛，向金陵乞援；明年，南唐援師敗績於沭陽，指揮使燕敬權被執。二月，周太祖放燕敬權南歸，並指責金陵出兵援助叛臣，元宗羞愧難當。

據〈元宗本紀〉載：「保大十年……四月，……周興順指揮使白進福以族來歸。……十二月，雩都令趙暹奔周。……保大十一年……六月，不雨，井泉竭涸，淮流可涉。旱蝗民饑，流入周境。」是知二國互有將吏反叛，亡奔彼國。至於保大十一年南唐之災變，《金陵通紀》云：「六月，大旱，井泉竭，淮流涸，蝗起，民饑。」[236]《資治通鑑》後周廣順三年（953）七月亦云：「唐大旱，井泉涸，淮水可涉，飢民渡淮而北者相繼，濠、壽發兵禦之。民與兵鬭（鬥）而北來，帝聞之曰：『彼我之民一也，聽糴米過淮。』唐人遂築倉，多糴以供軍。八月，己未，詔唐人以人畜負米者聽之，以舟車運載者勿予。」[237]是年南唐天災四起，饑民流入北境，周太祖下令賑濟之。

---

234 見〔北宋〕馬令撰：《南唐書》，收入《四部叢刊廣編》，冊12，卷3，頁15上。

235 見〔北宋〕歐陽修撰、徐無黨注：《新五代史》，收入景印《文淵閣四庫全書》，冊279，卷62，頁439下。

236 見〔清〕陳伯雨編：《金陵通紀》（臺北市：新文豐出版公司，1975年據光緒丁未年（卅三年；1907）瑞荸館栞（刊）印），卷7，頁12左。

237 見〔北宋〕司馬光撰：《資治通鑑》，冊10，卷291，頁4605上。

　　陸氏〈元宗本紀〉復載：保大十三年六月，後周攻後蜀之秦、鳳，蜀使來乞師，金陵出兵援之；周始遣將士入侵淮南，攻自壽州。明年，正月，周世宗親征；唐將劉彥貞與周師戰，敗績。二月，周師兼道襲清流關；皇甫暉敗保滁州，周師破城，皇甫暉及姚鳳被俘。元宗遂遣泗州牙將王承朗奉書至徐州，求成於周，表明願以兄事，歲貢方物。太弟景遂亦移書周將帥，皆不報。己卯，遣翰林學士鍾謨、文理院學士李德明使周奉表，至下蔡行在犒軍，請罷兵。乙酉，周師陷東都廣陵，執副留守馮延魯。丁亥，左神衛使徐象等十八人，自壽州奔周。天長制置使耿謙以城降周。後周師陷泰州，刺史方訥棄城遁。元宗遣間使求援於契丹，至淮北，為周人所執。三月，遣司空孫忌、禮部尚書王崇質使周，願削去帝號，奉表請為外臣；不許。光州司馬都監張承翰以城降周。刺史張紹遁還。丁酉，周師陷舒州，刺史周弘祚赴水死。蘄州將李福殺害知州王承雋，降於周。戊戌，天成軍使蔡暉自壽州奔周。周師攻陷和州。壬戌，壽州軍校陳延貞等十三人奔周。是月，命齊王景達拒周。四月，南唐收復泰州。五月，周世宗北還。七月，南唐復東都、舒、蘄、光、和、滁諸州，惟壽州之圍愈急。十月，孫忌於周遇害，從者二百人皆死；周人獨貸鍾謨，以為耀州司馬。

　　保大十五年，二月，乙亥，周世宗親征。齊王景達自濠州遣邊鎬、許文稹（縝）、朱元，帥師數萬援壽州。景達用監軍使陳覺言，謀奪朱元兵，以楊守忠代之。朱元遂舉寨降於周。壬辰，周師盡破南唐諸寨，執邊鎬、許文稹（縝）、楊守忠，餘眾悉奔潰。景達遁歸金陵。四月，周世宗北還；十一月，復親征。十二月，郭廷謂、范再遇皆舉城降。元宗知東都必不守，遣使焚其官私廬舍，徙其民於江南。周師入揚州。丁丑，周師攻陷泰州。

　　交泰元年（958），丙戌，周師陷海州；壬辰，陷靜海軍；丁未，

陷楚州。周師次雄州，刺史易文贇舉城降。己酉，周帝遣太府卿馮延
魯，衛尉少卿鍾謨，賜後主御衣、金玉帶、錦帛、羊馬及犒軍帛十
萬，凡士卒俘於周者，皆遣還，凡五千七百五十人。丁亥，周帝次揚
州。辛卯，至迎鑾鎮。壬辰，耀兵江口。元宗懼周師南渡，遣樞密使
陳覺奉表貢方物，請傳位於太子弘冀，以國為附庸。元宗遣劉承遇上
表，稱「唐國主」，獻江北未陷郡縣，歲輸土貢數十萬，乞海陵鹽監
南屬，不許。庚子，周世宗賜書，許奉正朔，罷兵，而不許傳位太
子。甲辰，遣平章事馮延巳等使周犒軍，及買宴。五月，下令去帝
號，稱國主。去交泰年號，稱顯德五年。置進奏邸於汴都。凡帝者儀
制，皆從貶損，元宗改名景，以避周信祖諱；告於太廟。

綜上所述，周侵淮南之際，唐師潰敗相踵，將士或棄城逃命，如
方訥、張紹、景達等；或降於周人，如徐象、耿謙、張承翰、蔡暉、
陳延貞、朱元、郭廷謂、范再遇、易文贇等，不勝枚舉。只有少數將
領能奮戰到底，如周陷舒州時，刺史周弘祚投水赴義。自保大十三年
周人大舉南侵起，南唐與後周的外交關係，始終建立在被動應戰、戰
敗求和、納貢稱臣等不平等的基礎上，如此卑躬屈膝，事奉大朝，不
過為了暫求緩兵，保境安民而已。

（四）宋朝

宋太祖受禪之後，更是戰戰兢兢，勵精圖治，為日後統一天下奠
定了基礎。隨著宋朝國力蒸蒸日上，南唐與之關係更形密切，或短兵
相接，或納貢求和，終不敵其強大武力攻擊，金陵城破，後主被俘，
從此國亡家滅。南唐與宋朝之往來，如〈元宗本紀〉云：

> 建隆元年，……大宋太祖皇帝受周禪；放江南降將三十四人來
> 歸。……三月，遣使朝賀於京師。秋，七月，遣禮部郎中龔慎

儀朝於京師，貢棨（乘）輿服御。自是貢獻尤數，歲費以萬計。冬，十月，宋揚州節度使李重進叛，來求援，不許。十一月，丁未，太祖平李重進。國主遣右僕射嚴續犒軍，蔣國公從鎰、戶部侍郎馮延魯朝貢。

建隆元年（960），宋太祖受後周禪位，南唐遣使朝賀。自此貢獻之厚，更甚於後周，即所謂「歲費以萬計」。據《宋史》〈南唐世家〉〈李景傳〉載：「建隆元年……二月，景遣使貢絹二萬匹、銀萬兩，賀登極。及澤潞平，景又貢銀五千兩為賀。七月還京，又貢金器五百兩、銀器三千兩、羅紈千匹、絹五千匹。又遣其禮部郎中龔慎儀貢乘輿服御物，每歲冬正、端午、長春節皆以土產珍異、金銀器用、繒帛、片茶為貢。每景及錢俶遣親屬入貢，皆御前殿，曲宴以寵之。景生日，遣使賜以金幣及賜羊萬口、馬三百疋（匹）、橐駝三十，以為常制。」[238]可見南唐納貢之豐，難怪所費不貲，成為沉重的財政負擔。而李重進欲叛降江南，元宗不許，此事見諸《宋史》〈太祖本紀〉：「九月……己未，淮南節度使李重進以揚州叛，遣石守信等討之。」司馬光《稽古錄》宋建隆元年九月載：「李重進叛降江南，江南主李景不敢受。己未，詔石守信等諸軍討之。」[239]清人畢沅《續資治通鑑》宋建隆元年九月亦載：

周檢校太尉、淮南節度使滄人李重進，周太祖甥也。始與帝俱事世宗，分掌兵柄；以帝英武，心憚之。恭帝嗣位，重進出鎮揚州。及帝自立，令韓令坤代重進。重進請入朝，帝賜詔止

---

238 見〔元〕脫脫等修：《宋史》，收入《二十五史》，冊36，卷478，頁5731上。
239 見〔北宋〕司馬光撰：《稽古錄》，收入原式精印大本《四部叢刊正編》（臺北市：臺灣商務印書館，1979年），冊10，卷17，頁116上。

之，重進愈不自安。李筠舉兵澤潞，重進遣其親吏翟守珣，閒行與筠相結。守珣潛求見帝，言重進陰懷異志。帝厚賜守珣，使說重進稍緩其謀，無令二凶竝（並）作。守珣歸，勸重進未可輕發，重進信之。帝既平澤潞，隨欲經略淮南，徙重進為平盧節度使，又遣六宅使陳思誨齎鐵券往賜，以慰安之。重進自以周室懿親，恐不得全，遂拘思誨，治城繕兵，遣人求援於南唐，南唐主不敢納。帝聞重進舉兵，命石守信為揚州行營都部署，兼知揚州行府事，王審琦為副，李處耘為都監，宋延渥為都排陣使，帥禁兵討之。[240]

李重進身為後周姻親，又曾與宋太祖分掌兵權。宋太祖受禪後，他頗不自安，故而舉兵叛變。李重進曾向南唐輸誠，元宗不敢接納。最後，李重進叛軍為宋人殲滅。諸史皆繫此事於「建隆元年九月」，獨陸氏作「十月」，疑陸《書》有誤。又陸氏〈元宗本紀〉載：建隆二年，二月，決定遷都洪州豫章（江西南昌）。三月，至南都；宋太祖以南唐遷都故，遣通事舍人王守貞來勞問。六月，庚申，元宗殂於長春殿。八月，告哀於汴京，且請追復帝號，宋許之。同年，後主繼立，如〈後主本紀〉云：

> 建隆二年……六月，元宗殂，太子嗣立於金陵。……遣中書侍郎馮延魯於京師，奉表陳襲位。太祖賜詔答之，自是始降詔。秋，九月，太祖遣鞍轡庫使梁義來吊（弔）祭。冬，十月，太祖遣樞密承旨王文來賀襲位。初，元宗雖臣於周，惟去帝號，他猶用王者禮，至是國主始易紫袍見使者；使退，如初服。

---

240 見〔清〕畢沅撰：《續資治通鑑》（出版者不詳：出版地不詳，2002？年），冊1，卷1，頁4下。

關於後主請宋追復其父帝號之事，《新五代史》〈南唐世家〉〈李景傳〉云：「從嘉（後主）嗣立，以喪歸金陵，遣使入朝，願復景帝號，太祖皇帝許之，乃諡曰明道崇德文宣孝皇帝，廟號元宗，陵曰順陵。」[241]《宋史》〈南唐世家〉〈李景傳〉亦云：「景卒，其臣桂陽郡公徐遼奉遺表來上，太祖廢朝五日，遣鞍轡庫使梁義吊（弔）祭，贈賵絹三千匹。子煜又遣其臣馮謐（延魯）奉表，願追尊帝號，許之。煜乃諡景為明道崇德文孝皇帝，廟號元宗，陵號順陵。」[242]而後主遣使奉表陳襲位，宋太祖賜詔答之，《續資治通鑑長編》載於建隆二年九月壬戌：「唐主煜遣中書侍郎馮謐來貢。謐，即延魯也。唐主手表自陳本志沖淡，不得已而紹襲，事大國不敢有二，鄰於吳越，恐為所讒。上優詔以答焉。初周世宗既取江北，貽書江南，如唐與回鶻可汗之式，但呼國主而已，上因之。於是，始改書稱詔。」[243]又陸氏〈後主本紀〉云：

> 建隆三年，春，三月，遣馮延魯入貢京師。……六月，遣客省使翟如璧入貢京師。太祖放降卒千人南還。冬，十一月，遣水部郎中顧彝入貢京師。乾德元年，春，正月，太祖遣使來，賜羊、馬、橐駝。三月，太祖出師平荊湖，國主遣使犒軍。……秋，七月，太祖詔國主，遣還顯德以來中朝將士在江南者，及令揚州民遷江南者還其故土。十二月，國主表乞罷詔書不名之禮，不從。

---

241 見〔北宋〕歐陽修撰、徐無黨注：《新五代史》，收入景印《文淵閣四庫全書》，冊279，卷62，頁443上。

242 見〔元〕脫脫等修：《宋史》，收入《二十五史》，冊36，卷478，頁5731下。

243 見〔南宋〕李燾撰：《續資治通鑑長編》，收入景印《文淵閣四庫全書》，冊314，卷2，頁68上。

據《續資治通鑑長編》建隆三年七月云：「庚申，唐主遣客省使翟如璧來貢，謝生辰之賜也。」《金陵新志》亦云：「七月，煜遣翟如璧謝賜生辰國信，貢金器二千兩、銀器一萬兩、錦綺綾羅一萬匹。」[244]遣翟如璧入貢京師，原為謝生辰之賜。案：後主生辰在七夕，想必宋太祖之賜六月便抵金陵；而後主一收到禮物，立即遣使入京道謝。所以此事就南唐看，使臣應在六月底出發，故繫於六月沒錯；但就宋而言，金陵使者入貢的時間在七月初，繫於七月亦屬實情。是知翟如璧六月底從金陵出發，七月初抵汴京，因此載於六月、七月都沒錯，立場不同而已。又乾德元年，宋太祖平荊南，後主遣使犒軍；據《宋史》〈南唐世家〉〈李煜傳〉云：「煜每聞朝廷出師克捷及嘉慶之事，必遣使犒師脩（修）貢。其大慶，即更以買宴為名，別奉珍玩為獻，吉凶大禮，皆別修貢助。」[245]可見後主事宋之殷勤，慶賀犒賞，奇珍異寶，禮數周到，只圖苟安於一時。陸氏〈後主本紀〉云：

> 乾德二年……秋，八月，太祖於江北置折博務，禁商旅過江。……十月，甲辰，仲宣卒。國后周氏已寢疾，哀傷增革，遂亦卒。十一月，太祖遣作坊副使魏丕來吊（弔）祭。乾德三年……九月，雨沙。聖尊后鍾氏殂。冬，十月，太祖遣染院使李光圖來吊（弔）祭。……開寶元年……境內旱，太祖賜米、麥十萬石。

宋於江北置折博務事，據周在浚《南唐書注》云：「昭陽李清曰：『《宋史》既載是年弛禁，陸書又載是年設禁，恐以追述往事為今事

244 見〔元〕張鉉撰：《至大金陵新志》，收入景印《文淵閣四庫全書》，冊492，卷3，頁152下。

245 見〔元〕脫脫等修：《宋史》，收入《二十五史》，冊36，卷478，頁5732下。

耳。」」²⁴⁶然《續資治通鑑長編》云：「七月，始於江北置折博務，禁商旅過江。詔諭唐主，恐其挾中國之勢，有所侵擾也。」《景定建康志》於八月乙未載宋太祖諭後主詔，云：

> 朕撫寧邦國，愛育黎民，欲禮讓之興行，期干戈之偃戢。爰自江表，內附商旅，南通車書，雖嘉於混同，關市每煩於候接。其間不無羣小，罔顧憲章，或尚氣以憑陵，或使酒而喧競。每達朕聽，深用憮然。雖曾指揮，尚未嚴肅，已降宣命，自今諸處不令客旅過江，只於江北置務折博，凡有貨幣，但於彼處貿易，載惟通晤，當體睠懷。²⁴⁷

案：陸《書》將宋置折博務，禁商旅過江，繫於八月，恐非如周在浚《注》引李清所謂「追述往事為今事耳」。因為《景定建康志》載宋太祖詔，即為一確證。而《續資治通鑑長編》雖載於七月，卻非《宋史》所謂是年弛禁，是知陸《書》設禁之說有其根據。又南唐昭惠后、聖尊后殂，宋皆遣使來弔祭；金陵境內發生乾旱，宋太祖亦賜米麥賑災。足見兩國表面上行禮如儀，實則各有算計，暗潮洶湧。如〈後主本紀〉云：

> 開寶四年，冬，十月，國主聞太祖滅南漢，屯兵於漢陽，大懼，遣太尉令鄭王從善朝貢；稱江南國主請罷詔書不名，從之。有商人來告，中朝造戰艦數千艘在荊南，請密往焚之，國主懼，不敢從。開寶五年，春，二月，國主下令貶損儀

---

246 見〔清〕周在浚撰：《南唐書注》收入《續修四庫全書》，冊333，卷3，頁381下。
247 見〔南宋〕周應合撰：《景定建康志》，收入景印《文淵閣四庫全書》，冊488，卷2，頁18上。

制，……以避中朝。……初金陵殿闕，皆設鴟吻，元宗雖臣于
周，猶如故；乾德後，遇中朝使至，則去之，使還復設；至是
遂去不復用。降諸弟封王者皆為公。……閏月，癸巳，太祖命
進奉使楚國公從善為泰寧軍節度使，留京師，賜第汴陽坊，示
欲召國主入朝也。國主遣戶部尚書馮延魯謝從善爵命；延魯至
京師，疾病，不能朝而歸。開寶六年，夏，太祖遣翰林院學士
盧多遜來。國主聞太祖欲興師，上表願受爵命，不許。

開寶四年，後主遣鄭王從善入貢事，《江南別錄》云：「遣長弟從善入
貢，因留質。後主天性友愛，自從善不還，歲時宴會皆罷，惟作
〈（卻）登高賦〉以見意，曰：『原有鶬兮相從飛，嗟我季兮不來
歸。』」[248]《景定建康志》〈建康表〉載：「十二月，煜遣弟鄭王從善
為郊禋來朝貢，始去唐號，改印文為江南國印，賜詔乞呼名，從之。
先是煜以銀五百兩遺丞相趙普，普告於上，上曰：『此不可不受。』
普叩頭辭讓。上曰：『大國之體，不可自為削弱，當使之勿測。』及從
善入覲，常賜外密齎白金，如遺普數。江南君臣聞之，皆震駭，服上
偉度。」[249]案：南唐為求苟延國祚，不惜重金賄賂宋臣，殊不知此時
宋室政治清明，統一天下，勢在必行，其緩攻之計不成，徒然虛耗國
用而已。又關於盧多遜來使事，《皇宋通鑑長編紀事本末》繫於四
月：「六年四月，遣盧多遜為江南生辰國信使。多遜至江南，得其臣
主歡心，及還，檥舟宣化口，使人白國主曰：『朝廷重修天下圖經，
史館獨闕（缺）江東諸州，願各求一本以歸。』國主亟令繕寫，命中

---

248 見〔北宋〕陳彭年撰：《江南別錄》，收入景印《文淵閣四庫全書》，冊464，頁127
　　下。

249 見〔南宋〕周應合撰：《景定建康志》，收入景印《文淵閣四庫全書》，冊488，卷13，
　　頁360下。

書舍人徐鍇等通夕讎對，送與之，多遜乃發。於是江南十九州之形勢，屯戍遠近，戶口多寡，多遜盡得之矣。歸即言江南衰弱可取狀，上嘉其謀，始有意大用。」[250]盧多遜原為江南十九州圖籍而來，南唐君臣明知此等資料不宜外流，但迫於無奈，仍不得不繕寫與人。可見宋欲伐南唐，有備而來，據王應麟《玉海》〈兵制〉〈水戰〉載：「乾德元年，四月，鑿池於朱明門外，引蔡水注之，造樓船百艘，選卒，號水虎捷，習戰池中。……開寶六年，三月，壬午，詔以教船池為講武池。七年，將有事於江南。是歲凡五臨幸，觀習水戰。」[251]陸氏〈後主本紀〉亦云：

> 甲戌歲，國主上表求從善歸國，不許。太祖遣閤門使梁迥來，使從容言曰：「天子今冬行柴燎之禮，國主宜往助祭。」國主不答。九月，丁卯，復遣知制誥李穆為國信使，持詔來曰：「朕將以仲冬有事圓丘，思與卿同閱犧牲。」且諭以將出師，宜早入朝之意。國主辭以疾，且曰：「臣事大朝，冀全宗祀，不意如是，今有死而已。」時太祖已遣潁州團練使曹翰率師先出江陵，宣徽南院使曹彬、侍衛馬軍都虞候李漢瓊、賀州刺史田欽祚率舟師繼發。及是，又命山南東道節度使潘美、侍衛步軍都虞候劉遇東、上閤門使梁迥率師水陸並進，與國信使李穆同日而行。……閏十月，王師拔池州。國主於是下令戒嚴，去開寶紀年，稱甲戌歲。辛未，王師進拔蕪湖及雄遠軍。吳越亦大舉犯常、潤。……王師次采石磯，作浮橋成，長驅渡江，遂至金陵。

宋使梁迥召後主入朝，據《續資治通鑑長編》開寶七年秋七月載：
「盧多遜既還，江南國主知上有南伐意，遣使願受封策，上不許，於
是復遣閤門使梁迥使焉。迥從容問國主曰：『朝廷今冬有柴燎之禮，
國主盍來助祭？』國主唯唯不答。迥歸，上始決意伐之。」[252]復使李
穆持詔來，如《江南別錄》云：「秋初，中書舍人李穆齎詔來，曰：
『朕以仲冬有事於圜丘，思與卿同閱犧牲。』後主辭以大疾。時大兵
已在荊湖，惟候穆之反命。後主既不赴召，遂決進取。」是年九月，
宋人南下，來勢洶洶，南唐自知不免一戰，遂築城聚糧，大為守備。
閏十月，宋師拔池州；辛未，進拔蕪湖及雄遠軍。吳越亦大舉兵犯常
州、潤州。宋軍次采石磯，作浮橋成。長驅渡江，遂至金陵。南唐則
不堪一擊，兵敗如山倒。〈後主本紀〉又云：

> 乙亥歲，春，二月，壬戌，王師拔金陵關城。三月，丁巳，吳
> 越攻我常州……夏，六月……吳越遂會王師圍金陵，洪州節度
> 使朱令贇帥勝兵十五萬赴難……我軍大潰，……外援既絕，金
> 陵益危蹙。……冬，十一月……乙未，城陷。……國主帥司空
> 知左右內史事殷崇義等，肉袒降於軍門。明年，正月，辛未，
> 至京師。

乙亥歲，在宋軍和吳越兵圍攻之下，朱令贇十五萬勝軍皆赴火身亡，
外援遂絕，金陵已搖搖欲墜。乙未，城陷，後主帥殷崇義（湯悅）等
大臣肉袒出降，南唐終告亡國。後主君臣淪為階下囚，隔年，正
月，被俘至汴京。

---

252 見〔南宋〕李燾撰：《續資治通鑑長編》，收入景印《文淵閣四庫全書》，冊314，卷
　　15，頁223上。

三　與外邦之交往

　　所謂「外邦」，域外之邦也，即中原以外地區少數民族所建立的邦國。南唐與外邦之交往，據陸《書》記載，計有契丹、高麗及新羅三國；然與新羅之往來僅一條，如〈烈組本紀〉云：「昇元二年……冬，十月……癸未，新羅使來朝貢。」而陸《書》卷十八為契丹、高麗立傳，從〈高麗傳〉中，可知「高麗……吳天祚二年，當晉之天福元年，敗新羅、百濟……。」[253]除此之外，一無所知。大概是新羅小國與南唐南北遙相阻隔，本無利害關係，故而疏於聯繫。

（一）契丹

　　南唐與契丹之交往，〈烈祖本紀〉云：「昇元二年……八月……丁亥，契丹使梅里捺盧古來聘。……昇元三年……二月……乙未，契丹使曷魯來，以兄禮事帝。……昇元四年……九月，戊辰，契丹使梅里掠姑米里來聘，獻狐白裘。……昇元五年……五月，戊辰，契丹使來。……昇元六年……六月……庚午，契丹使掠姑米里來聘，獻馬五駟。……昇元七年，春，正月，契丹使達羅千等二十七人來聘，獻馬三百，羊三萬五千。」昇元五年契丹使來，據〈契丹傳〉云：

> 烈祖昇元二年，契丹主耶律德光，及其弟東丹王，各遣使以羊馬入貢；別持羊三萬口、馬二百匹來鬻，以其價市羅紈茶藥。烈祖從之。於是翰林院進〈二丹入貢圖〉，詔中書舍人江文蔚作〈贊〉。……四年，德光遣使獻馬百匹，於是烈祖遣通事舍人副四方館事歐陽遇，借鴻臚少卿使契丹，假道於晉；高祖不

253　見〔南宋〕陸游撰：《南唐書》，卷18，頁8右。

可，遇及境而復。[254]

《資治通鑑》後晉天福六年（941）四月，亦云：「唐主遣通事舍人歐陽遇求假道以通契丹，帝不許。」[255]是知昇元四年，契丹使來獻馬百匹；翌年，烈祖遣歐陽遇通契丹，途中欲假道於晉，晉高祖不許，遂無功而返。陸氏〈元宗本紀〉云：

> 保大五年……契丹耶律德光以滅晉來告捷，且請會盟於境上，帝不從。遣工部郎中張易聘之，請命使者如長安脩（修）奉諸陵，契丹亦不從。……保大十二年……秋，七月，契丹使其舅來聘，夜宴清風驛。盜斬契丹使，亡去，捕之不得。或以為周人也。自是契丹遂不至。……保大十四年……帝遣間使求援於契丹，至淮北，為周人所執。

契丹以滅後晉來請盟，元宗不許事，據馬令《南唐書》〈嗣主書〉云：「虜使來告曰：『晉少主逆命背約，自貽廢黜，吾主欲與唐繼先世之好，將冊命唐為中原主。』帝命近臣對曰：『唐守江淮，社稷已固，與梁宋阻隔，若爾主不忘先好，惠錫行人，受賜多矣，其他不敢拜命之辱。』遣兵部侍郎賈潭報聘。帝歎曰：『閩役憊矣，其能抗衡中原乎！』」[256]而南唐請如長安修奉諸陵，契丹亦不從之事，可見諸《資治通鑑》後天福十二年二月：「唐主遣使賀契丹滅晉，且請詣長安脩（修）復諸陵，契丹不許，而遣使報之。」另陸氏〈契丹傳〉，載我公乘鎔出使契丹事：

---

254 見〔南宋〕陸游撰：《南唐書》，卷18，頁5右。
255 見〔北宋〕司馬光撰：《資治通鑑》，冊10，卷282，頁4473上。
256 見〔北宋〕馬令撰：《南唐書》，收入《四部叢刊廣編》，冊12，卷3，頁14下。

元宗嗣位，遣使者公乘鎔航海繼好。既至，而契丹主兀欲被殺，弟述律遺元宗書曰：「大契丹天順皇帝謹致書大唐皇帝闕下，貴朝使公乘鎔等，自去秋已達東京海岸，適遭國禍，今年二月二十六日，部署一行，並諸儀物兵鎧，已至燕京。茲蒙敦念先朝，踐修舊好，既增摧痛，又切感銘。……」而公乘鎔亦以蠟封帛書，其詞曰：「臣鎔……七月至鎮東關，遣王朗奉表契丹。……今年正月，方至幽州，館於愍忠寺。先迎御容入宮，言元欲識唐皇帝面，乃引見如舊儀，問國書中機事。臣即述奕世歡好，當謀分裂之事。契丹主喜，問復有何事？臣云：『軍機別有密書。』契丹主接至袖間，乃云：『吾與唐皇帝一如先朝往來。』因置酒合樂，又諭臣曰：『使人遠泛巨海而至，不期骨肉間倏起此事，道路所聞，必亦憂恐。』手斟一玉鍾酒，先自啜，乃以勸臣令飲釂。自旦至日晡始罷。自是數遣使宣勞，三日一賜食。」

案：契丹主兀欲被殺，其弟述律繼立，為遼天祿五年（951）十月事，適值南唐保大九年。由是知公乘鎔使契丹在保大九年，明年，至幽州，館於愍忠寺，受契丹主述律熱情款待，並承諾兩國間仍繼先世歡好，互相往來。後因發生清風驛事件，契丹不再與南唐交通，其始末緣由，如〈契丹傳〉云：

初，宋齊丘謀間晉，會契丹使燕人高霸來聘，歸至淮北，唐陰遣人刺殺之。霸有子乾從行，匿之濠州，於是契丹頗信以為霸之死，出於晉人。保大十二年，述律遣其舅來，夜宴清風驛，起更衣，忽仆於地，視之，失其首矣。厚賞捕賊，不得。乃知周大將荊罕懦（儒）知契丹使至，思遣客刺之以間唐，乃下令

能得吾枕者，賞三百縑。俄有劍客田英得之，即給賞如約。仍
屏人語之曰：「能得江南番使頭，賞三千縑。」英果得之。自
是唐與契丹遂絕。及世宗兵出淮南，勅暴我罪……首以通契丹
為興師之名。

馬令《南唐書》〈嗣主書〉亦載：「秋，七月，契丹使其舅來聘。昇元
中，宋齊丘選宮嬪，雜以珠貝、羅綺，泛海北通契丹，欲賴之以復中
原。而虜使至，則厚幣遣還，迨至淮北，輒使人刺之；復遣使沿海，
齎琛寶以報聘。虜意晉人殺其使，數犯中原。至是，館虜使於清風
驛；夜醮（宴），更衣，盜斬其首。契丹自此不至，蓋中原間之
也。」[257] 而後周何人授意殺虜使以間南唐？據《資治通鑑》於後周顯
德六年（959）載：

契丹主遣其舅使於唐，泰州團練使荊罕儒（懦）募客使殺之。
唐人夜宴契丹使者於清風驛，酒酣，起更衣。久不返，視之，
失其首矣。自是契丹與唐絕，罕儒（懦），冀州人也。

如此一來，後周使人刺殺契丹使，而後嫁禍於南唐，是不爭的史實；
然此事發生於保大十二年（954），或顯德六年？陸《書》與《資治通
鑑》孰是孰非，由於史料不足，無法判定。又保大十四年，元宗遣使
至契丹求援師，為周人所執，據《資治通鑑》後周顯德三年云：「唐
主遣人以蠟丸求救於契丹。壬辰，靜安軍使何繼筠獲而獻之。」又
云：「唐自烈祖以來，常遣使泛海，與契丹相結，欲與之共制中國，
更相餽遺，約為兄弟。然契丹利其貨，徒以虛語往來，實不為唐周

---

257 見〔北宋〕馬令撰：《南唐書》，收入《四部叢刊廣編》，冊12，卷3，頁17上。

也。」如陸氏〈契丹傳〉云：「方石晉以父事契丹，而契丹每以兄事
南唐，蓋戎狄習見唐之威靈，故聞後裔在江南，猶尊之，不敢與他國
齒。南唐亦頗恃以自驕。其實相結約撓中原，皆虛辭，非能為唐助
也！」蓋契丹與南唐來往，貨物交流的實質利益遠大於外交結盟的意
義。儘管契丹人習見大唐威儀，尊事唐裔偏安之政權，使金陵君主頗
感自豪；但如王吉林〈契丹與南唐外交關係之探討〉所云：「南唐想
找一個強有力的外援，不惜以美女珍玩餽遺，……契丹……以虛語應
付，騙取江南物產，至後周北宋對南唐用兵時，南唐雖求救於契丹，
契丹未發一兵一卒為之助，……實亦自始至終對南唐缺乏誠心所
致。」[258]可見南唐與契丹交往，無助於躍馬中原之計，確係實情。

（二）高麗

南唐與高麗之往來，〈烈祖本紀〉云：「昇元二年……六月……高
麗使正朝廣評侍郎柳勳律來朝貢。……昇元四年……冬，十月……己
未，高麗使廣評侍郎柳兢質來貢方物。」而〈高麗傳〉中，僅對昇元
二年來貢一事，略有記載：

> 昇元二年，遣使來貢方物，所上書稱牋，大略云：「今年六月
> 內，當國中原府入吳越，國使張訓等回，伏聞大吳皇帝已行禪
> 禮，中外推戴，即登大寶者，伏惟皇帝陛下，道契三無，恩涵
> 九有。堯知天命已去，即禪瑤圖；舜念歷數在躬，遂傳玉璽。
> 逮宿惟庸陋，獲託生成，所恨沃日波遙，浮天浪闊，幸遇龍飛
> 之旦，阻申燕（宴）賀之儀，無任歸仁戴聖，鼓舞激切之

---

258 見王吉林撰：〈契丹與南唐外交關係之探討〉，《幼獅學誌》第5卷第2期（1966年12
　　月），頁7。

至。」儀式如表而不稱臣。烈祖御武功殿，設絀仗，見其使。自言代主朝覲，拜舞甚恭。宴於崇英殿，出龜茲樂，作番戲，召學士承旨孫忌侍宴。[259]

是年，高麗使來貢方物，順道奉牋賀即位；烈祖設宴款待，賓主盡歡。據《金陵通紀》云：「六月……高麗使貢方物，帝御武功殿，設絀仗受之。命學士承旨孫晟（忌），宴其使於崇英殿，奏龜茲樂，作番戲以為樂。」[260]至於昇元四年復遣使來，詳細情形，不得而知。而陸氏〈高麗傳〉云：「三年，又遣其廣評侍郎柳勳律來貢方物。」是高麗使柳勳律一連兩年來貢方物，〈烈祖本紀〉漏載昇元三年那一次？或〈高麗傳〉誤記入貢年分與使臣名字？還是柳勳律、柳兢質實為同一人？總之，文獻闕如，無從考證。

第六節　南唐之文化發展

南唐為一偏據小國，不敵北方大朝的武力侵逼、政治統戰，終於至乙亥歲（975），金陵城陷，後主肉袒降宋。在歷史上南唐亡國了，然金陵曾是詩禮之國、文化之邦，卓越的南唐文化卻未因此斷送，反而為大一統的宋朝所承襲，繼以發揚光大，匯入中國傳統文化的洪流裡，源遠流長，流傳千古。換言之，在政治上南唐為宋人所滅，但在文化上，宋代卻被南唐征服了。

本節探述南唐文化發展，擬從烈祖時期積極從事文化建設談起，次及元宗、後主在位，南唐文化之蓬勃發展，分為「文化建設」、「樂

---

259 見〔南宋〕陸游撰：《南唐書》，卷18，頁9左。
260 見〔清〕陳伯雨編：《金陵通紀》，卷7，頁10左。

府歌詞」、「書畫藝術」、「音樂舞蹈」及「其他著述」五項，逐一析論如後。

一　文化建設

南唐文化所以能多元發展，如百花齊放般，絢麗耀眼，首要歸功於烈祖時期的文化建設。烈祖出身行伍，是南唐三君中最不具文采的君王，其個人文化成就並不顯著[261]，然其文化政策對南唐文化的勃興，卻有深遠影響。烈祖的文化措施，主要包含「招徠人才」、「搜羅圖籍」、「興建學校」及「提倡倫理」四方面。

首先，就招徠人才言，早在烈祖輔吳時，已有中原人士南奔，為江南政權注入一股新活力。南來文人中，如陸氏《南唐書》〈常夢錫傳〉云：「烈祖輔吳，召置門下，薦為大理司直。及受禪，擢殿中侍御史、禮部員外郎；益見獎遇，遂直中書省，參掌詔命，進給事中。時以樞密院隸東省，故機事多委焉。」[262]南唐建國後，機事多委任常夢錫，足見烈祖對他的信任。〈江文蔚傳〉云：「烈祖輔吳，用為宣州觀察巡官，歷比部員外郎、知制誥。國初，改主客郎中，拜中書舍人。」[263]從後唐來歸的江文蔚，同樣受到烈祖的重用。〈孫忌傳〉云：「時烈祖輔吳，四方豪傑多至。忌……人多憎嫉之，而烈祖獨喜其文辭，使出教令，輒合指（旨）……。烈祖受禪，歷中書舍人、翰

---

261 據《五代詩話》〈國主宗室〉〈南唐烈祖〉載：「南唐烈祖在徐溫家，〈詠燈〉詩云：『一點分明直（值）萬金，開時惟怕冷風侵。主人若也勤挑撥，敢向尊前不盡心。』」又載：「李昇〈竹〉詩曰：『棲鳳枝梢猶軟弱，化龍形狀已依稀。』」見〔清〕王士禎輯、鄭方坤刪補：《五代詩話》（臺北市：廣文書局，1970年），冊1，卷1，頁65。案：此類詩句是否真出自烈祖之手，無從考證。

262 見〔南宋〕陸游撰：《南唐書》，卷7，頁7左。

263 見〔南宋〕陸游撰：《南唐書》，卷10，頁6右。

林學士、中書侍郎。」[264]不修邊幅的山東書生孫忌，亦受烈祖拔擢。又〈高遠傳〉云：「烈祖受禪，招來四方秀傑，得遠，以為祕書省正字。」[265]其叔高越奔吳，與江文蔚以能賦，擅名江表，人稱「江高」；開國後，烈祖廣納人才，復得高遠。南來武士中，如〈王彥儔傳〉云：

> 烈祖輔吳，以為都押衙，歷和州刺史……。彥儔有政績，善撫境內，和遂為富州。入拜統軍，自以發迹兇（凶）亂，於是務為恭謹。烈祖嘉之，嘗陞（升）堂拜其父。開國，以為池州節度使。[266]

王彥儔從後唐來奔，烈祖使治和州，善撫境內，頗有政績。〈盧文進傳〉云：「時烈祖輔吳，……遣將祖全恩以兵二千陣於安州近境，俟文進出，殿之而至，拜天雄統軍、宣潤節度使，委任賓佐，政績甚美。」[267]烈祖遣將迎盧文進來歸，後使治宣州、潤州，政績卓著；有國後，繼續重用。受禪後，又得北朝戰將李金全，「命鄂州屯營使李承裕、段處恭帥兵三千人逆金全，陳於城外，俟金全出，殿之而東。……金全帥數百人來奔。」[268]為南唐再添一名生力軍。

烈祖輔吳時，延攬四方賢士，自然也包括江南在地文人，如〈陳覺傳〉云：「烈祖以東海王輔吳，作禮賢院，聚圖書萬卷，及琴弈遊戲之具，以延四方賢士。政事之暇，多與之講評古今，覺亦預焉。」[269]

---

264 見〔南宋〕陸游撰：《南唐書》，卷11，頁9左。

265 見〔南宋〕陸游撰：《南唐書》，卷9，頁4左。

266 見〔南宋〕陸游撰：《南唐書》，卷8，頁5左。

267 見〔南宋〕陸游撰：《南唐書》，卷9，頁5右。

268 見〔南宋〕陸游撰：《南唐書》，卷10，頁2右。

269 見〔南宋〕陸游撰：《南唐書》，卷9，頁6右。

開國以後，提拔本土文士，更是不遺餘力，如〈馮延巳傳〉云：「及長，以文雅稱。白衣見烈祖，起家授祕書郎。元宗以吳王為元帥，用延巳掌書記。」[270]〈馮延魯傳〉亦云：「烈祖時，與兄延巳俱事元帥府。」馮氏兄弟為廣陵人，因其父馮令頵事烈祖，官至吏部尚書致仕，故兄弟倆得以白衣晉見，後事元宗為東宮僚屬。而出身江南的武人，如何敬洙「幼遇亂，吳將楚州刺史李簡得之」，「及長，用為軍校。簡卒，事烈祖，為裨將。」[271]後歷事三朝，為南唐立下赫赫戰功。〈邊鎬傳〉云：「邊鎬，金陵人。少事烈祖，為通事舍人，以通敏稱。」[272]邊鎬亦是南唐土生土長的武將，因蒙烈祖賞識，而獲錄用。

次就搜羅圖籍言，烈祖於楊吳昇州刺史任內，開始訪尋戰亂散落民間的圖書舊籍，如陸氏〈烈祖本紀〉云：「時江淮初定，守令皆武夫，專事軍旅；帝……求遺書，招延四方士大夫，傾身下之。」[273]以此作為招攬讀書人的手段。受禪後，他更下令諸郡搜集各類圖籍古書，誠如時人劉崇遠《金華子雜編》所載：

> 始天祐間，江表多故，洎及寧貼，人尚苟安，稽古之談，幾乎絕侶，橫經之席，蔑耳無聞。及高皇初收金陵，首興遺教，懸金為購墳典，職吏而寫史籍，聞有藏書者，雖寒賤必優詞以假之，或有贊獻者，雖淺近必豐厚以答之。時有以學王右軍書一軸來獻，因償十餘萬，繒帛副焉。由是《六經》臻備，諸史條集，古書名畫，輻湊絳帷，俊傑通儒，不遠千里而家至戶到，咸慕置書，經籍道開，文武並駕。暨昇元受命，王業赫然，稱

270　見〔南宋〕陸游撰：《南唐書》，卷11，頁1左。

271　語出〈何敬洙傳〉。見〔南宋〕陸游撰：《南唐書》，卷6，頁7左。

272　見〔南宋〕陸游撰：《南唐書》，卷5，頁9右。

273　見〔南宋〕陸游撰：《南唐書》，卷1，頁2左。

明文武，莫我跋及，豈不以經營之大，其有素乎？[274]

詳述烈祖輔吳時，廣求遺落各地舊典圖籍的經過。因此，經史完備，書畫雲集，人文薈萃，才士慕名而至，文武並駕於前。其後就在這樣的基礎上，建立南唐。如馬令《南唐書》〈魯崇範傳〉云：「烈祖初建學校，丁亂世，典籍多闕（缺），旁求諸郡。……崇範笑曰：『墳典，天下公器，世亂藏於家，世治藏於國，其實一也。……』……表薦之，召試東宮，授太子洗馬。」[275]烈祖初建學校，訪求諸郡典籍，魯崇範家藏九經子史獻於朝廷，謝絕官府厚賞，後被延攬入仕。

就興建學校言，據《資治通鑑》云：「自唐末以來，所在學校廢絕。」[276]故當政局穩定時，復興學校成為刻不容緩之事。如前述烈祖初建學校，又陸氏〈烈祖本紀〉云：「昇元二年……十月，丙子，立太學，命刪定禮樂。」而後紛紛興建各級學校。馬令〈朱弼傳〉言及南唐興學盛況：「南唐跨有江淮，鳩集典墳，特置學官，濱秦淮開國子監，復有廬山國學，其徒各不下數百；所統州縣，往往有學。」[277]以廬山國學影響最大，如《十國春秋》〈南唐烈祖本紀〉載：「（昇元四年），是時建學館於白鹿洞，置田供給諸生，以李善道為洞主，掌其教，號曰廬山國學。」[278]廬山國學為白鹿洞書院前身，白鹿洞書院名列宋代四大書院之一，實奠基於南唐三世之經營。除了官辦學校之外，私人講學之風亦盛，如陸氏〈江夢孫傳〉云：「棄官……為諸生

274 見〔南唐〕劉崇遠撰：《金華子雜編》，收入景印《文淵閣四庫全書》，冊1035，卷上，頁824上。

275 見〔北宋〕馬令撰：《南唐書》，收入《四部叢刊廣編》，冊12，卷18，頁73下。

276 見〔北宋〕司馬光撰：《資治通鑑》，冊10，卷291，頁4605上。

277 見〔北宋〕馬令撰：《南唐書》，收入《四部叢刊廣編》，冊12，卷23，頁91上。

278 見〔清〕吳任臣撰：《十國春秋》，收入景印《文淵閣四庫全書》，冊465，卷15，頁149下。

講禮。凡至疑義，輒斂袵曰：『此科先儒猶多異同，夢孫安敢輕言？諸君自擇所長，可也。』」[279]潯陽江夢孫棄官歸隱後，私聚生徒，講授《禮經》。〈陳褒傳〉云：「築書樓，延四方學者，鄉鄰化其德，獄訟為之衰息。」[280]馬令〈先主書〉亦云：「江州陳氏……建書樓於別墅，以延四方之士，肄業者多依焉。鄉里率化，獄訟希（稀）少，遠近歎異之。」[281]為江州陳褒延聘賓客講學之明證，德化鄉里，獄訟寢息。

　　就提倡倫理言，誠如《新五代史》〈唐家人傳〉〈序〉云：「五代之際，君君、臣臣、父父、子子之道乖，而宗廟、朝廷、人鬼，皆失其序，斯可謂亂世者歟！」[282]烈祖受禪，正得力於此種倫理觀念淡薄，故與楊吳統治者、徐溫、徐知訓、徐知詢之間，君臣、父子、兄弟明爭暗鬥，最後脫穎而出，建立南唐。開國稱帝後，為了確保國家長治久安，大力提倡倫理綱常，試圖以儒家思想樹立新價值、重建新秩序。如馬氏〈先主書〉載：昇元三年，表揚七家五代同居者，「皆蠲復征役，旌表門閭」。其中以江州陳氏之重倫常，最為人所稱道，文云：「宗族七百口，每日設廣席，長幼以次坐而共食。有畜犬百餘，共一牢食，一犬不至，諸犬為之不食。」[283]不僅治家強調長幼有序，連狗都受到潛移默化，先來後到，井然有序，足見陳氏家風嚴謹，恪守倫理綱常之道。由於烈祖提倡倫理，誠如馬氏〈朱弼傳〉所云：「方是時，廢君如吳越，弒主如南漢，叛親如閩楚，亂臣賊子，無國無之。唯南唐兄弟輯睦，君臣奠位，監於他國，最為無事，

279 見〔南宋〕陸游撰：《南唐書》，卷7，頁14左。

280 見〔南宋〕陸游撰：《南唐書》，卷17，頁8左。

281 見〔北宋〕馬令撰：《南唐書》，收入《四部叢刊廣編》，冊12，卷1，頁9上。

282 見〔北宋〕歐陽修撰、徐無黨注：《新五代史》，收入景印《文淵閣四庫全書》，冊279，卷16，頁101上。

283 見〔北宋〕馬令撰：《南唐書》，收入《四部叢刊廣編》，冊12，卷1，頁9上。

此亦好儒之效也。」[284]南唐於五代十國中政治相對穩定，或許與重視儒家倫常觀念不無關係。

要言之，在烈祖積極的文化建設下，至元宗、後主時期，南唐文化方能蔚為發展，無論歌詞、書法、繪畫、音樂、舞蹈、各種著述等，皆繁榮於一時。

二　樂府歌詞

樂府歌詞（簡稱「詞」）最早起源於隋、唐民間，是當時新興宴樂的歌詞。至中唐，劉禹錫、白居易等加入倚聲填詞之列；晚唐溫庭筠為史上第一位全力填詞的文人，詞從此成為正式的文學體裁；前蜀韋莊繼之，與同時詞家專詠美女愛情、相思離別之作，形成所謂的花間詞風。時至南唐，跳脫花間詞穠情麗句範疇，而以詞人本身的生命、熱情等讓人產生興發聯想，詞遂成為當時的文學主流。南唐詞人中，以元宗李璟、後主李煜及宰相馮延巳最享盛名。如清人馮煦《唐五代詞選‧敘》評曰：「吾家正中翁，鼓吹南唐，上翼二主，下啟歐晏。」[285]其實，馮延巳（903-960）年紀較大，跳脫君臣關係，應是近啟南唐二主，遠開北宋晏歐先河才是。足見馮詞對南唐乃至北宋詞之啟迪，影響深遠。

元宗傳世之作僅四闋，即〈應天長〉（「一鉤初月臨窗鏡」）、〈望遠行〉（「玉砌花光錦繡明」）、〈浣溪沙〉二首（「手捲真珠上玉鉤」、「菡萏香銷翠葉殘」）。其文學藝術已臻完善，尤以〈浣溪沙〉「細雨夢回雞塞遠，小樓吹徹玉笙寒」句，千古傳誦。據陸氏〈馮延巳傳〉載：

---

284 見〔北宋〕馬令撰：《南唐書》，收入《四部叢刊廣編》，冊12，卷23，頁91下。

285 見〔清〕成肇麐選輯：《唐五代詞選》，收入《人人文庫》（臺北市：臺灣商務印書館，1970年），冊1402，頁1。

元宗嘗因曲宴內殿，從容謂曰：「『吹皺一池春水』，何干卿事？」延巳對曰：「安得如陛下『小樓吹徹玉笙寒』之句？」[286]

可見此句當時已是膾炙人口的名句，為元宗、馮延巳君臣茶餘飯後所津津樂道。又王國維《人間詞話》云：「南唐中主詞：『菡萏香銷翠葉殘，西風愁起綠波間。』大有眾芳蕪穢，美人遲暮之感。乃古今獨賞其『細雨夢回雞塞遠，小樓吹徹玉笙寒』，故知解人正不易得。」[287]指出古人欣賞此詞，著眼於主題：「細雨夢回雞塞遠，小樓吹徹玉笙寒」[288]——閨婦思念征夫；而他卻從「菡萏香銷翠葉殘，西風愁起綠波間。」讀出美好事物瞬間凋殘的悲哀。吳梅《詞學通論》評云：「此詞之佳，在於沉鬱。……一則曰：『不堪看』，一則曰：『何限恨』，其頓挫空靈處，全在情景融洽，不事雕琢，淒然欲絕。」[289]謂此詞風格沉鬱悽楚，擅用白描手法，情景交融，故能引起讀者興發感動與聯想，此即南唐詞之特質。宋人或將元宗與後主詞結集刊行，合稱為《南唐二主詞》。

後主詞今存三十餘闋。[290]他的一生以三十九歲亡國降宋為界，可分為前、後兩期，其詞亦隨人生際遇不同而有所區別：前期指金陵城

286　見〔南宋〕陸游撰：《南唐書》，卷11，頁4左。

287　見王國維撰：《人間詞話》，收入《蓬萊閣叢書》（上海市：上海古籍出版社，1998年），卷上，頁4。

288　案：前引陸游《南唐書》〈馮延巳傳〉載：「延巳對曰：『安得如陛下「小樓吹徹玉笙寒」之句？』」是知馮氏認為此句甚好。

289　見吳梅撰：《詞學通論》（香港：太平書局，1964年），頁57。

290　據《李後主詞的通感意象》云：「蔣勵材《李後主詞傳總集》收錄三十八闋。唐文德《李後主詞創作藝術的研究》收錄三十六闋。范純甫《帝王詞人李後主》收錄二十九闋。詹安泰《南唐二主詞》收錄三十四闋。謝世涯《南唐李後主詞研究》收錄三十九闋。陳錦榮《李煜李清照詞注》收錄三十九闋。……本論文……得李後主詞共計三十七闋。」見李心銘撰：《李後主詞的通感意象》（臺北市：秀威資訊科技公司，2012年），頁14。

陷以前，貴為一國之君，享不盡的笙歌宴舞、富貴榮華，故而詞風溫
馨浪漫，表達出帝王詞人毫無節制的享受。如〈玉樓春〉（「晚粧初了
明肌雪」），描寫南唐宮廷宴會歌舞、恣情享樂的盛況；〈菩薩蠻〉
（「花明月黯飛輕霧」），假託小周后口吻，述說婚前兩人幽會的情
景。後期為肉袒出降以後，雖只有短短三年，他被俘至宋，囚居汴
京，身心備受折磨，終日以淚洗面，是他一生中最不堪的歲月，卻是
創作最輝煌的時期。後主把亡國血淚化作一闋闋動人的詞章，傳達出
帝王詞人毫無節制的痛苦。如〈破陣子〉（「四十年來家國」），為歸宋
後追憶辭廟被俘之作，泣訴國破家亡，血淚斑斑；〈虞美人〉（「春花
秋月何時了」），乃四十二歲生日，囚禁生涯中懷念南唐往事而作，一
句「故國不堪回首月明中」，觸怒宋太宗，讓他為此送命。誠如吳梅
《詞學通論》評云：

> 余謂讀後主詞，當分為二類：……正當江南隆盛之際，雖寄情
> 聲色，而筆意自成馨逸，此為一類；至入宋後諸作，又別為一
> 類……。其悲歡之情固不同，而自寫襟抱，不事寄託則一也。[291]

是知後主詞雖可分為前、後兩期，但直抒襟抱，情感真摯，不事雕
琢，摹寫自然，諸多特質，卻是一致的。如王國維《人間詞話》評
云：「詞至李後主而眼界始大，感慨遂深，遂變伶工之詞而為士大夫之
詞。」可見後主使詞擺脫酒宴歌席娛賓之用，而成為讀書人抒發懷抱
的文體，故在五代十國詞人中評價最高。又周濟《介存齋論詞雜著》
評云：「毛嬙、西施，天下美婦人也，嚴妝佳，淡妝亦佳，麤（粗）

---

291 見吳梅撰：《詞學通論》，頁58。

服亂頭，不掩國色。……後主，則麤（粗）服亂頭矣！」[292]王國維
《人間詞話》亦云：「李重光之詞，神秀也。」[293]由是可知，後主詞
之渾然天成，不假雕琢，如絕世美人以神韻取勝，粗服亂頭，終不掩
其國色天香！

　　馮延巳有詞集《陽春集》流傳，是五代十國傳世作品最多的詞
人，其存詞約一百十一闋。[294]雖然馮延巳為南唐黨爭的首腦人物，與
宋齊丘、陳覺等聲氣相通，把持朝政，和孫忌、江文蔚、韓熙載等老
臣針鋒相對，在史冊裡形象不佳，但這並不影響他為國為民所付出的
努力，誠如葉嘉瑩《唐宋詞十七講》云：「馮延巳的詞是最有悲劇精
神的。……他有一種在痛苦之前執著而且不放棄的……精神。」[295]饒
宗頤〈人間詞話評議〉更看出馮詞「鞠躬盡瘁，具見開濟老臣襟
抱。」[296]這種執著的熱情，乃他個人情感、修養、襟抱等的本質，無
關乎是非成敗、歷史評價。故王國維《人間詞話》評云：

> 馮正中（延巳）詞雖不失五代風格，而堂廡特大，開北宋一代
> 風氣。與中、後二主詞皆在花間範圍之外，宜《花間集》中不
> 登其隻字也。[297]

292　見〔清〕周濟撰：《介存齋論詞雜著》，收入《續修四庫全書》（上海市：上海古籍出
　　版社，2002年據中國科學院圖書館藏清・光緒四年（1878）刻本影印），冊1732，
　　頁578上。

293　見王國維撰：《人間詞話》，收入《蓬萊閣叢書》，卷上，頁4。

294　據《馮延巳詞研究》云：「曾昭岷、曹濟平等所編之《全唐五代詞》，所收馮延巳
　　詞……一百十一闋，另又從《尊前集》輯出一闋，凡一百十二首。其中……〈壽
　　山曲〉當斷為近排律之六言詩，故得詞一百十一闋。」見羅倩儀撰：《馮延巳詞研
　　究》（臺北市：中國文化大學中國文學研究所碩士論文，2009年），頁6。

295　見葉嘉瑩撰：《唐宋詞十七講》（臺北市：桂冠圖書公司，2000年），上冊，頁141。

296　見饒宗頤撰：《澄心論萃》（上海市：上海文藝出版社，1996年），頁211。

297　見王國維撰：《人間詞話》，收入《蓬萊閣叢書》，卷上，頁5。

馮延巳年紀較元宗大十餘歲，其詞規模、內容特別廣大，開南唐詞風氣之先，為北宋晏殊、歐陽修詞發展之源頭。故劉熙載《藝概》〈詞曲概〉云：「馮延巳詞，晏同叔（殊）得其俊，歐陽永叔（修）得其深。」[298]然而，無論展現才情俊逸（俊）或深摯執著（深），馮詞中都蘊藏著一股堅持到底、永不放棄的熱情。如〈拋球樂〉（「逐勝歸來雨未晴」），為其表現才情俊逸之作；〈鵲踏枝〉（「誰道閒情拋擲久」），則是其深摯執著的代表作。再者，說明《花間集》不錄南唐詞人之作，頗合情理：一、時空之阻隔。南唐三家詞創作的時間，較後蜀趙崇祚編《花間集》稍晚；且金陵與四川之間，關山阻隔，交通不便，理應無所往來。二、風格之差異。南唐詞的特色在於傳達一種興發感動的作用[299]，與花間詞專詠閨思離情，風格迥異，自然不宜收入《花間集》。

此外，南唐文士如徐鍇[300]、潘佑[301]等也有詞作問世。由於文學創作是一種風氣使然，當時倚聲填詞的文人想必不在少數，群起響應，始能蔚為風尚，而其中以元宗、後主、馮延巳君臣三人成就較高，影響較大，在南唐文壇乃至中國文學史上，皆具有舉足輕重之地位。故馮煦《蒿庵論詞》評云：「詞至南唐，二主作於上，正中（馮延巳）和於下，詣微造極，得未曾有。宋初諸家，靡不祖述二主，憲章正中

---

298 見〔清〕劉熙載撰：《藝概》，收入《四部刊要》（臺北市：漢京文化公司，2004年），卷4，頁107。

299 據《唐宋詞十七講》云：「南唐詞特別富於一種感動興發的意味。它由自己本身的感情的本質的感發的生命，引起讀者的感情、品格、心靈、情操的一種聯想。」見葉嘉瑩撰：《唐宋詞十七講》，上冊，頁165。

300 據〈徐鍇傳〉云：「簡言徐出妓佐酒，所歌詞皆鍇所為，鍇大喜，……歸以告鉉，鉉歎息曰：『汝癡絕，乃為數闋歌，換中書舍人乎？』」見〔南宋〕陸游撰：《南唐書》，卷5，頁4右。

301 據《詞苑叢談》云：「潘佑與徐鉉、湯悅、張佖俱有文名，……佑嘗作小詞，有『樓上春寒山四面，桃李不須誇爛熳，已輸了春風一半。』時已失淮南，故云。」見〔清〕徐釚撰：《詞苑叢談》（臺北市：木鐸出版社，1982年），卷6，頁103。

（馮延巳）。」[302]至二十世紀初，王國維評述古典詞作，仍對南唐三家詞品頭論足，推崇不已，足見其影響之既深且遠。

三　書畫藝術

後主風流儒雅，多才多藝，不但擅於歌詞，亦長於書畫，是一位傑出的文學藝術家。其繪畫成就，如郭若虛《圖畫見聞志》所云：「江南後主李煜，才識清贍，書畫兼精，嘗觀所畫林石、飛鳥，遠過常流，高出意外。」[303]其畫藝之精湛，可以想見。

除了後主精通繪畫，南唐畫院中，更是人才濟濟，高手雲集。擅長畫人物者，據《圖畫見聞志》〈紀藝中〉〈人物門〉所載：王齊翰「工畫佛道人物」；周文矩「工畫人物、車馬、屋木、山川，尤精仕女」；厲昭慶「工畫人物」；高大沖「工傳寫，……嘗寫李中主（元宗）真，得其神思。」顧德謙亦「工畫人物，風神清勁，舉無與比，後主愛重之。」[304]精於描摹山水者，據《圖畫見聞志》載：董源「善畫山水，水墨類王維，著色如李思訓。」又云：「鍾陵僧巨然，工畫山水，筆墨秀潤，善為烟嵐氣象，山川高曠之景。」[305]董源、巨然在畫史上以「董巨」並稱，可知二人表現尤為出色，故名列五代四大山水畫家之中。善繪花鳥者，據《圖畫見聞志》〈紀藝下〉〈花鳥門〉載：徐熙「善畫花木禽魚、蟬蝶蔬果，學窮造化，意出古今。」唐希雅「妙於畫竹，兼工翎毛。」解處中「特於畫竹，盡嬋娟之妙。」另有

---

302 見〔清〕馮煦撰：《蒿庵論詞》，收入《詞話叢編》（臺北市：廣文書局，1967年據民國二十三年（1934）排印本影印），冊11，頁1左。

303 見〔北宋〕郭若虛撰：《圖畫見聞志》（成都市：四川美術出版社，1986年），卷3，頁164。

304 見〔北宋〕郭若虛撰：《圖畫見聞志》，卷3，頁195。

305 見〔北宋〕郭若虛撰：《圖畫見聞志》，卷4，頁232。

工於雜畫者，據《圖畫見聞志》〈紀藝下〉〈雜畫門〉載：趙幹「工畫水」；朱澄「工畫屋木」；蔡潤「工畫船水」；董羽「善畫龍水、海魚」，堪稱一絕。[306]諸位畫師各有專精，盡展所長，皆以其卓絕的畫藝，彩繪出繽紛瑰麗的南唐畫壇。

南唐傳世的畫作，《圖畫見聞志》記載：後主「有〈雜禽花木〉……〈竹枝圖〉，皆稀世之珍玩也。」周文矩「有〈貴戚遊春〉、〈搗衣〉、〈熨帛〉、〈繡女〉等圖傳於世。」董源「有〈滄湖山水〉、〈著色山水〉、〈春澤牧牛〉……等圖傳於世。」徐熙「有〈寒蘆野鴨〉、〈花竹雜禽〉、〈魚蟹草蟲〉、〈蔬苗果蓏〉，並〈四時折枝〉等圖傳於世。」同書又載：

> 太祖平江表，所得圖畫……及景德、咸平中，只有〈雨村牧牛圖〉三軸，無名氏；〈寒蘆野雁〉三軸，徐熙筆；〈五王飲酪圖〉二軸，周文矩筆……玉堂後北壁兩堵，董羽〈畫水〉；正北一壁，吳僧巨然畫〈山水〉；皆有遠思，一時絕筆也。有二小壁〈畫松〉，不知誰筆，亦妙！[307]

可見徐熙〈寒蘆野雁〉、周文矩〈五王飲酪圖〉、董羽〈畫水〉、巨然〈山水〉，及〈雨村牧牛圖〉、〈畫松〉二幅佚名之作，至宋代仍保存完好，且評價甚高。另如元宗時所畫〈賞雪圖〉，更是大費周章，集合眾家之長而成，堪稱妙絕。[308]不過，南唐最膾炙人口的名畫，非顧

---

306 案：董羽所畫《海水》，與元宗八分題名、李蕭遠草書，並稱「三絕」。

307 見〔北宋〕郭若虛撰：《圖畫見聞志》，卷6，頁326。

308 據《圖畫見聞志》〈近事〉〈賞雪圖〉載：「李中主（元宗）保大五年，元日大雪，命太弟以下，登樓展宴，……集名手圖畫，曲盡一時之妙。真容，高沖古（高太沖）主之；侍臣、法部絲竹，周文矩主之；樓閣宮殿，朱澄主之；雪竹寒林，董源主之，池沼禽魚，徐崇嗣主之。圖成，無非絕筆。」見郭若虛撰：《圖畫見聞志》，卷6，頁357。（案：徐崇嗣，徐熙之孫，與兄徐崇矩，皆為畫家。）

閣中所繪《韓熙載夜宴圖》莫屬。相傳韓熙載晚年生活放蕩不羈，後主遣兩位翰林待詔顧閎中、周文矩前往探訪，二人各自以繪畫形式回報在韓府所見情景。現存《夜宴圖》，乃出自顧閎中手筆，是一幅多卷本設色長卷，由五個場景組成，畫中勾勒細緻，人情物態，莫不維妙維肖，人物、器物，大抵一一可考，生動描繪出南唐顯貴的宴樂生活。[309]《韓熙載夜宴圖》，歷經千餘年後仍色澤豔麗，為我國繪畫史上的稀世珍寶。[310]而韓熙載本身多才多藝，其畫亦雋絕一時。[311]

　　人稱「書學之廢，莫甚於五代。」[312]五代十國固然是我國書法史上的黯淡期，但書法藝術並未真正斷絕。在南唐朝野文士中，善書法者，比比皆是，據劉承幹《南唐書補注》云：

> 按（案）：《佩文齋書畫譜》載南唐書家十九人。除高越及宋齊丘、馮延巳、韓熙載、徐鍇、潘佑已見本傳，王紹顏、顏詡、唐希雅、釋應之、宮人喬氏已見注中。其餘七人……如……王文秉……朱銑……楊元鼎……應用……李蕭遠……李中書長深……道士任元能……。[313]

---

309 據《中國傳世人物畫》云：「顧閎中……擅畫人物，尤長於刻劃人物神情意態。這幅《韓熙載夜宴圖》是其惟一傳世之作。……全畫共分為『聽樂』、『觀舞』、『歇息』、『清吹』、『散宴』五部分，每段之間以屏風相隔，切換自然，線條工整，設色深著，……是中國古代工筆人物畫的經典之作。」見王占英編：《中國傳世人物畫》（呼和浩特市：內蒙古人民出版社，2002年），冊2，卷2，頁84。

310 案：此圖傳至清朝，備受乾隆皇帝青睞；滿清滅亡，一度流落至香港；後為中國文化部文物局所收購，今藏於大陸故宮博物院。吾人從《晉唐宋人物畫精選》叢書（天津市：天津人民美術出版社，2007年），得以一窺覆印本《韓熙載夜宴圖》風貌。

311 據《十國春秋》〈韓熙載傳〉云：「熙載隸書及畫，皆雋絕一時。」見〔清〕吳任臣撰：《十國春秋》，收入景印《文淵閣四庫全書》，冊465，卷28，頁264下。

312 語出《五代詩話》〈中朝〉〈杜荀鶴〉。見〔清〕王士禛輯、鄭方坤刪補：《五代詩話》，冊2，卷2，頁225。

313 見劉承幹撰：《南唐書補注》，收入《嘉業堂叢書》，冊13，卷9，頁3右。

上文所舉南唐書法家如高越、宋齊丘等，共計十八人，與《佩文齋書畫譜》所說十九之數不符，其中遺漏何人，莫得其詳。此外，元宗、後主父子亦擅長書法，據陸氏〈後主保儀黃氏傳〉云：「元宗、後主俱善書法，元宗學羊欣，後主學柳公權，皆得十九。購藏鍾王以來墨帖至多。」[314]元宗學羊欣體，後主學柳公權體，皆得其神髓。又《南唐書補注》引《佩文齋書畫譜》云：「鍾陵清涼寺有元宗八分題名、李蕭遠草書、董羽畫《海水》，謂之『三絕』。」[315]可見元宗書法之精妙，有目共睹。後主更是書法大家，他初學柳公權，後博採歐陽詢、顏真卿、褚遂良等眾家之長，自創一體，號稱「金錯刀」與「撮襟書」。[316]其書法藝術對當時文人影響頗大，如《宣和畫譜》〈花鳥〉云：「李氏能文善書畫，書作顫筆樛曲之狀，遒勁如寒松霜竹，謂之『金錯刀』；畫亦清爽不凡，別為一格。然書畫同體，故唐希雅初學李氏之金錯刀，後畫竹乃如書法，有顫掣之狀。」又云：「唐希雅……初學南唐偽主李煜金錯書，有一筆三過之法。雖若甚瘦，而風神有餘。」[317]後主除了在書法藝術上另闢新局，對於書法理論亦頗有研究，著有〈書論〉、〈書評〉兩篇作品傳世。

關於後主書法真跡，如邵博《邵氏聞見後錄》云：「予嘗見南唐李侯撮襟，書宮人慶奴扇云：『風情漸老見春羞，到處銷魂感舊遊。多謝長條似相識，強垂煙態拂人頭。』」[318]陸游亦曾親睹，如《入蜀

---

314 見〔南宋〕陸游撰：《南唐書》，卷16，頁5右。

315 見劉承幹撰：《南唐書補注》，收入《嘉業堂叢書》，冊13，卷16，頁7左。

316 據《宣和書譜》〈行書〉云：「江南偽後主李煜……作大字不事筆，卷帛而書之，皆能如意，世謂『撮襟書』。復喜作顫掣勢，人又目其狀為『金錯刀』。」見〔北宋〕不著撰人：《宣和書譜》，收入景印《文淵閣四庫全書》，冊813，卷12，頁264下。

317 見〔北宋〕不著撰人：《宣和畫譜》，收入景印《文淵閣四庫全書》，冊813，卷17，頁181下。

318 見〔南宋〕邵博撰：《邵氏聞見後錄》，收入《唐宋史料筆記叢刊》（北京市：中華書局，1983年），卷17，頁133。

記》云：「清涼廣慧寺，……壞於兵火。舊有德慶堂，在法堂前，堂榜乃南唐後主撮襟書，石刻尚存。」[319]足見後主書法造詣頗高，可惜作品甚少被保存下來，以致後世僅聚焦於其文學成就。另外，南唐文臣徐鉉工小篆、隸書[320]，馮延巳書似虞世南。而韓熙載的書法亦名盛一時，如陸氏〈韓熙載傳〉云：「尤長於碑碣，他國人不遠數千里，輦金幣求之。」[321]是知韓熙載文章好，書藝更佳，故有別國人士不惜砸重金，大老遠前來乞書。而宋齊丘書藝不精，誠如馬令〈宋齊丘傳〉云：

> （齊丘）書札不工，亦自矜衒，而嗤鄙歐虞之徒。馮延巳亦工書，遠勝齊丘，而佯為師授，以求媚齊丘，謂之曰：「子書非不善，然不能精意，往往似虞世南。」[322]

正因為宋齊丘不善書法，故馬氏〈韓熙載傳〉載：「宋齊丘自署碑碣，每求熙載寫之，熙載以紙塞鼻。或問之，對曰：『文臭而穢。』」[323]再度印證了韓熙載書藝之精湛，連平日誓不兩立的政敵都慕名乞求。

四　音樂舞蹈

　　五代十國在音樂舞蹈方面承沿唐朝餘韻，尤以南唐最為興盛。後

---

319 見〔南宋〕陸游撰：《入蜀記》，收入《宋明清小品文集輯注》，卷2，頁29。
320 據《十國春秋》〈徐鉉傳〉云：「鉉……好李斯小篆，臻其妙，隸書亦工。」見〔清〕吳任臣撰：《十國春秋》，收入景印《文淵閣四庫全書》，冊465，卷28，頁266上。
321 見〔南宋〕陸游撰：《南唐書》，卷12，頁5左。
322 見〔北宋〕馬令撰：《南唐書》，收入《四部叢刊廣編》，冊12，卷20，頁81下。
323 見〔北宋〕馬令撰：《南唐書》，收入《四部叢刊廣編》，冊12，卷13，頁57下。

主和大周后都嫻諳音律，擅長舞蹈。據徐鉉〈大宋左千牛衛上將軍追封吳王隴西公墓誌銘並序〉云：「洞曉音律，精別雅鄭。窮先王制作之意，審風俗淳薄之原。為文論之，以續《樂記》。」[324]陸氏〈後主昭惠國后傳〉云：「嘗雪夜酣燕（宴），舉杯請後主起舞，後主曰：『汝能創為新聲則可矣。』」[325]大周后是一位多才多藝的奇女子，「通書史，善歌舞，尤工琵琶，嘗為壽元宗前，元宗歎其工，以燒槽琵琶賜之。至於采戲弈棋，靡不妙絕。」她還善於作曲，同前文云：

> 后即命牋綴譜，喉無滯音，筆無停思，俄頃譜成，所謂《邀醉舞破》也，又有《恨來遲破》，亦后所製。故唐盛時《霓裳羽衣》，最為大曲，亂離之後，絕不復傳。后得殘譜，以琵琶奏之，於是開元、天寶之遺音，復傳於世。[326]

案：有人將《邀醉舞破》、《恨來遲破》歸於後主名下，非也，因為前者為大周后邀後主醉舞所作之曲，後者亦以女子口吻為之，應出自大周后手筆。不過，後主亦精通此道，如〈宮人流珠傳〉所云：「後主演《念家山破》，及昭惠后所作《邀醉舞》、《恨來遲》二破。」[327]可見《念家山破》才是後主作品。又《霓裳羽衣曲》，唐代宮廷舞曲。開元中，西涼節度使楊敬述所獻，後經玄宗改編增飾，配上歌詞和舞蹈而成。其曲舞展現出虛無縹緲的仙境氛圍、如夢似幻的仙女形象。安史之亂後，此曲散佚，殘譜為南唐後主所獲，與大周后補綴成曲。

---

324 見曾棗莊、劉琳主編：《全宋文》（上海市：上海辭書出版社／合肥市：安徽教育出版社，2006年），冊2，卷36，頁367。

325 見〔南宋〕陸游撰：《南唐書》，卷16，頁3右。

326 見〔南宋〕陸游撰：《南唐書》，卷16，頁3右。

327 見〔南宋〕陸游撰：《南唐書》，卷16，頁6左。

如王灼《碧雞漫志》云：「李後主作〈昭惠后誄〉云：『《霓裳羽衣曲》，綿茲喪亂，世罕聞者，獲其舊譜，殘缺頗甚。暇日與后詳定，去彼淫繁，定其缺墜。』（注：按馬令《南唐書》〈昭惠后傳〉載後主誄云：『《霓裳》舊曲韜音，淪世失味，齊音猶傷孔氏，故國遺聲忍乎湮墜？我稽其美，爾揚其祕，程度餘律，重新雅製』云云。灼所引似是誄，後注文今失傳云。）」[328]故知《霓裳羽衣曲》為後主與大周后一起重新編曲，補綴而成。

　　南唐宮中音樂舞蹈人才輩出，只是礙於表現形式之限，古代沒有錄影、錄音相關器材，這些樂舞表演無法被保留下來，甚為可惜。如陸氏〈後主昭惠國后傳〉云：「內史舍人徐鉉聞之於國工曹生，鉉亦知音，問曰：『法曲終則緩，此聲乃反急，何也？』曹生曰：『舊譜實緩，宮中有人易之，非吉徵也。』」徐鉉與曹生討論新編《霓裳羽衣曲》，可見兩人都熟知音律，方能道出箇中緣由。〈宮人流珠傳〉亦云：「流珠者，性通慧，工琵琶。」又周密《浩然齋雅談》云：

> 道山新聞云，李後主宮嬪窅娘，纖麗善舞。後主作金蓮，高六尺，飾以寶物，組帶纓絡。蓮中作五色瑞雲，令窅娘以帛繞腳，令纖小屈上，作新月狀，素襪舞雲中曲，有凌雲之態。唐鎬詩曰：「蓮中花更好，雲裏月長新。」是人皆效之，以弓纖為妙，蓋亦有所自也。[329]

是知窅娘為後主宮中一名出色的舞者，此則軼聞普遍被視為我國舊時婦女纏足的開端。發揚舞蹈藝術固然值得稱許，但最後發展成纏足文

---

328 見〔南宋〕王灼撰：《碧雞漫志》，收入《詞話叢編》，冊1，卷3，頁51。

329 見〔南宋〕周密撰：《浩然齋雅談》，收入景印《文淵閣四庫全書》，冊1481，卷中，頁831下。

化令人始料未及，自此禁錮中國女子近千年，成為南唐文化白璧微瑕之處。

五　其他著述

南唐另有一群文士鑽研經國治民之道，如陸氏〈張易傳〉云：「（張易）采武德至寶曆君臣問對，及臣下論奏骨鯁者七十事，為七卷，曰《諫奏集》，上之。註《太玄》，未成，卒。」[330]張易採唐武德至寶曆年間君臣論奏事七十件，撰《諫奏集》七卷。馬氏〈郭昭慶傳〉云：「昭慶……著《治書》五十篇，皆引古以勵今，獻之，為左右所沮。……再獻《經國》、《治民》論，各十餘篇，大抵皆指述池州采石堤要害備禦之處，及東海隅可以拓之之畧（略）。後主覽而悅之，遂署為著作郎。」[331]是知郭昭慶曾獻《治書》五十篇，暢論治國理民之道。後主時，復獻《經國》、《治民》論各十餘篇，指陳池州采石磯為南唐江防要害，足見其深謀遠慮。

除了政論之作，金陵朝野皆重視修史，因此官修、私纂史書盛行。如陸氏〈高遠傳〉云：「國初，命兵部尚書陳濬修《吳史》，未成而卒。……遠自保大中預史事，始撰《烈祖實錄》二十卷，敘事詳密。後主嗣位，遠猶在史館，與徐鉉、喬匡舜、潘佑，共成《吳錄》二十卷。遠又自撰《元宗實錄》十卷，未及上，會屬疾，取史稿及他所著書，凡百餘卷，悉燔之。……後主欲修國史，訪稿於其家，無復在者。」[332]後主時，史官高遠與徐鉉、喬匡舜、潘佑等，奉命完成《吳錄》二十卷。私人修史，如前述高遠自撰《元宗實錄》十卷、王顏作

330　見〔南宋〕陸游撰：《南唐書》，卷13，頁14左。

331　見〔北宋〕馬令撰：《南唐書》，收入《四部叢刊廣編》，冊12，卷14，頁60下。

332　見〔南宋〕陸游撰：《南唐書》，卷9，頁4右。

《烈祖開基志》十卷等纂述金陵史，另有郭昭慶著《唐春秋》三十卷[333]、何晦著《唐摭言》十五卷、徐鍇作《歷代年譜》一卷、劉崇遠作《金華雜編》三卷，以追述唐朝舊事，可惜已亡佚，如今僅剩劉崇遠《金華雜編》。亡國後，遺臣入宋，不忘追記故國往事，如鄭文寶有《南唐近事》一卷、《江表志》三卷；徐鉉、湯悅（殷崇義）有《江南錄》十卷；無名氏有《釣磯立談》一卷。陳彭年入宋，仍撰《唐紀》四十卷。

還有「二徐」的《說文》研究，更是成果輝煌。陸氏〈徐鍇傳〉云：「鍇酷嗜讀書，隆寒烈暑，未嘗少（稍）輟。……既久處集賢，朱黃不去手，非暮不出，少精小學，故所讎書尤審諦。……著《說文通釋》、《方輿記》、《古今國典》、《賦苑》、《歲時廣記》，及他文章，凡數百卷。鍇卒，逾年，江南見討，比國破，其遺文多散逸（佚）者。」[334]徐鍇治學認真，著作等身，尤精於《說文》學，撰有《說文解字繫傳》四十卷、《說文通釋》四十卷，是後世研究《說文》者必讀的典籍。而徐鉉仕宋，奉旨校定《說文解字》，其中引用不少徐鍇之說。徐鉉校本刊行後流傳於世，世稱「大徐本」，徐鍇本稱「小徐本」。二徐兄弟精研《說文》學，對中國語言文字的研究貢獻良多。

其他著述方面，如陸氏〈韓熙載傳〉云：「（熙載）著《格言》及《後述》三卷，《擬議集》十五卷、《定居集》二卷。」[335]博學如韓熙載，自是不乏著述，可惜多已不存。〈史虛白傳〉亦云：「孫溫天聖中仕為虞部員外郎，獻《虛白文集》，仁宗皇帝愛之。」[336]隱士史虛白著有《虛白文集》，亦已亡佚。〈徐知諤傳〉云：「所著文賦歌詩十

---

333 據〈郭昭慶傳〉云：「郭昭慶……嘗著《唐春秋》三十卷。保大中，獻所著治書，補揚子尉，辭不受。」見〔南宋〕陸游：《南唐書》，卷15，頁6左。

334 見〔南宋〕陸游撰：《南唐書》，卷5，頁5左。

335 見〔南宋〕陸游撰：《南唐書》，卷12，頁6左。

336 見〔南宋〕陸游撰：《南唐書》，卷7，頁10右。

卷，號《閣中集》。」徐知諤《閣中集》同樣不可見。而《十國春秋．章僚傳》載：「章僚雅善著述。後主時，充如京使，奉使高麗，具得其國山川、事蹟、物產，撰《海外使程廣記》三卷。史虛白為之序，……地志家多稱其書為博洽云。」[337]足見南唐上下儒雅溫文，著述風氣甚熾。即使入宋後，遺臣仍黽勉以求，努力撰述不輟，誠如王明清《王氏揮麈錄》所云：「太平興國中，諸降王死，其群臣或宣怨言，太宗盡收用之，寘（置）之館閣，使修群書，如《冊府元龜》、《文苑英華》、《太平廣記》之類，廣其卷帙，厚其廩祿贍給，以役其心，多卒老於文字之間云。」[338]遺臣如刁衎、陳彭年、吳淑等，皆加入館閣修纂群書的工作。另如南唐進士樂史，入宋後，撰有《太平寰宇記》，堪稱古代重要的地理著作之一。

第七節　南唐之亡於宋朝

宋軍圍城已長達半年，開寶八年十一月乙未日（976年1月1日），終於一舉攻破金陵。宋軍與吳越軍一齊湧入城中，城內百姓驚慌失措，哀鴻遍野。儘管宋太祖、曹彬再三下令：不得危及城中百姓及建築，但這座千年古城依舊飽受戰火摧殘。據陸游《入蜀記》載：「崇勝戒壇寺，古謂之瓦官寺。有閣，因岡阜，其高十丈，李太白所謂『鍾山對北戶，淮水入南榮』者，又〈橫江詞〉：『一風三日吹倒山，白浪高於瓦官閣』是也。」[339]梁武帝在瓦官寺內建有瓦官閣，時至南唐，改稱昇元閣，是極富盛名的佛教聖地。金陵淪陷之際，相傳當時

337 見〔清〕吳任臣撰：《十國春秋》，收入景印《文淵閣四庫全書》，冊465，卷28，頁270下。

338 見〔南宋〕王明清撰：《王氏揮麈錄》，收入明刊本《歷代小史》（臺北市：臺灣商務印書館，1969年），冊6，卷44，頁3右。

339 見〔南宋〕陸游撰：《入蜀記》，收入《宋明清小品文集輯注》，卷2，頁32。

士大夫及富商婦女數十人躲到閣上避難，吳越兵一到，從閣下點燃大火；這座江南名樓連同數十生靈，就此化為灰燼。[340]

　　無情戰火蔓延下，南唐君主、王孫、臣僚、百姓，男女老幼，無一能倖免。本節探討南唐之亡於宋朝，分為「大臣以身殉國」、「後主肉袒出降」、「君臣亡國入宋」及「後主身後諸事」四階段，以後主為中心，旁及后妃王族、臣僚故舊等，試圖勾勒出金陵亡國前後的歷史輪廓，以補陸氏《南唐書》之不足，堪稱南唐史的遺緒。

一　大臣以身殉國

　　金陵城陷後，南唐境內各地殘兵仍執意不降，頑強抵抗到底。陸氏《南唐書》〈後主本紀〉載：「將軍咼彥、馬承信及弟（馬）承俊，帥壯士數百，力戰而死。」[341]咼彥、馬承信、馬承俊三人，生平不可考；但其為國盡忠、力戰而亡，終將名垂青史，萬古流芳。又〈張雄傳〉云：「後主見討，……乃擢雄統軍使。雄謂諸子曰：『吾必死國難，爾輩不從吾死，非忠孝也！』諸子泣受命。與田欽祚戰於溧水，敗績，他將皆遁，士卒死者萬餘人。雄與其子力戰，俱死；不同行者，亦死於它陳；父子八人無生存者。」[342]是知張雄父子八人共赴國難，誓死奮戰。而〈胡則傳〉云：

　　　　金陵陷，曹彬喻（諭）後主，以手書命郡縣，悉以城降。書至江州，刺史謝彥賓集將佐視之，謀納欵（款）。則憤形於

---

340 據《南朝佛寺志》〈瓦官寺〉載：「南唐改寺為昇元閣……。宋師下江南，吳越兵舉火焚閣，避難婦女數千人，一旦同爐，嗚呼慘已（矣）！」見〔清〕孫文川撰、陳作霖編：《南朝佛寺志》（清末上元孫氏刊本），冊1，卷上，頁27左。

341 見〔南宋〕陸游撰：《南唐書》，卷3，頁9右。

342 見〔南宋〕陸游撰：《南唐書》，卷17，頁7右。

色，……乃帥同列宋德明等大譁，入攻彥賓。彥賓懼，逃
（逃）簷霤中，執而殺之。眾推則為刺史，……則嘗為壽州裨
將，從劉仁贍城守累年，盡得其方略，乃日夜閱丁壯，勒部
伍，為堅壁死守計。……會則疾革不能起，城始陷，眾猶巷鬭
（鬥），雪涕奮擊，不少（稍）退；翰軍尤多死。則臥牀上，翰
執之，數其違命之罪。對曰：「犬吠非其主，爾何怪也！」[343]

亡國以後，胡則仍死守江州，奮戰三年；其後，見執於病榻上，俄而
病卒。宋軍死傷慘重，曹翰懷恨在心，下令腰斬胡則屍首，大掠江
州。又〈申屠令堅傳〉載，申屠令堅與劉茂忠「兩人者相約，不以主
存亡易節，誓死報國。」申屠令堅堅守兩年，死於吉州城中；劉茂忠
不得已悉焚科歛文籍，而降。

　　國難當前，武將效死沙場，文臣以身殉職，南唐臣僚之氣節，
可見一斑。如《唐餘紀傳》〈忠節傳〉〈廖澄傳〉載：「宋太祖取江
南，師圍金陵，勢既危急，校書郎林特勸與同降，澄不可，謂林
曰：『吾父仕唐，君臣之義，不可廢也。矢死不貳。』乃預以身事
囑蒼頭，遣之間道歸報其家。城陷，遂從容更衣仰藥死。」[344]廖澄
為全君臣之義，仰藥身亡，從容赴死。陸氏〈後主本紀〉云：「勤政
殿學士鍾蒨朝服坐於家，亂兵至，舉族就死不去。光政使右內史侍郎
陳喬請死，不許，自縊死。」[345]謂勤政殿學士鍾蒨[346]舉族就死；至於

---

343 見〔南宋〕陸游撰：《南唐書》，卷8，頁9左。
344 見〔明〕陳霆撰：《唐餘紀傳》，卷15，頁385。
345 見〔南宋〕陸游撰：《南唐書》，卷3，頁9右。
346 據《南唐書音釋》載：「鍾蒨，字德林。案徐鉉〈王夫人墓誌〉，……蒨父司徒
　　纘，……二子……次，蒨也，以屬詞敦行，從事戚藩，累登臺郎，為集賢殿學
　　士。……鉉又有〈保大九年送德林員外赴東府亞尹詩序〉：『鉉等餞於石頭城，分題
　　為詩，蒨有〈賦山別諸知己〉詩云：『暮景江亭上，雲山日望多。只愁辭輦轂，長

陳喬之赴義，〈陳喬傳〉云：

> 及城將陷，後主自為降欸（款），命喬與清源郡公仲寓詣曹
> 彬。喬持欸（款）歸府，投承霤中；復入見云：「自古無不亡
> 之國，降亦無由得全，徒取辱耳！請背城一戰而死。」後主握
> 喬手涕泣，不能從。喬曰：「如此則不如誅臣，歸臣以拒命之
> 罪。」後主又不從。乃掣手而去。至政事堂，召二親吏，解所
> 服金帶與之，曰：「善藏吾骨。」遂自縊。二吏徹榻瘞之。[347]

又趙善璙《自警篇》〈忠義〉云：「陳喬仕江南，為門下侍郎，掌機
密。後主之稱疾不朝，喬預其謀。及王師問罪，誓以固守，時張洎為
喬之副，常言於後主，苟社稷失守，二臣死之。城陷，喬將死，後主
執其手曰：『當與我同北歸。』喬曰：『臣死之，即陛下保無恙。但歸
咎於臣，為陛下建不朝之謀，斯計之上也。』掣其手去，入視事廳
內，語二親僕曰：『共縊殺我。』二僕不忍，解所服金帶與之，遂自
經。」[348]陳喬與副官張洎向有殉國之志，而張洎最後不得遂其所願，
如《續資治通鑑長編》宋開寶八年十一月載：

> 乙未，城陷。初，陳喬、張洎同建不降之議，事急，又相要以
> 同死社稷。然洎實無死志，於是攜妻子及橐裝入止宮中，引喬
> 同見國主。……喬曰：「陛下縱不殺臣，臣亦何面目以見國人

恨隔嵯峨。有意圖功業，無心憶薜蘿。親朋將遠別，且共醉笙歌。」舊之才譽亦可
　見矣！見〔元〕戚光撰：《南唐書音釋》，收入陸游《南唐書》，頁3右。

347 見〔南宋〕陸游撰：《南唐書》，卷14，頁11左。

348 見〔南宋〕趙善璙撰：《自警篇》，收入明刊本《歷代小史》（臺北市：臺灣商務印書
　館，1969年），冊9，卷68，頁65右。

乎？」遂縊。泊乃告國主曰：「臣與喬共掌樞務，今國亡當俱死。又念陛下入朝，誰與陛下辨（辯）明此事，所以不死者，將有待也。」[349]

據《續資治通鑑長編》注云：「……大抵城破時，泊與喬猶同見國主，請如前約，喬遂死，而泊不死耳。泊固不能死，所以同見國主者，度國主必不許其死也。」以解釋文中「泊實無死志」一句。又司馬光《涑水記聞》載：「張泊與陳喬皆為江南相。金陵破，二人約效死於李煜之前。喬既死，泊白煜曰：『若俱死，中朝責陛下久不歸命之罪，誰與陛下辯之？臣請從陛下入朝。』遂不死。」[350]乍看陳喬忠於故國，以身相殉；而張泊雖無殉死意，卻一心護主，其情可憫。然而，以歷史的「後見之明」來看，事實好像不是如此。陳喬殉國，史有明載；然張泊之口是心非，亦斑斑可考。[351]

二　後主肉袒出降

陸《書》中，對後主率殷崇義（湯悅）等肉袒出降之事，一筆帶過。而馬令《南唐書》〈後主書〉載：「大將曹彬整軍成列，至其宮門。開門，國主跪拜納降，彬答拜，為之盡禮。先是宮中預積薪，煜

---

349 見〔南宋〕李燾撰：《續資治通鑑長編》，收入景印《文淵閣四庫全書》，冊314，卷16，頁241上。

350 見〔北宋〕司馬光撰：《涑水記聞》，收入《唐宋史料筆記叢刊》（北京市：中華書局，1989年），卷3，頁46。

351 據《宋史》〈張泊傳〉云：「李煜既歸朝，貧甚，泊猶（句）丐索之。煜以白金頟（頭）面器與泊，泊尚未滿意。時潘慎修掌煜記室，泊疑慎修教煜，素與慎修善，自是亦稍疎（疏）之。……及仲寓死郢州，葬京師，泊亦不赴弔。」見〔元〕脫脫等修：《宋史》，收入《二十五史》，冊33，卷267，頁3493上。

誓言社稷失守，當攜血屬赴火。既見彬，彬諭以歸朝，俸祿有限，費用日廣，當厚自齎裝；一歸有司之籍，即無及矣！遣煜入治裝。禆將梁迥、田欽祚力爭，以謂苟有不虞，咎將誰執？彬笑而不答，迥等固諫，彬曰：『彼能出降，安能死乎！』」[352]城破之時，後主開門納降，不能以身殉國，為宋軍將士所輕鄙。又劉承幹《南唐書補注》引尤侗《西堂全集》言及當時情形：

> 後主詞云：「三十年餘家國，數千里地山河，幾曾慣干戈！一旦歸為臣虜，沈腰潘鬢消磨，最是倉皇辭廟日，教坊猶奏別離歌，揮淚對宮娥。」東坡謂後主既為樊若冰（水）所賣，舉國與人，故當慟哭於九廟之外，謝其民而後行，何乃揮淚對宮娥，聽教坊離曲。[353]

吾人以為後主〈破陣子〉一詞，乃事後追述國破辭廟之時而作，「最是倉皇辭廟日，教坊猶奏別離歌，揮淚對宮娥」句，固然可還原當時開門出降、拜別祖宗之情景，但詞作畢竟是文學，與追求真相的史實間多少有些出入。詞謂「教坊猶奏別離歌」，如視金陵為禮樂之邦、文化之都則可，視後主猶戀棧梨園歌曲則未免語過其實。又「揮淚對宮娥」者，無疑為文學手法，他既揮淚對祖先、對臣民、對親友、對家國、對過去的一切，當然也與美麗的宮娥淚眼相對。之所以寫出「揮淚對宮娥」，絕非他昏庸至極，城陷之日，不問愧對祖宗，但知與宮女們難分難捨；而是他本為性情中人，對身分低下的宮娥尚且如此真情流露，更遑論祖宗、百姓、故舊、家園、一切的一切。試想此

---

352 見〔北宋〕馬令撰：《南唐書》，收入《四部叢刊廣編》，冊12，卷5，頁25下。
353 見劉承幹撰：《南唐書補注》，收入《嘉業堂叢書》，冊13，卷3，頁18右。

句若改成「揮淚對祖宗」，便違背樂府歌詞柔媚婉約之風格，該詞還能千古傳誦嗎？

後主被押解至汴京途中，據馬《書》云：「翌日，治舟。彬遣健卒五百人，為津致輜重（行李）登舟，一卒負籠下道旋，彬立斬之；負擔者罔敢蹉跌（失誤）。……煜舉族冒雨乘舟，百司官屬僅千艘。煜渡中江，望石城泣下，自賦詩云：『江南江北舊家鄉，三十年來夢一場。吳苑宮闈今冷落，廣陵臺殿已荒涼。雲籠遠岫愁千片，雨打歸舟淚萬行。兄弟四人三百口，不堪閒坐細思量。』」案：後主北遷途中所賦詩，《江表志》謂為吳讓皇所作，《江南餘載》亦以為出自吳讓皇，眾說紛紜。不過，鄒勁風《南唐國史》指出：「李昇禪代成功後，對楊氏家族的看守遠甚於宋對諸降王的看守，不許其與外界往來，甚至令其男女自相匹配，根本不可能讓這樣留戀故國的詩作流出丹陽宮外。因此，這首詩最有可能是李煜在亡國時，借楊吳舊事抒發自己的心情。」[354]可供參考。

陸氏《南唐書》載：「明年（開寶九年；976），正月辛未，至京師。乙亥（開寶八年），授右千牛衛上將軍，封違命侯。」亡國後，後主君臣、眷屬經歷兩個月左右的舟車勞頓，終於在隔年正月抵達汴京，正式向宋太祖獻降。據《宋史》〈南唐世家〉〈李煜傳〉云：「八年冬，城陷，曹彬等駐兵於宮門，煜率其近臣迎拜於門。彬等上露布，以煜並其宰相湯悅（殷崇義）等四十五人上獻。太祖御明德樓，以煜嘗奉正朔，詔有司勿宣露布，止令煜等白衣紗帽至樓下待罪。詔並釋之，賜冠帶、器幣、鞍馬有差。」[355]案：湯悅，即殷崇義，入宋後因避諱，改名換姓。《玉海》〈兵捷〉亦云：

---

354 見鄒勁風撰：《南唐國史》，頁152。
355 見〔元〕脫脫等修：《宋史》，收入《二十五史》，冊36，卷478，頁5733下。

　　（開寶）九年，正月四日（注：辛未），曹彬奉露布，以李煜
　　及其子弟偽官四十五人來獻。御明德樓受獻，有司言李煜獻俘
　　之禮，請如劉鋹，帝以煜常奉正朔，非鋹之比，不欲暴其罪，
　　寢露布而勿宣。[356]

　　總之，宋太祖為展現出寬宏大度的明君風範，表面上並未為難後
主，不欲暴露其罪狀，對之賞賜有加，甚至還封予頭銜。據《新五
代史》〈南唐世家〉〈李煜傳〉云：「（開寶）九年，煜俘至京師，太
祖赦之，封煜違命侯，拜左千牛衛將軍。」[357]此與陸《書》說法略有
出入，宋太祖加封後主是在開寶八年？抑或隔年入京納降之時？是拜
為右千牛衛上將軍？或左千牛衛將軍呢？據《宋史》〈南唐世家〉〈李
煜傳〉所載，開寶八年冬，宋太祖下詔曰：「……江南偽主李煜，承
奕世之遺基，據偏方而竊號。惟乃先父早荷朝恩，當爾襲位之初，未
嘗稟命。朕方示以寬大，每為含容。……特升拱極之班，賜以列侯之
號，式優待遇，盡捨尤違，可光祿大夫、檢校太傅、右千牛衛上將
軍，仍封違命侯。」[358]又《景定建康志》〈留都錄〉〈建隆以來詔令〉
收錄〈除李煜官制〉一文：

　　……李煜承累世之遺基，據六朝之故地。朕奄有天下，底定域
　　中，苞茅雖貢於王庭，輯瑞不趨於朝會。洎偏師聞罪，銳旅傳
　　城，猶冀懷來，頗聞固拒。爾自貽於悔吝，余豈忘於哀

356 見〔南宋〕王應麟撰：《玉海》，收入景印《文淵閣四庫全書》，冊948，卷193上，
　　頁103下。
357 見〔北宋〕歐陽修撰、徐無黨注：《新五代史》，收入景印《文淵閣四庫全書》，冊
　　279，卷62，頁444下。
358 見〔元〕脫脫等修：《宋史》，收入《二十五史》，冊36，卷478，頁5733下。

> 矜？……可光祿大夫、檢校太傅、右千牛衛上將軍，封違命
> 侯，食邑三百戶。[359]

可見陸《書》謂授之「右千牛衛上將軍」，確係無誤；而繫此事於開
寶八年金陵城陷之際，亦當有所根據。至於封他「違命侯」，如袁文
《甕牖閒評》云：「太祖取南唐，年餘始得之，怒其不歸朝，及來
降，則命為違命侯，蓋惡號也。」[360]可見宋太祖對後主之禮遇與恩
寵，僅止於表面功夫，骨子裡仍視之為亡國奴、階下囚，非得藉機羞
辱而後快。

三 君臣亡國入宋

後主來到汴京，一夕之間，從南唐國主淪為宋室戰俘，身分不可
同日而語。他入宋後的處境，據王銍《默記》所載：「韓玉汝家有李
國主歸朝後，與金陵舊宮人書云：『此中日夕，只以眼淚洗面。』」[361]
《南唐書補注》引尤侗《西堂全集》載：「後主嘗寄書舊宮人云：『此
中日夕，只以眼淚洗面。』而舊宮人入掖庭者，手寫佛經，為李郎資
冥福。」[362]是知以淚洗面，為其囚居汴京生活的縮影。而他一本真情
至性，始終以誠待人，儘管舊宮人流落至此，仍不忘為他抄經祈福，
彼此相濡以沫。

另《默記》中，載有隨後主入宋的小周后事跡：

359 見〔南宋〕周應合撰：《景定建康志》，收入景印《文淵閣四庫全書》，冊488，卷2，
   頁21下。

360 見〔南宋〕袁文撰：《甕牖閒評》，收入景印《文淵閣四庫全書》，冊852，卷8，頁
   475上。

361 見〔北宋〕王銍撰：《默記》，收入《唐宋史料筆記叢刊》，卷下，頁44。

362 見劉承幹撰：《南唐書補注》，收入《嘉業堂叢書》，冊13，卷3，頁19左。

龍袞《江南錄》有一本刪潤稍有倫貫者云：「李國主小周后隨
後主歸朝，封鄭國夫人，例隨命婦入宮。每一入，輒數日而
出，必大泣罵後主，聲聞於外。多宛轉避之。」[363]

昔日在金陵，後主為小周后填〈菩薩蠻〉詞，有「衩襪步香階，手提
金縷鞋」句，如此豔詞麗句想必早已傳誦四方。一旦亡國滅家，「覆
巢之下，焉有完卵」，主權淪陷，山河淪陷，載籍淪陷，美麗的小周
后又何能倖免？「例隨命婦入宮」句，表達含蓄，入宮所為何事，答
案呼之欲出；自然是供宋室皇親貴冑逞一時之慾，充當他們的玩物。
這對小周后而言，情何以堪！想從前「聖尊后甚愛之，……被寵過於
昭惠。時後主於羣花間作亭，雕鏤華麗，而極迫小，僅容二人，每與
后酣飲其中。」[364]多麼濃情蜜意！今非昔比，難怪她回來「必大
泣」，只能向後主哭訴。而後主更是愛莫能助，見自己的妻子受此大
辱，怎不教他痛不欲生、日日以淚洗面？案：關於小周后受辱之說，
歷來頗有爭議：或以為誤載後主避從善妃事於小周后傳[365]，或試圖為
宋太宗辯誣[366]，或持平而論者，如夏瞿禪《南唐二主年譜》云：「從
善妻亦姓周（見《徐公文集》二十九〈從善墓誌〉），亦以憂思卒
（見馬、陸書〈從善傳〉），或致誤之一因。然（宋）太宗殘暴，有

---

363 見〔北宋〕王銍撰：《默記》，收入《唐宋史料筆記叢刊》，卷下，頁44。

364 見〔南宋〕陸游撰：《南唐書》，卷16，頁5左。

365 如李清考訂：「後主遣弟從善朝宋，留不遣；從善妃屢詣後主泣，後主聞其至，輒
　　避之。何巧合乃爾！……蓋緣妃事與后傳相連，故《默記》因訛也。」見〔明〕李
　　清撰：《南唐書合訂》，收入《四庫禁燬書叢刊補編》（北京市：北京出版社，2005
　　年據清‧乾隆鈔《文淵閣四庫全書》撤出本），冊8，卷4，頁535上。

366 如《南唐史》云：「小周后即使經常入宮，又留宿數日，因為是降王之婦的緣故，
　　也許要受些委屈，但未必就是逼幸。……入宮逼幸之事並非實有其據。」見任爽
　　撰：《南唐史》（長春市：東北師範大學出版社，1995年），頁303。

此亦無足怪。不辨可也。」[367]又趙葵《行營雜錄》載:

> 李後主歸朝後,每懷故國,且念嬪妾散落,鬱鬱不自聊。嘗作
> 長短句:「簾外雨潺潺,春意將闌。羅衾不奈五更寒,夢裏不
> 知身是客。一餉貪歡。獨自莫凭闌。无(無)限關山,別時容
> 易見時難。流水落花春去也,天上人間。」意思悽惋。[368]

誠如王國維《人間詞話》所云:「生於深宮之中,長於婦人之手,是
後主為人君所短處,亦即為詞人所長處。」[369]被俘在汴期間,他身心
備受折磨,日日以淚洗面,卻把斑斑亡國血淚,化作悽愴動人的詞
章,傳唱千古。

由於後主不具治事才能,終至國破家亡,淪為階下囚;然他依舊
不改風雅的本性,仍與詩詞歌賦為伍,吟詠不輟,藉以排遣俘虜生涯
的辛酸與無奈。據宋人王陶《談淵》載:「太祖一日小宴,顧江南國
主李煜曰:『聞卿能詩,可舉一聯。』煜思久之,乃舉〈詠扇〉詩
云:『揖讓月在手,動搖風滿懷。』太祖曰:『滿懷之風何足尚?』從
官無不嘆服。」[370]後主於宋太祖宴中賦〈詠扇詩〉事,亦見諸葉夢得
《石林燕語》:

> 江南李煜既降,太祖嘗因曲燕(宴)問:「聞卿在國中好作

---

367 見夏瞿禪撰:《南唐二主年譜》,收入《中國文化經典‧文學叢書》(臺北市:世界
　　書局,2010年5月),頁88。

368 見〔南宋〕趙葵撰:《行營雜錄》,收入明刊本《歷代小史》(臺北市:臺灣商務印
　　書館,1969年),冊5,卷35,頁2左。

369 見王國維撰:《人間詞話》,收入《蓬萊閣叢書》,卷上,頁4。

370 見〔北宋〕王陶撰:《談淵》,收入明刊本《歷代小史》(臺北市:臺灣商務印書館,
　　1969年),冊5,卷38,頁2。

詩」，因使舉其得意者一聯。煜沉吟久之，誦其〈詠扇〉云：
「揖讓月在手，動搖風滿懷。」上曰：「滿懷之風，卻有多
少？」他日復燕（宴）煜，顧近臣曰：「好一箇（個）翰林學
士！」[371]

的確，好一個翰林學士！此處雖是宋太祖的揶揄之語，但平心而論，
後主天生儒雅、文采風流，確係翰林學士的最佳人選。

　　《宋史》〈南唐世家〉〈李煜傳〉云：「太宗即位，始去違命侯，
加特進封隴西郡公。太平興國二年，煜自言其貧，詔增給月奉，仍賜
錢三百萬。太宗嘗幸崇文院觀書，召煜及劉鋹，令縱觀，謂煜曰：
『聞卿在江南好讀書，此簡策多卿之舊物，歸朝來頗讀書否？』煜頓
首謝。」[372]開寶九年十二月宋太宗即位，改元太平興國，改封後主為
隴西郡公。明年，為後主增俸，賜錢。宋太宗還召他至崇文院觀書，
關心他入朝後讀書與否，看似禮遇有加，其實仍心存芥蒂。如上文
「此簡策多卿之舊物」一句，頗耐人尋味：在政治上，宋朝軍隊是消
滅南唐，統一了中國；但在文化上，金陵文物卻征服了宋人，流傳於
天下。

　　歸宋後，南唐君臣命運大不同，後主成為眾矢之的，身陷水深火
熱中；而隨他入朝的殷崇義（湯悅）、徐鉉[373]等卻頗受重用，甚至成
為北宋名臣。陸《書》不為入宋臣民作傳，而馬《書》立〈歸明
傳〉，以記朱弼、孟賓于、潘賁、蒯鼇、羅穎、盧郢、丘旭、黃載、

---

371 見〔南宋〕葉夢得撰：《石林燕語》，收入《唐宋史料筆記叢刊》，卷4，頁60。

372 見〔元〕脫脫等修：《宋史》，收入《二十五史》，冊36，卷478，頁5734下。

373 案：《南唐書》〈歸明傳〉〈徐鉉傳〉云：「徐鉉⋯⋯後仕皇朝，與湯悅（殷崇義）
　　同奉勅撰《江南錄》，至於李氏亡國之際，不言其君之過，但以歷數存亡論之，君子
　　有取焉。」見〔北宋〕馬令撰：《南唐書》，收入《四部叢刊廣編》，冊12，卷23，
　　頁95上。

湯悅（殷崇義）、張洎、徐鉉等人事跡。《默記》中，有一段徐鉉奉命探望後主的記載：

> 徐鉉歸朝，為左散騎常侍，遷給事中。太宗一日問：「曾見李煜否？」鉉對以：「臣安敢私見之？」上曰：「卿第往，但言朕令卿往相見可矣。」鉉遂徑（逕）往其居，望門下馬，但一老卒守門。徐言：「願見太尉。」卒言：「有旨不得與人接，豈可見也？」鉉曰：「我乃奉旨來見。」老卒往報，徐入立庭下久之。老卒遂入取舊椅子相對。鉉遙望見，謂卒曰：「但正衙一椅足矣。」頃間，李主紗帽道服而出。鉉方拜，而李主遽下堦（階），引其手以上。鉉告辭賓主之禮，主曰：「今日豈有此禮？」徐引椅少（稍）偏乃敢坐。後主相持大哭，乃坐默不言，忽長吁歎曰：「當時悔殺了潘佑、李平。」鉉既去，乃有旨再對，詢後主何言。鉉不敢隱，遂有秦王賜牽機藥之事。牽機藥者，服之前卻數十回，頭足相就如牽機狀也。[374]

可見後主生活起居無時無刻受到監視，不得與他人接觸，人身自由備受剝奪，形同軟禁。昔日舊臣徐鉉也要奉旨才敢前來探訪。後主一見徐鉉，喜出望外，便毫無防備地說出心裡話；此舉不失其赤子之真，然卻為他日後遇害埋下了伏筆。後悔當時殺潘佑、李平，他明知如今多說無益，明知徐鉉是奉旨而來，為何還要口出此言？徒然為自己惹來殺身之禍。又他四十二歲那年七夕，填〈虞美人〉詞，舊時歌妓相與作樂、傳唱，為他慶賀生辰，也驟然為他的人生畫上了句點。《默記》載：「又後主在賜第，因七夕命故妓作樂，聲聞於外；太宗聞之

---

374 見〔北宋〕王銍撰：《默記》，收入《唐宋史料筆記叢刊》，卷上，頁4。

大怒。又傳『小樓昨夜又東風』及『一江春水向東流』之句，併坐之，遂被禍云。」宋太宗聽到後主與舊宮人作樂慶生，已感不悅；又聞「小樓昨夜又東風，故國不堪回首月明中」句，認為他仍心繫故國，並未完全臣服，故命心腹攜酒前往同賀。由於酒中含劇毒，曲終人散後，後主毒發身亡。不論後主悔不當初也好，仍思念故國也罷，這本人之常情，何足為奇？不過，倒成為宋太宗取他性命的藉口。再從《邵氏聞見後錄》觀察：「李王煜以太平興國三年七月七日生日，錢王俶以雍熙四年八月二十四日生日，皆與賜器幣，中使燕（宴）罷暴死。並見《國史》。」[375]足見後主或其他降宋君主之死，宋朝皇帝都是始作俑者，只因容不下這些亡國奴、階下囚而已，至於突然暴斃身亡，皆是為了掩人耳目的卑劣手段。

四　後主身後諸事

陸氏〈後主本紀〉載：「太平興國三年，七月辛卯，殂。年四十二。是日，七夕也，後主蓋以是日生。贈太師，追封吳王。葬洛陽北邙山。」[376]由於陸《書》仿正史寫法，故未交代死因。陸氏並非不知後主毒發身亡之緣由，只是身為宋朝臣民，有義務為當朝隱惡，故略而不書。馬令〈後主書〉亦載：「太平興國三年，公病。命翰林醫官視疾，中使慰諭者數四。翌日，薨。在偽位十有五年，年四十二。追封吳王。以王禮葬洛京之北邙山。」[377]而生處北宋末年的馬令，寫法更加含蓄：所謂「公病」，乃指身中牽機藥事；命醫官視疾、中使慰諭云云，或含糊其詞，或真有其事，不過虛晃一招罷了。至於後主辭

---

375 見〔南宋〕邵博撰：《邵氏聞見後錄》，收入《唐宋史料筆記叢刊》，卷22，頁173。
376 見〔南宋〕陸游撰：《南唐書》，卷3，頁9右。
377 見〔北宋〕馬令撰：《南唐書》，收入《四部叢刊廣編》，冊12，卷5，頁26上。

世之日，陸《書》作「七月辛卯」，並明揭是日即七夕；馬《書》謂「翌日，薨」，應指七月八日，亦即七夕中毒，至隔日才斷氣。馬氏所說，確是有所根據，如徐鉉〈大宋左千牛衛上將軍追封吳王隴西公墓誌銘並序〉云：「太平興國三年秋七月八日遘疾，薨於京師里第，享年四十有二。」[378]又《皇宋通鑑長編紀事本末》云：「太平興國……三年……七月壬辰，贈太師吳王李煜卒，上為輟朝三日。」[379]可見後主於七月八日去世，此乃官方說法。然陸《書》作七夕之說，亦不無道理：一、依前述因作樂被禍，實在七夕，故肇禍之日當為七夕無疑；二、服下牽機之藥，從垂死掙扎至毒發身亡，需要拖到第二天嗎？且《邵氏聞見後錄》亦見「燕（宴）罷暴死」四字，故後主七夕歸天之說，絕非空穴來風。

後主暴薨，宋朝依禮為之治喪，又命舊臣徐鉉撰文哀悼，《東軒筆錄》云：

> 太平興國中，吳王李煜薨，太宗詔侍臣撰〈吳王神道碑〉。時有與徐鉉爭名而欲中傷之者，面奏曰：「知吳王事迹，莫若徐鉉為詳。」太宗未悟，遂詔鉉撰碑。鉉遽請對而泣曰：「臣舊事李煜，陛下容臣存故主之義，乃敢奉詔。」太宗始悟讒者之意，許之。故鉉之為碑，但推言歷數有盡，天命有歸而已。其警句云：「東鄰遘禍，南箕扇疑。投杼致慈親之惑，乞火無里婦之談。始勞固壘之師，終後塗山之會。」又有偃王仁義之比，太宗覽讀稱歎。異日復得鉉所撰〈吳王挽（輓）詞〉三

---

378 見曾棗莊、劉琳主編：《全宋文》，冊2，卷36，頁367。

379 見〔南宋〕楊仲良撰：《皇宋通鑑長編紀事本末》，收入《宛委別藏》，冊1，卷3，頁93。

首，尤加歎賞，每對宰臣稱鉉之忠義。[380]

徐鉉奉詔撰〈吳王神道碑〉，該文不復可見，不過其中警句，亦見於徐氏〈大宋左千牛衛上將軍追封吳王隴西公墓誌銘並序〉，云：「西鄰起釁，南箕遘禍。投杼致慈親之惑，乞火無里婦之辭。始勞固壘之師，終後塗山之會。」神道碑中，東鄰指吳越，南箕為南漢；墓誌銘所謂西鄰疑指楚。二文皆將南唐興師之過推向鄰國，絕口不提舊主之非，仍存君臣之義，故而宋太宗稱歎、君子敬服，良有以也！至於〈吳王挽（輓）詞〉三首，《東軒筆錄》收入二首，其中「受恩無補報，反袂泣塗窮。」「此生雖未死，寂寞已消魂。」則流露出作者與後主間深厚的君臣情誼。

陸《書》載：「殂問至，江南父老有巷哭者。」[381]馬《書》云：「江南人聞之，巷哭，設齋。」[382]《江南別錄》亦云：「南人聞之，巷哭，設齋。」[383]可見江南父老對後主之愛戴，即使亡國，成為遺民，仍對故主心存舊恩。故陸《書》對後主之評價：「雖仁愛足以感其遺民，而卒不能保社稷云。」誠如陸氏所說，後主「專以愛民為急，躅賦息役，以裕民力。……憲司章疏，有繩糾過訐，皆寢不下。論決死刑，多從末減。有司固爭，乃得少（稍）正，猶垂泣而後許之。」果真後主愛民如子，百姓亦敬之如父，聞其死訊，而有巷哭之舉。

陸氏〈後主國后周氏傳〉：「太平興國三年，後主殂。后悲哀

---

380 見〔北宋〕魏泰撰：《東軒筆錄》，收入景印《文淵閣四庫全書》，冊1037，卷1，頁418上。

381 見〔南宋〕陸游撰：《南唐書》，卷3，頁10右。

382 見〔北宋〕馬令撰：《南唐書》，收入《四部叢刊廣編》，冊12，卷5，頁26上。

383 見〔北宋〕陳彭年撰：《江南別錄》，收入景印《文淵閣四庫全書》，冊464，頁128下。

不自勝，亦卒。」[384]馬令〈後主繼室周后傳〉亦云：「太平興國三年，隴西公薨，周氏亦薨。」[385]此段語意含糊，為何後主過世，小周后隨之撒手人寰？果如陸《書》所說「悲哀不自勝」？那麼，是悲傷過度，一命嗚呼？或痛不欲生，以身相殉？後者應較近於史實。因為據〈大宋左千牛衛上將軍追封吳王隴西公墓誌銘並序〉云：「夫人鄭國夫人周氏，勳舊之族，是生邦媛；蕭雍之美，流詠國風。才實女師，言成閫則。」馬《書》亦盛稱小周后「警敏有才思，神彩端靜。」其家世、人品、才思、美貌等，均可以想見。然金陵城陷之時，她為何選擇隨後主入宋，任人蹂躪，忍辱偷生？不外乎伉儷情深，夫妻一體，本當同甘共苦，相互扶持，她怎忍心為全名節而捨棄夫君？如今後主遇害，她再無苟活之理，自然選擇生死相隨，一了百了。據《江表志》載：「（後主）葬北邙，鄭國夫人周氏祔。」[386]是知二人同葬於洛陽。

　　後主有二子嗣，仲寓、仲宣，皆大周后所生。仲宣四歲，夭折。唯仲寓隨侍在側，陸氏〈仲寓傳〉云：「國亡北遷，宋授右千牛衛大將軍。居後主喪，哀毀逾制；太宗臨之，遣使勞問。終喪，賜積珍坊第一區。久之，自言族大家貧，求治郡。拜郢州刺史。在郡以寬簡為治，吏民安之。」[387]〈大宋左千牛衛上將軍追封吳王隴西公墓誌銘並序〉亦云：「子左千牛衛大將軍某，襟神俊茂，識度淹通，孝悌自表於天資，才略靡由於師訓。」可知仲寓承繼後主之孝悌、仁愛、博學與儒雅，亦為一謙謙君子。然宋授仲寓左千牛衛大將軍？或右千牛衛大將軍？無從考起。如後主身後，他承襲父親遺業，當為左千牛衛大

---

384 見〔南宋〕陸游撰：《南唐書》，卷16，頁5右。

385 見〔北宋〕馬令撰：《南唐書》，收入《四部叢刊廣編》，冊12，卷6，頁31上。

386 見〔北宋〕鄭文寶撰：《江表志》，收入景印《文淵閣四庫全書》，冊464，卷3，頁142上。

387 見〔南宋〕陸游撰：《南唐書》，卷16，頁18左。

將軍；若入宋即受封，則為右千牛衛大將軍，以別於其父名銜。

陸氏〈仲寓傳〉亦云：「淳化五年八月卒，年三十七。子正言好學，亦早卒。於是，後主之後遂絕。……遺民猶為之興悼。」後主一脈，至其孫正言之後，便斷絕了香火，南唐遺民為之惋惜不已。

結語

唐末大亂，楊行密竄起於群盜間，幾經奮戰，一躍成為淮南軍事強權。天復二年（902），唐朝封他為吳王，從此建立一個偏安江左的楊吳王國。楊行密體恤民情，提倡簡樸的生活，使江南百姓得以休養生息；又以其傑出的軍事、政治才能，為日後楊吳乃至南唐整體發展，扎下深厚的根基。

楊行密辭世，長子楊渥承其業。徐溫與張灝聯手弒主，後斬張灝，並歸以弒主之罪。從此，徐溫兼任左右衙都指揮使，獨掌楊吳大政。其後，他雖積極促成楊隆演稱制，建國，但仍一手掌控朝政。楊隆演卒後，越次立楊溥。徐溫過世後，大權落入養子徐知誥（烈祖）手中，進而受吳主禪位，創立南唐。

烈祖李昇是否為唐裔，歷來眾說紛紜，莫衷一是。他因唐末戰亂，流落淮泗，輾轉成為徐溫養子。其後，徐知訓為朱瑾擊殺，烈祖從此控掌楊吳軍政大權。徐溫病逝，他又設法奪徐知詢兵權，完全繼承徐溫的軍政實力。至吳天祚三年（937）八月，吳主下詔禪位。十月，正式受吳禪，在金陵即皇帝位，改元「昇元」。

南唐之內政措施，南唐自開國起，便廣用儒吏，限制武人參政。烈祖時期，嚴禁后妃干政，不以外戚輔政；致力於獎勵農耕，輕徭薄稅，以安撫境內民心；還頒布昇元律法，如禁止買賣良民、避免濫殺無辜等，充滿人本思想，具有進步意義。

元宗即位，首先，下詔以兄弟傳國，終因景遂遇酖身亡，又回歸父子相承的傳統。其次，設貢舉取士，自保大十年起，科舉成為南唐拔擢人才的重要管道。其三，推行社會福利政策，不時賞賜、減稅、賑濟弱勢族群，但仍無法徹底解決境內民生問題。因此，轉而興修水利，命車延規主持白水塘之役；結果百姓徭役倍增，官吏強奪民田，終至民怨沸騰，水利建設亦不了了之。此外，為解決帑藏空竭，而實施幣制改革，導致境內出現「開元通寶」、「永通泉貨」、「唐國通寶」等各種錢幣流通。元宗之世，又出於國防考量，遷都豫章；孰知決策錯誤，竟落得抑鬱而終。

後主時期，一方面有意借重老臣威望，重振人心，以鞏固統治，故對老將何敬洙、元老韓熙載等格外禮遇；另一方面拔擢政治新貴，如潘佑、二徐兄弟等，皆隨侍君側。至晚年，後主一年內連殺潘佑、李平、林仁肇三位大臣，用人疏失，頗受非議。即使國勢飄搖之際，仍舊舉行科考，足見南唐對拔擢人才之重視。從元宗開始實施幣制改革，冀望藉此增加財源，解決財政困難；至後主，改革不但失敗，還助長私鑄錢幣之風，使南唐經濟更陷困境。又引起通貨膨脹，物價飛漲，人民無力承擔繁重的苛捐雜稅。後主曾用李平調整土地、戶口等，以擴大稅賦來源，結果功敗垂成，對南唐財政而言，猶如雪上加霜。

南唐黨爭起源於楊吳之世，部屬爭功；到烈祖建國後，初步成形。元宗時期，黨爭愈演愈烈，甚至已動搖國本；淮南喪師後，由於鍾、李與宋齊丘黨長期爭鬥，兩敗俱傷，黨禍稍告停歇。但後主時，朝中又形成一股新興勢力，爾虞我詐，互相猜忌，以排除異己為能事。即使亡國入宋，朋黨傾軋，仍舊餘波蕩漾。追根究柢，南唐黨爭之起，文士爭權奪利固為原因之一，但君主的態度更重要，故陸氏指出「任人乖刺」之失。從上述烈祖誅褚仁規、元宗遷怒於高越，或後

主殺李平和潘佑等，可見金陵三君用人但憑一己好惡，遇事處分不公，令群小得志，君子道消，實為朋黨惡鬥的罪魁禍首。

南唐自保大年間以來，征伐不斷，喪敗相踵，終至乙亥歲，亡於宋朝，後主被俘至汴京，三十九年的統治、祖孫三世之經營，瞬間化為烏有。其軍事戰役，無論「主動率兵出擊」，如張遇賢之亂、伐閩之役、伐楚之役、援袞之師等，或「被動抵禦外侮」，如南漢來攻、周侵淮南、吳越來犯、宋軍南下。綜觀南唐在軍事上的挫敗，誠如陸氏史贊所評：「江南雖弱，曹彬等所以成功者，獨乘其任人乖剌而已。」又云：「疆場之臣，非皆不才也，敗於敵未必誅，一有成功，讒先殺之，故強者玩寇，弱者降敵，自古非一世也。」如此所用非其才，能將見殺，讒臣當道，國家綱紀隳壞，又怎能倖免於亡？

南唐為五代十國中的偏僻小國，吾人從其與鄰國之交往、與北朝之交往及與外邦之交往三方面，詳探當時金陵外交關係之梗概。一、與鄰國之交往：十國中與南唐鄰近之國家，除去北漢，以及已禪位的吳、亡國的前蜀，其他鄰國如後蜀、南漢、楚、吳越、閩及荊南（南平），南唐都與之有往來。或許因地理上未毗鄰，南唐與後蜀關係疏遠。由於地緣關係，南唐與南漢始終過從甚密。而南唐與楚的交往，泰半建立在軍事征伐上。南唐與吳越間亦敵亦友，休戚與共。南唐與閩交往密切，保大三年（945），執王延政歸金陵，閩遂覆亡。昇元三年（939）後，荊南小國，無暇論及外交，故不見南唐與之往來的記錄。

二、與北朝之交往：南唐之際，北方歷後晉、後漢、後周與宋四朝。首先，烈祖遣李承裕、段處恭率兵迎大將李金全來歸，李、段二人卻藉機剽掠安州，此為金陵與後晉非官方之往來。後漢節度使李守貞叛變，遣楊訥（李平）、舒元（朱元）來乞援師，李守貞敗後，李平、朱元遂留事南唐，亦兩國間非官方往來。南唐與後周往來頻繁：保大九年，金陵援袞之師敗績於沆陽，遭周太祖詰責；保大十一年，

周太祖下令賑濟流入北境饑民；保大十三年，金陵出兵援救後蜀，成為點燃周人入侵的導火線。周侵淮南，戰事相尋，至交泰元年（958），南唐去帝號，奉正朔而後已。南唐與宋朝表面上行禮如儀，實則各有盤算；終至乙亥歲（975），後主肉袒出降，亡於宋人。

三、與外邦之交往：南唐與少數民族邦國之交往，據陸《書》記載，有契丹、高麗及新羅三國。南唐與新羅相隔遙遠，故疏於聯絡。契丹習見大唐威儀，即使南唐偏安江左，仍以兄弟相稱；論南唐與之來往，貨物交流之利大於外交結盟，實無助於統一大計。陸氏〈高麗傳〉略述柳勳律來貢一事，其餘文獻闕如，無從考證。

南唐之文化建設，早在烈祖輔吳期間，已於境內招徠人才、搜羅圖籍。開國後，更致力於興建學校，培養人才；又有鑒於唐末以來世衰道微，倫理觀念淡薄，君臣父子漸失其序，遂提倡倫理道德，以端正社會風氣。

南唐詞以元宗、後主及馮延巳最負盛名。後主是五代十國最出色的詞人，其詞以亡國為界，可分為前、後兩期：前期表達出帝王詞人無節制的享受，而後期他用亡國血淚寫成一闋闋動人的詞章，傳達出帝王詞人無節制的痛苦。無論前期或後期詞作，後主詞直抒襟抱，情感真摯，不事雕琢，摹寫自然，諸多特質，卻是一致的。

在書畫藝術方面，除了後主精通繪畫，南唐畫院中更是高手如雲。無論人物畫、山水畫、花鳥畫，或是雜畫，畫師們各展所長，以精湛的畫藝，妝點出多姿多彩的南唐畫壇。此外，南唐朝野不乏善書法者，如：元宗書法之精妙，眾所周知；後主更是南唐書法一大家，自創一體，號稱「金錯刀」與「撮襟書」。另有徐鉉工小篆與隸書、馮延巳書似虞世南，而韓熙載書法亦享譽一時，時人爭相慕名求字。

五代十國在音樂舞蹈方面，尤以南唐為盛。後主獲唐代宮廷曲舞《霓裳羽衣曲》，與大周后補綴殘譜，重新編曲，使《霓裳羽衣曲》

再展風華。另有窅娘以帛繞腳，翩然起舞，無意間帶動纏足風氣流行。南唐音樂舞蹈人才輩出，但礙於表現形式之限，這些樂舞表演無法完整保留下來，十分可惜。

另有一群文士鑽研經國治民之道，如：張易撰《諫奏集》七卷，郭昭慶獻《治書》五十篇。南唐重視修史，如高遠與徐鉉、喬匡舜、潘佑等，奉命完成《吳錄》二十卷；當時私人修史之風亦盛，如高遠自撰《元宗實錄》十卷、王顏作《烈祖開基志》十卷、郭昭慶著《唐春秋》三十卷、何晦著《唐摭言》十五卷、徐鍇作《歷代年譜》一卷、劉崇遠作《金華雜編》三卷等，已亡佚，僅劉崇遠《金華雜編》保留至今。還有二徐兄弟《說文》學，在語言文字研究方面占有一席之地。南唐上下儒雅，著述風氣頗盛；入宋後，江左遺臣仍努力撰述不輟，如鄭文寶、徐鉉、湯悅（殷崇義）等追述金陵舊史，刁衎、陳彭年、吳淑等加入館閣修書，樂史則撰有《太平寰宇記》等，於經籍、文章、歷史、地理各方面貢獻良多。

金陵城破，烽煙四起，南唐君臣、百姓、文物等無不飽受戰火洗禮。吾人從四方面探討南唐降宋前後的史事：一、大臣以身殉國：如將軍呂彥、馬承信兄弟力戰而死，張雄父子八人誓死奮戰，廖澄仰藥身亡，鍾蒨舉族就死，陳喬為國殉死等等，南唐文武臣僚之氣節，可見一斑。

二、後主肉袒出降：宋將曹彬率兵直抵宮門；開門，後主率殷崇義（湯悅）等大臣跪拜納降。翌日，曹彬押解後主君臣上路，一行人浩浩蕩蕩，歷經兩個月左右舟車勞頓，終於在隔年正月抵達宋都，正式向宋太祖獻降。

三、君臣亡國入宋：從後主與金陵舊宮人書云：「此中日夕，只以眼淚洗面。」可知以淚洗面為其囚居生活之縮影。歸宋後的俘虜生涯，是後主一生最悲慘的歲月，卻也是創作最輝煌的時期，他把亡國

血淚化作一闋闋悽楚的詞章，感動世世代代的人們。

四、後主身後諸事：他四十二歲那年七夕，填〈虞美人〉詞，與舊時歌妓作樂、傳唱，慶賀生辰，一句「故國不堪回首月明中」，驟然為他的人生畫下休止符。暴斃身亡後，宋朝依禮為之治喪，贈太師，追封吳王。葬洛陽北邙山。江南父老聞此惡耗，悲痛欲絕，巷哭設齋，以追悼後主。小周后則選擇生死相隨，同葬洛陽。長子仲寓，孝悌儒雅，仕宋，治郡寬簡，頗得民心。仲寓之子正言，早卒。後主一脈，自此嗣續殄絕。

第四章
陸游《南唐書》之思想內涵

　　陸游出自書香門第，平生服膺儒家思想，但在仕途上屢遭挫折，他官場失意之際，不免轉而參禪習道，以求獲得心靈的超脫。形諸史傳散文，陸氏《南唐書》之思想內涵，則以儒家思想為主，摻入道家、佛教思想。總之，儒、釋、道三家思想，相輔相成，兼容並蓄，成為陸《書》思想的一大特色。

第一節　儒家思想

　　陸游自幼受儒家思想薰染，早年已胸懷大志，如〈久無暇近書卷慨然有作〉云：「少年喜讀書，事業期不朽。致君頗自許，書卷常在手。」[1]又〈夜讀兵書〉云：「孤燈耿霜夕，窮山讀兵書。平生萬里心，執戈王前驅。」[2]〈融州寄松紋劍〉亦云：「十年學劍勇成癖，騰身一上三千尺。……願聞下詔遣材官，恥作腐儒常碌碌。」[3]足見他讀書學劍，期能建功立業，上致君，下澤民；兼善之志，溢於言表。

　　出仕後，他所交遊者皆忠臣義士，如從臨安敕令所刪定官返里，不時向憂國憂民的曾幾請益，據〈跋曾文清公奏議稿〉云：「紹興末賊亮入塞，時茶山先生居會稽禹跡精舍。某自敕局罷歸，略無三日不

1　見〔南宋〕陸游撰：《劍南詩稿》，收入《陸放翁全集》（臺北市：臺灣中華書局，1970年據汲古閣本校刊倣宋版印），冊2，卷19，頁4左。

2　見〔南宋〕陸游撰：《劍南詩稿》，收入《陸放翁全集》，冊1，卷1，頁3右。

3　見〔南宋〕陸游撰：《劍南詩稿》，收入《陸放翁全集》，冊1，卷8，頁1右。

進見，見必聞憂國之言。先生時年過七十，聚族百口，未嘗以為憂，
憂國而已。」[4]又於隆興年間與抗金大將張浚會晤，二人心繫國事，
時有書信往還，故遭諫官以「交結臺諫，鼓唱是非，力說張浚用兵」[5]
之罪彈劾，不久被免去隆興府通判一職。

　　入蜀期間，在夔州名勝中，他獨鍾於杜甫故居，如〈東屯高
記〉云：

> 少陵天下士也，……客於柏中丞、嚴明府之間，如九尺丈夫俛
> 首居小屋下，思一吐氣而不可得。予讀其詩，至「小臣議論
> 絕，老病客殊方」之句，未嘗不流涕也。……少陵非區區於仕
> 進者，不勝愛君憂國之心，思少（稍）出所學佐天子，興貞
> 觀、開元之治，而身愈老，命愈大謬，坎壈且死，則其悲至
> 此，亦無足怪也！[6]

詩聖杜甫宗奉儒家思想，一心「致君堯舜上，再使風俗淳」，卻懷才
不遇，壯志未酬。陸氏何嘗不是如此？他通判夔州「伴人書紙尾」，
豈非「如九尺丈夫俛首居小屋下」？他少讀兵書、學擊劍，「恥作腐
儒常碌碌」，難道是「區區於仕進者」？他欲「一片丹心報天子」，不
正是「愛君憂國」、「思少（稍）出所學佐天子」者？同是天涯淪落
人，難怪他要「借他人酒杯，澆胸中塊壘」！

　　在王炎幕府時，奉命戍守前線，益發激勵他的報國雄心。如〈觀

4　見〔南宋〕陸游撰：《渭南文集》，收入《陸放翁全集》，冊5，卷30，頁6左。
5　見〔元〕脫脫等修：《宋史》，收入《二十五史》（臺北市：藝文印書館，1982年據
　　清・乾隆武英殿刊本景印），冊35，卷395，頁4873上。
6　見〔南宋〕陸游撰：《渭南文集》，收入《陸放翁全集》，冊5，卷17，頁7左。

大散關圖有感〉云：「上馬擊狂胡，下馬草軍書。」⁷〈醉歌〉云：「貂裘半脫馬如龍，舉鞭指麾氣吐虹。」⁸〈憶山南〉云：「貂裘寶馬梁州日，盤槊橫戈一世雄。」⁹其意氣風發，壯懷激烈，躍然紙上。他曾向王炎陳進取之策，可惜朝廷上下苟安，終究難償宿願。

　　至晚年歸隱故里，他不曾一刻忘懷國事，如〈醉題〉云：「勿笑山翁病滿軀，胸中俠氣未全無。……何由親奉平戎詔？蹴踏關中建帝都。」¹⁰直至臨終，仍賦〈示兒〉云：「死去元知萬事空，但悲不見九州同。王師北定中原日，家祭無忘告乃翁。」¹¹他向以儒士自居，一生躬忠體國，死前尚為南宋前途擔憂不已，被奉為「愛國詩人」，絕非浪得虛名！

　　陸氏《南唐書》應作於淳熙五年別蜀東歸之後，至淳熙十六年入京修史以前¹²，書中雖以纂述金陵史事為主，然有意無意間卻透露出作者心中的儒者襟懷，如批評李建勳云：「視覆軍亡國、君父之憂，若己無與者。」¹³指責潘佑云：「後主非強愎雄猜之君，而陷之於殺諫臣。使佑學聖人之道，知事君之義，豈至是哉？」¹⁴可見他基於儒家思想，對明哲保身、激進喪生的歷史人物均有所批判。本節為探討陸

7　見〔南宋〕陸游撰：《劍南詩稿》，收入《陸放翁全集》，冊1，卷4，頁10右。

8　見〔南宋〕陸游撰：《劍南詩稿》，收入《陸放翁全集》，冊1，卷14，頁11右。

9　見〔南宋〕陸游撰：《劍南詩稿》，收入《陸放翁全集》，冊1，卷11，頁10右。

10　見〔南宋〕陸游撰：《劍南詩稿》，收入《陸放翁全集》，冊2，卷27，頁8右。

11　見〔南宋〕陸游撰：《劍南詩稿》，收入《陸放翁全集》，冊4，卷85，頁6右。

12　據拙作〈馬令、陸游二家《南唐書》之比較〉云：「從淳熙五年至十五年間，適值他學識、閱歷豐富，且曾入蜀考察史料，又值體力較好之際，自然是撰史的最佳時機。」見簡彥姈撰：〈馬令、陸游二家《南唐書》之比較〉，《中國文化大學中文學報》第25期（2012年10月），頁69。

13　見〔南宋〕陸游撰：《南唐書》（明・崇禎庚午〔三年；1630〕海虞毛氏汲古閣刊《陸放翁全集》本），卷9，頁14右。

14　見〔南宋〕陸游撰：《南唐書》，卷13，頁9右。

《書》中的儒家思想，擬從「檢視治國之策」、「褒揚忠貞之臣」及「表彰節義之輩」三面向，逐一探究如次：

一 檢視治國之策

陸氏《南唐書》中，莫不從儒家仁愛治國的觀點出發，對南唐三君做出公允的歷史評價。如評烈祖畢生行事為「仁厚」，「有古賢主之風」[15]；論元宗「在位幾二十年，慈仁恭儉，禮賢睦族，愛民字孤，裕然有人君之度。」[16]譏後主「雖仁愛足以感其遺民，而卒不能保社稷云。」[17]可見徒有仁愛之心，不足以治國安邦，尚須廣納賢士，知人善任，君臣勠力，始為長治久安之道。故《書》中盛讚烈祖、元宗能屈身下士，如〈孫忌傳〉「論曰」云：

> 蓋自烈祖以來，傾心下士，士之避亂失職者，以唐為歸。烈祖於宋齊丘，字之而不敢名，齊丘一語不合，則挈衣笥，望秦淮門欲去，追謝之，乃已。元宗接羣臣如布衣交，間御小殿，以燕（宴）服見學士，必先遣中使謝曰：「小疾不能着幘，欲冠帽可乎？」於虖（嗚呼），是誠足以得士矣！苟含血氣、名人類者，烏不得以死報之耶？傳曰：「君之視臣為手足，則臣視君如腹心，詎（豈）不信夫？」[18]

〈宋齊丘傳〉亦云：「（齊丘）因說烈祖講典禮，明賞罰，禮賢能，寬

---

15 語出〈烈祖本紀〉。見〔南宋〕陸游撰：《南唐書》，卷1，頁13左。
16 語出〈元宗本紀〉。見〔南宋〕陸游撰：《南唐書》，卷2，頁18左。
17 語出〈後主本紀〉。見〔南宋〕陸游撰：《南唐書》，卷3，頁11右。
18 見〔南宋〕陸游撰：《南唐書》，卷11，頁11右。

征賦，多見聽用。烈祖為築小亭池中，以橋度，至則徹（撤）之，獨與齊丘議事。率至夜分，又為高堂，不設屏障，中置灰爐，而不設火，兩人終日擁爐，畫灰為字，旋即平之。人比劉穆之之佐宋高祖，然齊丘資躁褊，或議不合，則拂衣徑起；烈祖謝之，乃已。」[19]由於烈祖優禮賢者，故四方之士聞風而至，文人如常夢錫、史虛白、韓熙載、孫忌，武將如後晉安州節度使李金全等，紛紛從北朝來投誠，貢獻其文韜武略，奠定南唐王業近四十年的根基。至元宗初年，勵精圖治，禮賢下士，仍有皇甫暉、孟堅、朱元、李平等菁英不遠千里而來，一時朝中人才濟濟，蔚為大觀。誠如雷近芳〈論陸游的史識與史才〉所云：「（陸游）重視歷史的借鑒作用，注意總結統治經驗和教訓。……總結南唐前期的虛心納諫、重用人才，大得君臣之際。」[20]

　　然而，陸《書》亦直接點明金陵城陷的主因在於「任人乖剌」，足見南唐興衰的關鍵，真是「成也用人，敗也用人」！如〈朱令贇傳〉「論曰」云：

> 金陵之被圍也，以守備任皇甫繼勳，以外援付朱令贇，繼勳既懷貳心，而令贇孺子，復非大將才，其亡宜矣！使林仁肇不以間死，盧絳得當攻守之任，胡則、申屠令堅輩宣力圍城中，雖天威臨之，豈易遽亡哉？然則江南雖弱，曹彬等所以成功者，獨乘其任人乖剌而已。[21]

後主時，內憂外患頻仍，加上所用非其才，終使國力一蹶不振，面臨國破家亡的噩運。陸氏以史家的「後見之明」，批評後主用人不當，

19　見〔南宋〕陸游撰：《南唐書》，卷4，頁1右。
20　見雷近芳撰：〈論陸游的史識與史才〉，《史學月刊》1992年第4期，頁41。
21　見〔南宋〕陸游撰：《南唐書》，卷8，頁7右。

加速南唐滅亡的腳步，此則史論總結了皇甫繼勳、朱令贇、林仁肇、盧絳、胡則、申屠令堅六人一生的功過得失，當然其中最關鍵的因素在後主，誠如〈皇甫繼勳傳〉云：「繼勳保惜富貴，無效死之意，……內結傳詔使，一切蔽塞。及後主登城，見王師旌旗壘柵，彌徧四郊，始大駭失色。」[22]又〈朱令贇傳〉云：「水陸諸軍十五萬，不戰皆潰。令贇惶駭，赴火死，糧米戈甲俱焚，無孑遺。……自是金陵外援遂絕，以至於亡。」[23]這是後主所重用的大將，前者保惜富貴、蒙蔽君上，後者不具將才、輕易赴死，南唐國勢早已飄搖欲墜，又怎麼禁得起如此內消外耗？然江南絕非無可用之才，忠勇如林仁肇，卻因雄略遭猜忌，而間死；善戰如盧絳，卻因不見容於劉澄，而投降；胡則、申屠令堅思奮死以報國，但時不我與，竟至徒勞無功。故〈林仁肇傳〉云：

> （仁肇）密言於後主曰：「宋淮南諸州，戍守單弱，而連年出兵，……師旅罷弊，此在兵家，為有可乘之勢。請假臣兵數萬，出壽春，渡淮，據正陽，……事成，國家饗其利；不成，族臣家，明陛下不預謀。」後主懼，不敢從。時皇甫繼勳、朱令贇掌兵柄，忌仁肇雄略，謀有以中之。會朝貢使至京師回，摭使言仁肇密通中朝，見其畫像於禁中，且已為築大第，以待其至。後主方任繼勳等，惑其言，使人持酖往毒之。[24]

林仁肇有謀略，有能力，卻因離間，遇酖身亡。後主不用賢良便罷，竟惑於讒言，枉殺忠臣；雖然亡國後，他一度悔不當初，但已於事無

22 見〔南宋〕陸游撰：《南唐書》，卷10，頁5右。

23 見〔南宋〕陸游撰：《南唐書》，卷8，頁7右。

24 見〔南宋〕陸游撰：《南唐書》，卷14，頁5左。

補。難怪有才無行輩如樊若水（冰）等選擇北走獻策，出賣自己的國家，如陸氏《入蜀記》所載：

> 采石……磯即南唐樊若冰（水）獻策，作浮梁，渡王師處。初若冰（水）不得志於李氏，詐祝髮為僧，盧於采石山，鑿石為竅。及建石浮圖（屠），又月夜繫繩於浮圖（屠），棹小舟急渡，引繩至江北，以度（渡）江面。既習知不謬，即亡走京師上書。其後王師南渡，浮梁果不差尺寸。[25]

由於樊若水（冰）功在宋朝，陸氏身為宋人，不便記其背叛南唐之事；因此，在〈後主本紀〉中，只簡單交代：「王師次采石磯，作浮橋成，長驅渡江，遂至金陵。」[26]〈浮屠傳〉云：「有北僧立石塔於采石磯，……及王師下池州，繫浮橋於石塔，然後知其為間也。」[27]至於何人獻此策，未見載錄。畢竟「冰凍三尺，非一日之寒」，南唐用人失當，非始於後主之時，早在元宗末年，已可窺出端倪，如〈朱元傳〉「論曰」云：

> 南唐如陳覺、馮延魯、查文徽、邊鎬輩，喪敗塗地，未嘗少（稍）正典刑；朱元取兩州於周兵將遯（遁）之時，固未為雋功，而陳覺已不能容，此元之所以降也。元降，諸將束手無策，相與為俘虜以去，而唐遂失淮南，臣事于周。雖未即亡，而亡形成矣。[28]

---

25 見〔南宋〕陸游撰：《入蜀記》，收入《宋明清小品文集輯注》（上海市：上海遠東出版社，1996年），卷2，頁34。

26 見〔南宋〕陸游撰：《南唐書》，卷3，頁7右。

27 見〔南宋〕陸游撰：《南唐書》，卷18，頁3左。

28 見〔南宋〕陸游撰：《南唐書》，卷12，頁8左。

朱元破舒、和二州,陳覺嫉其才能,遊說以楊守忠代之,迫使他舉寨降周;而陳覺、馮延魯、查文徽等朋黨為禍,屢戰屢敗,喪權辱國,卻始終把持權柄,擅作威福。故〈元宗本紀〉云:「會周師大舉,寄任多非其人,折北不支,至於蹙國降號,憂悔而殂,悲夫!」[29]總之,南唐亡國的癥結所在,無非君主「親小人,遠賢臣」,致使群小得志,賢人君子或遭迫害,或降敵軍,或居下僚,朝中綱紀敗壞,國家自然不能倖免於亡。故雷近芳云:「深刻總結南唐亡國教訓,為南宋政治提供借鑒。……南宋的黨爭與南唐一樣酷烈,南宋抗戰派的命運與南唐志士如此相似,難怪陸游的感嘆是這麼痛心疾首了。」

二 褒揚忠貞之臣

　　陸氏一本儒家忠君愛國思想,在《南唐書》中,對於忠臣事跡多所著墨,故雷近芳〈論陸游的史識與史才〉云:「堅持中國史學勸善懲惡的優良傳統,愛國主義思想貫穿全書。……武將成仁,文臣死節,陸游一一為其列傳,盛贊『皆天下偉丈夫事』。」[30]如〈孫忌傳〉云:

> 保大十四年,周師侵淮南,圍壽州,分兵破滁州,擒皇甫暉。江左大震,以忌為司空,使周奉表……。周世宗以樓車載忌於壽州城下,使招仁贍。仁贍望見忌,戎服拜城上。忌遙語之曰:「君受國恩,不可開門納寇!」世宗詰之。忌謝曰:「臣為唐大臣,豈可教節度使外叛?」……又問江左虛實,終不肯對。……翰起曰:「相公得罪,賜自盡。」忌怡然整裝索笏,

---

29 見〔南宋〕陸游撰:《南唐書》,卷2,頁18左。

30 見雷近芳撰:〈論陸游的史識與史才〉,《史學月刊》1992年第4期,頁40。

> 東南望再拜，曰：「臣受恩深，謹以死謝！」從者二百人，亦
> 皆誅死于東相國寺。[31]

這是「終不忍負永陵一抔土」的孫忌，《書》中詳載他出使後周奉表
的過程。周世宗要他招降南唐大將劉仁贍，他車臨城下，卻大義凜然
提醒同僚：深受國家恩惠，絕不可開門降敵！儘管換來周世宗詰難，
他仍義正詞嚴地表明自己的立場：身為南唐大臣，豈能教自家節度使
叛國？又周世宗向他打探江左情況，他更是三緘其口，絕不肯出賣自
己的國家！就算因此得罪，甚至賠上了性命，他都在所不惜，東南再
拜，怡然赴死。物換星移，後周已矣，南唐已矣，而孫忌的使臣風
骨，卻永存史冊，萬古流芳。〈劉仁贍傳〉云：

> 仁贍憤鬱得疾，少子崇諫夜泛小舟渡淮，謀紓家禍，為軍校所
> 執。仁贍命腰斬之。監軍使文德殿使周廷構哭於中門，又求救
> 於仁贍妻薛氏。薛氏曰：「崇諫幼子，固所不忍，然貸其死，則
> 劉氏為不忠之門。」促命斬之，然後成喪，聞者皆為出涕。[32]

為國效命、至死不渝的劉仁贍，面對幼子叛降之際，毅然決然選擇大
義滅親。當屬下於心不忍，轉向夫人求救。誰料夫人竟也如此深明大
義，以為叛國之罪，罪無可恕，督促依法論斬。可見夫人薛氏之胸
襟、識見於一斑，絕非一般女子所能相提並論。因此，傳末「論曰」
載：「壽春父老喜言仁贍死時事，言其夫人不食，五日而卒。今傳記
所不載。」補充此條當地父老口耳相傳的田野史料，一方面讓劉仁贍
夫人的忠義形象，栩栩如生；一方面保留最鮮活、具體的第一手資

---

31 見〔南宋〕陸游撰：《南唐書》，卷11，頁10左。
32 見〔南宋〕陸游撰：《南唐書》，卷13，頁3右。

料，彌足珍貴。至於後世史家對劉仁贍的評論，陸《書》中除了引歐公《新五代史》云：「盡忠所事，抗節無虧。」作者更有感而發道：「以仁贍之忠，天報之宜如何？而其後於今遂絕。天理難知如此，可悲也夫！」一代忠臣卻絕了後，天理難知，令人不勝唏噓！〈張彥卿傳〉云：

> 保大末，周世宗南侵，彥卿為楚州防禦使，周師銳甚……城皆摧圮，遂陷。彥卿猶列陣城內，誓死奮擊，謂之「巷鬪（門）」。日暮，轉至州廨，長短兵皆盡。彥卿取繩牀搏戰，及兵馬都監鄭昭業等千餘人皆死之，無一人生降者。……彥卿，馬元康《書》以為「彥能」，亦莫知孰是也。[33]

而陸氏於文末「論曰」中，對效死沙場的張彥卿評云：「彥卿守楚州，孤壘無援，當百倍之師，身可碎，志不可踰，雖劉仁贍殆不能過。而史家傳載獨略，至其名，亦或不同。於虖（嗚呼），何其重不幸也！」張彥卿誓死奮擊，可謂「鞠躬盡瘁，死而後已」，最後雖無力可回天，但在史家眼中，他「身可碎，志不可踰」，堪與忠勇的劉仁贍相媲美，同為歷代忠臣楷模。而張彥卿，他史無傳；馬氏《南唐書》或作「彥能」，連名字異同都不可考；明明是忠臣卻落個身家不明，不禁令人感慨良深。又〈張雄傳〉云：

> 後主見討，保大中舊將無在者，乃擢雄為統軍使。雄謂諸子曰：「吾必死國難，爾輩不從吾死，非忠孝也！」諸子泣受命。與田欽祚戰於溧水，敗績；他將皆遁，士卒死者萬餘人。

---

33 見〔南宋〕陸游撰：《南唐書》，卷14，頁3右。

> 雄與其子力戰，俱死；不同行者，亦死於它陳；父子八人，無
> 生存者。時金陵已危蹙，不復議贈卹，國人哀之。[34]

雖然陸《書》將〈張雄傳〉納入〈節義傳〉中，但吾人以為張雄身為
南唐統軍使，一門忠烈，父子諸人，力戰而死，為國捐軀，非一般節
義之士可比，堪躋身忠臣之列。〈郭廷謂傳〉亦云：「方廷謂降周時，
令其錄事參軍鄱陽李延鄒草降表，延鄒責以忠義，不為具草。廷
謂……以兵脅之。延鄒投筆曰：『大丈夫終不負國，為叛臣作降
表。』遂遇害。」[35]李延鄒雖為一名裨將，然他拒草降表，忠肝義
膽，允為人臣典範，足以永昭後世。而〈廖居素傳〉云：

> 廖居素，將樂人，……為人堅正……。後主屏昏，而羣臣方充
> 位保富貴，國益削。居素獨慷慨驟諫，冀後主一悟；終不見
> 聽，乃閉門卻食，朝服衣冠，立死井中。已而，得手書大字于
> 篋笥，曰：「吾之死，不忍見國破也。」徐鍇為文弔之，以比
> 屈原、伍員（子胥）。後幾百年，將樂父老猶叩頭稱之。[36]

廖居素不忍見國破，不惜以一死諫諍後主，其正氣凜然，身後被喻為
以身殉國的屈原、忠而遇害的伍子胥。好一個忠貞的儒臣，就這樣永
遠活在陸氏的史筆下、家鄉父老的尊敬裡，雖死猶生。〈廖偃彭師暠
傳〉云：

> 師暠……自殷時為將，與希萼有舊怨。希崇避殺兄名，於是命

---

34 見〔南宋〕陸游撰：《南唐書》，卷17，頁7右。
35 見〔南宋〕陸游撰：《南唐書》，卷14，頁3左。
36 見〔南宋〕陸游撰：《南唐書》，卷9，頁15左。

師暠幽希萼於衡山，使甘心焉。師暠歎曰：「留後欲使我弒君耶？吾豈為是哉！」至衡山，偓在焉，相與護視希萼甚謹，未嘗失人臣禮。希崇意不快，復遣召希萼歸長沙，終欲加害。偓擇勇士百人，執兵衛希萼，晝夜擊柝，以警非常，遂築行府，與師暠奉希萼為衡山王。請命於金陵，元宗為出師定楚亂，希萼遂入朝，偓、師暠俱從行。[37]

文末「論曰」客觀評斷二人功績，云：「大抵忠于故君，兩人實同；而偓功為多，不可誣也。張巡、許遠之事，著若日星，兩家子弟猶有異論，況偓、師暠耶！」陸氏明揭廖偓、彭師暠對於故君馬希萼均有護衛之功，只是功勞大小有別而已，他們任何一人忠君的事實皆不容抹滅。一如安史之亂時，張巡、許遠死守睢陽城，事功斑斑可考，而兩家子弟猶有異論，幸賴韓愈〈張中丞傳後敘〉一文加以釐清真相。此處陸氏亦想藉由這則論贊，為由楚入南唐的廖、彭二人稍加辯解，期能具論其實，還原歷史原貌。當然，陸《書》中竭力刻劃忠臣形象，正好符合褒忠揚善、為人表率的儒家思想。

三　表彰節義之輩

陸《書》卷十七〈節義傳〉，列段處常、趙仁澤、張雄、陳褒、永興公主、余洪妻鄭氏及吳媛七人於傳中。其中張雄身為朝臣，效死疆場，儘管南唐潰敗相踵，不及追諡，然確為一代忠臣，不宜僅以義士視之；而其餘諸君，無論男女，不分尊卑，皆守節盡義，始為名副其實的節義之輩。如〈段處常傳〉云：

---

37 見〔南宋〕陸游撰：《南唐書》，卷11，頁12右。

> 保大中，……周侵淮南，元宗命處常浮海使契丹乞援。處常為契丹陳利害，甚辨（辯）。契丹……了無出師意，而留處常不遣。處常怨其無信，誓死國事，數面誚虜主。虜主亦媿（愧）其言，優容之；以病卒於虜。[38]

段處常奉命出使契丹，儘管未嘗一日忘懷國事，但終究與國家斷絕了音訊；雖然屢次面誚虜主，卻因病命喪異域。由於不似孫忌使周，盡忠國事，從容就死，故充其量只能算是節義之士。又〈趙仁澤傳〉云：

> 保大中，……周人來侵，吳越乘間出兵，攻常州。仁澤戰敗，被執，歸之錢塘。仁澤見吳越王，不拜，責之曰：「我烈祖皇帝中興，首與先王結好，質諸天地。王今見利忘義，將何面目入先王廟乎？」吳越王怒，以刀抉其口至耳。丞相元德昭嘉仁澤之忠，以良藥傅（敷）瘡，獲愈（癒）。後不知所終。[39]

趙仁澤常州兵敗，被執入吳越；因責吳越王見利忘義，而慘遭割口之刑。後雖遇貴人相救，贈藥醫治，幸無大礙。但傷癒之後，他卻不知所終，並未返回朝廷，繼續為國效力。諸如此類忠於國事，有始無終者，吾人以為堪稱「義士」，而與「鞠躬盡瘁，死而後已」的忠臣，不可同日而語。

除了為國盡義之士，另有治家有方、德化鄉里的正人君子，如〈陳褒傳〉云：

---

38 見〔南宋〕陸游撰：《南唐書》，卷17，頁6右。
39 見〔南宋〕陸游撰：《南唐書》，卷17，頁7左。

> 陳襃，……十世同居，長幼七百人，不置奴婢，日會食堂上，
> 男女異席，未冠笄者，別又為一席。畜犬百餘，共以一器貯食
> 飼之，一犬不至，則羣犬皆不食。築書樓，延四方學者，鄉鄰
> 化其德，獄訟為之衰息。[40]

儒家講究倫理綱常，陳襃治家，無論待人接物或畜養動物，首重長幼
有序，如此一來，凡事便能井井有條，一切自然步上正軌。孔子更強
調「推己及人」的做法，當陳襃整飭其家之際，隨即展開造福鄰里的
工作，興建書樓，延聘學者，讓鄉親子弟也能接受教育，有效改善當
地民風。有道是：「己欲立而立人，己欲達而達人。」陳襃此舉，恰
好為這句話做了最佳註腳。

次論陸《書》之節義烈女：首先，如前述劉仁贍妻薛氏，不護
短，忍痛敦促斬殺幼子；又夫君壯烈成仁之際，她絕不苟活於世，毅
然絕食相殉。綜觀其言行舉止，儼然是個守節無虧的貞烈女子，可惜
史料不足，無法為之另立一傳，只能附於〈劉仁贍傳〉中，稍加交代
其人其事。而〈永興公主傳〉云：

> 永興公主，烈祖女也，嫁吳睿帝太子璉。及禪代，宋齊丘請離
> 婚，烈祖不聽。公主自以為吳室冢婦，而國亡，中懷憤悒；聞
> 人呼之為公主，輒悲傷流涕。……璉卒，公主哭之過哀，亦感
> 疾卒。[41]

儒家向來主張女子應遵守「三從四德」，其中古有明訓：「在家從父，
出嫁從夫。」永興公主雖貴為金枝玉葉，卻對此女子閨範謹記在心，

---

40 見〔南宋〕陸游撰：《南唐書》，卷17，頁8左。
41 見〔南宋〕陸游撰：《南唐書》，卷17，頁8左。

當她嫁作楊吳太子妃時，便以吳國長媳自許，認定自己生是楊家人，死為楊家鬼。日後，對於父親受吳主禪位，使她搖身一變成為公主之尊，內心卻沒有絲毫欣喜；因為身為楊吳臣民，亡國之痛，血淚斑斑，何喜之有？這般節義舉動，連烈祖都對她深感愧疚，何況後世史家怎能不為她立傳褒揚一番？又〈余洪妻鄭氏傳〉云：

> 洪為閩將，唐師下建州，禆將王建封得鄭氏；以其有色，而自持堅貞不撓，不敢犯，獻之大將查文徽。文徽欲納之，鄭氏大罵曰：「王師弔伐，當褒錄節義，以表勵風節。建封出行伍，尚知見憚；君，元帥也，乃欲為禍首耶？」文徽大慚，亟訪其夫，歸之。[42]

余洪妻鄭氏膽識過人，面對南唐大將查文徽時，她內心毫不畏怯，甚至還能據理力爭，結果不但捍衛了自身清白，同時說得查文徽自知理虧，面有慚色，不得不儘速將她送回丈夫身邊。可見余洪夫人絕非等閒輩，不只姿色出眾，且智勇雙全，在矢志守節之餘，尚能保住一己性命，非到緊要關頭，不作無謂犧牲。〈吳媛傳〉則云：

> 吳媛……適段甲，生子未晬，段卒。父母以媛少，議嫁之。媛劙面自誓，事舅姑極備敬謹，教所生子為善士。韓熙載使江南，表其節云。[43]

儒家自古有「忠臣不事二主，烈女不嫁二夫」之說，吳媛身體力行之，丈夫早卒，她以刀劃面，不惜自毀容貌，只為侍奉公婆、長養幼

---

42 見〔南宋〕陸游撰：《南唐書》，卷17，頁8右。
43 見〔南宋〕陸游撰：《南唐書》，卷17，頁9左。

子，堅持恪守婦道，不再改嫁。這是古人的道德標準，以今日眼光來看，丈夫過世，女子追求第二春為天經地義之事，傳統思想試圖用禮教規範、貞節牌坊困住寡婦一生，實在太沒道理！何況《孝經》云：「身體髮膚受之父母，不敢毀傷。」那麼，像吳媛這樣「剺面自誓」，更是不足取！──手段太過激烈，就算堅決守節，也沒必要傷害自己。

第二節　道家思想

陸游承襲父祖家風，攻讀儒經、佛典之餘，亦鑽研《老》、《莊》哲理，相信道教金丹、神仙、長生等方術之說。如〈讀老子〉云：「八十一章獨置傍，徐起開讀聲琅琅。怳然親見古伯陽，袂屬關尹肩庚桑。」[44]〈讀老子次前韻〉云：「少年曾預老聃役，晚歲欲挹浮丘袂。力探玄門窮眾妙，肯學陰謀畫奇計。……著書勿恤飽蠹魚，會有子雲生後世。」[45]可知他所以接觸《老》、《莊》思想，無非要窮探玄妙之門，從中明白精微、深奧的道家哲理。

陸氏早年家居，即周旋於道侶之間；宦遊四方時，所識益夥；暮年歸隱後，仍與方士時有往來。一生中無論讀書、賦詩、飲酒、登臨等，不時可見與道人並肩相偕的身影。如自福州北歸，曾在永嘉石門，與老洪道士痛飲賦詩；入蜀時，舟行過公安，嘗訪祖珠長老，而得《卍庵語》。在蜀地，與青城道人品酒吟詩；又遊學射山，巧遇景道人。返鄉後，與天慶觀丹士林使君締交，有詩云：「何妨付與神丹訣，教跨青鸞到帝鄉。」[46]足見他對神仙境地的嚮往。

---

44 見〔南宋〕陸游撰：《劍南詩稿》，收入《陸放翁全集》，冊3，卷44，頁10左。

45 見〔南宋〕陸游撰：《劍南詩稿》，收入《陸放翁全集》，冊3，卷63，頁11右。

46 語出〈贈林使君〉。見〔南宋〕陸游撰：《劍南詩稿》，收入《陸放翁全集》，冊1，卷14，頁5左。

　　然而，陸氏因沉醉於神仙道術，而忘卻凡塵俗事嗎？〈有道流過門留與之語頗異口占贈之〉云：「須君更出囊中劍，一為關河洗虜塵。」[47]無意間透露：原來只有洗虜塵、雪國恥，始終令他念念不忘。又〈對酒歎〉云：「我欲北臨黃河觀禹功，犬羊腥羶塵漠漠。又欲南適蒼梧弔虞舜，九疑難尋眇聯絡。惟有一片心，可受生死託。……或攜短劍隱紅塵，亦入名山燒大藥。」[48]可知他志在佐禹功、輔舜業，只因世路崎嶇，志道難行，故而攜劍遁隱，入山煉丹，然此舉似乎不是為了訪仙求道，而是不願為紅塵俗事所羈絆。

　　在經世方面，陸氏主張折衷儒家、道家思想，如〈上殿劄子〉之二，云：「臣愚欲望聖慈明詔，輔臣使帥其屬，因今六曹寺監百執事所掌，講求祖宗舊制，以趨於廣大簡易之域；繁碎重複，無益實事者，一皆省去。」[49]他提出省刑罰，薄賦斂，一切以簡易為原則，切勿滋事擾民。又〈上殿劄子〉之二，云：

> 人君與天同德，惟當清心省事，澹然虛靜，損之又損，至於無為。……恭惟陛下龍飛御極之初，天下傾耳拭目之時，所當戒者，惟嗜好而已。[50]

文中勉勵皇上：戒除嗜好，清心寡欲，無為而治。唯有如此，君主不為臣下所役，罷讒佞，遠奉承，進而善善惡惡，賞罰分明，施行仁政，國家始能長治久安。

　　他胸懷大志，可惜無處伸展，落落寡合之餘，轉而追求超塵絕俗

47　見〔南宋〕陸游撰：《劍南詩稿》，收入《陸放翁全集》，冊3，卷49，頁10右。
48　見〔南宋〕陸游撰：《劍南詩稿》，收入《陸放翁全集》，冊1，卷5，頁5左。
49　見〔南宋〕陸游撰：《渭南文集》，收入《陸放翁全集》，冊4，卷3，頁4右。
50　見〔南宋〕陸游撰：《渭南文集》，收入《陸放翁全集》，冊4，卷4，頁4右。

的神仙境界,如〈好事近〉一詞,云:「混迹寄人間,夜夜畫樓銀燭,誰見五雲丹竈?養黃芽初熟。　　春風歸從紫皇遊,東海宴暘谷,進罷碧桃花賦,賜玉塵千斛。」[51]然而,他對此虛無縹緲之境,深信不疑嗎?——未必!又〈養生〉云:「昔雖學養生,所遇少碩師。金丹既茫昧,鸞鶴安可期?惟有〈庖丁〉篇,可信端不疑。愛身過拱璧,奉以無缺虧。」[52]足見他一向理智,對道教煉丹、長生、飛昇等神仙之說,始終抱持姑妄聽之的態度。至於《莊子》〈庖丁〉等道家哲思,則奉為養生寶典,畢生身體力行,因而終得長壽。

我國傳統道家思想,以《老》、《莊》哲學為主,為先秦諸子九流之一。魏晉南北朝時,與儒家合流,會通儒、道思想,形成所謂的「清談」之風。佛學傳入之後,由於與佛家思想相近,故以《老》、《莊》比附佛經,道家成為解說佛理的津梁;隋、唐以降,佛教盛極一時,反用佛學來闡釋道家之言。宋人有鑒於儒學缺乏形上哲理,故取《老》、《莊》義理,建立儒家形上學基礎。除在學術思想上合流之外,道家思維影響所及,包括民間宗教、習俗、方技各方面,以致後代凡崇尚黃老之道、神仙之術,甚或信奉道教[53]者,均可通稱為「道家」。

要言之,廣義的「道家」,包括《老》、《莊》思想與神仙道教之說。本節為探討陸氏《南唐書》中的道家思想,擬從「道家哲思」與「道教信仰」二方面,展開論述。

---

51 見〔南宋〕陸游撰:《渭南文集》,收入《陸放翁全集》,冊6,卷49,頁10右。

52 見〔南宋〕陸游撰:《劍南詩稿》,收入《陸放翁全集》,冊3,卷54,頁3左。

53 案:道教信仰,乃東漢・張道陵所創,結合傳統道家思維與民間信仰、丹鼎、符籙、神仙等思想而成。自北魏・寇謙之奉老子為教祖、張道陵為大宗,「道教」之名始成立。

一　道家哲思

陸《書》中的道家哲思，可從「崇尚無為而治」、「嚮往與世無爭」及「批評過猶不及」三方面，得知作者固然推崇《老》、《莊》思想，並非全然盲從，而是以儒家觀點出發，當濟世之道滯礙難行，始退而追求消極避世、明哲保身的道家思想。

（一）崇尚無為而治

陸《書》中，一本道家清靜無為、無為而治的政治思想，對南唐三君之施政，予以正面評價。如〈烈祖本紀〉云：

> 帝生長兵間，知民厭亂；在位七年，兵不妄動，境內賴以休息。性節儉，常躡蒲履，用鐵盆盎。暑月，寢殿施青葛帷，左右官婢裁（才）數人，服飾樸陋。建國始，即金陵治所為宮，惟加鴟尾，設欄檻而已，終不改作。元宗為太子，欲得杉木作板障，有司以聞，帝曰：「杉木固有之，但欲作戰艦，以竹作障可也。」江淮間，連年豐樂，兵食盈溢，羣臣多請恢拓境土；帝歎息曰：「吾少在軍旅，見兵之為民害深矣；誠不忍復言，使彼民安，吾民亦安矣！」[54]

〈劉承勳傳〉亦云：「烈祖勵以節儉，一金不妄用，……太子嘗欲一杉木作版（板）障，有司以聞。烈祖書奏後曰：『杉木不乏，但欲作戰艦，以竹代之可也。』」[55]足見陸氏推崇烈祖崇尚節儉、偃旗息鼓的

---

54 見〔南宋〕陸游撰：《南唐書》，卷1，頁12右。

55 見〔南宋〕陸游撰：《南唐書》，卷15，頁9右。

無為之治，此與《老子》所謂「使有什伯之器而不用」、「雖有甲兵，無所陳之」[56]等政治思想，不謀而合。又〈常夢錫傳〉云：「夢錫……數言朝廷，因楊氏霸國之舊，尚法律，任俗吏，人主親決細事，煩碎失大體；宜修復舊典，以示後代。烈祖納其言，頗議簡易之法。」[57]而〈江夢孫傳〉亦云：「夢孫治縣寬簡，吏民安之。逾年，棄官去，縣人號泣，送之數十里。」[58]都是《老子》「使民復結繩而用之」，主張為政寬簡，不滋事擾民，與民休養生息等措施，具體落實了道家的政治思想。

及元宗南伐失利後，其治國理念漸趨消極、保守，轉採道家弭兵務農之策，如〈元宗本紀〉云：

> 少喜栖（棲）隱，築館於廬山瀑布前，蓋將終焉，迫於紹襲而止。……及福州、湖南再喪師，知攻取之難，始議弭兵務農。或曰：「願陛下十數年，勿復用兵。」元宗曰：「兵可終身不用，何十數年之有？」[59]

元宗生性恬淡，風流儒雅，少時即喜棲隱廬山之間，讀書習道，悠然超塵，彷彿一位翩翩佳公子，俊逸瀟灑。即位之後，曾一度滿懷雄心，故有恢拓境土之舉，然閩楚、湖湘相繼損兵折將，潰敗連連，始知攻城掠地之難，退而偃武修文、獎勵農桑，承襲烈祖以來的基本國策，不再輕啟戰端，但求安境保民而已。

---

56 見〔魏〕王弼注：《老子道德經》，收入景印《文淵閣四庫全書》（臺北市：臺灣商務印書館，1983年據國立故宮博物院藏本影印），冊1055，篇下，頁183下。

57 見〔南宋〕陸游撰：《南唐書》，卷7，頁7左。

58 見〔南宋〕陸游撰：《南唐書》，卷7，頁14左。

59 見〔南宋〕陸游撰：《南唐書》，卷2，頁18左。

　　元宗後期，先出兵閩楚，隨即周人南侵，南唐已疲於應付；加上鄰國不時來寇邊，金陵政權陷入風雨飄搖之境。朝中主戰、主和兩派又僵持不下，明爭暗鬥。內憂外患，相踵而至，猶如雪上加霜；國勢岌岌可危之際，唯有道家清靜無為、與民休息的作風，或可苟延國祚，暫度難關。至後主之世，降號稱臣，奉正朔、為附庸，委屈求全，處境更加艱困，只能以道家思想治國。故〈後主本紀〉云：

> 嗣位之初，屬保大軍興之後，國削勢弱，帑庾空竭，專以愛民為急，蠲賦息役，以裕民力。尊事中原，不憚卑屈，境內賴以少（稍）安者，十有五年。[60]

後主於境內愛民如子，省刑罰，免賦稅，息勞役，施政簡易，務在養民，使南唐雖內憂外患頻仍，江南百姓尚可苟安度日，維持十五年的太平歲月。他在朝政上固無大作為，然以小國事大朝，勉力維持和平，讓金陵臣民得以休養生息，禮樂文化得以蓬勃發展，亦不無貢獻。

　　金陵城陷，後主被俘入汴，於四十二歲生日時，遇害身亡；從此，南唐真正走入歷史。其子仲寓入宋，因族大家貧，無以為生，請求出任地方官，據〈仲寓傳〉云：「國亡北遷，……求治郡，拜郢州刺史。在郡寬簡為治，吏民安之。」[61]仲寓一本父祖之寬厚仁慈，亦以道家思想治理郡縣，為政寬簡，清靜無為，頗得人民愛戴。

（二）嚮往與世無爭

　　傳統士大夫往往會通儒、道二家思想，堅持「達則兼善天下，窮則獨善其身」，他們志在施展所學，經世濟民，但難免面臨時不我與

60　見〔南宋〕陸游撰：《南唐書》，卷3，頁10左。
61　見〔南宋〕陸游撰：《南唐書》，卷16，頁18左。

的窘況，只好轉而超然物外，修心養性。陸氏平生嫻諳道家思想，崇尚隱士風骨，故《書》中對史虛白、陳陶、陳曙、毛炳、陳貺、劉洞等隱逸事跡，詳加載述，不使其高風亮節就此隱沒無聞。如〈史虛白傳〉云：

> 虛白數為烈祖言：「中原方橫流，獨江淮豐阜，兵食俱足，當長驅以定大業，毋失事機，為他日悔！」烈祖不能從。虛白乃謝病去，南遊至九江落星灣，因家焉。常乘雙犢版輬，掛酒壺車上，山童總角，負一琴、一酒瓢以從，往來盧山，絕意世事。……元宗召見，訪以國事。對曰：「草野之人，漁釣而已，安知國家大計？」賜宴便殿，醉溺於殿陛。元宗曰：「真隱者也！」[62]

史虛白係北方人，當年與韓熙載一起投靠南唐，希望獲得建功立業、揚名立萬的機會，無奈未獲重用，謝病而去，退隱江湖。從史虛白輕言遁隱，可知他之所以投奔南唐，志在一統中原，而非真正認同金陵政權，才會如此輕易求去，且一去不復返。瞧他載酒而行，往來盧山間，樂得逍遙自在；連元宗有意向他徵詢，他都絕口不談國事；賜宴款待，醉溺殿陛之上，強烈表達出無意仕進的決心。而〈陳陶傳〉云：

> 陳陶……少學長安，昇元中，南奔。將求見烈祖，自度不合，乃隱洪州西山，歎曰：「世豈無麟鳳？國家自遺之耳！」保大末，有星孛於參，芒指東南。陶語人曰：「國其幾亡乎？」果失淮南。元宗南遷豫章，至落星灣，將訪以天象；恐陶不肯盡

---

62 見〔南宋〕陸游撰：《南唐書》，卷7，頁9右。

言，以其素嗜鮓，乃使人偽言賣鮓。至門，陶果出啗鮓，喜甚。賣鮓者曰：「官舟至落星矣，處士知之乎？」陶笑曰：「星落不還。」元宗……是歲果晏駕。西山產靈藥，陶與妻日斸而餌之，不知所終。[63]

陳陶亦北方人，南來將求見烈祖，未曾謀面，便自度不合，退隱西山。他曾感歎：世上自有麒麟與鳳凰，為國家所遺棄罷了！似乎暗示自己即是被遺棄的棟樑之材；然而，他到底是不是人才，由於了無事功，無從得知。但從他善觀星象、洞悉時局變化，如預言淮南喪師、元宗遷都一去不還等皆料事如神，足見有過人之處。其後，南昌出現一對老夫婦賣藥市鮓，醉飲則載歌載舞，或疑為陳陶夫婦。又〈陳曙傳〉云：

陳曙，……嘗舉進士，唐末避地淮南，多避（遁）於蘄州山中。鄉人有會集或祭神，曙不待召而至，醉飽乃辭去。由是人多設虛座，陳酒肴（饈）以俟之；同日，或至數家。舍中惟一榻，素書數卷，與蛇虎雜居，不設牕（窗）戶，雨雪滿室，亦自若。……凡數十年，顏鬢不少（稍）異。……後徙居鄂渚及洪之西山，不知所終。[64]

陳曙仍為北方人士，唐末避亂南遷，遁隱於山中。鄉里宴飲，他不請自來，既醉而退，有時一日前往數家。因此，鄰人多設虛席以待之。所住屋內唯有一張矮床，幾卷書籍，與蛇虎雜居，不設門窗，任由雨雪侵襲，他卻言笑自若。就這樣幾十年過去，他的容貌、鬢髮毫無改

---

63 見〔南宋〕陸游撰：《南唐書》，卷7，頁12右。
64 見〔南宋〕陸游撰：《南唐書》，卷7，頁12左。

變，後來不知所終。雖然傳中不標榜陳曙有過人之處，但從「嘗舉進士」，可知他亦飽學之士，因失意於當世而退隱山林，與一般鄉野村夫，不可同日而語。〈毛炳傳〉云：「毛炳，……隱居廬山，時為諸生講，得錢即沽酒。嘗醉臥道旁，有里正掖起之；炳瞋目，呵之曰：『醉者自醉，醒者自醒，亟去，毋撓予睡！』後徙居南臺山，數年，忽書齋壁曰：『先生不住此，千載惟空山。』因大醉，一夕卒。」[65]這是隱居廬山的毛炳，他曾為諸生講學，可見學識淵博，絕非一般的酒徒。至於醉臥道旁、大醉而卒等放浪形骸之舉，似乎非其初衷，或為懷才不遇、壯志難酬之餘，憤世嫉俗的表現。

另有隱逸詩人，如〈陳貺傳〉云：「陳貺，……性夷澹，隱於廬山四十年，衣食乏絕，不以動心。苦思於詩，得句未成章，已播遠近。元宗聞其名，召見。時方祁寒，元宗見其衣單薄，降手札曰：『……賜朕自服紬縑衣三十事。』……卒於山中，年七十餘。」[66]〈劉洞傳〉亦云：「劉洞……隱居廬山二十年，能詩，長於五字唐律……。國亡，洞過故宮闕，徘徊賦詩，多感慨悲傷，不以不遇故，有怨懟語。未幾，卒。」[67]無論詩名遠播的陳貺，抑或賦黍離之悲的劉洞，都因時局動盪，不求仕進，修身自適，為道家隱士之另一典型。

（三）批評過猶不及

然而，陸氏終究是一位儒家學者，醉心道家哲思之餘，更加崇奉儒家思想；在《南唐書》中，不時可見他基於儒者立場，以批判道家思維。這是陸氏思想的矛盾，也是傳統士大夫達兼窮獨的共同矛盾。如〈李建勳傳〉云：

---

65 見〔南宋〕陸游撰：《南唐書》，卷7，頁14左。
66 見〔南宋〕陸游撰：《南唐書》，卷7，頁11右。
67 見〔南宋〕陸游撰：《南唐書》，卷15，頁5左。

及出師平湖南，國人相賀，建勳獨以為憂，……乞骸骨，以司徒致仕，賜號「鍾山公」。營別墅於山中，放意泉石，……自知不壽，欲求數年閑適爾。疾革，遺令曰：「時事如此，吾得全歸，幸矣！勿封樹立碑，貽他日毀斷之旤（禍）。」……及南唐亡，公卿塚墓，鮮不發者，惟建勳不知葬所。[68]

陸氏於史論中，評云：「李建勳非不智也，知湖南之師必敗，知其國且亡，皆如蓍龜。然其智獨施之一己，故生則保富貴，死猶能全其骸於地下；至立於臺枉間，一切無所可否，唯諾而已，視覆軍亡國，君父憂辱，若己無與者。」他認為：李建勳位極人臣，身受君國之恩，卻置社稷、蒼生於不顧，貪圖一己之安逸，徜徉山水間，但求全身遠禍而已。如此一來，與耦耕的長沮、桀溺何異？與離群索居的鳥獸何異？罔顧所以為人應有的責任與價值，一如前哲所言：「生命的意義，在創造宇宙繼起之生命；生活的目的，在增進人類全體之生活。」張載亦云：「為天地立心，為生民立命，為往聖繼絕學，為萬世開太平。」如不能立下此等兼善、淑世的宏願，那麼人生數十寒暑，將如電光火石般，燦爛僅在須臾一瞬間。唯有肩負起宇宙、人類共同的使命，短暫的生命才能彰顯出永恆的價值。李建勳乍看豁達睿智，其實不然，因為他的智慧只施於一己之身，保其富貴，全其骸骨，僅侷限在個人短暫的生命上，未能放眼全宇宙、全人類，未能展現平凡生命的不凡意義。又〈潘佑傳〉云：

佑……酷喜《老》、《莊》之言，嘗作文曰：「莊周有言：『得者，時也；失者，順也。安時處順，則安樂不能入也。』僕佩

斯言久矣！……」……時南唐日衰削，用事者充位，無所為。
佑憤切上疏，極論時政，歷詆大臣將相，詞甚激訐，……張洎
從而擠之，後主遂發怒，……佑聞命自剄。[69]

文末「論曰」云：「佑學《老》、《莊》，齊生死，輕富貴，故其上疏，
縱言詆訐，若惟恐不得死者；雖激於一時忠憤，亦少（稍）過矣！後
主非強愎雄猜之君，而陷之於殺諫臣；使佑學聖人之道，知事君之
義，豈至是哉？」陸氏以為：潘佑固然基於一時之忠憤，不惜激切論
事，歷詆公卿，因而觸怒後主，惹來殺身之禍。但平心而論，後主素
以仁愛見稱，本非剛愎、猜忌之君，潘佑何以見殺？想必是他未學儒
家聖人之道，不知為臣事君之義，才會如此肆無忌憚，冒犯君威，得
罪群臣，因而落得如此下場。足見道家哲思雖然重要，但必須與儒家
思想相互為用，達兼窮獨，相輔相成，始能相得益彰。誠如前人之妙
喻，儒家思想如飯，道家哲理如藥，當一切尚有可為之世，猶人之身
強體健時，當食飯，以補充營養、增強體力；而時局動盪，如人之病
入膏肓，情非得已，只好改而服藥，以期藥到病除、休養生息。然李
建勳、潘佑輩，或無視於人臣責任，或罔顧君臣倫理，使他們進退之
間有失分寸，無論明哲保身，或忠憤見殺，都悖離《論語》〈泰伯〉
所謂「天下有道則見（現），無道則隱」的原則，故在史冊中留下無
法抹去的遺憾。

二　道教信仰

自唐朝以降，以道教為國教，然歷代君主皆篤信佛教。當時從皇

69　見〔南宋〕陸游撰：《南唐書》，卷13，頁6右。

室至民間，出現道教與佛教信仰同時並存，且皆盛行一時的特殊景象。時至南唐，此一現象仍普遍存在，如金陵三君皆虔心禮佛，然道教信仰在他們思想中依舊根深柢固。據〈景遂傳〉載：

> 烈祖殂，元宗……以為太弟，……景遂固辭，……乃取《老子》功成名遂身退之意，自為字曰「退身」，以見志。……（袁）從範毒漿以進，暴卒。……元宗素友愛，聞訃悲悼。左右欲少（稍）慰釋之，因妄曰：「太弟初得疾，忽語人曰：『上帝命我代許旌陽。』」元宗始少（稍）解，故被酖之事，竟不之知。[70]

景遂平生服膺老莊哲思，取字曰「退身」，以明其志；後與弘冀爭奪儲君之位，遂慘遭毒害，暴斃身亡。元宗原該追究責任，然一方是寵弟，一方是愛子，何況自古宮廷傾軋，歷朝歷代皆有之，「勝者為王，敗者為寇」，真是「清官難斷家務事」！因此，左右大臣只好利用神仙道教信仰，以上帝召景遂返天庭任職為由，四兩撥千斤，輕易掩蓋景遂遇酖的事實。至於元宗是否真正相信並不重要，重要的是至少此說為人所接受，可見當時神仙道教思想深植人心。又〈鍾謨傳〉云：「謨有女感家禍，不嫁，為道士，名守一，博通孔老書，尤善講說。」[71]鍾謨之女為道士，是知當時道教信仰方興未艾。而她博通孔、老之書，似乎又暗示南唐儒家與道家哲理同為人所重視，因此貫通儒、道思想者，想必不在少數，如守一即是一例。綜上所述南唐之世，佛教與道教信仰並時流行，且儒家、道家哲學亦並行不悖，足見當時思想上呈現儒、釋、道三家爭鳴的盛況，金陵為一思想重鎮、文

---

70 見〔南宋〕陸游撰：《南唐書》，卷16，頁7左。
71 見〔南宋〕陸游撰：《南唐書》，卷7，頁6右。

化之邦，果然名不虛傳。以下從「摘錄神仙方術」、「保留民俗信仰」及「刪除迷信思想」三方面，詳探陸氏《南唐書》之道教信仰。[72]

（一）摘錄神仙方術

從陸《書》中，可見南唐當世對神仙方術之說，深信不疑，儼然形成一股風氣，彌漫朝野。如〈烈祖本紀〉云：「帝臨崩，謂齊王璟曰：『……吾服金石欲延年，反以速死，汝宜視以為戒！』」[73]烈祖生前為求延年益壽，沉迷於金石丹藥，臨終前，乃悟出服食丹藥非但無益，反而傷身，故以此親身經驗告誡兒子。又〈史守沖傳〉云：

> 烈祖嘗夢得神丹，既覺，語左右，欲物色訪求；而守沖適詣宮門，獻丹方，辰亦以方繼進。烈祖皆神之，以為僊（仙）人，使鍊（煉）金石為丹；服之，多暴怒，羣臣奏事，往往屬聲色詰讓。嘗以其藥賜李建勳，建勳乘間言曰：「臣服甫數日，已覺炎躁（燥），此豈可常進哉？」烈祖笑曰：「孤服之已久，寧有是事？」諫者皆不從。俄而，疽發，遂至大漸。臨終，謂元宗曰：「吾服金石求長生，今反若此，汝宜以為戒也！」[74]

烈祖曾訪求方士煉金石為丹，服用之後，脾氣暴躁、易怒，對群臣往往疾言厲色，甚至不惜咆哮、辱罵。〈烈祖元敬皇后傳〉亦云：「烈祖

---

72 案：儘管以今日眼光看來，這些思想或許不夠科學，難逃穿鑿附會之嫌，如朱志偉〈淺論陸游《南唐書》的幾點缺憾〉中，以「在思想上，存在諸多天人感應和神怪思想的記敘」為陸《書》之缺失。但這是傳統史書的共通弊病，史家受限於所處時代思維，倒不必以此過於苛責古人。

73 見〔南宋〕陸游撰：《南唐書》，卷1，頁12左。

74 見〔南宋〕陸游撰：《南唐書》，卷17，頁4右。

服金石藥，多暴怒，賴后以免譴者甚眾。」[75]然而，面對旁人勸諫，他大多不從。還一度以丹藥賜李建勳，李建勳服後，備感炎燥，亦勸以少食為妙。他始終不以為然，直到晚年皮膚腫爛，病入膏肓，生命垂危之際，始知服金石傷身之理，一切為時已晚！另有徐玠者，假神仙方術之名，以圖大發利市，如〈徐玠傳〉云：「玠……老而益貪鄙，……好神仙之說，嘗以下價，市丹砂惡者治丹，人以為笑。」[76]他先以低價購買劣質丹砂煉丹，再從中謀取暴利。足見當時服食丹藥之風盛行，才會有人致力於煉丹治藥，迎合市場需求。

　　除了迷信金石仙丹外，南唐宮廷與方外術士間過從甚密，如元宗曾寵幸女道士耿先生；向以賢明見稱的宋太后，晚年更與道士爆發一段驚世駭俗的醜聞。〈耿先生傳〉載：

> 少為女道士，玉貌烏爪，常著碧霞帔，自稱比丘先生。始因宋齊丘進，……遂得幸於元宗，有娠。將產之夕，雷雨震電，及霽，娠已失矣。久之，宮中忽失元敬宋太后所在，耿亦隱去幾月餘，中外大駭。有告者云：「在都城外二十里方山寶華宮。」元宗亟命齊王景達往迎太后，見與數道士方酣飲，乃迎還宮。道士皆誅死，耿亦不復得入宮中。[77]

宋齊丘向元宗舉薦耿先生，得幸後，懷有身孕；臨盆前，風雨交加，雷電交作，不久，腹中胎兒遂不保。隨即，宋太后無故失蹤，耿先生亦不見人影，朝野為之震駭。其後，有人在京城外方山寶華宮發現二人下落。元宗命景達前往探訪，驚見太后與幾名道士放浪形骸，飲酒

---

75 見〔南宋〕陸游撰：《南唐書》，卷16，頁1右。

76 見〔南宋〕陸游撰：《南唐書》，卷7，頁1右。

77 見〔南宋〕陸游撰：《南唐書》，卷17，頁5左。

作樂。事後，迎回太后，道士皆因穢亂遭誅，耿先生從此不得入宮，總算平息了這場風波。而耿先生到底有何本事，竟能收服眾人之心，據〈耿先生傳〉載：

> 嘗見宮婢持糞埽，謂元宗曰：「此物可惜，勿令棄之。」取置鐺中，烹煉良久，皆成白金。嘗遇雪擁鑪，索金盆貯雪，令宮人握雪成錠，投火中，徐舉出之，皆成白金，指痕猶在。又能煼（炒）麥粒成圓珠，光彩粲（燦）然奪真。大食國進龍腦油，元宗祕愛，耿視之曰：「此未為佳者。」以夾縑囊貯白龍腦數斤，懸之，有頃，瀝液如注，香味逾於所進。[78]

她入宮之初，能煉糞、烹雪為白金，炒麥粒成真珠，簡直教人大開眼界。又曾以夾縑囊貯白龍腦，藉此提升該油香味，以取悅元宗。諸如此類，賣弄神仙方術，大概是她討好眾人的一大法寶。正因南唐神仙思想方興未艾，這般伎倆才有可趁之機，無論太后、君主、朝臣、宮婢，莫不對之心悅臣服，喜愛有加。又〈景達傳〉云：「初，景達好神仙道家之說，記室徐鉉獻〈述仙賦〉以諷。」[79]是為南唐王室醉心於神仙之說的另一證據。

當時江湖上，神仙方術思想更是大行其道。那些道行高深的方士，法術如何異乎尋常，無所不能，種種神奇事跡，為人所津津樂道。如〈譚紫霄傳〉云：

> 武昌節度使何敬洙嘗殺女奴，投尸（屍）井中，人無知者；遇疾，召紫霄，中夜披髮仗劍考治，見女厲自訴。詰旦，屏人以

78 見〔南宋〕陸游撰：《南唐書》，卷17，頁5右。

79 見〔南宋〕陸游撰：《南唐書》，卷16，頁10右。

語敬洙，乃丹篆符遣之，疾即愈（癒）。廬山僧闢路，有大石堅不可鑱，紫霄往視曰：「此固易爾！」索杯水噀之，命工施鑱，應手如粉。[80]

譚紫霄師承道士陳守元，習得道陵天心正法，以善劾鬼魅，為人治病聞名。大將何敬洙嘗祕殺女奴，投屍井中，後遇疾不起，藥石罔效。譚紫霄為之作法考治，並以符籙驅趕女鬼，隨即病癒。又廬山寺僧開路，遇大石頭堅硬，無法移易。譚紫霄前往察看，先喝一口水，再從嘴裡噴到巨石上；然後命工人施鑱開挖，結果堅石竟應手而化，不可思議。根據此處記載道士為僧侶解圍事，可讀出兩點訊息：一、從僧徒、道人間的互動，得知當時佛、道二教和平共處，他們不會因為信仰不同而互相敵對。二、在民間信仰中，佛、道思想雖然並行不悖，但道教的神仙之術似乎更使人信服。

　　傳統讀書人大多兼通儒、道二家哲理，自古有達則兼善、窮則獨善的觀念，又由於老莊哲學與神仙之說皆談超然出世，而形成廣義的道家思想，因此，飽讀詩書的賢人君子，不見用於世之時，往往退而隱逸山林，求仙訪道，修養自身。這倒成為另一種儒、道思想合流的現象，如沈彬父子即是一例，據〈沈彬傳〉云：「唐末，浪迹湖湘，隱雲陽山，好神僊（仙），喜賦詩，句法清美。烈祖輔吳，表授秘書郎。與元宗遊，俄，懇求還山。……次子廷瑞，有道術，嗜酒卻粒，寒暑一單褐，數十年不易。跣行，日數百里，林棲露宿，多在玉笥、浮雲二山，老而不衰，後不知所終。」[81]沈彬喜賦詩，好神仙思想，隱居後，想必不時以此自娛。其子沈廷瑞從小耳濡目染，自然深諳此道，甚至習道有成，老而不衰，令人稱羨。又〈潘扆傳〉云：

> 潘扆，往來江淮間，自稱「野客」，嘗依海州刺史鄭匡國，……
> 匡國……求學其術。扆……探懷出二錫丸，置掌中。俄而，氣
> 出指端，如二白虹，旋繞匡國頸，有聲錚然。匡國汗下如雨，
> 曰：「先生之術神矣！」扆笑，引手收之，復為錫丸。[82]

刺史鄭匡國曾親眼見證潘扆的劍術，以兩粒錫丸可輕取人性命，簡直
令人歎為觀止。雖然陸《書》將〈潘扆傳〉列入〈雜藝列傳〉，但如
此出神入化之劍術，似乎非一般劍客所能及，故吾人將他視為神仙
方術之屬。

(二) 保留民俗信仰

由於道教信仰起源於本土，其思想、觀念在民間已根深柢固，廣
為普羅大眾所接受，影響力自是不容小覷。如〈邊鎬傳〉云：「有神
降於縣之刻杉鎮，……遇賢往事之，……遂稱王，……度嶺襲虔
州。……會遇賢所事神棄去，不復降語，賊眾遂潰，其裨將李台執之
以降。」[83] 保大初年，張遇賢之亂，先是刻杉鎮有神降語，助張賊一
臂之力，統領群眾，襲擊虔州。其後，終因該神棄去，賊眾頓失向心
力，接連潰敗，張賊為部將所執，讓南唐得以順利平定亂事。吾人綜
觀張賊之亂，真是「成也民俗信仰，敗也民俗信仰」！又有假借民間
信仰，裝神弄鬼，妖言惑眾者，如諸佑之徒，據〈陳起傳〉載：「獨
木村有妖人諸佑，挾左道，自言數世不食肉，能使富者貧，貧者
富。……數年，從者至數百，男女無別，……夜行晝伏，取資於盜。
相與倡言：佑有神術，能升虛空，入水火。州縣亦憚之，不敢問。」
同文復云：

---

82 見〔南宋〕陸游撰：《南唐書》，卷17，頁1右。
83 見〔南宋〕陸游撰：《南唐書》，卷5，頁9右。

> 陳起，……性剛硬，尤惡妖異。……到官，……乃按戶籍取佑，為里正；不服，嫚（謾）言曰：「吾且斷令頭。」起告巡檢使周鄴，出兵捕佑等；獲之，不能神，皆就執縛。……遂斬之。鄴欲宥其婦女童稚，起曰：「此皆瀆亂人倫，不可使有遺育。」乃併斬之。[84]

幸有陳起這樣嫉惡如仇的正直官吏，甫上任，便致力於端正世風，下令逮捕妖人歸案。雖然諸佑輩佯言要斷縣令頭顱，但邪不勝正，終因無法施展神力，束手就擒，而遭斬首。事後，查獲諸佑黨婦孺，周鄴欲寬宥之，陳起卻以瀆亂人倫為由，將他們一一處決。依今日眼光來看，陳起打擊異端邪說，維護善良風俗，固然值得肯定；但有必要如此趕盡殺絕嗎？畢竟那些婦人孺子也是有血有肉的生命，難道他們的生存權就該被剝奪？

儘管如此，宗教始終以勸人向善為宗旨；民間信仰中，更摻雜佛教因果報應觀念，而盛行善惡果報之說。如〈弘冀傳〉云：「顯德六年，七月，弘冀屬疾，數見景遂為厲。九月丙午，卒。」[85]由於景遂遭弘冀暗算，毒發身亡；而弘冀之死，據說是病中屢見景遂化為厲鬼，前來索命，充滿宗教善惡有報的思想。同樣，〈宋齊丘傳〉云：「初，命穴墻給食；俄又絕之，以餒卒。……未幾，元宗燕（宴）居，見齊丘為厲，叱之不退，遂遷南都。」[86]元宗處決為非作歹的宋齊丘後，沒多久，竟見宋齊丘化為厲鬼，與他糾纏不清。束手無策下，故有遷都豫章之舉，然未久他亦染病崩殂。是事出巧合？抑或報應不爽？不得而知。又〈王建封傳〉云：

---

84 見〔南宋〕陸游撰：《南唐書》，卷14，頁12左。

85 見〔南宋〕陸游撰：《南唐書》，卷16，頁14左。

86 見〔南宋〕陸游撰：《南唐書》，卷4，頁7左。

> 戶部員外郎范沖敏⋯⋯誂建封上書,歷詆岑等,請更用正人。
> 元宗遂發怒,⋯⋯沖敏棄市。未幾,岑見沖敏為厲,請道士上
> 章訴天,數月竟死云。[87]

〈魏岑傳〉亦云:「元宗方倚以柄任,會見沖敏為厲,召道士上章訴
天;未幾,卒。」[88]范沖敏曾慫恿王建封上書,歷數魏岑罪行,誰知
元宗竟選擇相信魏岑,處死范沖敏?然「冤有頭,債有主」,范沖敏
豈可善罷甘休?相傳他死不瞑目,化為厲鬼,向魏岑討命。魏岑為厲
鬼纏身所苦,請道士上章訴訟於天,不出數月,亦一命歸陰。事隔幾
百年後讀此,頗覺大快人心,兩位大臣間的恩怨情仇,一訴諸人間君
主,一訴諸天上帝王,前者寧可維護佞臣,後者只好伸張公理,或許
這也是民間信仰中所謂「天網恢恢,疏而不漏」的印證吧!

南唐之際,敢於對抗怪力亂神的耿直官員,還真不少!如〈陸昭
符傳〉云:

> 一日,坐廳事,雷雨暴至,電光如金蛇遠(繞)案。吏卒皆震
> 仆;昭符不懾,撫案叱之,雷電遽散。及舉案,惟得鐵索重百
> 斤;昭符亦不變色,徐命舉索納庫中。[89]

有道是:「君子坦蕩蕩」,行得正,坐得直,縱使面對妖魔鬼怪,又何
懼之有呢?陸昭符便是最佳例證。他自認為俯仰無愧,故能處變不
驚,斥喝所遇之靈異現象;後來,果然成功嚇阻此超自然力量,電光
如蛇,瞬間化為一條鐵索,被收入府庫之中。〈江夢孫傳〉亦載:「吏

---

87 見〔南宋〕陸游撰:《南唐書》,卷8,頁4左。
88 見〔南宋〕陸游撰:《南唐書》,卷15,頁15左。
89 見〔南宋〕陸游撰:《南唐書》,卷8,頁13左。

白：『縣署正寢有淫厲，不可居。』夢孫不從。是夕，果有怪並出。夢孫起，焚香曰：『夢孫受命為令，常治事於此。鬼神有祠廟、丘壟，胡不各歸其所？吾行不欺暗室，奚畏君等？』語訖，皆斂迹。」[90] 江夢孫同樣以其浩然正氣，戰勝縣署中的厲鬼。當他說：「吾行不欺暗室，奚畏君等？」再度印證俗諺所云：「平時不做虧心事，半夜不怕鬼敲門。」

　　在民間信仰中，附會神鬼妖怪之說、預言吉凶禍福之事，往往非人力所能及，故始終帶有某種神秘色彩。正因為它虛無縹緲，難以捉摸，愈發為人們茶餘飯後所喜言樂道。如〈弘冀傳〉云：

> 故唐之末，民間相傳讖曰：「東海鯉魚飛上天。」而烈祖果育於徐氏，因信符讖。又有讖曰：「有一真人在冀州，開口張弓向左邊。」元宗欲其子應之，乃名之曰「弘冀」。[91]

自漢代以來，讖緯之說流傳已久，尤其江湖上更是熱衷此道。「東海鯉魚」之說，一語成讖，應驗了烈祖建立南唐事。後元宗迷信「真人在冀州」之讖，並以此為長子弘冀命名，卻又不靈驗。可見民俗信仰可供參考之用，不見得全然準確。又〈景遷傳〉云：「初，術士皆謂：『景遷貴不可言。』故烈祖在諸子中，尤愛之。及是，始悟術士之妄。」[92] 景遷十九歲而卒，膝下無子；與術士所言「貴不可言」，似乎不相吻合。〈高審思傳〉亦云：「初，術者悉言：『審思位不至刺史。』」嘗受命刺常州，固辭，不敢行；而其後位兼將相，終始富貴。

90　見〔南宋〕陸游撰：《南唐書》，卷7，頁13右。

91　見〔南宋〕陸游撰：《南唐書》，卷16，頁11右。

92　見〔南宋〕陸游撰：《南唐書》，卷16，頁7左。

術之不足信，有如此！」[93]術者嘗預言高審思無高官之命，結果他卻
出將入相，顯赫一時，在在證明命運掌握在自己手中，絕非術士者流
未卜先知所能預料得到。不過，從古至今，人人都想預知未來，趨吉
避凶，故命理、相人之術等歷久不衰，其中自有其神準之處。如〈徐
知諤傳〉云：

> 知諤……平生常語客曰：「人生七十為大限，吾生長王家，窮
> 極歡樂，一日可敵世人二日。」年三十五，其死乎！至是如其
> 言。[94]

徐知諤生前常與人談及自己的壽命，預言只能活到三十五歲；後來，
果然如是。不知他此說有何依據，但無論如何，此事為人所流傳，並
被寫入史傳，足見時人及史家對預測未來一說的重視。又〈弘茂傳〉
云：「弘茂之幼，有異僧言人壽夭禍福，多驗。元宗使視弘茂，僧書
九十一字以獻。及卒，年一十九。」[95]此外，有僧人暗示弘茂的壽命
為十九歲，後來也應驗了。此處雖說「異僧」，但可視為佛、道教思
想之合流，而非單純的佛教僧徒。走筆至此，不禁想起陸氏曾賦〈有
術士過門謂余壽及九十〉詩，云：「許我年如伏生比，逢時猶解誦唐
虞。」[96]是知他對民間流傳的預言之術，雖非深信不疑，亦非全然不
信。大抵中國人皆如此，既然有此一說，便姑且聽之。另如〈徐遊
傳〉云：「金陵之將亡也，徐鍇屬疾，忽夢巨人持大鐵筴，取已及兄
鉉并（並）遊，同納筴中；筴之，鍇與遊皆墜地，而鉉獨否。俄，

---

93 見〔南宋〕陸游撰：《南唐書》，卷7，頁2右。
94 見〔南宋〕陸游撰：《南唐書》，卷8，頁2左。
95 見〔南宋〕陸游撰：《南唐書》，卷16，頁14右。
96 見〔南宋〕陸游撰：《劍南詩稿》，收入《陸放翁全集》，冊2，卷25，頁8左。

錯、遊皆以疾卒云。」⁹⁷有時從夢境亦能預知未來，不但能預測自己，還能得知別人的壽夭禍福。這種現象難以解釋，在民間信仰中卻為人所認同，故陸氏將徐錯之夢記入史傳，事關徐氏兄弟二人及徐遊之命運，後來證實果真靈驗。

（三）刪除迷信思想

陸氏在馬令《南唐書》基礎上，繼續纂述南唐史事，然對於馬《書》中怪力亂神之說，大多刪除殆盡，藉以呈現著述宗旨，思想純正，堪為良史典範。故沈士龍〈南唐書題辭〉評云：「芟薙稗穢，折衷諸家，殊得史氏家法。」⁹⁸又云：

> 如柴克宏有陳果仁助陣，潘佑是顏延之後身，盧絳夢耿玉真後與同刑，伍喬牕（窗）中人掌，……俱以怪誕蠲斥。⁹⁹

陸《書》刻意刪除馬《書》中迷信思想，如柴克宏與吳越兵戰於常州，「有隋末陳果仁……見夢於克宏，曰：『吾與陰兵助爾！』及戰，有黑牛二頭，衝突吳越兵。」¹⁰⁰柴克宏力抗李徵古之命，殺敵建功，大義凜然，故不以陰兵助陣，削減其忠勇形象。關於潘佑身世，也有一段離奇的傳聞：

> 佑自言其母方娠，夢古衣冠人告曰：「我，顏延之也，與夫人

97　見〔南宋〕陸游撰：《南唐書》，卷8，頁3左。

98　見〔明〕李清撰：《南唐書合訂》，收入《四庫禁燬書叢刊補編》（北京市：北京出版社，2005年據清・乾隆鈔《文淵閣四庫全書》撤出本影印），冊8，頁460上。

99　見〔明〕李清撰：《南唐書合訂》，收入《四庫禁燬書叢刊補編》，冊8，頁460上。

100　見〔北宋〕馬令撰：《南唐書》，收入《四部叢刊廣編》（臺北市：臺灣商務印書館，1981年據上海涵芬樓景印明刊本），冊12，卷11，頁50下。

> 為子。」及生七歲，始能語曰：「兒悞（誤）傷白龍，為上帝
> 所罰也。」因吟詩曰：「只因騎折玉龍腰，謫在人間三十
> 六。」至是，果以三十六歲卒。[101]

顏延之誤傷白龍，謫降人間三十六年，投胎轉世成為潘佑，恰巧活了
三十六歲，純屬穿鑿附會之辭。此事寫入筆記小說倒也無妨，如記在
史冊裡確實不當，非但不足以取信於人，反而助長詭譎之說，得不償
失。何況潘佑忠言直諫，受誣而死，不該記此無稽之談，以致模糊了
焦點。又盧絳嘗夢見耿玉真，預言：「他日富貴，相見於固子坡。」
盧絳果然官運亨通，多年後遇斬，「臨刑，有白衣婦人同斬，姿貌宛
如所夢；問其受刑之地，即固子坡也。」[102]案：盧絳召募無賴，教習
水戰，拒敵有功，無須記此閒散之筆，徒費筆墨。伍喬金榜題名，名
列第一，關於求學歷程，卻有怪異傳說：

> 一夕，見人掌自牖隙入，中有「讀易」二字，倏爾而卻。喬默
> 審其詳，取《易》讀之，探索精微。[103]

伍喬為一飽學之士，何須附會窗中人掌引導讀《易》之說？似乎不具
任何意義，故陸《書》刪去此段記述。陸氏為了突顯傳中人物的正面
形象，如柴克宏之忠勇抗敵、潘佑之直諫而死、盧絳之力戰到底、伍
喬之學識淵博等，因此，不錄那些光怪陸離的迷信傳說，藉以強化全
書思想、端正社會風氣。另如前述「保留民俗信仰」部分，陸《書》
或簡單交代其事，或與時事背景、傳中人物息息相關，始予以保留。

---

101 見〔北宋〕馬令撰：《南唐書》，收入《四部叢刊廣編》，冊12，卷19，頁78下。
102 見〔北宋〕馬令撰：《南唐書》，收入《四部叢刊廣編》，冊12，卷22，頁89上。
103 見〔北宋〕馬令撰：《南唐書》，收入《四部叢刊廣編》，冊12，卷14，頁61下。

如記徐鍇夢見巨人持大鐵筅，筅徐鉉、徐遊及自己三人，明明出自徐鍇之夢，為何載入〈徐遊傳〉中？——此即陸氏史筆所在。因為徐鍇兄弟為江南名士，正人君子，自然不宜記此奇說異聞；倒是徐遊本為輕薄小人，又專典宮中浮屠事，如此與信仰相關之傳聞，錄於其傳，並無不妥。

第三節　佛教思想

自魏晉以降，佛教漸與儒家、道家思想合流，傳統知識分子轉而參禪習道，結交方外之士，時有所聞。由於社會風氣使然，陸游也不例外；加上他幾經宦海浮沉，抑鬱不得志之餘，嘗試藉由佛家思想，來排遣內心苦悶、尋求精神解脫。如〈寓天慶觀有林使君年八十七方燒丹〉詩云：「世路崎嶇久已忘，道腴禪悅度年光。」[104]〈白髮〉云：「清坐了無書可讀，殘年賴有佛堪依。」[105]故伍聯群〈論陸游的佛教思想〉一文，云：「他對佛教的涉及，一方面是因為宋代所具有的儒、釋、道三家思想雜糅的時代風氣。另一方面，更是因為人生的坎坷和世路的艱難，使陸游不得不借助佛教自我解脫的精神追求，用禪悅來打發時光，排遣胸中的苦悶，把儒家的外在社會要求內化為內心的恬淡與寧靜。」[106]

又法空〈陸游與佛教之緣〉云：「他平生崇佛，對佛理多有研究，所到之處，多住在寺院，廣泛結識佛門僧侶，從而言行、詩作中蘊涵著深刻的佛家思想。」[107]儘管陸氏熟諳佛理，周旋於方外禪師之間，

104　見〔南宋〕陸游撰：《劍南詩稿》，收入《陸放翁全集》，冊1，卷14，頁4右。
105　見〔南宋〕陸游撰：《劍南詩稿》，收入《陸放翁全集》，冊1，卷11，頁4左。
106　見伍聯群撰：〈論陸游的佛教思想〉，《船山學刊》2007年第2期，頁132。
107　見法空撰：〈陸游與佛教之緣〉，《香港佛教》月刊第477期（2000年2月），頁42。

詩文酬答,過從甚密[108],但他對佛教始終保持折衷的態度。如〈江
上〉云:「暮年尚欲師周孔,未遽長齋繡佛前。」[109]〈自勉〉亦云:
「老猶嗤佞佛,貧亦諱言錢。旦暮勤鞭策,塵埃痛洗湔。仍須語兒
子,此事要家傳。」[110]畢竟他身為一名儒者,繼承周孔之道始是人生正
業,而鑽研佛家哲學,不過藉以修身養性而已,絕不致淪為宗教迷信。
如〈仲秋書事〉云:「心明始信元無佛,氣住何曾別有仙?領取三山安
樂法,蒲團紙帳過年年。」[111]他明知世上本無仙佛存在,唯有透過自
我修養,方能獲得心靈上的超脫,逍遙自在過此生。

因此,對於世人佞佛、毀佛之說,他都能客觀看待,如〈秋懷〉
云:「常嫌樂天(白居易)佞,卻肯退之(韓愈)罵。君看〈佛骨
表〉,自是無生話。」[112]因為沉迷佛法,固然有礙人事;但力排佛
學,似乎也無益於世道人心。何況佛教思想早已根深柢固,豈能一夕
間摧毀殆盡?誠如〈醉歌〉所云:

> 佛如優曇時一出,老姥何為憎見佛?山從古在天地間,愚公可
> 笑欲移山。火其書,廬其居,佛亦何曾可掃除?子有孫,孫有

---

108 如〈夜話贈華師〉云:「少喜洛陽俠,今成衡嶽僧。深培地爐火,明照佛龕燈。衰
鬢晨霜白,禪心古澗澄。猶能遍參在,為我買行縢。」見〔南宋〕陸游:《劍南
詩稿》,收入《陸放翁全集》,冊1,卷13,頁18右。〈宿華嚴寺〉云:「夜宿華嚴寺,
人扶到上方。喚僧同看畫,避佛旋移牀。小雨不成雪,烈風還作霜。鐘殘燈漸暗,
趺坐默焚香。」見〔南宋〕陸游撰:《劍南詩稿》,收入《陸放翁全集》,冊1,卷
12,頁18右。又〈西林傳庵主求定庵詩〉云:「業力驅人舉世忙,西林袖手一爐香。
未能成佛渾閒事,十劫看渠坐道場。」見〔南宋〕陸游撰:《劍南詩稿》,收入《陸
放翁全集》,冊2,卷37,頁3左。
109 見〔南宋〕陸游撰:《劍南詩稿》,收入《陸放翁全集》,冊3,卷48,頁11左。
110 見〔南宋〕陸游撰:《劍南詩稿》,收入《陸放翁全集》,冊3,卷49,頁6左。
111 見〔南宋〕陸游撰:《劍南詩稿》,收入《陸放翁全集》,冊4,卷78,頁3左。
112 見〔南宋〕陸游撰:《劍南詩稿》,收入《陸放翁全集》,冊3,卷40,頁10右。

子，山竟嵯峨汝何喜？床頭有酒敵霜風，詩成老氣尚如虹。八萬四千顛倒想，與君同付醉眠中。[113]

自韓愈以來，儘管儒家思想當道，但佛教依舊屹立不搖，可見自有其存在之理，何必非得除之而後快呢？陸氏秉持中庸之道，參禪學佛，顯然無關乎宗教信仰，只為從中汲取圓融無礙的人生智慧。

此外，對於佛門諸弊端，也能如實揭露，如〈化成院〉云：「肥僧大腰腹，呀喘趨迎官。走疾不得語，坐定汗未乾。高人遺世事，跏趺穴蒲團。作此望塵態，豈如返巾冠？」[114]刻劃出腦滿腸肥的化成院僧人，奔走於達官貴胄間的醜態。又〈僧盧〉云：「僧盧土木塗金碧，四出徵求如羽檄。……貧民妻子半菽食，一飢轉作溝中瘠。賦斂鞭笞縣庭赤，持以與僧亦不惜。……流俗紛紛豈知此？熟視創殘謂當爾。傑屋大像無時止，安得疲民免飢死！」[115]對官府橫征暴斂、圖利寺僧的做法，大加撻伐。

陸氏基於腦中佛家思想、一貫的個人立場，在撰史之際，面對南唐朝野佛風彌漫，誠如陳葆真《李後主和他的時代——南唐藝術與歷史》云：「南唐三主都篤信佛教。他們在全國廣建寺廟，獎勵僧尼制度；本身十分禮敬法師；朝臣也多素食；崇佛之風盛行，佛教儼然成為國教。」[116]他如何取材與表述？並試圖寄寓怎樣的歷史教訓，以垂示後人。本節擬從「揭露事佛風氣」、「痛陳迷信誤國」兩方面，探討陸氏《南唐書》中的佛教思想。

---

113 見〔南宋〕陸游撰：《劍南詩稿》，收入《陸放翁全集》，冊2，卷25，頁7左。
114 見〔南宋〕陸游撰：《劍南詩稿》，收入《陸放翁全集》，冊1，卷5，頁3左。
115 見〔南宋〕陸游撰：《劍南詩稿》，收入《陸放翁全集》，冊2，卷27，頁1左。
116 見陳葆真撰：《李後主和他的時代——南唐藝術與歷史》（北京市：北京大學出版社，2009年），頁108。

一　揭露事佛風氣

　　從陸《書》中，清楚可見南唐的佛教信仰，其來有自。如〈烈祖本紀〉云：「榮性謹厚，喜從浮屠遊，多晦跡精舍，時號『李道』者。」[117]早在南唐未建立前，唐末，烈祖的父親李榮已與僧徒交遊不輟，時常往來於佛寺、精舍之間。甚至更早，可惜文獻闕如，不得而知。[118]至烈祖輔佐吳政之際，佛教信仰方興未艾，如〈浮屠傳〉云：

> 烈祖居建業，大築其居，窮極土木之工；既成，用浮屠說，作無遮大齋七會，為工匠、役夫死者薦福。俄，有胡僧自身毒中印土來，以貝葉旁行，及所謂舍利者為贄。烈祖召豫章龍興寺僧智玄，譯其旁行之書。又命文房書《華嚴論》四十部，龕帙副焉，并（並）圖寫製論李長者像，頒之境內。此事佛之權輿也。[119]

烈祖在家族信仰、時代風氣的雙重薰染下，於楊吳時，便已開始建佛寺、辦法會、譯佛經、抄佛典、製佛像等，大力提倡佛教信仰。從此，上行下效，蔚為風尚，佛教思想廣為江南百姓所接受。由於烈祖出身行伍，一向服膺儒家思想，在建國之初，雖然信奉佛教，尚能保持理智，對於假借佛教名義，肆恣為非作歹的僧人，皆能予以嚴懲。然此時，民間已陷溺於迷信之中，無法自拔。

　　同文亦云：「及元宗、後主之世，好之遂篤。幸臣徐遊專主齋祠

117　見〔南宋〕陸游撰：《南唐書》，卷1，頁1左。
118　案：如照南唐官方說法，南唐與李唐一脈相承，那麼，事佛風氣亦沿襲唐代，佛教信仰自是源遠流長。
119　見〔南宋〕陸游撰：《南唐書》，卷18，頁1左。

事，羣臣和附，惟恐居後。宮中造佛寺十餘，出錢募民及道士為僧，都城至萬僧，悉取給縣官。」又〈徐遊傳〉云：

> 元宗待遊及兄汝南郡公遼尤親厚，⋯⋯專典宮室營繕，及浮屠事。當時言蠱政者，以兩人為首。[120]

元宗之世，徐遼、徐遊兄弟因專掌宮中佛教相關事宜，被視為「蠱政者」。足見當時佛教對政治影響力不小，無論大建寺廟、廣募僧徒，或盛興齋事、弘揚佛法等，花費不貲，悉數由官府買單，甚至形成朝廷施政的沉重包袱，漸為人所詬病。故陸氏於〈景遏傳〉中，云：「元宗、後主皆酷好浮屠，羣臣化之，政事日弛。景遏獨尊《六經》、名教，排斥浮屠，不少（稍）撓。」[121]他基於史家立場，特別於文中出現神來一筆，表達對南唐君臣信奉佛教，嚴重影響國家朝政之事，頗有微詞。照理說，景遏生母种氏因挑撥烈祖與元宗的父子之情，而遭「叱下殿，去簪珥，幽於別宮數月，命度為尼。」[122]他雖由宋后鞠養成人，但多少應會受生母影響，沒想到他居然獨尊儒術而力斥佛教，這倒值得記上一筆。又或許生母被迫出家，對景遏而言，是難以抹去的夢魘，從此造成他對佛教反感，亦不失為合理的推測。

據馬令《南唐書》〈浮屠傳〉載：「南唐有國，蘭若精舍，漸盛於烈祖、元宗之世；而後主即位，好之彌篤。」[123]時至後主，南唐佛教信仰益加氾濫，簡直到了一發不可收拾的地步。不僅興塔廟、納僧尼，揮金如土，更甚於元宗之時；還不時重金禮聘僧徒入宮講經，如

---

120 見〔南宋〕陸游撰：《南唐書》，卷8，頁2左。
121 見〔南宋〕陸游撰：《南唐書》，卷16，頁11左。
122 語出〈烈祖後宮种氏傳〉。見〔南宋〕陸游撰：《南唐書》，卷16，頁2左。
123 見〔北宋〕馬令撰：《南唐書》，收入《四部叢刊廣編》，冊12，卷26，頁101上。

〈酒禿傳〉云：

> 酒禿，姓高氏，駢族子。棄家祝髮，博極羣書，善講說，而脫
> 略跌宕，無日不醉。後主召講《華嚴》、《梵行一品》，賚金帛
> 甚厚。[124]

尤有甚者，後主夫婦平日虔心禮佛，〈浮屠傳〉云：「後主退朝，與后
頂僧伽帽，服袈裟，課誦佛經，胡跪稽顙，至為瘤贅；手常屈指作佛
印。」觀其服裝、儀式、言行、舉動，宛如帶髮修行的居士。後主之
所以如此迷信，誠如高峰《亂世中的優雅：南唐文學研究》所云：「國
難當頭，李後主束手無策，加之性格的懦弱、家族命運的不幸、婚姻
的悲劇等因素，都促使其遁入佛門，尋求解脫。」[125]儘管此時佛教鼎
盛，但身處亂世之際，人們只想從中獲得精神寄託，並未發展出高深
的佛學理論。如鄒勁風《南唐文化》云：「李煜統治的後期，上至帝
王，下至朝臣，都以清談佛理為榮，但這些談佛者多是懷著利祿之
心，他們在佛教理論上的建樹乏善可陳。」[126]又陸氏於〈浮屠傳〉云：

> 僧尼犯姦淫，獄成，後主每日：「此等毀戒，本圖婚嫁；若冠
> 笄之，是中其所欲。命禮佛百而捨之。」

由是可知，後主對佛教僧尼相當縱容。當他們暗通款曲，觸犯佛門清
規戒律時，大多不予治罪，僅罰禮佛百次以抵其過。乍看後主頗具菩

---

124 見〔南宋〕陸游撰：《南唐書》，卷7，頁14右。
125 見高峰撰：《亂世中的優雅：南唐文學研究》（北京市：人民出版社，2013年），頁
   70。
126 見鄒勁風撰：《南唐文化》，收入《十朝故都文化叢書》（南京市：南京出版社，2005
   年），頁98。

薩心腸，每每饒恕犯戒的出家人，給他們改過自新的機會。但是，果真如此嗎？──佛門弟子首重六根清淨、四大皆空，如此一來，寺院徒留這些不空不淨的僧徒有何意義？他們會犯姦淫，就表示凡心未了、塵緣未盡，與其強留在寺中，不如命之還俗，皆大歡喜。再者，這些寺僧的來源恐怕有問題，或許他們皈依佛門並非發自內心，而是一時以為有利可圖，才會誤入佛門淨地，落得「袈裟未著愁多事，著了袈裟事更多」的窘境。據說，當時宮中多造佛寺，廣出金錢，大量招募百姓及道士出家，以致都城僧徒多達萬人。僧尼如此眾多，素質參差不齊，自然容易衍生事端。然而，後主之惑於浮屠，不只如此，同文云：「及國亡，後主入朝，過臨淮，往禮普光王塔，施金帛，猶以千計。」直到國破家亡而不自知。入宋後，後主子姪輩依舊篤信佛教，如「從鎰之子祝髮為僧，名惟淨。景德、祥符中，天下治安，西域獻佛書甚眾，惟淨博聞通梵學，繙（翻）譯精審，莫能及者，積官試光祿卿，譯經《三藏》，亦南唐之餘習云。」[127]佛教信仰始於烈祖未建國以前，終南唐之世，盛況空前，甚至亡國後，仍餘波蕩漾，可見其影響時間之久遠。

此外，陸《書》中為不少方士、道人、隱逸者立傳，但對於佛教僧徒，除了前述酒禿附於〈毛炳傳〉、小長老與惟淨等附於〈浮屠傳〉以外，竟不復為其他僧尼作傳。當然史料不足是原因之一。不過，馬氏〈浮屠傳〉便有〈應之傳〉：「姓王，……能文章，習柳氏筆法，以善書冠江左。初舉進士，一黜于有司，投冊罵曰：『吾不能以區區章句，取程於庸人。』遂學為浮屠。」[128]陸氏特意刪去此段史料，或許間接呈現個人的歷史觀點，如〈浮屠傳〉歸結南唐之亡，最堪為後世借鏡者，莫非「酷好浮屠也」。可見在他眼中，南唐君臣惑

---

127 語出〈浮屠傳〉。見〔南宋〕陸游撰：《南唐書》，卷18，頁4左。

128 見〔北宋〕馬令撰：《南唐書》，收入《四部叢刊廣編》，冊12，卷26，頁102上。

於事佛，為僧徒蒙蔽，以致國破家亡。儘管僧人未必皆為罪魁禍首，但畢竟乏善可陳，何況史傳篇幅有限，褒忠揚善猶恐不及，不勞徒費筆墨以敘僧尼。——此誠陸《書》之史筆所在！

二 痛陳迷信誤國

陸氏〈浮屠傳〉中，開宗明義，云：「嗚呼！南唐偏國短世，無大淫虐，徒以寖衰而亡，要其最可為後世鑑（鑒）者，酷好浮屠也。」一針見血指出南唐君臣沉迷於佛教信仰，終至國破家亡，堪為後世治國理民者引以為戒。馬《書》亦云：「《傳》曰：『齋戒修而梁國亡，非釋迦之罪也。』然則浮屠之法，豈固為後世患哉？衰亂之君，迷惑而不反（返），則壞法易紀，常由於此。」[129] 認為過於迷信佛法，足以敗壞朝綱，衰亂由此而起。

陸《書》中，對南唐三君迷信的情形，逐一披露，直書無隱。如謂烈祖早年雖然篤信佛教，但並未完全沉迷，〈浮屠傳〉云：「烈祖未甚惑，後胡僧為姦（奸）利，逐出之。國人則寖已成俗矣！」不過，到了晚年，因受國內佛教盛行的影響，也變得迷信不已，如云：

> 及其末年，溧水大興寺桑生木人，長六寸，如僧狀，右袒而左跪，衣襪皆備，其色如純漆可鑑（鑒），謂之「須菩提」。縣提置籠中，以仁壽節日來獻。烈祖始大驚異，迎置宮中，奉事甚謹。其徒因夸（誇）以為感應，而識者按譙氏《五行書》，知且有大喪。不三月，烈祖殂。

---

129 見〔北宋〕馬令撰：《南唐書》，收入《四部叢刊廣編》，冊12，卷26，頁101上。

上述不禁令人聯想到韓愈〈論佛骨表〉云：「漢明帝時，始有佛法。明帝在位，纔（才）十八年耳；其後亂亡相繼，運祚不長。宋、齊、梁、陳、元魏已（以）下，事佛漸謹，年代尤促。惟梁武帝……三度捨身施佛，宗廟之祭，不用牲牢，晝日一食，止於菜果。其後竟為侯景所逼，餓死臺城，國亦尋滅。事佛求福，乃更得禍。由此觀之，佛不足事，亦可知矣。」[130]虔誠事佛僅能得到精神超脫，無法獲取實質幫助，因為形下世界必須靠人自己去面對，佛陀只存在於形上的境界，凡事愛莫能助。不然，何以梁武帝餓死於臺城、烈祖不出三月而殂？足見迷信無助於現實人生，凡事努力以赴才是王道。

　　元宗之世信佛益篤，大興齋祠，群臣響應，廣造佛寺，募民為僧，舉國上下佛家思想彌漫。此外，當時南唐盡喪故楚地，據說與大將邊鎬沉迷佛教，不過問軍政，脫不了干係。〈邊鎬傳〉云：「馮延巳為相，矜平楚之功，不欲取費於國，專掊斂楚人以給經費，人心已離。鎬柔而無斷，日飯沙門希福，紀綱頹弛，不之問。……及言兵已拔益陽，遂夜棄城出奔，列城皆潰。」[131]如此優柔寡斷，荒廢政務的結果，虔誠的信仰非但沒能為他帶來福報，反而落得兵敗逃亡一途。南唐從此戰禍相尋，終至納貢稱臣，喪權辱國。

　　至後主時，朝野迷信佛法，幾至病入膏肓之境。如〈後主本紀〉云：「酷好浮屠，崇塔廟，度僧尼，不可勝算。罷朝，輒造佛屋，易服膜拜，以故頗廢政事。」[132]於公，廣開國庫，大興佛事；於私，勤於禮佛，荒於政務。〈浮屠傳〉更詳載其迷信事跡：

130　見〔唐〕韓愈撰：《韓昌黎全集》（臺北市：新文豐出版公司，1977年），冊4，卷39，頁33。

131　見〔南宋〕陸游撰：《南唐書》，卷5，頁11左。

132　見〔南宋〕陸游撰：《南唐書》，卷3，頁10右。

> 奏死刑日，適遇其齋，則於宮中佛前然（燃）燈，以達旦為
> 驗，謂之「命燈」。未旦而滅，則論如律；不然，率貸死。富
> 人賂宦官，竊續膏油，往往獲免。上下狂惑，不恤政事。有諫
> 者輒被罪。歙州進士汪奐上封事，言「梁武惑浮屠而亡，陛下
> 所知也，奈何效之？」後主雖擢奐為校書郎，終不能用其言。

被判死刑的因犯，想必是罪大惡極者，後主竟然以佛前點燈為處決與
否的依據，姑且不論富人行賄私自續添膏油的不公平現象。光憑一盞
油燈的明滅決定犯人生死，如此一來，律法的尊嚴蕩然無存，官府的
威信破壞殆盡，上下交相賊的結果，臣民終將無所適從，朝政勢必動
盪不安。又惑於北僧小長老之言，窮極迷信、奢靡而不自知。如云：

> 北僧號小長老，自言募化而至，多持珍寶怪物，賂貴要為奧
> 助，朝夕入，論天宮地獄果報之說。後主大悅，謂之「一佛出
> 世」。服飾皆縷金絳羅，後主疑其非法，答曰：「陛下不讀《華
> 嚴經》，安知佛富貴？」因說後主多造塔像，以耗其帑庾。又
> 請於牛頭山造寺千餘間，聚徒千餘人，日給盛饌。有食不能盡
> 者，明旦再具，謂之「折倒」，蓋故造不祥語，以搖人心。

小長老是一般僧人嗎？其南來的動機大有可疑。如果是普通寺僧，他
哪來那麼多奇珍異寶以賄賂權貴？如果不是別有居心，又怎會遊說後
主造塔像、聚僧徒、給盛饌？一再耗費公帑，動搖人心，目的無非藉
機削弱南唐國力。而後主非但渾然不察，甚至隨之起舞，終究難逃迷
信誤國之責。據〈浮屠傳〉云：「又有北僧立石塔於采石磯，草衣蔬
食。後主及國人施遺之，皆拒不取。及王師下池州，繫浮橋於石塔，
然後知其為間也。」此段文字與《入蜀記》所記，頗有雷同。文云：

> 初若冰（水）不得志於李氏，詐祝髮為僧，廬於采石山，鑿石
> 為竅。及建石浮圖（屠），又月夜繫繩於浮圖（屠），棹小舟急
> 渡，引繩至江北，以度（渡）江面。……其後王師南渡，浮梁
> 果不差尺寸。[133]

可見陸《書》所謂「北僧」，應指樊若水（冰）。他既非北人，喬裝成
和尚，南唐境內竟無人識破其身分，更沒有揭穿他賣國求榮的詭計，
難怪陸氏沉痛地說：「李氏君臣之暗且怠，亦可知矣。雖微若冰（水），
有不亡者乎？」[134]然對宋朝而言，樊若水（冰）確是平定南唐的功
臣；陸氏身為宋人，故《書》中不提樊若水（冰）此事，但以「北
僧」一筆帶過。何況江左上下之暗怠不僅止於此，〈浮屠傳〉又云：

> 金陵受圍，後主召小長老求助。對曰：「北兵雖強，豈能當
> （擋）我佛力？」登城一麾，圍城之師為小卻。後主真以為佛
> 力，合掌歎異，厚賜之。下令軍民皆誦「救苦菩薩」，聲如江
> 濤。未幾，梯衝環城，矢石亂下如雨，倉皇（惶）復召小長
> 老；稱疾，不至。始悟其姦（奸），殺之。羣僧懼併（並）坐
> 誅，乃共乞授甲出闓（鬥），死國難。後主曰：「教法其可毀
> 乎？」弗許。

後主陷溺太深，真以為佛法無邊，足以抵擋北宋的千軍萬馬？尤其下
令軍民齊誦「救苦菩薩」，聲勢駭人，簡直形同兒戲。聽在敵軍耳
裡，不知作何感想？最後，終於恍然大悟，看清小長老的真面目，但
國家危在旦夕，一切已無可挽回。當此之際，羣僧畏禍，紛紛請纓上

---

133 見〔南宋〕陸游撰：《入蜀記》，收入《宋明清小品文集輯注》，卷2，頁34。

134 見〔南宋〕陸游撰：《入蜀記》，收入《宋明清小品文集輯注》，卷2，頁35。

陣殺敵，後主仍以不可破壞教法為由，予以婉拒。又〈後主本紀〉
云：「長圍既合，內外隔絕，城中之人，惶怖無死所。後主方幸淨居
室，聽沙門德明、雲真、義倫、崇節講《楞嚴圓覺經》。」[135]南唐隨
即覆亡，亡於沉迷佛法，破壞了律法；亡於虔敬事佛，荒廢了治國。
然而，後主並未大徹大悟，相傳他被俘入宋途中，仍不忘施金供佛。
無論如何，後主因迷信佛法，而肉袒出降，淪為階下囚；儘管其國已
亡，其人已矣，但歷史的教訓終將永留史冊，昭示百代。

結語

　　陸游平生崇奉儒家思想，中、晚年纂述《南唐書》，不經意間透
露出心中的儒者襟抱。首先，陸氏《南唐書》從儒家仁愛治國的觀點
出發，盛讚烈祖、元宗能禮賢下士。然而，南唐用人之失，早在元宗
末年，已可窺知端倪，故陸《書》中明揭南唐亡國的癥結所在，無非
君主「親小人，遠賢臣」，朝中綱紀敗壞，國家從此一蹶不振。

　　其次，陸氏《南唐書》中，對於忠臣事跡著墨甚多。如「不忍負
永陵一抔土」的孫忌、為國效死的劉仁贍，以及誓死奮戰的張彥卿、
父子諸人力戰而死的張雄、拒草降表的李延鄒、以死諫君的廖居素，
皆足為人臣典範。陸《書》竭力刻劃忠臣形象，正好符合褒忠揚善的
儒家思想。

　　《南唐書》〈節義傳〉中，除了張雄一門忠烈，為國捐軀，為一
代忠臣，不宜僅以義士視之；其餘諸君皆守節盡義，是為節義之輩。
如段處常屢詬契丹虜主、趙仁澤責吳越王而遭割口之刑，諸如此類忠
於國事，有始無終者，吾人以為僅算是「義士」。另如治家有方、造

135　見〔南宋〕陸游撰：《南唐書》，卷3，頁11左。

福鄉里的陳褒，亦為節義之士。陸《書》尚記載少數烈女事跡，如劉仁贍妻薛氏、永興公主、余洪妻鄭氏、段甲妻吳媛等，婦德流芳，堪為女界楷模。

陸氏《南唐書》中的道家思想，在道家哲思方面：首先，陸《書》崇尚道家無為而治的政治思想，對南唐三君勵節儉、省刑法、休兵保境、愛民養民等行政措施，予以正面評價。其次，由於陸氏嫻諳《老》《莊》思想，嚮往與世無爭的隱逸情懷，故《南唐書》對史虛白、陳陶、陳曙、毛炳、陳覬、劉洞等隱士風範，詳加載述，不使其高風亮節就此隱沒無聞。然而，陸氏是一位儒者，《書》中可見他對潘佑、李建勳等過猶不及的行事作風，有所批判。

在道教信仰方面：（一）摘錄神仙方術：陸氏摘錄皇室成員、江湖人士對神仙方術之喜愛。（二）保留民俗信仰：陸《書》錄有張遇賢之亂、陳起逮捕妖人諸佑歸案、江夢孫斥退縣署中厲鬼等，以及民間信仰附會之說、預言之事，無論靈驗與否，皆被載入史傳裡。（三）刪除迷信思想：陸氏為突顯傳中人物的正面形象，特意刪除馬《書》中某些迷信思想，如柴克宏有陰兵助陣、潘佑為顏延之轉世、盧絳與耿玉真同刑、伍喬之窗中人掌等，藉以端正全書思想。

陸氏對佛教思想頗有涉獵，加上江左君臣篤信佛教，故《南唐書》中，不乏與浮屠相關之記載。首先，揭露南唐事佛風氣極盛，早在烈祖父李榮時，已與佛徒寺僧往來密切；烈祖輔吳之際，佛教思想方興未艾。建國以後，佛教氛圍，更在民間彌漫開來；元宗之世，君臣上下酷好浮屠，致使政事日漸廢弛；至後主時，君臣迷信佛法，幾至信仰氾濫的地步。

其次，為陸氏對迷信誤國的批判，〈浮屠傳〉指出南唐亡於沉迷佛法，堪為後世治國者深自警惕。如：烈祖晚年，受到國內佛教盛行影響，變得十分迷信。元宗時信佛益篤，朝野充斥著迷信氣氛，終至

盡喪故楚地，兵禍相踵，國勢中衰。後主在位，佛教盛極一時，迷信之風甚熾，可惜在理論上並無建樹。或謂奏死刑，如遇齋戒日，竟以佛燈明滅作為處決與否的依據；又載當時惑於小長老之言，窮極奢靡，耗損國力而不自知；受困危城之內，居然下令軍民齊誦「救苦菩薩」，其昏庸暗怠，更甚從前，終於步上亡國一途。

綜上所述，陸氏《南唐書》之思想內涵，以儒家為主，道家、佛教兼而有之，可謂儒、釋、道三家兼容並蓄，相輔相成。

第五章
陸游《南唐書》之寫作特色

第一節　妙於鎔裁，突顯中心思想

　　陸游《南唐書》歷來備受好評，如周南《山房集》評云：「陸放翁作《南唐書》，文采傑然，大得史法。」[1] 趙世延〈南唐書序〉亦云：「山陰陸游著成此書，最號有法。」[2] 而沈士龍〈南唐書題辭〉指出：「芟薙稗穢，折衷諸家，殊得史氏家法。」[3] 周在浚於〈《南唐書》箋注凡例〉中，云：「陸《書》發凡起例，詳略可觀，足繼遷、固；……可與歐陽公《（新）五代史》相匹。」[4] 可見後世對陸《書》之推崇，大抵認為其文采出眾，剪裁得宜，深得史法，足以繼軌《史記》、《漢書》，媲美於《新五代史》。

　　本節探述陸《書》之妙於剪裁，以突顯中心思想，擬從鎔意裁辭導入正題。據劉勰《文心雕龍》所倡為文須講究「鎔裁」，云：「立本有體，意或偏長；趨時無方，辭或繁雜。蹊要所司，職在鎔裁，櫽括

1　見〔南宋〕周南撰：《山房集》，收入景印《文淵閣四庫全書》（臺北市：臺灣商務印書館，1983年據國立故宮博物院藏本影印），冊1169，卷8，頁122下。

2　見〔南宋〕陸游撰：《南唐書》（明・崇禎庚午〔三年；1630〕海虞毛氏汲古閣刊《陸放翁全集》本），頁2左。

3　見〔明〕李清撰：《南唐書合訂》，收入《四庫禁燬書叢刊補編》（北京市：北京出版社，2005年據清・乾隆鈔《文淵閣四庫全書》撤出本影印），冊8，頁460上。

4　見〔清〕周在浚撰：《南唐書注》，收入《續修四庫全書》（上海市：上海古籍出版社，2002年據民國四年（1915）劉氏嘉業堂刊本影印），冊333，頁335。

情理，矯揉文采也。」[5]是知鎔裁的重要性，唯有透過鎔意、裁辭，才能矯正文中思想的偏差與辭藻的繁雜。然而，何謂「鎔裁」呢？劉勰進一步闡釋：「規範本體謂之鎔，剪截浮辭謂之裁。裁則蕪穢不生，鎔則綱領昭暢，……一意兩出，義之駢枝也；同辭重句，文之肬贅也。」基於此，故以下將依「規範本體」、「裁剪文意」及「刪去浮辭」三項，逐一探述如次：

一　規範本體

《文心雕龍》〈鎔裁〉云：「是以草創鴻筆，先標三準：履端於始，則設情以位體；舉正於中，則酌事以取類；歸餘於終，則撮辭以舉要。然後舒華布實，獻替節文，……故能首尾圓合，條貫統序。」[6]劉氏先標三準，從命意、取材、用辭三準則，討論為文鎔意之法。以此驗諸陸《書》，由於纂述南唐歷史，故烈祖開國前之人事、後主納降後之遺臣皆不在著錄中，頗能刪繁取要，規範本體，使全書主旨明確，條理井然。如陸《書》不為徐溫、徐知訓、徐知詢、徐知誨、徐知諫等立傳，因為他們在建國前均已亡故，不須贅述。然對其生平行事與南唐相關者，皆附見於《書》中〈紀〉、〈傳〉之內，如〈烈祖本紀〉云：

> 時溫子知訓……專制楊氏，驕淫失眾，……朱瑾殺知訓。……溫卒，知詢嗣為金陵節度使、諸道副都統，數與帝爭權。帝乃

5　見〔南朝梁〕劉勰撰：《文心雕龍》，收入景印攡藻堂《四庫全書薈要》（臺北市：世界書局，1988年），冊495，卷7，頁738下。

6　見〔南朝梁〕劉勰撰：《文心雕龍》，收入景印攡藻堂《四庫全書薈要》，冊495，卷7，頁738下。

使人誘之來朝，留為左統軍，悉奪其兵。……昇元元年，……
追尊考溫為太祖武皇帝。……昇元三年，……二月乙亥，改太
祖武皇帝廟號「義祖」。[7]

記載楊吳時，烈祖因徐知訓遇害、奪徐知詢兵權，逐漸坐大的過程；
及立國後，追封養父徐溫為「義祖」事。又〈徐遊傳〉云：「知誥於
元宗有舊恩，故元宗待遊及兄汝南郡公遼，尤親厚。」[8]徐知誥如何
有恩於元宗，不得而知。但據馬令《南唐書》〈義養傳〉所載：「知詢
守金陵，所為多不法；知誥每得其陰謀，以告烈祖。知詢之敗，知誥
構之為多。烈祖德之，……受禪，……知誥之後特優，子景遼、景遊
出入禁宮，預聞機務。」[9]可見徐知誥與烈祖情勝手足，且對元宗有
恩，後代自然備受禮遇。又〈刁彥能傳〉載：徐知訓三番兩次欲置烈
祖於死地，「知訓宴烈祖於山光寺，復欲加害，弟知諫摘語烈祖，烈
祖亦馳去。」[10]凡此，烈祖與養家徐氏一族的恩怨情仇，雖為南唐史
之發端，但畢竟發生於受禪以前，故屬於楊吳舊事，不宜在《南唐
書》另立傳略。

又乙亥歲（975），金陵城破之際，殷崇義（湯悅）、張洎、徐鉉
等隨後主入宋；何況終南唐之世，諸君尚未作古，並未蓋棺論定，如
何寫入史冊？至於其在故國史事，大可附於〈紀〉、〈傳〉之中，何須
大費周章立傳卻又簡單交代其事？如此一來，未免淪為蛇足，徒然自
暴體例之疏。如〈後主本紀〉云：「國主率司空、知左右內史事殷崇

7　見〔南宋〕陸游撰：《南唐書》，卷1，頁2右。

8　見〔南宋〕陸游撰：《南唐書》，卷8，頁2左。

9　見〔北宋〕馬令撰：《南唐書》，收入《四部叢刊廣編》（臺北市：臺灣商務印書館，
　　1981年據上海涵芬樓景印明刊本），冊12，卷8，頁40上。

10　見〔南宋〕陸游撰：《南唐書》，卷6，頁13左。

義等，肉袒降於軍門。」[11]〈徐鍇傳〉云：「時殷崇義為學士，草軍書，用事謬誤；鍇竊議之。崇義方得君，誣奏鍇泄禁省語，貶烏江尉。」[12]殷崇義之得元宗信任，其與徐鍇間過節，可見一斑。而〈弘冀傳〉云：「句容尉張泊……知元宗猶銜弘冀專殺事，其說蓋出於揣摩。元宗大以為然，改謚曰文獻，而泊由此進用。」[13]〈潘佑傳〉云：「初，與張泊親厚；及俱在西省，所趨既異，情好頓衰。……張泊從而擠之，後主遂發怒，……佑聞命自剄。」[14]〈周惟簡傳〉云：

> 金陵受圍，……後主思得奇士，能使兵間者。張泊薦惟簡可以譚（談）笑和解，乃授給事中，副徐鉉使京師，……比至，太祖召見詰責，鉉猶懇奏不已，惟簡惶恐，……願得棲隱。[15]

張泊揣摩君意，排除異己，這樣的政治手腕，難怪為南唐遺臣仕宋最為顯赫者。[16]而徐鉉事後主，恭敬之心，始終如一，降宋後更是如此，據馬氏《南唐書》云：「後仕　皇朝，與湯悅（殷崇義）同奉　敕撰《江南錄》，至於李氏亡國之際，不言其君之過，但以歷數存亡論之，君子有取焉。」[17]不過，徐鉉與潘佑之爭，並未因潘佑見殺、國破家亡而有所改變。《江南錄》中，不為潘佑之死辯駁，讓徐鉉成為眾矢之的，備受批評。[18]上述諸君的人品操守均可於陸《書》中略窺一

---

11 見〔南宋〕陸游撰：《南唐書》，卷3，頁9右。
12 見〔南宋〕陸游撰：《南唐書》，卷5，頁4左。
13 見〔南宋〕陸游撰：《南唐書》，卷16，頁14左。
14 見〔南宋〕陸游撰：《南唐書》，卷13，頁8左。
15 見〔南宋〕陸游撰：《南唐書》，卷15，頁1左。
16 據《南唐書》〈歸明傳〉云：「南唐之士，歸於　皇朝，泊最顯焉。」見〔北宋〕馬令撰：《南唐書》，收入《四部叢刊廣編》，冊12，卷23，頁94下。
17 見〔北宋〕馬令撰：《南唐書》，收入《四部叢刊廣編》，冊12，卷23，頁95上。
18 據王安石〈讀江南錄〉云：「今觀徐氏錄言佑死，以妖妄，……鉉與佑……爭名於朝

二，但由於他們揚名於宋代，且一生主要作為皆在宋時，自有《宋史》撰述其事，故不勞為之作傳。[19]

此外，胡震亨在〈《南唐書》題辭〉中，比較馬《書》與陸《書》之異同：

> 余始得馬令《南唐書》，以為正可作酒後談資耳。及得陸游新修《南唐書》，讀之，乃知正史、稗官，迥自懸別，……陸視馬《書》則益周鄴、陳曙、徐遊、朱匡業、申屠令堅、喬匡舜、高遠、廖居素、張義方、歐陽廣、廖偃、彭師暠、張易、龔慎儀、郭廷謂、陳起、周惟簡、鄭彥華、仲寓、御廚、史守沖、段處常、趙仁澤、張雄、陳褒、浮圖（屠）、契丹、高麗等二十八篇。又併徐主於李建勳傳、李德明於鍾謨傳、夏寶松於劉洞傳、李徵古於陳覺傳、劉茂忠於申屠令堅傳、李家明於申漸高傳、小長老北僧於浮圖（屠）傳、張遇賢於邊鎬傳，凡合併九篇。……大都馬之所餘，皆在可略；陸之所增，皆不可無者。[20]

是知陸《書》所增補之內容，均屬不可或缺者，彌足珍貴。故沈士龍〈《南唐書》題辭〉云：「而馬之所無，如劉仁瞻無夫人五日不食死，江文蔚不載奏疏，景遂無弘冀行酖，刁彥能無子衎、孫約，〈徐鍇傳〉寥寥數語，陸皆考補無遺。其他若申屠令堅之誓死報國，廖居素之立

廷間，……故匿其忠而汙以它辠（罪）。」見〔北宋〕王安石撰：《王安石全集》（臺北市：河洛圖書出版社，1974年），上冊，卷46，頁166。

19 但仍有學者因此對陸《書》頗有非議，如〈現存有關南唐的文字史籍研究〉云：「陸游固守『南唐』概念，未為由南唐入仕宋朝的徐鉉、張洎、湯悅作傳，而這三人恰是南唐末年朝臣中最重要的人物，這是陸《書》缺憾。」見鄒勁風撰：〈現存有關南唐的文字史籍研究〉，《江海學報》1998年第2期，頁139。

20 見〔明〕李清撰：《南唐書合訂》，收入《四庫禁燬書叢刊補編》，冊8，頁461上。

死井中，李延鄒之不草降書見殺，段處常之面誚契丹死敵中，趙仁澤
之不拜吳越王，張雄之滿門死難，喬匡舜之極諫親征，張義方之力振
紀綱，歐陽廣之疏劾邊鎬，高遠之料楚難守，陳褒之十世同居。此皆
馬《書》所無，賴務觀（陸游）以顯。則馬之疎（疏）陋可見，而陸
之史筆足貴矣！」[21]馬《書》計有三十卷，而陸《書》不過區區十八
卷，竟能增補如此多的史料，足見其鎔裁之功。由於陸氏廣泛搜羅，
嚴加考訂，取精用宏之餘，又能規範本體，故使全書綱舉目張，首尾
圓合。

次就〈列傳〉之命意、取材而言，陸《書》在馬《書》基礎上，
刪蕪就簡，裁去怪力亂神之說，保留忠孝節義之事，思想純正，堪稱
良史。如沈士龍題辭云：

> 孫忌死於使周，馬有肉臺盤事；李元清不二心之臣，馬有科斂
> 事；陸皆棄而不載，蓋重其節，略其微也。至若馬之所有，如
> 柴克宏有陳果仁助陣，潘佑是顏延之後身，盧絳夢耿玉真後與
> 同刑，伍喬牕（窗）中人掌，孫忌謁淮南王廟事，俱以怪誕譎
> 斥。[22]

逐一指出陸《書》之妙於剪裁，從而突顯其中心思想，如：孫忌使
周，「終不忍負永陵一抔土」，故不錄其生活奢侈，每食不設几案，必
使眾妓持器為肉臺盤事。李元清不事二朝，裝病放歸濠上，故不載其
曾摠諸科物十餘萬，橫征科斂之事。柴克宏違抗李徵古之命，將兵大
敗吳越，故不述陳果仁率陰兵助陣等傳聞。潘佑忠言直諫，受誣而
死，故不謂其為顏延之降生。盧絳召募無賴，拒敵有功，故不記其夢

21 見〔明〕李清撰：《南唐書合訂》，收入《四庫禁燬書叢刊補編》，冊8，頁460上。
22 見〔明〕李清撰：《南唐書合訂》，收入《四庫禁燬書叢刊補編》，冊8，頁460上。

耿玉真，後與之一同受刑。伍喬金榜題名，名列第一，故不書見窗中人掌，而後始探索《易經》精微。凡此種種，足證陸《書》之取鎔篇旨，芟除稗穢，故能條貫統序，綱領昭暢。然而，「孫忌謁淮南王廟事」，見諸陸《書》[23]，不載於馬《書》，或為沈氏題辭之誤。不過此事無關乎詭譎之思，故不影響陸《書》通篇旨趣。

二　裁剪文意

　　劉勰《文心雕龍》〈史傳〉中，指出撰史之難：「或有同歸一事，而數人分功，兩記則失於複重，偏舉則病於不周，此又銓配之未易也。」[24]因此，出現一種相互參見、互文足義的寫法。據李笠《史記訂補》〈敘例〉〈互見例〉云：「史臣敘事，有闕（缺）於本傳而詳於他傳者，是曰『互見』。史公則以屬辭比事而互見焉；以避諱與嫉惡不敢明言其非，不忍隱蔽其事，而互見焉。」[25]故知在《史記》中，這種「以屬辭比事而互見」、略於此而詳於彼的手法，已被普遍運用；只是史遷當時尚未定名，後世才稱為「互見」。換言之，史家裁剪文意，採互見手法，或可刪繁就簡，避免一意兩出，拯救「兩記則失於複重」之弊；或可不直指其過，卻又不隱匿實情，為尊長者保留些許顏面；或可互為補充，各傳間聯絡照應，而使歷史人物、史實真相無所遁形。

23　據〈孫忌傳〉載：「至壽春，節度使劉金得之，延與語，忌陽（佯）瘖不對。授館累日，忽謁漢淮南王安廟，金先使人伏神座下，悉聞其所禱，乃送詣金陵。」見〔南宋〕陸游撰：《南唐書》，卷11，頁9左。

24　見〔南朝梁〕劉勰撰：《文心雕龍》，收入景印摛藻堂《四庫全書薈要》，冊495，卷4，頁717上。

25　見〔清〕李笠撰：《史記訂補》，收入《四庫未收書輯刊》（北京市：北京出版社，2000年據民國十三（1924）瑞安李氏刻本影印），冊5，頁6上。

　　陸氏《南唐書》裁剪文意時，將《史記》互見手法發揮到淋漓盡致，故毛晉跋語云：「陸獨遒邁，得史遷家法。」[26]以下分「詳略互見」與「有無互見」二類，詳加探述。

（一）詳略互見

　　何謂「詳略互見」？如李笠所云：「闕（缺）於本傳而詳於他傳者。」又如張大可《史記研究》云：「互見法詳此略彼，便於史事敘述條理分明。」[27]亦即撰史時，採用一事兩見、此略彼詳的寫法。

　　陸氏裁剪文意，採「詳略互見」之例，或載明「語在某傳」，或無標示者。如〈高越傳〉，提及他為岳父家訟冤，因而見黜，文云：「語在文進傳。」[28]〈盧文進傳〉則詳載此事：「馮延巳惡文進，……及卒，乃誣以陰事，盡收文進諸子，欲籍其家。文進以女妻高越，越乃上書訟文進冤，……貶蘄州司士參軍，而盧氏亦賴以得全。」[29]是知盧文進身後，馮延巳迫害其子，其婿高越上書伸冤，雖遭貶官，而盧家卻賴以保全。二傳同敘一事，採詳略互見法，詳於盧傳、略於高傳，且明揭見諸某處。

　　而〈朱元傳〉，寫到與李平留事南唐，云：「語在平傳。」[30]〈李平傳〉詳述此事：「與……元……客於節度使李守貞。守貞叛漢，使兩人懷表間行，乞師於金陵。元宗為出師數萬，為之聲援；甫出境，而守貞敗，兩人無所復命，且唐遇之厚，因留事唐。」[31]可見二人曾奉李守貞命，乞師於金陵；後李守貞兵敗，無所復命，且元宗待之甚

---

26 見〔南宋〕陸游撰：《南唐書》，卷18，頁9右。
27 見張大可撰：《史記研究》（北京市：華文出版社，2002年），頁268。
28 見〔南宋〕陸游撰：《南唐書》，卷9，頁3右。
29 見〔南宋〕陸游撰：《南唐書》，卷9，頁6左。
30 見〔南宋〕陸游撰：《南唐書》，卷12，頁6右。
31 見〔南宋〕陸游撰：《南唐書》，卷13，頁9右。

厚，故留事南唐。此為詳略互見法，詳於李傳、略於朱傳，且標示「語在某傳」。

其次，無標註之「詳略互見」法：〈後主本紀〉謂元宗殂，後主嗣位，「尊鍾后曰『聖尊后』，以后父名太章也。」[32]是知為避鍾后父親名諱，故不稱「太后」，而稱「聖尊后」。然而，后父鍾太章何許人也？據〈元宗光穆皇后鍾氏傳〉載：

> 父太章，事吳，為義祖裨將。義祖謀誅張灝，令嚴可求喻太章，伏死士二十輩，斬灝於府。太章許諾。義祖疑其怯，夜半往止之……。太章勃然曰：「言已出口，豈有可已之理？」明日，遂誅灝。後頗恃功頡頏，烈祖疑其難制。義祖曰：「……使無太章，豈有今日富貴耶？……」乃命以太章次女配元宗。即后也。[33]

鍾太章原為義祖裨將，因誅張灝有功，故桀驁不馴；烈祖疑其難制，義祖卻感念其相助之義，命元宗娶其次女，即鍾后。鍾太章事見諸二處，一略一詳，雖未標明互見，實為「詳略互見」也。

又〈潘佑傳〉詳記潘佑、李平遇害事：「時南唐日衰削，用事者充位無所為，佑憤切上疏，極論時政，歷詆大臣將相，詞甚激訐。……七疏不止，……張洎從而擠之，後主遂發怒，以潘佑素與李平善，意佑之狂直，多平激之，……乃先收平屬吏，併（並）使收佑。佑聞命自剄。」[34]〈李平傳〉則云：「佑歷詆一時公卿，獨稱薦平，請以判司會府，羣議益不平。會佑以直諫得罪，因坐以與平淫祀

---

32 見〔南宋〕陸游撰：《南唐書》，卷3，頁1右。

33 見〔南宋〕陸游撰：《南唐書》，卷16，頁2右。

34 見〔南宋〕陸游撰：《南唐書》，卷13，頁8左。

鬼神事，繫乎大理獄，縊死獄中。」[35]可知潘佑上疏詆訐大臣，牽連李平，致使兩人獲罪一事，詳於潘傳，略於李傳，雖無標示出處，仍為「詳略互見」之例。儘管二傳有詳略之別，前者再詳盡，卻僅言兩人見收，潘佑自剄而亡；後者縱使簡略，卻交代兩人被誣以「淫祀鬼神」之罪，李平最後縊死獄中。其互補作用，自是不待言！

（二）有無互見

李笠認為「互見」中，有一種：「以避諱與嫉惡不敢明言其非，不忍隱蔽其事，而互見焉。」即張大可所說：「《春秋》筆法有為尊者諱、為親者諱、為賢者諱之例，……司馬遷用互見法來補救，互文相足，正名實，而又於回（迴）護之中不失歷史之真。這種事例，往往未書明互見，不易覺察，反而錯覺為記述矛盾。」[36]謂史家對尊長、賢達者有所避諱，或出於敬重，或畏懼罹禍等，而不敢直書其過、明言其非；但基於史家天職，又不忍隱蔽其事，故採此種寫法。於本傳不錄其惡，而記入他傳中，這種一事兩見、缺於此而見於彼的手法，即「有無互見」也。

陸氏於〈烈祖元敬皇后宋氏傳〉中，記述宋后言行，如「治內有法，不妄言笑」、密以大計諫止烈祖奔喪等，儼然是位稱職的賢內助。及烈祖殂，「孫忌懼魏岑、馮延巳、（馮）延魯，以東宮舊僚用事，欲稱遺詔，奉后臨朝聽政。后不許。」[37]更突顯其賢明形象。然而，宋后人品果真如此完美無瑕？又〈烈祖後宮种氏傳〉云：「宋后挾舊怨，屢欲加害，元宗力解之，乃止。」[38]明揭宋后「屢欲加害」

---

35 見〔南宋〕陸游撰：《南唐書》，卷13，頁10右。

36 見張大可撰：《史記研究》，頁273。

37 見〔南宋〕陸游撰：《南唐書》，卷16，頁1右。

38 見〔南宋〕陸游撰：《南唐書》，卷16，頁2右。

种氏，或許因為她曾深受烈祖寵愛，或許她曾挑撥烈祖、元宗間父子之情，總之，善妒是女人的天性，維護兒子又出於母親本能，難怪宋后此仇非報不可。儘管如此，宋后卻是個恩怨分明的女子，如〈景遏傳〉載：「母种氏得譴，宋皇后鞠養景遏如己出。」[39] 她雖然對种氏恨之入骨，但未遷怒於無辜的孩子，鞠養景遏，視如己出，足見其深明大義。又〈耿先生傳〉云：

> 久之，宮中忽失元敬宋太后所在，⋯⋯幾月餘，中外大駭。有告者云：「在都城外二十里方山寶華宮。」元宗亟命齊王景遂往迎太后，見與數道士方酣飲，乃迎還宮。道士皆誅死。[40]

太后私自離宮，數月不歸，又與道士廝混、醉飲，如此尊卑不分，男女不避，成何體統？陸《書》中記宋后生平，採「有無互見」法，於本傳塑造出稱職的賢后形象，隻字不提其迷信、奔通道流，及欲加害宮人等負面行為。蓋因其身分尊貴，加以治內有功，又不干預朝政，雖然日常行事小有疏失，但終究瑕不掩瑜，故以「有無互見」法為其避諱，本傳中儘量維持其賢慧形貌。如沈士龍〈南唐書題辭〉云：「若宋太后不許臨朝聽政，亦一賢后；故以奔通道流一事，潛置〈耿先生傳〉。」[41] 而鞠養景遏一事，獨載於〈景遏傳〉，不見諸本傳，亦為「有無互見」法，再度彰顯其賢后風範。

　　另如〈烈祖本紀〉，勾勒出勤儉愛民的仁君風範；而〈申漸高傳〉中，烈祖慮大將周本難制，試圖以酖酒置之死地。〈蕭儼傳〉中，描繪出勇於極諫、力爭的忠臣形貌；而〈馮延巳傳〉，明揭蕭儼

---

39 見〔南宋〕陸游撰：《南唐書》，卷16，頁10右。

40 見〔南宋〕陸游撰：《南唐書》，卷17，頁6左。

41 見〔明〕李清撰：《南唐書合訂》，收入《四庫禁燬書叢刊補編》，冊8，頁460上。

曾斷獄失當，誤殺軍使李甲之妻。又〈何敬洙傳〉，形塑出驍勇善戰、視死如歸的忠貞將領；〈譚紫霄傳〉中，披露何敬洙嘗殺女奴，投屍井中。而〈後主本紀〉謂王師破朱令贇水軍，他與王暉皆被執；〈朱令贇傳〉中，卻載明他赴火死，並揭示生獲朱令贇之說，不可信。或為維護明君賢臣形象，或為不牴觸官方說法，故陸《書》裁剪文意時，採「有無互見」法，不將史實真相載於本傳，卻見諸他傳，以達到避諱的目的。如雷近芳〈論陸游的史識與史才〉云：「秉史家公正之筆，客觀評價歷史人物。陸游治史能堅持客觀、公正的原則。……將南唐人物放進特定歷史環境中較為辯證地全面對待。」[42]趙永平〈論陸游《南唐書》的文學成就〉亦云：「(陸游)《南唐書》在刻畫人物時，……寫出人物性格的複雜性；……注意寫出人物的優點和缺點、長處和短處，能較全面地反映歷史人物的真實面貌。」[43]

三　刪去浮辭

陸氏《南唐書》在刪去浮辭方面，誠如沈士龍題辭所云：「周后誄詞，馬《書》全載；〈從善傳〉，馬《書》不錄〈(卻)登高文〉。陸則翦誄附文，蓋重友于、戒佚(逸)思也。」[44]相較於馬《書》全載誄大周后文，陸《書》擇要而錄，刪去浮辭，剪裁得宜，更突顯史傳旨趣。如〈後主昭惠國后周氏傳〉云：「善歌舞，……至於采戲弈棋，靡不妙絕。……創為高髻纖裳，及首翹鬢朵之妝，人皆效之。嘗雪夜酣燕(宴)，舉杯請後主起舞……。卒……年二十九，……後主哀

---

42 見雷近芳撰：〈論陸游的史識與史才〉，《史學月刊》1992年第4期，頁43。

43 見趙永平撰：〈論陸游《南唐書》的文學成就〉，《湖北社會科學》2014年第3期，頁136。

44 見〔明〕李清撰：《南唐書合訂》，收入《四庫禁燬書叢刊補編》，冊8，頁460上。

甚，自製誄，刻之石，與后所愛金屑檀槽琵琶同葬；又作書燔之與
訣，自稱鰥夫煜。其辭數千言，皆極酸楚。」[45]後主所撰誄文，長達
一千零六十四字，陸《書》所錄不過數十字，對照馬《書》原文，即
可一目瞭然：

> 豐才富藝，女也克肖。采戲傳能，弈棋逞妙；媚動占相，歌縈
> 柔調；茲嫠爰質，奇器傳華；翠虬一舉，紅袖飛花。……蓮舞
> 踈紅，煙輕麗服；雪瑩脩（修）容，纖眉範月，高髻凌風，輯
> 柔爾顏，何樂靡從？……紘爾清商，艷爾醉盼；情式何其？式
> 歌且宴。寒生蕙幄，雪舞蘭堂；珠籠暮捲，金爐夕香；麗爾渥
> 丹，婉爾清揚。猒猒夜飲，予何爾忘？……弔孤影兮孰我哀，
> 私自怜（憐）兮痛無極。嗚呼哀哉！應寢皆感兮何響不哀，窮
> 求弗獲兮此心隳摧；號無聲兮何續，神永逝兮長乖。[46]

其中「媚動占相，歌縈柔調；茲嫠爰質，奇器傳華；翠虬一舉，紅袖
飛花」數句，陸《書》化作「善歌舞」三字。而「采戲傳能，弈棋逞
妙」，陸《書》云：「采戲弈棋，靡不妙絕。」誄云：「雪瑩脩（修）
容，纖眉範月，高髻凌風，輯柔爾顏，何樂靡從？」陸《書》作：
「創為高髻纖裳，及首翹鬢朵之妝，人皆效之。」又「式歌且宴。寒
生蕙幄，雪舞蘭堂；珠籠暮捲，金爐夕香；麗爾渥丹，婉爾清揚。猒
猒夜飲，予何爾忘？」即陸《書》所謂「嘗雪夜酣燕（宴）」；「弔孤
影兮孰我哀，私自怜（憐）兮痛無極。嗚呼哀哉！應寢皆感兮何響不
哀，窮求弗獲兮此心隳摧；號無聲兮何續，神永逝兮長乖。」即陸
《書》所謂「後主哀甚」。其裁文以入史，藉文以證史，剪裁、化用

---

45 見〔南宋〕陸游撰：《南唐書》，卷16，頁3右。
46 見〔北宋〕馬令撰：《南唐書》，收入《四部叢刊廣編》，冊12，卷6，頁29上。

之功，由是可見。馬《書》另記後主悼念之詩數首，復載：

> 至於書靈筵手巾，云：「浮生苦憔悴，壯歲失嬋娟。污手遺香
> 漬，痕眉染黛煙。」書琵琶背，云：「侁自肩如削，難勝數縷
> 條。天香留鳳尾，餘煖在檀槽。」觸物寓意，類如此。[47]

陸《書》秉持史傳寫作原則，首重簡明扼要，卻又不失法度；故刪除
一切枝節，但云：「又作書燔之與訣，……其辭數千言，皆極酸
楚。」畢竟與稗官野史有別，不必盡錄其哀悼之文辭。至於〈從善
傳〉，馬《書》云：「自從善不還，四時宴會皆罷，〈(卻)登高賦文〉
以見意曰：『原有鴒兮相從飛，嗟嗟季兮不來歸』。」[48]未引述全文為
證。而陸《書》載：「後主……手疏求從善歸，太祖不許。……而後
主愈悲思，每憑高北望，泣下霑（沾）襟，左右不敢仰視。由是歲時
遊燕（宴），多罷不講，常製〈卻登高文〉。」[49]並錄該作全文：

> 玉罍澄醪，金盤繡餻，茱房氣烈，菊蕊（蕊）香豪。左右進而
> 言曰：「惟芳時之令月，可藉野以登高，刻上林之伺幸，而秋
> 光之待褒乎？」予告之曰：「……今予之齒老矣，心悽焉而切
> 切，愴家艱之如燬，縈離緒之鬱陶，陟彼岡兮跂予足，望復關
> 兮睇予目。原有鴒兮相從飛，嗟予季兮不來歸，空蒼蒼兮風淒
> 淒，心躑躅兮淚漣洏，無一驩（歡）之可作，有萬緒以纏悲，
> 於戲！噫嘻！爾之告我，曾非所宜。」[50]

---

47 見〔北宋〕馬令撰：《南唐書》，收入《四部叢刊廣編》，冊12，卷6，頁30上。

48 語出〈後主書〉。見〔北宋〕馬令撰：《南唐書》，收入《四部叢刊廣編》，冊12，卷5，頁24上。

49 見〔南宋〕陸游撰：《南唐書》，卷16，頁15左。

50 見〔南宋〕陸游撰：《南唐書》，卷16，頁15右。

文中採主客答問方式，抒發胞弟遠行未歸，加以家國危艱，憂思縈
繞，故而無心登高遊樂。悲愴之情，溢於言表，絕非馬《書》區區兩
句：「原有鶺兮相從飛，嗟嗟季兮不來歸」所能概括。足見史傳非一
味求簡，而是當詳則詳，當略則略，如《文心雕龍》〈鎔裁〉云：「引
而伸之，則兩句敷為一章；約以貫之，則一章刪成兩句。」[51]或鋪
陳，或縮寫，全憑為文宗旨而定。如陸《書》中，全引〈卻登高
文〉，而裁剪周后誄詞，蓋沈士龍所謂「重友于、戒佚（逸）思」之
用心，良有以也。

　　又〈後主國后周氏傳〉云：「昭惠卒，未幾，後主居聖尊后喪，
故中宮久虛。開寶元年，始議立后為繼室。……攷（考）古今沿革，
草具婚禮。……徐遊……多是佑議，遂施用之。……后少以戚里，間
入宮掖，聖尊后甚愛之；故立焉，被寵過於昭惠。」[52]相較於馬
《書》載小周后之品貌：「警敏有才思，神彩端靜。」陸《書》雖然
隻字未提，但一句「聖尊后甚愛之」，又一句「被寵過於昭惠」，其才
貌出眾，自是不待言。馬《書》云：「昭惠感疾，后常出入臥內，而
昭惠未之知也。一日，因立帳前，昭惠驚曰：『妹在此耶？』后幼，未
識嫌疑，即以實告曰：『既數日矣！』昭惠惡之，返臥，不復顧。……
後主樂府詞，有『衩襪步香階，手提金縷鞋』之類，多傳於外。」[53]
陸《書》將大周后寢疾，小周后已入宮中，驚見，「恚怒，至死，面
不外向」一段，載入〈後主昭惠國后周氏傳〉。畢竟與姐夫有私情，
不甚光彩，出於避諱，只好裁剪文意，採有無互見法，不寫在本傳
中。又後主〈菩薩蠻〉一詞及其軼事，早已膾炙人口，史傳就不再贅

51　見〔南朝梁〕劉勰撰：《文心雕龍》，收入景印摛藻堂《四庫全書薈要》，冊495，卷
　　7，頁739上。
52　見〔南宋〕陸游撰：《南唐書》，卷16，頁5左。
53　見〔北宋〕馬令撰：《南唐書》，收入《四部叢刊廣編》，冊12，卷6，頁30下。

述。關於後主立小周后為繼室，馬《書》鉅細靡遺詳載婚禮瑣事：

> 中宮位號，久而未正。至開寶元年，始議立后為國后。南唐享
> 國日淺，而三世皆娶於藩邸，故國主婚禮，議者不一。……鉉
> 曰：「婚禮吉，不用樂。」佑以為：「今古不相沿襲，固請用
> 樂。」……鉉因此以為：「夫婦之禮，人倫之本，承祖宗，主
> 祭祀，請答拜。」佑以為：「王者婚禮，不可與庶人同，請不
> 答拜。」又車服之制，互有矛盾，……時佑方寵用，遊希旨奏
> 佑為是。……將納彩（采），後主先令校鵝代白鴈，被以文繡，
> 使銜書……及親迎，民庶觀者，或登屋極，至有墜瓦而斃者。[54]

陸氏〈後主國后周氏傳〉中，不錄徐鉉、潘佑之議細節，但記最後經
徐遊評定，多採潘佑意見；至於納采、迎娶等瑣碎，一概不談，故通
篇用字精省，言簡意賅，深得裁辭之功。

第二節　謹於布局，巧設篇章結構

陸《書》以紀傳體寫成，十八卷中，包含〈本紀〉三卷、〈列
傳〉十五卷，前者繫國事於時君，兼述帝王生平；後者則為臣民、夷
狄之傳記。據唐代劉知幾《史通》載：

> 夫紀、傳之興，肇於《史》、《漢》。蓋紀者，編年也；傳者，列
> 事也。編年者，歷帝王之歲月，猶《春秋》之經。列傳者，錄
> 人臣之行狀，猶《春秋》之傳。《春秋》則以傳解經，《史》、

---

54 見〔北宋〕馬令撰：《南唐書》，收入《四部叢刊廣編》，冊12，卷6，頁30下。

《漢》則以傳釋紀。尋茲例草創，始自子長（司馬遷）。[55]

闡明「紀」、「傳」二體之別。紀傳之體，乃《史記》首創，《漢書》繼作，成為後世官修、私撰史書之通例。由於「本紀」主掌編年紀事，且在陸《書》中篇幅不多，故本文不列入研究範疇；而以《南唐書》「列傳」為例，抽絲剝繭，條分縷析，試圖一窺陸氏史傳散文篇章結構之奧義。

　　所謂篇章結構，包括篇法與章法：前者指一篇內起、承、轉、合的結構布局；後者則為文章章節、段落之間的布置安排。二者間有範圍大小之異。然篇章結構與修辭技巧又有區別，誠如王明通〈文章結構試探——以散文為主要考察對象〉所云：「若以一篇文章篇、章、句、字，四重類目而言，結構屬於篇法的問題，章法屬於章節的關係，修辭的方法偏在句與句或字詞的修辭運用，彼此各有所屬，岸然分明。」[56]

　　古人討論文章結構布局的方式，如元代陳繹曾《文筌》〈古文譜四〉〈體段〉云：「起，貴明切，如人之有眉目；承，貴疏通，如人之有咽喉；鋪，貴詳悉，如人之有心胸；敘，貴轉折，如人之有腹臟；過，貴重實，如人之有腰膂；結，貴緊快，如人之有手足。右六節，大小諸文體中皆用之，然或用其二，或用其三、四。」「至於五、六、七，可隨宜增減，有則用之，無則已之。」[57]又王葆心《古文辭通義》

---

55 見〔唐〕劉知幾撰：《史通》，收入《中國古籍大觀》（臺北市：台灣古籍出版公司，2002年），冊1，卷2，頁79。

56 見王明通撰：〈文章結構試探——以散文為主要考察對象〉，《文學新鑰》第12期（2010年12月），頁3。

57 見〔元〕陳繹曾撰：《文筌》，收入《續修四庫全書》（上海市：上海古籍出版社，2002年據清・李士棻家抄本影印），冊1713，頁430。

〈識塗篇六〉云:「嘗考以定格論文者,宋人最盛,至明而極,由科舉興盛所生發也。故一經義與論也,而有破題、接題、冒題、大講、小講、入題、原題、大結諸式。一史論也,而有論頭、論項、論心、論腹、論腰、論尾諸式。」[58]可見文章體段結構的運用,前人已有二分、三分、四分、五分、六分、七分,乃至八分之說。其中以二分[59]、三分[60]、四分[61]為「常」,五分、六分、七分、八分為「變」,可以說五、六、七、八分乃由二、三、四分擴展而來。

由於陸《書》列傳含「單傳」、「合傳」、「類傳」、「四夷傳」及「附傳」五種,故吾人擬分「單傳之篇章結構」、「合傳之篇章結構」、「類傳之篇章結構」、「四夷傳之篇章結構」及「附傳之篇章結構」,詳加探述。

一　單傳之篇章結構

所謂「單傳」,即一人一傳,又稱為專傳。陸《書》中,僅〈宋齊丘列傳〉一篇為單傳。由於〈宋齊丘傳〉史料齊全,內容宏富,幾乎為整部南唐史的縮影,篇幅長達一卷,故作八段式結構:一、烈祖待以國士,而義祖惡之,後入九華山求致仕。二、因禪代事,頗見疏忌。三、入閣議政,離間契丹與後晉。四、烈祖之厚遇,在鎮南,服錦袍視事。五、傾周宗不成,魏岑、陳覺又內鬨,歸隱九華。六、復出後,薦陳覺使福州,出兵敗事,元宗不問。七、周人入侵,再度起

---

58 見王葆心撰:《古文辭通義》(臺北市:臺灣中華書局,1965年),卷10,頁1左。
59 案:《文筌》云:「其間『起』、『結』二字,則包含「開頭、結尾」之意。見〔元〕陳繹曾撰:《文筌》,收入《續修四庫全書》,冊1713,頁430。
60 即一般所謂「開端、發展、結尾」之說,或作「鳳頭、豬肚、豹尾」亦可。
61 案:元人范德機云:「詩有四法:起要平直,承要春容,轉要變化,合要淵永。」後世遂將此四法運用在行文上,即吾人熟知的「起、承、轉、合」之文章結構。

用，主張縱敵北歸，終失淮南。八、陳覺、李徵古薦之專大柄，鍾謨密告，遂被放歸九華。傳末評論他一生好權利，尚詭譎，植朋黨，矜功忌能，狃於要君，闇於知人，遂蒙大惡以死。並於「論曰」中，詳析周世宗畏其機變而離間之，為其黨附會之言，非為史實。

二　合傳之篇章結構

在傳統史書中，合兩人以上為一傳，於傳名明確標示所屬傳中人物，且平等敘列其生平事跡者，稱為「合傳」。如郭慧如《《史記》、《漢書》合傳比較研究》云：「所謂合傳，即因行事牽連緊密，關係密切而難以分割，故以二人或數人合為一傳，平等敘列者。」[62]陸《書》卷五至卷十五皆為合傳，依上述文章體段結構分類，從二分至八分，無論常法或變則，均可舉出例證。如卷六〈周柴何王張馬游刁列傳〉之〈王會傳〉內容簡略，為二分式結構：一、少事吳武王，捧唾壺侍側，引弓斃刺客，面不改色。二、及事烈祖，因故名犯南漢祖諱，賜今名。卷七〈徐高鍾常史沈三陳江毛列傳〉之〈高審思傳〉內容稍多，為三分式結構：一、從劉信平虔州有功，烈祖愛之。二、出鎮壽州，守備森嚴。三、周人來侵，他以能堅守壽州為功。傳末補述：傳言其官不至刺史，後位兼將相，是知術士之言不足信。卷六之〈游簡言傳〉為四分式：一、少孤力學，貞介，不附權要。二、邵唐上書誣陷他，反被流放饒州。三、元宗為趙仁澤事，遣他詰責吳越；未出境，召還。四、元宗遷都豫章，他一心事主，無微後福之意。傳末引時論，評議他親治簿書，過於嚴峻。以上二分、三分、四分結構，為文章體段布局之常法。

---

62 見郭慧如撰：《《史記》、《漢書》合傳比較研究》（桃園市：銘傳大學應用中國文學系碩士論文，2010年），頁15。

　　而卷六之〈張延翰傳〉為五段式結構：一、故唐舊臣，與從父張慎思避亂入吳。二、烈祖代吳後，他廷劾張宣，強豪屏跡。三、他選用獻書論事者，號為精覈稱職。四、元宗輔政時，頗推崇他，故時望歸重。五、晚年病重，烈祖不許去，旁午卒於道。傳末無評述。卷五〈周徐查邊列傳〉之〈邊鎬傳〉可分為六段：一、平張遇賢之亂有功。二、於建州之役有功，但不居功。三、平楚有功，出兵郴州不利。四、孫朗奔朗州，盡以潭州虛實告劉言。五、劉言遣將來攻，邊鎬棄城出奔，盡喪楚地。六、兵敗被後周所執，元宗請盟，乃歸。傳末無評述。卷十三〈劉潘李嚴張龔列傳〉之〈張易傳〉為七段式：一、入洛陽，舉進士不中；昇元二年南歸。二、通判歙州，導正刺史朱匡業仗酒欺人之習，郡事亦賴以濟。三、曾碎玉杯，諷太弟景遂以重寶輕士之意。四、周侵淮南，獨揚言：上下併力，敵何足畏！五、陳覺、李徵古用事，他嘆當手斃二豎，以謝曠官。六、罷築州城，吳越懾服，不敢犯邊。七、事後主，上《諫奏集》七卷；注《太玄》未成，卒。傳末無評述。卷九〈劉高盧陳李廖列傳〉之〈陳覺傳〉可分為八段：一、事烈祖，曾為景遷佐；後居家累月，以宣遺詔日入朝。二、元宗時（應作烈祖晚年），始竊弄威福，譖褚仁規，條其罪狀；詔賜褚死。三、與李徵古交結宋齊丘黨相唱和，矯詔攻福州，潰敗而歸；元宗不問。四、周侵淮南，與李徵古聯手剷除李德明，勢焰益薰灼。五、景達率兵拒周，軍政皆出陳覺；奪朱元兵，朱元遂降，諸軍悉潰。六、與李徵古力陳宋齊丘攝政；元宗命陳喬草詔，陳喬固陳不可，乃止。七、周兵駐迎鑾鎮，元宗遣陳覺奉表貢方物。他見周師將南渡，畫江稱藩，奉正朔之議遂決。八、鍾謨自周還，有意為李德明復仇，力排陳覺、李徵古；元宗遣使殺陳覺，賜李徵古自盡。傳末無評述。以上五分、六分、七分、八分結構，為文章體段布局之變則。

　　此外，如卷十一〈廖偃彭師暠傳〉，更是合傳中的合傳。該文合

併記述廖、彭護衛故君之事，屬於標準的三分結構：「開端、發展、結尾」。一、以馬氏兄弟爭國，馬希崇命彭師暠幽禁馬希萼於衡山為開端。二、發展成廖偃、彭師暠相與護視馬希萼，並奉他為衡山王。三、結果南唐出師定楚亂，馬希萼入朝，廖偃、彭師暠從行。由於在衛護故君之事上，廖偃、彭師暠關係密不可分，故陸《書》以合併敘述處理。既是史傳，除了載述史事外，前有二人之簡介：廖偃為裨將，戍衡山縣；彭師暠不知其家世，與馬希萼有舊怨。後附二人之結局：廖偃守道州，因部下作亂，戰死；彭師暠不見用而卒。最後，陸氏於「論曰」，明揭「忠于故君，兩人實同」，但「偃功為多」；評定二人俱有護衛之功。

三　類傳之篇章結構

所謂「類傳」，乃以事類、性質相近，列為一傳，並以事類命篇者屬之。如郭慧如《《史記》、《漢書》合傳比較研究》所下之定義：「以其事類相近、性質相近，特取其中名行顯著者，裁成篇章，即為類傳。重視事類特質甚於人物本身，多人平等敘列，無主無從」[63]之謂。陸氏《南唐書》，有〈后妃諸王列傳〉、〈雜藝方士節義列傳〉二卷，為后妃、諸王、雜藝、方士及節義者作類傳。

如〈后妃傳〉，記烈祖元敬皇后宋氏、烈祖後宮种氏、元宗光穆皇后鍾氏、後主昭惠國后周氏、後主國后周氏及後主保儀黃氏為一傳，由於所載為后妃，身分相同，故因同類而並列，且各傳主間絕無主從關係，一律平等敘列。〈后妃傳〉前無小序，後無論贊，篇中各傳之結構，一如單傳，自成體系，試分析如次：

63　見郭慧如撰：《《史記》、《漢書》合傳比較研究》，頁15。

烈祖元敬皇后宋氏傳

一、烈祖娶王戎女；后為媵，得幸，生元宗。

二、烈祖以后為繼室。治內有法，不妄言笑。

　　1.義祖殂，烈祖將奔喪，密以大計諫止。

　　2.烈祖嘗曰：吾思有未達，而后已悟矣！

　　3.烈祖服丹，多暴怒，賴后以免譴者眾。

三、烈祖崩，孫忌欲稱遺詔奉后臨朝，不許。

烈祖後宮种氏傳

一、生景遏，寵日盛，能從容解烈祖怒。

二、乘間言景遏才過齊王，烈祖叱下殿。

三、元宗即位，許种氏就養於景遏宮中。

● 補述：宋后挾怨，屢欲加害；元宗力解，乃止。

元宗光穆皇后鍾氏傳

一、附父鍾太章傳：1.事吳，為義祖誅張灝，頗恃功頡頏。

　　　　　　　　　2.義祖命鍾太章次女配元宗，即后也。

二、為齊王妃→皇后→聖尊后（太后）

● 補述：（1）后寢疾，後主朝夕侍側。

　　　　（2）后卒，後主杖而後能起。

後主昭惠國后周氏傳

一、多才多藝，尤工琵琶，元宗以燒槽琵琶賜之。

二、後主立為后，寵嬖專房：

　　1.創為高髻纖裳，人皆效之。

　　2.能自創新聲，請後主起舞。

三、得《霓裳羽衣曲》殘譜，使之復傳於世。

四、臥疾，取燒槽琵琶及玉環為別；沐浴粧澤而卒。

• 補述：（1）後主自製誄辭，又作書燒之與訣，皆極酸楚。

　　　　（2）或謂后怒妹小周后事，後主過哀，以揜其跡。

後主國后周氏傳

一、中宮久虛；開寶元年，始議立后為繼室。

• 補述：命大臣草具婚禮之事。

二、聖尊后甚愛之；後主作小亭，與后醑飲。

三、國亡，北遷。後主殂，后悲哀過甚亦卒。

後主保儀黃氏傳

一、邊鎬入長沙，得黃氏，納後宮。

二、城陷，遵後主命悉焚所藏墨帖。

三、國亡，亦從北遷，後卒於大梁。

四、附宮人流珠傳：獨能追憶昭惠后〈邀醉舞〉、〈恨來遲〉二破。

是知〈后妃傳〉所列六位后妃傳記之正文結構或為二分，或為三分，或為四分，不一而足。其中〈元宗光穆皇后鍾氏傳〉事少傳略，作二段式：一、附述后父鍾太章傳。二、載后從齊王妃，至皇后、聖尊后之名銜。傳末補述有二：一、后寢疾，後主朝夕侍側。二、后卒，後主毀瘠骨立，杖而後能起。而〈後主國后周氏傳〉為三分結構：一、開寶元年，始議立后為繼室。二、後主作小亭，與后醑飲其中。三、後主殂，后悲哀不自勝亦卒。比較特別的是，傳中補述穿插於一、二段之間，載錄命大臣草具婚禮事。〈烈祖元敬皇后宋氏傳〉、〈烈祖後宮种氏傳〉雖同為三段式，但前傳無補述，後傳補述於篇末，迥然有

別。又〈後主昭惠國后周氏傳〉則為四分結構：一、多才多藝，尤工琵琶，元宗以燒槽琵琶賜之。二、後主立為后，寵嬖專房。三、得《霓裳羽衣曲》殘譜，重新編曲，使之復傳於世。四、臥疾，取燒槽琵琶及玉環為別；沐浴粧澤而卒。傳末補述有二：一、後主自製誄辭，又作書燼之與訣。二、后怒小周后事，後主深感愧疚。而〈後主保儀黃氏傳〉亦為四段式，但無補述。總之，類傳中各傳結構與單傳無異，僅將性質相類之傳記列為一傳，並以其類別標示列傳名稱而已。

另如〈方士傳〉，前無小序，傳末不見論贊；正文則敘列譚紫霄、史守沖及耿先生三人為一傳，平等記述各傳主生平，並強調其方士身分，故為類傳。其中〈譚紫霄傳〉為四段式：一、他自言得道陵天心正法，閩王王昶尊事之，後遁居廬山。二、何敬洙嘗殺女奴，遇疾，女厲自訴；他以符治癒之。三、廬山僧闢路，遇石；他索杯水噀之，堅石應手如粉。四、後主召見賜官，他辭不受。俄，無疾而卒，年百餘歲。〈史守沖傳〉為二段式：一、烈祖使史守沖、潘扆煉金石為丹。二、烈祖服金石，多暴怒，至死乃悟。〈耿先生傳〉則為三段式：一、她少為女道士，因宋齊丘推薦進宮，能煉白金、真珠。二、曾得幸於元宗，有娠，將臨盆之夕，忽隱去。三、曾和宋太后在城外寶華宮，與道士混居幾月餘。傳末補述：金陵好事者家，至今猶有耿先生寫真。值得一提的是，合傳與類傳之別：如前述卷五〈周徐查邊列傳〉，合周宗、徐鍇、查文徽、邊鎬諸傳為一傳；而譚、史、耿三人，為突顯其方士身分甚於各人生平，因此撰〈方士傳〉，是為類傳。

四　四夷傳之篇章結構

舉凡史書中對外國或國內少數民族的記載，可通稱為「四夷傳」。如柴德賡《史籍舉要》〈史記〉云：「後代史書⋯⋯如匈奴、東

越、朝鮮、西南夷等列傳，敘述其種族來源、風俗制度、王族興衰及與中土的關係。這一類列傳對中土與沿邊各族及漢族與兄弟族的關係專章記載，極為重要。後世四夷傳、外國傳也是沿襲《史記》成例的。」[64]而陸《書》卷十八〈浮屠契丹高麗列傳〉，即為四夷傳。

雖然浮屠既不是外邦，亦非國內少數民族，但〈浮屠傳〉僅一篇，載南唐與浮屠僧侶之往來，且佛教傳自域外，不妨納入四夷傳。其首尾為史書特有格式，發端云：「嗚呼！南唐偏國短世，無大淫虐，徒以浸衰而亡，要其最可為後世鑑（鑒）者，酷好浮屠也。」[65]論金陵亡國的關鍵，在於酷好浮屠；此節猶如〈浮屠傳〉小序。傳末附僧惟淨傳，此為史書之遺緒。正文結構則屬於傳統「始、中、終」的三分法：一、烈祖為事佛之權輿，未甚惑。二、經元宗、後主，好之遂篤。三、及宋師渡江，終因迷信誤國。由於該傳內容繁富，三段之下，又可析為數節如次：

> 一、烈祖為事佛之權輿，未甚惑。
> 　　1. 大築居室，既成，作齋會為工匠死者薦福。
> 　　2. 召寺僧譯佛書，繪製李長者像，頒之境內。
> 　　3. 胡僧為奸利，逐出之。然國人寖已成俗矣。
> 　　4. 迎置須菩提，奉事甚謹。不三月，烈祖殂。
> 二、經元宗、後主，好之遂篤。
> 　　1. 徐遊主齋祠，宮中造佛寺，募民為僧。
> 　　2. 後主退朝，與后禮佛稽顙，至為瘤贅。
> 　　3. 僧尼犯姦淫，獄成，命禮佛百而捨之。

---

64 見柴德賡撰：《史籍舉要》，收入《文史啟蒙名家書系》（香港：中華書局，2002年），頁7。

65 見〔南宋〕陸游撰：《南唐書》，卷18，頁1左。

> 4.奏死刑遇齋日，佛前燃燈為驗；富人賂續膏油而獲免。
>
> 5.汪渙以梁武帝惑佛為諫，擢校書郎，但終不能用其言。
>
> 6.北僧小長老說後主多造塔像，故造不祥語，動搖人心。
>
> 三、及宋師渡江，終因迷信誤國。
>
> 1.北僧暗自立石塔，及宋師繫浮橋，始知為間諜。
>
> 2.金陵受圍，召小長老，令軍民誦「救苦菩薩」。
>
> 3.戰況慘烈，始悟小長老之奸；群僧乞授甲出門。
>
> 4.及國亡，後主入朝，過臨淮，施金帛猶以千計。

〈契丹傳〉，前有小序云：「契丹事見《唐書》本傳，及《五代史》〈四夷附錄〉，今取其事之繫南唐者為傳。」說明該傳旨在記金陵與契丹之交通，為名副其實的四夷傳。傳末評論：契丹尊事唐裔，南唐頗自驕，然相結約撓中原，皆虛辭，非能為南唐助也。的確，契丹與南唐來往，貨物交流的實質利益遠大於外交結盟的意義。[66]此處一針見血指出：南唐與契丹交往，實無助於躍馬中原之計。其正文結構仍屬於三分法：一、烈祖之世與契丹之往來。二、元宗遣公乘鎔航海繼好。三、因後周離間與契丹斷交。其中一、二段偏於史料記載，缺乏文學性，故不予論述。而第三段可析為三節：（1）宋齊丘陰使人殺契丹使，以離間後晉。（2）周將荊罕懦（儒）遣人夜斬契丹使者頭。（3）周以南唐通契丹之名興師侵淮南。完整載述金陵與契丹斷絕往來之始末緣由。

〈高麗傳〉前小序云：「高麗事具《唐書》，及《（新）五代史》〈四夷附錄〉，今書南唐所載異聞，及高麗通南唐之見於傳記者。」

---

66 案：傳中云：「契丹主耶律德光，及其弟東丹王，各遣使以羊馬入貢，別持羊三萬口、馬二百匹來鬻，以其價市羅、紈、茶、藥。烈祖從之。」見〔南宋〕陸游撰：《南唐書》，卷18，頁4左。

明揭該傳記南唐與高麗之交往，故為四夷傳無疑。傳末補述：「其後史冊殘缺，來與否，不可攷（考）矣。」正文結構仍屬三段式：一、大封王高躬又為海軍統帥王建殺害；王建自立，稱高麗。二、敗新羅、百濟，諸國附之；簡介其府郡、朝服、民俗等等。三、遣使來貢方物；烈祖設宴款待之。高麗使遂出龜茲樂，作番戲。由於史料不足，該傳內容疏漏，缺乏完整之記錄，故不具探討價值。

五　附傳之篇章結構

　　何謂「附傳」？即劉知幾《史通》所云：「事跡雖寡，名行可崇，寄在他篇」[67]者，稱之。然附傳與附見不同，主要在於前者記述傳主生平，內容完整，自成系統；而後者言簡事略，為附帶提及，不能藉此窺知該人物之生平事跡。徐浩在《廿五史論綱》〈緒論〉中，進一步解釋附傳之體：「史家對於同一事跡，或共事之人，恆取其主要之一人為主，而下附載此事相關之人一一類敘，或帶敘，蓋人各一傳，則不勝傳，不為立傳，則其人又有事可傳，故用附傳之例。亦有祖孫父子無大事可傳，而又不勝沒者，則以子孫附祖父，或祖父附子孫，各視其地位輕重大小以決定之。」[68]「附傳」不限於父子相附，亦有叔姪、兄弟、同道等之附傳。在陸《書》中，如高遠附於其叔〈高越傳〉、馮延魯附於其兄〈馮延巳傳〉，均因親屬而相附；另如李徵古附於〈陳覺傳〉、劉茂忠附於〈申屠令堅傳〉、酒禿高氏附於〈毛炳傳〉等，無論權要相附、義士相合、隱者相依，皆為同道附傳之例。

　　由於附傳必須依附他傳而存在，照理說，無論單傳、合傳、類傳

---

67 見〔唐〕劉知幾撰：《史通》，收入《中國古籍大觀》，冊1，卷2，頁84。

68 見徐浩撰：《廿五史論綱》（臺北市：世界書局，1947年），頁23。

或四夷傳皆可能出現附傳形式。然陸《書》單傳僅〈宋齊丘列傳〉一篇，恰好不見附傳；故吾人只能就書中附於合傳、類傳或四夷傳之附傳結構，加以探述。合傳中之附傳，如卷五〈周徐查邊列傳〉之〈徐鍇傳〉，前附其父徐延休傳，該附傳內容雖然簡略，但依其結構仍可分為三段：一、為唐昭宗草詔。二、輾轉仕於吳。三、二子遂定居廣陵。為一篇首尾完整的傳記，故為附傳，而非附見。[69]卷九〈劉高盧陳李廖列傳〉之〈李德誠傳〉，後附子李建勳傳，雖為附傳，但內容豐富，甚至較本傳有過之而無不及，試析其篇章結構如次：

一、李德誠遣其子李建勳入謁，義祖見之，妻以廣德公主。

二、受禪後，因常夢錫劾奏擅造制書，列祖降制放還私第。

三、元宗立，人皆欣然望治，他獨以為未必能守先業。

　　1.建州之役，諸將俘掠無度，他請官出金帛贖還。

　　2.平定湖南，國人相賀，他獨以為：禍始於此矣！

四、稱疾，求致仕，放意泉石間。

五、疾革，遺令勿封樹立碑，以遺禍患。

• 補述：（1）有先知之明，使人不知其葬所。

　　　　（2）獨為宋齊丘所推崇。

◎有「論曰」：智獨施於一己，無視於家國之憂；請出金帛贖俘虜，真婦人之仁！

該附傳為五分式結構，後見補述二條，並有「論曰」評議其一生功過得失，體例之完備更甚於〈李德誠傳〉。只因李德誠為元老大臣，又

---

69 據《話說史記》云：「所謂附見，尤較附傳為簡，僅於傳中略述或偶見而已。」見蔡信發撰：《話說史記》（臺北市：萬卷樓圖書公司，1995年），頁28。如卷五〈周宗傳〉提到：宋齊丘諫止烈祖受禪、撫棺哭周宗，及馮延魯代為留守、見執於周人等事，僅摘錄與傳主相關者，其餘一概省略。凡此種種，稱不上傳，只能算「附見」。

是李建勳之父，故以尊長者為主，以人子為附，並不是附傳一定要較本傳簡略，完全依該傳主生平事跡、歷史地位而定。又有附傳混入本傳中載述者，如卷七〈徐高鍾常史沈三陳江毛列傳〉之〈鍾謨傳〉，附同黨李德明傳，由於鍾、李品行相類、行事相當，故將二人生平合併敘述，試析其篇章結構如下：

一、二人號為「鍾李」，與魏岑不同黨，卻一同為惡。

二、范沖敏使王建封歷詆二人，罹禍；二人益縱肆。

三、遣二人如壽州城下，說周世宗罷兵。

　　1.世宗大陳戈戟見之，二人不敢出言。

　　2.李德明請歸國取表，盡獻江北郡縣。

四、宋齊丘、陳覺不主張割地，元宗怒斬李德明於都市；鍾謨遂留事周。

五、及割地，周世宗遣鍾謨諭旨於南唐；鍾謨勢焰赫然，三省之事，靡不干預。

　　1.宋齊丘、陳覺、李徵古之死，皆出其計。

　　2.請雪李德明之罪。

　　3.薦其客閻式為司議郎。

六、周世宗駕崩，元宗遇之寖薄。

　　1.唐鎬密告：鍾謨挾周自重，結交武將，包藏禍心。

　　2.鍾謨與從善親厚，詆毀後主；元宗乃暴其交結張巒等罪。

　　3.聞宋太祖受周禪，元宗遂遣使賜之死。

• 補述：鍾謨女守一為道士，通孔老之書，善講說，召為道職。

將鍾、李二人生平合而記之，與〈廖偃彭師暠傳〉寫法相似，但礙於該傳篇名未將李德明納入，有違合數人為一傳、平等敘列人物之原

則，故僅能將李傳視為鍾傳之附傳。

此外，類傳中之附傳，如〈雜藝傳〉之〈申漸高傳〉後附李家明傳，由於事少言略，故為二分結構：一、宋齊丘喪子，悲哭逾月；他諷之，遂拉淚而止。二、遷都豫章，元宗望皖公山；他獻詩，令元宗嘆息而去。該傳符合內容完整、自成系統原則，不像附帶提及宋齊丘喪子、元宗遷都等事，故為附傳，而非附見。另如〈后妃列傳〉〈元宗光穆皇后鍾氏傳〉前附后父鍾太章傳、〈後主保儀黃氏傳〉後附宮人流珠傳等屬之。

四夷傳之附傳，如卷十八〈浮屠傳〉中附北僧小長老傳，後附僧惟淨傳，然內容簡略，不再逐一分析其結構布局。

第三節　長於徵引，保留文獻史料

據劉勰《文心雕龍》〈事類〉云：「〈胤征〉羲和，陳政典之訓；〈盤庚〉誥民，敘遲任之言；此全引成辭，以明理者也。」[70]此「明理引乎成辭」，為了闡明事理，完全引用前人文辭的手法，即所謂「徵引」。在史傳散文寫作中，善用徵引法的好處，在於既可「據事以類義」[71]，又可藉此保留文獻史料。

本節試論陸游《南唐書》之徵引手法，擬就《書》中所引用之詔奏、書贊、詩文、傳聞等，詳加探述。案：古代帝王詔誥百官，用於布達政令的文字，曰「詔」。而群臣上書，「陳政事，獻典儀，上急

---

70 見〔南朝梁〕劉勰撰：《文心雕龍》，收入景印摛藻堂《四庫全書薈要》，冊495，卷8，頁745上。

71 語出〈事類〉；即引據各種事物，來比類義理之謂也。見〔南朝梁〕劉勰撰：《文心雕龍》，收入景印摛藻堂《四庫全書薈要》，冊495，卷8，頁744下。

變，劾僭謬，總謂之『奏』」。[72]是知詔奏，乃君臣間為處理政務而作
之應用文，屬性相似，故可列為一類。又陸《書》中，援引南唐與後
周、吳越、契丹往返的文書，亦稱為「書」；但此「書」，就國與國之
間而言，與朝臣上書迥別，不宜混為一談。另有江文蔚〈二丹入貢圖
贊〉，乃南唐與契丹往來之應酬文書，與「書」性質相仿，因而納入
同類。再就《書》中所引文學作品、見聞傳說等，依序可從「徵引詔
奏」、「援引書贊」、「援用詩文」及「引用傳聞」四項，以證陸氏史傳
文之善於徵引，其來有自。

一　徵引詔奏

　　從陸氏《南唐書》所徵引詔書，可知君主施政之梗概，如〈烈祖
本紀〉昇元三年正月，載：「詔曰：『迺者干戈相尋，地萊而不藝
（藝），桑隕而弗蠶，衣食日耗，朕甚閔（憫）之。民有嚮風來歸
者，授之土田，仍給復三歲。』」[73]由是可見，烈祖即位之初，獎勵農
桑、安撫移民的政策。然此詔亦見諸馬令《南唐書》：

> 詔曰：「比者干戈相接，人無定主，地易而弗藝（藝），桑隕而
> 弗蠶，衣食日耗，朕甚憫之。其嚮風面內者，有司計口給食，
> 願耕植者，授之土田，仍復三歲租役。於嘻！仁不異遠，化無
> 泄邇，其務宣流，以稱朕意。」[74]

就內容來看，無疑為同一篇詔書，但文字卻有繁簡之別；陸《書》幾

---

72 語出〈奏啟〉。見〔南朝梁〕劉勰撰：《文心雕龍》，收入景印摛藻堂《四庫全書薈
　要》，冊495，卷5，頁725下。

73 見〔南宋〕陸游撰：《南唐書》，卷1，頁7左。

74 見〔北宋〕馬令撰：《南唐書》，收入《四部叢刊廣編》，冊12，卷1，頁8上。

乎刪去一半篇幅，然字去而意留，更顯言簡意賅。足見陸氏非一味援
引成辭，而是經過精心剪裁，刪蕪取要，方能用人若己，文意明暢。
又〈烈祖本紀〉昇元六年十月，載：「詔曰：『前朝失御，四方崛起者
眾；武人用事，德化壅而不宣。朕甚悼焉。三事大夫，其為朕舉用儒
者，罷去苛政，與吾民更始。』」[75]此詔於馬《書》作：

> 前朝失御，強梗崛起，大者帝，小者王，不以兵戈，利勢弗
> 成；不以殺戮，威武弗行。民受其弊，蓋有年也。或有意於息
> 民者，尚以武人用事，不能宣流德化。其宿學巨儒察民之故
> 者，嵁巖之下，往往有之，彼無路光亨，而進以拊偊為嫌，退
> 以清寧為樂，則上下之情，將何以通？簡易之政，將何以議
> 乎？……眇眇之身，坐制元元之上，思所以舉而錯之者，煢煢
> 在疚，罔有所發；三事大夫，可不務乎？自今宜舉用儒者，以
> 補不逮。[76]

記載當時武人用事，無法施德化於民，因此烈祖下詔，明令舉用儒
臣，罷黜苛政。陸《書》引述詔書，用不到四分之一的文字，記錄烈
祖偃武修文之措施；不似馬《書》全錄詔文，未免流於瑣碎，模糊史
傳焦點。相較之下，陸《書》徵引文獻，取其意，而不師其辭，故能
芟繁剪穢，運用自如。

　　據《文心雕龍》〈奏啟〉云：「奏者，進也。敷於下，情進於上
也。……自漢以來，奏事或稱『上疏』。」[77]是知臣子進言於君王之文
書，稱「奏」；亦即意見鋪陳於臣下，而實情進獻於君上之意也。漢

75 見〔南宋〕陸游撰：《南唐書》，卷1，頁11右。

76 見〔北宋〕馬令撰：《南唐書》，收入《四部叢刊廣編》，冊12，卷1，頁10上。

77 見〔南朝梁〕劉勰撰：《文心雕龍》，收入景印摛藻堂《四庫全書薈要》，冊495，卷
　　5，頁725下。

代以降，群臣奏事，亦可稱為「上疏」。南唐潘佑因上疏極諫，得罪
獲死，馬《書》記此事，云：「時江南衰削，國步多艱，佑所上諫
疏，有『國家陰陰，如日將暮』之辭，後主惡之。又其所薦黜，與時
輩不協，因誣以他事，劾佑。佑自剄。」[78]只引二句上疏內容，不足
以見潘佑切諫獲罪之事，故陸氏於〈潘佑傳〉中，詳載其辭，云：

> 佑復上疏曰：「三軍可奪帥也，匹夫不可奪志也。臣乃者繼上
> 表章，凡數萬言，詞窮理盡，忠邪洞分。陛下力蔽姦（奸）
> 邪，曲容諂偽，遂使國家惛惛，如日將暮。古有桀、紂、孫皓
> 者，破國亡家，自己而作，尚為千古所笑。今陛下取則姦
> （奸）回，敗亂國家，不及桀、紂、孫皓遠矣。臣終不能與姦
> （奸）臣雜處，事亡國之主；陛下必以臣為罪，則請賜誅戮，
> 以謝中外。」[79]

他指責後主：「力蔽姦（奸）邪，曲容諂偽」，如桀、紂、孫皓等昏
君，敗亂國家。還說南唐如日之將暮，自己不能與奸臣為伍，更不能
事奉亡國之君。面對如此指責，後主或可勉強接受；至於破國亡家之
說，形同詛咒，後主「是可忍，孰不可忍」？可見其辭過於激切，故
陸氏於「論曰」評云：「其上疏，縱言詆訐，若惟恐不得死者；雖激
於一時忠憤，亦少（稍）過矣。後主非強愎雄猜之君，而陷之於殺諫
臣。」由於傳中徵引所上疏之內容，故可看出潘佑如何縱言詆訐，他
分明是自投羅網，還陷後主於殺諫臣的罪名。
　　又馬《書》載江文蔚上書彈劾馮延巳等人，云：「文蔚上表，其
言曰：『二公移去，未稱民情；四罪盡除，方明國典。』表既上，而

---

78 見〔北宋〕馬令撰：《南唐書》，收入《四部叢刊廣編》，冊12，卷19，頁78下。
79 見〔南宋〕陸游撰：《南唐書》，卷13，頁8左。

元宗惡其大言，黜為江州司士。」[80]所引甚簡，不足以見彈奏之威力，故陸氏〈江文蔚傳〉中，大幅徵引：

> 賞罰者，帝王所重。賞以進君子，不自私恩；罰以退小人，不自私怒。陛下踐阼以來，所信重者，馮延巳、（馮）延魯、魏岑、陳覺四人……。福州之役，……岑與覺、延魯更相違戾，互肆威權，號令竝（並）行，理在無赦。……昨天兵敗衄，統內震驚，將雪宗廟之羞，宜醢奸（奸）臣之肉，已誅二罪，未塞羣情；盡去四凶，方祛眾怒。……延巳不忠不孝，在法難原；魏岑同罪異誅，觀聽疑惑。請行典法，以謝四方。[81]

如此一來，才明白傳中所述：常夢錫當百官之面，大言曰：「白麻雖佳，要不如江文蔚疏耳！」陸《書》透過長篇大論的引用，無非是要突顯江文蔚的言官風範，一如傳中所謂「持憲平直，無所阿枉」，給予適當的歷史評價。

另如〈張義方傳〉，由於其生平事跡散落，故陸氏錄其就職時所上疏，云：

> 古之任御史者，非止（只）平獄訟，肅班列也。有怙威侮法，棄忠賊義，樹朋黨，蔽聰明者，得以糾彈。至於人主好遊畋聲色，說（悅）奢侈佞媚，賞非功，罰非罪，得以論爭。……臣欲奉陛下德音，先舉忠孝、潔廉，請頒爵賞，然後繩糾乖戾，以正典刑，……今臣誠不忍忘君親之義，有所不盡，惟陛下幸赦之。[82]

---

80 見〔北宋〕馬令撰：《南唐書》，收入《四部叢刊廣編》，冊12，卷13，頁58上。

81 見〔南宋〕陸游撰：《南唐書》，卷10，頁6右。

82 見〔南宋〕陸游撰：《南唐書》，卷10，頁1左。

傳中亦援引烈祖親筆札：「孤始受禪，任義方以風憲，乃能力振朝綱。詞皆讜切，可宣示朝野。」此外，更引用後世評議者之言，以為御史彈劾、諫正則可，若請舉善、頒賞，則未免逾越職權。陸氏於此引述各方看法，作持平的記載，最後仍予以正面評價：「然其所言凜然守正，有漢唐名臣之風」。

又〈歐陽廣傳〉，同樣因事跡簡略，而引用其上書內容：「臣近遊潭州，伏見節度使邊鎬，偶逢聖代，初非將才，措置乖剌，大失人心，……是仁不足惠下……，是智不足謀遠……，是義不足和眾……，是禮不足得士……，是信不足使人……。請擇帥濟師，以全境土。」[83]足見歐陽廣頗有識人之明，早已看出邊鎬無法肩負重任，可惜未獲採納；及失湖南地，元宗幡然悔悟，但為時晚矣。要言之，陸《書》多方徵引詔奏，無論引用全文，或裁剪文意，載入史傳中，一方面藉以彰顯傳主行誼，一方面印證歷史事件，也同時保存了珍貴的南唐史料，可謂一舉數得。

二　援引書贊

在陸氏《南唐書》中，援引金陵與各國間國書之往返，如〈元宗本紀〉保大十年二月，載：

> 周人……使潁州郭瓊遺我壽州劉彥貞書曰：「自古有國，皆惡叛臣；貴邦何為？常事招誘。吳中多士，無乃淺圖。」帝頗愧其言。[84]

---

83 見〔南宋〕陸游撰：《南唐書》，卷10，頁11右。
84 見〔南宋〕陸游撰：《南唐書》，卷2，頁8左。

保大九年，袞州節度使慕容彥超叛周，乞師於南唐。明年，南唐援袞之師，敗績於沭陽，指揮使燕敬權被執；不久，被放歸。周世宗遣使來言：「吾賊臣背叛，爾國助之，豈長計哉？」[85]並致書壽州將劉彥貞，指責南唐助人叛臣；元宗得書後，羞愧難當。陸《書》此處引用數句國書內容，即可呈現後周與南唐之對立形勢，及世宗、元宗各自的立場，勝過千言萬語。又淮南喪師後，元宗有意傳位於太子，〈弘冀傳〉載周世宗賜書制止：

> 皇帝致書敬問江南國主：
>
> 茲睹來章，備形縟旨，敘此日傳讓之意，述向來高尚之心，仍以數載以來，交兵不息，備陳追悔之事，無非克責之辭……。況君血氣方剛，春秋鼎盛，為一方之英主，得百姓之驩（歡）心，豈可高謝君臨，輕辭世務？……苟盛德之日新，斯景福之彌遠；諒惟英敏，必照誠懷。[86]

書中以元宗適值壯年，治理一方，頗得民心，因此不許他兵敗自責，傳位太子。陸氏徵引國書，並謂之：「書詞溫潤，略似敵國。」是知周世宗以皇朝自居，視南唐為鄰邦小國，故稱元宗為「江南國主」。

南唐自元宗出師閩楚、淮南兵敗以降，在當時國際間的處境，愈來愈加艱辛。至後主之世，如〈龔慎儀傳〉全引致南漢書內容，極力說服南漢主劉鋹事奉宋朝：

---

85 案：馬《書》繫此事於保大十二年，云：「天子平彥超，釋唐俘，諭之曰：『歸語爾主，朕誅逆命，何苦來援？』帝亦悔之。」未引〈致劉彥貞書〉內容。見〔北宋〕馬令撰：《南唐書》，收入《四部叢刊廣編》，冊12，卷3，頁17上。

86 見〔南宋〕陸游撰：《南唐書》，卷16，頁13左。

僕與足下叨累世之盟，雖疆畿阻闊，休戚實同，敢布尺書，敬布腹心：

昨大朝伐楚，足下疆吏弗靖，遂成釁隙。初為足下危之，今敝邑使臣入貢，皇帝幸以此宣示曰：「彼若能幡然改圖，單車之使造廷，則百萬之師不復出矣！不然，將有不得已者。」僕料大朝之心，非貪土地也，怒人不賓而已。且古者用武，不計強弱小大，而必戰者有四：父母宗廟之讎（仇），一也；彼此烏合，民無定心，二也；敵人進不捨我，退無守路，戰亦亡，退亦亡，三也；彼有敗亡之勢，我乘進取之機，四也。今足下與大朝無是四者，而坐受天下之兵，決一旦之命，有國家、利社稷者，固如是乎？夫彊（強）則南面而王，弱則玉帛事大，屈伸在我，何常之有？違天不祥，好戰危事。天方相楚，尚未可爭，而況今日之事耶？地莫險於劍閣，而蜀亡矣；兵莫強於上黨，而李筠失守矣。竊意足下國中，必有矜智好謀之臣，獻尊主強國之策，以謂五嶺之險，非可遽前，堅壁清野，絕其餉道，依山阻水，射以強弩。彼雖百萬之兵，安能成功？不幸而敗，則輕舟浮海，猶足自全，豈能以萬乘之主，而屈於人哉？此說士之常談，可言而不可用。異時王師南伐，水陸並舉，百道俱進，豈暇俱絕其餉道，盡保其壁壘？或用吳越舟師，自泉州航海，不數日，至足下國都矣。人情恟恟，則舟中皆為敵國，忠義效死之士，未易可見。雖有巨海，孰與足下俱行乎？敢布腹心，惟與大臣熟計之。[87]

此書出自史館修撰潘佑手筆，全文可分為四段：一、敬布腹心，直陳

---

87 見〔南宋〕陸游撰：《南唐書》，卷13，頁14右。

宋太祖之意,要求南漢事宋。二、說明南漢與宋無必戰之由,弱則事大,屈伸在己。三、尊主強國之策,雖為常談,實不可用。四、異時王師南伐,水陸並進,南漢將難倖免於亡。從文中可看出先「動之以情」,陳述兩國有累世之盟,休戚與共,故格外關心對方安危。次而「曉之以理」,闡明南漢無必戰之理,只要知所屈伸,以小事大,必能避免不祥;並舉先例為證,重申切莫仗恃地險兵強,後蜀、李筠皆遭不測。再而「冀之以悟」,提醒漢主千萬別以為五嶺險峻,進可抵擋百萬雄兵,退可輕舟浮海以自全,這種論調根本行不通。最後「恫之以禍」,如果堅決不肯事宋,王師南伐,指日可待,吳越舟師,接踵而至,屆時後果將不堪設想;因此,請與大臣深思熟慮後,再作抉擇。陸《書》徵引潘佑〈致南漢書〉全文,用以記載龔慎儀持書出使南漢史事,同時可見當時南唐與鄰國、宋朝之間複雜的國際情勢,亦間接保留了潘佑的文章,此係研究南唐史第一手的文獻資料。

又〈後主本紀〉甲戌歲九月,截錄宋太祖諭後主入朝之詔書:

> 遣知制誥李穆為國信使,持詔來曰:「朕將以仲冬,有事圜丘,思與卿同閱犧牲。」且諭以將出師,宜早入朝之意。[88]

據〈後主本紀〉建隆二年六月載:「元宗殂,太子嗣立於金陵,……奉表陳襲位,太祖賜詔答之。自是始降詔。……初,元宗雖臣于周,惟去帝號,他猶用王者禮;至是國主始易紫袍見使者。」[89]故知從後主開始,宋朝與南唐文書往來,不稱「書」,而稱「詔」,已從對等地位轉為隸屬關係。又《陸書》於同年閏十月,載:「王師進拔蕪湖及雄遠軍,吳越亦大舉兵犯常、潤。國主遺吳越王書曰:『今日無我,

---

88 見〔南宋〕陸游撰:《南唐書》,卷3,頁6右。
89 見〔南宋〕陸游撰:《南唐書》,卷3,頁1右。

明日豈有君？一旦，明天子易地賞功，王亦大梁一布衣耳！」吳越王
表其書於朝。」[90]從這些國書、詔令中，可知南唐處境之矛盾，如前
述〈致南漢書〉，金陵與宋朝立場一致，試圖說服南漢加入事宋之
列。當宋論後主入朝，後主稱疾推辭，吳越卻與宋結盟，舉兵犯常
州、潤州；此時，後主致書吳越王，申明兩國如唇齒之相依，一旦南
唐亡國，吳越又豈能倖存？足見南唐與鄰國、宋朝間，亦敵亦友的關
係，再度印證國與國外交往來，只有國家利益至上。

　　再看南唐與契丹之邦誼，陸氏於〈契丹傳〉中，引江文蔚〈二丹
入貢圖贊〉全文，云：

> 皇帝建西都之歲，……粵六月，契丹使梅里捺盧古，東丹使兵
> 器寺少令高徒煥奉書致貢，咸集都邑，公卿庶尹拜手稽首稱
> 賀，以為文德所服，受命之符也。……臣職在翰墨，親覲隆
> 平，敢獻贊曰：
> 赫矣聖武，纂堯之緒，要荒之長，駿奔臣附，伏波之柱，單于
> 之臺，遺鏃徒費，獻琛靡來。我后穆穆，我網恢恢，重譯日
> 貢，皇哉皇哉！[91]

這是烈祖之世，契丹與東丹使臣來朝貢，翰林院進〈二丹入貢圖〉，
江文蔚奉詔所作贊文。文中但見外邦來貢，賓主盡歡，一片四海昇平
景象。至元宗時，曾遣公乘鎔出使契丹，時值契丹主兀欲被殺，其弟
兀律致書元宗，故陸氏於傳中引述國書內容：「適遭國禍，……茲蒙
敦念先朝，踐修舊好，既增摧痛，又切感銘。」陸《書》更引用公乘
鎔回報出使情況的帛書，云：

90 見〔南宋〕陸游撰：《南唐書》，卷3，頁7左。
91 見〔南宋〕陸游撰：《南唐書》，卷18，頁4右。

> 臣鎔自去年六月離罌油，七月至鎮東關，遣王朗奉表契
> 丹……。今年正月，……臣即述奕世歡好，……契丹主
> 喜，……乃云：「吾與唐皇帝，一如先朝往來。」因置酒合
> 樂。……謹遣王朗齎骰號子歸聞奏。[92]

無論〈兀律致元宗書〉，或〈公乘鎔帛書〉等，都是南唐與契丹交往
的直接史料，藉由陸《書》轉引而被保留下來，是後世研究五代十國
少數民族歷史最寶貴的文獻記錄。

三 援用詩文

後主天性孝友，服聖尊后喪，形銷骨立，杖而後起；求弟從善歸
國，宋太祖不許，故而作〈卻登高文〉，云：

> 玉斝澄醪，金盤繡饌，茱房氣烈，菊蕋（蕊）香豪。左右進而
> 言曰：「惟芳時之令月，可藉野以登高，刻上林之伺幸，而秋
> 光之待褒乎？」
> 予告之曰：「昔予之壯也，意如馬，心如猨，情縶樂恣，驩
> （歡）賞忘勞。悁心志於金石，泥花月於《詩》〈騷〉，輕五陵
> 之得侶，陋三秦之選曹。量珠聘妓，紉綵維艎，被牆宇以耗
> 帛，論丘山而委糟，年年不負登臨節，歲歲何曾捨逸遨？小作
> 花枝金剪菊，長裁羅被翠為袍，豈知萑葦乎性，忘長夜之靡
> 靡？宴安其毒，累大德於滔滔。」
> 「今予之齒老矣，心悽焉而忉忉，愴家艱之如燬，縈離緒之鬱
> 陶，陟彼岡兮跂予足，望復關兮睇予目。原有鴒兮相從飛，嗟

　　予季兮不來歸，空蒼蒼兮風淒淒，心躑躅兮淚漣洏，無一驩
　　（歡）之可作，有萬緒以纏悲，於戲！噫嘻！爾之告我，曾非
　　所宜。」[93]

陸氏〈從善傳〉中，援用〈卻登高文〉，通篇可分為三段：一、重陽
佳節，左右勸他宜登高，欣賞深秋佳景。二、自稱壯時，亦曾恣意歡
賞，年年不負登臨節。三、如今老矣，家國動盪，手足分離，故而心
中萬緒纏悲，不復昔時之閒情逸致。透過陸《書》徵引，其兄弟情
深，宛然在目；後主之飽讀《詩》《書》，文采風流，亦可見一斑。相
較於馬《書》云：「自從善不還，四時宴會皆罷，〈（卻）登高賦文〉
以見意曰：『原有鶺兮相從飛，嗟嗟季兮不來歸。』常怏怏，以國蹙
為憂。」[94]只引二句原文，似乎不足以看出後主重手足、富文采。

　　〈潘佑傳〉載潘佑酷喜《老》、《莊》之言，嘗作文暢論此道，云：

　　莊周有言：「得者，時也；失者，順也。安時處順，則哀樂不
　　能入也。」僕佩斯言久矣。
　　夫得者，如人之有生，自一歲至百歲，自少得壯，自壯得老，
　　歲運之來，不可卻也，此所謂得之者，時也。失之者，亦如一
　　歲至百歲，暮則失早，今則失昔，壯則失老，老則失壯，行年
　　之去，不可留也，此所謂失之者，順也。凡天下之事，皆然
　　也；達者知我無奈物何，物亦無奈我何也。其視天下之事，如
　　奔車之歷蟻蛭也，值之，非得也；去之，非失也。
　　燕之南，越之北，日月所生，是為中國。其間含齒戴髮，食粟
　　衣帛者，是為人。剛柔動植，林林而無窮者，是為物；以聲相

---

93 見〔南宋〕陸游撰：《南唐書》，卷16，頁15右。

94 語出〈後主書〉。見〔北宋〕馬令撰：《南唐書》，收入《四部叢刊廣編》，冊12，卷
　　5，頁24上。

命，是為名；倍物相聚，是為利；彙首而芸芸，是為事；事往
而記於心，為喜，為悲，為怨，為恩。其名雖眾，實一心之變
也。始則無物，終復何有？而於是強分彼我，彼謂我為彼，我
亦謂彼為彼；彼自謂為我，我亦自謂為我；終不知孰為彼耶？
孰為我耶？而世方狗欲嗜利，繫心於物，局促若轅下駒，安得
如列禦寇、莊周者，焚天下之轅，釋天下之駒，浩浩乎復歸於
無物歟？此吾平昔所言也，足下之行，書以贈別。[95]

陸《書》引用潘佑文章，以印證其根深柢固之道家思想。此文應為一
篇贈序文，可分為四段：一、明揭自身佩服莊周「安時處順，則哀樂
不能入」之哲思。二、進一步闡述「得者，時也；失者，順也」之
理，並說明天下事皆然，萬物與我同樣莫可奈何。三、人物名利、悲
喜恩怨，實為一心之變，必須拋棄欲望與名利，始能復歸於空無一物
的本心。四、點出分別在即，贈人以言之用意。陸氏於此援文以證
史，除了真實呈現傳主內心的想法之外，另一方面也讓此文得以流傳
於世，間接保存了南唐文學作品，雖是吉光片羽，卻彌足珍貴。

　　金陵人文薈萃，文風鼎盛，南唐詞更是中國文學史上的絢麗瑰
寶，元宗、後主、馮延巳三人為代表詞家，揚名千古。陸氏〈馮延巳
傳〉中，記載元宗、馮延巳君臣間的對話，看他們如何引述詞句，互
相調笑取樂：

延巳工詩，雖貴且老不廢，如「宮瓦數行曉日，龍旗百尺春
風。」識者謂有元和詞人氣格，尤喜為樂府詞。元宗嘗因曲宴
內殿，從容謂曰：「『吹皺一池春水』，何干卿事？」延巳對

---

95 見〔南宋〕陸游撰：《南唐書》，卷13，頁6右。

曰：「安得如陛下『小樓吹徹玉笙寒』之句？」時喪敗不支，
國幾亡，稽首稱臣於敵，奉其正朔以苟歲月，而君臣相謔乃如
此。[96]

陸《書》先說馮延巳工詩，並引其詩句，謂頗有元和遺風。次敘元宗
賞識馮詞〈鵲踏枝〉「吹皺一池春水」句，馮氏反而更讚賞元宗〈山
花子〉「小樓吹徹玉笙寒」之句，他們君臣倆同喜倚聲填詞，閒暇時
彼此談詩論詞，無限風雅。但看在兼具詩人、詞人及史家的陸游眼
中，南唐喪敗接踵，俯首稱臣，苟延國祚之際，君臣仍有此閒情逸
致，怎不心生感慨？

　　南唐君主儒雅風流，相與品賞論詩者，不勝枚舉；陸《書》中，
不乏引時人詩句入史之例。如〈宋齊丘傳〉云：「暇日，陪燕（宴）
游（遊），賦詩以獻，曰：『養花如養賢，去草如去惡。松竹無時衰，
蒲柳先秋落。』烈祖奇其志，待以國士。」[97]宋齊丘借養花喻養士，
賦詩明志，而贏得烈祖青睞。[98]又〈史虛白傳〉云：「元宗南遷豫
章，……駐蹕勞問曰：『處士居山，亦嘗有所賦乎？』曰：『近得〈谿
居詩〉一聯。』使誦之。曰：『風雨揭卻屋，渾家醉不知。』元宗變
色。」[99]元宗遷都途中，史虛白立於道旁迎謁，並獻詩暗示國家風雨
飄搖，君臣上下卻渾然不察。詩中「醉」字，大有「眾人皆醉我獨

---

96 見〔南宋〕陸游撰：《南唐書》，卷11，頁3右。
97 見〔南宋〕陸游撰：《南唐書》，卷4，頁1左。
98 案：馬氏〈宋齊丘傳〉云：「齊丘……因以〈鳳凰臺詩〉見志，曰：『……一日賢太
守，與我觀素簷。往往獨自語，天帝相唯諾。風雲偶不來，寰宇銷一略。我欲烹長
鯨，四海為鼎鑊。我欲取大鵬，天地為矰繳。安得生羽翰？雄飛上寥廓。』烈祖奇
其才，以國士待之。」見〔北宋〕馬令撰：《南唐書》，收入《四部叢刊廣編》，冊
12，卷20，頁80上。吾人以為，宋齊丘本非仁人志士，詩如其人亦不足為觀，實在
無須徵引如此長篇大論。由此，更見陸《書》筆墨之精省，能切中通篇旨趣。
99 見〔南宋〕陸游撰：《南唐書》，卷7，頁10左。

醒」之意。陸氏記載此事、引述此詩,刻意突顯傳主的隱士風骨。類似事件,也發生在優人李家明身上:元宗南遷,至趙屯,舉酒望皖公山,據〈李家明傳〉載:「家明……獻詩曰:『皖公山縱好,不落御觴中。』元宗太(嘆)息,罷酒去。」[100]又是一個獨醒之人,已感受到國勢衰頹的壓力,試圖藉由獻詩以警示君主。馬《書》傳中亦載及此事,並徵引全詩:「家明應聲對曰:『龍舟輕颺錦帆風,正值宸遊望遠空。迴首皖公山色翠,影斜不到壽盃中。』」[101]此外,馬氏尚引李家明〈詠垂釣〉、〈詠牛〉詩,了無深意,故陸《書》但取其精華,蕪雜盡芟。而〈劉洞傳〉云:

> 後主嗣位,尤屬意詩人;或以洞言者。洞遂獻詩百篇,卷首〈石城篇〉,其詞:「石城古渡頭,一望思悠悠。幾許六朝事,不禁江水流。」後主讀之,感愴不怡者久之,因棄不復觀。[102]

劉洞此詩,有意借六朝往事,以喻南唐前途;提醒後主千萬引以為戒,切莫重蹈覆轍。總之,陸《書》藉由徵引詩文,以烘托、驗證史傳人物之生平行事,同時也為保留南唐文學作品略盡綿力。

四 引用傳聞

此所謂「傳聞」,指輾轉相傳的言論,迥別於有明確出處的文獻記載。由於南宋去南唐未遠,陸氏撰史之際,尚可耳聞時人對金陵舊史的評議,故將這些活生生的田野史料寫入史傳中,藉以見證南唐史

---

100 見〔南宋〕陸游撰:《南唐書》,卷17,頁3右。
101 見〔北宋〕馬令撰:《南唐書》,收入《四部叢刊廣編》,冊12,卷25,頁99下。
102 見〔南宋〕陸游撰:《南唐書》,卷15,頁5左。

事，有助於還原歷史真相。如〈宋齊丘傳〉中，陸氏引用二則相關傳
聞，加以辨析：一、駁斥周人忌宋齊丘才能，施以反間計，構陷宋齊
丘之說。〈宋齊丘傳〉「論曰」云：

> 世言：「江南精兵十萬；而長江天塹，可當十萬；國老齊丘，
> 機變如神，可當十萬。周世宗欲取江南，故齊丘以反間
> 死。」……雖元宗不盡用，然使展盡其籌策，亦非能決勝保境
> 者。且世宗豈畏齊丘機變而間之者哉？……其黨附會為此說，
> 非其實也。[103]

馬《書》亦云：「斯言殆非君子之說，閭巷小人之語也。……齊丘之
死，……謂之反間者，妄也！」[104]都認為此傳聞出自穿鑿附會，絕非
實情。陸《書》進一步申明宋齊丘並無此能耐，即使元宗當時盡用其
謀，亦無法保境安民。二、反駁宋齊丘圖謀篡位之論。據〈宋齊丘
傳〉云：「若謂窺伺謀篡竊，則過也。特好權利，尚詭譎，造虛譽，
植朋黨，矜功忌能，飾詐護前，富貴滿溢，猶不知懼，狃於要君，闇
於知人，釁隙遂成，蒙大惡以死，悲夫！」[105]陸氏指責宋齊丘植黨營
私，禍國殃民，死有餘辜，但如因此說他「伺謀篡竊」，未免語過其
實。與馬令附和傳聞之議[106]有別，可見陸氏徵引傳聞之餘，尚能就事

---

103 見〔南宋〕陸游撰：《南唐書》，卷4，頁8左。
104 見〔北宋〕馬令撰：《南唐書》，收入《四部叢刊廣編》，冊12，卷20，頁82上。
105 見〔南宋〕陸游撰：《南唐書》，卷4，頁7右。
106 據《南唐書》〈黨與傳〉記載：「又云：『見食象者，食牛不足；見戴冕者，戴冠不
　　足；則窺竊之計，於是乎萌矣。』予以是知齊丘之所言也。伐南閩，攻仁達（李弘
　　義），以空其國用；逐常夢錫、韓熙載、江文蔚，以間其忠言；予以是知齊丘之所
　　行也。」見〔北宋〕馬令撰：《南唐書》，收入《四部叢刊廣編》，冊12，卷20，頁
　　82上。

論事，加以論斷，絕不盲從，故其《書》以史識卓越著稱。

又〈柴克宏傳〉引述柴母薦子之傳聞：「或云：初，克宏母自表其子可為將，徵古抑之，母又言：克宏有父風，苟不勝任，分甘孥戮。元宗始用焉。」[107]當時有此一說，謂柴克宏屢為李徵古所抑，終因柴母一再力薦其才能，元宗始予任用。但陸氏不以為然，傳中云：「及徵古誅死，詔暴其罪，亦以折辱克宏為言云。」認為那是李徵古誅死後，昭示其罪狀，同時流傳出誣衊柴克宏的耳語，絕非實情。作者基於對柴克宏的敬重，特於傳末載明此事，以正視聽。

陸氏幼年從父母避亂壽春（安徽壽縣），當地即南唐壽州，曾遭周師包圍，故地方上盛傳劉仁贍軼事。中年入蜀期間，又搜集到劉仁贍相關傳聞，這些寶貴的民間史料，皆化作纂述南唐史之重要依據。如〈劉仁贍傳〉「論曰」所載：「壽春父老喜言仁贍死時事，言其夫人不食，五日而卒。今傳記所不載。……予遊蜀，……梓潼令金君……言：『仁贍獨一裔孫，賣藥新安市，客死無後。』」[108]傳中引壽春父老、梓潼令金君之言，藉以交代劉仁贍身後，夫人絕食相殉，其後代客死異鄉。透過援用地方傳聞，讓劉仁贍形象更加立體，從此，他不只存在歷史上，活躍於當地鄉親的言談中，甚至與撰史者脫離不了干係，更增添史傳寫作的臨場感。

又不忍見國亡，朝服衣冠，立死井中的廖居素，傳中云：「後幾百年，將樂父老猶叩頭稱之。」[109]陸氏特地寫進此條田野史料，謂兩百多年以後，將樂鄉親提到廖居素事跡，仍畢恭畢敬地叩頭稱述，足見當地人始終以他為榮。廖居素其人已遠，但至南宋陸氏撰史之際，尚可透過這些地方傳說，感受故鄉父老對他的敬意。

---

107 見〔南宋〕陸游撰：《南唐書》，卷6，頁6左。

108 見〔南宋〕陸游撰：《南唐書》，卷13，頁5右。

109 語出〈廖居素傳〉。見〔南宋〕陸游撰：《南唐書》，卷9，頁15左。

　　另如〈陳陶傳〉，載陳陶偕妻遁隱西山，採靈藥而食，後不知所終。不過，也有傳聞說曾見陳陶夫婦蹤影：

> 開寶中，南昌市有一老翁，丫結被褐，與老嫗賣藥。得錢，則沽酒市鮓，相對飲啗。既醉，歌舞道上，其歌曰：「藍采和，藍采和，塵世紛紛事更多，何如賣藥沽美酒？歸去青崖拍手歌。」或疑為陶夫婦云。[110]

陸氏引用此傳聞，並根據陳陶「素嗜鮓」，及「西山產靈藥」等特點，對照南昌市上賣藥的老夫婦，一得錢，便沽美酒、買醃魚；酒酣耳熱之際，於是手舞足蹈、放聲高歌。如此行徑，與隱士陳陶頗有幾分相似，故此傳聞可信度極高。而馬《書》亦錄有此說：「開寶中，常見一叟，角髮被褐，與老嫗貨藥於市。獲錢，則市鮓；對飲，旁若無人。既醉，行舞而歌……，或疑為陶之夫婦云。」[111]兩家所見略同。

　　而如前述〈張義方傳〉，除引用其就職所上疏、烈祖親札嘉勉之外，傳末更援採時人的看法：「後之議者謂：義方為御史，彈劾奸邪，諫正過失，則可；若請舉善，頒爵賞，則為奪輔相權矣！」批評張義方固然忠言讜論，但已侵犯宰相權柄。足見陸氏撰史，善於多方取材，徵引各種史料，故能論述精闢，證據確鑿，成此一部良史。

　　陸《書》中引用傳聞，間接表達對歷史人物的評價，如〈張延翰傳〉云：「時年才五十餘，人猶以為柄用晚。」[112]謂張延翰五十多歲，拜中書侍郎同平章事，時人仍以為太晚受重用。其甚得民心，眾望所歸，可見一斑。又〈游簡言傳〉云：「簡言親治簿書，督責嚴

---

110 見〔南宋〕陸游撰：《南唐書》，卷7，頁13左。
111 見〔北宋〕馬令撰：《南唐書》，收入《四部叢刊廣編》，冊12，卷15，頁64下。
112 見〔南宋〕陸游撰：《南唐書》，卷6，頁9右。

峻，人或以事請託，必固違咈，雖直亦不得伸。議者譏其過。」[113]游
簡言做事謹慎而嚴厲，一概不接受別人請託，即使正直之士亦不得伸
張。因此，時人批評他未免太過。足見他有時過於堅守原則，反而引
來非議。〈劉彥貞傳〉云：「南唐喪地千里，國幾亡，其敗自彥貞始，
雖死王事，議者不與也。」[114]說明正陽一敗，南唐自此潰敗相踵，終
至國破家亡。劉彥貞雖然戰死沙場，但不具軍事才能，且未克盡職
責，故時議對於其犧牲不予置評。引用此傳聞，藉以申明世人對劉彥
貞殉難之看法。

又〈盧文進傳〉，記盧文進本為幽州人，「少嘗事契丹，娶虜公
主」，於烈祖輔吳時來歸。陸《書》傳末引述其在契丹之見聞，云：

> 文進在金陵，為客言：昔陷契丹，嘗獵於郊，遇晝晦如夜，星
> 緯燦然，大駭。偶得一胡人問之。曰：「此謂之『笪日』，何足
> 異？頃自當復。」良久，果如其言，日方午也。又嘗至無定
> 河，見人脛骨大如柱，長可七尺云。[115]

無論天文異象，或世間奇聞，皆在陸氏記錄之中。凡此種種，或可載
述傳主平生經歷，或可瞭解契丹風土民俗，甚至可作為後世歷史學、
天象學、人種學等研究的參考。由是可見，陸氏善用徵引手法，不但
因此成就一部優秀史著，對各種研究資料的保存亦功不可沒。

---

113 見〔南宋〕陸游撰：《南唐書》，卷6，頁11右。
114 見〔南宋〕陸游撰：《南唐書》，卷9，頁3左。
115 見〔南宋〕陸游撰：《南唐書》，卷9，頁6右。

第四節　精於描摹，重現歷史情境

　　摹寫技巧的源頭，可上溯至劉勰《文心雕龍》〈原道〉云：「為五行之秀人，實天地之心生，心生而言立，言立而文明，自然之道也。」[116]謂文章本原於自然之道。又云：「無識之物，鬱然有采；有心之器，其無文歟？」因此，有感而發，形諸筆端，不免對自然道妙、動植萬品加以描繪與摹擬。而〈物色〉云：「是以詩人感物，聯類不窮。流連萬象之際，沉吟視聽之區。寫氣圖貌，既隨物以宛轉；屬采附聲，亦與心而徘徊。故灼灼狀桃花之鮮，依依盡楊柳之貌，杲杲為出日之容，漉漉擬雨雪之狀，喈喈逐黃鳥之聲，喓喓學草蟲之韻。皎日彗星，一言窮理；參差沃若，兩字窮形。並以少總多，情貌無遺矣。」[117]進一步從視覺、聽覺兩項感官知覺上，舉例說明摹寫技巧所營造出的藝術效果，繪聲繪影，維妙維肖，使人如狀目前，故能達到形神畢肖、情貌無遺的境界。

　　現代修辭學上也有所謂摹寫技巧，如黃慶萱《修辭學》云：「對自己感受到的各種境況和情況，特別是其中的聲音、色彩、形狀、氣味、觸感等，恰如其實地加以形容描述，叫作『摹況』。在陳望道的《修辭學發凡》裡，這本名為『摹狀』。我個人感到『摹狀』一詞，易使讀者誤會僅為視覺所得各種形狀色彩的摹繪。其實摹寫的對象，不僅為視覺印象，同時也包括聽覺、嗅覺、味覺、觸覺等等的感受，所以改稱為『摹況』。是摹寫各種境況、情況的意思。」[118]無論稱

116　見〔南朝梁〕劉勰撰：《文心雕龍》，收入景印摛藻堂《四庫全書薈要》，冊495，卷1，頁696下。

117　見〔南朝梁〕劉勰撰：《文心雕龍》，收入景印摛藻堂《四庫全書薈要》，冊495，卷10，頁755下。

118　見黃慶萱撰：《修辭學》（臺北市：三民書局，2002年），頁67。

「摹狀」或「摹況」，都可分為視覺、聽覺、嗅覺、味覺及觸覺五種摹寫法，更貼近發為文章對自然景物、人生百態等的描寫與摹繪。而黃麗貞《實用修辭學》云：「我們對事物的感覺，用眼睛（視覺）看形、色，用耳朵（聽覺）聽聲音，用鼻子（嗅覺）聞氣味，用舌頭（味覺）辨滋味，用肌膚和肢體（觸覺）辨寒熱、分軟硬，我們的心靈裡有悲喜：世上事物儘管千變萬化，經過各種感官的辨識，都可以很真切地描繪出來。」[119]其中在五覺摹寫之外，又分出心覺摹寫法。然吾人以為五覺也好，六覺也罷，各種摹寫法往往相輔相成，運用之妙，存乎一心。

本節擬從各種摹寫法談起，分為「勾勒人物情事」與「刻劃戰爭場面」二項，析論陸《書》之善用摹寫技巧，以精於描摹見稱，故能掌握史傳中人、事、時、地、物等，成功重現歷史情境。

一　勾勒人物情事

陸氏《南唐書》善用摹寫技巧，以勾勒人物情事，如〈宋齊丘傳〉中，記載烈祖與宋齊丘共商大計：「烈祖為築小亭池中，以橋度，至則徹（撤）之，獨與齊丘議事。率至夜分，又為高堂，不設屏障，中置炭爐，而不設火，兩人終日擁爐，畫灰為字，旋即平之。人以比劉穆之之佐宋高祖。」[120]此段以視覺摹寫，描述烈祖與宋齊丘亭中密談，擁爐謀畫，日以繼夜，運籌帷幄。無論時間上，從白晝至夜分；空間上，從池中小亭至高堂爐前；人物動作上，從至池中小亭則撤橋，獨與宋齊丘議事，到畫灰為字立即抹去；最後，再用劉穆之輔

---

119 見黃麗貞撰：《實用修辭學》（臺北市：國家出版社，2004年），頁141。
120 見〔南宋〕陸游撰：《南唐書》，卷4，頁1右。

佐南朝宋高祖劉裕的典故，使烈祖與宋齊丘君臣相得的情分，躍然紙上。後人每讀至此，彷彿親臨其境、親與其事；陸氏之描摹功力，可見一斑。又〈元宗本紀〉載元宗後悔遷都：「南都迫隘，臺下皆思歸。國主亦悔遷，北望金陵，鬱鬱不樂。澄心堂承旨秦承裕常引屏風障之。」[121]此處以心覺摹寫為主，記南唐君臣之悔遷、思歸，故而「鬱鬱不樂」；亦兼採視覺摹寫，藉以突顯其內心鬱悶。從元宗北望金陵、澄心堂承旨常引屏風障之，透過視覺上人物動作的描寫，便能具體呈現元宗心中的掙扎，以及臣下思歸不得的無奈，如此寓虛於實、虛實相生的筆法，看似簡單，實則意蘊深厚。

中國人自古講究孝道，即使貴為一國之君亦不能例外。陸《書》中，後主便是一位善事父母、克盡子道的君王，如〈後主本紀〉云：「後主天資純孝，事元宗，盡子道；居喪哀毀，杖而後起。」[122]〈元宗光穆皇后鍾氏傳〉亦云：

> 后寢疾，後主朝夕侍側，衣不解帶，藥必親嘗乃進。……卒，……後主毀瘠骨，立杖而後能起，哀動左右。[123]

從視覺摹寫切入，兼寫內心感受，描述後主居父母之喪，哀慟過度，形銷骨立，扶杖而後能起，形象鮮明，栩栩如生。而其母后晚年纏綿病榻之際，他更是隨侍在側，親奉湯藥，令人聞之動容。陸《書》此兩段文字，寥寥幾字，已將後主之孝心、孝行，表露無遺；足見其善於借事摹情，言簡意賅，以收概括精當之效。

後主為一性情中人，平居與后妃相處，如〈後主國后周氏傳〉

---

121 見〔南宋〕陸游撰：《南唐書》，卷2，頁17左。
122 見〔南宋〕陸游撰：《南唐書》，卷3，頁10左。
123 見〔南宋〕陸游撰：《南唐書》，卷16，頁3左。

云：「時後主於羣花間作亭，雕鏤華麗，而極迫小，僅容二人，每與后酣飲其中。」[124]記後主與小周后花間酣飲的情景，從視覺上描摹出花團錦簇，小亭華麗，帝后倆對坐賞羣芳，飲美酒，多少悠閒興致在其中，多少浪漫氛圍在其中。「酣飲其中」，則為味覺兼心覺摹寫。這是南唐宮廷生活的剪影，透過精準的文字摹寫，被鮮活保留在史傳裡，歷久彌新。

陸《書》除了竭力刻劃君主形貌，同時曲盡其妙地描繪出百官臉譜，如〈劉仁瞻傳〉云：

> 仁瞻雖知外援之敗，意氣益壯，覘世宗在城下，據胡牀，督攻城。仁瞻素善射，自引弓射之，箭去胡牀數步輒墮。世宗命進胡牀於墮箭處，後箭復遠數步而墮。仁瞻知之，投弓於地，曰：「若天果不佑唐耶！吾有死於城下耳，終不失節。」[125]

這裡採視覺與聽覺摹寫法，並用全知觀點加以敘述：先寫劉仁瞻窺知周世宗坐在胡牀上，監督作戰；於是，試圖引弓射殺他，卻相差數步之遠，未能得手。再就周世宗角度，寫他明知劉仁瞻善射，卻故意以身試箭，結果當然沒射中。最後，回到劉仁瞻的反應，既是天不從人願，還能說什麼呢？只好投弓於地，就此作罷。如此一來，劉仁瞻引弓而射、周世宗以身試箭的畫面，歷歷在目；而弓矢墮地、投弓於地的聲響，以及劉仁瞻躬忠體國的喟嘆，言猶在耳。

又〈張易傳〉中，採視覺、聽覺兼心覺摹寫法，記張易如何先發制人，制衡上司朱匡業：

---

124 見〔南宋〕陸游撰：《南唐書》，卷16，頁5左。
125 見〔南宋〕陸游撰：《南唐書》，卷13，頁3左。

> 刺史朱匡業平居甚謹，然醉則使酒陵（凌）人，果於誅殺，無
> 敢犯者。易至，赴其宴，先已飲醉；就席，酒甫一再行，擲杯
> 推案，攘袂大呼。詬責鋒起，匡業尚醒，愕然不敢對，惟曰：
> 「通判醉甚，不可當也。」易巍峨唔嗚自若，俄引去。匡業使
> 吏掖就馬。自是見易加敬，不敢復使酒，郡事亦賴以濟。[126]

先泛寫一般情況，刺史朱匡業每每使酒凌人，恣意誅殺，臣僚敢怒而
不敢言。再聚焦於張易身上，他決定「以其人之道，還治其人之
身」，先喝醉再赴宴，故意在席間借酒鬧事，「擲杯推案」、「攘袂大
呼」，從動作與聲音上，傳神描寫出酒後滋事的樣子。次寫眾人的反
應：「詬責鋒起」；而朱匡業此時尚醒，他如何以對呢？「愕然不敢
對」，一方面是震驚，一方面是理虧，因此不知所措，這樣張易目的
便已達成。從此，他對張易畢恭畢敬，也不再借酒使氣，郡內吏治更
加清明。這也是用全知觀點，分別從張易、眾人及朱匡業的視角來敘
述。就張易席間鬧事而言，眾人交相指責，是聽覺摹寫；朱匡業愕
然，而後說出「通判醉甚」諸語，及派人扶張易上馬，依序為心覺、
聽覺和視覺摹寫；張易「唔嗚自若」，則為聽覺兼心覺摹寫。可見一
段活靈活現的敘事，必須運用各種摹寫法，至於該如何巧妙搭配，本
無定法，全憑作者的文學素養。

　　再看「終不負永陵一抔土」的孫忌，早年因後唐秦王從榮事敗，
自北方避難南來的經歷，如〈孫忌傳〉云：

> 忌亡命至正陽，未及渡，追騎奄至，亦疑其狀偉異；睨之，忌
> 不顧，坐淮岸，捫弊衣齧蝨。追者乃捨去。渡淮，至壽春，節

126　見〔南宋〕陸游撰：《南唐書》，卷13，頁12右。

> 度使劉金得之，延與語，忌陽（佯）瘖，不對。授館累日，忽
> 謁漢淮南王安廟，金先使人伏神座下，悉聞其所禱，乃送詣金
> 陵。[127]

此採順序法敘述，以孫忌渡淮為界：之前，後唐追兵至，見他坐淮岸
捫蝨，故而捨之；之後，他至壽春，為劉金所得，裝啞不成，被送往
金陵。文中用視覺、聽覺兼心覺摹寫法，如「追騎奄至，……睨
之」、「忌不顧，坐淮岸，捫弊衣齧蝨」、「忽謁漢淮南王安廟」、「金先
使人伏神座下」等精簡的人物動作描述，為視覺摹寫。而「疑其狀偉
異」，謂追兵原以為孫忌相貌堂堂、玉樹臨風，結果並非如此；一個
「疑」字，點出其內心想法，故為心覺摹寫。「延與語，忌陽（佯）
瘖，不對」、「悉聞其所禱」，則為聽覺摹寫。如此一來，孫忌落魄渡
淮，捫衣齧蝨，裝聾作啞，刻劃傳神，入木三分。

　　而〈馮延魯傳〉云：「後主嗣位，延魯頗自伐奉使之功。嘗晏內
殿，後主親酌酒賜之，飲固不盡，誦詩及索琴自鼓以侑之。延魯猶自
若，後主優容不責也。」[128]透過視覺、心覺摹寫，記後主與馮延魯君
臣宴飲的情形。先從視覺上描寫後主親自為馮延魯斟酒；他固辭，飲
之不盡；後主復誦詩、鼓琴以勸飲。再從心覺上點明馮延魯「猶自
若」，而後主「優容不責也」。後主之寬厚、無威嚴，馮延魯之傲慢無
禮，於焉可見。又〈劉承勳傳〉云：

> 德昌宮者，蓋南唐內帑別藏也。……承勳獨任其事，盜用無筭
> （算）。……畜妓樂數十百人，每置一妓，價數十萬；教以
> 藝，又費數十萬，而服飾珠犀金翠稱之。又厚以寶貨，略遺權

---

127 見〔南宋〕陸游撰：《南唐書》，卷11，頁9左。
128 見〔南宋〕陸游撰：《南唐書》，卷11，頁8左。

要，故終無發其罪者。……及國亡，承勳歸京師，……久客無
資，裸袒乞食，不勝凍餒而死。[129]

文中以視覺、觸覺兼心覺摹寫，記述德昌宮使劉承勳一生貪贓枉法，
卻落得暴屍街頭的下場。先從視覺著筆，謂他在南唐盜用帑藏，畜妓
教藝，服飾行頭，所費不貲；又不惜重金賄賂權要，為所欲為。次敘
亡國後，「裸袒乞食」，形象鮮活，仍為視覺摹寫；最後，「不勝凍餒
而死」，為觸覺、心覺兼視覺摹寫，刻劃真切，意象突出。

　　太醫令吳廷紹為人治病，據〈雜藝傳〉載：「烈祖因食飴，喉中
噎，國醫皆莫能愈（癒）。廷紹尚未知名，獨謂當進楮實湯一服，疾
失去。……或扣（叩）之，答曰：『噎因甘起，故以楮實湯治之。』」
[130]先述烈祖吃麥芽糖，喉噎不適，群醫束手無策；次記吳廷紹診斷噎
因甘而起，故以楮實湯治癒。其中「食飴」、「進楮實湯一服」及「因
甘起」等，為味覺摹寫，描寫飲食或其滋味；「喉中噎」，狀喉嚨噎
住、不適之感，則為觸覺摹寫。透過描摹病症，及如何對症下藥，間
接寫出太醫令醫術了得，每能藥到病除，敘述生動。

　　至於坎壈不遇之士，陸《書》亦藉由摹寫技巧勾勒出各自不同的
面貌，如〈蒯鼇傳〉云：「晚乃勵風操，尚信義，一言之出，必復而
後已。嘗蓄龍尾硯，友人欲之而不言，鼇亦心許之，未及予也。一
日，友人不告而歸，鼇悔恨，徒步數百里追之，授硯而還。」[131]採視
覺兼心覺摹寫，敘寫蒯鼇徒步數百里，送龍尾硯而還，足見其信守承
諾。又〈江為傳〉云：「嘗有〈題白鹿寺詩〉，元宗南遷，過而愛之。
為由是愈自負，傲睨一時，卒無薦引者，居懷憤憤，束書欲東走吳

129　見〔南宋〕陸游撰：《南唐書》，卷15，頁9右。
130　見〔南宋〕陸游撰：《南唐書》，卷17，頁1左。
131　見〔南宋〕陸游撰：《南唐書》，卷14，頁9左。

越，為同謀者所發，按得其狀，伏誅。」[132]亦用視覺兼心覺摹寫，從元宗喜其詩，江為「自負，傲睨一時」；到始終無人引薦，他「居懷憤憤」；描摹生動，十分傳神。而「束書欲東走吳越」一句，更寫活了束書潛逃的狼狽模樣，無奈為人所告發，竟落得按罪伏誅。要之，陸氏善用具體而精鍊的文字，描摹史傳人物的生平行事，使人讀之，歷歷如繪，宛然在目。

二　刻劃戰爭場面

南唐偏安江左，與北方大朝、周邊鄰國間軍事衝突，時有所聞，因此陸《書》中，不乏戰爭場面之刻劃。誠如趙永平〈論陸游《南唐書》的文學成就〉所云：「陸游《南唐書》寫戰爭並不滿足於戰爭過程的一般化記敘，也沒有以繁文縟節的方式羅列戰爭過程的碎屑側面，而是努力去揭示出戰爭的起因、醞釀的過程及戰爭的後果。……這種寫法……明顯是受到了《左傳》的影響。」[133]以〈馮延魯傳〉為例：

> 攻福州，取其外郭。會吳越將余安援兵，自海道至白蝦浦，將捨舟，而潯淖不可行。方布竹簣登岸，我軍曹射之，簣不得施。延魯曰：「……若麾我軍稍退，使吳越兵至半地，盡勦之，城立降矣！」……頃之，吳越兵至岸，鼓噪奮躍而前，與城中夾擊我。延魯敗走，……諸軍遂大潰，死者萬計，委軍實戎器數十萬。[134]

---

132 見〔南宋〕陸游撰：《南唐書》，卷15，頁5右。

133 見趙永平撰：〈論陸游《南唐書》的文學成就〉，《湖北社會科學》2014年第3期，頁134。

134 見〔南宋〕陸游撰：《南唐書》，卷11，頁5右。

記第一次福州之役，南唐兵馬與吳越援軍對峙的情形。採用全知視角寫作，先敘吳越軍自海道至，泥濘難行；次述敵人布簀登岸，南唐軍試圖先發制人，卻遭將領馮延魯阻止；最後，敵兵登岸，鼓噪奮前，與城中兵合力夾擊，南唐軍大潰，傷亡累累，武器遺落滿地。文中以視覺摹寫為主，如「將捨舟，而濘淖不可行」、「我軍曹射之，簀不得施」、「吳越兵……與城中夾擊我」、「死者萬計，委軍實戎器數十萬」等，把雙方攻勢、戰爭經過描寫得相當逼真，使人如臨其境。而馮延魯下令南唐軍稍退、吳越兵遂「鼓噪奮躍而前」，為聽覺兼視覺摹寫，栩栩如繪，重現一幅有聲有色的戰爭圖景。〈陳誨傳〉云：

> 諜者告：「吳越戍兵，棄福州遯（遁）。」文徽暗而貪功，即率誨俱進。誨以戰艦入閩江，適春雨，江水暴漲，一夕七百里，抵城下，擊敗福州兵，獲其將馬先進、葉仁安、鄭彥華，始知福州未嘗有變。……文徽傳令入城，……誨知其必敗，植旗鳴鼓，列兵江干（岸），以須之。文徽果敗，被執。誨全軍還劍州，獻馬先進於金陵。[135]

採全知觀點，謂第二次福州之役，起於查文徽誤中間諜詭計，暗自貪功，遂率陳誨進軍。經過為陳誨率領戰艦，直抵城下，擊敗福州兵，並擄其守將，始知福州未嘗生變；然查文徽執意進攻，傳令入城，陳誨知其必敗，列兵江岸以待。結果查文徽兵敗被俘，陳誨全軍而退，並獻福州將於金陵。此處以聽覺、心覺兼視覺摹寫法為之：如諜者之言、入城之令、鳴鼓之聲等，為聽覺摹寫。「文徽暗而貪功」、「始知福州未嘗有變」、「誨知其必敗」等，為心覺摹寫。記江水暴漲，南唐

135　見〔南宋〕陸游撰：《南唐書》，卷12，頁2左。

戰艦一夕七百里，抵達城下，擊敗福州兵；以及陳誨植旗鳴鼓，列兵
江岸以待查文徽等，則為視覺摹寫。作者透過精彩的摹寫技巧，繪聲
繪影，試圖重現當年兩軍廝殺的情景。又〈鄭彥華傳〉云：

> 元宗出師攻福州，大將王崇文遣卒李興，登樓車罵弘義。……
> 彥華……夜縋出城外，伏壕傍（旁），興猶慢（謾）罵不已。
> 彥華操長鉤，鉤得興，挾以登城，城上皆鼓譟（噪）。弘義得
> 興，而甘心焉。崇文不能下城，遯（遁）去。[136]

以視覺、聽覺兼心覺摹寫，記第二次福州之役的一段小插曲：唐將遣
士卒登樓車罵敵，時鄭彥華為福州將，乘夜出城，以長鉤鉤得罵敵小
卒；挾以登城，敵營鼓噪，歡聲搖動，南唐軍遂遁去。其中「登樓車
罵弘義」、「興猶慢（謾）罵不已」、「城上皆鼓譟（噪）」等，為聽覺
兼視覺摹寫，使人如聞其聲、如見其人，形象靈動，精彩絕倫。「夜
縋出城外，伏壕傍（旁）」、「操長鉤，鉤得興，挾以登城」等，為單
純之視覺摹寫，亦曲盡其妙，形神畢現。「弘義得興，而甘心焉」、
「崇文不能下城，遯（遁）去」二句，皆涉及內在心智活動，故為心
覺摹寫。如此一來，保留昔時福州之役的片段，人情事態，無不活龍
活現。

至於壽州之役，陸氏於〈劉仁贍傳〉中，針對敵我情勢，有詳盡
的描述：

> 周世宗自將攻城，屯於城西北淝水之陽，徵宋、亳、陳、潁、
> 許、秦、徐、宿州丁夫數十萬，備攻城雲梯洞屋，下臨城中，

> 數道同時進攻，填塹陷壁，晝夜不少（稍）休。如是者累月，
> 每鼓角四發，聲震牆壁皆動。我援兵在外者，見利輒進，常陷
> 伏中，以故屢敗，而終不悟。[137]

從敵營視角出發，摹寫後周軍隊數十萬，備雲梯洞屋進攻，晝夜不
休。轉為城中百姓的立場，持續幾個月下來，「每鼓角四發，聲震牆
壁皆動」，以聽覺、觸覺兼視覺摹寫，概括戰況的激烈，鼓角聲起，
牆壁為之震驚。南唐援兵缺乏謀略，以致常陷伏中，屢敗而不悟；此
為心覺兼視覺摹寫。而壽州將劉仁贍又如何奮勇抗敵呢？文云：

> 壽州之圍獨不解，元宗遣元帥齊王景達，以兵數萬來援，分重
> 兵據紫金山，列寨十餘處，與城中傳鋒相應，築甬道抵城，通
> 饋餉。六月，仁贍出兵，殺周兵數百，焚攻城洞屋甚眾，周將
> 李重進等兵力頗屈。仁贍因請乘世宗之歸，以邊鎬守城，自出
> 決戰。景達畏懦，又方任陳覺，固不許。仁贍憤鬱得疾。

從視覺上摹寫景達率兵來援，駐守紫金山，築甬道，通饋餉，與城中
裡應外合。次以心覺兼視覺摹寫，敘劉仁贍出兵，焚攻城洞屋，使周
兵一度受挫；其後，請求自出決戰，無奈景達畏懦，陳覺阻撓，終至
「憤鬱得疾」。無論刻劃戰爭場面，或描摹人物心理，均一次到位，
盡得其神髓，足見陸氏摹寫技巧之高明。而〈劉彥貞傳〉云：

> （彥貞）帥三萬人援壽州，次來遠鎮，兵車旗幟，互數百里，
> 戰艦銜尾，蔽淮而上。周將李穀慮我師斷浮橋，腹背受敵，燒

---

137 見〔南宋〕陸游撰：《南唐書》，卷13，頁2右。

> 營退保正陽。……彥貞置陣,橫布拒馬,聯貫利刃,以鐵繩維
> 之,刻木為猛獸攫拏狀,飾以丹碧,立陣前,號「捷馬牌」。
> 又以革囊貯鐵蒺藜布於地。周兵望而笑其怯,銳氣已增;一
> 戰,我師大敗。[138]

文中描寫劉彥貞出兵援壽州,運用非常生動的視覺摹寫法,如:「兵
車旗幟,亙數百里,戰艦銜尾,蔽淮而上」,但見南唐軍容整齊,聲
勢浩大。再從周將深謀遠慮,燒營退保正陽,對照劉彥貞橫布拒馬,
陣前立以捷馬牌,地面遍布鐵蒺藜,此役未戰,而勝負立判。果不其
然,「周兵望而笑其怯」,信心備增,一鼓作氣,擊潰南唐軍。其中周
將之「慮」、周兵之「笑」及南唐師之「怯」,皆為心覺摹寫;尤以
「笑」字最為傳神,兼具心覺、視覺與聽覺效果,除了摹狀敵軍內心
的訕笑之意,他們輕蔑的笑容、不屑的笑聲,彷彿也鮮明無比,呼之
欲出。再看郭廷謂如何奮力一搏?據〈郭廷謂傳〉云:

> 元宗……命與林仁肇援壽州。周世宗聞之,徙下蔡浮橋於渦
> 口,築壘,夾淮東西以護橋,扼濠壽之衝。暑雨淮漲,廷謂掩
> 不備,輕舟泝流,急趨渦口,將麾兵斷筏。周人覘知,設伏待
> 之。廷謂將至,揣得其情,駐軍不進,襲敗周將武行德、周務
> 勍於定遠,斬首數百。行德挺身避(遁),卒焚浮橋,周兵死
> 者不可計,遂盡焚軍資,取良馬數百。[139]

文中以時間為主線,按空間之別,採雙軌描寫方式,既寫南唐軍,亦
述周營,故能以宏觀的視角,隨著時空轉換,掌握整場戰事的全面發

---

138 見〔南宋〕陸游撰:《南唐書》,卷9,頁2右。
139 見〔南宋〕陸游撰:《南唐書》,卷14,頁1左。

展。先記元宗命郭廷謂等兵援壽州；次寫周徙浮橋、築護壘，嚴陣以待。而後郭廷謂輕舟泝淮，急趨渦口，將斷筏進攻；周人聞訊，連忙設下埋伏。郭廷謂察覺，駐軍不進；轉至定遠，斬首數百。周將遁逃，郭廷謂焚其浮橋；周兵死傷慘重，郭廷謂焚其軍資，取其良馬。透過形象化的動作，如徙橋、築壘、泝淮、斬首、焚橋、取馬等視覺摹寫，再運用精確的情緒字眼，如「聞之」、「掩不備」、「急趨」、「覘知」、「揣得其情」等心覺摹寫，敘事記實，把當年戰爭情境描摹得淋漓盡致。然南唐大勢已去，郭廷謂終究無力回天，又云：

> 世宗復南征，廷謂表金陵請援，……夜出敢死士千餘，襲破周營，焚雲梯洞屋，周人大驚，相踩踐，死者甚眾。然援師不至，世宗親攻城，焚戰艦數百艘，殺二千人，進攻羊馬城；又殺數百人，遣諜持詔諭降廷謂。……知金陵卒不能救，集將士於壘門，南嚮（向）慟哭再拜，乃降。

周世宗復親征，他乘夜襲擊周營，雖有斬獲；然金陵援兵不至，不得不舉寨降敵。文中描寫戰況之慘烈：從視覺上，看郭廷謂夜出斫營，焚雲梯洞屋；周世宗攻城，焚戰艦，殺數百人；最後，郭廷謂率將士，南向慟哭，再拜而降。就心覺言，「周人大驚」、郭廷謂「知金陵卒不能救」、「南嚮（向）慟哭再拜」等，傳達出戰場上人物心理的變化，極其貼切，神態盡出。此外，記周兵相踩踐一幕，既為觸覺摹寫，亦屬視覺摹寫；敘郭廷謂集將士南向慟哭而降，則兼具視覺、聽覺及心覺摹寫，活生生還原了當年戰況。

　　宋軍南下，南唐亡國的關鍵之役，如〈後主本紀〉云：「洪州節度使朱令贇帥勝兵十五萬赴難，旌旗戰艦甚盛，編木為柹，長百餘丈，大艦容千人。令贇所桀（乘）艦尤大，擁甲士，建大將旗鼓，將

斷采石浮橋。至皖口，與王師遇，傾火油焚北船；適北風，反焰自焚，我軍大潰。……王師百道攻城，晝夜不休，城中米斗萬錢，人病足弱，死者相枕藉。」[140]〈朱令贇傳〉亦云：

> 令贇……與……王暉乘流而前，自潯陽湖編木為大栿，……會江水涸，舟栿艱阻，王師得設備，比至虎蹲洲，合戰。令贇所乘艦尤大，建大將旗鼓，王師舟小，聚攻之。令贇以火油縱燒，王師不能支；會北風，反焰自焚，水陸諸軍十五萬，不戰皆潰。令贇惶駭，赴火死。糧米戈甲俱焚，無孑遺，烟焰不止者旬日。[141]

是知朱令贇乘大栿，與宋師會戰，適江水乾涸，舟栿滯礙難行；朱令贇遂採火攻，時吹北風，反焰自焚，十五萬大軍付之一炬。此為視覺摹寫，將皖口戰役的場景描摹得活潑生色，如在目前。傳中載「令贇惶駭，赴火死」，為心覺兼視覺摹寫；「糧米戈甲俱焚」，乃就視覺而言；「烟焰不止」，則兼具嗅覺與視覺效果。本紀謂宋軍晝夜攻城，城中米價飆漲，死者相枕藉，從視覺上具體寫出戰區民不聊生的慘況；而「人病足弱」句，為心覺兼視覺摹寫，寫活了圍城內居民貧病交迫、舉步維艱的痛苦。然而，當宋軍兵臨城下之際，後主卻渾然不察，如〈皇甫繼勳傳〉云：「繼勳……聞諸軍敗績，則幸災見於詞色。……內結傳詔使，一切蔽塞。及後主登城，見王師旌旗壘柵，彌徧四郊，始大駭失色。繼勳從還至宮，乃以屬吏；始出宮門，軍士雲集臠之，斯須皆盡。」[142]文中皇甫繼勳幸災樂禍的嘴臉、後主大駭失

色的神情，從心覺兼視覺摹寫出南唐君臣的昏庸，上下交相賊，終至國破家亡而不自知。後主將皇甫繼勳屬吏，「軍士雲集臠之，斯須皆盡」，從視覺上摹狀軍士群起臠割皇甫繼勳，一塊塊分割殆盡，活生生、血淋淋，形象十分逼真。

第五節　善用對白，還原人物形象

所謂對白手法，顧名思義，包含「對話」與「獨白」二類。這種寫作方式起源於〈苟賦〉，假借客主對話，首創問答之體。如劉勰《文心雕龍》〈詮賦〉云：「遂客主以首引，……斯蓋……命賦之厥初也。」[143]可見虛設主客答問的對話方式，為辭賦重要表現手法之一。後來，其他詩文中也有讓人物現身說法，而成為獨白。在史傳散文方面，對白手法的運用，自古有之，如《左傳》〈僖公二十三年〉載楚子與晉公子重耳生動的對話：楚子語帶戲弄，一再追問來日何以為報；重耳不卑不亢，許下退避三舍的承諾；透過問答方式，寫活了二人形貌，栩栩如生，狀溢目前。[144]又《史記》〈管晏列傳〉，管仲自述與鮑叔的好交情，最後有感而發道：「生我者父母，知我者鮑子也！」[145]便是一段極生動的獨白。總之，採用對白手法，一則避免平

---

143 見〔南朝梁〕劉勰撰：《文心雕龍》，收入景印摛藻堂《四庫全書薈要》，冊495，卷2，頁704下。

144 據《左傳》云：「楚子饗之曰：『公子若反（返）晉國，則何以報不穀？』對曰：『子女玉帛，則君有之；羽毛齒革，則君地生焉；其波及晉國者，君之餘也。其何以報君？』曰：『雖然，何以報我？』對曰：『若以君之靈，得反（返）晉國。晉楚治兵，遇於中原，其辟（避）君三舍；若不獲命，其左執鞭弭，右屬櫜鞬，以與君周旋。』」見《春秋左傳》，收入《十三經注疏》（臺北市：藝文印書館，2001年據清・阮元校本影印），冊6，卷15，頁252下。

145 見〔西漢〕司馬遷撰：《史記》，收入《史記三家注》（臺北市：七略出版社，2003年據清・乾隆武英殿刊本景印），下冊，卷62，頁855下。

鋪直敘，文氣凝滯，了無生趣；二則透過對白描寫，可使人物自己發言，各自表情達意，增添文章的臨場感。

本節論陸《書》之善用對白手法，擬從「對話法」、「獨白法」兩方面切入。

一　對話法

對話法，又可依表現形式不同，分為兩類：一曰「一問一答」，二曰「相互對談」。前者重點在於回答，提問則簡單敘述，或以直述句交代。但仍與獨白法不同，在於獨白為自述內心想法，不須有人發問；而一問一答，必然有人先問起，才引出回答的內容；因此，即使問題簡略帶過，仍屬於對話，而非獨白。其次，相互對談，強調藉由人物彼此對話，呈現出各自對事情的觀點，無論先說或後道，其重要性不分軒輊，應等同視之，才能瞭解事實全貌。

（一）一問一答

保大十年，元宗以江文蔚知禮部貢舉，其後，君臣論及此事，據〈江文蔚傳〉云：「元宗問文蔚：『卿知舉取士，孰與北朝？』文蔚曰：『北朝公薦、私謁相半，臣一以至公取才。』元宗嘉歎。」[146]元宗詢問南唐與北朝取士之異同，江文蔚曾仕後唐，南來後又奉命知舉，故據實回答：北朝取才公私參半，臣則大公無私。元宗由衷嘉歎。文中透過一問一答方式記錄此段對話，江文蔚秉持公正原則為國舉才，贏得元宗青睞。此舉卻引起朝野反彈，原來南下文人或已在北朝獲取功名，對於公私參半之說頗不滿，又江南士人本非科舉出身，

---

146 見〔南宋〕陸游撰：《南唐書》，卷10，頁11左。

對此選才制度更不以為然。隨即，貢舉遂廢。傳中讓這段關鍵問答的內容，如實呈現，如此一來，二人言談間的聲貌神情，活靈活現。

　　後主與蕭儼間，也曾有一段精彩的君臣對話。據〈蕭儼傳〉載：「後主初嗣位，數與嬖倖弈棋，儼入見，作色，投局於地。後主大駭，詰之曰：『汝欲效魏徵耶？』儼曰：『臣非魏徵，則陛下亦非太宗矣！』後主為罷弈。」[147]話說蕭儼入宮，見後主正與侍妾弈棋，以致荒廢政務，竟氣得將棋局投於地面。後主為之震驚，問他：你想效法魏徵嗎？蕭儼回答：臣不是魏徵，而陛下也不是唐太宗！從此，後主不再因棋廢事。蕭儼雖然不是魏徵，但敢於面諫君主的勇氣，實為魏徵第二；可惜，後主並無治世之能，與雄才大略的唐太宗，猶如天壤之別。不過，史傳中記錄此段對話，一問一答之間，已將蕭儼的果敢直諫、後主的寬容納諫，描摹得維妙維肖，神態盡出。

　　除了描寫君臣對話之外，外交場合上的主客問答，也是陸《書》記述的重點之一。如〈馮延魯傳〉云：

> 宋興，揚州節度使李重進叛，伏誅。元宗遣延魯朝於行在。太祖將蔡（乘）兵鋒南渡，旌旗戈甲，皆列江津，屬色詰延魯曰：「爾國何為，敢通吾叛臣？」延魯色不變，徐曰：「陛下徒知其通謀，未知其事之詳也。重進之使，館於臣家。國主令臣語之曰：『大丈夫失意而反，世亦有之，但時不可耳。方宋受禪之初，人心未定，上黨作亂，大兵北征，君不以此時反；今內外無事，乃欲以數千烏合之眾，抗天下精兵，吾寧能相助乎？』」太祖初意，延魯必恐懼失次；及聞其言，乃大喜，因復問曰：「諸將力請渡江，卿以為何如？」延魯曰：「重進自謂

147　見〔南宋〕陸游撰：《南唐書》，卷15，頁9左。

雄傑，無與敵者，神武一臨，敗不旋踵。況小國，其能抗天威
乎？然亦有可慮者：本國侍衛數萬，皆先主親兵，誓同死生，
固無降理，大國亦損數萬人乃可；況大江天塹，風濤無常，若
攻城未下，饟道不繼，事亦可虞。」太祖因大笑曰：「朕本與
卿戲耳，豈聽卿遊說哉？」[148]

宋・揚州節度使李重進叛變，兵敗伏誅之後，南唐遣馮延魯朝宋太
祖。宋太祖責以通敵之罪，馮延魯面不改色，娓娓道來，敘說李重進
乞援於南唐，元宗命他接待之始末。此處採一問一答之對話法，重點
在於馮延魯的回答，並引述當時元宗轉告李重進的話，藉以證明南唐
未曾與之私下協議。宋太祖見他從容以對，心中甚喜，復問南渡之
事。他再陳：大國天威自是無與倫比，然南唐有數萬誓死之兵，加以
扼守長江，形勢險要，如想攻城掠地，亦不免損兵折將，不可不慎重
其事。宋太祖聞言，戲稱本為玩笑話，沒想到居然聽他遊說起來。文
中記宋太祖與南唐使臣間的對話，幾次問答下來，突顯出馮延魯的對
答如流，態度不卑不亢，最後取得宋太祖信任，以開玩笑何必當真收
場。從雙方對話中，足見宋太祖大朝之君的風範，以及馮延魯身為小
國使臣，終因應對得體保住國家尊嚴。

　　儘管馮延魯在上述外交場合表現不錯，堪稱是一位稱職的使臣。
但也僅止於此，因為他可是當時名列「五鬼」之一的人物，依附宋齊
丘黨，仗勢欺人，作威作福，惡名昭彰。誠如趙永平〈論陸游《南唐
書》的文學成就〉所云：「對於馮延魯，陸游不但寫他與其兄延巳為
非作歹、脅肩諂笑等諸種惡德，也對他奉命出使北宋，面對盛氣凌人
的趙匡胤，不卑不亢、慷慨陳辭、不辱使命之舉，給以如實的敘寫與

---

148 見〔南宋〕陸游撰：《南唐書》，卷11，頁6右。

描述，……惡人有時也會成就好事，……陸游的記敘與描寫是真實可信的。」[149]又其兄長馮延巳曾私下奚落朝臣：

> 延巳負其材藝（藝），狎侮朝士，嘗誚孫忌曰：「君有何所解？而為丞郎。」忌憤然答曰：「僕山東書生，鴻筆藻麗，十生不及君；詼諧歌酒，百生不及君；諂媚險詐，累劫不及君。然上所以寘（置）君於王邸者，欲君以道義規益，非遣君為聲色狗馬之友也。僕固無所解，君之所解者，適足以敗國家耳！」延巳慙（慚），不得對。[150]

馮延巳自恃多才多藝，曾當面質問孫忌憑什麼擔任丞郎。孫忌憤而回答：我身為山東書生，無論文筆辭藻、言談風趣、詩詞歌酒、逢迎諂媚，無一樣比得上你。但陛下將你安置在東宮，是要你善盡規勸之責，不是要你與太子殿下成為酒肉朋友。我固然沒什麼見解，而你的見解卻足以敗壞國家。馮延巳聞此慚愧，無言以對。這是典型的一問一答式對話，馮延巳先提問，孫忌隨即予以當頭棒喝，重點自然落在孫忌的回答，逐一數落其不是，反將對方一軍，淋漓酣暢，大快人心。尤有甚者，陸《書》將此段對話放在〈馮延巳傳〉，而不為之隱惡改置〈孫忌傳〉，不外乎直指其非，表明史家的嚴正立場。

（二）互相對談

　　陸《書》中，運用互相對談方式，呈現出歷史人物的言行風貌者，比比皆是。如〈宋齊丘傳〉云：「召與宴飲，齊丘酒酣，輒曰：

149　見趙永平撰：〈論陸游《南唐書》的文學成就〉，《湖北社會科學》2014年第3期，頁137。

150　見〔南宋〕陸游撰：《南唐書》，卷11，頁1右。

『陛下中興，實老臣之力，乃忘老臣可乎？』烈祖怒曰：『太保始以游客干朕，今為三公，足矣！』齊丘詞色愈厲曰：『臣為游客時，陛下亦偏裨耳！今不過殺老臣。』遂引去。」[151]宋齊丘自恃輔佐有功，借酒邀寵；烈祖怒其狂妄無禮，且貪得無厭。史傳中透過雙方對話，各自表明立場，形象鮮明，歷歷如繪，君臣間的矛盾衝突，彷彿重現眼前。又〈申漸高傳〉云：

> 一日，宴北苑，烈祖顧侍臣曰：「近郊頗得雨，獨都城未雨，何也？得非刑獄有冤乎？」漸高遽進曰：「大家何怪？此乃雨畏抽稅，故不敢入京爾！」烈祖大笑。明日，下詔弛稅額，信宿大雨霑洽。[152]

記烈祖與優人申漸高間的對話：烈祖因都城連日未雨，不知是何緣故，懷疑是否有冤獄。申漸高以幽默口吻說：雨怕抽稅，才不敢入京，藉機諷刺京城稅賦過重。烈祖聞言大笑。隨後，下詔減稅；更巧的是，經過兩個晝夜後，大雨滂沱。如此看似一句玩笑話，卻是言之者有心，聞之者不以為忤，既達到諷諫效果，亦不傷彼此和氣，足見優人之機伶、君主之雅量，無不神貌盡出。這裡烈祖先表明觀點，申漸高再說出看法，各有主見，故屬於互相對談，而非一問一答之對話法。君臣議事，各有見解，如〈徐鍇傳〉云：

> 嘗夜直召對，論天下事，因及用人，才行孰先。後主曰：「多難，當先才。」鍇曰：「有人才如韓、彭而無行，陛下敢以兵

---

151 見〔南宋〕陸游撰：《南唐書》，卷4，頁4右。
152 見〔南宋〕陸游撰：《南唐書》，卷17，頁3左。

十萬付之乎？」後主稱善。[153]

後主與徐鍇論及用人，才能與品行，孰先孰後的問題。後主以為：時值多事之秋，當先進用人才。徐鍇則反問：倘若有才能如韓信、彭越者，卻品行不端，陛下豈敢將十萬大軍交付其人手上？一語點醒後主，試想：此人若罔顧君國之義，擁兵自重，甚而造反，後果將不堪設想。作者採互相對話法，讓後主、徐鍇自陳己意，藉以傳達出二人的想法，如此一來，徐鍇思慮周密，後主察納諍言，雙方個性在史傳中展露無遺。

南唐君臣素以博學見稱，私下更習於吟風弄月，談詩論詞，極盡風雅之能事。如〈馮延巳傳〉云：

元宗嘗因曲宴內殿，從容謂曰：「『吹皺一池春水』，何干卿事？」延巳對曰：「安得如陛下『小樓吹徹玉笙寒』之句？」[154]

馮延巳昔為東宮僚屬，較元宗長十餘歲，兩人皆為南唐著名詞人，自幼一起讀書，及長，既為君臣，亦創作上之同好，關係非比尋常。他們曾互相稱讚對方的詞句，元宗開玩笑地說：「吹皺一池春水」，關你什麼事呢？案：該句出自馮氏〈謁金門〉詞：「風乍起，吹皺一池春水。」元宗的意思是：你這詞人真是多情，連風吹皺水面，也會引起你心中的漣漪；讚賞他的細膩、多情。而馮延巳的反應是：哪裡比得上陛下您「小樓吹徹玉笙寒」句？言下之意是，您的〈山花子〉詞，把思婦徹夜難眠的心情刻劃得淋漓盡致，那才是真正細膩、多情！因

153　見〔南宋〕陸游撰：《南唐書》，卷5，頁5右。

154　見〔南宋〕陸游撰：《南唐書》，卷11，頁4左。

此引來批評：國家風雨飄搖之際，豈他們有此閒情逸致？元宗身為一國之君，而馮延巳高居相位，不致力於經世濟民之策，卻專務詩詞吟詠之事，難怪國家終至一蹶不振。陸氏特意將此段君臣間戲謔的對話，載入〈馮延巳傳〉，間接表達對丞相失職的譴責。又其胞弟馮延魯拍馬逢迎的功夫，絕對是有過之而無不及，如〈馮延魯傳〉云：

> 延魯銳於仕進，然喜言高退事。嘗早朝集漏舍，歎曰：「玄宗賜賀監三百里鏡湖，非僕所敢望，得賜玄武湖，亦遂素意。」徐鉉笑答曰：「上於近臣，豈惜一玄武湖？恨無知章爾！」延魯不能對。[155]

記早朝之前，臣僚私下閒聊，馮延魯感歎：從前，唐玄宗賜秘書監賀知章三百里鏡湖為放生池；將來退隱後，如能得到一座玄武湖，便已心滿意足。徐鉉聞之，笑說：陛下禮遇近臣，哪裡會吝惜一座玄武湖？只是遺憾身邊沒有一個賀知章罷了！刻意以賀知章之淡泊恬適，對比出馮延魯汲汲於名利，諷刺之意，溢於言表。對照前文他在宋太祖面前，侃侃而談；至此，面對朝中正直之士的嘲諷，卻因理虧，一時詞窮，落得啞口無言。作者透過彼此對話方式，將馮延魯當時的窘態，傳神地保留在史冊中。

二　獨白法

　　獨白法，就是人物透過自言自語，直接表明內心的真正想法。在陸《書》中，使用獨白法，主要包括「自抒襟抱」與「闡述看法」。

---

155 見〔南宋〕陸游撰：《南唐書》，卷11，頁8右。

前者可藉以認識史傳人物的品德、價值、態度等，進而勾勒出鮮活的形象特徵；後者則可試圖瞭解傳中主角的識見、眼光、立場等，進一步評估他在歷史事件中所具有的影響力。

（一）自抒襟抱

陸《書》中藉由獨白法，讓史傳人物自抒襟抱，以突顯形貌者，如〈皇甫暉傳〉云：

> 周兵⋯⋯執暉⋯⋯，見世宗曰：「臣方憊，欲暫坐。」及坐，曰：「欲暫臥。」不伺命而臥，神色自若，曰：「臣非不盡力國事，南北勇怯不敵，臣在晉屢以契丹戰，安能如今日大朝兵甲之盛？昨退保滁州城，不意大軍攀堞如飛而入，臣智力俱殫，故被擒耳。」世宗賜之馬及衣帶。[156]

記南唐大將皇甫暉兵敗，被執見周世宗，先要求暫坐，再要求暫臥，且不等應允，便自坐、自臥，神色從容自若。傳中再透過他的獨白，陳述自己非不盡力於國事，實在因為雙方兵力相差懸殊，如今他已心力俱疲，以致被擒。即使淪為戰俘，他依舊氣定神閒，豪邁不羈的形象，躍然紙上。一則呼應前文「神色自若」，因為他確實已經盡力了，雖然功敗垂成，卻問心無愧，故能從容以對；二則引起後文周世宗之賜贈。是知周世宗聽了這番表白，不覺油然生敬，非但未加責怪，反而犒賞他。又保大十四年，孫忌使周奉表前夕，嘗「語其副禮部尚書王崇質曰：『吾思之熟矣，終不負永陵一抔土！』」[157]「永陵」

156　見〔南宋〕陸游撰：《南唐書》，卷10，頁5左。

157　語出〈孫忌傳〉。見〔南宋〕陸游撰：《南唐書》，卷11，頁10左。

是烈祖李昪的陵寢。傳中以獨白法，寫出孫忌此行為國盡忠的決心，他已深思熟慮，無論如何，絕不會做出愧對南唐、辜負先皇的事來。好一句「終不負永陵一抔土」，說得多斬釘截鐵，大義凜然；千百年後讀之，仍覺言猶在耳。

韓熙載早年懷才不遇，南下事烈祖，仍未獲重用；元宗在位，他嘗力陳北伐之策，終究未遂平生志意；後主時，他性情忽然轉變，家中蓄妓，放任她們與人雜居，私生活極不檢點，引起朝野一陣譁然。然而，他為什麼這麼做呢？陸氏採獨白法，云：「熙載密與所親曰：『吾為此以自污，避入相爾。老矣，不能為千古笑！』」[158] 據韓熙載曾私下向親近人士透露，原來他這麼做是為了避免登上相位，畢竟年紀大了，只想獨善其身，已無心爭名逐利，淪為後世笑柄。其實，應該是他察覺南唐氣數將盡，經營天下已然無望，自己也不可能再有所作為，不如退而明哲保身。如此一來，透過傳中人物現身說法，其處世態度、人格操守，已呼之欲出。而徐鍇事後主，一度有升遷機會，卻為丞相游簡言所抑；他不以為意。久處集賢殿，「朱黃不去手，非暮不出」，他專心校讎古籍，故所校之書尤為精審。〈徐鍇傳〉云：「每指其家，語人曰：『吾惟寓宿於此耳！』」[159] 他經常指著自己家，對人說：我只寄宿在這裡罷了！意思是他全心投入書中，那兒才是他真正的歸宿；家，不過是休息的處所而已。簡單一句獨白，他那淡泊名利的書生形象，已宛然在目。又後主晚年，國勢日衰，他憂憤成疾，「謂家人曰：『吾今乃免為俘虜矣！』」道盡書生憂國憂民，卻無力可回天的悲哀。在此之前，廖居素同樣不忍見國家淪亡，穿戴朝服，絕食，立死井中，並留下「手書大字……曰：『吾之死，不忍見

---

158 語出〈韓熙載傳〉。見〔南宋〕陸游撰：《南唐書》，卷12，頁5右。
159 見〔南宋〕陸游撰：《南唐書》，卷5，頁5左。

國破也！』」[160]徐鍇還曾為文弔祭，將他比作忠愛纏綿、死而後已的屈原和伍子胥。可見他們躬忠體國，有志一同，傳中透過其內心獨白，自然流露。

陸游身為一介愛國詩人，臨終，仍不忘賦詩示兒：「王師北定中原日，家祭無忘告乃翁。」[161]《南唐書》中，對於一心掛念國事，甚至不惜以身殉國之忠臣義士，自然多所著墨。如〈郭廷謂傳〉云：

> 方廷謂降周時，令其錄事參軍鄱陽李延鄒草降表，延鄒責以忠義，不為具草。延鄒愧其言，然業已降，必欲得表，以兵脅之。延鄒投筆曰：「大丈夫終不負國，為叛臣作降表。」遂遇害。[162]

郭廷謂見大勢已去，命屬下李延鄒擬表，準備降周；不料，李延鄒竟責其不忠不義。郭廷謂亦覺羞愧難當，但事已至此，別無選擇，只能加以脅迫。李延鄒始終堅稱「大丈夫終不負國」，抵死不從，遂遇害。當時郭廷謂與李延鄒之間，對話何止千百句，但傳中僅錄其義憤填膺的獨白，孤忠耿直的言論，鏗鏘有力，字字撼動人心。

（二）闡述看法

烈祖生逢亂世，幼時避禍江淮，為楊行密所得，據〈烈祖本紀〉云：「淮南節度使楊行密見而奇之，養以為子；行密長子渥惡帝，不以為兄弟。行密乃以與大將徐溫，曰：『是兒狀貌非常，吾度渥終不

---

160 見〔南宋〕陸游撰：《南唐書》，卷9，頁15左。

161 語出〈示兒〉詩。見〔南宋〕陸游撰：《劍南詩稿》，收入《陸放翁全集》（臺北市：臺灣中華書局，1970年據汲古閣本校刊倣宋版印），冊4，卷85，頁6右。

162 見〔南宋〕陸游撰：《南唐書》，卷14，頁3左。

能容，故以乞汝。』遂冒姓徐氏，名知誥。」[163]作者運用獨白法，闡
述楊行密對烈祖的看重，正因為此兒相貌非凡，他揣測將來必不見容
於楊渥，只好把小孩託付給徐溫。由此可見，楊行密具有識人之明，
一方面看出烈祖的過人之處，一方面料想楊渥終究容不下他，所以為
他另做安排，慎重其事地交由徐溫撫養。文中透過這一段獨白，楊行
密的愛惜人才、高瞻遠矚，已不言而喻。

　　烈祖果然不同凡響，輔佐吳政，甚得民心；受禪後，更勵精圖
治，保境安民，為南唐奠下穩固的根基。至元宗時，大臣為了諂媚主
上，卻對其偃旗息鼓之策，大肆批評，如〈馮延巳傳〉云：

> 延巳數居柄任，……欲以大言蓋眾，而惑人主。至譏烈祖戰
> 兵，以為齷齪，無大略，嘗曰：「安陸之役，喪兵數千，輟食
> 咨嗟者旬日，此田舍翁，安能成天下事？今上暴師數萬於外，
> 宴樂擊鞠，未嘗少（稍）輟，此真英雄主也！」[164]

馮延巳以為：烈祖喪兵數千，咨嗟旬日，如田舍翁，不足以成大事；
而元宗大興兵馬，猶宴樂不輟，始為真英主。──此言差矣！烈祖出
身行伍，深知百姓厭戰，故與民休養生息，以厚植國力；而元宗不知
創業維艱，亦未能固守成業，幾番出師不利，終至國勢中衰，到底誰
才是真英主？陸《書》藉由馮延巳的獨白，闡述他對南唐二君的評
價，其實暗藏玄機：一、烈祖已矣，此時元宗在位，故難逃逢迎拍馬
之嫌；二、他一向主戰，試圖藉此言論，鼓舞元宗，以達成出兵的目
的；三、他數居柄任，如此口出妄言，元宗卻未加責備，可見君臣分
際，蕩然無存。

---

163 見〔南宋〕陸游撰：《南唐書》，卷1，頁1右。
164 見〔南宋〕陸游撰：《南唐書》，卷11，頁2右。

淮南喪師之後，陳覺、李徵古輩，擔心元宗責以鼓吹興師之罪，故主張請宋齊丘攝政。陳喬以為萬萬不可，於是入宮議論其事：

> 淮南兵興，元宗憂慼，不知所為。陳覺、李徵古請以宋齊丘攝政。元宗怒，度羣臣必持不可，乃促召喬草詔，如覺、徵古言。喬請對，未報。排宮門入，頓首曰：「陛下既署此，則百官朝請，皆歸齊丘；尺地一民，非陛下有。陛下縱脫屣萬乘，獨不念先帝中興大業之艱難乎？讓皇幽囚丹陽宮，陛下所親見也。他日，垂涕求為田舍翁，不可得矣！」元宗笑而止，引喬入見后及諸子，曰：「此忠臣也！」[165]

作者採獨白法，讓陳喬暢所欲言，主要聚焦於：先帝創業維艱，不宜輕予他人；並以吳讓皇為例，一旦政權轉移，求為田舍翁尚不可得，屆時如何安身立命？史傳中記其言，想其為人，如此則忠君為國之士，形神畢現。隨後，元宗引他入見親眷，並稱許為忠臣。由於陳喬的忠言讜論，與元宗讚譽之言，本有關聯，卻非實質之對話，一為陳喬向元宗獨白式建言，一為元宗對妻小稱讚臣下，彼此說話的對象不同，故不可列入對話之屬。

陳喬此番言論，猶如暮鼓晨鐘般，使元宗頓時清醒，不至於為群小所蒙蔽。其實，南唐之世，不乏這樣正直之言，只是忠言逆耳，君主未必採納罷了。如〈蕭儼傳〉云：「元宗於宮中作大樓，召近臣入觀，皆歎其宏麗。儼獨曰：『比景陽，但少一井耳！』元宗怒，貶舒州副使。」[166]元宗大興土木，廣建殿堂樓宇，近臣入觀，皆投其所好，讚嘆其宏偉壯麗。唯獨蕭儼不以為然，故脫口說出：比當年南朝

---

165 語出〈陳喬傳〉。見〔南宋〕陸游撰：《南唐書》，卷14，頁9右。
166 見〔南宋〕陸游撰：《南唐書》，卷15，頁9左。

陳後主的景陽宮，只少一口井而已！蕭儼以獨白方式，講出他真正的看法。這話太精闢了，不過短短兩句，卻一針見血，正中要害，難怪元宗聞言而怒，將他貶謫。因為他語帶暗示：勿忘當年陳後主貪圖逸樂，終至國破家亡，逃入井中，猶不得倖免於禍。[167]此言聽在元宗耳裡，形同詛咒，自然忽略其中的警惕之意。

時值亂世，然亦不乏警醒之人，如〈高遠傳〉云：「遠有精識，方邊鎬入潭州，湖南悉平，百官入賀，遠獨曰：『我桀（乘）楚亂，取之甚易；觀諸君之才，守之實難。』聞者愕然，以為過。及後如所料，乃皆服其先見。」[168]以獨白法，記下高遠的精言要論。起初，大家以為言之太過；最後，終能切中時局發展。又〈李建勳傳〉云：「及出師平湖南，國人相賀；建勳獨以為憂，曰：『禍始於此矣！』……稱疾，乞骸骨，以司徒致仕。」[169]足見李建勳有先見之明，早已洞燭先機，指出禍患之所起。要言之，傳中透過獨白法，讓陳喬、蕭儼、高遠、李建勳等，闡述不同流俗的言論，一方面藉以彰顯其不凡識見，一方面烘托其各自形貌。

結語

由於陸《書》纂述南唐歷史，故不著錄烈祖開國以前、後主納降之後的史事，以收去蕪存菁、規範本體之效，使全書綱領昭暢。儘管陸《書》僅十八卷，馬《書》計有三十卷，前者竟能增補周鄴、陳曙

---

167 據《陳書》〈後主本紀〉載：「後主聞兵至，從宮人十餘出後堂景陽殿，將自投於井，袁憲侍側，苦諫不從。後閣舍人夏侯公韻又以身蔽井，後主與爭，久之，方得入焉。及夜，為隋軍所執。」見〔唐〕姚思廉奉敕撰：《陳書》，收入景印《文淵閣四庫全書》，冊260，卷6，頁584下。

168 見〔南宋〕陸游撰：《南唐書》，卷9，頁5左。

169 見〔南宋〕陸游撰：《南唐書》，卷9，頁13右。

等二十八篇傳略，足見其鎔裁之功。此外，陸氏〈列傳〉之命意、取材，均能刪繁就簡，裁去馬《書》詭譎之說，保留忠孝節義事跡，堪稱是一部思想純正的優良史著。陸《書》裁剪文意，將《史記》互見法發揮到淋漓盡致：一、詳略互見：或載明「語在某傳」，或無標示者，均屬之。二、有無互見：史家對尊長、賢達者有所避諱，或出於敬重，或畏懼罹禍，而不敢直書其過、明言其非；但基於史家天職，不忍隱蔽其事，故採此種寫法。在刪去浮辭方面，相較於馬《書》全載誄大周后文，陸《書》擇要而錄，刪去浮辭，剪裁得宜，更突顯史傳旨趣。後主所撰誄文，長達一千零六十四字，陸《書》所錄不過數十字，其剪裁、化用之功，由是可見。至於〈從善傳〉，馬《書》只引後主〈（卻）登高賦文〉二句為證，而陸《書》全錄〈卻登高文〉內容，足見史傳非一味求簡，或增或刪，全憑為文宗旨而定。故沈士龍以為：陸《書》全引〈卻登高文〉，而裁剪周后誄詞，「蓋重友于、戒佚（逸）思也！」明揭全書旨趣之所在。

　　在陸《書》列傳中，單傳僅〈宋齊丘列傳〉一篇，由於該傳長達一卷，內容詳盡，故作八段式結構；文末附有「論曰」，闡明周世宗離間之說，非為史實。合傳中各傳結構則自成首尾，與單傳無異。其結構或為二分，或為三分，或為四分，或為五分，或為六分，或為七分，或為八分，各式皆有例可舉。其中〈廖偃彭師暠傳〉更是合傳中的合傳，以三分式結構，記二人忠於故君之事；文末附有「論曰」，以評定二人同有護衛之功。至於類傳中各傳，略似合傳，將性質相類者列為一傳，但以類別標示傳名。陸《書》有〈后妃諸王列傳〉、〈雜藝方士節義列傳〉二卷，各傳結構不一而足，以布局靈動見稱。而陸《書》卷十八〈浮屠契丹高麗列傳〉，為四夷傳。由於佛教傳自域外，不妨將〈浮屠傳〉納入其中；〈契丹傳〉、〈高麗傳〉皆名副其實之四夷傳，都作三分法布局。附傳，必須依附他傳而存在。然陸

《書》單傳僅一篇，恰好不見附傳。合傳中的附傳，如卷五〈周徐查邊列傳〉之〈徐鍇傳〉，前附其父徐延休傳，為三段結構。類傳中的附傳，如〈雜藝傳〉之〈申漸高傳〉，後附優人李家明傳，為二分結構。四夷傳中的附傳，如〈浮屠傳〉附小長老、惟淨等僧徒之傳記。

從陸《書》所引詔書，可知南唐三君的治國方針，如重農桑、用儒臣、罷苛政等；再從所錄臣下奏疏，可突顯各傳主形貌，如潘佑之忠憤填膺、江文蔚之彈劾佞臣、歐陽廣的識人之明等等。而陸氏所援引書贊中，可見南唐與北朝、鄰國、外邦的往來情形，以及當時國際間的矛盾關係，這些都是後世研究五代十國史的重要參考資料。再者，陸氏善於徵引詩文以佐證歷史，此舉不但可烘托出史傳人物的形象特徵，亦間接保存南唐君臣詩詞、文章等作品，對後世史學、文學皆有貢獻。陸氏撰史之際，也引用不少當時傳聞，他將宋人對南唐歷史的評議、採集而來的田野史料，一併寫入史傳中，藉以見證南唐史事，有助於還原歷史真相。另如〈盧文進傳〉引述傳主在契丹之見聞，可作為後世歷史學、天象學、人種學研究的參考。

陸氏《南唐書》之摹寫技巧：在勾勒人物情事上，善用摹寫法，以刻劃君主形貌，如描寫後主居喪哀毀，杖而後起，為視覺兼心覺之摹寫。至於描繪官吏臉譜，如〈劉仁贍傳〉，採視覺與聽覺摹寫，如此一來，劉仁贍引弓而射、周世宗以身試箭的畫面，如狀目前；而弓矢墮地、投弓於地的聲響，以及劉仁贍躬忠體國的喟嘆，依稀可聞。陸《書》亦勾勒出不遇之士的輪廓，如採視覺兼心覺摹寫，敘蒯鼇為信守承諾，徒步數百里，送龍尾硯而還。他善用精鍊的文字，具體描繪出史傳人物的音容相貌，無不活靈活現，躍然紙上。在刻劃戰爭場面上，陸《書》中，不乏以摹寫法刻劃戰爭場面之例，如〈劉彥貞傳〉，寫劉彥貞援壽州，其中周將之「慮」、周兵之「笑」及南唐師之「怯」，皆為心覺摹寫；尤以「笑」字最為傳神，兼具心覺、視覺與

聽覺效果，除了摹狀敵軍內心的訕笑，其輕蔑的笑容、不屑的笑聲，彷彿也呼之欲出。又〈後主本紀〉謂宋軍晝夜攻城，城中米價飆漲，死者相枕藉，從視覺上寫出民不聊生的慘況；「人病足弱」句，為心覺兼視覺摹寫，寫活了城內居民貧病交迫、舉步維艱的痛苦。在在可見陸《書》善用各種摹寫法，以精於描摹見稱，故能掌握史傳中人事、戰況等，成功重現歷史情境。

　　陸《書》之善用對白手法：首先，就對話法來看，又依寫作方式不同，分為「一問一答」與「互相對談」兩類。如元宗先問：南唐、北朝取士有何不同？江文蔚回答：北朝公私參半，金陵則大公無私。如此一問一答，提問只是簡單引出話題，重點落在回答之上。至於互相對談，透過彼此對話才能瞭解事情的原委，故無論先言或後說都同等重要。如陸氏描寫烈祖與宋齊丘互相對談，讓他們各自發言，表明立場，間接突顯出君臣之間的矛盾。其次，就獨白法來看，可按表白內容之異，分為「自抒襟抱」與「闡述看法」二類。在自抒襟抱方面，如孫忌出使後周奉表之前，曾向部屬王崇質闡明「終不負永陵一抔土」的決心，陸氏藉由獨白方式呈現出大義凜然的使臣風骨，形貌逼真。在闡述看法方面，如陸《書》借馮延巳之獨白，闡述他對國事的見解：既譏烈祖為田舍翁，又讚元宗是真英主。明揭其居心叵測，一面逢迎元宗，一面鼓動出兵；身為國之重臣，卻擅作威福如是，自然難逃亂臣賊子之罵名。而蕭儼把宏麗的宮殿比為陳後主景陽殿，目的無非提醒元宗：切莫重蹈覆轍，步上亡國一途。高遠獨以為湖湘之地，易取難守；李建勳亦認為平湖南，禍由此而起；皆以獨白法，闡述傳主之洞悉時勢，別具真知灼見。

第六章
陸游《南唐書》之影響

　　吾人擬從「增注陸游史書」、「澤被史傳著述」及「探究南唐歷史」三方面，闡述陸游《南唐書》對後世之影響。

第一節　增注陸游史書

　　後世增注陸游《南唐書》者，有：戚光《南唐書音釋》、萬斯同《南唐將相大臣年表》、周在浚《南唐書注》、周廣業《南唐書箋註》、湯運泰《南唐書註》、汪之昌《補南唐書藝文志》、劉承幹《南唐書補注》、鄭滋斌《陸游《南唐書本紀》考釋及史事補遺》及錢仲聯、馬亞中《南唐書校注》等，逐一論述如次。

一　戚光《南唐書音釋》

　　有元一代，無論距南宋陸游撰史之時，或離南唐有國之際，均為時不遠，故戚光《南唐書音釋》較具時代優勢，可避免代遠年湮之憾，更能貼近陸氏史傳之原意、南唐歷史之真相。據趙世延〈南唐書序〉云：「天曆改元，……監察御史王主敬謂余曰：『公向在南臺，蓋嘗命郡士戚光纂輯《金陵志》，始訪得《南唐書》；其於文獻遺闕（缺），大有所考證，裨助良多，且為之《音釋》焉。』」可見戚光奉命纂修金陵史志時，曾覓得陸游《南唐書》；其後，更考證該書內容，撰成《南唐書音釋》一卷，附於書後，與陸《書》同時刊行。

　　戚光《南唐書音釋》計有四單元，依序為：〈本紀〉（《南唐書》卷一至卷三）、〈唐年世總釋〉、〈州軍總音釋〉、〈列傳〉（《南唐書》卷四至卷十八）。其中〈唐年世總釋〉，簡述唐天祐元年（904）至乙亥歲（975）七十二年間大事；〈州軍總音釋〉下注：「凡州軍三十八」，實僅簡釋南唐三十六州軍之沿革；是從時間、空間的座標軸上，企圖勾勒出南唐歷史的輪廓。此外，〈本紀〉、〈列傳〉中，分別從四個視角注解陸《書》：

　　一曰釋字詞音義，如〈本紀〉「烈祖」下釋「昪」字，云：「音弁，曰光貌，明也。又喜樂貌，或作忭。」[1]「後主」下釋「膜拜」：「長跪拜也。膜音謨。」而〈列傳〉中解釋字詞音義之例，俯拾即是，諸如：「鍾謨」下釋「沾沾自衒」：「沾音瞻，輕薄也。《漢》〈魏其傳〉：『沾沾自喜。』衒音縣，《說文》：『自矜也。』」[2]「張易」下釋「寬峨」：「即巍峨，寬、巍古通。」又釋「喑噁」，云：「《史記》〈韓信傳〉：『喑噁叱吒。』《索隱》曰：『喑，於鴆切。噁，烏路切。懷怒氣也。』《漢書》作『意烏猝嗟』，晉灼曰：『意烏，恚怒聲也。』」可知，戚光從音義上逐一注釋陸《書》中生難字詞，是為名副其實的「音釋」。

　　二曰釋人物生平，如〈本紀〉「後主」下釋「鍾蒨」，云：

　　　　字德林。案徐鉉〈王夫人墓誌〉：「王，太原人，家豫章。蒨父司徒續戎是邦，因娶焉。二子……次蒨也，以屬詞敦行，從事戚藩，累登臺郎，為集賢殿學士。會中書令齊王避親讓寵，授鉄臨川，朝廷憤選英僚，以光幕府除撫州觀察叛官，檢校屯田郎中。既拜，而夫人疾亟，以交泰元年，卒於京師嘉瑞坊官

1　見〔元〕戚光撰：《南唐書音釋》，收入陸游：《南唐書》（明·崇禎庚午〔三年；1630〕海虞毛氏汲古閣刊《陸放翁全集》本），頁1左。

2　見〔元〕戚光撰：《南唐書音釋》，收入陸游：《南唐書》，頁8左。

舍。」鉉又有〈保大九年送德林員外赴東府亞尹詩序〉：「鉉等
餞於石頭城，分題為詩，蕮有〈賦山別諸己〉詩云：『暮景江
亭上，雲山日望多。只愁辭輦轂，長恨隔嵯峨。有意圖功業，
無心憶薜蘿。親朋將遠別，且共醉笙歌。』」……蕮之才譽，
亦可見矣。……舊嘉瑞坊，在今城內東南隅。蕮，倉甸切。[3]

注釋中引用時人文章，甚至轉引鍾蕮所賦詩，藉由當時文士間往來的
文獻記錄，試圖突顯出史傳人物的鮮明形貌。如此一來，便不難瞭解
才德兼備的勤政殿學士鍾蕮其人其事，以此呼應陸《書》所載：城陷
之日，鍾蕮朝服坐於家，舉族就死不去。從其家世、交遊與才學等方
面，有助於吾人認識此一舉族殉國的南唐忠臣，其大義凜然形象，躍
然史冊。又〈列傳〉「韓熙載」下釋「慕容紹宗」，云：「案《北史》：
『紹宗初事爾朱，歸高歡；歡命其子澄用之。故曰：神武遺言，實表
知人之鑒。』」[4]戚光徵引《北史》，注解陸《書》中韓熙載自比為慕
容紹宗，以為烈祖知他才能卻未加拔擢，一如高歡遺命其子重用慕容
紹宗，有意留待元宗之世一展長才。如此可見《音釋》引經據典，以
注解陸《書》中相關人物生平，雖僅寥寥數條[5]，卻如吉光片羽，格
外珍貴。

　　三曰釋地理位置，戚光身為元人，去史未遠，故對南唐地名、山
川、宮觀等地理位置，多加考釋。如〈列傳〉中「盧絳」下釋「新
淦」，云：「漢縣，隋以屬吉州，宋以屬臨江軍。淦水出焉。淦，從水
金聲，古暗切。」〈本紀〉「後主」下釋「青山」：

3　見〔元〕戚光撰：《南唐書音釋》，收入陸游：《南唐書》，頁3右。
4　見〔元〕戚光撰：《南唐書音釋》，收入陸游：《南唐書》，頁8右。
5　案：〈本紀〉中有「馬元康胡恢」、「喦彥」、「鍾蕮」三條，〈列傳〉則有「豆盧」、「慕
　　容紹宗」二條，共計五條。

案《郡志》:「後主獵青龍山,一牝狙觸網,淚下稽顙,屢顧其腹。後主命虞人守之,其夕,生二子。還,幸大理寺,親錄囚。一大辟婦以孕在獄,適產二子,因得減死。」山在城東三十五里,然城南四十里亦有青山,但《郡志》所傳,若頗悉爾。

引述方志記載後主幸大理寺赦免死囚事,以補充陸《書》「親錄繫囚,多所原釋」之說,並加注青山所處位置,一在城東,一在城南。至於後主打獵之所,到底位於何處,疑而從缺,留待後世考證。又「馮延巳」附「延魯」下釋「玄武湖」,云:「在金陵城北。《南唐近事》:『湖周迴十數里,幕府、雞籠、蔣山環聳左右,名園勝境,掩映如畫,六朝舊迹,多出其間。每栽菱藕,罟網之利,不下數千云。』案湖宋王安石言開為田,今成平陸矣。」由此可知,南唐玄武湖之地理位置,及其富庶與美麗,難怪小人馮延魯一度嚮往不已。再從注釋中,看到玄武湖至北宋熙寧年間被開墾為農田,到了元代戚光時,已然成為平地,滄海桑田,不勝唏噓。「潘扆」下注「紫極宮」:

《南唐近事》:「扆後欲傳其法於人,夢其師恐擅洩靈符,傳非其人,陰奪其法,寤不復能劍云。尋,病終紫極宮。臨終,上言乞桐棺,葬近地,後當尸(屍)解。上從之,使中貴人護葬金波園。保大中,元宗命親信發冢觀之,骸骨尚在,迄無異焉。」

陸《書》本傳但載潘扆神乎其技,刺史鄭匡國表薦於烈祖,遂召居紫極宮,數年而卒。戚《釋》引用《南唐近事》,進一步交代他劍術失靈後,病終紫極宮的原委。此條雖未註明紫極宮所在,但藉由補述相關史事,清晰呈現出潘扆的言行,有助於後世對該傳主之認識。

　　四為其他，如〈本紀〉「元宗」下旁徵博引，以解釋保大五年閏七月丁丑夜有彗星出於東方，「近濁」；次釋何謂「少微長垣」等天文星象，共計二條。又釋官員服飾者，「周宗」下釋「摺襆頭角」：「見李建勳等畫影，皆軟裹。公服一如盛唐也。」謂當時公卿衣著一如唐制，帽上有軟角（襆頭角），元宗曾親為周宗摺襆頭角，以表殊禮。另有刊訂陸《書》訛誤者二條：如「刁彥能」下釋「舉刀示先主」，云：「先主，蓋舊書文，當云烈祖也。」「朱匡業」下釋「朱元叛，元宗議親征」：「元（原）本作烈祖，今按其事正之。」是知戚光《音釋》雖僅一卷，內容稍嫌疏略，然在糾正訛誤、考訂缺疑、補充史料或注釋音義等方面，皆小有貢獻，堪稱後世注解陸氏《南唐書》之濫觴。

二　萬斯同《南唐將相大臣年表》

　　萬斯同（1638-1702），字季野，學者稱石園先生，浙江鄞縣（寧波）人。他是黃宗羲的高徒，也是一名歷史學家。萬家四代效忠明朝，入清後，他奉師命請以布衣參史局，不署銜，不受俸，編成《明史稿》五百卷，致力完成修史大業。所著《南唐將相大臣年表》，顧名思義，即依年序列南唐之將相大臣。從烈祖昇元元年（937）至七年，經元宗十九年，到後主在位十五年，共計三十九年（兩次新舊君主政權轉移時間上出現重疊）間將相大臣出任之概況。如昇元四年，載：

〔宰相〕景遂、齊丘、延翰十二月卒、居詠、建勳七月罷
〔內樞使〕宗、杜業兵部尚書兼
〔諸道元帥判六軍諸衛事〕璟[6]

6　見〔清〕萬斯同撰：《南唐將相大臣年表》，收入《二十五史補編‧隋唐五代史補編》（北京市：北京圖書館出版社，2005年），頁491。

可知烈祖時期宰相始終維持四至六位，以宋齊丘、張延翰、張居詠、李建勳四人為班底，而張延翰卒於昇元四年底。徐玠昇元三年至五年間不在位；吉王景遂自昇元二年起，一直出任相位，足見烈祖對之冀望頗深。齊王璟（元宗）則掌握兵馬大權，為諸道元帥判六軍諸衛事。烈祖有意預防宋齊丘[7]、徐玠等干政，讓親子景遂、璟二人分掌文武大柄，接班態勢大致已定。元宗保大十四年，載：

〔宰相〕延巳、續、簡言
〔內樞使〕崇義
〔內樞副使〕覺三月充監軍使拒周師、李徵古
〔諸道元帥判六軍諸衛事〕景達
〔副元帥〕弘冀[8]

時值多事之秋，周人南侵，吳越來犯，兵禍相尋，已讓南唐疲於應付。朝中又有馮延巳為相，陳覺、李徵古輩皆居高位，與同為宰相的嚴續、游簡言，各持己見，誓不兩立，朋黨之爭愈演愈烈。從上述年表中，可知當時掌權柄者之梗概，國家所以內憂外患頻仍之緣由。又後主時，如乙亥歲，載：

〔宰相〕崇義十一月出降
〔光政院使〕喬十一月殉難
〔光政院副使〕張洎
〔副元帥〕繼勳十一月被戮

7　案：昇元三年，宋齊丘雖為相，卻不預政事，即可說明一切。

8　見〔清〕萬斯同撰：《南唐將相大臣年表》，收入《二十五史補編·隋唐五代史補編》，頁493。

〔勤政殿學士〕蕡十一月殉難[9]

有道是：「路遙知馬力，板蕩識忠貞。」同樣身為朝中大臣，在國破家亡之際，光政院使陳喬、勤政殿學士鍾蕡選擇以身殉國，而宰相殷崇義、光政院副使張洎決定隨後主肉袒出降，其為臣操守可見一斑。尤有甚者，身居副帥的皇甫繼勳，未能為國家存亡背水一戰，反而幸災樂禍，最後慘遭臣民群起臠之，可謂罪有應得。

萬斯同《南唐將相大臣年表》中，逐年羅列出當時在位之將相大臣名單，使南唐權臣任免的情況一覽無遺，足見作者對金陵歷史之關注，及受馬令、陸游《南唐書》之影響。

三　周在浚《南唐書注》

周在浚，生卒年不詳，字雪客，號梨莊，又號耐龕，祥符（河南開封）人。不過〈南唐書箋注凡例〉後，有識於「康熙三十四年孟冬」字樣，可以推知他在世的大概年代。該書俗稱為「周在浚注本」，收入《續修四庫全書・史部》第三百三十三冊，上海古籍出版社二〇〇二年據民國四年（1915）劉氏嘉業堂刊本影印。原書尺寸，如書前所注「刻本影印原書版框高一八四毫米寬二六六毫米」，即18.4cm×26.6cm。內文每頁十一行，每行二十一字。單欄，版心大黑口。全書最前扉頁有「南唐書注十八卷附錄一卷」的字樣及牌記「吳興劉氏嘉業堂刊」。此外，書前有趙世延序、沈士龍〈南唐書題辭〉、胡震亨〈南唐書題辭〉、周在浚〈南唐書箋注凡例〉十五條；書後附

9　見〔清〕萬斯同撰：《南唐將相大臣年表》，收入《二十五史補編・隋唐五代史補編》，頁495。

戚光〈南唐書音釋〉、馬令〈南唐書建國譜〉、吳非〈三唐傳國編年圖〉、楊維楨〈正統辨〉。

　　周氏注《南唐書》之動機，大抵有三：一、對陸游《南唐書》之推崇，據其〈南唐書箋注凡例〉云：「陸《書》發凡起例，詳略可觀，足繼遷、固，⋯⋯其識見較馬令超遠，可與歐陽公《（新）五代史》相匹，非諸偽史可比也。」[10]二、因修金陵方志，始著手注釋陸《書》。同前文，云：「戚光纂《金陵志》，始得陸《書》，為之《音釋》刊行。予因輯纂《金陵廣志》，亦取陸《書》而注之。」三、出於家世因素，自稱是南唐周本的後代。同文：「〈列傳〉中，西平王周本及其子建康、子弘祚，實予家二世、三世祖也。予家建康，肇於此家譜，與〈列傳〉同；予之注《南唐書》，亦以存吾之所自出也。」案：如其所說，建康、弘祚皆為周本子，為何是其家二世、三世祖？不解。書中卷六〈周本傳〉，曾引《金谿周氏家譜》云：「本，初名延本，周匡子。天祐初，授行營應援使，平危全諷，轉百勝軍節度使，加中書令。西平王卒於南唐昇元戊戌，謚恭烈。夫人陳氏封助國賢良太君。」[11]看不出與其家世之關係。不過，基於以上諸動機，他花了十六年時間完成這本《南唐書注》。[12]

　　周在浚是繼戚光《音釋》之後，再度著手注解陸《書》的人。首先，就思想而言，周氏一本陸《書》，以南唐為正統，如其〈凡例〉所云：「陸《書》⋯⋯三主名〈紀〉，儼然以正統歸之，其識較馬令超遠。」以此非議馬《書》尊中原為正統，視南唐為僭偽。同文，又批評李清《南唐書合訂》云：「欲以南唐繼後唐，不用宋朔。」案：李清〈南唐書年世總釋前論〉中，謂唐亡而後唐興，後唐亡而南唐興，

---

10 見〔清〕周在浚撰：《南唐書注》，收入《續修四庫全書》（上海市：上海古籍出版社，2002年據民國四年（1915）劉氏嘉業堂刊本影印），冊333，頁335下。

11 見〔清〕周在浚撰：《南唐書注》，收入《續修四庫全書》，冊333，卷6，頁409下。

12 案：〈南唐書箋注凡例〉云：「予注始於庚申，成於乙亥，前後十六年。」

南唐亡而宋興，因此，推論唐、後唐、南唐、宋代政權之相承，以
「明乎宋得統於唐耳」。周氏頗不以為然，認為應依照陸《書》以宋
為主：因南唐為唐代後裔，宋滅之，而承唐統。吾人以為，正統之說
為傳統封建思想，無論南唐是否出自唐裔，其在詩書禮樂上的貢獻，
儼然成為文化之正統，宋代紹承其優良典制文物已是不爭的事實，故
無須特別標榜。

其次，就內容而言，周《注》廣引群書，採用史料甚夥，如其
〈凡例〉云：

> 予家舊有《徐騎省集》、《江南別錄》、《南唐近事》、《江南野
> 史》、《江南錄》、《十國紀年》、《九國志》、《五代春秋》等
> 書，……又《冊府元龜》、《玉海》等書，……皆彙注之。又閱
> 宋人說部書，不下二百種，有關於南唐者，亦悉錄之。

不僅如此，他還徵引薛居正《舊五代史》、馬令《南唐書》、吳任臣
《十國春秋》等書。同文：「《冊府元龜》所引《五代史》，多薛居正
本，注中參用之。」可知注中引述《舊五代史》亡佚部分，是從《冊
府元龜》轉引而得。又云：「馬《書》……所記多稗官之類，當與
《江南錄》、《江南野史》諸書並行，非放翁比也。然瑣事多可考訂，
故以為注。」足見注中亦曾參考馬《書》。又云：「武林吳任臣太史，
有《十國春秋》，考究精詳，箋注亦多備。予注多引用焉。」注中取
材於《十國春秋》者，不在少數。另歐公《新五代史》，自然也不容
忽略。[13]此外，周《注》對《南唐書合訂》一書，多所批駁，如〈凡

13　案：周氏曾欲注《五代史》，蒐集許多相關資料，卻因家變，散落殆盡。他於〈凡
　　例〉云：「予……搜覓藏書有關《五代史》者，得百十種，家難之後，化為雲煙。」
　　這些史料雖已亡佚，但對於注解《南唐書》，或多或少有所影響。

例〉云：「映碧（李清）先生注此《書》，所見正史之外不多，故所注寥寥。」更指出上述注中所引諸書，皆李清所未見、未採者，因此，自認《南唐書注》「較李先生所注為麤（粗）備」。案：李清《南唐書合訂》成書在先，雖說前修未密，卻有首創之功；而周《注》後出，在前人基礎上，精益求精，亦屬理所當然；何況二書性質不同，豈可以同一標準加以檢視？

其三，就體例而言，據〈凡例〉云：「予所注倣裴松之注《三國》意，但依其本文，不敢妄自紛更。」是知周《注》仿裴氏注《三國志》例，不曾變動陸《書》原文之順序，並視其需要，於原文下隨文附注小字加以解釋。如〈元宗本紀〉：「夜宴清風驛，盜斬契丹使，亡去，捕之不得。或以為周人也。」注云：「《唐餘紀傳》曰：『後知為周將荊罕儒（儒）所遣。』」[14]又〈凡例〉：「諸人陸《書》無傳，見於他書者，以其行事相類，附注於後。」如〈後主本紀〉：「耝問至，江南父老有巷哭者，然酷好浮屠。」注中先引《江表志》謂後主嘗買禽魚放生事，之後再附注汪煥上書，以梁武帝事佛為戒，後主拔擢汪煥為校書郎，然始終未加重用。由於陸《書》中無汪煥傳，便將其事附注於「（後主）酷好浮屠」後，此乃變通之法。〈凡例〉復云：「異代人物，如人習見、習聞者，可以不注，……如《千家詩》注也。」如〈馮延魯傳〉：「歎曰：『玄宗賜賀監三百里鏡湖，非僕所敢望……。』」無注。因為「賀監」即唐代賀知章，曾為秘書監，人稱「賀監」；玄宗賜之三百里鏡湖為放生池，其人、其事眾所周知，不必浪費筆墨。〈凡例〉：「郡縣山水地名，倣《三國》裴注例，不盡注。」如前引文「鏡湖」[15]，亦家喻戶曉之地名，故不勞加注。周氏

---

14 見〔清〕周在浚撰：《南唐書注》，收入《續修四庫全書》，冊333，卷2，頁364上。

15 案：鏡湖，又名「鑑湖」、「太湖」或「長湖」，在浙江山陰城南三里處。

另援用《三國志注》、《水經注》之例，僅注釋原文，不加以評論。
〈凡例〉云：「予之注《南唐》也，聊備見聞，不敢妄遺古人一字；
至筆削之權，請俟之大手筆，非予所敢僭也。」此外，周《注》對
《南唐書合訂》更動陸《書》原文，頗有意見。然吾人以為，李清意
在增訂南唐史事，而周氏有功於隨文注釋《南唐書》，各有特色，無
須強分優劣。

四 周廣業《南唐書箋註》

周廣業（1730-1798），字勤圃，號耕崖，浙江海寧人。清‧乾隆
年間舉人。為一著名藏書家，學問淵博，曾奉詔校勘《四庫全書》；相
傳古籍凡他經手校刊過，皆成為善本。本書內含其手校稿，隨葉黏貼。

該書俗稱為「清代讀史精舍綠格鈔本」，線裝，尺寸為31cm×
19cm，共計六冊。內文每葉十行，每行二十一字。左右雙欄，版心
黑口，中縫中記書名、卷次及葉數，雙魚尾（順魚尾）。全書依陸
《書》卷次編排：第一冊含趙世延〈南唐書序〉、沈士龍〈南唐書題
辭〉、胡震亨〈南唐書題辭〉、周在浚〈南唐書箋註凡例〉、〈南唐書目
錄〉，及卷一〈烈祖本紀〉、卷二〈元宗本紀〉。第二冊包括卷三至卷
五，其中〈宋齊丘傳〉缺第十三頁。第三冊為卷六至卷九，第十八頁
從缺，〈游簡言傳〉不全。第四冊為卷十至卷十三。第五冊為卷十四
至卷十六。第六冊為卷十七、十八，後附戚光《南唐書音釋》、馬令
〈南唐書建國譜〉、吳非〈南唐書編年圖〉、楊維楨〈南唐書正統
辨〉、李清〈南唐書年世總釋前論〉、丘鍾仁〈南唐書承統論〉、吳騫
跋、周廣業後序、陳鱣二跋語。

吳騫跋云：「大梁周雪客（在浚）先生箋註《南唐書》，當時最有
名，以未有刊本，故流傳絕少。昔袞平蔣蘿村（國祥）、梅中（國

祚）兄弟合刻馬陸二書時，曾得此校閱，既以示朱竹垞（彝尊）檢討。竹垞極賞之，謂蘿村已刊馬陸二書，是以不復從。與攜過廣陵，曾荔帷先生見之，勸其弟燕客郡丞開雕，卒亦未果，迄今又七十餘載矣。吾友張君文魚（莒堂）從易州山中得此書，……予間從借讀，觀其徵引之富，真竹垞所謂其費苦心者。」[16]是知該書底本為周在浚《南唐書注》，蔣國祥、蔣國祚《南唐書合刻》曾據此校閱，朱彝尊更稱讚注者之煞費苦心。由於當時已合刻馬、陸二書，故不復梓行。七十年後，張文魚（莒堂）得之於易州，友人吳騫（槎容）借閱之餘，亦曾下過一番校訂功夫，文云：「據予家所有之書，逐條校勘，凡諸異同，悉筆之簡端，還以質於文魚。至於箋中有繁者宜芟，複者宜去，互異者應別其是非，附傳者當標其出處，若斯之類，皆私心所未安，而深有望於二三同志之共訂者也。」據陳鱣跋云：「是書為張君莒堂（文魚）得自易州，而吳槎容（騫）先生亟為傳鈔，欲付梓而未果。同里周耕崖（廣業）先生曾經借觀，隨葉粘（黏）籤數百，其芟煩（繁）就簡處，極其允當，蓋原本第就各書雜鈔，毫無裁剪，似未可為定本。若或付梓，須照粘（黏）籤，重加修飾，庶為盡善。」[17]可見吳騫校訂後，將全書鈔錄一遍，原本打算刊行，後又不了了之。其後，周廣業借來是書，又費了不少心思，隨葉粘（黏）籤，刪蕪就簡，始成今日所見面貌。故陳鱣跋語極肯定周廣業箋註之完善。

周氏箋註除了刊訂訛誤之外，更詳加考證史實，缺疑處則存疑以待後世。如於胡震亨〈南唐書題辭〉簡端，眉批：「劉仁贍誤作『贍』，湯刻本多誤寫。太后上漏一宋字。」[18]又〈烈祖本紀〉刊正「改吳天祚二年為昇元元年」之誤：「采按天祚二年，予家本闕

---

16 見〔清〕周廣業撰：《南唐書箋註》（清·讀史精舍綠格鈔本），冊6，頁20左。
17 見〔清〕周廣業撰：《南唐書箋註》，冊6，頁22左。
18 見〔清〕周廣業撰：《南唐書箋註》，冊1，頁3左。

（缺）然。攷（考）《通鑑》天福二年，實吳之天祚三年。《五代史》
作『天祚三年，禪位于齊。』陸《書》云二年者，……傳刻之誤，戚
光〈年世總釋〉甚明。」[19]此為刊訂訛誤之例。而箋註中考證朱瑾殺
徐知訓的時間：

> 《青箱雜記》：「後十三年六月，知訓為朱瑾所殺。」采按本書
> 本紀作「十五年」。又按徐溫徙治金陵，《五代史》、陸〈本
> 紀〉皆作「天祐十四年」，蓋必溫自潤移昇，而後知誥居於
> 潤，可以即日渡江定亂，則十五年為確矣。又《九國志》云：
> 「渭將開國，知訓患瑾位加于己云云。」渭開國在天祐十六
> 年，則殺瑾在十五年為確矣。《玉壺清話》云：「明年，建吳
> 國。」對照，以殺瑾為十五年。采家鈔本誤。[20]

周氏旁徵博引，悉心考證，以證明朱瑾殺徐知訓而後自剄身亡，確係
天祐十五年史事。或作「十三年」，「三」為「五」之訛也。此外，周
在浚注引《江南野史》注解朱瑾之身世：「會其兄珙，以別郡先降。
梁祖親討瑾，乃遣珙於城下，諭令歸順。瑾大怒，乃偽開壁，請與兄
面語，遂飛刃刺殺珙。」箋註云：「兄珙，《九國志》、《五代史》皆作
瓊，與《野史》不同。」[21]又陸氏〈元宗本紀〉「洪州營屯都虞候嚴
思」下，周在浚注：「馬《書》作『嚴思禮』。」箋註云：「嚴思，家鈔
本、毛刻、《通鑑》俱作『恩』，然〈邊鎬傳〉又作『嚴思』。」[22]足見
周廣業箋註之用心，對於模稜兩可者，則標明疑義，絕不妄加斷定。

---

19 見〔清〕周廣業撰：《南唐書箋註》，冊1，卷1，頁16左。
20 見〔清〕周廣業撰：《南唐書箋註》，冊1，卷1，頁10左。
21 見〔清〕周廣業撰：《南唐書箋註》，冊1，卷1，頁8右。
22 見〔清〕周廣業撰：《南唐書箋註》，冊1，卷2，頁3右。

五　湯運泰《南唐書註》

湯運泰，字矞良，號虞尊。道光初，居張浦鎮，歲貢生。據其子湯顯榦序云：「先君力學一生，……晚年致志，則在陸氏《南唐書》，……雖年逾六旬，而……自立課程，不盈不止，凡五易藁（稿）而卒業。庚辰秋，賴同志之多助，爰付剞劂氏，閱兩寒暑未竣。……嗚呼！能注成於七年，而不能睹刻成於二載，……壬午畢月棘人顯榦謹識。」[23]是知該書成於道光壬午（二年；1822），而湯運泰卒於是年八月，享年六十多歲，如此一來，可大約推測其生卒年代。又作者〈自序〉云：「嘉慶十有九年，……篋中攜有陸氏《南唐書》，偶一展閱，時觸記憶，思為補證，以薈叢殘。於是覼縷篇章，網羅放軼，規裴松之《三國志》註（注）例，正史、襍（雜）史、集部、子部，自國典朝章，嘉言懿行，以至詼諧襍（雜）沓，神鬼荒唐，有逸（佚）必搜，無奇不錄。越庚辰孟春始卒業。」[24]知從嘉慶十九年（1814），湯氏博採群籍，仿《三國志》裴注之例以註陸《書》，至嘉慶二十五年（庚辰）孟春始卒業，其間歷時七年。

湯《註》，俗稱「綠籤山房藏板」。線裝。尺寸為24.6cm×16.8cm。內文每葉十行，每行二十一字。左右雙欄，版心粗黑口，中縫中記「南唐書卷第幾」及葉數，單魚尾。全書計有十冊：第一冊有趙世延原序（後附註《元史》〈趙世延傳〉）、湯運泰自序、其學生陳以謙序、其子湯顯榦序、〈凡例〉、〈南唐書目錄〉及卷一〈烈祖本紀〉。第二冊為卷二〈元宗本紀〉。第三冊含卷三〈後主本紀〉、卷四〈后妃諸王列傳〉。第四冊包括卷五〈宋齊丘列傳〉、卷六〈周徐查邊

23　見〔清〕湯運泰撰：《南唐書註》（綠籤山房本），冊1，頁1左。
24　見〔清〕湯運泰撰：《南唐書註》，冊1，頁1左。

列傳〉、卷七〈周柴何王張馬游刁列傳〉。第五冊含卷八〈徐高鍾常史沈三陳江毛列傳〉、卷九〈三徐三王二朱胡申屠喬陸列傳〉。第六冊為卷十〈劉高盧陳李廖列傳〉、卷十一〈張李皇甫江歐陽列傳〉。第七冊有卷十二〈馮孫廖彭列傳〉、卷十三〈孟陳韓朱列傳〉。第八冊為卷十四〈劉潘李嚴張龔列傳〉、卷十五〈郭張林盧蒯二陳列傳〉。第九冊含卷十六〈周鄭李三劉江汪郭伍蕭李盧朱王魏列傳〉、卷十七〈節義雜藝方士列傳〉。第十冊為卷十八〈浮屠契丹高麗列傳〉，後附湯運泰〈南唐書音釋補自序〉及〈戚光南唐書音釋補〉。書中「丘」字一律缺筆，作「𠀉」。

在思想方面，誠如〈自序〉所云：「烈祖羈旅孤窮，間關困阨，……自昇元即位之後，……外藩爭獻琛以納款，中朝多名將之投誠。加以海宇塵昏，契丹虎視，石晉既稱子稱孫之不惜，劉漢更賜枌賜詔以為榮，而南唐一隅，北聘屢至，千里羊馬，二丹畫圖。……昔人謂江左文物，有元和之風，同時諸君莫之，……況東西建號，南北分朝，帝則紀之，史之例也。以彼兵挫國蹙，降號遷都，而元宗之殂，太祖許復帝號；鍾后之葬，《宋史》大書『順陵』。陸氏以本朝臣子之書，遵開代祖宗之命，其敢斟酌偏正，妄加降黜乎哉？」[25]可見他從外邦納款、名將投誠、江左人文薈萃及宋朝官方文獻等方面，贊同陸《書》尊南唐為正統，為三君作紀，其史觀已較封建史家進步。

在內容方面，湯氏〈自序〉明揭馬令《南唐書》之疏失：

> 泉州陞（升）為軍，謬書於未陞（升）四年之前；慕容來乞師，更贅於已死二年之後；是聞見尚未確也。趙太府方請復姓，而改徐為李之詔已頒；劉統軍未識行營，而敗陣潰師之文早著；

---

25 見〔清〕湯運泰撰：《南唐書註》，冊1，頁1右。

> 是攷（考）據猶未詳也。江中丞不記對仗彈文，潘舍人不採贈別墨本，則辭以略而寡色。譜世系，則建王而上遠及伯陽；傳后妃，則義祖之姬誤沿；龍袞又以詳而生瑕。而且李元清恥事趙宋，仍入〈歸明傳〉；江夢孫著績天長，乃入〈隱者傳〉；彭書袋屢舉進士，僅附〈詼諧傳〉；林虎子親遭鴆毒，不入〈誅死傳〉；位置既多未當。陳曙不異陳陶，而〈隱者傳〉遺之；高遠無殊高越，而〈儒者傳〉遺之；郭團練稟命降周，而〈歸明傳〉遺之；廖校書立井悟主，而〈義死傳〉遺之；採訪更多未周。

如陸氏〈高遠傳〉載平湖南，高遠獨以為守之實難。湯《註》引馬《書》作高越之見解，並於隔行低一格註云：「（按）馬令高遠無傳，故以遠事誤入，當以此為正。」[26]誠如〈凡例〉云：「馬《書》……誤記年月，與《通鑑》諸書不合者，隨處訂正，或事有未詳，即引他書補入。是註陸，即以註馬，彼此可互見也。」湯《註》中，雖以陸《書》為底本，但不侷限於陸《書》，對於馬《書》之誤，一併予以刊正。此外，書末有〈州軍總音釋〉，詳考南唐三十八州軍沿革，以補戚光《音釋》之不足，從中可一窺南唐行政區劃分之情形。內容上，較陸《書》增益不少。

在體例方面，據〈凡例〉云：「今謹遵《四庫》之議，謹移〈后妃諸王傳〉置諸臣之前，〈褋（雜）藝方士傳〉列〈節義傳〉之後，俾無遺議云。」[27]除了〈后妃諸王傳〉移至卷四，〈節義傳〉移於〈褋（雜）藝方士傳〉前，其餘依陸《書》次序編列。其編寫體例，則「采（採）摭諸書，參校異同，並夾註紀傳中。其紀傳不載者，三主

26 見〔清〕湯運泰撰：《南唐書註》，冊6，卷10，頁8左。

27 見〔清〕湯運泰撰：《南唐書註》，冊1，頁1左。

則附載逐年之後，諸臣則附載各傳之後，並低一字，另行特起，使不與註混。」如於〈高遠傳〉後，低一格註云：

> （按）徐鉉為鍇兄，已附鍇傳；湯悅與鉉並相後主，故牽連附之。其餘著作流傳，官不甚顯，自朱遵度以下，並著於此。[28]

接著加註數位南唐文士，如：青州書生朱遵度，好讀書，人稱「朱萬卷」。徐鉉之婿吳淑，學有淵源，又預修《太平御覽》、《文苑英華》兩大書。劉崇遠，慕黃初平（赤松子）之為人，自號「金華子」，因以為所著書名。史官尉遲偓，著有《中朝故事》二卷。南昌縣尉涂廙，撰《補豫章記》。所註人名首次出現皆平擡書寫，並以此作為小標目，底下註文則低一格寫作，全書體例井然。

六　汪之昌《補南唐書藝文志》

其寫作動機，據自序云：「宋人撰《南唐書》者兩家，……於史家〈表〉、〈志〉從略。近見顧懷三《五代史藝文志》一書，搜輯頗廣……。顧序以《崇文總目》及《宋史》所載，無從區別為五代諸國所藏書；而顧氏《補志》亦不盡注明作者為何國人，則以所補者五代史志，所志者五代時藝文，南唐在所不遺，要亦無取乎偏重。特南唐建國，夙稱盛文史之地，其人率崇尚乎文雅，斐然具著作之材，以視五代者，乃國舉動懸殊。」[29]是知馬令、陸游兩家《南唐書》不立〈表〉、〈志〉，而顧懷三《五代史藝文志》一書，無法彰顯南唐藝文

---

28 見〔清〕湯運泰撰：《南唐書註》，冊6，卷10，頁8左。

29 見〔清〕汪之昌編：《補南唐書藝文志》，收入《二十四史訂補》（北京市：書目文獻出版社，1996年據清・光緒二十五年（1899）抄本影印），冊11，頁787下。

之盛況，故引起作者撰述《補南唐書藝文志》的想法。

其體例，如自序所云：「閒就顧氏所志藝文，確係南唐者別出之，未著、餘者補入之，分別部居，仍仿顧氏仿前史經史子集例，其諸舛訛脫漏，則俟專家之訂補，姑以補作《南唐書》者之未備云爾。」作者從《五代史藝文志》中，抄出南唐著述，再增補顧氏所不足者，仍依傳統史志之例，按經、史、子、集編排，藉以突顯南唐文風鼎盛，藝文蔚為大觀，迥異於五代諸國。

其內容，如經部，文云：「顧《志》：彭玕嘗募求西京石經，厚賜以金，揚州為之語曰：『十金易一筆，百金易一經。』是必揚州備有石經，玕遣使募求，故州人有此語。而揚州特屬南唐，爰以《開成石經》刻本十二經冠首。」[30]其後著錄：《周易》九卷、《尚書》十三卷、《毛詩》二十卷、《周禮》十二卷、《儀禮》十七卷、《禮記》二十卷、《春秋左氏傳》三十卷、《公羊傳》十二卷、《穀梁傳》十二卷、《論語》十卷、《孝經》一卷、《爾雅》三卷，此十二經從《五代史藝文志》錄出。再據《崇文總目》補《春秋纂要》十卷姜虔嗣撰、《折衷春秋》三十卷陸岳撰，並分別引《宋史》〈藝文志〉、《唐書》〈藝文志〉加注纂校者姓名。

又史部，文云：「顧《志》史部，別出『霸史』。按南唐即史家所謂偏霸者，故不復以霸史、雜史為別云。」[31]其後從《五代史藝文志》摘出南唐著作，並加注撰者姓名，如《楊吳氏本紀》六卷陳濬撰、《吳錄》三十卷徐鉉高遠喬（匡）舜潘佑等撰、《江南錄》十卷徐鉉湯悅撰、《史稿雜著》一百卷高遠撰、《十九代史目》二卷舒雅撰等等。另有作者所增補之內容，如據陸書〈高越傳〉補《吳史》陳濬

30 見〔清〕汪之昌編：《補南唐書藝文志》，收入《二十四史訂補》，冊11，頁787下。

31 見〔清〕汪之昌編：《補南唐書藝文志》，收入《二十四史訂補》，冊11，頁788上。

撰，據《十國春秋》補《唐紀》四十卷陳彭年撰，據焦竑《國史經籍志》補《歷代年譜》徐鍇撰等。

諸如此類，作者從經、史、子、集各方面，增補顧懷三《五代史藝文志》中南唐著述史料，試圖刊訂顧《志》之疏漏，據楊超、張固也〈五代藝文補志述評〉云：「汪之昌的《補南唐書藝文志》專志一國，突出了南唐的文化史地位，可謂別具慧眼；收書不少但體例卻襲用顧《志》，給後人留下了遺憾。」[32]然汪《志》終究瑕不掩瑜，他畢竟突顯出南唐的文化地位，同時彌補了馬、陸二家《南唐書》不著〈藝文志〉之缺憾。

七　劉承幹《南唐書補注》

劉承幹（1881-1963），字翰怡，號貞一。為清末民初著名藏書家，民國十二年（1923）築嘉業堂藏書樓，珍藏大量古籍善本。《南唐書補注》收入《嘉業堂叢書‧史部》冊十三至十六，其中冊十三補注卷一、二，冊十四補注卷三至七，冊十五補注卷八至十三，冊十六補注卷十四至十八，完全依陸《書》卷次編排。其著述動機，如書末跋語云：

> 大梁周雪客（在浚）……《南唐書注》，……後來續出大典諸書，為先生所不見，不揣固陋，起而補之。嘉慶庚辰青浦湯虞尊（運泰）又為此書作注，但未見雪客原書序例，並不知有雪客注，雖採取博贍，而離之兩傷，又改原書十六為第四卷，十

---

32 見楊超、張固也撰：〈五代藝文補志述評〉，《圖書情報工作》第55卷第23期（2011年12月），頁144。

七、十八兩卷無注，均屬不合。承幹迺（乃）刪除重複，以為
底本，再採他書附益之。談南唐事者，庶可為放翁之功臣，雪
客之益友，其亦許我矣乎！[33]

說明作者見周在浚、湯運泰二家注書之不足，或未見後出之史料，或
任意更動原書內容，於是以清代二家注解為底本，刪去重複，再蒐求
各種典籍，加以補充、注解，而成此書。

劉氏《補注》中，謹守一原則：有注才著錄，無注便從缺。如
〈后妃傳〉從元宗鍾后傳開始，蓋因烈祖宋后、种氏皆無注可補，無
須贅述。又書中並未抄錄全文，僅截取欲補注之片斷載入。再於陸
《書》原文片斷下，低一格書寫，或附〔補注〕，或附〔考異〕，或附
〔補音釋〕，或附〔戚光音釋〕。有時一小段原文後，附以一至二項注
解（如〔補注〕、〔考異〕，或〔考異〕、〔補音釋〕等），有時只有一項
〔考異〕或〔戚光音釋〕等，不拘成格，體例靈活，端視注釋需要而
定。如〈後主本紀〉「慎儀至番禺被執」下，〔補注〕：《乾隆府廳州縣
圖志》：「廣州番禺縣：番山在縣城東南，以番山、禺山得名，《山海
經》謂之『賁禺』。禺山在縣西南一里，漢尉佗葬於此。」〔考異〕：
按此條年誤，《十國春秋》誤同，注詳開寶三年。[34]是為〔補注〕與
〔考異〕並用之例。「龔慎儀使南漢」下，〔考異〕：按後主致書南漢
一在開寶元年，一在三年。馬《書》誤認為一以劉鋹執慎儀，載入開
寶二年；陸《書》載入乾德四年亦誤，當以《續長編》為正。〔補
注〕云：

---

33 見劉承幹撰：《南唐書補注》，收入《嘉業堂叢書》（民國四年（1915）吳興劉氏嘉
業堂刊本），冊16，卷18，頁4左。
34 見劉承幹撰：《南唐書補注》，收入《嘉業堂叢書》，冊14，卷3，頁6右。

……予年十餘歲，因隨侍至廣州，當得其全文……按全文詳見〈龔慎儀傳〉。□《宋史》〈南唐世家〉：開寶三年，獻銀萬兩，金銀龍鳳茶酒器數百事。□張洎《賈氏談錄》：……好古博雅，善於談論……貽諸好事者云爾。[35]

可見龔慎儀出使南漢被執，當繫於開寶三年為是。而〈王崇文傳〉「廣德公主」下，〔補音釋〕：廣德公主，徐溫女，李建勳妻也，先建勳卒。南唐封公主，多以郡名，「廣德」偶然相同。《十國春秋》謂崇文以門第壻（婿）于義祖，則謬滋甚矣！[36]說明義祖女、烈祖妹均封為廣德公主，前者嫁李建勳、後者嫁王崇文。僅〔補音釋〕一項，以補戚光《南唐書音釋》之不足。又〈陳喬傳〉「脫屣」下，〔戚光音釋〕：脫屣，音徙。《孟子》：「猶敝蹝也。」又通作「躧」，不躡根也。蹝，所寄切。[37]是為轉引戚光《音釋》之例。

此外，如〈陳況（貺）傳〉「陳貺閩人」下，引《江西通志》〔補注〕：「力田自食，踰三十載」的陳貺事跡，後有「附錄」三則，分別引《詩話總龜》錄「立性僻野，不接俗士」的陳沆事、引《江南通志》錄「隱居不出，鄉人罕見其面」的夏鴻事、引《江南餘載》錄「隱居廬山青牛谷，不交人事」的鄭元素事略。諸如此類，在《補注》中所增補之史料，不勝枚舉；又〈諸王傳〉，南唐三主之從子、諸女亦見載錄，是知其搜羅之賅備。

要言之，劉氏《補注》在前人基礎上，繼續增補、注釋陸《書》，不但體例靈動、內容詳實，最重要的貢獻在考辨疑異方面，如前述考證龔慎儀見執於番禺的時間等，解決歷來爭議，對後世研讀陸《書》裨益良多。

35　見劉承幹撰：《南唐書補注》，收入《嘉業堂叢書》，冊14，卷3，頁10右。
36　見劉承幹撰：《南唐書補注》，收入《嘉業堂叢書》，冊15，卷8，頁4右。
37　見劉承幹撰：《南唐書補注》，收入《嘉業堂叢書》，冊16，卷14，頁8右。

八 鄭滋斌《陸游《南唐書本紀》考釋及史事補遺》

鄭滋斌《陸游《南唐書本紀》考釋及史事補遺》一書，對陸《書》三篇〈本紀〉所載史事，詳加考證、增補。由於傳統史書載國家大事多以編年方式，寫入帝王本紀，因此，該書等於為整部南唐史做一番考釋與補遺，對陸《書》之考訂自是功不可沒。

該書之寫作動機，不外乎出於對陸《書》的看重，以及為了糾正前人著述之疏失。如作者於〈前言〉云：「胡恢之書既不傳，馬《書》富於事而劣於法，不若陸《書》之綜事比類，芟蕪去繁，存南唐一代之烈，法度儼然……。又以為宋去南唐為近，記南唐之事，或身知之，或聞見而知之，或比事而知之，類皆有足矜者。」[38]由於陸《書》簡而有法，且南宋距南唐為時猶未遠，更加確立其研究價值。〈前言〉亦云：

> 元戚光作《音釋》，已作篳簵之功，清世周在浚之《注》，劉承幹之《補注》，用力深篤，然所採尚未周遍，且好誕漫之說，作叢脞之語，未能根於史實，此一失也。二家，雖以薛、歐《五代史》、馬《書》、《通鑑》、《宋史》諸史乘證陸《書》，然記事不一者，不作考證，但錄文字，斯二失也。

以為前人注釋陸《書》者，或徵引未盡詳實，或史料未經考證，故決定為之徹底考釋、補遺一番。又基於「〈本紀〉之文，具見南唐史事大略，故先考釋，並補其遺，……至於〈列傳〉，請俟他日。」作者

---

38 見鄭滋斌撰：《陸游《南唐書本紀》考釋及史事補遺》（臺北市：文史哲出版社，1997年），頁1。

前後花了十年完成是書，又校閱三載始付梓，足見其用力之深。

　　該書在思想上，較前人進步之處，明顯表現在擺脫傳統封建思維、不取怪力亂神之說等。如釋「烈祖……姓李氏」，書中旁徵博引，整理出五種說法：一、李姓，乃唐之宗裔；二、李姓，然非唐之宗裔；三、潘姓；四、不知姓氏者；五、不斷然為非李姓、非潘姓，仍其本稱是也。作者已然跳脫傳統窠臼，就事論事，不再把唐裔、正統等史觀強加在烈祖李昇的身世上。吾人以為，無論烈祖是否系出李唐、南唐是否遙繼唐統，金陵曾統治一方、有國近四十年，終究是既定的事實，任誰也無法抹滅。又釋「帝以光啟四年十二月二日生於彭城」，書中引《十國春秋》注，謂有赤蛇走烈祖母楊下，未幾而孕，生之。作者云：「則為怪誕之言，陸游不取，是也。」[39]釋「冒姓徐氏，名知誥」，書中引《釣磯立談》載義祖嘗夢捉一龍，後得烈祖事；《江南別錄》載相者預言義祖將得貴子，及義祖夢捉龍二事。然作者云：「諸書復載怪異之事，……陸《書》均所不取，是也。」[40]再三肯定陸《書》忠於史事，不似諸家野史摻雜詭異荒誕之言，試圖釐清歷史與軼聞的差別。

　　在內容上，如〈前言〉云：「凡子部方志、詩話文集，至於史書類書，與於南唐者，皆為之鈔錄，……其後得周、劉二家之書，……排比綜緝，條分縷析，詳為之考釋，以見陸《書》書法。」是知作者搜羅大量資料，據其書末〈參考及引用書目〉所列便有一百零七筆，遍及唐、宋、元、明、清各代著作，更見今人之論述，取材豐富，內容自然更臻充實、完備。然該書所有考釋、補遺等，僅限於〈本紀〉三卷；另〈列傳〉十五卷，也期待他詳加考訂一番，以嘉惠後學。

　　在體例上，書中依序為〈前言〉、〈烈祖本紀第一〉、〈元宗本紀第

39　見鄭滋斌撰：《陸游《南唐書本紀》考釋及史事補遺》，頁8。
40　見鄭滋斌撰：《陸游《南唐書本紀》考釋及史事補遺》，頁10。

二〉、〈後主本紀第三〉和〈參考及引用書目〉，共計五個單元；以三篇〈本紀〉為全書考釋、補遺之重心。書中按年月抄錄陸《書》原文，大致以每年為一段落，先於原文中標註序號，再於該段後逐一載述考釋之文字。「考釋」完畢，又有「史事補遺」，分為「日月可考之事」、「日月不可考之事」，以補南唐史之缺遺。綜觀全書體例，「考釋」必然有之，鉅細靡遺考訂、注釋原文史實；而「史事補遺」視實際情況而定，不必每段皆分成兩類記載，有則錄之，無則省之。此外，作者於考釋陸《書》、補述南唐史之餘，偶爾也會發表自己的看法，如前述贊同陸氏不盲從怪異之說。又如「朱瑾殺知訓」後，云：「朱瑾殺知訓事，為知誥得以控掌軍政大權之嚆矢，諸書所載甚詳，以見其要也。」[41]又考昇元四年「吳越使刑部尚書楊嚴來賀仁壽節」，云：「烈祖生辰為十二月二日，九月則太早，十二月則太遲，陸《書》較合事理。」[42]可見該書以考釋、補遺為主，體例嚴謹而靈活，有所變通；雖然著重於考注原文、補充史料，亦不時現身評論史事，闡述獨到見解。

九　錢仲聯、馬亞中《南唐書校注》

　　錢仲聯、馬亞中主編的《南唐書校注》，收入《陸游全集校注》第十二冊，二〇一一年由浙江教育出版社（杭州市）所刊行。這是一本現代化的校注本，全書由陸《書》原文，及「注釋」、「校記」所組成，是為名副其實的《南唐書校注》。該書以「注釋」為主、「校記」為輔，前者搜求正史、野史、經籍、筆記、詩文集等文獻，旁徵博引，以注解陸《書》內容；後者則採用錢穀鈔本、陸貽典及黃丕烈校

---

41 見鄭滋斌撰：《陸游《南唐書本紀》考釋及史事補遺》，頁20。
42 見鄭滋斌撰：《陸游《南唐書本紀》考釋及史事補遺》，頁62。

本、貞介堂鈔本、湯運泰註本等諸家校刊，斟酌字句，以校訂陸
《書》原文。書中依陸《書》原文次第，自分段落，隨文校注；十八
卷之末，另有〈附錄南唐大事年表〉一篇，以記錄南唐歷史大事。

　　先論其「注釋」，除了少數注解文義[43]之外，絕大多數皆用以闡釋
史實，如〈雜藝列傳〉〈潘扆傳〉注「潘扆」，云：「《南唐近事》卷
一：『鄧匡國為海州刺史，有野客潘扆謁之。』謹案：同卷下文復有
一獻神丹之潘扆，吳淑《江淮異人錄》卷上復有一潘扆，皆與同時而
似不相屬。」[44]註明劍客潘扆與丹士潘扆，非同一人，是對陸《書》
中歷史人物之注釋。又如〈常夢錫傳〉注「延巳卒『文致其閨門
罪』」，云：

> 馬氏《南唐書》卷十：「夢錫無子，以其婿王繼沂掌家務。或
> 言繼沂亂內，夢錫盡出妻妾，室為之一空，奏黜繼沂於虔
> 州。」[45]

闡述馮延巳如何羅織罪名，以閨房醜聞構陷常夢錫，是對陸《書》中
歷史事件之注解。又〈烈祖本紀〉注「昇元元年……十二月……丙
午」，云：「馬氏《南唐書》卷一：『是日，周本卒。帝輟朝一日，食
不舉樂。』」載明該日老臣周本辭世，輟朝一日以致哀，是對陸

43　如〈烈祖本紀〉中，注「浮屠」，云：「梵語音譯，佛、塔之意，此指僧人。」注「晦
　　跡精舍」，云：「精舍，寺廟。謂深藏形跡於寺廟。」見錢仲聯、馬亞中主編：《南
　　唐書校注》，收入《陸游全集校注》（杭州市：浙江教育出版社，2011年），冊12，
　　卷1，頁2。
44　見錢仲聯、馬亞中主編：《南唐書校注》，收入《陸游全集校注》，冊12，卷17，頁
　　395。
45　見錢仲聯、馬亞中主編：《南唐書校注》，收入《陸游全集校注》，冊12，卷7，頁
　　184。

《書》中歷史時間之考訂。同前文注「昇元二年……講武『銅駝橋』」，云：

> 馬氏《南唐書》卷一、《新五代史》卷六二皆作「銅橋」。《景定建康志》卷十六：「銅橋在城東一十里。」《南唐書音釋》：「銅駝橋，即今金陵城東十里銅橋。據《五代史》及《金陵志》，駝，衍文。」

引經據典，指出「銅駝橋」即「銅橋」，位於金陵城東十里處，是對陸《書》中歷史地名之考證。另〈劉仁贍傳〉注「焚攻城『洞屋』甚眾」，云：「《資治通鑑》卷二六七胡注：『洞屋以木撐拄為之，冒以牛皮，其狀如洞。』即唐順之《武編後集》卷二所謂：『構木為廬，冒以牛皮』者也。」[46]明揭洞屋之真實面貌，以木為架構，外覆牛皮，狀如洞穴的屋舍；是對陸《書》中歷史文物之解釋。注釋的內容包羅萬象，不勝枚舉，或轉述解說文字，或載明注義出處，更多引用典籍詳加解釋，注例十分靈活。然時有疑義未決者，則並列各家之說，留待後世考辨，絕少於注中闡發評論或妄自臆斷。如〈宋齊丘傳〉注「且無子」，云：「《玉壺野史》卷十：『無子，以從子摩詰為嗣。』《江南野史》卷四：『有一子，先世而亡。』」[47]至於宋齊丘有無子嗣，注中未加論斷。

次論其「校記」，大抵從三方面著手校錄：一、補脫落，如〈張義方傳〉注「親禮」，云：「……底本詔書文字無『賜義方衣一襲，以

---

46 見錢仲聯、馬亞中主編：《南唐書校注》，收入《陸游全集校注》，冊12，卷13，頁298。

47 見錢仲聯、馬亞中主編：《南唐書校注》，收入《陸游全集校注》，冊12，卷4，頁136。

旌直言」，今從《全唐文》卷一二八〈旌張義方直言詔〉增。」[48]二、糾訛舛，如〈周本傳〉注「『烙』其創」：「底本作『炮』，據陸貽典、黃丕烈校本改。」[49]是形近而誤也；〈刁彥能傳〉注「泣告」：「底本作『乞告』，據陸貽典、黃丕烈校本改。」[50]為音近而誤也；又〈鍾謨傳〉注「遇之亦寢薄」：「遇，底本作『覺』，據陸貽典、黃丕烈校本改。」[51]乃文義之訛也。三、標異文，如〈周本傳〉注「戰，先奪氣」：「錢穀鈔本，陸貽典、黃丕烈校本皆作『未戰先奪氣』。」書中諸如此類標註異文，而不加改訂者，為數眾多，注者謹守校讎分際，不敢擅自更動原書字句。

　　總之，該書注釋允當、校對精善，在陸氏《南唐書》校注上立下了汗馬功勞。然書中重視體例純粹，絕少著墨於考證、評論等方面；為求行文簡潔，注中僅取其精要，未能善用大量南唐史料，實屬美中不足！

第二節　澤被史傳著述

　　陸游《南唐書》澤被後世史傳著述，如明人陳霆《唐餘紀傳》十八卷、明末清初李清《南唐書合訂》二十五卷、毛先舒《南唐拾遺記》一卷，及清代吳任臣《十國春秋》、不著撰人《南唐史》今存一冊，皆在其基礎上，繼續編寫金陵舊史，影響之大，可見一斑。

48　見錢仲聯、馬亞中主編：《南唐書校注》，收入《陸游全集校注》，冊12，卷10，頁243。
49　見錢仲聯、馬亞中主編：《南唐書校注》，收入《陸游全集校注》，冊12，卷6，頁156。
50　見錢仲聯、馬亞中主編：《南唐書校注》，收入《陸游全集校注》，冊12，卷6，頁172。
51　見錢仲聯、馬亞中主編：《南唐書校注》，收入《陸游全集校注》，冊12，卷7，頁182。

一　陳霆《唐餘紀傳》

　　陳霆（約1477-1550），字聲伯，號水南，明・弘治年間進士。正德初，謫判六安州，歷山西提學僉事。為明代文史學家，著有《水南集》十七卷、《兩山墨談》十八卷、《唐餘紀傳》十八卷等書。據其〈唐餘紀傳序〉云：「唐餘者，李唐三百年世祚之餘也。……烈祖以憲宗之裔，建王之支，崎嶇流竄，養於徐氏，經營勤勩，積三十餘年，而始有江淮數十州之地，闢國纘號。」[52]可見所謂「唐餘」，乃以南唐承唐代之餘緒，烈祖實李唐之苗裔，故以此為書名。

　　陳氏曾遍讀陸氏《南唐書》，醉心於金陵舊史，故據此撰述《唐餘紀傳》，以增訂南唐史事。清人《四庫全書總目提要》以為：纂述南唐史事，以馬令、陸游二家《南唐書》為最著，而《唐餘紀傳》後出，「何必作此屋下屋」，對之評價甚低。[53]丁丙《善本書室藏書志》亦云：「彭氏知聖教齋讀書跋尾譏其全襲陸《書》，倒置前後，改竄名字，塗人耳目，以博著述之名。」[54]然吾人翻檢全書，發覺「全襲陸《書》」之說，絕非事實。

　　首先，就思想言，如陸氏《南唐書》〈朱元傳〉詳載朱元從齊王

52　見〔明〕陳霆撰：《唐餘紀傳》（臺北市：臺灣學生書局，1969年據明・嘉靖刊本景印），頁1。

53　據《四庫全書總目提要》云：「其體例多學步《新五代史》，……有效顰之失，……復仿陳壽《蜀志》之例，尤進退無據。至於雜採稗官，漫無刊削，又其小失矣。胡恢之書雖佚，馬令、陸游二書具在，何必作此屋下屋也。」見〔清〕永瑢、紀昀等撰：武英殿本《四庫全書總目提要》（臺北市：臺灣商務印書館，1983年據國立故宮博物院藏本影印），冊2，卷66，頁441上。

54　見〔清〕丁丙撰：《善本書室藏書志》，收入《續修四庫全書》（上海市：上海古籍出版社，1995年據清・光緒二十七年（1901）刻錢塘丁氏刻本影印），冊927，卷10，頁280上。

景達救壽州，後因陳覺進讒言使楊守忠奪其兵柄，迫使朱元憤而舉寨降周。傳末「論曰」評議此事：「亡國之君，必先壞其紀綱，而後其國從焉。方是時，疆場之臣，非皆不才也，敗於敵未必誅，一有成功，讒先殺之，故強者玩寇，弱者降敵，自古非一世也。南唐如陳覺、馮延魯、查文徽、邊鎬輩，喪敗塗地，未嘗少（稍）正典刑；朱元取兩州於周兵將遯（遁）之時，固未為雋功，而陳覺已不能容，此元之所以降也。元降，諸將束手無策，相與為俘纍以去。」[55]陸氏針對朱元降周之事，發為議論，點出元宗自亂綱紀，任由陳覺等擅作威福，逼走朱元，更把國家逼上絕路。而《唐餘紀傳》不為朱元立傳，將其事附於〈李平傳〉中，並於「論曰」評云：「陳覺以私隙，而奪朱元之兵；朱元以失兵，而決叛國之計；唐主戮元之妻子，若足警眾矣。然徒能正背叛者之誅，而不能推按主兵者激變之罪，欲軍政之脩（修）明，將帥之輯睦，其可得乎？」[56]陳霆顯然不曾站在朱元的立場看這段史事，在他眼裡，朱元不過是一位叛國者，而非陸《書》所謂的「能將」，所以不必為之立傳載述。從評論中，可讀出作者對朱元的忽視，他更關心元宗如何處置此事，以史為鑒，認為誅殺反叛者妻孥看似具有嚇阻作用，卻不能確實遏止將領率兵降敵之風。由此可見，《唐餘紀傳》與陸《書》思想上之差異，絕非完全承襲。

　　其次，就內容言，《唐餘紀傳》比陸《書》多出杜業、潘承佑、喬氏、中主女芳儀、鍾離君、張陳二將、許堅、王延政、留（劉）從效、馬希蕚、聶氏、李延珪、木平、裴長史、楊花飛、徐鉉、殷崇義、張洎、張佖等十九篇傳記，及〈志略〉一篇；其增訂之功，不言而喻。至於陸《書》內容，也不完全為陳霆所因襲，如高審思、徐知證、徐知諤、朱元、劉崇峻、劉洞、江為、汪台符、郭昭慶、伍喬、

---

55 見〔南宋〕陸游撰：《南唐書》，卷12，頁8左。

56 見〔明〕陳霆撰：《唐餘紀傳》，卷10，頁10左。

朱弼、某御廚者、史守沖、段處常、趙仁澤、浮屠等十六傳，為《唐餘紀傳》所不錄；是知其自有取捨，絕非全然沿用舊作，照單全收。

　　其三，就體例言，陸《書》十八卷，包括〈本紀〉三卷、〈列傳〉十五卷。其〈列傳〉僅〈宋齊丘列傳〉一篇單傳，卷五至卷十五為合傳，另為后妃、諸王、雜藝、方士及節義者立類傳，以及浮屠、契丹、高麗三篇四夷傳。而《唐餘紀傳》，依序為：〈國紀〉三卷，〈列傳〉十卷，〈家人傳〉一卷，〈忠節傳〉一卷，〈義行傳〉、〈隱逸傳〉一卷，〈藩附傳〉、〈列（烈）女傳〉、〈方技傳〉、〈伶人傳〉一卷，〈別傳〉、〈志畧（略）〉、〈附錄〉一卷，共計十八卷。或作二十一卷，或作二十四卷，蓋因卷數析併不同之故也。[57] 其中〈列傳〉十卷，皆為單傳；從家人至別傳，為九篇類傳；〈附錄〉以述契丹、高麗二外族，形同四夷傳。另有〈志畧（略）〉一篇，專記疆土。綜觀二書體例，如陸《書》聚焦於南唐史事，不為徐鉉等立傳；陳《傳》則作〈別傳〉一篇，以敘列江南遺臣。又陸氏為廖偃、彭師暠立合傳，陳霆則以彭師暠事附廖偃，入〈義行傳〉。陸《書》以李冠、申漸高諸人，入〈雜藝列傳〉；陳《傳》則仿歐公《新五代史》作〈伶人傳〉，記申漸高等四位優伶。足見二書之體例迥然有別，絕非一味抄襲。

　　總言之，《唐餘紀傳》為明人纂述南唐舊史之作，深受陸氏《南唐書》影響，其在繼承之餘，絕非全襲前書，無論思想或體例上，皆能訂以己意，自成風貌。雖然未必後出轉精，但較之陸《書》，內容足足多出二十篇，增訂之功，不容抹滅；且比陸《書》短少十六傳，完全抄襲之說不攻自破。因此，《四庫全書總目提要》譏為「屋下屋」，言之太過，有欠公允。

---

57 案：丁丙《善本書室藏書志》著錄十八卷，《千頃堂書目》、《明史》〈藝文志〉著錄二十一卷，《四庫全書總目》著錄二十四卷。

二　李清《南唐書合訂》

　　李清（1602-1683），字映碧，一字心水，江蘇泰州人。明‧崇禎四年（1631）進士。為明末清初文史學家，曾於清‧康熙十六年（1677）完成《南北史合著》一書。又以陸氏《南唐書》為主，旁參馬令《南唐書》、新舊《五代史》、《宋史》、《資治通鑑》，及《江南錄》、《釣磯立談》、《南唐近事》、《江南野史》、《五國故事》、《五代史補》、《唐餘紀傳》等史料，撰《南唐書合訂》二十五卷。該書承沿陸《書》而來，自是不待言。以下擬探述《南唐書合訂》之因襲陸《書》，且青出於藍，無論思想、內容、體例、注釋各方面均略勝一籌。

　　一、思想賅備：李清承沿陸《書》「烈祖為唐憲宗第八子建王恪之玄孫」，採陳霆「南唐為李唐三百年世祚之餘」等說法，特別強調金陵朝廷的正統地位，如顧士吉〈南唐書合訂序〉所云：「覽三朝之〈本紀〉，其祖孫溫文仁厚，國統垂三十餘年，視他國之恣睢篡弒、歲易一主者為優；地跨江淮，控制荊楚，財賦甲天下，視諸國之竊據一隅者為大；禮任中州士大夫，而文獻雍容，蕡章猶昔，視五季之橫磨大戟、蓽路藍縷者為美；南取（王）延政，西平馬氏，契丹稱兄，高麗納貢，視他國之稱孫臣北者為武；系出建王恪，世次甚明，視他方之螟蛉義畜者為親。然則直以昇元，遙接天復，而以是書，繼踵《唐書》，雖沙陀不得與焉。」[58]以為南唐繼承唐統而來。又楊維楨〈正統辨〉云：「苟以五代之統論，則南唐先主常立大唐宗廟，自稱憲宗五代孫，宋於開寶八年滅南唐，則宋繼唐，不優於繼周、繼漢乎！」[59]

58　見〔明〕李清撰：《南唐書合訂》，收入《四庫禁燬書叢刊補編》（北京市：北京出版社，2005年據清‧乾隆鈔《文淵閣四庫全書》撤出本），冊8，頁464上。

59　見〔明〕李清撰：《南唐書合訂》，收入《四庫禁燬書叢刊補編》，冊8，頁469上。

〈南唐書年世總釋前論〉亦云:「唐亡而後唐興,……後唐亡而南唐興,……南唐亡而宋興,……明乎宋得統於唐耳。」[60]從唐、後唐、南唐、宋代政權相承,再以宋滅南唐,遙繼唐代。如此一來,金陵政權便有其合法性、正當性。此外,《南唐書合訂》中,列樊若水(冰)、朱元、劉澄、劉承勳等四人於〈叛逆列傳〉。並於該類傳之下,加注云:「此皆唐臣也,曷不繫以諸臣?叛逆則不臣矣,故外之。」[61]誠如顧士吉〈南唐書合訂序〉所云:「至於樊若水(冰)叛臣一書,冷眼直筆,鐵案如山,比之《春秋》趙盾許世子止之例,為得其衷,尤綱目之所深予也。」而陸氏身為宋人,《書》中對樊若水(冰)叛南唐事,僅輕描淡寫:「王師次采石磯,作浮橋成,長驅渡江,遂至金陵。」[62]至於誰獻策作浮橋,則未見載錄。〈列傳〉中,對樊若水(冰)其人、其事,更是隻字未提。〈後主本紀〉但云:「每歲,大江春夏暴漲,謂之黃花水。及王師至,而水皆縮小,國人異之。」暗示後主君臣苟安於逸樂,終至國破家亡,一切莫非天意。由於陸《書》受時代之限制,對樊若水(冰)事,語多迴護。到明代,李清已無此包袱,自然可以就史論史,給樊若水(冰)等叛臣應有的貶抑。

　　二、內容宏富:《南唐書合訂》比陸《書》多出之內容,有陳大雅、鍾蒨、廖澄、吳仲舉、樂官、袁愉、謝文節、姚景、陳省躬、魯崇範、許規、黃載、鍾離君、顏詡、彭李子、孫魴、孟貫、孟賓于、羅穎、康仁傑、邵拙、胡元龜、周彬、許堅、鄭元素、張陳二將、聶女、龔慎儀二女、李德柔、張宣、王感化、裴長史、陳允升、錢處士、曹仲元、董源、李廷珪、王延政、馬希萼希崇、劉(留)從效、

---

60 見〔明〕李清撰:《南唐書合訂》,收入《四庫禁燬書叢刊補編》,冊8,頁467下。

61 見〔明〕李清撰:《南唐書合訂》,收入《四庫禁燬書叢刊補編》,冊8,卷24,頁721上。

62 語出〈後主本紀〉。見〔南宋〕陸游撰:《南唐書》,卷3,頁7右。

陳洪進、張洎、殷崇義、舒雅、邱旭、芳儀、樊若水（冰）、劉澄，共計四十八傳，及卷二十五〈志〉。足見其在陸《書》基礎之上，徵引諸正史、野史、雜記等資料，增補南唐史事，成此一部《南唐書合訂》，以內容宏富見稱。

三、體例嚴整：李清書中，依序為：〈本紀〉三卷，〈列傳〉七卷，〈忠義列傳〉一卷、〈循吏列傳〉一卷、〈獨行列傳〉一卷、〈文學列傳〉一卷、〈隱逸列傳〉一卷、〈烈女列傳〉一卷、〈姦（奸）倖列傳〉一卷、〈方技列傳〉一卷、〈浮屠列傳〉一卷、〈滅國列傳〉一卷、〈吳唐二臣列傳〉一卷、〈唐周宋諸臣列傳〉一卷、〈北狄列傳〉一卷、〈叛逆列傳〉一卷，及〈志〉一卷，共計二十五卷。其列傳凡二十一卷，包括單傳七卷、類傳十四卷。誠如《四庫全書提要》所評：「更定陸《書》義例者，如鍾蒨、李延鄒等，於〈本紀〉摘出，別列〈忠義傳〉，以旌大節，頗合至公。又張洎等之列入〈唐周宋臣傳〉，樊若水（冰）之列入〈叛逆傳〉，亦深協《春秋》斧鉞之義。」[63]是知該書紹承陸《書》體例之餘，又能有所變通，並非一味沿用舊例。此外，設類傳為李清之一大特色，以十四篇類傳統括南唐臣民、外邦等，分門別類，執簡馭繁，體例相當嚴整。

四、註釋完善：據〈南唐書合訂凡例〉云：「引用諸書，俱依裴松之注陳壽《三國志》例。」[64]如〈后妃列傳〉〈後主國后周氏傳〉：「國亡，從後主北遷，封鄭國夫人。」李清注：

> 《默記》曰：「后歲時例隨命婦入宮朝謁，每入必留內數日。
> 出，對後主輒涕泣罵詈，後主嘗宛轉避之。」　愚按（案）：

---

63 見〔明〕李清撰：《南唐書合訂》，收入《四庫禁燬書叢刊補編》，冊8，頁458上。
64 見〔明〕李清撰：《南唐書合訂》，收入《四庫禁燬書叢刊補編》，冊8，頁473下。

後主遣弟從善朝宋，留不遣；從善妃屢詣後主泣，後主聞其
至，輒避之。何巧合乃爾？據王銍《默記》所載，謂后事見龍
袞《江南野史》。及得野史讀之，果妃事，后傳不載，蓋緣妃
事與后傳相連，故《默記》因訛也。元人好事者，乃繪后被淫
圖，且題其上云：「江南剩得李花開也，被君王強折來。」冤
乎！冤乎！[65]

此處考證小周后入宋後的遭遇，徵引《默記》、《江南野史》等各家說
法，再參酌《南唐書》記載，而後訂以己意，斷定應為從善妃屢詣後
主涕泣事，誤入小周后傳中，以訛傳訛，才會出現小周后被淫，每對
後主宣洩情緒之說。儘管此說吾人未必採信，然其旁徵博引，大膽推
論，亦非妄加臆測之辭。故《四庫全書提要》評云：「其間文獻闕
（缺）遺，詳徵博引，亦多所考証（證），視《江南野史》、《江表
志》諸書，實遠勝之。故……取其考古之賅洽焉。」[66]可見其考訂有
所根據，每能刊謬補缺，以注釋完善取勝。

　　綜觀李清《南唐書合訂》一書，以陸氏《南唐書》為宗，參考諸
家正史、野史、雜記等，旁徵博引，去蕪存菁，故無論在思想、內
容、體例或注釋方面，皆集眾家之長，後出轉精。誠如顧士吉〈南唐
書合訂序〉所云：「折衷眾家，以陸為正，而以馬《書》彙史附之，
嚴其義例，校其謬舛。又仿小司馬、二裴之意，而為之訓詁，唐史以
後，歐陽《五代》以前，竟可自成一書，視《三國》〈蜀紀〉，固為加
詳矣！」以為該書堪媲美於《三國志》〈蜀志〉，良有以也！

---

65 見〔明〕李清撰：《南唐書合訂》，收入《四庫禁燬書叢刊補編》，冊8，卷4，頁535
　　上。

66 見〔明〕李清撰：《南唐書合訂》，收入《四庫禁燬書叢刊補編》，冊8，頁458下。

三　毛先舒《南唐拾遺記》

　　毛先舒（1620-1688），字稚黃，浙江仁和人。明末諸生；入清，不仕。該書之寫作動機，如《南唐拾遺記》〈敘曰〉所云：「予故略采（採）江南遺事諸不見正史者，附於馬、陸二《書》、鄭文寶《近事》、陳彭年《別錄》及陳霆《唐餘紀傳》之後，名曰《南唐拾遺記》，以備覽古者之蒐擇。」[67]《南唐拾遺記》一卷，收錄金陵舊事六十條，果如其書名，為南唐史之補遺而已，無論思想、內容、體例上均無足大觀，故屬於筆記一類的作品。

　　先言其思想，如〈敘曰〉云：「予觀李後主雅好儒學，善文章，繼統江南，屢有美政，惜其智略不優，而喜游（遊）宴，又湎于酒，遂以亡國；然非有吳主皓、東昏侯之酷虐，淫酗亡（無）度也。……喪失家國者，不必盡極亂之主，而不能自強于為政，雖才華明敏，為守文令辟，亦終不免辱於銜壁（璧）云。」對後主耽溺於宴遊詩酒，終至亡國，表達由衷的感慨。正文中，多記錄南唐君臣日常軼事，偶爾載及宋人相關之言行，如「太祖不好殺」條，敘宋太祖戒部將勿妄殺事，實在看不出作者的歷史觀點或政治立場為何。是知本書為文士隨興所記，思想性十分薄弱。

　　次言其內容，除了第一條「宋藝祖事周世宗」，以中原之視角，記述周兵與南唐戰於滁州，周人得趙學究之助，攻城掠地，生擒皇甫暉，屬軍事征伐上大事。其餘各條多以南唐觀點，敘述金陵軼聞，如：「江南李昇問道士王棲霞：『何道可致太平？』棲霞對曰：『王者治心、治身乃治家國，今陛下尚未能去饑嗔飽喜，何論太平？』宋后

67 見〔清〕毛先舒撰：《南唐拾遺記》，收入《筆記小說大觀六編》（臺北市：新興書局，1975年據清刊本影印），冊5，頁2960下。

自簾中稱嘆，以為至言。」[68]為烈祖與道士之交遊。又「南唐王建封不識文義，其族子作《動植疏》，建封俾吏錄之，中載鴿事，傳寫譌謬，分一字為三，作『人日鳥』。故建封每人日，必進此味。」[69]是知王建封武人，不諳文墨。「韓熙載在江南，造輕紗帽，謂為『韓君輕格』。」[70]可見韓熙載對衣著之考究。凡此種種，無關乎家國大事，幾乎是平居瑣屑，故該書為筆記，而非史著。

三言其體例，如〈後記〉所云：「先舒按（案）：正史而外，諸家紀江南事實多同，特小有牴牾，茲記悉載，凡若干條，然是率爾就編，故不必該（賅）備，其徑複者則刪之。至江南臣僚北歸以後之事，與故國無預者，亦所不錄；宋元人載筆，辭多冗弱，閒亦稍加撙節，不以為僭也。」[71]從「率爾就編」四字，知其為隨興筆錄，體例不夠嚴謹，內容不夠賅備，自是無可厚非。大抵隨意條錄軼事，每條之間，儘管內容不相干，但編排上並非毫無章法；其中時有低一格加注按語者，或發表個人看法，或考訂出處疑義，足見作者之用心。如「江南李氏時有縣令鍾離君」條，加注：

> 先舒按（案）：……鍾許兩家自為婚，前令之女不患無匹，輟
> 區為贈，可謂慕義；何緣易婿予人，致女改行？是鍾離之女無
> 罪，而見擇于夫；許氏之子無故，而仳離其婦；若二令者，蓋
> 貪讓豆之小名，忘人綱之篤誼。何氏不列於紕漏，而躋之德
> 行，昧鑑（鑒）裁矣![72]

---

68 見〔清〕毛先舒撰：《南唐拾遺記》，收入《筆記小說大觀六編》，冊5，頁2962上。
69 見〔清〕毛先舒撰：《南唐拾遺記》，收入《筆記小說大觀六編》，冊5，頁2968上。
70 見〔清〕毛先舒撰：《南唐拾遺記》，收入《筆記小說大觀六編》，冊5，頁2966下。
71 見〔清〕毛先舒撰：《南唐拾遺記》，收入《筆記小說大觀六編》，冊5，頁2970上。
72 見〔清〕毛先舒撰：《南唐拾遺記》，收入《筆記小說大觀六編》，冊5，頁2963上。

按語中對鍾、許兩家易女而嫁、易婦而娶之舉，頗不以為然。認為此二令為博取美名，無故拆散兒女婚姻，罔顧人倫綱常，實為行事疏漏，又怎能躋身德行之林？直指癥結所在，論述精闢。而「李煜在國微行倡家」條，加注：「先舒按（案）：此事見《清異錄》，是錄所載，又有相國寺比丘澄暉事，院牌敕賜『雙飛之寺』，與此略同，疑一事也。」[73]考訂後主遇僧嫖妓，反許以風流之軼事，「鴛鴦寺」、「雙飛寺」之說，疑為同一椿。雖為芝麻小事，卻不無辨疑之功。

　　儘管《南唐拾遺記》篇幅短小，極其疏漏，但從字裡行間，可見作者對南唐史之關心，竭盡所能地搜羅軼聞、增補史事，深受陸氏《南唐書》之影響。

四　吳任臣《十國春秋》

　　該書成於清·康熙八年（1669），其寫作動機，據吳任臣〈自序〉云：「古史，於正統，為特詳；至偏霸，人物事實，恆略而不備。《晉書》僅列劉、石、慕容等於載記，魏·崔彥鸞撰《十六國春秋》，……視晉史已稍稍加詳。若歐陽《（新）五代史》，附〈十國世家〉於末，……頗多遺漏，……又於十國事，時有未覈，……讀史者，或有所不足焉。任臣以孤陋之學思，取十國人物事實，而章著之，網羅典籍，爰勒一書，名曰《十國春秋》。」[74]《四庫提要》亦云：「任臣以歐陽修作《（新）五代史》，于十國仿《晉書》例為『載記』，每略而不詳，乃採諸霸史、雜史，以及小說家言，並證以正史，彙成是書。」[75]

73 見〔清〕毛先舒撰：《南唐拾遺記》，收入《筆記小說大觀六編》，冊5，頁2963下。

74 見〔清〕吳任臣撰：《十國春秋》，收入景印《文淵閣四庫全書》（臺北市：臺灣商務印書館，1983年據國立故宮博物院藏本影印），冊465，頁1下。

75 見〔清〕吳任臣撰：《十國春秋》，收入景印《文淵閣四庫全書》，冊465，頁5上。

可見吳任臣有鑒於《晉書》、《十六國春秋》、《新五代史》對十國歷史
不甚重視,故而搜羅群書,編撰《十國春秋》一百一十四卷。

又〈自序〉云:「大抵南唐敦文事,江左以興;吳越效恭順,國
祚克永。楚以侈靡,喪厥家;閩以淫暴,傾其國。楊氏孱弱,而隨失;
高氏無賴,而倖存。前、後蜀之恃險無備,其迹同也;南、北漢之先
滅後亡,其勢異也。知乎此,而十國君臣之得失,政治之盛衰,傳世
長短之數,國勢順逆之形,夫固可以概見,而得其要領矣。」[76]其內
容包括:吳十四卷、南唐二十卷、前蜀十三卷、後蜀十卷、南漢九
卷、楚十卷、吳越十三卷、閩十卷、荊南四卷、北漢五卷、十國紀元
表一卷、十國世系表一卷、十國地理表上下二卷、十國藩鎮表一卷、
十國百官表一卷。其中卷十五至三十四為南唐史,如〈咼彥傳〉云:

> 後主時,官池州刺史。已而,入為將軍。金陵陷,百官多送款
> 迎降,彥獨與馬承信、(馬)承俊,帥壯士數百巷戰,力屈而
> 死。[77]

陸氏〈後主本紀〉云:「乙未,城陷,將軍咼彥、馬承信及弟承俊,
帥壯士數百,力戰而死。」[78]兩段記載極相似,足見前後承襲之跡。
又《十國春秋》於「論曰」中,綜評十位傳主李延鄒、周弘祚、陳
喬、鍾蒨、咼彥、廖澄、張雄、胡則、申屠令堅、劉茂忠之生平,
云:「延鄒擲筆,弘祚赴水,陳喬以宰執投環,鍾蒨以侍從盡節,咼
彥之巷戰而死,廖澄之仰藥以亡,張雄之父子殺身,胡則之一門殉

---

76 見〔清〕吳任臣撰:《十國春秋》,收入景印《文淵閣四庫全書》,冊465,頁2上。

77 見〔清〕吳任臣撰:《十國春秋》,收入景印《文淵閣四庫全書》,冊465,卷27,頁
　　259下。

78 見〔南宋〕陸游撰:《南唐書》,卷3,頁9右。

難，要皆李氏之忠臣也。若令堅與茂忠誓死報國，志足嘉矣！而茂忠力屈納降，昔人所以致嘆于鮮終者與（歟）？」[79]此則論贊乍看十分眼熟。原來，陸氏〈朱令贇傳・論曰〉：「金陵之被圍也，……繼勳既懷貳心，而令贇孺子，復非大將才，其亡宜矣！使林仁肇不以間死，盧絳得當攻守之任，胡則、申屠令堅輩，宣力圍城中，雖天威臨之，豈易遽亡哉？」[80]其寫法如出一轍，陸《書》綜論六位傳主功過，而吳氏《春秋》記十人之盡忠。其中胡則、申屠令堅事，二書重複，陸氏惋惜兩人未能力守圍城中；而吳氏以為兩人雖功敗垂成，但均以身殉國，故嘉其忠義。

其體例，如〈凡例〉云：「帝稱本紀，王稱世家，古史家體也。……卷中帝則斷為本紀，王則降於世家。間有子孫即帝位，而追崇祖考，……尊諡則從後日，而敘事猶號世家，所以紀其實也。」其下自注云：「南唐後主降江南國主，而猶列本紀者，循馬、陸二書之稱。《唐餘紀傳》剙（創）為國紀，古史又無其例，故姑從《南唐書》云。」[81]《十國春秋》依陸《書》之例，為南唐三君作〈烈祖本紀〉、〈元宗本紀〉及〈後主本紀〉。案：馬《書》文中雖以帝稱烈祖、元宗，但通篇並未立本紀，僅作〈先主書〉、〈嗣主書〉及〈後主書〉而已。由是可見，其源於陸《書》者多。〈凡例〉又云：「十國列傳，首后妃，次太子、世子，次諸王、公主，次諸臣，而以方外終篇。人因國分，各為經緯。」說明各國列傳之編排原則。此外，如《四庫提要》所云：「其諸傳本文之下，自為之注，載別史之可存者，……其間于舊說虛誣，多所辨證。……五表考訂尤精，可稱淹

---

79 見〔清〕吳任臣撰：《十國春秋》，收入景印《文淵閣四庫全書》，冊465，卷27，頁261下。

80 見〔南宋〕陸游撰：《南唐書》，卷8，頁7右。

81 見〔清〕吳任臣撰：《十國春秋》，收入景印《文淵閣四庫全書》，冊465，頁2下。

貫。惟無傳之人，僅記名字，列諸卷末，⋯⋯不免於自我作古矣。」
揭示該書能辨舊說之訛，又以紀元、世系、地理、藩鎮及百官五表考
訂最為精詳；至於卷末虛列無傳者姓名，則為其疏漏之處。

　　據胡小麗〈《十國春秋·南唐》徵引書目考——兼論《十國春秋》
的史料價值〉云：「《十國春秋》是記錄五代十國歷史的重要史籍。⋯⋯
通過對《十國春秋》南唐部分直接徵引書目範圍的考察及其與相關重
要史籍之間關係的考析，初步推斷該書在史學研究上有保存資料線索
之功，但在史料原始性的保存與延續上價值不高，不宜作為第一手史
料在學術研究中徵引使用。」[82]所評極中肯，儘管《十國春秋》保留
不少南唐史料，但畢竟非第一手資料，後世引用時須格外謹慎。

五　不著撰人《南唐史》

　　該書不著撰人，以撰者手稿本刊行，收入《清代稿本百種彙
刊》，一九七四年由文海出版社（臺北市）出版。全書計一百九十六
頁，不分卷，寫作方式採紀事本末體，書中以歷史事件之始末劃分，
分為：「周師南寇」、「（吳）越人和戰」、「宋齊丘鍾謨之敗」、「元宗定
儲」、「徙都南昌」、「兩朝事大」、「後主二周之寵」、「後主朝任人得
失」及「學校貢舉之興」，共記南唐史上九件大事。據書前〈提要〉
云：「此編鈔纂馬令、陸游之《南唐書》及《五代史》中有關南唐事
者成書，間採清·周在浚《南唐書注》之說。⋯⋯此本首葉題『周師
南寇』，疑此書本多冊，今僅一冊，蓋其孑餘也。」[83]吾人以為，該

---

82 見胡小麗撰：〈《十國春秋·南唐》徵引書目考——兼論《十國春秋》的史料價值〉，
　　《圖書情報工作》第55卷第19期（2011年10月），頁137。

83 見〔清〕不著撰人：《南唐史》，收入《清代稿本百種彙刊》（臺北市：文海出版社，
　　1974年），冊24，未標頁碼。

《南唐史》原有多冊，亡佚散落，僅剩一冊，可能性極高；誠如〈提要〉指出，記南唐史，而以「周師南寇」為首，著實啟人疑竇。此外，諸如烈祖輔吳、受禪，元宗閩楚之役，後主開城降宋等，為金陵興衰之關鍵史事，卻不見載於書中，為子餘之說再添幾分可信度。儘管是書多半抄錄舊史而成，內容不盡完整，但以紀事本末體編寫，在體例上顯然有其獨到之處。從文士紛紛投入纂史行列，足見清人對南唐小國之重視，此即受陸《書》啟迪之間接證據。

第三節　探究南唐歷史

自民國以降，接踵前人步伐，繼續探究南唐歷史者，有任爽《南唐史》、鄒勁風《南唐國史》及杜文玉《南唐史略》三書。

一　任爽《南唐史》

作者於〈後記〉指出，該書一九八七年完稿，經八年後，由東北師範大學圖書出版基金資助出版。全書分為上、中、下三編，以記南唐之崛起、衰落和滅亡。上編包括：「吳唐禪代」、「烈祖李昪的政治改革及其成就」、「烈祖李昪的經濟舉措及其成就」、「烈祖李昪的文化政策及其成就」、「烈祖李昪的軍事外交策略及其對時局的影響」及「敢向尊前不盡心」，共計六章，以論述南唐的崛起。其中「敢向尊前不盡心」一章，乃從烈祖在位，對內政寬刑平、從諫如流，對外敦親睦鄰；至晚年，服丹易怒等，總評其統治得失。文云：「李昪雖然是一個割據的皇帝，性格上也不無弱點，但是，自從他執掌吳國政柄以來，內則政寬刑平，外則鄰邦敦睦，對江淮地區政治、經濟、文化的進步，起到了重要的推動作用。故舊史雖目之為『僭竊』，卻仍有

許多褒美之辭。」[84]

中編論南唐的衰落，亦有六章：「嗣位之爭」、「元宗李璟時期政治局勢的混亂」、「元宗李璟時期軍事外交的失利」、「元宗李璟時期經濟狀況的惡化」、「南唐的衰落」及「惆悵落花風不定」。末章，從遷都之悔、伶人之諫等史實，歸結出元宗統治功不及過，並評云：「李璟守奕世之業，兵精糧足，號稱大邦，然進不能因勢利導，成就統一大業；退不能輯睦鄰國，守土勿失。這個責任，當然不能完全由李璟本人來承擔。但是，李璟性情懦弱，治國無術、御臣無方，也是南唐衰敗的重要原因。」[85]

下編論南唐的滅亡，只有四章：「風流君主」、「後主李煜時期應付危局的措施」、「南唐的滅亡」及「小樓昨夜又東風」。末章，載後主亡國後，囚居汴京的情形；同時考證小周后被逼幸事，云：「《紫桃軒又綴》載：……宮人有名為花蕊夫人者，得幸於太祖趙匡胤。趙光義惡之。一日，乘酒宴之機，彎弓射殺之。似乎趙光義很生氣匡胤的行為，才會有此舉動。因此，入宮逼幸之事並非實有其據。」[86]又論後主亡故：「李煜之死，……正史均作病故，而野史則多作被毒。……大體說來，關於李煜的死因，當以相信正史記載為宜。」[87]完全採信正史說法。作者極力為宋室辨誣，認為逼幸、牽機藥等事，純屬道聽塗說之辭；吾人實在不敢苟同。

後有〈附錄〉兩篇：「南唐大事年表」、「參考文獻要目」，及〈後記〉一篇。最後，隨書附上「五代十國形勢圖」、「南唐全圖」，眉目清晰，頗具參考價值；據〈後記〉說，此二圖為韓賓娜副教授所繪。該書採夾敘夾議法寫成，有引述，有考證，也有評論，內容詳實。

---

84 見任爽撰：《南唐史》（長春市：東北師範大學出版社，1995年），頁126。

85 見任爽撰：《南唐史》，頁223。

86 見任爽撰：《南唐史》，頁303。

87 見任爽撰：《南唐史》，頁301。

二　鄒勁風《南唐國史》

　　該書為作者一九九八年畢業於南京大學之博士論文，二〇〇〇年由南京大學出版社刊行。全書計有八章：第一章「史料及研究狀況」，探討南唐史相關材料，及目前的研究狀況。作者認為：「南唐（楊吳）歷史研究，對於中國古代史特別是對於唐宋之間社會轉型的研究是十分必要的。南唐史研究的各個領域內都存在著空白，有待研究者填補。」[88]

　　第二章「南唐前史──楊吳的創建與發展」，探述唐末吳武王楊行密在淮南的發展，以及徐溫崛起對楊吳政權的影響。文云：「經過治理，江淮間秩序井然，生產發展，『未及數年，公私富庶，幾復承平之日』。楊行密藉此獲得了穩固後方與充足軍需，為日後楊吳、南唐的發展奠定了基礎。」[89]復云：「楊行密在實力達到頂峰時去世。……楊吳政權失去了一位頗具霸氣的統治者，這個政權不可避免地發生了變化。一位以謀略見長的人物──徐溫，登上了五代十國的政治舞臺。」又云：「雖然徐溫未能如願成為真正的一國之主，但他統治楊吳近二十年，建樹頗多，是一個承上啟下的重要統治者。徐溫以其政治才能確保楊吳政權在楊行密去世之後繼續維持統一、穩定的局面。他把楊吳疆域擴展至江西全境，這對楊吳及南唐的發展有深遠的意義。」[90]

　　第三章「先主時代──南唐的建立與早期發展」，闡明烈祖李昪建立南唐、其內外政策及當時的政權結構。作者以為：「徐知誥（烈祖）一生政治活動的大部分時間是在其知吳政期間，他自此開始全面

88　見鄒勁風撰：《南唐國史》（南京市：南京大學出版社，2000年），頁17。
89　見鄒勁風撰：《南唐國史》，頁40。
90　見鄒勁風撰：《南唐國史》，頁56。

規劃楊吳的政治、經濟，而其在南唐實施的政策只是其治楊吳政策的延續。」[91]至於楊吳、南唐間的禪代，並未引起武力衝突，作者引范文瀾《中國通史》云：「在北方，武夫憑暴力劫奪，忽起忽滅，經歷了梁、唐、晉三朝，在吳國，只轉移一次。徐溫、徐知誥謹慎緩進，遠比北方武夫有識見。換姓本是統治階級自己的事情，但往往因此傷害民眾，唐代替吳，國內免於戰亂，在五代時期是少有的現象。」[92]作者認為烈祖在政治上獲得成功的關鍵是具有民本思想，「他接受了宋齊丘藏富於民的經濟理論，……體會到人民為戰爭之所累，……將南唐戰爭減低到很低限度。……對於戰死者的家庭，他善加安撫。」[93]

第四章「中主時代——南唐的由盛而衰」，從對外政策、文士黨爭、淮南喪師，及晚期革除黨爭、遷都洪州等等，論述元宗李璟時期南唐國勢由盛而衰的歷史。首先，「對閩、楚的戰爭，南唐都以先勝後敗告終，……『未及十年，國用耗半』。南唐為此付出了慘重的代價。」[94]接著，「淮南之戰使這個素以大國自居的政權受到致命打擊，其統治集團的庸碌無能也暴露無遺。朋黨是積弊叢生的南唐政治的癥結所在之一，軍事上的慘敗終於使李景痛下決心，革除黨爭。」[95]最後，遷都洪州，「李景從當初……慨然而有定中原之志，到這時喪師失地，被迫退縮至洪州一隅，且招致滿朝怨聲，便徹底灰心喪氣。……建隆二年（961年）六月，李景（元宗）在戰敗的屈辱和抑鬱中去世。」[96]

第五章「後主時代——南唐的滅亡」，闡述後主李煜繼位後面臨的內憂外患，以及亡國後的俘虜生涯。作者評論此期的南唐歷史云：

91 見鄒勁風撰：《南唐國史》，頁67。
92 見鄒勁風撰：《南唐國史》，頁74。
93 見鄒勁風撰：《南唐國史》，頁85。
94 見鄒勁風撰：《南唐國史》，頁97。
95 見鄒勁風撰：《南唐國史》，頁118。
96 見鄒勁風撰：《南唐國史》，頁120。

「儘管李煜在政治上無能，儘管其國家始終處於風雨飄搖中，其半壁
江山仍維持了十餘年。直到宋軍兵臨金陵城下，李煜還據守孤城達半
年。特別是在這樣動盪的形勢下，南唐朝野充斥著悲觀失望，但是其
內部始終沒有發生變亂。馬令在他的《南唐書》中曾感嘆南唐政局的
穩定，並將它歸因於儒學教化的功效。而事實上其制度的原因更為重
要，也更為深刻。南唐雖然最終難免滅亡的命運，但是其自楊吳以來
的政治制度的轉型無疑是有成效的。」[97]

　　第六章「疆域與國都」，考察南唐疆域、行政區，以及國都金
陵。第七章「南唐的經濟」，從當時的農業、手工業、商業、地區經
濟發展及人口增長等，試圖勾勒出南唐的經濟面貌。第八章「南唐的
文化」，考究南唐的多元文化、文人習性、社會風尚等，意在還原當
時人文薈萃、禮樂昌隆的繁華景象。誠如作者所云：「南唐給歷史留
下了什麼？當然首推文化。南唐所處的是六朝核心地區，此地在三～
六世紀曾擁有過輝煌的文化成就，……這些都為南唐文化的繁榮奠定
了基礎。五代十國時期，社會經歷了重大轉型，以南唐後主李煜為代
表的文人群體正是在此時應運而生，其作品流傳千古。這也使南唐從
歷史上眾多偏據小國中脫穎而出，成為一個獨具特色的南方政權。」[98]
又云：「南唐文化體現了唐宋之際中國社會發生重大轉型時期的文化
特色，反映了當時的文化發展趨勢，在教育、文學、繪畫等多種文化
領域內繼承了唐代之成就，開宋代之風氣。……南唐雖然歷時不到三
十九年就滅亡了，但它以其卓越的文化成就，在我國文化史上留下了
難以磨滅的痕跡。」[99]書末則附有「大事年表」，按年月順序，條列出

97　見鄒勁風撰：《南唐國史》，頁121。

98　見鄒勁風撰：《南唐國史》，頁193。

99　見鄒勁風撰：《南唐國史》，頁219。

南唐重大史事發生的時間。綜觀全書在眾多史料中，刪繁就簡，去蕪存菁，從各面向呈現出南唐的歷史風貌，以內容精當取勝。

三　杜文玉《南唐史略》

　　該書二○○一年由陝西教育出版社（西安市）發行。全書計六章：

　　第一章「吳的建立與南唐代吳」，其中論及楊行密建吳、徐溫專權、南唐的建立等，對於唐末大亂，楊吳據有淮南，南唐受吳禪位，是為南唐史之前身。文云：「由於徐氏（徐溫、徐知誥）的努力，消除了內部的分裂隱患，使吳國趨於穩定與統一。……徐氏父子為了達到政治目的，必須爭取人心，這就促使他們在政治上廣泛地招納士人，澄清吏治，省刑恤罰，輕徭薄賦，勸課農桑。客觀上為以後的南唐成為當時各國中經濟、文化最發達的國家創造了條件。」[100]又云：「經過烈祖的精心治理，南唐無論在經濟、政治、文化、教育諸方面，都取得了較大發展，成為南方各國中最為強盛的國家。特別是此後經濟、文化方面的發展，使其成為當時中國最為先進的地區。烈祖的經營還使南唐軍事形勢穩固。」[101]

　　第二章「社會經濟的繁榮與發展」，從農業、手工業與商業發展談起。

　　第三章「中期的政治和戰爭」，探討元宗時期閩、楚之役，張遇賢、諸佑起義、後周南伐，及國內宋齊丘、孫忌等朋黨為禍。文云：「元宗時期的主要大事為伐閩、攻楚及淮南抗周，所以宋孫黨爭的焦點也主要圍繞著這幾件大事展開。在這些問題上雙方存在著策略上的

100　見杜文玉撰：《南唐史略》（西安市：陝西人民教育出版社，2001年），頁26。
101　見杜文玉撰：《南唐史略》，頁43。

根本分歧，孫黨堅持烈祖成策，主張審時度勢，等待時機，不可輕動
兵端；宋黨則主張擴土廣宇，以經營天下為己任，以干戈為兒戲，輕
率用兵。」[102] 又云：「南唐黨爭對其國勢的影響極大，導致了政治的
腐敗與混亂，使南唐對外戰爭屢遭慘敗，從而削弱了國家的實力，使
一大批有影響的文臣武將成了黨爭的犧牲品。……儘管南唐的衰亡，
當時有種種客觀原因，但黨爭帶來的不利影響，也不可忽視。」[103]

　　第四章「中後期經濟剝削的加重與政權的衰亡」，從元宗後期戰
事頻繁，導致經濟衰退，直到後主時各種問題逐漸浮上檯面，終至宋
人兵臨城下，南唐開門納降。文云：「此時的南唐在後主李煜統治
下，政治愈加腐敗，令出多門，法禁鬆弛，賦役苛重，後主本人生活
奢侈，崇信佛教，國勢更加衰弱。後主只知向宋朝屈服求保，不惜民
力，每年貢獻大批金銀綺繡珍玩，以求苟延殘喘，在這種形勢下，南
唐的滅亡只是時間問題了。」[104]

　　第五章「職官、軍事制度與行政區劃」，考察南唐的職官、軍事
制度，以及行政區之劃分情形。文云：「南唐建國時承繼吳國之舊，
共有二十八州，新置泰、筠二州，共三十州之地。攻滅閩、楚後，得
十四州，又復置建州，共計四十五州。由於湖南九州及福州得而復
失，南唐實際擁有三十五州。清源節度使留（劉）從效（後為陳洪進
取代）占據的泉、南二州實際處於半獨立狀態，真正通達政令的只有
三十三州。元宗統治晚期，周世宗大舉南下，奪去淮南十四州之地，
這樣南唐只剩下江南二十一州，若除泉、南二州，只有十九州之地。
使其從南方大國地位淪為二等小國，滅亡自是不可避免了。」[105]

102　見杜文玉撰：《南唐史略》，頁143。
103　見杜文玉撰：《南唐史略》，頁148。
104　見杜文玉撰：《南唐史略》，頁160。
105　見杜文玉撰：《南唐史略》，頁186。

　　第六章「南唐的文化」，從文學、音樂、書法、繪畫、史學、教育等方面，試圖還原金陵當時的文化盛況。文云：「南唐雖然只傳三世，歷時三十九年，但是文化發達，人才輩出，著述繁富，擁有許多著名的詞人、詩人、畫家、書法家。其教育及儒學也很發達，創立了書院制度，培養了大批人才。南唐社會安寧，經濟發達，不僅吸引了大批北方士人南下，而且也為當地人才的培養創造了條件。加之政府重視和提倡發展文化，元宗、後主身體力行，群臣起而效之，連后妃中也有不少人精於音樂、詩詞。這樣就在國內形成了重視文化、重視教育、尊重文人的好風氣，和中原諸朝輕視文化，歧視文人，武人專橫的情況形成鮮明的對照。」[106]

　　另有附錄三篇：「南唐系表」、「南唐年表」、「南唐藝文志」。在《南唐史略》中，對於典章制度、文化發展、系表、年表、圖籍資料等多所著墨，可補馬、陸二家《南唐書》不立〈表〉、〈志〉之疏漏。

　　故薛平拴〈南唐史研究的新成果——評杜文玉新著《南唐史略》·摘要〉云：「《南唐史略》一書的特點主要表現在：一、探討了我國古代史中的一些重大問題，如古代經濟重心和文化重心的轉移問題，五代十國時期統一趨勢問題，唐宋之際社會結構的變化問題等。二、重點研究了南唐的制度、經濟、文化等問題，填補了這些方面的研究空白。三、配有不少地圖、繪畫、書法等各類的插圖，可以幫助讀者形成完整的地理和空間概念，增加讀者對南唐繪畫、書法作品的直觀瞭解。四、研究方法科學、靈活，研究態度客觀審慎，注重證據，以理服人。」[107]明揭該書的價值所在。

106　見杜文玉撰：《南唐史略》，頁203。

107　見薛平拴撰：〈南唐史研究的新成果——評杜文玉新著《南唐史略》〉，《渭南師範學院學報》第17卷第1期（2002年1月），頁93。

結語

　　後世增注陸游《南唐書》者，共計九家：一、戚光《南唐書音釋》僅一卷，內容稍嫌疏略，然在糾正訛誤、考訂缺疑、補充史料或注釋音義等方面，皆小有貢獻。二、萬斯同《南唐將相大臣年表》，逐一羅列南唐三十九年間將相大臣出任情況，足見作者對金陵史之關注。三、周在浚《南唐書注》，對《南唐書合訂》多所批駁，然李清意在增訂南唐史事，而周氏有功於隨文注釋《南唐書》，各有特色。四、周廣業《南唐書箋註》，除了刊訂訛誤之外，更詳加考證史實，缺疑處則存疑，不妄加斷定。五、湯運泰《南唐書註》，博採群籍，仿《三國志》裴松之注之例，雖以陸《書》為底本，但不侷限於陸《書》，對於馬《書》之誤，一併予以刊正。六、汪之昌《補南唐書藝文志》，從顧懷三《五代史藝文志》中抄出南唐著述，再增補所不足者，仍依傳統史志之例，按經、史、子、集編排，藉以突顯南唐文風鼎盛，迥異於五代諸國。七、劉承幹《南唐書補注》，功在考辨疑異，如考證龔慎儀見執於番禺的時間，解決歷來爭議，對後世研讀陸《書》深具影響力。八、鄭滋斌《陸游《南唐書本紀》考釋及史事補遺》，以考釋、補遺為主，體例嚴謹而靈活，有所變通；雖然著重於考注原文、補充史料，亦不時現身評論史事，闡述獨到見解。九、錢仲聯、馬亞中主編《南唐書校注》，以注釋允當、校對精善見稱，然為求體例純粹，書中絕少考證、評論；加以注中僅取精要，未能善用大量南唐史料，不可謂無憾。

　　陸氏《南唐書》澤被後世史傳著述，如：一、明人陳霆《唐餘紀傳》十八卷，雖然未必後出轉精，但較之陸《書》，內容足足多出二十篇，其增訂之功，不容抹滅；且比陸《書》少十六傳，故完全抄襲之說，不攻自破。因此，《四庫提要》譏為「屋下屋」，言過其實。

二、明末清初李清《南唐書合訂》二十五卷，以陸游《南唐書》為宗，參考諸家正史、野史、雜記等，旁徵博引，去蕪存菁，無論在思想、內容、體例或注釋方面，皆集眾家之長，後出轉精。尤其擺脫歷史包袱，就事論事，對樊若水（冰）等叛臣語多貶抑，有助於還原史實真相。三、明末清初毛先舒《南唐拾遺記》一卷，儘管篇幅短小，無論思想、內容、體例上均無足大觀，屬於筆記類的作品；但從字裡行間，可見作者搜羅南唐史料，不遺餘力。四、清代吳任臣《十國春秋》，據《四庫提要》揭示該書能辨舊說之誣，又以紀元、世系、地理、藩鎮及百官五表考訂最精詳；至於卷末虛列無傳者姓名，則為其疏漏之處。五、清代不著撰人《南唐史》，今存一冊，儘管多半抄錄舊史而成，內容不盡完整，但以紀事本末體編寫，在體例上有其獨到之處。要言之，從文士紛紛投入纂史行列，足見明、清文士對南唐小國之高度關注。

自民國以降，繼續探究南唐歷史者，主要有三家：一、任爽《南唐史》，全書分為上、中、下三編，採夾敘夾議法寫成，有引述，有考證，也有評論，內容極其詳實。二、鄒勁風《南唐國史》，在眾多史料中，去蕪存菁，從各個面向呈現出南唐史的風貌。該書以內容精當取勝。三、杜文玉《南唐史略》，計六章，從吳的建立與南唐代吳談起，論及社會經濟的繁榮與發展、中期的政治和戰爭、中後期經濟剝削的加重與政權的衰亡，及職官、軍事制度與行政區劃，最後，再探討南唐文化，試圖勾勒出南唐史的基本輪廓。

第七章
結論

　　《宋史》〈藝文志〉著錄《南唐書》十五卷，不題作者名諱。然南宋時，如周南《山房集》、張端義《貴耳集》、陳振孫《直齋書錄解題》等，均明載該書為陸游所撰。由於周、張、陳三公與陸氏同為南宋人，年代相近，故其說可信度極高。何況驗諸《南唐書》原文，據〈劉仁贍傳〉「論曰」指出：會稽公陸宰嘗請例前朝劉仁贍於典祀，作者幼年曾隨父母避亂壽春，又記其入蜀期間對金陵史事之考察，在在證明此書確為陸游所作。如再參看《入蜀記》，則該《南唐書》出自陸游手筆，已是鐵證如山。又元人趙世延〈南唐書序〉云：「山陰陸游著成此書，最號有法。」明、清之世，沈士龍、胡震亨、顧士吉、李清、周在浚、湯運泰諸文士，公認陸游撰有《南唐書》。今日通行之陸氏《南唐書》，為十八卷本。民國以降，則有劉承幹《補注》及錢仲聯、馬亞中《校注》，皆在前人基礎上，繼續補充、校讎、注解陸《書》。

　　而陸氏撰述《南唐書》之動機，在於：一、承繼書香家風，其家學淵源深厚，又久任館職，自然欲有所著述，以紹承先人。二、寄寓歷史教訓，他幾度奉詔修史，曾留心勘察金陵史跡，又有感於南宋與南唐處境相近，故有意藉由撰寫史書，呼籲時人務必以史為鑒，切莫步上金陵後塵。

　　至於陸《書》之寫作時間，當繫於南宋孝宗淳熙五年（1178）至十五年間，即陸游五十四歲至六十四歲時期。因為此時他學識淵博、閱歷豐富，且距入蜀考察史料的時間不遠，又值中年體力較好之際，

無疑是撰史的最佳時機。晚年以後，雖然賦閒在家，但日趨老邁，初稿應已完成，頂多投入修訂工作。

綜觀各家陸游《南唐書》版本，不出明刊本三個系統：錢叔寶鈔本、秘冊彙函本及毛晉汲古閣本。不過，以毛氏汲古閣本為大宗，如日本傳鈔汲古閣本、文淵閣四庫全書本及中華書局四部備要本，均祖述汲古閣本，主要與毛氏將《南唐書》收入《陸放翁全集》有關。儘管毛氏汲古閣本流傳廣、影響力大，但錢叔寶鈔本保留若干宋刊舊貌，且校對精善，其重要性絕不亞於汲古閣本。又秘冊彙函本雖然疏於校讎，錯誤屢見，但仍不乏貢獻。《南唐書合刻》之陸氏《南唐書》，有清代郎廷極振鷺堂本、蔡學蘇三餘書屋補刊本、劉晚榮藏修書屋本，及民國南海黃氏刊本。合刻本儘管沿襲舊刻而成，其中因循訛誤處不少，且或有缺漏，然對南唐史料與陸氏史著的流傳，亦具保存之功。

據雷近芳、郭建淮〈今存南唐史著論略〉歸納出陸游《南唐書》之五大特色：第一、堅持我國史學優良傳統，愛國主義思想貫穿全書。第二、重視歷史借鑒作用，著力總結南唐統治的經驗教訓。第三、高秉史家公正之筆，客觀評價史事與人。第四、衝破理學氛圍，表現出歷史觀念的進步。第五、文簡意賅，史料豐富，選材編纂有法度。並斷言：「陸游《南唐書》在今日我們所能看到的南唐史著中最具研究價值。」[1]然吾人研究的結果，總結陸氏《南唐書》之整體成就，大抵有五：一曰「體例謹嚴，深得史書家法」；二曰「內容精要，貼近歷史真相」；三曰「思想賅備，融儒、釋、道三家為一爐」；四曰「技巧超卓，別具藝術價值」；五曰「繼往開來，啟迪後世學者」。

---

[1] 見雷近芳、郭建淮撰：〈今存南唐史著論略〉，《佛山大學學報》第13卷第1期（1995年2月），頁83。

一曰體例謹嚴，深得史書家法

陸《書》在體例上，師法正統史書，承沿《史記》、《漢書》紀傳體之例，但由於南唐為一偏僻小國，國祚不長，故僅立「本紀」以錄帝王，作「列傳」以述臣民，不再別設「世家」、「表」、「書」等體例。或許基於金陵蕞爾小國，三十九年之間，人事有限，史料單純，無世家、年表可立；至於典章制度，亦沿襲前代獨立某國史書之慣例，不另設「志」。又或許陸氏以為南唐典制文物為五代十國之一環，已見諸新、舊《五代史》；且金陵詩書禮樂前承唐代之遺緒，後為宋人所繼承，可參考兩《唐書》與宋代歷史。

在寫法上，陸氏秉持傳統史法，紹承司馬遷《史記》、陳壽《三國志》遺意，既尊南唐三君主為帝王，或以廟號稱之，或記以生前名銜，寫入「本紀」中，肯定其為合法統治者；又能加以變通，由於北宋承沿自後周，陸氏身為大宋子民，在尊淮南之時，亦不貶抑中原，書中仍視五代諸朝為正統政權，對後唐、後晉、後周、北宋君主一律稱廟號。陸《書》「列傳」，寫法源於史遷，不出前代諸史之範疇，無論記臣民生平之單傳、合傳、類傳、附傳，或敘外邦事略的四夷傳，皆以嚴謹著稱，深得史書家法。另陸氏承襲傳統史書論贊的寫法，於紀傳之末附「論曰」，以評論該歷史人事。《南唐書》十八卷中共載百餘位傳主，而文末附有「論曰」者，不過區區十一篇，足見其謹而有法，論不輕發，具有良史之風。

在史料上，陸《書》參考薛居正《舊五代史》、歐陽修《新五代史》等宋人史著。如《舊五代史》〈僭偽列傳一〉，為陸氏撰寫《南唐書》之重要史料來源；又歐陽修《新五代史》，與金陵歷史相關者，如：卷六十一〈吳世家〉、卷六十二〈南唐世家〉、卷七十一〈十國世

家年譜〉、卷六十〈職方考〉、卷三十二〈死節傳〉〈劉仁贍傳〉、卷三十三〈死事傳〉〈孫晟（忌）傳〉。其中〈南唐世家〉、〈劉仁贍傳〉及〈孫晟（忌）傳〉，更是陸氏撰史最直接的參考資料。由於歐公之世，金陵亡國未久，許多官方檔案、文獻紛紛出現；相較於《舊五代史》成書之際，南唐尚未走入歷史，故《新五代史》更為重要。

陸《書》參酌江南遺民著述者，如：南唐文臣劉崇遠所撰《金華子》二卷，後為司馬光《資治通鑑》所徵引，《四庫提要》以為「足與正史相參證」。徐鉉、湯悅（殷崇義）曾經活躍於南唐政治舞台，所撰《江南錄》十卷，追述故國往事，為第一手資料，故可信度極高。吳淑《江淮異人錄》二卷，雖從《永樂大典》輯出，所錄盡奇人異事，但想必有其根據。鄭文寶乃金陵大將鄭彥華之子，所撰《江表志》三卷、《南唐近事》二卷，一為史體，一為小說體，雖不免於浮詞，但終究實錄見聞。陳彭年《江南別錄》一卷，《四庫提要》評云：「端緒未分明」、「體近稗官」；然多為《資治通鑑》所採用，亦為陸《書》寫作之參考。又《釣磯立談》一卷，據《四庫提要》考證為史虛白之子所撰，體例雖不嚴謹，然某些軼聞、評述卻別具參考價值。凡此遺民著述，皆為陸氏纂述南唐史之重要依據。

陸氏撰史取材於宋人典籍者，在史著方面，如司馬光《資治通鑑》卷二百五十五至卷二百九十四，及李燾《續資治通鑑長編》卷一至卷十九所載唐末至北宋初史事，為寫作南唐史之重要參考資料。龍袞《江南野史》十卷，有國老宋齊丘可敵雄兵十萬之說；陸《書》對此大加批駁，以為是宋齊丘黨與附會之言。劉恕《十國紀年》四十二卷，今雖已亡佚，但深受宋人青睞。據說司馬光、歐陽修撰史，皆曾參考該書；至南宋，陸游〈廖偃彭師暠傳〉，明揭《十國紀年》對廖、彭二人的評價最客觀，故採用其說。路振《九國志》十二卷，其中卷一至卷三為楊吳史，卷四則為〈南唐世家〉及〈列傳〉；此四卷

與南唐歷史頗有相關，或為陸氏撰述時所參考。今存《江南餘載》二卷，已非全書；然南宋時，陸氏所見該書應近於完整，其參考價值可以想見。《五國故事》二卷，記述繁碎、體例疏漏，形同小說家之言，仍為陸氏撰史之借鏡，並非毫無參考價值。陶岳《五代史補》五卷，旨在增補五代史遺缺；其中與金陵舊史相關，堪為陸氏《南唐書》參酌者，僅有卷二「宋齊丘投姚洞天」、卷三「李昇得江南」及卷五「世宗面論江南使」、「韓熙載帷箔不修」諸條。馬令《南唐書》三十卷，儘管前修未密，不無缺失，但具有「搜羅宏富，保留珍貴史料」的優點，而陸氏在馬《書》基礎之上，推陳出新，始能後出轉精。另如釋文瑩《玉壺清話》卷九〈李先主傳〉、卷十〈江南遺事〉以及洪邁《容齋隨筆》等文人筆記，其中所載金陵軼事，亦為陸氏撰寫南唐史之參考材料。

而陸《書》之獨家風貌，在於：一、輯錄南唐軼事：他志在纂述南唐歷史，故於乾道六年（1170）入蜀之行，途經金陵故都，莫不盡心考訂前朝舊事，為日後撰《南唐書》奠下基礎。陸氏於史傳中實錄軼事見聞，而這些史事軼聞，或為第一手資料，或係古跡遺址，或屬街談巷議之言，無論如何，均具史料價值，成為撰寫史書的重要依據。有道是「讀萬卷書，行萬里路」，他透過親身考察、實地印證，讓歷史人物不再只是古人、歷史事件不再只是往事，而與作者的生活經驗、人生閱歷等息息相關。或許正因為如此，才能刻劃傳神，入木三分，讓南唐君臣在史冊中重現生氣，讓金陵故事再度搬上歷史的舞臺。

二、寄寓一字褒貶：陸《書》，承繼《春秋》史筆，明義例，寓褒貶。如「戰之例」：稱保大年間後周出師淮南，曰「侵」；又以吳越來攻，曰「侵」，或曰「犯」；指責其非為正義之師，寄託貶意。而「死之例」：從「晏駕」、「崩」、「殂」等義例，尊南唐三主為天子，

重申金陵為正統政權。此外，亦褒貶眾臣之品格操守，如對戰死忠魂，寄予最崇高的敬意；對殉國者之慷慨就義，給予肯定；至於論罪伏誅者，則直書無隱，貶抑之意，盡在其中。又「降之例」：以「來降」、「來奔」、「來歸」等，褒揚敵之降於南唐者，如李金全、孟堅、皇甫暉等識時務之士；以「降」、「奔」等，貶斥金陵將卒之降於敵者，如朱元、耿謙、張承翰輩。然最慘烈者，莫過於後主帥殷崇義等肉袒降於軍門。

三、闡發獨到史識：陸《書》中或議金陵城陷、南唐亡國之因，不外乎任人乖刺，諸將失律貪功，忠良見讒，以致相與為俘虜而去，平白斷送近四十年基業，所述皆宏裁偉論，見解獨到。俗謂：「以史為鑒，可以知興替。」由於宋代政治上雖繼承後周國祚，詩書禮樂、文物典章卻延續自南唐文化，況且南宋與南唐均偏安一隅，形勢、地位約略相當，故作者在纂述金陵史事之際，有意借南唐興衰以喻南宋前途，希望喚起時人記取歷史教訓，切莫重蹈覆轍。其撰史之用心，淑世之理想，於焉可見。

要言之，陸氏《南唐書》無論在體例上、寫法上及史料上，均承沿正統史書，體例嚴整，寫法得體，取材宏富，且在繼承之餘，又非一味墨守成規，而能適時訂以己意，稍加變通，故使該書成為私修史著的上乘之作。無論他參酌的南唐遺民著述，或取材當時宋人典籍，均為陸《書》脫胎於並時諸史之明證也。陸《書》之獨家風貌，在於：輯錄南唐軼事，保留珍貴的第一手史料；寄寓一字褒貶，承繼《春秋》史筆，明義例，寓褒貶；闡發獨到史識，寄託淑世理想。足見其體例嚴謹，在紹承傳統史法之餘，也能有所開創，故自成一家風貌。

二曰內容精要，貼近歷史真相

南唐受禪前的歷史真相，須從吳武王楊行密、南唐義祖徐溫及南唐烈祖李昪說起：唐末大亂，楊行密竄起於群盜間，幾經奮戰，一躍成為淮南的軍事強權。至乾寧三年（896），他占據淮河南岸所有重要城市，號稱「全有淮南之地」；清口之役，總算讓人見識到「黑雲都」的威力，也適時阻止朱溫（全忠）向江、淮發展的野心。天復二年（902），唐朝封他為吳王，從此建立一個偏安江左的楊吳王國。久經兵燹之後，楊行密頗能體恤民情，提倡簡樸的生活，使江南百姓得以休養生息；又以他傑出的軍事、政治才能，為日後楊吳乃至南唐整體發展，扎下深厚的根基。

楊行密辭世，長子楊渥承其業。徐溫、張灝不自安，共遣群盜入寢中，弒主。而後，徐溫陰遣鍾太章埋伏壯士，斬張灝，並歸以弒主之罪。徐溫兼任左右衙都指揮使，開始獨掌大政。其後，雖積極促成楊隆演稱制，建國，但一切徒具形式而已。楊隆演卒後，他因忌楊濛武藝高強，越次立楊溥。楊濛遂遇害。綜觀徐溫把持朝政近二十年，由於生性沉毅，頗有謀略，加以處事嚴謹，堪稱是一位優秀的政治人物。但在他過世後，大權落入烈祖手中，進而受禪，創立南唐；故徐溫可視為楊吳與南唐間過渡的橋樑。

關於烈祖的身世，或認為出自唐朝皇裔，或以為不過是一介平民，歷來眾說紛紜，莫衷一是。至於他成為徐溫養子，一般認為先被楊行密收養，後不見容於楊氏子，而入徐家門。來到徐家，他孝奉雙親，兼具治事才能，深受徐溫喜愛；也因此引起徐知訓的敵意，總想除之而後快。其後徐知訓為朱瑾所殺，是烈祖得以控掌楊吳軍政大權之嚆矢。徐溫病逝後，他又設法奪徐知詢兵權，完全繼承徐溫的軍政

實力。至吳天祚三年（937）八月，吳主下詔禪位。十月，烈祖正式受吳禪，在金陵即皇帝位，改元「昇元」，任命百官，並封楊溥為讓皇。然受禪後，對待讓皇一族，慘無人道，雖然陸氏《南唐書》為其隱惡，略而不書，但從諸多史料記載看來，終究難掩事實真相。

南唐之內政措施，烈祖時期，有鑒於唐末以來政治上諸多弊端，為避免重蹈覆轍，於是提出約束權臣勢力、限制武人參政、嚴禁后妃干政、安撫境內民心、頒布昇元律法等具體措施。由於楊吳朝政屢為權臣把持，故烈祖對於國戚勳舊、將相大臣心存芥蒂，往往刻意節制其權力，以防他們仗勢胡為，危害朝政。南唐自開國起，便廣用儒吏，限制武人參政；與宋朝「重文輕武」的基本國策，頗有異曲同工之處。烈祖更嚴禁后妃干政，也不以外戚輔政，因此終南唐之世，外戚始終未取得顯赫權勢。烈祖致力於獎勵農耕，輕徭薄稅，穩定經濟，以安撫境內民心。此外，為使國家步上正軌，南唐頒布昇元律法，如禁止買賣良民、避免濫殺無辜等，充滿人本思想，具有進步意義。

元宗時期，首先面對的是建儲問題，即位之初，下詔以兄弟傳國，後因景遂屢乞歸藩，加以弘冀救常州有功，遂立為太子。最後，景遂遇酖身亡，又回歸到父子相承的封建傳統。其次是設貢舉取士：保大十年（952），以江文蔚知禮部貢舉，引起反彈，遂罷；隔年，採徐鉉之議，恢復舉行。從此，科舉成為南唐拔擢人才的重要管道。其三為社會福利政策，元宗不時賞賜、減稅、賑濟弱勢族群，仍無法徹底解決境內民生問題。因此興修水利，勢在必行，命車延規主持白水塘之役。結果非但徭役倍增，百姓苦不堪言；又爆發官吏為奸、強奪民田等弊端，終至民怨沸騰，原先美意難以為繼。此外，為了解決帑藏空竭的問題，而實施幣制改革，導致此時至少有「保大元寶」、「開元通寶」、「永通泉貨」、「唐國通寶」及「大唐通寶」等幾種錢幣通行；至於改革成效為何，仍待觀察。元宗在位最後一項重大政策，就

是遷都洪州豫章，竟因決策錯誤，落得抑鬱而終。

後主時期，有意借重老臣威望，重振人心，鞏固統治，故對老將何敬洙禮遇有加；對淮南喪師時變裝脫逃的馮延魯優容不責；更試圖重用三朝元老韓熙載。另一方面拔擢政治新貴，如昔日東宮僚屬潘佑、名滿江南的二徐兄弟等，皆隨侍左右。至晚年，後主一年內連殺潘佑、李平、林仁肇三位大臣，用人疏失，頗受非議。在科舉取士方面，即使國勢飄搖，仍舊舉行科考，足見南唐對拔擢人才之重視。在改革幣制方面，從元宗開始實施，冀望藉此增加財源，解決財政困難；至後主，改革不但失敗，還助長私鑄錢幣之風，使南唐經濟更陷窘境。又引起通貨膨脹，物價飛漲，人民無力承擔繁重的苛捐雜稅。起初，後主贊同李平透過調整土地、戶口等，擴大稅賦來源，緩解財務危機，由於李平急功近利，終至功敗垂成，南唐財政從此深陷困境。

南唐之朋黨傾軋，可分為三個階段：一、烈祖時期朝臣之爭：早在南唐尚未建立前，宋齊丘怕促成烈祖禪代之功為周宗所奪，千方百計從中阻撓；後來在徐玠、李建勳等推波助瀾下，烈祖終於受吳帝禪位，宋齊丘因此備受冷落。從此，宋齊丘、周宗間的嫌隙日益加深，誓不兩立。由於烈祖是雄才大略的君主，在世時，朋黨為害不嚴重；至晚年，因服食丹藥疏於政務，黨爭逐漸成形；駕崩前，朝士已分成兩派：一派為魏岑、馮延巳、馮延魯等太子僚屬，另一派則為朝中舊臣。

二、元宗時期朋黨為禍：終元宗之世，朋黨惡鬥，正如火如荼展開。前東宮僚屬魏岑、查文徽、馮延巳、馮延魯等躍居高位，又與宋齊丘客陳覺互相勾結，他們聯合宋齊丘黨，形成一股強大的政治勢力，把持南唐朝政。其中以陳覺矯詔攻福州敗績、淮南喪師割地稱臣二事，對南唐國勢造成空前的衝擊。福州兵敗，朝野一陣譁然：江文蔚上疏，論嚴懲四凶，貶江州司士參軍；韓熙載就事論事，竟被冠上

酒狂之名，同樣難逃貶官一途。保大十四年（956），周師圍壽州，國難當前，鍾李與宋齊丘黨不思如何抵禦外侮，卻致力於排除異己，相互傾軋。至交泰元年（958），南唐再度敗於周人，如鍾、李初議，割地稱臣。鍾謨使周還朝，對宋齊丘黨展開一連串反擊，宋齊丘、陳覺、李徵古之死，皆出其手。另如馮延巳構陷盧文進諸子，馮氏兄弟與蕭儼為烈祖遺制而爭論不休，馮延巳質問孫忌憑什麼為丞郎等，事無大小，勾心鬥角，可見當時黨爭之激烈。

三、後主時期文士傾軋：嚴續、殷崇義、張洎等為後主在東宮時幕僚，後主嗣位後，自然深受倚重，成為朝中要臣。後主時期，文士傾軋，最血淋淋的例子，非潘佑、李平案莫屬。潘佑一再上疏議論國事，歷詆公卿，詞旨激切，觸怒後主，加上張洎從中作梗，終於惹禍上身。然此事出於潘佑，卻先收押李平；因詆毀而起，卻牽扯造民籍事；因切諫罹禍，卻誣以淫祀之罪。整件事情發展，足見後主處置失當，殺害忠良。徐鉉仕宋，奉命纂述《江南錄》，卻礙於先前恩怨，未能替潘佑辯駁，是知南唐文士相互傾軋，直到國破家亡而未已。

南唐自保大年間以來，征伐不斷，喪敗相踵，終至乙亥歲（975），亡於宋朝，後主被俘至汴京，三十九年的統治、祖孫三世之經營，瞬間化為烏有。其軍事戰役，可分為「主動率兵出擊」與「被動抵禦外侮」二類：在主動率兵出擊方面，如（一）張遇賢之亂：由於張賊統群盜，犯虔州，所率非精銳，所謀非縝密，故南唐出師大捷，打下了漂亮的第一仗。（二）伐閩之役：建州之役雖小勝，執王延政歸金陵，閩祚終告覆亡，然福州勢力餘波蕩漾。隔年，遂有遣陳覺出使福州，諭李弘義入朝事；陳覺恥於無功，擅自興兵攻福州，引發第一次福州之役；適逢吳越兵來救，南唐喪敗塗地。至保大八年，查文徽誤信謠言，發動第二次福州之役，再吞敗仗，南唐死傷慘重，軍心潰散，從此一蹶不振。（三）伐楚之役：保大九年，楚亡，邊鎬

入潭州，遷馬氏之族及其文武將吏於金陵；加上劉仁瞻帥舟師取岳州，湖南遂平。隔年，朗州劉言遣將攻潭州，襲岳州，南唐兵士接連棄城遁逃，前據楚地又告失守。（四）援袞之師：後周袞州節度使慕容彥超叛國，來乞援師，南唐從之；保大十年，援袞之師敗績於沭陽；反招周太祖指責助人叛臣，元宗羞愧難當。

在被動抵禦外侮方面，如（一）南漢來攻：或許湖湘初平，馮延已等認為是趁勝追擊的好時機；誰知保大十年，南漢來攻，南唐軍失利，損兵折將，此後接連潰敗。（二）周侵淮南：保大十三年，周攻後蜀秦、鳳二州，南唐派兵相援；周遂遣將侵南唐淮南。元宗遣劉彥貞帥師三萬應戰，陣亡；皇甫暉退保滁州，後力戰而死；南唐節節敗退，潰不成軍。孫忌使周慷慨就義，朱元受讒舉寨降周，而劉仁瞻鞠躬盡瘁，壽州遂陷。諸州相繼失守，南唐兵敗如山倒，最後以貶損儀制、改奉正朔，委屈求和。（三）吳越來犯：保大十四年，吳越第一次來犯，入侵南唐常州、宣州。燕王弘冀力保柴克宏救常州，大敗吳越兵，擄獲萬計；至潤州，弘冀悉斬所俘，元宗惱其專嗜誅殺，不悅。又甲戌歲（974），吳越第二次犯常、潤，係應宋太祖之請，協助宋軍攻南唐。（四）宋軍南下：甲戌歲，宋太祖屢召後主還朝，未果；便聯合吳越兵夾道來攻。乙亥歲，金陵城破，後主率殷崇義等開門降宋，南唐終告滅亡。

綜觀南唐軍事上的挫敗，誠如陸游所說：「獨乘其任人乖刺而已」，宋軍包圍金陵之際，由於守將皇甫繼勳懷有二心，主帥朱令贇不具軍事才能，而善戰如林仁肇，因讒言遇害；盧絳、胡則、申屠令堅等將領，又不能抗戰到底，終至城陷亡國。再往前追溯，早在元宗時，用人失當之弊已浮上檯面，如陸氏所評，陳覺等擅自興兵，喪敗塗地，卻始終安居高位；而戰將朱元功在疆場，卻屢因讒言，身陷險境，最後不得不降敵以求自保。如此一來，群小猖獗，能將或殺或

降，朝中綱紀隳壞，國家唯有逐漸邁向滅亡一途。

南唐之外交關係，可分為「與鄰國之交往」、「與北朝之交往」，以及「與外邦之交往」三方面。一、與鄰國之交往：十國中，與南唐鄰近的國家，其中北漢位處北方，加上建立時間較晚，故南方小國與之鮮少來往。除去北漢，以及已禪位的吳、亡國的前蜀，其他鄰國如後蜀、南漢、楚、吳越、閩及荊南，南唐都與之有往來。（一）後蜀：或許因為地理上未毗鄰的緣故，南唐與之關係疏遠，不見密切來往。（二）南漢：由於地緣關係，始終過從甚密。昇元初，相安無事，禮尚往來；保大九年（951），兩國短兵相接，戰端時起；開寶三年（970），宋太祖詔後主諭南漢來朝，龔慎儀奉命持書前往，至番禺被囚；隔年，為宋師所滅，南漢亡。（三）楚：南唐與之交往，泰半建立在征伐上。如保大八年，元宗遣何敬洙率兵援馬希萼；明年，命邊鎬出兵討伐楚亂。武安留後馬希崇請降，楚遂亡國。隨即，劉仁贍攻下岳州，平定湖南。保大十年，岳州復失守，劉言盡據故楚地。（四）吳越：南唐與之邊界緊臨，加以往返交通便捷，始終維持亦敵亦友的關係。烈祖於吳越災變時，遣使賑災、撫卹，足見兩國之邦誼；至後主末年，吳越為求苟延國祚，故與宋結盟，起兵侵犯南唐常州、潤州。（五）閩：從往來的記錄看，南唐與之交往密切，邦誼匪淺。保大三年，南唐克建州，執王延政歸金陵，閩祚終告覆亡。（六）荊南：南唐與荊南交往之記載，僅限於昇元三年（939）以前。此後大概是蕞爾小國，夾在大國中間，生存不易，無暇論及外交。

二、與北朝之交往：南唐與北朝之交往，歷後晉、後漢、後周與宋四朝。（一）後晉：大將李金全原事後晉，終因屬下胡漢榮事，而酖殺賈仁沼，最後來奔南唐。烈祖遣李承裕、段處恭帥兵相迎，李、段二人卻藉機剽掠安州，此為金陵與後晉非官方之往來。（二）後漢：節度使李守貞叛後漢，遣李平、朱元來乞師，元宗命李金全等帥

兵救援，甫出境，李守貞已敗，遂班師回朝；李、朱因此留事南唐，亦兩國間之非官方往來。（三）後周：保大九年，援袞之師敗績於沭陽，周太祖責南唐出兵助其叛臣；保大十一年，南唐天災四起，饑民流入北境，周太祖下令賑濟之；保大十三年，南唐出師援後蜀，成為點燃周人入侵的導火線。周侵淮南，兵戎相見，戰事相尋，至交泰元年（958），南唐去帝號，奉正朔而後已。（四）宋朝：南唐朝貢汴京，歲費以萬計，只為延續國祚，以全宗廟祭祀而已。起初，昭惠后、聖尊后殂，宋皆遣使弔祭；金陵發生乾旱，宋太祖亦賜米麥賑災；兩國表面上行禮如儀，實則各有盤算。終至乙亥歲（975），金陵城破，後主肉袒出降，南唐為宋所滅。

　　三、與外邦之交往：指南唐與中原以外少數民族邦國間的往來。據陸《書》記載，南唐與契丹、高麗及新羅三國有往來；然與新羅之往來僅一條，大概兩國遙相阻隔，加上無利害關係，故疏於聯絡。（一）契丹：烈祖嘗遣歐陽遇通契丹，途中為後晉所阻，遂無功而返。元宗之世，遣公乘鎔出使契丹，契丹主述律承諾兩國仍繼先世之歡好；後因發生清風驛事件，契丹使被暗殺，遂不再與南唐交通。論契丹與南唐之來往，貨物交流的實質利益大於外交結盟意義；對金陵而言，實無助於躍馬中原之計。（二）高麗：陸氏〈高麗傳〉中，僅對昇元二年柳勳律來貢一事，略有記載；至於隔年柳勳律又來，不見於〈烈祖本紀〉。而〈烈祖本紀〉載昇元四年，復遣使柳兢質來貢方物，〈高麗傳〉無此事；文獻闕如，無從考證。

　　南唐之文化發展，在元宗、後主之世，是金陵文化最璀璨耀眼的時期，如陳彭年《江南別錄》云：「江左三十年，文物有貞元、元和之風。」元宗甚至自豪道：「自古及今，江北文人不及江南才子多。」然這得歸功於烈祖積極從事文化建設，南唐文學藝術才能展現如此豐碩的成果。

在文化建設方面，烈祖早在輔佐吳政期間，已積極於境內招徠人才、搜羅圖籍。南唐開國後，先後創辦太學、廬山國學等，致力於興建學校，培養人才；又有鑒於唐末以來世衰道微，倫理觀念淡薄，君臣父子漸失其序，遂提倡倫理道德，以端正社會風氣。

在樂府歌詞方面，南唐詞以元宗、後主及馮延巳較負盛名。實際上，馮延巳年紀較元宗大，跳脫君臣關係，馮詞應近啟南唐二主，遠開北宋晏歐之先河才是。元宗傳世之作，雖僅四闋，王國維卻從「菡萏香銷翠葉殘，西風愁起綠波間」二句，讀出美好事物瞬間凋殘的悲哀，予以極高評價。而後主是五代十國最出色的詞人，其詞以三十九歲亡國為界，可分為前、後兩期：前期表達出帝王詞人毫無節制的享受，而後期他用亡國血淚寫成一闋闋動人的詞章，傳達出帝王詞人毫無節制的痛苦。然而，無論前期或後期詞作，其中直抒襟抱、情感真摯、不事雕琢、摹寫自然等，諸多特質卻是一致的。

在書畫藝術方面，除了後主精通繪畫，南唐畫院中更是高手輩出。無論人物畫、山水畫、花鳥畫，或是雜畫，畫師們各展所長，以精湛的畫藝，妝點出多姿多彩的南唐畫壇。其中以董源、巨然二人尤為亮眼，同時躋身五代四大山水畫家之列，成就斐然；而徐熙花鳥畫，形神畢肖，獨樹一格，畫風為北宋畫家所承襲，影響甚鉅。在南唐傳世畫作中，以顧閎中〈韓熙載夜宴圖〉最享盛名；此圖至今保存完好，歷千餘年仍色澤豔麗，為我國繪畫史上的稀世瑰寶。此外，南唐朝野不乏善書法者，如：元宗書法之精妙，眾所周知；後主更是南唐書法一大家，初學柳公權，博採歐、顏、褚等眾家之長，自創一體，號稱「金錯刀」與「撮襟書」。另有徐鉉工小篆與隸書、馮延巳書似虞世南，而韓熙載的書法亦享譽一時，不但別國人士不惜重金乞書，連政敵宋齊丘都慕名來求字。

五代十國在音樂舞蹈方面，尤以南唐最為興盛。後主和大周后都

嫻諳音律，擅長舞蹈。後主作有〈念家山破〉，大周后曾作〈邀醉舞破〉、〈恨來遲破〉二曲；夫妻倆獲唐代宮廷曲舞《霓裳羽衣曲》，又補綴殘譜，重新編曲，使《霓裳羽衣曲》再展風華。另有窅娘以帛繞腳，翩然起舞，無意間帶動纏足風氣流行，此舉原為發揚舞蹈藝術本無可厚非，後竟成為桎梏中國婦女的枷鎖，令人始料未及。南唐音樂舞蹈蓬勃發展，但礙於表現形式之限，無法完整保留，甚是可惜。

另有一群文士鑽研經國治民之道，如：張易撰《諫奏集》七卷、郭昭慶曾獻《治書》五十篇等，皆為針砭國事而作。南唐重視修史，後主時，史官高遠與徐鉉、喬匡舜、潘佑等，奉命完成《吳錄》二十卷。當時私修史書亦盛，如高遠自撰《元宗實錄》十卷、王顏作《烈祖開基志》十卷等纂述金陵歷史，郭昭慶著《唐春秋》三十卷、何晦著《唐摭言》十五卷、徐鍇作《歷代年譜》一卷、劉崇遠作《金華雜編》三卷，以追述唐朝舊事，可惜多已亡佚，僅剩劉崇遠《金華雜編》保留至今。還有徐鍇撰《說文解字繫傳》四十卷、《說文通釋》四十卷；徐鉉入宋後，奉旨校定《說文解字》。二徐《說文》學，在研究中國語言文字上舉足輕重。其他著述，如韓熙載諸多著述、史虛白《虛白文集》、徐知諤《閣中集》，皆已亡佚。南唐著述風氣頗盛，入宋後，江左遺臣仍努力撰述，如鄭文寶、徐鉉、湯悅（殷崇義）等追述金陵舊史，刁衎、陳彭年、吳淑等加入館閣修書，樂史則撰有《太平寰宇記》，皆頗具貢獻。

南唐降宋前後的史事，包括：一、大臣以身殉國：武將效死沙場者，如將軍咼彥、馬承信兄弟力戰而死，張雄父子八人誓死奮戰，胡則死守江州三年，申屠令堅堅守吉州城兩年。文臣以身相殉者，如廖澄仰藥身亡，鍾蒨舉族就死，陳喬為國殉死。由此可見其臣僚之氣節。

二、後主肉袒出降：宋將曹彬率兵直抵宮門，後主率殷崇義等開門納降。曹彬提醒後主：往後汴梁生活不比金陵宮中，宜多作準備；

於是命後主回宮準備行裝。禆將擔心後主自盡，回京無法交代；曹彬已看穿後主沒勇氣尋死。翌日，曹彬押解後主君臣北上，終於在隔年正月抵達汴京，正式降於宋。

三、君臣亡國入宋：從後主與金陵舊宮人書，可知以淚洗面為其囚居生活之寫照。雖有人為他抄經祈福，但國破家亡，血淚斑斑，身心備受凌辱，尊嚴任人踐踏，此等深悲沉恨教他情何以堪。其中又以小周后「例隨命婦入宮」事，最是奇恥大辱，令他痛不欲生。歸宋後的俘虜生涯，是後主一生最不堪的三年，卻也是創作最豐收的時期，他一字一血淚，填寫出一闋闋悽楚動人的詞章，照亮中國詞壇。

四、後主身後諸事：他四十二歲那年七夕，填〈虞美人〉詞，舊時歌妓相與作樂、傳唱，為他慶賀生辰，一句「故國不堪回首月明中」，驟然為他的人生畫下句點。暴斃身亡後，宋朝依禮為之治喪，贈太師，追封吳王。葬洛陽北邙山。當死訊傳至江南，故國父老悲痛欲絕，巷哭設齋，以追悼他們所愛戴的昔時君主。小周后在後主遇害後，也選擇生死相隨，同葬洛陽。長子仲寓，孝悌儒雅，為一謙謙君子，家貧仕宋，以治郡寬簡，頗得民心。再傳正言，早卒，無子，後主一脈便絕了後。南唐李氏之嫡系，從此與南唐國祚一起走入歷史。

綜上所述，本書從南唐政權之由來切入：楊行密打下楊吳江山；經徐溫把持朝政，烈祖伺機而起，繼承徐溫所有勢力；最後，受吳帝禪位，建立南唐。以明南唐承襲吳祚之梗概。次以陸《書》內容為論，探討南唐之內政措施、朋黨傾軋、軍事戰役、外交關係、文化發展，以期考訂南唐有國三十九間史實真相。最後，以後主為中心，旁及后妃王族、臣僚故舊，試圖描繪出南唐降宋前後的歷史輪廓，讓南唐史有更清晰、完整的呈現，進一步證明陸《書》內容精要，頗能貼近歷史真相。

三曰思想賅備，融儒、釋、道三家為一爐

陸游平生崇奉儒家思想，交遊皆為忠臣義士，益發激勵其報國雄心。他一生躬忠體國，贏得「愛國詩人」美譽，中、晚年纂述《南唐書》，不經意間透露出心中的儒者襟抱。首先，陸氏《南唐書》從儒家仁愛治國的觀點出發，盛讚烈祖、元宗能禮賢下士：烈祖時，四方賢才聞風而至，貢獻文韜武略，為南唐王業奠下根基。元宗初年，各地菁英不遠千里而來，一時朝中賢士輩出。《南唐書》中，同時披露金陵城陷的主因，莫不在於「任人乖剌」。陸氏史論中，總結皇甫繼勳、朱令贇、林仁肇、盧絳、胡則、申屠令堅六人的功過得失，並嚴厲批評後主用人失當，加速了國家滅亡的腳步。然而，用人之失，早在元宗末年已可窺知端倪，故陸氏明揭南唐亡國的癥結所在，無非君主「親小人，遠賢臣」，致使朝中綱紀敗壞，國家隨之萎靡不振。

其次，陸氏一本儒家忠君愛國的思想，在《南唐書》中，對於忠臣事跡著墨甚多。諸如：孫忌使周奉表，「終不忍負永陵一抔土」，在其史筆下，使臣風骨，萬古流芳。一代忠臣劉仁贍為國效死，卻落個子嗣斷絕、後繼無人的下場，使他於史論中發出天理難知的慨嘆。而誓死奮戰的張彥卿，最後雖無力可回天，但在史家眼中，「身可碎，志不可踰」，堪為忠臣楷模。另如統軍使張雄父子諸人，力戰而死；裨將李延鄒拒草降表，亦足為人臣典範。廖居素不惜以死諫君，立死井中，身後被喻為屈原、伍子胥等忠臣。此外，陸氏明辨廖偃、彭師暠皆有護衛故君之功，忠君史實不容抹滅。陸《書》竭力刻劃忠臣形象，正好符合褒忠揚善、教忠教孝的儒家思想。

〈節義傳〉中，除了張雄一門忠烈，為國捐軀，為一代忠臣，不宜僅以義士視之；其餘諸君皆守節盡義，是為節義之輩。諸如：段處

常出使契丹，儘管未嘗一日忘懷國事，屢次面誚虜主，但終究不似孫忌使周，為國盡忠，慷慨就義，故充其量只能算是節義之士。趙仁澤因責吳越王見利忘義，慘遭割口之刑，但傷癒後，不知所終，並未返朝繼續為國效力。諸如此類忠於國事，有始無終者，吾人以為與「鞠躬盡瘁，死而後已」的忠臣有別，故僅算是「義士」。另如治家有方、造福鄉里的陳褒，亦堪稱節義之士。陸《書》中尚記載少數節義烈女事跡，諸如：劉仁贍妻薛氏忍痛促斬叛國的幼子，在丈夫壯烈犧牲之際，她亦毅然絕食身亡。永興公主謹遵「出嫁從夫」之閨訓，始終以楊吳長媳自居，時時為吳國之亡，深感痛心。余洪妻鄭氏不只姿色出眾，且智勇雙全，矢志守節之餘，尚能據理力爭，成功保住自己的清譽和性命。吳媛不惜自毀容貌，只為侍奉公婆、長養幼子，恪遵婦道。

陸《書》中的道家思想，可從「道家哲思」與「道教信仰」二方面談起。在道家哲思方面：首先，陸《書》崇尚道家清靜無為、無為而治的政治思想，對南唐三君獎勵節儉、弭兵務農、免役養民等措施，予以正面評價。其次，由於陸氏嫻諳《老》《莊》思想，嚮往與世無爭的隱逸情懷，故《南唐書》對史虛白、陳陶、陳曙、毛炳、陳貺、劉洞等隱士詳加載述，不使其高風亮節就此隱沒無聞。然而，陸氏生為一位儒者，《書》中可見他對潘佑歷詆公卿、李建勳保生全骸等過猶不及的行事作風，有所批判。

在道教信仰方面：（一）摘錄神仙方術：陸氏摘錄宮中對神仙方術之喜愛，如：烈祖臨終乃悟丹藥傷身之理，元宗曾幸女道士耿先生，宋太后晚年奔通道流等。江湖上則有：以符籙驅鬼的譚紫霄、老而不衰的沈廷瑞，及能以錫丸取人性命的潘扆，無不出神入化，令人嘆為觀止。（二）保留民俗信仰：陸《書》錄有張遇賢之亂，起於刻杉鎮有神降語；陳起到任，逮捕妖人諸佑等歸案；江夢孫焚香，斥退

縣署中厲鬼。此外，民間信仰中，附會神鬼妖怪之說、預言吉凶禍福之事，無論靈驗與否，亦被陸氏載入史傳中。（三）刪除迷信思想：陸氏為了突顯傳中人物的正面形象，如柴克宏之忠勇抗敵、潘佑之直諫而死、盧絳之力戰到底、伍喬之學識淵博，因此特意刪除某些迷信思想，藉以使全書思想純正，裨益民心教化。

陸氏雖為一名儒者，卻對佛教思想頗有涉獵，加以江左君臣篤信佛教，故在《南唐書》中，不乏與浮屠相關之記載。首先，揭露南唐事佛風氣極盛，早在烈祖父親李榮時，「喜從浮屠遊，多晦跡精舍」；烈祖輔吳之際，佛教思想方興未艾。建國以後，佛教氛圍更在民間逐漸蔓延開來；元宗之世，君臣上下酷好浮屠，致使政事日漸廢弛；至後主時，朝野迷信佛法，幾至不可自拔的地步。

其次，為陸氏對迷信誤國的批判，〈浮屠傳〉指出南唐亡於沉迷佛法，可供後世治國者引以為鑒。如：烈祖晚年，國內佛教盛行，因而變得迷信不堪。元宗時信佛益篤，朝野充斥著迷信氣氛，終至盡喪故楚地，兵禍相踵，國勢中衰。後主在位，佛教盛極一時，迷信思想彌漫，可惜在理論上並無建樹。或謂奏死刑，如遇齋戒日，竟以佛燈明滅作為處決與否的依據；又載當時惑於小長老之言，窮極奢靡，徒然耗損國力；受困危城之內，竟下令軍民齊誦「救苦菩薩」，其昏庸暗怠，終於走上國破家亡的噩運。

陸氏撰述南唐史，藉由檢視治國之策、襃揚忠貞之臣、表彰節義之輩，傳達出腦中根深柢固的儒家思想。兼論道家哲思與道教信仰，又揭露江左事佛風氣之盛，痛陳南唐君臣迷信誤國之失，在在可見陸《書》思想賅備，融合儒、釋、道三家思想於一爐。

四曰技巧超卓，別具藝術價值

　　陸《書》之妙於鎔裁，主要表現在「規範本體」、「裁剪文意」及「刪去浮辭」三方面。在規範本體方面，由於陸《書》纂述南唐歷史，故烈祖開國以前、後主納降之後史事皆不著錄，頗能芟除稗穢，規範本體，使全書主旨明確，綱領昭暢。然烈祖與徐氏一族恩怨，畢竟為南唐史發端，雖不宜在《書》中另立傳略，大可附於〈本紀〉、〈列傳〉中。又殷崇義、張洎、徐鉉等隨後主入宋，終南唐之世，尚未蓋棺論定，雖然無法寫入史冊，但其故國往事，大可附於他人傳記。儘管陸《書》僅十八卷，馬《書》計有三十卷，前者竟能增補周鄴等二十八篇傳記，足見其鎔裁之功。由於陸氏廣泛搜羅，嚴加考訂，取精用宏之餘，又能規範本體，故使全書綱舉目張，首尾圓合。又在馬《書》基礎上，其〈列傳〉之命意、取材，均能刪繁就簡，裁去怪力亂神之說，保留忠孝節義之事，思想純正，堪稱良史。

　　在裁剪文意方面，陸《書》採互見手法，或可避免一意兩出，拯救文意重複之弊；或可不直指其過，卻又不致隱匿史實；或可參見各傳，而使歷史真相無所遁形。陸《書》裁剪文意，將《史記》互見法發揮到淋漓盡致：一、詳略互見：或載明「語在某傳」，或無標示者，均屬之。如〈高越傳〉，提及他為岳父家訟冤，因而見黜，云：「語在文進傳。」〈盧文進傳〉則詳載盧文進身後，馮延巳迫害盧氏諸子，幸有女婿高越上書代為伸冤，盧家因此賴以保全。二傳同敘一事，採詳略互見法，詳於盧傳、略於高傳，且明揭見諸某處。又〈後主本紀〉謂後主嗣位，為避外祖父鍾太章名諱，故不尊其母鍾氏為「太后」，而稱「聖尊后」。據〈元宗光穆皇后鍾氏傳〉載：鍾太章原為義祖裨將，因誅張灝有功，而桀驁不馴；烈祖疑其難制，義祖卻感

念其相助之義，命元宗娶其次女，即鍾后。鍾太章事見諸二處，一略一詳，雖未標明互見，實為詳略互見之例。二、有無互見：史家對尊長、賢達者有所避諱，或出於敬重，或畏懼罹禍，而不敢直書其過、明言其非；但基於史家天職，不忍隱蔽其事，故採此種寫法。如陸《書》中記宋后生平，採有無互見法，於本傳中塑造出賢慧形象，隻字不提其迷信、奔通道流，及試圖加害宮人等負面行為。蓋因其身分尊貴，加以治內有功，又不干預朝政，雖然日常行事小有疏失，終究瑕不掩瑜，故以有無互見法為之避諱，於本傳儘量維持賢明形貌。而將奔通道流一事，潛置〈耿先生傳〉；屢欲加害宮人，則寫入〈烈祖後宮种氏傳〉。至於鞠養景邊如已出，雖不見諸本傳，僅載於〈景邊傳〉中，亦為有無互見法，再度彰顯其賢后風範。

在刪去浮辭方面，相較於馬《書》全載誄大周后文，陸《書》擇要而錄，刪去浮辭，剪裁得宜，更突顯史傳旨趣。後主所撰誄文，長達一千餘字，陸《書》所錄不過數十字：如誄文「媚動占相，歌縈柔調；茲靉爰質，奇器傳華；翠虬一舉，紅袖飛花」數句，陸《書》化作「善歌舞」三字。而「采戲傳能，弈棋逞妙」，陸《書》云：「采戲弈棋，靡不妙絕。」又誄云：「弔孤影兮孰我哀，私自怜（憐）兮痛無極。嗚呼哀哉！應窅皆感兮何響不哀，窮求弗獲兮此心隳摧；號無聲兮何續，神永逝兮長乖。」即陸《書》所謂「後主哀甚」。其裁文以入史，藉文以證史，剪裁、化用之功，由是可見。此外，馬《書》另記後主悼亡詩數首，陸《書》刪除一切枝節，但云：「又作書燔之與訣，……其辭數千言，皆極酸楚。」正史畢竟與野史有別，不必盡錄其哀悼之文辭。至於〈從善傳〉，馬《書》只引後主〈（卻）登高賦文〉二句為證，而陸《書》全錄〈卻登高文〉內容，足見史傳非一味求簡，而是當詳則詳，當略則略，或增或刪，全憑為文宗旨而定。故沈士龍以為：陸《書》全引〈卻登高文〉，而裁剪周后誄詞，「蓋重友

于、戒佚（逸）思也！」全書旨趣，昭然若揭。

陸《書》之謹於布局，由於全書〈本紀〉主掌編年紀事，且僅有三卷，故不列入討論；本書以〈列傳〉為主，詳加剖析，期能一窺陸氏史傳散文篇章結構之奧義。在十五卷列傳中，包含單傳、合傳、類傳、四夷傳及附傳五種。其單傳僅〈宋齊丘列傳〉一篇，由於史料齊全，內容宏富，且篇幅極長，故作八段式結構。

合傳中各傳結構，或為二分，或為三分，或為四分，或為五分，或為六分，或為七分，或為八分，既包含常法之運用，亦見變則之活用。大抵視各傳內容詳略、史料多寡等而定，足見其謀篇布局，嚴謹之中，不失靈動。

而類傳中各傳結構與合傳略似，將性質相類之傳記列為一傳，但以其類別標示列傳名稱而已。如〈后妃傳〉所列六位后妃傳記之正文結構，或為二分，或為三分，或為四分，不一而足。再者，合傳與類傳之別在於前者強調各人生平，後者注重同類事跡；皆合數人為一傳，依側重點之不同，作為區別。

陸《書》卷十八〈浮屠契丹高麗列傳〉，為四夷傳。如〈浮屠傳〉正文結構，屬於傳統「始、中、終」的三分法，由於該傳內容繁複，三段之下，又可析為數節。〈契丹傳〉前有小序云，說明該傳旨在記金陵與契丹之交通，正文結構亦屬三分法。〈高麗傳〉前小序，明揭該傳記南唐與高麗之交往，正文仍為三段式結構。

附傳，必須依附他傳而存在；因此，無論單傳、合傳、類傳或四夷傳皆可能出現附傳形式。然陸《書》單傳僅一篇，恰好不見附傳；故吾人只能探討合傳、類傳或四夷傳中之附傳結構。綜觀其中附傳結構，包含二、三、四分之常法，及五、六、七、八分之變則，大抵隨各傳需要而定，不拘成格，運用自如。

陸《書》之長於徵引，就徵引詔奏而言，從所引詔書中，可知南

唐君主施政之梗概，如獎勵農桑、舉用儒臣等政策。其中所錄臣下奏疏，無非要突顯各傳主生平；陸氏徵引詔奏入史，如潘佑上疏之縱言詆訐、江文蔚上書彈劾馮延巳、張義方就職所上疏、歐陽廣之上書等，無論裁剪文意，抑或引用全文，既彰顯傳主行誼，印證歷史事件，另一方面也保存珍貴的南唐史料，可謂一舉數得。

就援引書贊而言，從陸《書》所引金陵與後周、宋、南漢、吳越及契丹間的國書往返，可見當時南唐處境矛盾，與北朝、鄰國、外邦維持亦敵亦友的關係，再度證明國與國外交往來，沒有永遠的敵人或朋友，只以國家利益為優先考量。而〈契丹傳〉中，引江文蔚〈二丹入貢圖贊〉，見證了南唐與契丹之邦誼。然而，這些書贊因陸《書》引用而被保留下來，成為後世研究五代十國史的寶貴文獻。

就援用詩文而言，從陸《書》所引〈卻登高文〉中，可見後主之手足情深；字裡行間，難掩其文采風流。作者引潘佑所作文章，從中可見其深厚的道家思想。南唐詞是我國文學史上的絢麗瑰寶，〈馮延巳傳〉記元宗、馮延巳互引詞句，調笑取樂；但看在史家眼底，金陵潰敗相踵，君臣仍有此雅興，實不足取。陸《書》中亦不乏引詩入史之例，如：宋齊丘借養花喻養士，賦詩明志；史虛白曾獻詩暗示國家風雨飄搖，君臣卻渾然不察；李家明也是獨醒之人，試圖獻詩以警示君主；劉洞詩意在借六朝往事，以喻南唐前途。陸氏藉由徵引詩文，以烘托、驗證史傳人物之生平行事，同時也保留南唐的文學作品。

就引用傳聞而言，由於陸氏撰史之際，去南唐猶未遠，尚可耳聞時人對金陵舊史的評議，故將這些活生生的田野史料寫入史傳，藉以見證南唐史事，有助於還原歷史真相。如〈宋齊丘傳〉引述二則傳聞，以批駁宋齊丘死於反間，並為其平反意圖篡位之說。〈柴克宏傳〉於傳末澄清柴母薦子一謠言，以表達對柴克宏的敬重。〈劉仁贍傳〉引壽春父老、梓潼令金君之言，以交代劉仁贍身後，夫人絕食相

殉，其後代客死異鄉事。〈廖居素傳〉引將樂父老猶叩頭稱之，間接傳達對忠臣的敬意。〈陳陶傳〉載南昌市上賣藥的老夫婦，傳說便是遁隱的陳陶夫妻。而〈張義方傳〉援採時人議論，批評張義方忠言讜論，實已侵犯相權。又如〈張延翰傳〉、〈游簡言傳〉、〈劉彥貞傳〉等，陸《書》均引用傳聞，間接表達對歷史人物的評價。此外，〈盧文進傳〉引述其在契丹所見所聞，可作為後世歷史學、天象學、人種學研究的參考。在在可見陸氏撰史，善於徵引各種材料，多方引證，故能成此一部良史，亦為保存古代文獻資料作出貢獻。

陸《書》之精於描摹，在勾勒人物情事上：陸氏善用摹寫技巧，以刻劃君主形貌，如描寫元宗悔遷南都，鬱鬱不樂，為心覺摹寫；故不時北望金陵，澄心堂承旨常引屏風障之，兼採視覺摹寫，藉以突顯其內心鬱悶。後主居喪哀毀，杖而後起，亦視覺兼心覺之摹寫；與小周后酣飲小亭中，則為視覺、味覺兼心覺摹寫。至於描繪官吏臉譜，如〈劉仁贍傳〉，採視覺與聽覺摹寫，如此一來，劉仁贍引弓而射、周世宗以身試箭的畫面，歷歷在目；而弓矢墮地、投弓於地的聲響，以及劉仁贍躬忠體國的唶嘆，言猶在耳。〈馮延魯傳〉中，先從視覺上寫後主親自為馮延魯斟酒；馮延魯固辭，飲之不盡；後主復誦詩、鼓琴相勸。再從心覺上點明馮延魯「猶自若」，而後主「優容不責」；足見君臣分際，蕩然無存。陸《書》亦勾勒出不遇之士輪廓，如採視覺兼心覺摹寫，敘蒯鼇為信守承諾，徒步數百里，送龍尾硯而還。又江為束書欲走吳越，亦採視覺兼心覺摹寫，寫活了他束書潛逃的狼狽模樣。是知陸氏善用精鍊的文字，具體描摹出史傳人物的生平行事，信筆寫來，栩栩如繪，形象鮮活。

在刻劃戰爭場面上：陸《書》刻劃戰爭場面取法於《左傳》，善用各種摹寫法，故能掌握史傳中的人事、戰況等，成功重現歷史情境。如〈劉彥貞傳〉，寫劉彥貞援壽州，運用生動的視覺摹寫；從周

將深謀遠慮，燒營退保正陽，對照劉彥貞橫布拒馬，陣前立以掘馬牌，地面遍布鐵蒺藜，此役雖未開戰，勝負卻已分明。其中周將之「慮」、周兵之「笑」及唐師之「怯」，皆為心覺摹寫；尤以「笑」字最為傳神，兼具心覺、視覺與聽覺效果。又記皖口之役，如〈朱令贇傳〉載「令贇惶駭，赴火死」，為心覺兼視覺摹寫；「糧米戈甲俱焚」，乃就視覺而言；「烟焰不止」，則兼具嗅覺與視覺效果。〈後主本紀〉謂宋軍晝夜攻城，城中米價飆漲，死者相枕藉，從視覺上寫出民不聊生的慘況；「人病足弱」句，為心覺兼視覺摹寫，寫活了城內居民貧病交迫、寸步難行的痛苦。在在可見陸《書》精於描摹，雖說史傳文以記事為主，但善於記事者，不出描摹生動、繪影繪聲，將摹寫技巧發揮到極致；換言之，一篇優秀的史傳文，必然也是極佳的文學作品。

　　陸《書》之善用對白，可從「對話法」與「獨白法」之運用兩方面來探索。首先，就採對話法來看，又依寫作方式不同，分為「一問一答」與「互相對談」兩類。如元宗詢問南北取士之異，江文蔚回答：北朝公私參半，我朝則大公無私。後主問蕭儼是不是想學魏徵，蕭儼回答：可惜我們無法與唐太宗君臣相提並論。還有外交場合，宋太祖質疑南唐私通叛臣李重進，馮延魯引元宗轉達之語，從容應答，並贏得對方信任；又宋太祖詢問宋軍南渡事，馮延魯力陳南唐形勢險要，兵民誓死抵抗之意，讓宋太祖不敢輕舉妄動。另有臣僚間問答，如馮延已質問孫忌，卻反招來一番數落，一一指責其過失。如此以一問一答方式呈現，提問只是引出話題，簡單交代即可，通常重點落在回答的內容，作者試圖藉由精闢的答話，直接突顯此人的識見、節操或氣度等，亦間接展現出提問者形貌。

　　至於互相對談，則必須透過彼此間的對話，才能瞭解事情原委，所以無論先言或後說，同等重要。如烈祖與宋齊丘君臣矛盾，作者透

過互相對談方式描寫，讓他們各自表明立場，形象生動，歷歷在目。申漸高勸烈祖減稅，亦採此種對話法，以幽默方式，達到諷諫效果。後主與徐鍇論及才行問題，仍讓他們透過對話，表達一己之見，進而展現出二人的個性。此外，陸《書》將元宗與馮延巳君臣談論歌詞的戲謔對話，載入〈馮延巳傳〉，間接表達對丞相失職的譴責。〈馮延魯傳〉更記徐鉉諷刺馮延魯之語，作者刻意保留彼此間對話，傳神描繪出小人的窘態。

其次，就用獨白法來看，可按表白內容之異，分為「自抒襟抱」與「闡述看法」二類。在自抒襟抱方面，如皇甫暉見周世宗，傳中以獨白法，自述他已竭盡心力，終究不敵大朝軍隊，兵敗被俘。孫忌使周奉表前，曾表達此行的決心：「終不負永陵一抔土」，陸《書》藉由獨白方式呈現，其大義凜然形象，深植人心。又據韓熙載私下透露，之所以晚年生活放蕩，是為了避居相位，明哲保身；史傳中採獨白法，以突顯其處世態度。徐鍇自謂家不過是寄宿而已，書中才是人生的歸宿，簡單一句獨白，卻寫活了他那淡泊名利的書生風骨。再者，立死井中的廖居素、不肯擬降表的李延鄒，都以獨白法自抒襟抱，道出效忠君國的志意。

在闡述看法方面，如作者採獨白法，闡述楊行密看重烈祖的相貌不凡，可見其具有識人之明。陸《書》亦藉馮延巳獨白，闡述他譏諷烈祖為田舍翁，稱讚元宗是真英主，一方面伺機逢迎，一方面鼓舞朝廷出兵征伐，他數居柄任，卻如此擅作威福，而元宗不以為意。相較於陳喬阻止宋齊丘攝政的忠言讜論，同樣運用獨白方式，闡述胸中見解，卻有忠、奸之別，不可同日而語。然自古忠言逆耳，君主未必採納，如蕭儼以「比景陽少一井」，提醒元宗：莫步陳後主後塵，卻遭貶謫。高遠獨以為湖湘之地，易取難守；李建勳亦認為平湖南，禍由此而起；皆以獨白法，闡述傳主之洞察時局，了然於心。

　　本書從規範本體、裁剪文意，及刪去浮辭三方面，論陸《書》之妙於鎔裁，突顯中心思想。無論單傳、合傳、類傳、四夷傳或附傳，皆能掌握各種謀篇布局之常法與變則，靈活運用，巧妙安排，故以謹於布局，巧設篇章結構見稱。再從徵引詔奏、援引書贊、援用詩文、引用傳聞等，可知陸氏撰史長於徵引，或藉以印證史實，同時保留珍貴的文獻史料。此外，無論勾勒人物情事，或刻劃戰爭場面，皆可看出作者精於描摹，頗能重現歷史情境。至於善用對白法，他在《南唐書》中，藉由對話法與獨白法之運用，讓史傳人物現身說法，栩栩如生，有助於還原人物形象。總言之，陸氏史傳散文技巧超卓，別具藝術價值，足供後人法式。

五曰繼往開來，啟迪後世學者

　　後世增注陸游《南唐書》者，有戚光《南唐書音釋》、周在浚《南唐書注》、周廣業《南唐書箋註》、湯運泰《南唐書註》、劉承幹《南唐書補注》、鄭滋斌《陸游〈南唐書本紀〉考釋及史事補遺》、錢仲聯與馬亞中主編《南唐書校注》、萬斯同《南唐將相大臣年表》及汪之昌《補南唐書藝文志》，共計九家。

　　一、戚光《南唐書音釋》，計有四單元：〈唐年世總釋〉，簡述唐天祐元年（904）至乙亥歲（975）七十二年間大事；〈州軍總音釋〉，實則簡釋南唐三十六州軍之沿革；分別從時間、空間的座標軸上，企圖勾勒出金陵歷史的輪廓。〈本紀〉、〈列傳〉二者，分別從字詞音義、人物生平、地理位置及其他四方面注解陸氏《南唐書》。戚光《音釋》雖僅一卷，內容稍嫌疏略，然在糾正訛誤、考訂缺疑、補充史料或注釋音義等方面，皆小有貢獻。

　　二、萬斯同《南唐將相大臣年表》，從烈祖昇元元年（937）至七

年，經元宗十九年，到後主在位十五年，前後三十九年（937-975）間，逐一羅列出南唐將相大臣在位之一覽表。足見作者對金陵歷史之關注，及受馬令、陸游《南唐書》之影響。

三、周在浚《南唐書注》，在思想方面，一本陸《書》以南唐為正統，批評馬令《南唐書》尊事中原，視江左為僭偽；反對李清《南唐書合訂》欲以南唐繼後唐，遙承唐統；過與不及，皆不免失之偏頗。在內容方面，周《注》廣引群書，採用史料甚夥，且對《南唐書合訂》一書，多所批駁。在體例方面，周《注》仿裴松之注《三國志》例，不曾變動陸《書》原文之順序，並視其需要，於原文下隨文附注小字解釋。另援用《三國志注》、《水經注》之例，僅注釋原文，不加評論。且對《南唐書合訂》更動陸《書》原文，頗有意見。然吾人以為，李清意在增訂南唐史事，而周氏有功於隨文注釋《南唐書》，各具特色。

四、周廣業《南唐書箋註》，以周在浚《南唐書注》為底本，蔣國祥兄弟《南唐書合刻》曾據此校閱，朱彝尊更稱讚注者之煞費苦心。由於當時已合刻馬、陸二書，故不復梓行。七十年後，張文魚得之於易州，吳騫借閱之餘，亦下過一番校訂功夫。吳騫校訂後，將全書抄錄一遍，原本打算刊行，後又不了了之。其後，周廣業借來是書，又費了不少心思，隨葉黏籤，刪蕪就簡，始成今日所見面貌。陳鱣跋語極肯定周廣業箋註之完善。周氏箋註除了刊訂訛誤，更詳加考證史實，缺疑處則存疑，不妄加斷定。

五、湯運泰《南唐書註》，歷時七年，博採群籍，仿《三國志》裴松之注例，以注解陸《書》。在思想方面，從外邦納款、名將投誠、江左人文薈萃及宋朝官方文獻等方面，認同陸《書》尊南唐為正統，為三君作「紀」，實較封建史家更為進步。在內容方面，較陸《書》增益不少。湯《註》雖以陸《書》為底本，但不侷限於陸

《書》，對於馬《書》之誤，一併予以刊正。此外，書末〈州軍總音釋〉，詳考南唐三十八州軍沿革，以補戚光《音釋》之不足。在體例方面，除了〈后妃諸王傳〉移至卷四，〈節義傳〉移於〈襍（雜）藝方士傳〉前，其餘依陸《書》次序編列。其編寫體例，所註人名首次出現皆平擡書寫，並用作小標目，以下註文則低一格寫作，全書體例井然。

六、汪之昌《補南唐書藝文志》，作者有鑒於馬令、陸游兩家《南唐書》不立〈表〉、〈志〉，而顧懷三《五代史藝文志》一書，無法彰顯南唐藝文之盛況，故而撰述該書。書中從《五代史藝文志》抄出南唐著述，再增補所不足者，仍依傳統史志之例，按經、史、子、集編排，藉以突顯南唐文風鼎盛，藝文蔚為大觀，迥異於五代諸國。

七、劉承幹《南唐書補注》，以周、湯二家《南唐書注》為底本，刪去重複，再蒐求各種典籍，加以補充、注解，而成此書。劉氏《補注》中，謹守一原則：有注才著錄，無注便從缺。又書中並未抄錄全文，僅截取欲補注之片斷載入。再於陸《書》原文片斷下，低一格書寫，或附〔補注〕，或附〔考異〕，或附〔補音釋〕，或附〔戚光音釋〕。有時一小段原文後，附以一至二項注解（如〔補注〕、〔考異〕，或〔考異〕、〔補音釋〕等），有時只有一項〔考異〕或〔戚光音釋〕等，不拘成格，體例靈活，端視注釋需要而定。劉氏《補注》不但體例靈動、內容詳實，最重要的貢獻在考辨疑異上，如考證龔慎儀見執於番禺的時間等，解決歷來爭議，對後世研讀陸《書》影響甚鉅。

八、鄭滋斌《陸游《南唐書本紀》考釋及史事補遺》，在思想上較前人進步，再三肯定陸《書》忠於史事，不似諸家野史摻雜詭異荒誕之言，試圖釐清歷史與軼聞的差別。在內容上，作者搜羅大量資料，據其書末〈參考及引用書目〉所列便有一百零七筆，遍及唐、宋、元、明、清各代著作，更見今人之論述，取材豐富，內容自然更

臻充實、完備。在體例上，以三篇〈本紀〉為全書考釋、補遺之重心。書中按年月抄錄陸《書》原文，大致以每年為一段落，先於原文中標註序號，再於該段後逐一載述考釋之文字。「考釋」完畢，又有「史事補遺」，分為「日月可考之事」、「日月不可考之事」，以補南唐史之缺遺。此外，作者於考釋陸《書》、補述南唐史之餘，偶爾也會發表自己的看法。

九、錢仲聯、馬亞中主編《南唐書校注》，是一本現代化的校注本，全書由陸《書》原文，及「注釋」、「校記」所組成。該書以「注釋」為主、「校記」為輔，前者搜求正史、野史、經籍、筆記、詩文集等文獻，旁徵博引，以注解陸《書》內容；後者則採用錢穀鈔本、陸貽典及黃丕烈校本、貞介堂鈔本、湯運泰注本等諸家校刊，斟酌字句，以校訂陸《書》原文。書中依陸《書》原文次第，自分段落，隨文校注；十八卷之末，另有〈附錄　南唐大事年表〉一篇，以記錄南唐歷史大事。先論其「注釋」，除了少數注解文義，絕大多數皆用以闡釋史實。其注釋內容，包羅萬象，或轉述解說文字，或載明注義出處，更多引用典籍詳加解釋，注例十分靈活。然時有疑義未決者，則並列各家之說，留待後世考辨，絕少於注中闡發評論或妄自臆斷。次論其「校記」，或補脫落，或糾訛舛，或標異文，注者謹守校讎分際，不擅自更動原書字句。總之，該書注釋允當、校對精善，有功於陸《書》之校注；然書中重視體例純粹，絕少著墨於考證、評論等；為求行文簡潔，注中僅取其精要，未能善用相關史料，誠屬美中不足！

陸氏《南唐書》澤被後世史傳著述，如明人陳霆《唐餘紀傳》十八卷、明末清初李清《南唐書合訂》二十五卷、毛先舒《南唐拾遺記》一卷，及清代吳任臣《十國春秋》、不著撰人《南唐史》今存一冊，皆在其基礎上，繼續編寫金陵舊史，影響之大，可見一斑。

一、陳霆《唐餘紀傳》，就思想言，如作者不為朱元立傳，將其

事附於〈李平傳〉中，並於「論曰」透露，在他眼裡，朱元不過是一位叛國者，而非陸《書》所謂的「能將」。從論贊中，可讀出他關心元宗如何處置此事，以史為鑒，認為誅殺反叛者妻孥，不能有效遏止將領降敵之風。就內容言，《唐餘紀傳》比陸《書》多出杜業等十九篇傳記，及〈志略〉一篇，具有增訂之功。至於陸《書》內容，也不完全為陳霆所因襲，如高審思等十六傳，為《唐餘紀傳》所不錄；是知其自有取捨，絕非全然沿用舊作。就體例言，如陸《書》聚焦於南唐史事，不為徐鉉等立傳；陳《傳》則作〈別傳〉一篇，以敘列江南遺臣。二書體例迥然有別，絕非一味抄襲。總之，《唐餘紀傳》為明人纂述南唐舊史之作，深受陸氏《南唐書》影響，其在繼承之餘，絕非全襲前書，無論思想、內容或體例上，皆能訂以己意，自成風貌。因此，《四庫提要》「屋下屋」之譏，語過其實。

　　二、李清《南唐書合訂》，在思想上，承沿陸《書》「烈祖為唐憲宗第八子建王恪之玄孫」，採陳霆「南唐為李唐三百年世祚之餘」等說法，特別強調金陵朝廷的正統地位。由於陸《書》受時代之限制，對樊若水（冰）事，語多迴護。到明代，李清已無此包袱，自然可以就史論史，給樊若水（冰）等叛臣應有的貶抑。在內容上，《南唐書合訂》比陸《書》多出陳大雅等四十八傳，及卷二十五〈志〉。足見其在陸《書》基礎上，徵引諸正史、野史、雜記等資料，增補南唐史事，成此一部《南唐書合訂》，以內容宏富見稱。在體例上，設類傳為該書之一大特色，以十四篇類傳統括南唐臣民、外邦等，分門別類，執簡馭繁，體例相當嚴整。在注釋上，其考訂有所根據，每能刊謬補缺，以注釋完善取勝。綜觀《南唐書合訂》一書，以陸《書》為宗，參考諸家正史、野史、雜記等，旁徵博引，去蕪存菁，故無論在思想、內容、體例或注釋上，皆能集眾家之長，後出轉精，可媲美於《三國志》〈蜀志〉。

　　三、毛先舒《南唐拾遺記》，為南唐史之補遺而已，無論思想、內容、體例上均無足大觀，屬於筆記類的作品。先言其思想，看不出作者的歷史觀點或政治立場為何。是知本書為文士隨興所記，思想性十分薄弱。次言其內容，除了第一條「宋藝祖事周世宗」，以中原之視角，記述周兵與南唐戰於滁州，周人得趙學究之助，攻城掠地，生擒皇甫暉，屬軍事征伐上大事。其餘各條多以南唐觀點，敘述南國軼聞。凡此種種，無關乎家國大事，幾乎為平居瑣屑，故該書為筆記，而非史著。大抵隨意條錄軼事，每條之間，儘管內容不相干，但編排上並非毫無章法；其中時有低一格加注按語者，或發表個人看法，或考訂出處疑義，足見作者之用心。儘管《南唐拾遺記》篇幅短小，極其疏漏，但從作者竭力搜羅軼聞史事，足見其對南唐史之關注。

　　四、吳任臣不滿於《晉書》、《十六國春秋》、《新五代史》不重視十國歷史，故而搜羅群書，編撰《十國春秋》一百一十四卷。其中卷十五至三十四為南唐史。《十國春秋》於「論曰」中，綜評十位傳主之生平，寫法與陸氏如出一轍。陸《書》綜論六位傳主功過，而吳氏記十人之盡忠。其中胡則、申屠令堅事，二書重複，陸氏惋惜兩人未能力守圍城中；而吳氏以為兩人雖功敗垂成，但均以身殉國，故嘉其忠義。《十國春秋》依陸《書》之例，為南唐三君作〈烈祖本紀〉、〈元宗本紀〉及〈後主本紀〉。《四庫提要》評論該書能辨舊說之誣，又以紀元、世系、地理、藩鎮及百官五表考訂最為精詳；至於卷末虛列無傳者姓名，則為其白璧微瑕之處。

　　五、不著撰人《南唐史》，以撰者手稿本刊行，收入《清代稿本百種彙刊》。全書不分卷，以歷史事件之始末劃分，分為：「周師南寇」、「（吳）越人和戰」、「宋齊丘鍾謨之敗」、「元宗定儲」、「徙都南昌」、「兩朝事大」、「後主二周之寵」、「後主朝任人得失」及「學校貢舉之興」，共記南唐史上九件大事。吾人以為，該書原有多冊，亡佚

散落，僅剩一冊，可能性極高；誠如〈提要〉指出，記南唐史，而以
「周師南寇」為首，著實啟人疑竇。此外，如烈祖輔吳、受禪，元宗
閩楚之役，後主開城降宋等，為金陵興衰之關鍵史事，卻不見載於書
中，為子餘之說再添幾分可能性。儘管多半抄錄舊史而成，內容不盡
完整，但以紀事本末體編寫，卻有其獨到之處。從文士紛紛投入纂史
行列，足見清人對南唐小國之關注，此即受陸《書》啟迪之間接證據。

　　自民國以降，接踵前人步伐，繼續探究南唐歷史者，有任爽《南
唐史》、鄒勁風《南唐國史》及杜文玉《南唐史略》三書。

　　一、任爽《南唐史》，全書分為上、中、下三編，以記南唐之崛
起、衰落和滅亡。上編從烈祖在位，對內政寬刑平、從諫如流，對外
敦親睦鄰；至晚年，服丹易怒等，總評其統治得失。中編從遷都之
悔、伶人之諫等史實，歸結出元宗統治功不及過，性情懦弱，治國無
術、御臣無方，也是南唐衰敗的重要原因。下編論南唐的滅亡，並考
證小周后被逼幸、後主遭賜牽機藥等，可能性極低；吾人頗不以為
然。然該書採夾敘夾議法寫成，有引述，有考證，也有評論，內容
詳實。

　　二、鄒勁風《南唐國史》，全書計有八章。第三章「先主時
代──南唐的建立與早期發展」，作者認為烈祖李昇在政治上獲得成
功的關鍵是具有民本思想。第四章「中主時代──南唐的由盛而
衰」，從對外政策、文士黨爭、淮南喪師，及晚期革除黨爭、遷都洪
州等等，論述元宗李璟時期南唐國勢由盛而衰的歷史。第五章「後主
時代──南唐的滅亡」，闡述後主李煜繼位後面臨的內憂外患，以及
亡國後的俘虜生涯。第八章「南唐的文化」，考究南唐的多元文化、
文人習性、社會風尚等，意在還原當時人文薈萃、禮樂昌隆的繁華景
象。綜觀全書在眾多史料中，刪繁就簡，去蕪存菁，從各面向呈現出
南唐的歷史風貌，以內容精當取勝。

　　三、杜文玉《南唐史略》，第一章「吳的建立與南唐代吳」，其中論及楊行密建吳、徐溫專權、南唐的建立等，對於唐末大亂，楊吳據有淮南，南唐受吳禪位，是為南唐史之前身。第二章「社會經濟的繁榮與發展」，從農業、手工業與商業發展談起。第三章「中期的政治和戰爭」，探討元宗時期閩、楚之役，張遇賢、諸佑起義、後周南伐，以及國內宋齊丘、孫忌等朋黨為禍。第四章「中後期經濟剝削的加重與政權的衰亡」，從元宗後期戰事頻繁，導致經濟衰退，到後主時各種問題逐漸浮上檯面，終至宋人兵臨城下，南唐開門納降。第五章「職官、軍事制度與行政區劃」，考察南唐的職官、軍事制度，以及行政區之劃分情形。第六章「南唐的文化」，從文學、音樂、書法、繪畫、史學、教育等方面，試圖還原金陵當時的文化盛況。

　　綜上所述，從南宋，經元、明、清各代，乃至民國以降，有志於南唐史研究者，皆須以陸氏《南唐書》為宗，在其基礎上，繼續探述金陵舊史，足見其影響之既深且遠。

　　陸氏《南唐書》體例謹嚴、內容精要，是撰述南唐史的權威之作；全書思想賅備、史筆超卓，亦是首屈一指的史傳散文。因此，無論從歷史或文學的角度來看，陸《書》繼往與開來兼而有之，故極具影響力，可媲美於《史記》、《漢書》，堪與歐公《新五代史》並駕齊驅。誠如雷近芳〈論陸游的史識與史才〉所云：「陸游不僅是一位成就巨大的文學家，他還確是一位卓有建樹的史學家。」[2]可見陸《書》之成就非同凡響，在文、史學界占有一席舉足輕重的地位。

2　見雷近芳撰：〈論陸游的史識與史才〉，《史學月刊》1992年第4期，頁38。

徵引文獻

一　專著

（一）古人

（依時代先後順序排列；如同時代，則依作者姓氏筆畫排列）

《尚書》　臺北市　藝文印書館《十三經注疏》本　2001年據清・阮
　　　元校本影印

《春秋公羊傳》　臺北市　藝文印書館《十三經注疏》本　2001年據
　　　清・阮元校本影印

《春秋左傳》　臺北市　藝文印書館《十三經注疏》本　2001年據
　　　清・阮元校本影印

《禮記》　臺北市　藝文印書館《十三經注疏》本　2001年據清・阮
　　　元校本影印

〔西漢〕司馬遷　《史記》　臺北市　臺灣商務印書館景印《文淵閣
　　　四庫全書》本　1983年據國立故宮博物院藏本影印

〔西漢〕司馬遷　《史記》　臺北市　七略出版社《史記三家注》本
　　　2003年據清・乾隆武英殿刊本景印

〔魏〕王弼注　《老子道德經》　臺北市　臺灣商務印書館景印《文
　　　淵閣四庫全書》本　1983年據國立故宮博物院藏本影印

〔蕭梁〕劉勰　《文心雕龍》　臺北市　世界書局景印摛藻堂《四庫
　　　全書薈要》本　1988年

〔唐〕姚思廉奉敕　《陳書》　臺北市　臺灣商務印書館景印《文淵閣四庫全書》本　1983年據國立故宮博物院藏本影印

〔唐〕劉知幾　《史通》　臺北市　台灣古籍出版社《中國古籍大觀》本　2002年

〔唐〕韓愈　《韓昌黎全集》　臺北市　新文豐出版公司　1977年

〔南唐〕劉崇遠　《金華子雜編》臺北市　臺灣商務印書館景印《文淵閣四庫全書》本　1983年據國立故宮博物院藏本影印

〔北宋〕不著撰人　《五國故事》　臺北市　臺灣商務印書館景印《文淵閣四庫全書》本　1983年據國立故宮博物院藏本影印

〔北宋〕不著撰人　《江南餘載》　臺北市　臺灣商務印書館景印《文淵閣四庫全書》本　1983年據國立故宮博物院藏本影印

〔北宋〕不著撰人　《宣和書譜》臺北市　臺灣商務印書館景印《文淵閣四庫全書》本　1983年據國立故宮博物院藏本影印

〔北宋〕不著撰人　《釣磯立談》臺北市　臺灣商務印書館景印《文淵閣四庫全書》本　1983年據國立故宮博物院藏本影印

〔北宋〕王陶　《談淵》　臺北市　臺灣商務印書館明刊本《歷代小史》本　1969年

〔北宋〕王銍　《默記》　北京市　中華書局《唐宋史料筆記叢刊》本　1989年

〔北宋〕王安石　《王安石全集》　臺北市　河洛圖書出版社　1974年

〔北宋〕王欽若、楊億等奉敕　《冊府元龜》　臺北市　臺灣商務印書館景印《文淵閣四庫全書》本　1983年據國立故宮博物院藏本影印

〔北宋〕司馬光　《司馬文正公集略》　明‧嘉靖四年（1525）平陽府河東書院刊本

〔北宋〕司馬光　《涑水記聞》　北京市　中華書局《唐宋史料筆記叢刊》本　1989年

〔北宋〕司馬光　《資治通鑑》　臺北市　藝文印書館　1955年據明・萬曆吳勉學校刊、清・季滄葦批校朱墨套印本影印

〔北宋〕司馬光　《稽古錄》　臺北市　臺灣商務印書館原式精印大本《四部叢刊正編》本　1979年

〔北宋〕吳淑　《江淮異人錄》　臺北市　臺灣商務印書館景印《文淵閣四庫全書》本　1983年據國立故宮博物院藏本影印

〔北宋〕馬令　《南唐書》　臺北市　臺灣商務印書館《四部叢刊廣編》本　1981年據上海涵芬樓景印明刊本

〔北宋〕馬令　《南唐書》　臺北市　臺灣商務印書館景印《文淵閣四庫全書》本　1983年據國立故宮博物院藏本影印

〔北宋〕張耒　《柯山集》　臺北市　臺灣商務印書館景印《文淵閣四庫全書》本　1983年據國立故宮博物院藏本影印

〔北宋〕郭若虛　《圖畫見聞志》　成都市　四川美術出版社　1986年

〔北宋〕陳彭年　《江南別錄》　臺北市　臺灣商務印書館景印《文淵閣四庫全書》本　1983年據國立故宮博物院藏本影印

〔北宋〕陶岳　《五代史補》　臺北市　臺灣商務印書館景印《文淵閣四庫全書》本　1983年據國立故宮博物院藏本影印

〔北宋〕路振　《九國志》　臺北市　臺灣商務印書館《國學基本叢書》本　1968年

〔北宋〕歐陽修、宋祁等奉敕　《新唐書》　臺北市　臺灣商務印書館景印《文淵閣四庫全書》本　1983年據國立故宮博物院藏本影印

〔北宋〕歐陽修撰、徐無黨注　《新五代史》　臺北市　臺灣商務印書館景印《文淵閣四庫全書》本　1983年據國立故宮博物院藏本影印

〔北宋〕鄭文寶　《江表志》　臺北市　臺灣商務印書館景印《文淵
　　　　閣四庫全書》本　1983年據國立故宮博物院藏本影印

〔北宋〕鄭文寶　《南唐近事》　臺北市　臺灣商務印書館景印《文
　　　　淵閣四庫全書》本　1983年據國立故宮博物院藏本影印

〔北宋〕錢儼　《吳越備史》　臺北市　臺灣商務印書館景印《文淵
　　　　閣四庫全書》本　1983年據國立故宮博物院藏本影印

〔北宋〕龍袞撰　《江南野史》　臺北市　臺灣商務印書館景印《文
　　　　淵閣四庫全書》本　1983年據國立故宮博物院藏本影印

〔北宋〕薛居正等奉敕　〔清〕邵晉涵等輯　《舊五代史》　臺北市
　　　　臺灣商務印書館景印《文淵閣四庫全書》本　1983年據國
　　　　立故宮博物院藏本影印

〔北宋〕魏泰　《東軒筆錄》　臺北市　臺灣商務印書館景印《文淵
　　　　閣四庫全書》本　1983年據國立故宮博物院藏本影印

〔北宋〕釋文瑩　《玉壺清話》　北京市　中華書局《唐宋史料筆記
　　　　叢刊》本　1984年

〔南宋〕王灼　《碧鷄漫志》　臺北市　廣文書局《詞話叢編》本
　　　　1967年據民國二十三年（1934）排印本影印

〔南宋〕王明清　《王氏揮麈錄》　臺北市　臺灣商務印書館明刊本
　　　　《歷代小史》本　1969年

〔南宋〕王應麟　《玉海》　臺北市　臺灣商務印書館景印《文淵閣
　　　　四庫全書》本　1983年據國立故宮博物院藏本影印

〔南宋〕佚名　《南宋館閣續錄》　北京市　北京圖書館出版社
　　　　2006年據清・光緒中錢塘丁氏嘉惠堂刻《武林掌故叢編》
　　　　本影印《宋代傳記資料叢刊》本

〔南宋〕李燾　《續資治通鑑長編》　臺北市　臺灣商務印書館景印
　　　　《文淵閣四庫全書》本　1983年據國立故宮博物院藏本
　　　　影印

〔南宋〕周南 《山房集》 臺北市 臺灣商務印書館景印《文淵閣
　　　四庫全書》本 1983年據國立故宮博物院藏本影印

〔南宋〕周密 《浩然齋雅談》 臺北市 臺灣商務印書館景印《文淵
　　　閣四庫全書》本 1983年據國立故宮博物院藏本影印

〔南宋〕周應合 《景定建康志》 臺北市 臺灣商務印書館景印《文
　　　淵閣四庫全書》本 1983年據國立故宮博物院藏本影印

〔南宋〕邵博 《邵氏聞見後錄》 北京市 中華書局《唐宋史料筆
　　　記叢刊》本 1983年

〔南宋〕施宿 浙江省《嘉泰會稽志》 臺北市 成文出版社《中國
　　　方志叢書》本 1983年據1926年景印清・嘉慶十三年
　　　（1808）刊本影印

〔南宋〕晁公武 《郡齋讀書志》 北京市 學苑出版社 2009年據
　　　清・光緒六年（1880）會稽章氏用藝芸書舍本重刊影印
　　　《古書題跋叢刊》本

〔南宋〕袁文 《甕牖閒評》 臺北市 臺灣商務印書館景印《文淵
　　　閣四庫全書》本 1983年據國立故宮博物院藏本影印

〔南宋〕張淏 浙江省《會稽續志》 臺北市 成文出版社《中國方
　　　志叢書》本 1983年據1926年景印清・嘉慶十三年
　　　（1808）刊本影印

〔南宋〕張端義 《貴耳集》 臺北市 臺灣商務印書館景印《文淵
　　　閣四庫全書》本 1983年據國立故宮博物院藏本影印

〔南宋〕陳振孫 《直齋書錄解題》 臺北市 世界書局景印摛藻堂
　　　《四庫全書薈要》本 1986年

〔南宋〕陸游 《入蜀記》 上海市 上海遠東出版社《宋明清小品
　　　文集輯注》本 1996年

〔南宋〕陸游　《南唐書》　明・崇禎庚午（三年；1630）海虞毛氏
　　　汲古閣刊《陸放翁全集》本
〔南宋〕陸游　《南唐書》　臺北市　臺灣商務印書館景印《文淵閣
　　　四庫全書》本　1983年據國立故宮博物院藏本影印
〔南宋〕陸游　《南唐書》　臺北市　藝文印書館《百部叢書集成》
　　　本　1967年據明・萬曆胡震亨等校刊本影印
〔南宋〕陸游　《家世舊聞》　北京市　中華書局《歷代史料筆記叢
　　　刊》　1993年
〔南宋〕陸游　《陸氏南唐書》　上海市　商務印書館《四部叢刊續
　　　編》本　民國二十三年（1934）據上海涵芬樓景印明・錢
　　　叔寶手鈔本
〔南宋〕陸游　《陸氏南唐書》　臺北市　臺灣商務印書館景印《文
　　　淵閣四庫全書》本　1983年據國立故宮博物院藏清・乾隆
　　　四十七年（1782）文淵閣本影印
〔南宋〕陸游　《渭南文集》　臺北市　臺灣中華書局《陸放翁全
　　　集》本　1970年據汲古閣本校刊倣宋版印
〔南宋〕陸游　《劍南詩稿》　臺北市　臺灣中華書局《陸放翁全
　　　集》本　1970年據汲古閣本校刊倣宋版印
〔南宋〕楊仲良　《皇宋通鑑長編紀事本末》　臺北市　臺灣商務印
　　　書館《宛委別藏》本　1981年
〔南宋〕葉夢得　《石林燕語》　北京市　中華書局《唐宋史料筆記
　　　叢刊》本　1984年
〔南宋〕趙葵　《行營雜錄》　臺北市　臺灣商務印書館明刊本《歷
　　　代小史》本　1969年
〔南宋〕趙善璙　《自警篇》　臺北市　臺灣商務印書館明刊本《歷
　　　代小史》本　1969年

〔南宋〕鄭樵　《通志略》　臺北市　里仁書局　1982年

〔元〕馬端臨　《文獻通考》　臺北市　臺灣商務印書館景印《文淵閣四庫全書》本　1983年據國立故宮博物院藏本影印

〔元〕張鉉　《至大金陵新志》　臺北市　臺灣商務印書館景印《文淵閣四庫全書》本　1983年據國立故宮博物院藏本影印

〔元〕戚光　《南唐書音釋》　明・崇禎庚午（三年；1630）海虞毛氏汲古閣刊《陸放翁全集・南唐書》本

〔元〕脫脫等修　《宋史》　臺北市　藝文印書館《二十五史》本　1982年據清・乾隆武英殿刊本景印

〔元〕陳繹曾　《文筌》　上海市　上海古籍出版社《續修四庫全書》本　2002年據清・李士棻家抄本影印

〔明〕李清　《南唐書合訂》　北京市　北京出版社《四庫禁燬書叢刊補編》本　2005年據清・乾隆鈔《文淵閣四庫全書》撤出本影印

〔明〕張自烈編　〔清〕廖文英補　《正字通》　北京市　國際文化出版公司　1996年

〔明〕陳霆　《唐餘紀傳》　臺北市　臺灣學生書局　1969年據明・嘉靖刊本景印

〔清〕丁丙　《善本書室藏書志》　上海市　上海古籍出版社《續修四庫全書》本　1995年據清・光緒二十七年（1901）刻錢塘丁氏刻本影印

〔清〕不著撰人　《南唐史》　臺北市　文海出版社　1974年《清代稿本百種彙刊》本

〔清〕毛先舒　《南唐拾遺記》　臺北市　新興書局　1975年據清刊本影印《筆記小說大觀六編》本

〔清〕王士禎輯、鄭方坤刪補　《五代詩話》　臺北市　廣文書局
　　　　1970年

〔清〕永瑢、紀昀等撰　武英殿本《四庫全書總目提要》　臺北市
　　　　臺灣商務印書館　1983年據國立故宮博物院藏本影印

〔清〕吉慶、謝啟昆總裁　《廣西通志》　臺北市　文海出版社
　　　　1966年據清・嘉慶六年（1801）修同治四年（1865）補刊
　　　　本影印《中國邊疆叢書》本

〔清〕成肇麔選輯　《唐五代詞選》　臺北市　臺灣商務印書館《人
　　　　人文庫》本　1970年

〔清〕吳非　《三唐傳國編年》　臺北市　新文豐出版公司《叢書集
　　　　成續編》本　1989年

〔清〕吳任臣　《十國春秋》　臺北市　臺灣商務印書館景印《文淵
　　　　閣四庫全書》本　1983年據國立故宮博物院藏本影印

〔清〕李笠　《史記訂補》　北京市　北京出版社《四庫未收書輯
　　　　刊》本　2000年據民國十三（1924）瑞安李氏刻本影印

〔清〕李慈銘　《越縵堂讀書記》　上海市　上海書店出版社　2000年

〔清〕汪之昌編　《補南唐書藝文志》　北京市　書目文獻出版社
　　　　《二十四史訂補》本　1996年據清・光緒二十五年
　　　　（1899）抄本影印

〔清〕周濟　《介存齋論詞雜著》　上海市　上海古籍出版社《續修
　　　　四庫全書》本　2002年據中國科學院圖書館藏清・光緒四
　　　　年（1878）刻本影印

〔清〕周在浚　《南唐書注》　上海市　上海古籍出版社　2002年據民
　　　　國四年（1915）劉氏嘉業堂刊本影印《續修四庫全書》本

〔清〕周廣業　《南唐書箋註》　清・讀史精舍綠格鈔本

〔清〕孫文川、陳作霖編　《南朝佛寺志》　清末上元孫氏刊本

〔清〕徐釚　《詞苑叢談》　臺北市　木鐸出版社　1982年

〔清〕畢沅　《續資治通鑑》　出版者不詳　出版地不詳　2002？年

〔清〕陳鱣　《續唐書》　臺北市　新文豐出版公司《叢書集成新編》本　1985年

〔清〕陳伯雨編　《金陵通紀》　臺北市　新文豐出版公司　1975年據光緒丁未年（卅三年；1907）瑞蓍館槧印

〔清〕湯運泰　《南唐書註》　綠籤山房本

〔清〕馮煦　《蒿庵論詞》　臺北市　廣文書局《詞話叢編》本1967年據民國二十三年（1934）排印本影印

〔清〕萬斯同　《南唐將相大臣年表》　北京市　北京圖書館出版社《二十五史補編·隋唐五代史補編》本　2005年

〔清〕趙翼　《廿二史劄記》　臺北市　臺灣中華書局《四部備要》本　1966年據原刻本校刊

〔清〕劉熙載　《藝概》　臺北市　漢京文化公司《四部刊要》本2004年

〔清〕顧炎武　《天下郡國利病書》　臺北市　臺灣商務印書館《四部叢刊廣編》本　1981年據上海涵芬樓景印崑山圖書館藏稿本影印

(二) 今人（依作者姓氏筆畫排列）

王占英編　《中國傳世人物畫》　呼和浩特市　內蒙古人民出版社2002年

王國維　《人間詞話》　上海市　上海古籍出版社《蓬萊閣叢書》本1998年

王葆心　《古文辭通義》　臺北市　臺灣中華書局　1965年

任　爽　《南唐史》　長春市　東北師範大學出版社　1995年

朱迎平　《宋文論稿》　上海市　上海財經大學出版社　2003年

吳　梅　《詞學通論》　香港　太平書局　1964年

李心銘　《李後主詞的通感意象》　臺北市　秀威資訊科技公司
　　　　2012年

杜文玉　《南唐史略》　西安市　陝西人民教育出版社　2001年

夏瞿禪　《南唐二主年譜》　臺北市　世界書局《中國文化經典》本
　　　　2010年

徐　浩　《廿五史論綱》　臺北市　世界書局　1947年

柴德賡　《史籍舉要》　九龍　中華書局《文史啟蒙名家書系》本
　　　　2002年

高　峰　《亂世中的優雅：南唐文學研究》　北京市　人民出版社
　　　　2013年

張大可　《史記研究》　北京市　華文出版社　2002年

陳葆真　《李後主和他的時代——南唐藝術與歷史》　北京市　北京
　　　　大學出版社　2009年

曾棗莊、劉琳主編　《全宋文》　上海市　上海辭書出版社　合肥市
　　　　安徽教育出版社　2006年

黃慶萱　《修辭學》　臺北市　三民書局　2002年

黃麗貞　《實用修辭學》　臺北市　國家出版社　2004年

楊東勝編　《晉唐宋人物畫精選》叢書　天津市　天津人民美術出版
　　　　社　2007年

葉嘉瑩　《唐宋詞十七講》　臺北市　桂冠圖書公司　2000年

鄒勁風　《南唐文化》　南京市　南京出版社《十朝故都文化叢書》
　　　　本　2005年

鄒勁風　《南唐國史》　南京市　南京大學出版社　2000年

劉承幹　《南唐書補注》　民國四年（1915）吳興劉氏嘉業堂刊《嘉
　　　　業堂叢書》本

蔡信發　《話說史記》　臺北市　萬卷樓圖書公司　1995年

鄭滋斌　《陸游《南唐書本紀》考釋及史事補遺》　臺北市　文史哲
　　　　出版社　1997年

錢仲聯、馬亞中主編　《陸游全集校注》　杭州市　浙江教育出版社
　　　　2011年

簡彥姈　《陸游散文新論》　臺北市　致知學術出版社　2014年

饒宗頤　《澄心論萃》　上海市　上海文藝出版社　1996年

二　論文

（一）期刊論文
（依作者姓氏筆畫排列）

元志立　〈南唐士人黨爭研究〉　《文史博覽（理論）》　2015年1月

王吉林　〈契丹與南唐外交關係之探討〉　《幼獅學誌》　第5卷第2
　　　　期　1966年12月

王明通　〈文章結構試探——以散文為主要考察對象〉　《文學新
　　　　鑰》　第12期　2010年12月

伍聯群　〈論陸游的佛教思想〉　《船山學刊》　第2期　2007年

朱志偉　〈淺論陸游《南唐書》的幾點缺憾〉　《黑龍江史志》　第
　　　　15期　2012年

朱國才　〈陸游《入蜀記》思想藝術初探〉　《杭州大學學報》　第
　　　　4期　1984年

李雲根、曹鵬程　〈龍袞《江南野史》考論〉　《樂山師範學院學報》　第29卷第7期　2014年7月

周臘生　〈南唐貢舉考〉　《孝感教院學報》　第7期　1999年

法　空　〈陸游與佛教之緣〉　《香港佛教》月刊　第477期　2000年2月

胡小麗　〈《十國春秋·南唐》徵引書目考——兼論《十國春秋》的史料價值〉《圖書情報工作》　第55卷第19期　2011年10月

徐志嘯　〈論陸游的散文〉　《青大師院學報》　第13卷第1期　1996年3月

張歷憑、雷近芳　〈《四庫全書》所收南唐史著比較研究〉　《信陽師範學院學報》　第14卷第3期　1994年9月

張興武　〈南唐黨爭：唐宋黨爭史發展的仲介〉　《漳州師範學院學報》　第1期　2002年

梁　勵　〈南唐建國史略〉　《歷史教學》　第9期　1997年

陳曉瑩　〈《江南錄》：先天不足的「千古信書」〉　《史學集刊》　第2期　2014年3月

蕭　霜　〈陸游《南唐書》簡論〉　《長沙水電師院學報》　第6卷第1期　1991年2月

黃鎮偉　〈「縷述風土，考訂古跡」的佳製——評陸游的《入蜀記》〉　《九江師專學報》　第1期　1986年

楊超、張固也　〈五代藝文補志述評〉　《圖書情報工作》　第55卷第23期　2011年12月

鄒勁風　〈現存有關南唐的文字史籍研究〉　《江海學報》　第2期　1998年

雷近芳、郭建淮　〈今存南唐史著論略〉　《佛山大學學報》　第13卷第1期　1995年2月

雷近芳　〈論陸游的史識與史才〉　《史學月刊》　第4期　1992年

趙永平　〈論陸游《南唐書》的文學成就〉　《湖北社會科學》　第
　　　　3期　2014年

劉永翔　〈《新修南唐書》陸游著袪疑〉　《華東師範大學學報》
　　　　第6期　1985年

薛平拴　〈南唐史研究的新成果──評杜文玉新著《南唐史略》〉
　　　　《渭南師範學院學報》　第17卷第1期　2002年1月

簡彥姈　〈馬令、陸游二家《南唐書》之比較〉　《中國文化大學中
　　　　文學報》第25期　2012年10月

簡彥姈　〈陸游《南唐書》「論曰」探述〉　《中國語文》　第110卷
　　　　第1期　2012年1月

簡彥姈　〈陸游入蜀途中對南唐史事之考察〉　《國文天地》　第27
　　　　卷第9期　2012年2月

(二)學位論文（依作者姓氏筆畫排列）

王安春　《宋齊丘評傳》　南昌市　江西師範大學專門史專業碩士論
　　　　文　2002年

郭慧如　《《史記》、《漢書》合傳比較研究》　桃園市　銘傳大學應
　　　　用中國文學系碩士論文　2010年

簡彥姈　《陸游散文研究》　臺北市　臺灣師範大學國文學系博士論
　　　　文　2011年

羅倩儀　《馮延巳詞研究》　臺北市　中國文化大學中國文學研究所
　　　　碩士論文　2009年

附錄一
汲古閣本陸游《南唐書》校訂

一　校訂凡例

（一）所謂汲古閣本陸游《南唐書》，指明・崇禎庚午（三年，1630）海虞毛氏汲古閣刊《陸放翁全集》所收之《南唐書》。今據此為底本，校以涵芬樓景錢叔寶鈔本、沈士龍胡震亨校刊秘冊彙函本、日本傳鈔海虞毛氏汲古閣刊本、文淵閣四庫全書寫本、中華書局四部備要本之陸氏《南唐書》，再依李清《南唐書合訂》、周在浚《南唐書注》、周廣業《南唐書箋註》、湯運泰《南唐書註》、劉承幹《南唐書補注》及錢仲聯、馬亞中《南唐書校注》等，逐一校讎，期能刊訂汲古閣本陸氏《南唐書》中若干訛誤，以就教於方家。

（二）凡文中使用通同字者，不予校訂。如：「猫」通「貓」、「譚」通「談」、「頮」通「頹」、「迺」通「乃」、「粮」通「糧」、「槩」通「概」、「葢」通「蓋」、「亙」通「互」、「埽」通「歸」、「攷」通「考」、「肎」通「肯」、「矦」通「侯」、「旤」通「禍」、「驩」通「歡」、「姉」通「姊」、「碁」通「棋」、「琹」通「琴」、「効」通「效」、「僊」通「仙」、「蹔」通「暫」、「酖」通「鴆」、「勑」通「敕」、「訓」通「酬」、「椉」通「乘」、「尸」通「屍」、「灾」通「災」、「冣」通「最」、「糸」通「參」、「筭」通「算」、「驗」通「驗」、「亾」通「亡」、「寓」通「字」等。

（三）凡為俗寫體，不予校訂。如：「賓」通「賓」、「䫙」通「貌」、「迯」通「逃」、「盖」通「蓋」、「欵」通「款」、「挍」通

「校」、「撿」通「檢」、「健」通「健」、「弃」通「棄」、「竆」通「窮」、「虗」通「虛」、「湏」通「須」、「粆」通「妝」、「酧」通「酬」、「庻」通「庶」、「竪」通「豎」、「蕋」通「蕊」、「夶」通「死」、「薂」通「藝」、「偓」通「偃」、「裕」通「裕」等。

（四）或為通用之假借字，在古書中習以為常，亦不予校訂。如：

1.同音通假：「班」通「頒」、「匾」通「扁」、「辨」通「辯」、「服」通「伏」、「吊」通「弔」、「托」通「託」、「估」通「姑」、「皇」通「惶」、「迹」通「跡」、「疾」通「嫉」、「監」通「鑑」、「浸」通「浸」、「羞」通「饈」、「饗」通「享」、「嚮」通「向」、「指」通「旨」、「擿」通「擲」、「讐」通「仇」、「蚤」通「早」、「裁」「纔」「財」通「才」、「奕」通「弈」、「翼」通「翌」、「游」通「遊」、「燕」通「宴」、「陽」通「佯」、「於戲」通「嗚呼」、「愈」通「癒」等。

2.音近通假：「莫」通「暮」、「亡」通「無」等，為雙聲通假。「傍」通「旁」、「閣」通「閤」、「閒」通「間」等，為疊韻通假。「鄉」通「嚮」，「少」通「稍」等，為聲調相通。

3.形近通假：「說」通「悅」。

4.同義通假：「寘」通「置」、「砦」通「寨」、「誂」通「怵」、「簽」通「筵」等。

（五）此外，純屬手民之誤，並不影響前後文意者，不予校訂。如文中「一己」、「而已」、「丁巳」等，「己」「已」「巳」三字，每因形體相近，而混淆不清，諸如此類訛舛，遍及全篇，不勞逐一為之糾謬。但舉凡危及上下文意者，則一律予以刊正，如：「太弟」、「太醫」訛為「大」，或「藉口」誤書「籍」、「銜命」誤作「御」、「毋撓予睡」訛作「母」等。

（六）時間之舛、名銜之訛、郡邑之誤等，必然予以校正。如：

1.時間之舛：〈烈祖本紀〉：「改吳天祚二年為昇元元年」，據吾人考證，「天祚二年」應作「天祚三年」。

2.名銜之訛：〈烈祖本紀〉：「昇元四年，……晉安州節度副使李金全來降。」幾經考證，「節度副使」應作「節度使」。〈游簡言傳〉：「簡言父恭，嘗為鄂州林洪掌書記。」據錢仲聯等校注本考證，「林洪」應作「杜洪」。

另〈徐玠傳〉：「保太元年五月卒，年七十六。」〈廖偃彭師暠傳〉：「有豐城令劉虛已，移書明偃大節云。」〈劉仁瞻傳〉：「監軍使文德殿使周廷構哭於中門。」〈後主國后周氏傳〉：「國亡，從后主北遷，封鄭國夫人。」以上諸例，由於「保大」是年號、「劉虛己」為人名、「後主」乃慣用之稱呼，故雖係手民之誤，仍予以訂正。

3.郡邑之誤：〈元宗本紀〉：「保大十年，……援衰州之師，敗績於沐陽。」求證各家刊本，「沐陽」應作「沭陽」。

（七）疑而未決者，仍置缺疑。如：

1.烈祖元配為楊氏？或王氏？據〈烈祖本紀〉載：「昇元元年，……追封故妃魏國君楊氏為順妃。」〈烈祖元敬皇后宋氏傳〉卻云：「昇州刺史王戎得后。烈祖娶戎女，后為媵。」案：李清合訂本以為：故妃楊氏，或謂王戎女，恐誤書。然《十國春秋》云：「順妃王氏，烈祖之故配也。」不知何者為是。

2.率兵討伐張遇賢之亂的大將是嚴恩？或嚴思？〈元宗本紀〉云：「保大元年，……領南妖賊張遇賢犯虔州，詔遣洪州營屯都虞候嚴恩帥師討之，以通事舍人邊鎬監其軍。」〈邊鎬傳〉卻云：「元宗遣洪州營屯都虞候嚴思，率所部討之，鎬為監軍。」案：馬令《南唐書》作「嚴思禮」，莫衷一是。

3.與朱元一起率兵援壽州的將領是許文稹？或許文縝？〈元宗本

紀〉云：「保大十五年，……齊王景達自濠州，遣邊鎬、許文積、朱元帥兵數萬，援壽州。」〈朱元傳〉卻云：「元……與邊鎬、許文縝柵紫金山，軍聲頗振，益柵且及壽州。」案：馬《書》作「許文縝」，而司馬光《資治通鑑》作「許文積」，孰是孰非，不敢妄下定論。

4.當年孤壘無援，死守楚州的大將是張彥卿？或張彥能？如〈張彥卿傳〉云：「彥卿，馬元康《書》以為『彥能』，亦莫知孰是也。」連陸游寫作《南唐書》時，都不能確定何者為是，後世代遠年湮，更無法釐清真相。

5.景遷有無子嗣？據〈後主本紀〉云：「元宗殂，太子嗣立於金陵，更名煜。……立……從度為昭平郡公。從度，景遷子也。」然〈景遷傳〉載：「景遷病逾年，竟卒，年十九。……無子。」案：劉承幹補注：「意元宗以景遷無子，而以己子從度為景遷後歟！」目前無從考證。

6.從慶、從度是否為同一人？據湯運泰註本考證：《江表志》、馬《書》皆作「從慶」，而《五代史》、《宋史》只有「從度」，因此推測從慶、從度為同人。果真如是？姑且存疑。

（八）名號相同而已，實非同一人。

1.〈李建勳傳〉建勳妻廣德公主，為義祖女；而〈王崇文傳〉崇文妻廣德公主，乃烈祖妹；可見名號相同而已。

2.〈元宗本紀〉之太醫吳廷紹，即〈雜藝傳〉太醫令吳廷紹；但與〈劉仁贍傳〉中監軍吳廷紹，斷非同一人。

3.卷十七〈雜藝傳〉中劍客潘扆，與〈方士傳〉之丹士潘扆，顯然是兩人。

（九）下文刊誤表，分為三欄：先錄汲古閣本原文之舛，次為刊誤，末欄備註校訂、考證之依據，詳見於後。

二　刊誤表

汲古閣本 陸游《南唐書》原文	刊誤	備註
「昇元元年，……吳帝禪位乎我。」（卷1:〈烈祖本紀〉）	「乎」應作「于」。	據涵芬樓景錢叔寶鈔本、沈胡秘冊彙函本、日本傳鈔汲古閣本、李清合訂本、周在浚注本、周廣業箋註本、錢仲聯等校注本改。
「昇元元年，……即皇帝位，改吳天祚二年為昇元元年。」（卷1:〈烈祖本紀〉）	「二年」應作「三年」。	案：馬《書》載：「（天祚）三年……十月，受吳禪。」《資治通鑑》繫此事於後晉天福二年，即楊吳天祚三年。
「昇元元年，……封弟知●為江王。」（卷1:〈烈祖本紀〉）	「知●」應作「知證」。	案：〈徐知證傳〉云：「知證王江。」
「昇元元年，……追封長子景遷為高平郡王。」（卷1:〈烈祖本紀〉）	「長子」應作「次子」。	案：〈元宗本紀〉載：「元宗……字伯玉，烈祖長子。」〈陳覺傳〉云：「烈祖居金陵，以次子景遷留東都。」此外，馬《書》、《新五代史》等，均謂元宗為烈祖長子。
「昇元元年，……景邈為桂楊郡公。」（卷1:〈烈祖本紀〉）	「桂楊」應作「桂陽」。	據涵芬樓景錢叔寶鈔本、文淵閣四庫全書本、周在浚注本、周廣業箋註本、湯運泰註本、劉承幹補注、錢仲聯等校注本改。

汲古閣本 陸游《南唐書》原文	刊誤	備註
「昇元四年，……詔罷營造力役，母妨農時。」（卷1:〈烈祖本紀〉）	「母」應作「毋」。	據涵芬樓景錢叔寶鈔本、沈胡秘冊彙函本、文淵閣四庫全書本、四部備要本、李清合訂本、周在浚注本、周廣業箋註本、湯運泰註本、錢仲聯等校注本改。
「昇元四年，……頒中正曆，曆官陳承勛所謨。」（卷1:〈烈祖本紀〉）	「謨」應作「撰」。	據周廣業箋註本、錢仲聯等校注本改。
「昇元四年，……晉安州節度副使李金全來降。」（卷1:〈烈祖本紀〉）	「節度副使」應作「節度使」。	案：《舊五代史》、《玉壺清話》均作「安州節度使」。再據三餘書屋合刻本改。
「論曰……范曄《漢書》又有『皇后紀』。」（卷1:〈烈祖本紀〉）	「范曄」應作「范曄」。	據涵芬樓景錢叔寶鈔本、日本傳鈔汲古閣本、文淵閣四庫全書本、四部備要本、李清合訂本、周在浚注本、周廣業箋註本、錢仲聯等校注本改。
「元宗……疾亟，大醫吳廷紹密遣人告帝。」（卷2:〈元宗本紀〉）	「大醫」應作「太醫」。	據涵芬樓景錢叔寶鈔本、文淵閣四庫全書本、李清合訂本、周在浚注本、周廣業箋註本、湯運泰註本、錢仲聯等校注本改。
「保大四年，……以樞密使陳覺為福建宣輸使。」（卷2:〈元宗本紀〉）	「宣輸使」應作「宣諭使」。	據涵芬樓景錢叔寶鈔本、沈胡秘冊彙函本、文淵閣四庫全書本、李清合訂本、周在浚注本、周廣業箋註本、湯運泰註本、錢仲聯等校注本改。

汲古閣本 陸游《南唐書》原文	刊誤	備註
「保大五年，……立齊王景遂為皇大弟。」（卷2：〈元宗本紀〉）	「皇大弟」應作「皇太弟」。	據涵芬樓景錢叔寶鈔本、李清合訂本、周在浚注本、周廣業箋註本、錢仲聯等校注本改。
「保大八年，……越歸查文徽。」（卷2：〈元宗本紀〉）	「越」應作「吳越」。	據文淵閣四庫全書本、李清合訂本、周在浚注本、周廣業箋註本改。
「保大九年，……又以洪州營屯都虞候邊鎬為湖南安撫使，便宜進封。」（卷2：〈元宗本紀〉）	「進封」應作「進討」。	據涵芬樓景錢叔寶鈔本、李清合訂本、周在浚注本、周廣業箋註本、湯運泰註本改。
「保大十年，……援衮州之師，敗績於沐陽。」（卷2：〈元宗本紀〉）	「沐陽」應作「沭陽」。	據文淵閣四庫全書本、李清合訂本、周在浚注本、周廣業箋註本、湯運泰註本、錢仲聯等校注本改。
「保大十年，……劉言將王逵、周行逢攻潭州。」（卷2：〈元宗本紀〉）	「王逵」應作「王進逵」。	案：《隆平集》載：「言遂遣行逢帥舟師陷潭州。邊鎬遁去，因據其城。言請移潭治朗，周祖即以言帥朗，以王進逵帥潭。」
「保大十一年，……知制詔徐鉉因奏事白之。」（卷2：〈元宗本紀〉）	「知制詔」應作「知制誥」。	據涵芬樓景錢叔寶鈔本、李清合訂本、周在浚注本、周廣業箋註本、湯運泰註本、錢仲聯等校注本改。
「保大十三年……，六月，周……遣將李穀、王彥超、韓令坤等侵我淮南，攻自壽州。」（卷2：〈元宗本紀〉）	「六月」應作「十一月」。	案：《舊五代史》、《冊府元龜》及馬《書》，均載此事於「十一月」。

汲古閣本 陸游《南唐書》原文	刊誤	備註
「保大十四年，……光州兵馬都監張延翰，以城降於周。」（卷2：〈元宗本紀〉）	「張延翰」應作「張承翰」。	案：《舊五代史》、《資治通鑑》、《冊府元龜》皆謂光州都監張承翰以城降。再據周在浚注本、周廣業箋註本改。
「交泰元年，……鄂州漢陽、汊川二縣在江北，亦獻焉。」（卷2：〈元宗本紀〉）	「汊川」應作「漢川」。	據沈胡秘冊彙函本改。
「顯德六年，……又鑄『唐國通寶錢』，二當開通錢之二。」（卷2：〈元宗本紀〉）	「二當開通錢之二」應作「一當開通錢之二」。	案：《資治通鑑》後周顯德六年七月載：「始鑄當十大錢，文曰『永通泉貨』；又鑄當二大錢，文曰『唐國通寶』，與開元錢並行。」再據文淵閣四庫全書本改。
「建隆元年，……宋楊州節度使李重進叛，來求援。」（卷2：〈元宗本紀〉）	「楊州」應作「揚州」。	據涵芬樓景錢叔寶鈔本、日本傳鈔汲古閣本、文淵閣四庫全書本、李清合訂本、周在浚注本、周廣業箋註本、湯運泰註本、錢仲聯等校注本改。
「三年，正月戊寅，葬順陵。」（卷2：〈元宗本紀〉）	「三年」應作「建隆三年」。	
「乾德二年，……十月甲辰，仲寓卒。」（卷3：〈後主本紀〉）	「仲寓」應作「仲宣」。	案：〈仲寓傳〉：「仲寓……淳化五年八月卒，年三十七。」〈仲宣傳〉：「宋乾德二年，仲宣纔（才）四歲，……因驚癇得疾，竟卒。」再據李清

汲古閣本 陸游《南唐書》原文	刊誤	備註
		合訂本、周在浚注本、周廣業箋註本改。
「乾德四年，……九月，慎儀至番禺，被執。」（卷3：〈後主本紀〉）	此事應繫於「開寶三年」。	案：劉承幹謂曾親見後主〈遺劉鋹書〉，全文與〈龔慎儀傳〉同；且《宋史·南唐世家》載開寶三年，南唐遣使入貢。故據劉承幹補注改。
「開寶五年，……金陵殿闕皆設鴟吻，元宗雖臣于周，猶知故。」（卷3：〈後主本紀〉）	「猶知故」應作「猶如故」。	據涵芬樓景錢叔寶鈔本、沈胡秘冊彙函本、文淵閣四庫全書本、四部備要本、李清合訂本、周在浚注本、周廣業箋註本、湯運泰註本、錢仲聯等校注本改。
「開寶五年，……清耀殿學士張洎言必多遺才。」（卷3：〈後主本紀〉）	「清耀殿」應作「清輝殿」。	據涵芬樓景錢叔寶鈔本、周廣業箋註本、湯運泰註本、劉承幹補注改。
「王師百道攻城，死者相枕籍。」（卷3：〈後主本紀〉）	「枕籍」應作「枕藉」。	據涵芬樓景錢叔寶鈔本、周廣業箋註本、湯運泰註本改。
「嗣位之初，屬保太軍興之後。」（卷3：〈後主本紀〉）	「保太」應作「保大」。	據涵芬樓景錢叔寶鈔本、沈胡秘冊彙函本、日本傳鈔汲古閣本、李清合訂本、周在浚注本、周廣業箋註本、湯運泰註本、錢仲聯等校注本改。
「齊丘……數請退，烈祖以南國給之。」（卷4：〈宋齊丘傳〉）	「南國」應作「南園」。	據涵芬樓景錢叔寶鈔本、文淵閣四庫全書本、李清合訂本、周在浚注本、周

汲古閣本 陸游《南唐書》原文	刊誤	備註
		廣業箋註本、湯運泰註本、錢仲聯等校注本改。
「元宗意謀出齊丘，大御之。」（卷4：〈宋齊丘傳〉）	「御之」應作「銜之」。	據涵芬樓景錢叔寶鈔本、文淵閣四庫全書本、周在浚注本、湯運泰註本、錢仲聯等校注本改。
「閩主延義與其兄延政相攻。延政以建州建國，稱殷；而延義為其下所殺。」（卷5：〈查文徽傳〉）	「延義」應作「延義」。	據涵芬樓景錢叔寶鈔本、沈胡秘冊彙函本、李清合訂本、周在浚注本、周廣業箋註本、湯運泰註本、劉承幹補注改。
「初，成師朗來歸，以其所部為奉節軍。」（卷5：〈邊鎬傳〉）	「成師朗」應作「咸師朗」。	據涵芬樓景錢叔寶鈔本、李清合訂本、周在浚注本、周廣業箋註本、湯運泰註本改。
「言久懷叛志，……遣其將王進遠、周行逢來攻。」（卷5：〈邊鎬傳〉）	「王進遠」應作「王進逵」。	據涵芬樓景錢叔寶鈔本、李清合訂本、周在浚注本、湯運泰註本、劉承幹補注、錢仲聯等校注本改。
「武王謀可將者，列官嚴可求薦本。」（卷6：〈周本傳〉）	「列官」應作「判官」。	據涵芬樓景錢叔寶鈔本、李清合訂本、周在浚注本、周廣業箋註本改。
「吳越將陳璋，據衢州歸款，越人圍之。武王遣本迎璋，越人解圍出璋，而列兵不動。本遂以璋還。裨將呂師造曰：『越有輕我心，必怠，請擊之。』本不可。越人躡我軍，至	「越」應作「吳越」。	

汲古閣本 陸游《南唐書》原文	刊誤	備註
中道宿。夜半，本陽（佯）驚，棄輜重走，而設伏於旁。越人果急追，……盡殲其眾。」（卷6：〈周本傳〉）		
「民有訴事者，立引入，親自剖折曲直。」（卷6：〈何敬洙傳〉）	「剖折」應作「剖析」。	據涵芬樓景錢叔寶鈔本、李清合訂本、周在浚注本、周廣業箋註本、湯運泰註本、錢仲聯等校注本改。
「延翰……自以起疏遠，遭時被知，得盡已才，感槩自盡。」（卷6：〈張延翰傳〉）	「感槩」應作「感慨」。	據錢仲聯等校注本改。
「簡言父恭，嘗為鄂州林洪掌書記。」（卷6：〈游簡言傳〉）	「林洪」應作「杜洪」。	案：杜洪，鄂州人，曾趁虛入鄂州，自為節度留後，拜為節度使。後陰附朱溫，為楊行密部將所殺。見諸《新唐書》本傳。再據涵芬樓景錢叔寶鈔本、周在浚注本、湯運泰註本、劉承幹補注、錢仲聯等校注本改。
「彥能……舉刀示先主，乃還。」（卷6：〈刁彥能傳〉）	「先主」應作「烈祖」。	據李清合訂本、周在浚注本、周廣業箋註本改。
「保太元年五月卒，年七十六。」（卷7：〈徐玠傳〉）	「保太」應作「保大」。	據涵芬樓景錢叔寶鈔本、日本傳鈔汲古閣本、文淵閣四庫全書本、李清合訂本、周在浚注本、周廣業箋註本、湯運泰註本、錢仲聯等校注本改。

汲古閣本 陸游《南唐書》原文	刊誤	備註
「及保太末，周人來侵，諸郡往往一鼓而下。」（卷7：〈高審思傳〉）	「保太」應作「保大」。	據文淵閣四庫全書本、李清合訂本、周在浚注本、周廣業箋註本、湯運泰註本、錢仲聯等校注本改。
「以為世宗聽其言，江左可籍以無恐。」（卷7：〈鍾謨傳〉）	「籍」應作「藉」。	據涵芬樓景錢叔寶鈔本、日本傳鈔汲古閣本、文淵閣四庫全書本、李清合訂本、周在浚注本、周廣業箋註本、湯運泰註本改。
「世宗崩，……元宗遇之亦寢薄。」（卷7：〈鍾謨傳〉）	「寢」應作「寖」。	據涵芬樓景錢叔寶鈔本、文淵閣四庫全書本、李清合訂本、周在浚注本、錢仲聯等校注本改。
「子廷瑞，……林棲路宿，多在玉笥、浮雲二山。」（卷7：〈沈彬傳〉）	「路宿」應作「露宿」。	據涵芬樓景錢叔寶鈔本、李清合訂本、湯運泰註本改。
「陳況，閩人，……隱於廬山四十年。」（卷7：〈陳況傳〉）	「陳況」，一作「陳眖」。	案：湯運泰註本：「一作眖」。而劉承幹補注、錢仲聯等校注本均改作「陳眖」。
「炳……呵之曰：『……亟去，母撓予睡！』」（卷7：〈毛炳傳〉）	「母」應作「毋」。	據涵芬樓景錢叔寶鈔本、沈胡秘冊彙函本、日本傳鈔汲古閣本、文淵閣四庫全書本、四部備要本、李清合訂本、周在浚注本、周廣業箋註本、湯運泰註本、錢仲聯等校注本改。
「元宗深御建封，顧方治覺等擅興，未及治也。」（卷8：〈王建封傳〉）	「御」應作「銜」。	據涵芬樓景錢叔寶鈔本、文淵閣四庫全書本、周在浚注本、湯運泰註本、錢仲聯等校注本改。

汲古閣本 陸游《南唐書》原文	刊誤	備註
「崇文以門地，選尚烈祖妹廣德公主。」（卷8:〈王崇文傳〉）	「門地」應作「門第」。	據涵芬樓景錢叔寶鈔本、湯運泰註本改。
「而少年輕薄子嘲之，謂之『陳橘成牓』。」（卷8:〈喬匡舜傳〉）	「陳橘成牓」應作「陳橘皮牓」。	據涵芬樓景錢叔寶鈔本、周在浚注本、湯運泰註本、劉承幹補注、錢仲聯等校注本改。
「睦昭符，金陵人，不知所以進。」（卷8:〈睦昭符傳〉）	「睦昭符」應作「陸昭符」，以下皆同。	據李清合訂本、周在浚注本、周廣業箋註本改。
「保大中，為常州縣刺史。」（卷8:〈睦昭符傳〉）	「縣」應刪去，作「常州刺史」。	據涵芬樓景錢叔寶鈔本、文淵閣四庫全書本、周在浚注本、周廣業箋註本、湯運泰註本、錢仲聯等校注本改。
「兵車旗幟，亙數百里，戰艦御尾，蔽淮而上。」（卷9:〈劉彥貞傳〉）	「御尾」應作「銜尾」。	據涵芬樓景錢叔寶鈔本、文淵閣四庫全書本、周在浚注本、湯運泰註本、錢仲聯等校注本改。
「裨將武彥暉、張延翰、成師朗，皆鬭將，無籌略。」（卷9:〈劉彥貞傳〉）	「張延翰」應作「張承翰」。	
「裨將武彥暉、張延翰、成師朗，皆鬭將，無籌略。」（卷9:〈劉彥貞傳〉）	「成師朗」應作「咸師朗」。	據涵芬樓景錢叔寶鈔本、李清合訂本、周在浚注本、湯運泰註本、錢仲聯等校注本改。
「元宗召見，……使典戍府書檄。」（卷9:〈高遠傳〉）	「戍府」應作「戎府」。	據涵芬樓景錢叔寶鈔本、周在浚注本、湯運泰註本、錢仲聯等校注本改。

汲古閣本 陸游《南唐書》原文	刊誤	備註
「其後，頒史職者，多貴游，或新進少年。」 （卷9：〈高遠傳〉）	「頒」應作「領」。	據涵芬樓景錢叔寶鈔本、李清合訂本、周在浚注本、周廣業箋註本、湯運泰註本改。
「泰州……刺史褚仁規……元宗薄其罪，止罷刺史。…………元宗命覺馳往鞫之。……詔賜死。」（卷9：〈陳覺傳〉）	「元宗」應作「烈祖」。	案：《玉壺清話·李先主傳》云：「十月，誅泰州刺史褚仁規。」雖與〈烈祖本紀〉載二月，小有出入，但皆繫於昇元五年，應為烈祖時事。
「廣德宮主剛果有智。」 （卷9：〈李建勳傳〉）	「宮主」應作「公主」。	據涵芬樓景錢叔寶鈔本、沈胡秘冊彙函本、文淵閣四庫全書本、李清合訂本、周在浚注本、周廣業箋註本改。
「論曰：……請出金帛，以贈俘虜。」（卷9：〈李建勳傳〉）	「贈」應作「贖」。	據涵芬樓景錢叔寶鈔本、李清合訂本、周在浚注本、湯運泰註本改。
「烈祖命鄂州屯營使李承裕、叚處恭，帥兵三千人，逆金全。」（卷10：〈李金全傳〉）	「叚處恭」應作「段處恭」。	據文淵閣四庫全書本、四部備要本、李清合訂本、周在浚注本、錢仲聯等校注本改。
「元宗欲籍金全宿將威望，……救河中。」（卷10：〈李金全傳〉）	「籍」應作「藉」。	據涵芬樓景錢叔寶鈔本、文淵閣四庫全書本、李清合訂本、周廣業箋註本、湯運泰註本改。
「師出沐陽，次沂州。」 （卷10：〈李金全傳〉）	「沐陽」應作「沭陽」。	案：《資治通鑑》載：「唐主發兵五千，軍於下邳，以援彥超。聞周兵將至，退屯沭陽。」再據文淵閣

汲古閣本 陸游《南唐書》原文	刊誤	備註
		四庫全書本、李清合訂本、周在浚注本、周廣業箋註本、湯運泰註本、錢仲聯等校注本改。
「逐其子孫，奪其居第，使輿臺竊議，將率狐疑。」（卷10：〈江文蔚傳〉）	「將率」應作「將卒」。	
「中書舍人張緯……大御其言。」（卷10：〈江文蔚傳〉）	「御」應作「衙」。	據涵芬樓景錢叔寶鈔本、四部備要本、周在浚注本、湯運泰註本、錢仲聯等校注本改。
「安陸之後，喪兵數千，輟食咨嗟者旬日。」（卷11：〈馮延巳傳〉）	「安陸之後」應作「安陸之役」。	據李清合訂本、周在浚注本、周廣業箋註本、湯運泰註本改。
「樞密使陳覺欲自為功，乃請御命宣慰，召李弘義入朝。」（卷11：〈馮延魯傳〉）	「御命」應作「衙命」。	據涵芬樓景錢叔寶鈔本、李清合訂本、周在浚注本、湯運泰註本、錢仲聯等校注本改。
「延魯引佩刀自刺，人救之，不殊。」（卷11：〈馮延魯傳〉）	「不殊」應作「不死」。	據涵芬樓景錢叔寶鈔本、周在浚注本改。
「會宋齊丘以嘗薦覺使福州，自効。」（卷11：〈馮延魯傳〉）	「自効」應作「自劾」。	據芬樓景錢叔寶鈔本、沈胡秘冊彙函本、周在浚注本、周廣業箋註本、李清合訂本、錢仲聯等校注本改。
「元宗賜賀監三百里鏡湖，非僕所敢望。」（卷11：〈馮延魯傳〉）	「元宗」應作「玄宗」。	據芬樓景錢叔寶鈔本、沈胡秘冊彙函本、李清合訂本、錢仲聯等校注本改。

汲古閣本 陸游《南唐書》原文	刊誤	備註
「始濟陽,為進士者,例修邊幅,尚名檢。」(卷11:〈孫忌傳〉)	「始濟陽」應作「如洛陽」。	據涵芬樓景錢叔寶鈔本改。
「吾思之熟矣,終不忍負永陵一坏土。」(卷11:〈孫忌傳〉)	「一坏土」應作「一抔土」。	據涵芬樓景錢叔寶鈔本、沈胡秘冊彙函本、文淵閣四庫全書本、李清合訂本、錢仲聯等校注本改。
「有豐城令劉虛已,移書明偓大節云。」(卷11:〈廖偓彭師暠傳〉)	「劉虛己」應作「劉虛己」。	據日本傳鈔汲古閣本、四部備要本、周在浚注本、錢仲聯等校注本改。
「周人果以籍口,兵入淮南。」(卷12:〈韓熙載傳〉)	「籍口」應作「藉口」。	據涵芬樓景錢叔寶鈔本、文淵閣四庫全書本、李清合訂本、周在浚注本、周廣業箋註本、湯運泰註本、錢仲聯等校注本改。
「朱元,穎州沈丘人。」(卷12:〈朱元傳〉)	「穎州」應作「潁州」。	據文淵閣四庫全書本、李清合訂本、周在浚注本、錢仲聯等校注本改。
「方是時,疆場之臣,非皆不才也。」(卷12:〈論曰〉)	「疆場」應作「疆埸」。	
「文徽……以珠裯覆尸(屍)於市,哭之隕絕。」(卷12:〈朱元傳〉)	「珠裯」應作「珠裯」。	據涵芬樓景錢叔寶鈔本、周廣業箋註本、錢仲聯等校注本改。
「仁贍帥州師克巴陵,……甚得人心。」(卷13:〈劉仁贍傳〉)	「州師」應作「舟師」。	據涵芬樓景錢叔寶鈔本、文淵閣四庫全書本、周廣業箋註本、湯運泰註本、錢仲聯等校注本改。

汲古閣本 陸游《南唐書》原文	刊誤	備註
「仁贍曰：『敵已畏君矣，當持重養盛以俟閒，……。』」（卷13：〈劉仁贍傳〉）	「養盛」應作「養威」。	據涵芬樓景錢叔寶鈔本、錢仲聯等校注本改。
「監軍使文德殿使周廷構哭於中門。……監軍周廷構、營田副使孫羽等，為仁贍表請降。」（卷13：〈劉仁贍傳〉）	「周廷搆」應作「周廷構」。	案：〈元宗本紀〉：「交泰元年，……周帝歸我臣馮延魯、許文稹、邊鎬、周廷構。」再據周廣業箋註本、湯運泰註本、錢仲聯等校注本改。
「猶醜正嫉言，視之如仇。」（卷13：〈潘佑傳〉）	「嫉言」應作「嫉賢」。	據涵芬樓景錢叔寶鈔本、錢仲聯等校注本改。
「而守貞叛，兩人無所復命。」（卷13：〈李平傳〉）	「叛」應作「敗」。	據涵芬樓景錢叔寶鈔本、李清合訂本、周在浚注本、周廣業箋註本改。
「父可求，……大和二年，卒。」（卷13：〈嚴續傳〉）	「大和」應作「太和」。	據文淵閣四庫全書本、李清合訂本、周在浚注本、周廣業箋註本、湯運泰註本、錢仲聯等校注本改。
「雖自以肺附盡忠不貳，然……不能稱職。」（卷13：〈嚴續傳〉）	「肺附」應作「肺腑」。	據涵芬樓景錢叔寶鈔本、沈胡秘冊彙函本、文淵閣四庫全書本、李清合訂本、周在浚注本、周廣業箋註本、錢仲聯等校注本改。
「開寶三年，高祖欲封南漢。」（卷13：〈龔慎儀傳〉）	「高祖」應作「太祖」。	據涵芬樓景錢叔寶鈔本、李清合訂本、周在浚注本、周廣業箋註本、湯運泰註本改。

汲古閣本 陸游《南唐書》原文	刊誤	備註
「今弊邑使臣入貢，皇帝幸以此宣示。」（卷13：〈龔慎儀傳〉）	「弊邑」應作「敝邑」。	據涵芬樓景錢叔寶鈔本、文淵閣四庫全書本、李清合訂本、周在浚注本、周廣業箋註本、湯運泰註本、錢仲聯等校注本改。
「後主之亡也，慎儀為徽州刺史。」（卷13：〈龔慎儀傳〉）	「徽州」應作「歙州」。	案：歙州於北宋平方臘後，始改名為徽州；再據錢仲聯等校注本改。
「及陳德誠、鄭元華，皆拔為將。」（卷14：〈林仁肇傳〉）	「鄭元華」應作「鄭彥華」。	據涵芬樓景錢叔寶鈔本、湯運泰註本改。
「又破濠州水柵，推淮南屯營應援使。」（卷14：〈林仁肇傳〉）	「推」應作「擢」。	據涵芬樓景錢叔寶鈔本、李清合訂本、周廣業箋註本、湯運泰註本、錢仲聯等校注本改。
「時皇甫繼勳、朱全贇掌兵柄，忌仁肇雄略。」（卷14：〈林仁肇傳〉）	「朱全贇」應作「朱令贇」。	據涵芬樓景錢叔寶鈔本、湯運泰註本、錢仲聯等校注本改。
「汪召符……宋齊丘頗抑之。」（卷15：〈汪召符傳〉）	「汪召符」應作「汪台符」，以下皆同。	據涵芬樓景錢叔寶鈔本、沈胡秘冊彙函本、李清合訂本、周在浚注本、周廣業箋註本、湯運泰註本、劉承幹補注、錢仲聯等校注本改。
「烈祖初，歷大理司自，刑部郎中。」（卷15：〈蕭儼傳〉）	「大理司自」應作「大理司直」。	據涵芬樓景錢叔寶鈔本、湯運泰註本、錢仲聯等校注本改。
「自長沙抵迎鑾，千柁相御。」（卷15：〈劉承勳傳〉）	「相御」應作「相銜」。	據涵芬樓景錢叔寶鈔本、李清合訂本、周在浚注

汲古閣本 陸游《南唐書》原文	刊誤	備註
		本、湯運泰註本、錢仲聯等校注本改。
「從鄆舉進士，試〈王度如金玉賦〉，擢第一。」（卷15：〈盧鄆傳〉）	「從」應作「後」。	據涵芬樓景錢叔寶鈔本、沈胡秘冊彙函本、文淵閣四庫全書本、李清合訂本、周在浚注本、周廣業箋註本、湯運泰註本、錢仲聯等校注本改。
「適庭下有石，千夫不得舉，鄆戲取弄之。」（卷15：〈盧鄆傳〉）	「千夫」應作「十夫」。	據涵芬樓景錢叔寶鈔本、錢仲聯等校注本改。
「徒自四方來者，數倍平時。」（卷15：〈朱弼傳〉）	「徒」應作「生徒」。	據涵芬樓景錢叔寶鈔本、周在浚注本、周廣業箋註本、錢仲聯等校注本改。
「今獨可即日乘輕舟，歸闕待罪，母與中使遇。」（卷15：〈王輿傳〉）	「母」應作「毋」。	據涵芬樓景錢叔寶鈔本、沈胡秘冊彙函本、日本傳鈔汲古閣本、文淵閣四庫全書本、四部備要本、李清合訂本、周在浚注本、周廣業箋註本、湯運泰註本、錢仲聯等校注本改。
「攻穎州，……而輿不傷。」（卷15：〈王輿傳〉）	「穎州」應作「潤州」。	據涵芬樓景錢叔寶鈔本、文淵閣四庫全書本、李清合訂本、周廣業箋註本、湯運泰註本改。
「种氏左手持食，右手進匕，從容如平時。」（卷16：〈烈祖後宮种氏傳〉）	「匕」應作「匙」。	

汲古閣本 陸游《南唐書》原文	刊誤	備註
「國亡，從后主北遷，封鄭國夫人。」（卷16：〈後主國后周氏傳〉）	「后主」應作「後主」。	據涵芬樓景錢叔寶鈔本、文淵閣四庫全書本、四部備要本、李清合訂本、周在浚注本、周廣業箋註本、湯運泰註本改。
「太平興國二年，後主殂。」（卷16：〈後主國后周氏傳〉）	「二年」應作「三年」。	案：〈後主本紀〉云：「太平興國三年七月辛卯，殂。」馬《書》載：「太平興國三年，……薨。在偽位十有五年，年四十二。」
「卒於鎮，年四十八，……贈大弟。」（卷16：〈景達傳〉）	「大弟」應作「太弟」。	據涵芬樓景錢叔寶鈔本、日本傳鈔汲古閣本、文淵閣四庫全書本、李清合訂本、周在浚注本、周廣業箋註本、湯運泰註本、錢仲聯等校注本改。
「洎知元宗猶御弘冀專殺事，其說蓋出於揣摩。」（卷16：〈弘冀傳〉）	「御」應作「銜」。	據涵芬樓景錢叔寶鈔本、日本傳鈔汲古閣本、四部備要本、周在浚注本、湯運泰註本、錢仲聯等校注本改。
「鍾皇后生弘冀、後主、從善、從謙。」（卷16：〈諸王列傳〉）	從善母應為凌氏，入宋，封吳國太夫人。	案：劉承幹引《十國春秋》謂凌氏生韓王從善，且考證〈從善傳〉與《宋史》合；故據劉承幹補注改。
「〈卻登高文〉曰：……可籍野以登高。」（卷16：〈從善傳〉）	「籍」應作「藉」。	據涵芬樓景錢叔寶鈔本、日本傳鈔汲古閣本、文淵閣四庫全書本、李清合訂

汲古閣本 陸游《南唐書》原文	刊誤	備註
		本、周在浚注本、周廣業箋註本、湯運泰註本、錢仲聯等校注本改。
「仲寓，字叔章，初封清源郡公。」（卷16：〈仲寓傳〉）	「仲寓」應作「仲寓」，以下皆同。	據周在浚注本改。
「叚處常，失其鄉里家世。」（卷17：〈叚處常傳〉）	「叚處常」應作「段處常」，以下皆同。	據涵芬樓景錢叔寶鈔本、四部備要本、李清合訂本、周在浚注本改。
「仁澤戰敗，被執，歸之錢唐。」（卷17：〈趙仁澤傳〉）	「錢唐」應作「錢塘」。	據涵芬樓景錢叔寶鈔本、李清合訂本、周在浚注本、周廣業箋註本改。
「畜犬百餘，共以一船貯食飼之。」（卷17：〈陳褒傳〉）	「一船」應作「一器」。	據李清合訂本、周在浚注本、錢仲聯等校注本改。
「媛適叚甲，生子未晬，叚卒。」（卷17：〈吳媛傳〉）	「叚甲」應作「段甲」，以下皆同。	據涵芬樓景錢叔寶鈔本、四部備要本、周在浚注本改。
「溧水大興寺桑生木人，……衣械皆備，其色如純漆可鑑。」（卷18：〈浮屠傳〉）	「衣械」應作「衣裓」。	據涵芬樓景錢叔寶鈔本、文淵閣四庫全書本、李清合訂本、周在浚注本、周廣業箋註本、湯運泰註本、錢仲聯等校注本改。
「契丹主兀欲被殺，弟述津遣元宗書。」（卷18：〈契丹傳〉）	「述津」應作「述律」。	據涵芬樓景錢叔寶鈔本、李清合訂本、周在浚注本、周廣業箋註本、湯運泰註本、錢仲聯等校注本改。

汲古閣本 陸游《南唐書》原文	刊誤	備註
「乃有番官夷離部牛車百餘乘，及鞍馬治路置頓。」（卷18：〈契丹傳〉）	「治路」應作「沿路」。	據周在浚注本、錢仲聯等校注本改。
「逮夘惟庸陋，獲託生成。」（卷18：〈高麗傳〉）	「逮」應作「建」。	據涵芬樓景錢叔寶鈔本、文淵閣四庫全書本、湯運泰註本、錢仲聯等校注本改。

附錄二
陸游《南唐書》之體例一覽表

一　本紀（計3卷）

卷　次	篇　名	備　註
一	烈祖本紀第一	案：載烈祖李昇之生平事跡，及錄昇元元年（937）至七年間國家大事。
二	元宗本紀第二	案：載元宗李璟之生平事跡，及錄保大元年（943）至建隆二年（961）間國家大事。
三	後主本紀第三	案：載後主李煜之生平事跡，及錄建隆三年至乙亥歲（975）間國家大事。

二　列傳（計15卷）

卷四宋齊丘列傳第一	單傳

卷五周徐查邊列傳第二	合傳
1	周宗傳
2	徐鍇傳（附父徐延休傳）
3	查文徽傳（附子查元方、孫查道傳）
4	邊鎬傳

卷六周柴何王張馬游刁列傳第三		合傳
1	周本傳（附子周鄴傳）	
2	柴克宏傳	
3	何敬洙傳	
4	王會傳	
5	張延翰傳	
6	馬仁裕傳	
7	游簡言傳	
8	刁彥能傳（附子刁衎傳）	

卷七徐高鍾常史沈三陳江毛列傳第四		合傳
1	徐玠傳	
2	高審思傳	
3	鍾謨傳（附同黨李德明傳）	
4	常夢錫傳	
5	史虛白傳	
6	沈彬傳（附子沈廷瑞傳）	
7	陳覬傳	
8	陳曙傳	
9	陳陶傳	
10	江夢孫傳	
11	毛炳傳（附酒禿高氏傳）	

卷八三徐三王二朱胡申屠喬陸列傳第五		合傳
1	徐知證傳	
2	徐知諤傳	
3	徐遊傳	

卷八三徐三王二朱胡申屠喬陸列傳第五		合傳
4	王建封傳	
5	王彥儔傳	
6	朱匡業傳（附父朱延壽傳）	
7	朱令贇傳	
8	王崇文傳	
9	胡則傳	
10	申屠令堅傳（附同志劉茂忠傳）	
11	喬匡舜傳	
12	陸昭符傳	

卷九劉高盧陳李廖列傳第六		合傳
1	劉彥貞傳（附父劉信傳）	
2	高越傳（附兄子高遠傳）	
3	盧文進傳	
4	陳覺傳（附同黨李徵古傳）	
5	李德誠傳（附子李建勳傳）	
6	廖居素傳	

卷十張李皇甫江歐列傳第七		合傳
1	張義方傳	
2	李金全傳	
3	皇甫暉傳（附子皇甫繼勳傳）	
4	江文蔚傳	
5	歐陽廣傳	

卷十一馮孫廖彭列傳第八	合傳
1	馮延巳傳（附弟馮延魯傳）
2	孫忌傳
3	廖偃彭師暠傳

卷十二孟陳韓朱列傳第九	合傳
1	孟堅傳
2	陳誨傳
3	韓熙載傳
4	朱元傳

卷十三劉潘李嚴張龔列傳第十	合傳
1	劉仁瞻傳
2	潘佑傳
3	李平傳
4	嚴續傳
5	張易傳
6	龔慎儀傳

卷十四郭張林盧剻二陳列傳第十一	合傳
1	郭廷謂傳
2	張彥卿傳
3	林仁肇傳
4	盧絳傳
5	剻鼇傳
6	陳喬傳
7	陳起傳

卷十五周鄭李三劉江汪郭伍蕭李盧朱王魏列傳第十二		合傳
1	周惟簡傳	
2	鄭彥華傳（附子鄭文寶傳）	
3	李貽業傳	
4	劉崇俊傳	
5	劉洞傳（附詩友夏寶松傳）	
6	江為傳	
7	汪台符傳	
8	郭昭慶傳	
9	伍喬傳	
10	蕭儼傳	
11	劉承勳傳	
12	李元清傳	
13	盧郢傳	
14	朱弼傳	
15	王輿傳	
16	魏岑傳	

卷十六后妃諸王列傳第十三		類傳
1 后 妃 傳	（1）烈祖元敬皇后宋氏傳 （2）烈祖後宮种氏傳 （3）元宗光穆皇后鍾氏傳（附父鍾太章傳） （4）後主昭惠國后周氏傳 （5）後主國后周氏傳 （6）後主保儀黃氏傳（附宮人流珠傳）	
2 諸	※烈祖子： （1）景遷傳 （2）景遂傳	

卷十六后妃諸王列傳第十三		類傳
王 傳	（3）景達傳	
	（4）景逿傳	
	※元宗子	
	（5）弘冀傳	
	（6）弘茂傳	
	（7）從善傳	
	（8）從鎰傳	
	（9）從謙傳	
	（10）從慶傳	
	（11）從信傳	
	※後主子	
	（12）仲寓傳	
	（13）仲宣傳	

卷十七雜藝方士節義列傳第十四		類傳
1 雜 藝 傳	（1）吳廷紹傳	
	（2）潘扆傳	
	（3）李冠傳	
	（4）某御廚者傳	
	（5）申漸高傳（附優人李家明傳）	
2 方 士 傳	（1）譚紫霄傳	
	（2）史守沖傳（附丹士潘扆傳）	
	（3）耿先生傳	
3 節 義 傳	（1）段處常傳	
	（2）趙仁澤傳	
	（3）張雄傳	
	（4）陳褒傳	
	（5）永興公主傳	
	（6）余洪妻鄭氏傳	
	（7）吳媛傳	

卷十八浮屠契丹高麗列傳第十五		四夷傳
1	浮屠傳（附小長老、惟淨等僧人傳）	記南唐與浮屠之往來
2	契丹傳	記南唐與契丹之交通
3	高麗傳	記南唐與高麗之交往

案：陸氏《南唐書》十八卷，包括〈本紀〉三卷、〈列傳〉十五卷。〈列傳〉卷四至卷十五為南唐諸臣傳，以結黨營私的宋齊丘起始，終於諂媚惑主的魏岑，其中忠奸相間，在編排上頗具特色。卷十六〈后妃諸王列傳〉，為皇室親眷傳記，可見作者能擺脫傳統封建思維，重群臣事功更甚於尊貴身分，自有其獨到之處。卷十七〈雜藝方士節義列傳〉，為雜藝、方士及節義者立傳，勾勒出各種南唐庶民的臉譜。卷十八〈浮屠契丹高麗列傳〉，記錄南唐與佛徒僧侶、外族邦國往來的情形。

附錄三
陸游《南唐書》書影

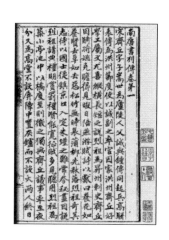

見〔南宋〕陸游撰：《陸氏南唐書》，收入
《四部叢刊續編·史部》（上海市：商務印
書館，民國二十三年（1934）據上海涵芬樓
景印明·錢叔寶手鈔本）。

一　涵芬樓景錢叔寶鈔本

見〔南宋〕陸游撰：《南唐書》，明末沈士
龍、胡震亨校刊本。

二　沈胡校刊秘冊彙函本

見〔南宋〕陸游撰：《南唐書》，明・崇禎
庚午（三年，1630）海虞毛氏汲古閣刊
《陸放翁全集》本。

三　海虞毛氏汲古閣刊本

見〔南宋〕陸游撰：《南唐書》，日本傳鈔
海虞毛氏汲古閣刊本。

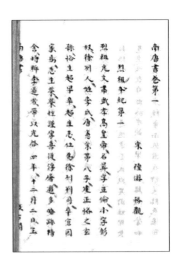

四　日本傳鈔汲古閣刊本

見〔南宋〕陸游撰：《陸氏南唐書》，收入
景印《文淵閣四庫全書·史部》〈載記類〉
（臺北市：臺灣商務印書館，1983 年據
國立故宮博物院藏清·乾隆四十七年
（1782）文淵閣本影印）。

五　文淵閣四庫全書寫本

見〔南宋〕陸游撰：《南唐書》，收入《四
部備要·集部》〈陸放翁全集〉（上海市：
中華書局，1936 年據汲古閣本校刊）。

六　中華書局四部備要本

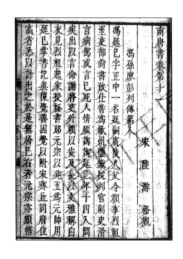

見〔南宋〕陸游撰：《南唐書》，收入《南唐書合刻》，清代郎氏振鷺堂刊本。

七　清郎氏振鷺堂合刻本

見〔南宋〕陸游撰：《南唐書》，收入《南唐書合刻》，清‧同治十三年（1887）三餘書屋補刊本。

八　三餘書屋補刊合刻本

破其前鋒遂排柵入諸軍繼進賊大潰積功遷至諸
柵破之梯而趨彼何爲本大喜曰爾知此爲必爭
之地邪吾本自行今爲爾功勞而選之輿乘輕舟襲
行本曰爾懼往邪興曰公必不以興爲不武謂得此
頭一小嬖詬興曰爾往爲我取彼數唯而色不欲
周本攻危全諷臨賊木柵部分諸將指斉山
王興合淝入少與兄繪主簿事吳武王興初爲小校從
時國亡補黟山縣主簿秩滿求爲南嶽廟令卒
座下蕭然絳等亦塊服引去徙自四方來者數倍平

《南唐書卷之五》　陸　十　藏修書局刊

見〔南宋〕陸游撰：《南唐書》，收入
《藏修堂叢書》（成都市：巴蜀書社，
2010 年據清·光緒五年（1879）古岡
劉氏藏修書屋刊本影印）。

九　影印藏修書屋合刻本

南唐書卷第一

烈祖本紀第一

　　　　　　　　宋　陸　游　務觀

烈祖光文肅武孝高皇帝名昇字正倫小字彭奴徐
州人姓李氏唐憲宗第八子建王恪之玄孫恪生超
早卒超生志任爲徐州判司至官因家志生榮榮
姓謹厚喜從浮屠遊多晦跡合時號李道者帝以
光啓四年十二月二日生于彭城六歲而孤遇亂伯
父球攜帝及母劉氏避地淮泗至濠州乾寧二年雄

《南唐書卷之一》　陸　一

見〔南宋〕陸游撰：《南唐書》，收入
《南唐書合刻》，民國五年（1916）南
海黃氏刊本。

十　民國南海黃氏合刻本

附錄四

五代十國世系傳承表

西元紀年	五代	十國									
		吳	南唐	前蜀	後蜀	南漢	楚	吳越	閩	荊南[南平]	北漢
902年		（3月，楊行密封吳王，用唐昭宗年號）天復二年									
903年		天復三年									
904年		天復四年（閏4月，改元）天祐元年									

西元紀年	五代	十國									
		吳	南唐	前蜀	後蜀	南漢	楚	吳越	閩	荊南【南平】	北漢
905年		天祐二年（11月，楊渥繼位，沿用）									
906年		天祐三年									
907年	後梁*（4月，朱溫篡唐，改元）開平元年	天祐四年		（9月，王建即位，用唐昭宗年號）天復七年				（5月，錢鏐即位，用唐昭宗年號）天祐四年			
908年	開平二年	天祐五年（5月，楊隆演繼位，沿用）		（正月，改元）武成元年				（正月，改元）天寶元年			
909年	開平三年	天祐六年		武成二年				天寶二年	（4月，王審知即位，採用後梁年號）開平三年		

* 灰色底圖表示一個朝代開始。

西元紀年	五代	十國									
		吳	南唐	前蜀	後蜀	南漢	楚	吳越	閩	荊南[南平]	北漢
910年	開平四年	天祐七年		武成三年				天寶三年	開平四年		
911年	開平五年（5月，改元）乾化元年	天祐八年		（正月，改元）永平元年				天寶四年	開平五年（5月，隨後梁改元）乾化元年		
912年	乾化二年（6月，朱友珪繼位，沿用）	天祐九年		永平二年				天寶五年	乾化二年		
913年	乾化三年（正月，改元）鳳曆元年（2月，朱友貞繼位，復用乾化）乾化三年	天祐十年		永平三年				（正月，隨後梁改元）鳳曆元年（2月，隨後梁改元）乾化三年	乾化三年		
914年	乾化四年	天祐十一年		永平四年				乾化四年	乾化四年		

西元紀年	五代	十國									
		吳	南唐	前蜀	後蜀	南漢	楚	吳越	閩	荊南[南平]	北漢
915年	乾化五年（11月，改元）貞明元年	天祐十二年		永平五年				乾化五年（11月，隨後梁改元）貞明元年	乾化五年（11月，隨後梁改元）貞明元年		
916年	貞明二年	天祐十三年		（正月，改元）通正元年				貞明二年	貞明二年		
917年	貞明三年	天祐十四年		（正月，改元）天漢元年		（8月，劉龑即位，改元）乾亨元年		貞明三年	貞明三年		
918年	貞明四年	天祐十五年		（正月，改元）光天元年（6月，王衍繼位，沿用）		乾亨二年		貞明四年	貞明四年		

西元紀年	五代	吳	南唐	前蜀	後蜀	南漢	楚	吳越	閩	荊南[南平]	北漢
919年	貞明五年	天祐十六年（4月，建國改元）武義元年		（正月，改元）乾德元年		乾亨三年		貞明五年	貞明五年		
920年	貞明六年	武義二年（6月，楊溥繼位，沿用）		乾德二年		乾亨四年		貞明六年	貞明六年		
921年	貞明七年（5月，改元）龍德元年	武義三年（2月，改元）順義元年		乾德三年		乾亨五年		貞明七年（5月，隨後梁改元）龍德元年	貞明七年（5月，隨後梁改元）龍德元年		
922年	龍德二年	順義二年		乾德四年		乾亨六年		龍德二年	龍德二年		
923年	龍德三年　後唐（4月，李存勗即位，改元）同光元年	順義三年		乾德五年		乾亨七年		龍德三年（2月，建國，不改元）	龍德三年（4月，用後唐年號）同光元年		

西元紀年	五代	十國									
		吳	南唐	前蜀	後蜀	南漢	楚	吳越	閩	荊南〔南平〕	北漢
924年	同光二年	順義四年		乾德六年		乾亨八年		（正月，改元）寶大元年	同光二年	同光二年（3月，高季興即位，採用後唐年號）	
925年	同光三年	順義五年		（正月，改元）咸康元年（11月，亡於後唐）		乾亨九年（12月，改元）白龍元年		寶大二年	同光三年	同光三年	
926年	同光四年（4月，李嗣源繼位，改元）天成元年	順義六年				白龍二年		（正月，改元）寶正元年	同光四年（10月，王延鈞繼位沿用）（4月，隨後唐改元）天成元年（12月，王延鈞繼位沿用）	同光四年（4月，隨後唐改元）天成元年	

西元紀年	五代	吳	南唐	前蜀	後蜀	南漢	楚	吳越	閩	荊南[南平]	北漢
927年	天成二年	順義七年（11月，改元）乾貞元年				白龍三年	（6月，馬殷即位，沿用後唐年號）天成二年	寶正二年	天成二年	天成二年	
928年	天成三年	乾貞二年				白龍四年（3月，改元）大有元年	天成三年	寶正三年	天成三年	天成三年（6月，改用吳年號）乾貞二年（12月，高從誨繼位，沿用）	
929年	天成四年	乾貞三年（11月，改元）大和元年				大有二年	天成四年	寶正四年	天成四年	乾貞三年（7月，改用後唐年號）天成四年	

西元	五代	十國									
紀年		吳	南唐	前蜀	後蜀	南漢	楚	吳越	閩	荊南[南平]	北漢
930年	天成五年（2月，改元）長興元年	大和二年				大有三年	天成五年（2月，隨後唐改元）長興元年（11月，馬希聲繼位，沿用）	寶正五年	天成五年（2月，隨後唐改元）長興元年	天成五年（2月，隨後唐改元）長興元年	
931年	長興二年	大和三年				大有四年	長興二年	寶正六年	長興二年	長興二年	
932年	長興三年	大和四年				大有五年	長興三年（8月，馬希範繼位，沿用）	寶正七年（3月，錢元瓘繼位，採用後唐年號）長興三年	長興三年	長興三年	
933年	長興四年（12月，李從厚繼位，沿用）	大和五年				大有六年	長興四年	長興四年	（正月，改元）龍啟元年	長興四年	

西元紀年	五代	吳	南唐	前蜀	後蜀	南漢	楚	吳越	閩	荊南【南平】	北漢
934年	（正月，改元）應順元年（4月，李從珂繼位，改元）清泰元年	大和六年			（閏正月，孟知祥即位；4月，改元）明德元年（7月，孟昶繼位，沿用）	大有七年	（正月，隨後唐改元）應順元年（4月，隨後唐改元）清泰元年	（正月，隨後唐改元）應順元年（4月，隨後唐改元）清泰元年	龍啟二年	（正月，隨後唐改元）應順元年（4月，隨後唐改元）清泰元年	
935年	清泰二年	大和七年（9月，改元）天祚元年			明德二年	大有八年	清泰二年	清泰二年	（正月，改元）永和元年	清泰二年	
936年	清泰三年 後晉（11月，石敬瑭即位，改元）天福元年	天祚二年			明德三年	大有九年	清泰三年（11月，用後晉年號）天福元年	清泰三年（11月，用後晉年號）天福元年	永和二年（3月，王繼鵬繼位，改元）通文元年	清泰三年（11月，後晉年號）天福元年	

西元紀年	五代	十國									
		吳	南唐	前蜀	後蜀	南漢	楚	吳越	閩	荊南[南平]	北漢
937年	天福二年	天祚三年（10月，禪位於齊【南唐】）	**（10月，李昪受吳禪位，改元）昇元元年		明德四年	大有十年	天福二年	天福二年	通文二年	天福二年	
938年	天福三年		昇元二年		（正月，改元）廣政元年	大有十一年	天福三年	天福三年	通文三年	天福三年	
939年	天福四年		昇元三年		廣政二年	大有十二年	天福四年	天福四年	通文四年（閏7月，王曦（延羲）繼位，改元）永隆元年	天福四年	
940年	天福五年		昇元四年		廣政三年	大有十三年	天福五年	天福五年	永隆二年	天福五年	
941年	天福六年		昇元五年		廣政四年	大有十四年	天福六年	天福六年（9月，錢弘佐繼位，沿用）	永隆三年	天福六年	

** 以下特別以灰色標示，因南唐為本書之重點。

西元紀年	五代	吳	南唐	前蜀	後蜀	南漢	楚	吳越	閩	荊南〔南平〕	北漢
							十國				
942年	天福七年（6月，石重貴繼位，沿用）		昇元六年		廣政五年	大有十五年（4月，劉玢繼位，改元）光天元年	天福七年	天福七年	永隆四年	天福七年	
943年	天福八年		昇元七年（3月，李璟繼位，改元）保大元年		廣政六年	光天二年（3月，劉晟繼位，改元）應乾元年（11月，改元）乾和元年	天福八年	天福八年	永隆五年（2月，王延政繼位，改元）天德元年	天福八年	
944年	天福九年（7月，改元）開運元年		保大二年		廣政七年	乾和二年	天福九年（7月，隨後晉改元）開運元年	天福九年（7月，隨後晉改元）開運元年	天德二年	天福九年（7月，隨後晉改元）開運元年	

西元紀年	五代	十國									
		吳	南唐	前蜀	後蜀	南漢	楚	吳越	閩	荊南 [南平]	北漢
945年	開運二年		保大三年		廣政八年	乾和三年	開運二年	開運二年	天德三年（8月，亡於南唐）	開運二年	
946年	開運三年		保大四年		廣政九年	乾和四年	開運三年	開運三年		開運三年	
947年	後漢（2月，劉知遠即位，沿用後晉年號）天福十二年		保大五年		廣政十年	乾和五年	（7月，馬希廣繼位，隨後漢改元）天福十二年	（6月，錢弘佐繼位，隨後漢改元）天福十二年		（2月，隨後漢改元）天福十二年	
948年	乾祐元年（正月，改元；2月，劉承祐繼位，沿用）		保大六年		廣政十一年	乾和六年	（正月，隨後漢改元）乾祐元年	乾祐元年（正月，隨後漢改元；8月，錢弘倧繼立）		乾祐元年（正月，隨後漢改元）（12月，高保融繼位，沿用）	
949年	乾祐二年		保大七年		廣政十二年	乾和七年	乾祐二年	乾祐二年		乾祐二年	

西元 紀年	五代	十國									
		吳	南唐	前蜀	後蜀	南漢	楚	吳越	閩	荊南〔南平〕	北漢
950年	乾祐三年		保大八年		廣政十三年	乾和八年	乾祐三年（12月，馬希萼繼位，採用南唐年號）保大八年	乾祐三年		乾祐三年	
951年	後周（正月，郭威即位，改元）廣順元年		保大九年		廣政十四年	乾和九年	保大九年（11月，亡於南唐）	（正月，隨後周改元）廣順元年		（正月，隨後周改元）廣順元年	（6月，劉旻即位，用後漢年號）乾祐四年
952年	廣順二年		保大十年		廣政十五年	乾和十年		廣順二年		廣順二年	乾祐五年
953年	廣順三年		保大十一年		廣政十六年	乾和十一年		廣順三年		廣順三年	乾祐六年
954年	（正月，改元；柴榮繼位，沿用）顯德元年		保大十二年		廣政十七年	乾和十二年		（正月，隨後周改元）顯德元年		（正月，隨後周改元）顯德元年	乾祐七年（11月，劉鈞繼位，沿用）

西元紀年	五代	十國									
		吳	南唐	前蜀	後蜀	南漢	楚	吳越	閩	荊南【南平】	北漢
955年	顯德二年		保大十三年		廣政十八年	乾和十三年		顯德二年		顯德二年	乾祐八年
956年	顯德三年		保大十四年		廣政十九年	乾和十四年		顯德三年		顯德三年	乾祐九年
957年	顯德四年		保大十五年		廣政廿年	乾和十五年		顯德四年		顯德四年	（正月，改元）天會元年
958年	顯德五年		（正月，改元）中興元年（3月，改元）交泰元年（5月，改奉後周正朔）顯德五年		廣政廿一年	乾和十六年（8月，劉鋹繼位，改元）大寶元年		顯德五年		顯德五年	天會二年

西元紀年	五代	吳	南唐	前蜀	後蜀	南漢	楚	吳越	閩	荊南【南平】	北漢
					十國						
959年	顯德六年（6月，柴崇訓繼位，沿用）		顯德六年		廣政廿二年	大寶二年		顯德六年		顯德六年	天會三年
960年	宋 顯德七年（正月，趙匡胤即位，改元）建隆元年		顯德七年（正月，隨宋改元）建隆元年		廣政廿三年	大寶三年		顯德七年（正月，隨宋改元）建隆元年		顯德七年（正月，隨宋改元）建隆元年（8月，高保勗繼位，沿用）	天會四年
961年	建隆二年		建隆二年（7月，李煜繼位，沿用）		廣政廿四年	大寶四年		建隆二年		建隆二年	天會五年
962年	建隆三年		建隆三年		廣政廿五年	大寶五年		建隆三年		建隆三年（11月，高繼沖繼位，沿用）	天會六年

西元紀年	五代	吳	南唐	前蜀	後蜀	南漢	楚	吳越	閩	荊南[南平]	北漢
					十國						
963年	建隆四年（11月，改元）乾德元年		建隆四年（11月，隨宋改元）乾德元年		廣政廿六年	大寶六年		建隆四年（11月，隨宋改元）乾德元年		建隆四年（2月，亡於宋）	天會七年
964年	乾德二年		乾德二年		廣政廿七年	大寶七年		乾德二年			天會八年
965年	乾德三年		乾德三年		廣政廿八年（正月，亡於宋）	大寶八年		乾德三年			天會九年
966年	乾德四年		乾德四年			大寶九年		乾德四年			天會十年
967年	乾德五年		乾德五年			大寶十年		乾德五年			天會十一年
968年	乾德六年（11月，改元）開寶元年		乾德六年（11月，隨宋改元）開寶元年			大寶十一年		乾德六年（11月，隨宋改元）開寶元年			天會十二年（7月，劉繼恩繼位，沿用）

西元紀年	五代	十國									北漢
		吳	南唐	前蜀	後蜀	南漢	楚	吳越	閩	荊南[南平]	
968年											（9月，劉繼元繼位，沿用）
969年	開寶二年		開寶二年			大寶十二年		開寶二年			天會十三年
970年	開寶三年		開寶三年			大寶十三年		開寶三年			天會十四年
971年	開寶四年		開寶四年			大寶十四年（2月，亡於宋）		開寶四年			天會十五年
972年	開寶五年		開寶五年					開寶五年			天會十六年
973年	開寶六年		開寶六年					開寶六年			天會十七年

西元紀年	五代	十國									
		吳	南唐	前蜀	後蜀	南漢	楚	吳越	閩	荊南[南平]	北漢
974年	開寶七年		開寶七年（閏10月，下令戒嚴，去開寶紀年）甲戌歲					開寶七年			（正月，改元）廣運元年
975年	開寶八年		乙亥歲（11月，金陵城陷，降於宋）					開寶八年			廣運二年
976年	開寶九年（12月，趙光義繼位，改元）太平興國元年							開寶九年（12月，隨宋改元）太平興國元年			廣運三年
977年	太平興國二年							太平興國二年			廣運四年

西元	五代	十國									北漢
		吳	南唐	前蜀	後蜀	南漢	楚	吳越	閩	荊南 [南平]	
紀年											
978年	太平興國 三年							太平興國 三年 （5月，獻 所據兩浙十 三州之地歸 宋）			廣運五年
979年	太平天國 四年										廣運六年 （5月，亡 於宋）

附錄五
南唐大事紀年表

淮南紀年	中原紀年	南唐大事紀	備註
唐僖宗文德元年（888）		烈祖一歲。十二月二日，生於彭城。	案：陸《書》載「光啟四年」，是年二月改元，稱文德元年。
↓		↓	
唐昭宗景福二年（893）		烈祖六歲。慈父見背，淪為孤兒。	案：遇亂，伯父李球攜烈祖及母劉氏避地淮泗，至濠州。
唐昭宗乾寧元年（894）		烈祖七歲。	
唐昭宗乾寧二年（895）		烈祖八歲。淮南節度使楊行密見而奇之，養以為子。	案：烈祖不見容於楊渥，楊行密乃以與大將徐溫，遂冒姓徐氏，名知誥。
↓		↓	
唐哀帝天祐四年（907）	梁太祖開平元年（907）	烈祖二十歲。	案：是年四月，朱溫篡唐自立，史稱「後梁」。
唐哀帝天祐五年（908）	梁太祖開平二年（908）	烈祖廿一歲。	
唐哀帝天祐六年（909）	梁太祖開平三年（909）	烈祖廿二歲。六月，自元從指揮使遷昇州防遏使兼樓船軍使，治戰艦於昇州。	

淮南紀年	中原紀年	南唐大事紀	備註
唐哀帝天祐七年（910）	梁太祖開平四年（910）	烈祖廿三歲。五月，授昇州副使，知州事。	
唐哀帝天祐八年（911）	梁太祖乾化元年（911）	烈祖廿四歲。	
唐哀帝天祐九年（912）	梁太祖乾化二年（912）	烈祖廿五歲。助柴再用平宣州有功，遷昇州刺史。烈祖在昇州，褒廉吏，課農桑，廣求天下遺書，招延四方之士：以宋齊丘、王令謀、王翃主議論；曾禹、張洽、孫魴、徐融為賓客；馬仁裕、周宗、曾悰等為親吏。	
唐哀帝天祐十年（913）	梁末帝乾化三年（913）	烈祖廿六歲。	
唐哀帝天祐十一年（914）	梁末帝乾化四年（914）	烈祖廿七歲。加檢校司徒，始城昇州。	
↓	↓	↓	
唐哀帝天祐十四年（917）	梁末帝貞明三年（917）	烈祖三十歲。五月，城成；徐溫喜，以為檢校太保、潤州團練使。	
唐哀帝天祐十五年（918）	梁末帝貞明四年（918）	烈祖卅一歲。六月，朱瑾殺徐知訓；馬仁裕馳告烈祖。烈祖遂入廣陵定亂，代為淮南節度行軍副使、內外馬步都軍副使，勤儉寬簡，上下悅服。	

淮南紀年	中原紀年	南唐大事紀	備註
吳高祖武義元年（919）	梁末帝貞明五年（919）	烈祖卅二歲。四月，吳王楊隆演建國，以烈祖為左僕射，參政事，國人謂之「政事僕射」；乘剝亂之後，曾未期歲，紀綱憲度，粲然並舉，甚得民心。	案：吳王建國，以徐溫為大丞相、都督中外諸軍事、諸道都統等，身負重任。
↓	↓	↓	
吳睿帝順義三年（923）	唐莊宗同光元年（923）	烈祖卅六歲。	案：是年四月，李存勗即位，史稱「後唐」。
↓	↓	↓	
吳睿帝順義七年（927）	唐明宗天成二年（927）	烈祖四十歲。十月，徐溫卒。徐知詢嗣為金陵節度使、諸道副都統，數與烈祖爭權。使人誘之來朝，悉奪其兵，烈祖遂為太尉中書令，出鎮金陵，繼承徐溫之軍政實力。	
↓	↓	↓	
吳睿帝天祚二年（936）	晉高祖天福元年（936）	烈祖四十九歲。	案：是年十一月，石敬瑭即位，史稱「後晉」。
吳睿帝天祚三年（937）／唐烈祖昇元元年（937）	晉高祖天福二年（937）	烈祖五十歲。十月，烈祖受禪於吳。甲申，即帝位，改元，國號齊。追尊徐溫為太祖武皇帝。丙申，以張延翰為右僕射兼門下侍郎，同	

淮南紀年	中原紀年	南唐大事紀	備註
		平章事；張居詠、李建勳皆同平章事。甲午，立宋氏為皇后。庚子，遣使如漢（南漢）、閩、吳越、荊南告即位。戊申，封子景通（元宗）為吳王、諸道副元帥，判六軍諸衛事。十一月丁卯，荊南高從誨表請置邸建康，從之。己巳，吳越使袁韜來賀即位。	
唐烈祖昇元二年（938）	晉高祖天福三年（938）	烈祖五十一歲。正月甲子，荊南使龐守規來賀即位。二月壬戌，閩使朱文進來賀即位。五月己未，南漢使鄒禹謨來賀即位。甲寅，徙讓皇居丹陽宮。丁卯，廣濟倉災，焚米二十萬石。六月甲申，升池州為康化軍。高麗使柳勳律來朝貢。七月壬申，以宋齊丘為平章事。八月戊寅，升洪州瀟灘鎮為清江縣，不隸州。丁亥，契丹使梅里捼盧古來聘。十月丙子，立太學，命刪定禮樂。癸未，新羅使來朝貢。壬辰，命吳王璟（元宗）	

淮南紀年	中原紀年	南唐大事紀	備註
		講武銅駝橋。十二月辛丑，讓皇殂；烈祖率百官素服舉哀。是歲，徙璟為齊王。	
唐烈祖昇元三年（939）	晉高祖天福四年（939）	烈祖五十二歲。二月乙亥，改太祖武皇帝廟號義祖。己卯，烈祖復姓李氏，改國號唐；並為考妣發哀，如始喪禮。庚寅，詔更名昪。乙未，契丹使曷魯來。蜀使來賀即位。四月庚辰，朝饗於太廟。辛巳，有事於南郊，以高祖神堯皇帝配，用上辛也。大赦，百官進位，將士勞賜有差。丙寅，以齊王璟為諸道兵馬大元帥。丁未，吳越使沈韜文、荊南使王崇嗣來賀南郊。七月，命有司作《昇元格》，與吳令並行。十月丁丑，御後樓，閱戰馬。	
唐烈祖昇元四年（940）	晉高祖天福五年（940）	烈祖五十三歲。二月，詔罷營造力役，毋妨農時。三月丁未，頒《中正曆》。丙戌，南漢、閩遣使來聘。五月，後晉安州節度使李金全來降。八月，立齊王璟為	

淮南紀年	中原紀年	南唐大事紀	備註
		皇太子；固讓，從之。九月戊辰，契丹使梅里掠姑米里來聘。十月乙巳，詔幸東都，命齊王璟監國。己未，高麗使柳兢質來貢方物。十一月乙酉，賜東畿高年、疾苦、惸獨者米。南漢使鄭翱、閩使葛裕、吳越使楊嚴來賀仁壽節（烈祖生日）。十二月丙申，烈祖至東都。	
唐烈祖昇元五年（941）	晉高祖天福六年（941）	烈祖五十四歲。二月己未，殺泰州刺史褚仁規。五月戊辰，契丹使來。七月，詔李建勳幸處台司，靡循紀律，罷歸私第。八月，遣使賑貸黃州旱傷戶口。是歲，吳越水民就食境內，遣使賑恤安集之。	
唐烈祖昇元六年（942）	晉高祖晉出帝天福七年（942）	烈祖五十五歲。閏月甲申，改天長制置使為建武軍。庚寅，南漢使區延保來聘。癸巳，閩使林弘嗣來聘。都下大水，秦淮溢；東都火，焚數千家。二月己丑，以宋齊丘知尚書省事。五月，宋齊丘罷為鎮南軍節度使。六月，常、	

淮南紀年	中原紀年	南唐大事紀	備註
		宣、歙三州大雨，漲溢；南漢使蕭規來告哀。庚午，契丹使掠姑米里來聘。大蝗自淮北至，辛未，命州縣捕瘞之。八月甲申，南漢使公孫惠來謝襲位。九月庚寅，頒布《昇元刪定條》。十月，下詔舉用儒者，罷去苛政。十二月，閩使徐弘績、南漢使滕紹英、吳越使蔣璠來賀仁壽節。	
唐烈祖昇元七年（943）／唐元宗保大元年（943）	晉出帝天福八年（943）	烈祖五十六歲。正月，契丹使達羅千等二十七人來聘。二月庚午，烈祖崩。 元宗廿八歲。三月己卯，即位，大赦，改元。百官進位二等，將士皆有賜，蠲民逋負租稅，賜鰥寡孤獨者粟帛。尊母宋氏為皇太后，立妃鍾氏為皇后。以宋齊丘為太保兼中書令；周宗為侍中。閩使來弔祭。七月，徙景遂為齊王，居東宮，詔以兄弟傳國之意。十月，嶺南張遇賢犯虔州。詔遣嚴恩（思）帥師討	

淮南紀年	中原紀年	南唐大事紀	備註
		伐,以邊鎬監其軍;後斬張賊及其黨於金陵。十一月壬寅,葬烈祖於永陵。十二月,以宋齊丘為鎮海軍節度使。	
唐元宗保大二年(944)	晉出帝開運元年(944)	元宗廿九歲。正月,周宗罷為鎮南軍節度使,張居詠罷為鎮海軍節度使。辛巳,詔齊王景遂總庶政,惟魏岑、查文徽得奏事,餘非召對,不得見。宋齊丘、蕭儼皆上書切諫,未見聽。賈崇叩閣請見,元宗感悟,遂收所下詔。五月,閩將朱文進弒君自立,遣使來告。議者謂閩亂始於王延政,當先征討。十二月,詔以查文徽為江西安撫使、邊鎬為行營招討,出師伐閩,敗績於蓋竹。	
唐元宗保大三年(945)	晉出帝開運二年(945)	元宗三十歲。二月,以何敬洙為福建道行營招討、祖全恩為應援使,姚鳳為諸軍都監,會查文徽進討。八月,克建州,執王延政歸於金陵。升建州為永安軍。十月,皇太后宋氏殂。	

淮南紀年	中原紀年	南唐大事紀	備註
		是歲，升建州延平津為劍州，以建州之劍浦、汀州之沙縣隸焉。	
唐元宗保大四年（946）	晉出帝開運三年（946）	元宗卅一歲。正月，以宋齊丘為太傅兼中書令、李建勳為右僕射兼門下侍郎，及中書侍郎馮延巳，皆平章事。五月，以陳覺為福建宣諭使，使諭李弘義入朝，不克。覺擅興汀、建、撫、信州兵趨福州，元宗遂命王崇文、魏岑、馮延魯會攻福州。九月，淮南蟲食稼，除民田稅。十月庚辰，圍福州。改漳州為南州。	
唐元宗保大五年（947）	漢高祖天福十二年（947）	元宗卅二歲。正月，立景遂為皇太弟，徙景達為齊王、弘冀為燕王。後晉密州刺史皇甫暉、棣州刺史王建來歸。契丹主以滅後晉來告捷，且請會盟於境上，元宗不從；南唐請如長安修奉諸陵，契丹亦不從。三月己亥，吳越救福州，南唐師潰敗。四月壬申，詔即軍中斬陳覺、馮延魯，餘將帥皆赦不問。已而復詔械二	案：是年二月，劉知遠即位，史稱「後漢」。

淮南紀年	中原紀年	南唐大事紀	備註
		人還都；既至，貸死，陳流蘄州，馮流舒州。五月，聞契丹棄中原遁歸，以李金全為北面行營招討使。六月，聞後漢入汴，兵遂不出。八月，宋齊丘罷為鎮南軍節度使。	
唐元宗保大六年（948）	^{漢高祖}_{漢隱帝}乾祐元年（948）	元宗卅三歲。九月，後漢護國軍節度使李守貞間道表求援師，以李金全為北面行營招討使，救河中，師次沂州。十一月，退保海州。	
唐元宗保大七年（949）	漢隱帝乾祐二年（949）	元宗卅四歲。正月，淮北盜起，以皇甫暉、張巒、蕭處贇、張義方帥師萬人，出海泗招降；納亳州將咸師朗等以歸。十月，南唐師渡淮，攻正陽，敗績。十二月，劉（留）從願（泉州刺史劉（留）從效兄）殺刺史董思安，據南州，自稱刺史。南唐不能問，因升泉州為清源軍，以劉從效為節度使。	
唐元宗保大八年（950）	漢隱帝乾祐三年（950）	元宗卅五歲。正月，李金全始罷北面行營招討使。二月，福州遣諜者詣建州留後查文徽，告	

淮南紀年	中原紀年	南唐大事紀	備註
		以吳越戍卒亂，殺李弘義，棄城而去。查文徽信其言，襲福州，大敗，被執。別將陳誨以戰櫂敗福州兵，執其將馬先進，俘於金陵。七月，歸馬先進於吳越，而求查文徽。八月，尚書郎周濬等三人奔後漢。九月，楚朗州節度使馬希萼來表請師。詔加同平章事，賜以鄂州今年租稅。命何敬洙帥師援之。十月，吳越歸查文徽。十二月，馬希萼攻陷潭州，弒其君馬希廣。楚將李彥溫、劉彥瑫各以千人來歸。	
唐元宗保大九年（951）	周太祖廣順元年（951）	元宗卅六歲。二月，楚王馬希萼使劉光翰來貢方物。三月壬戌，以孫忌（晟）、姚鳳為楚王策禮使。又以邊鎬為湖南安撫使，便宜進討。淮南饑。六月，楚將王達執朗州節度使馬光惠，歸於金陵；推劉言為朗州留後，來請命。九月，楚將徐威等，廢其君馬希萼。命邊鎬出萍鄉，以討楚亂。十月	案：是年正月，郭威即位，史稱「後周」。

淮南紀年	中原紀年	南唐大事紀	備註
		壬寅,馬希崇請降。邊鎬入潭州。癸丑,武昌節度使劉仁瞻帥舟師取岳州,湖南遂平。南漢來攻,陷郴州。後周衰州節度使慕容彥超來乞援師,從之。	
唐元宗保大十年(952)	周太祖廣順二年(952)	元宗卅七歲。正月,升洪州高安縣為筠州,以清江、萬載、上高三縣隸焉。南唐援衰州之師,敗績於洮陽,指揮使燕敬權被執。二月,周人歸燕敬權,並責南唐助其叛臣。元宗以江文蔚知禮部貢舉,放進士王克貞等三人及第,旋復停貢舉。三月,馮延巳為左僕射,徐景運為中書侍郎,及右僕射孫忌,並同平章事。元宗以南漢乘楚亂,據桂、宜等州,將取之,以張巒兼桂州招討使。四月,命侯訓帥五千人,會張巒攻桂州,敗績於城下,侯死之。張收餘眾,保全州。後周興順指揮使白進福以族來歸。九月,召劉言入朝。十月,劉言將王進	

淮南紀年	中原紀年	南唐大事紀	備註
		達、周行逢攻潭州。壬辰，拔益陽寨，南唐戍將李建期死之。丙申，潭州節度使邊鎬棄城遁。辛丑，劉言將蒲公益攻岳州，刺史宋德權、監軍任鎬棄城遁。十一月，劉言盡據故楚地。詔流邊鎬於饒州，斬宋德權、任鎬於太社，斬裨將申洪泰、尹建於都門下。馮延巳、孫忌皆罷為左右僕射。十二月，雩都令趙遐奔周。楚王馬希萼來朝，留不遣。是歲大旱。	
唐元宗保大十一年（953）	周太祖廣順三年（953）	元宗卅八歲。三月，以馮延巳同平章事。金陵火逾月，焚官寺民廬數千間。復設貢舉。六月，不雨，井泉竭涸，淮流可涉。旱蝗民饑，流入周境。十月，築楚州白水塘，以漑屯田，遂詔州縣陂塘湮廢者，皆修復之。元宗使車延規董其役，吏緣為奸，強奪民田為屯田；江淮騷然，復遣徐鉉行視利害。徐鉉至楚州，悉取所奪田還民，詰責車延	

淮南紀年	中原紀年	南唐大事紀	備註
		規,百姓感悅;而朝臣交譖,以為擅作威福,元宗大怒,趣歸。既至,怒少解,流舒州。白水塘等役亦止。	
唐元宗保大十二年（954）	周太祖周世宗**顯德**元年（954）	元宗卅九歲。二月,命朱鞏知禮部貢舉。自去年六月至今年三月,大饑疫,命州縣鬻粥食餓者。七月,契丹使其舅來聘,夜宴清風驛,盜斬契丹使,亡去,捕之不得。從此契丹不至。	
唐元宗保大十三年（955）	周世宗顯德二年（955）	元宗四十歲。二月,以嚴續為門下侍郎平章事。十一月,周攻秦、鳳,蜀使間使來告難。周下詔罪狀南唐。遣將李穀、王彥超、韓令坤等入侵淮南,攻自壽州。元宗乃以劉彥貞為北面行營都部署,帥師三萬赴壽州;皇甫暉為北面行營應援使、姚鳳為應援都監,帥師三萬,屯定遠縣。召宋齊丘入朝謀難。十二月,以安定郡公從嘉（後主）為沿江巡撫使。	
唐元宗保大十四年（956）	周世宗顯德三年（956）	元宗四十一歲。正月壬寅,周帝親征;劉彥貞	

淮南紀年	中原紀年	南唐大事紀	備註
		敗績於正陽，戰死。二月，周師兼道襲清流關；皇甫暉退保滁州。周師破城，俘皇甫暉及姚鳳以歸。元宗遂遣王承朗奉書至徐州，求成於周，表明願以兄事，歲獻方物。太弟景遂亦移書周將帥，皆不報。己卯，遣鍾謨、李德明使周奉表，至下蔡行在，貢金、銀、牛、酒等犒軍，請罷兵。乙酉，周師陷東都，執馮延魯。丁亥，徐象等十八人，自壽州奔周。耿謙以城降周。尹廷範護遷讓皇之族，殺其男子六十人；誅尹廷範以謝國人。周師陷泰州，刺史方訥棄城遁。元宗遣間使求援於契丹，至淮北為周人所執。吳越侵常州、宣州，姚彥洪奔吳越。三月，遣孫忌、王崇質使周，願削去帝號，奉表請為外臣；猶不許。光州刺史張承翰以城降於周。刺史張紹遁還。丁酉，周師陷舒州，刺史周弘祚赴水	

淮南紀年	中原紀年	南唐大事紀	備註
		死。蘄州將李福殺知州王承雋，降於周。戊戌，天成軍使蔡暉自壽州奔周。周師陷和州。詔斬李德明於都市，坐奉使請割地也。吳越陷常州之郛，執趙仁澤，燕王弘冀遣柴克宏救常州。壬子，大敗吳越兵於常州，斬獲萬計，俘其將數十；至潤州，悉斬之。壬戌，壽州軍校陳延貞等十三人奔周。是月命齊王景達拒周。四月，復泰州。五月，周帝北還。七月，復東都、舒、蘄、光、和、滁州，惟壽州之圍愈急。十月，周害南唐行人孫忌，從者二百人皆死；獨貸鍾謨，以為耀州司馬。是歲，詔省淮南屯田之害民者。	
唐元宗保大十五年（957）	周世宗顯德四年（957）	元宗四十二歲。二月乙亥，周帝親征。齊王景達自濠州遣邊鎬、許文稹（縝）、朱元帥兵數萬援壽州。景達用監軍使陳覺言，謀奪朱元兵，以楊守忠代之。朱元遂舉寨降周，裨將時厚卿	

淮南紀年	中原紀年	南唐大事紀	備註
		獨不從，見殺。壬辰，周師盡破南唐諸寨，執邊鎬、許文稹、楊守忠，餘眾悉奔潰。景達遁歸金陵。是役所喪四萬人。三月，誅朱元妻子。丁未，壽州劉仁瞻病革，副使孫羽等代為署表降周。四月，周帝北還。十一月，周帝復親征。十二月，濠州刺史郭廷謂、泗州刺史范再遇皆舉城降。元宗預知東都必不守，遂遣使焚毀官私廬舍，徙其民於江南。周師入揚州。丁丑，周師攻陷泰州。都城大火，一日數發。	
唐元宗中興元年（958）／唐元宗交泰元年（958）／周世宗顯德五年（958）	周世宗顯德五年（958）	元宗四十三歲。正月，改元。丙戌，周師陷海州。壬辰，周師陷靜海軍。丁未，陷楚州，防禦使張彥卿、兵馬都監鄭昭業死之。周師屠城，焚廬舍殆盡。周師次雄州，刺史易文贇舉城降。三月，大赦，改元，以景遂為天策上將軍、晉王，立弘冀為皇太子，參治朝政。丁亥，周帝次揚州；辛	

淮南紀年	中原紀年	南唐大事紀	備註
		卯，至迎鑾鎮；壬辰，耀兵江口。元宗懼周師南渡，遣陳覺奉表貢方物，請傳位於太子，以國為附庸。周帝答璽書，稱「皇帝致書敬問江南國主」。元宗遣劉承遇上表，稱「唐國主」，盡獻江北未陷郡縣，歲輸土貢數十萬，乞海陵鹽監南屬，不許。庚子，周帝賜書，許奉正朔，罷兵，而不許傳位太子。甲辰，遣馮延巳等使周犒軍，及買宴。五月，下令去帝號，稱國主。去交泰年號，稱「顯德五年」。置進奏邸於汴都。凡帝者儀制，皆從貶損；元宗改名景，以避周信祖諱。馮延巳罷為太子太傅，嚴續罷為太子少傅。己酉，周帝遣馮延魯、鍾謨賜國主御衣、金玉帶、錦帛、羊馬及犒軍帛十萬。士卒俘於周者，皆遣還。十月甲午，周帝歸馮延魯、許文稹、邊鎬、周廷構，南唐皆不復用。十一月	

淮南紀年	中原紀年	南唐大事紀	備註
		己亥，暴宋齊丘、陳覺、李徵古罪；放宋齊丘歸九華山，陳覺安置饒州，李徵古削官爵。陳、李尋皆賜自盡。宋明年正月，亦幽死。	
周世宗 周恭帝顯德 六年（959）		元宗四十四歲。七月，鑄大錢，文曰「永通泉貨」，一當十，與舊錢並行。又鑄唐國通寶錢，一當開通錢之二。九月丙午，太子弘冀卒。十一月，建洪州為南都南昌府。	
宋太祖建隆 元年（960）		元宗四十五歲。正月，遣何苪誅鍾謨於饒州，誅張巒於宣州。宋太祖放三十四名江南降將來歸。二月，始鑄鐵錢。三月，遣使朝賀於汴京。七月，遣龔慎儀朝於汴京，貢乘輿服御。自是貢獻尤數，歲費以萬計。十月，宋揚州節度使李重進叛，來求援，不許。十一月丁未，宋太祖平李重進，國主遣嚴續犒軍，從鎰、馮延魯朝貢。	案：是年正月，趙匡胤受禪，建立宋朝。
宋太祖建隆 二年（961）		元宗四十六歲。二月，國主遷於南都（豫	

淮南紀年	中原紀年	南唐大事紀	備註
		章）。立吳王從嘉為太子，留金陵監國，以嚴續、殷崇義輔之，張洎主牋奏。三月，國主至南都，宋以南唐遷都，遣王守貞來勞問。南都迫隘，復議東遷；未及行，國主寢疾，不復進膳。六月庚申，國主殂。太子嗣位於金陵，更名煜，即後主也。居喪，哀毀幾不勝。 後主廿五歲。赦境內。尊母鍾氏為聖尊后，立妃周氏為國后。徙景逿為江王、從信為韓王，立弟從鎰為鄧王、從謙為宜春王、從信為文陽郡公、從度為昭平郡公。以嚴續為司空平章事，餘進位有差。遣馮延魯於汴京，奉表陳襲位。宋太祖賜詔答之，自是始降詔。後主迎喪還金陵；八月丁未，殯於宮中。告哀於汴京，且請追復帝號，許之。九月，宋遣梁義來弔祭。十月，宋遣王文來賀襲位。初，元宗雖臣	

淮南紀年	中原紀年	南唐大事紀	備註
		於周，惟去帝號，他猶用王者禮；至是後主始易紫袍見使者，使退，如初服。十二月，置龍翔軍，以教水戰。	
宋太祖建隆三年（962）		後主廿六歲。正月戊寅，葬元宗於順陵。三月，遣馮延魯入貢汴京。泉州節度使劉從效卒，子劉（留）紹鎡自稱留後。四月，泉州將陳洪進執劉紹鎡歸金陵，推副使張漢思為留後。六月，遣使翟如璧入貢汴京。宋放降卒千人南還。十一月，遣顧彝入貢汴京。	
宋太祖乾德元年（963）		後主廿七歲。正月，宋遣使來賜羊、馬、橐駝。三月，宋出師平荊湖，南唐遣使犒軍。四月，泉州副使陳洪進廢張漢思，自稱權知軍府來告。後主以陳洪進為節度使。七月，宋詔後主遣還中朝將士，及令揚州民遷江南者還其故土。十二月，後主表乞罷詔書不名之禮；不從。	
宋太祖乾德二年（964）		後主廿八歲。三月，行鐵錢，每十錢，以鐵錢	

淮南紀年	中原紀年	南唐大事紀	備註
		六權銅錢四而行，銅錢遂廢，民間只用鐵錢。末年，銅錢一值鐵錢十；比國亡，諸郡所積銅錢六十七萬緡。命韓熙載知貢舉，放進士王崇古等九人。命徐鉉覆試舒雅等五人，舒雅等不就；後主親自命詩賦題，以中書官蒞其事，五人皆見黜。八月，宋於江北置折博務，禁商旅過江。九月，立二子仲寓為清源郡公、仲宣為宣城郡公。十月甲辰，仲宣卒。國后周氏已寢疾，哀傷增革，遂亦卒。十一月，宋遣魏丕來弔祭。	
宋太祖乾德三年（965）		後主廿九歲。五月，嚴續罷為鎮海軍節度使。九月，聖尊后鍾氏殂。十月，宋朝遣李光圖來弔祭。	
宋太祖乾德四年（966）		後主三十歲。	
宋太祖乾德五年（967）		後主卅一歲。命兩省侍郎、諫議、給事中、中書舍人、集賢、勤政殿學士，更直光政殿，召對咨訪，率至夜分。	

淮南紀年	中原紀年	南唐大事紀	備註
宋太祖開寶 元年（968）		後主卅二歲。三月戊申，以殷崇義為左僕射同平章事。境內旱，宋賜米、麥十萬石。十一月，立昭惠后妹周氏為國后。	
宋太祖開寶 二年（969）		後主卅三歲。三月，以游簡言為左僕射兼門下侍郎同平章事。五月，游簡言卒。是歲，殷崇義罷為潤州節度使同平章事。	
宋太祖開寶 三年（970）		後主卅四歲。宋詔後主諭劉鋹，令奉正朔。後主遂遣龔慎儀持書使南漢，龔至番禺，被執。	
宋太祖開寶 四年（971）		後主卅五歲。十月，聞宋滅南漢，屯兵於漢陽，遣鄭王從善朝貢；稱江南國主請罷詔書不名，從之。有商人來告：中朝造戰艦數千艘在荊南，請密往焚之；後主懼，不敢從。	
宋太祖開寶 五年（972）		後主卅六歲。二月，後主下令貶損儀制，改詔為教、中書門下省為左右內史府、尚書省為司會府、御史臺為司憲府、翰林院為文館、樞密院為光政院、大理寺	

淮南紀年	中原紀年	南唐大事紀	備註
		為詳刑院、客省為延賓院。官號亦從改易,以避中朝。初,金陵殿闕皆設鴟吻;乾德以後,遇中朝使至則去之,使還復設。至是,遂去不用。降諸弟封王者皆為公,從善楚國、從鎰江國、從謙鄂國。使張佖知禮部貢舉,放進士楊遂等三人。張洎言張佖多遺才,後主命張洎考覆遺不中第者,於是又放王倫等五人。閏月癸巳,宋命進奉使楚國公從善為泰寧軍節度使留汴京,賜第汴陽坊,欲召後主入朝。後主遣馮延魯謝從善爵命,馮延魯至汴京,疾病,不能朝而歸。	
宋太祖開寶六年(973)		後主卅七歲。宋遣翰林院學士盧多遜來。後主聞太祖欲興師,上表願受爵命,不許。以殷崇義知左右內史事。十月,內史舍人潘佑上書切諫,由於素與戶部侍郎李平交厚,後主以為事皆由李平始,先以之屬吏,遣使收潘佑。潘	

淮南紀年	中原紀年	南唐大事紀	備註
		自殺，李縕死獄中，皆徙其家外郡。	
宋太祖開寶七年（974）╱甲戌歲（974）		後主卅八歲。後主上表求從善歸國，不許。宋遣使梁迥來，諭後主入朝；後主不答。九月丁卯，復遣李穆持詔來，且諭以將出師，宜早入朝之意；後主辭以疾。太祖已遣潁州團練使曹翰率師先出江陵，宣徽南院使曹彬、侍衛馬軍都虞候李漢瓊、賀州刺史田欽祚率舟師繼發。又命山南東道節度使潘美、侍衛步軍都虞候劉遇東、上閣門使梁迥率師水陸並進，與國信使李穆同日而行。十月，後主先遣江國公從鎰貢帛、白金，又遣潘慎修貢買宴帛萬匹、錢五百萬。築城聚糧，大為守備。閏十月，宋師拔池州。後主於是下令戒嚴，去開寶紀年，稱「甲戌歲」。辛未，宋師進拔蕪湖及雄遠軍。吳越亦大舉犯常州、潤州。後主遺書吳越王；吳越王表其書於朝。宋	

淮南紀年	中原紀年	南唐大事紀	備註
		師次采石磯，作浮橋成，長驅渡江，遂至金陵。後主則以軍旅委皇甫繼勳，機事委陳喬、張洎，又以徐元瑀、刁衎為內殿傳詔，而邊書警奏，日夜狎至，徐元瑀等輒屏不以聞。宋師屯城南十里閉門守陴，後主猶不知也。	
乙亥歲（975）	宋太祖開寶八年（975）	後主卅九歲。二月壬戌，宋師拔金陵關城。三月丁巳，吳越來攻常州；權知州事禹萬誠（成）以城降。誅神衛都指揮使皇甫繼勳。六月，宋師及吳越兵圍潤州；留後劉澄以城降。吳越遂會宋師圍金陵，洪州節度使朱令贇帥十五萬兵馬赴難。南唐軍大潰，朱令贇赴火死，金陵益加危蹙。後主兩遣徐鉉等厚貢方物，求緩兵，守祭祀，皆不報。十一月乙未，城陷。將軍咼彥、馬承信及弟馬承俊帥壯士數百，力戰而死。勤政殿學士鍾蒨朝服坐於家中，亂兵至，舉族就死。光政使右內史侍郎	案：〈後主本紀〉謂宋師破朱令贇水軍，朱令贇、王暉皆被執；〈朱令贇傳〉卻明揭生獲朱之說，不可信。蓋前者乃出於官方說法，後者係為史實真相。

淮南紀年	中原紀年	南唐大事紀	備註
		陳喬請死，不許，自縊死。後主帥司空知左右內史事殷崇義（湯悅）等肉袒降於軍門。	
從昇元元年（937）烈祖建國，至乙亥歲（975）後主兵敗出降，南唐有國計三十九年。			
宋太祖開寶九年（976）／宋太宗太平興國元年（976）		後主四十歲。正月辛未，後主君臣被俘至汴京。乙亥，宋授後主右千牛衛上將軍，封違命侯。十二月，宋太宗即位，改元，加特進改封隴西公。	
宋太宗太平興國二年（977）		後主四十一歲。後主君臣淪為亡國奴，囚居於汴京。	
宋太宗太平興國三年（978）		後主四十二歲。七月，辛卯，後主殂。是日，七夕也，亦後主之生日。贈太師，追封吳王。葬洛陽北邙山。	

附錄六
南唐行政區沿革[*]

／	州（府）名	所屬行政區	備註
1	西都 江寧府（江蘇南京）	上元、江寧、句容、溧水、溧陽、廣德、蕪湖、銅陵、繁昌、青陽。 （案：以宣州當塗、廣德，並置蕪湖、銅陵、繁昌屬之；當塗升為雄遠軍，又以池州青陽屬之；與舊轄的上元、句容、溧水、溧陽，共計十縣。）	本為昇州，吳改金陵府；南唐昇元初，改為江寧府，建西都。
2	東都 江都府（江蘇揚州）	江都、廣陵、永貞、高郵、六合、天長。 （案：改江陽為廣陵，以海陵、興化屬泰州；以天長置軍，尋改為建武軍；又改揚子為永貞，以其白沙鎮為迎鑾鎮。）	本為揚州，吳改江都府；南唐建東都。至交泰初，割予後周。
3	南都 南昌府（江西南昌）	南昌、豐城、建昌、奉新、分寧、武寧、靖安、清江（不隸州）。 （案：南昌府置清江；並改新吳為奉新，置靖安。）	本為洪州，於交泰二年改南昌府，建南都。
4	楚州（江蘇淮安）	山陽、盱眙、淮陰、寶應。 （案：以鹽城屬泰州。吳順化軍；宋淮安。）	交泰初割予後周。
5	泗州（江蘇盱眙西北）	臨淮、宿遷、下邳、漣水、虹縣、徐城。	交泰初割予後周。

* 以上西都、東都、南都，三都地位不同，故標灰色。

／	州（府）名	所屬行政區	備註
6	滁州 （安徽滁縣）	清流、全椒、來安。 （案：改永陽為來安。）	交泰初割予後周。
7	和州 （安徽和縣）	歷陽、烏江、含山。	交泰初割予後周。
8	光州 （河南潢川）	定城、固始、光山、仙居、殷城。	交泰初割予後周。
9	黃州 （湖北黃岡）	黃岡、黃陂、麻城。	交泰初割予後周。
10	舒州 （安徽潛山）	懷寧、宿松、望江、太湖、桐城。	交泰初割予後周。
11	蘄州 （湖北蘄春北）	蘄春、黃梅、蘄水、廣濟。	交泰初割予後周。
12	廬州 （安徽合肥）	合肥、慎縣、巢縣、廬江、舒城。	交泰初割予後周。
13	壽州 （安徽壽縣）	壽春、安豐、盛唐、霍邱、霍山。	交泰初割予後周。
14	海州 （江蘇連雲港西南）	朐山、東海、沭陽、懷仁。	交泰初割予後周。
15	濠州 （安徽蚌埠東）	鍾離、招義、定遠。	交泰初割予後周。
16	泰州 （江蘇泰州）	海陵、興化、鹽城、泰興、如皋。 （案：以揚州海陵置，領揚州興化、楚州鹽城，置泰興、如皋。）	吳置海陵制置院；南唐昇元初改為泰州。至交泰初，割予後周。
17	潤州 （江蘇鎮江）	丹徒、丹陽、延陵、金壇。	

/	州（府）名	所屬行政區	備註
18	常州 （江蘇常州）	武進、義興、無錫、晉陵、江陰。	
19	宣州 （安徽宣城）	宣城、涇縣、太平、旌德、南陵、綏安、寧國。	
20	歙州 （安徽歙縣）	歙縣、休寧、績溪、黟縣、祁門、婺源。	
21	池州 （安徽貴池）	貴池、石埭、建德。 （案：康化軍置銅陵；吳改至德為建德。又舊有青陽、銅陵二縣，後改隸江寧府。）	
22	饒州 （江西鄱陽）	鄱陽、樂平、德興、餘干、浮梁。 （案：永平軍置德興。）	
23	信州 （江西上饒）	上饒、貴溪、弋陽、玉山、鉛山。	
24	江州 （江西九江）	德化、德安、瑞昌、湖口、彭澤、東流。 （案：奉化軍置德安、順昌、湖口、東流；東流尋屬池州，改潯陽為德化。）	
25	鄂州 （湖北武昌）	江夏、永興、唐年、漢陽、武昌、蒲圻、漢川、嘉魚、永安、通山、大冶及武昌軍。 （案：是州吳領有七縣；南唐益置嘉魚、永安、通山、大冶四縣。）	交泰初江北的漢陽、漢川二縣割予後周。
26	筠州 （江西高安）	高安、上高、萬載、清江。 （案：割洪州高安，置上高、萬載、清江。）	唐武德八年廢筠州，南唐保大十一年復置。
27	撫州 （江西撫州）	臨川、南城、崇仁、南豐。 （案：以城南置建武軍；吳昭武軍。）	

／	州（府）名	所屬行政區	備註
28	袁州 （江西宜春）	宜春、萍鄉、新喻。	
29	吉州 （江西吉安）	廬陵、新淦、太和、安福、龍泉、永新、吉水。	
30	虔州 （江西贛州）	贛縣、虔化、南康、雩都、瑞金、信豐、龍南、石城、上猶、大庾、安遠。	
31	建州 （福建建甌）	建安、邵武、浦城、建陽、松源、歸化、建寧。 （案：永安軍改為忠義軍，置歸化、建寧。）	保大三年攻取。
32	汀州 （福建長汀）	長汀、寧化。	保大三年攻取。
33	劍州 （福建南平）	延平、劍浦、富沙、尤溪、沙縣、順昌。 （案：南唐平王延政之亂，明年，改為劍州。先割建州南平、劍浦、富沙三縣為屬；後又以福州尤溪、汀州沙縣屬之，並升永昌場為順昌縣。）	保大四年置。
34	南州 （福建漳州）	漳浦、龍溪、龍巖、長泰。 （案：保大四年十月改名南州，以泉州長泰屬之。）	本為漳州，保大三年攻取。先後為劉（留）從效、陳洪進所佔，故長期處於半獨立狀態。
35	泉州 （福建泉州）	晉江、南安、莆田、仙遊、同安、清溪、永春、德化、長泰。	保大三年攻取，升為清源軍。先後為劉（留）從效、陳洪進所佔，故長期處於半獨立狀態。
36	福州 （福建福州）		保大三年攻取，明年為吳越所奪，復失。

/	州（府）名	所屬行政區	備註
37	長沙府 （湖南長沙）		保大九年攻取，明年復失。
38	衡州 （湖南衡陽）		保大九年攻取，明年復失。
39	澧州 （湖南澧縣）		保大九年攻取，明年復失。
40	岳州 （湖南岳陽）		保大九年攻取，明年復失。
41	道州 （湖南道縣）		保大九年攻取，明年復失。
42	永州 （湖南零陵）		保大九年攻取，明年復失。
43	邵州 （湖南邵陽）		保大九年攻取，明年復失。
44	全州 （廣西全州）		保大九年攻取，明年復失。
45	辰州 （湖南沅陵）		保大九年攻取，明年復失。

　　南唐開國之初，承繼楊吳二十八州：昇州、揚州、洪州、楚州、泗州、滁州、和州、光州、黃州、舒州、蘄州、廬州、壽州、海州、濠州、潤州、常州、宣州、歙州、池州、饒州、信州、江州、鄂州、撫州、袁州、吉州、虔州，並新置泰州、筠州，坐擁三十州之地。保大年間，攻滅閩、楚後得十四州：建州、汀州、南州、泉州、福州、長沙府、衡州、澧州、岳州、道州、永州、邵州、全州、辰州，又置劍州，共計四十五州，是為南唐全盛時期。

　　由於福州及湖南九州：長沙府、衡州、灃州、岳州、道州、永州、邵州、全州、辰州，得而復失；加上南州、泉州先後為劉（留）從效、陳洪進所佔，南唐實際上治理三十三州。淮南喪師之後，江都府、楚州、泗州、滁州、和州、光州、黃州、舒州、蘄州、盧州、壽州、海州、濠州、泰州，十四州之地盡為後周所奪，南唐僅剩寥寥十九州，疆土削減大半，國勢大不如前。

附錄七
南唐地理位置圖

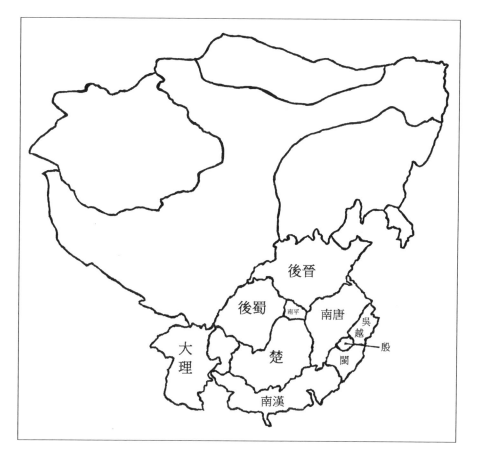

一 南唐前期疆域圖

（輔仁大學應用美術系 余文俊繪）

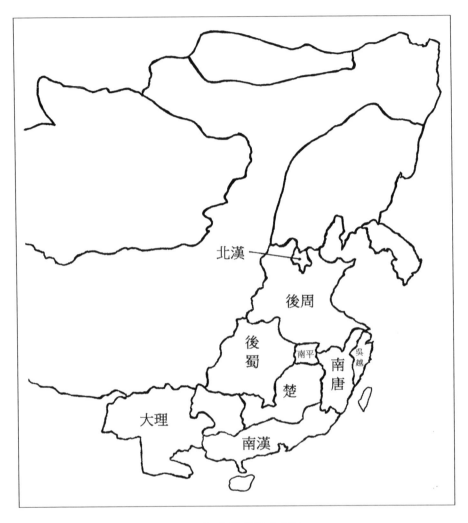

二　南唐後期疆域圖

（輔仁大學應用美術系　余文俊繪）

文學研究叢書·古典文學叢刊 0803011

陸游史傳散文探論——以《南唐書》為例

作　者	簡彥姈
責任編輯	吳家嘉
特約校稿	林秋芬

發 行 人	陳滿銘
總 經 理	梁錦興
總 編 輯	陳滿銘
副總編輯	張晏瑞
編 輯 所	萬卷樓圖書股份有限公司
排 版	林曉敏
印 刷	百通科技股份有限公司
封面設計	斐類設計工作室

發　行　萬卷樓圖書股份有限公司
　　　　臺北市羅斯福路二段 41 號 6 樓之 3
　　　　電話 (02)23216565
　　　　傳真 (02)23218698
　　　　電郵 SERVICE@WANJUAN.COM.TW
大陸經銷　廈門外圖臺灣書店有限公司
　　　　電郵 JKB188@188.COM
香港經銷　香港聯合書刊物流有限公司
　　　　電話 (852)21502100
　　　　傳真 (852)23560735

ISBN 978-957-739-996-0

2016 年 5 月初版
定價：新臺幣 800 元

如何購買本書：

1. 劃撥購書，請透過以下郵政劃撥帳號：
　帳號：15624015
　戶名：萬卷樓圖書股份有限公司

2. 轉帳購書，請透過以下帳戶
　合作金庫銀行　古亭分行
　戶名：萬卷樓圖書股份有限公司
　帳號：0877717092596

3. 網路購書，請透過萬卷樓網站
　網址 WWW.WANJUAN.COM.TW

大量購書，請直接聯繫我們，將有專人為
您服務。客服：(02)23216565 分機 10

如有缺頁、破損或裝訂錯誤，請寄回更換

國家圖書館出版品預行編目資料

陸游史傳散文探論：以<<南唐書>>為例 / 簡
彥姈著.-- 初版.-- 臺北市：萬卷樓, 2016.05
　面；　公分.-- (文學研究叢書. 古典文學叢
刊)
ISBN 978-957-739-996-0(平裝)

1.(宋)陸游 2.南唐書 3.研究考訂
845.23　　　　　　　　　　105005833